矿 山 工 匠

首钢矿业公司　编著

北 京
冶 金 工 业 出 版 社
2017

内容提要

这是一部歌颂中国冶金矿山产业工人工匠精神的报告文学集锦。作者以饱满的热情、翔实的史料、优美的语言、生动的场景，再现了首钢矿山近60年发展历程中孕育和涌现出的45位各行业能工巧匠的精彩人生和高超技艺，以匠人、匠心、匠艺，探究工匠精神的历史发展和现实价值，是一部充满时代精神风貌的颂歌。

图书在版编目(CIP)数据

矿山工匠／首钢矿业公司编著．—北京：冶金工业出版社，2017.9

ISBN 978-7-5024-7623-6

Ⅰ.①矿… Ⅱ.①首… Ⅲ.①报告文学—作品集—中国—当代 Ⅳ.①I25

中国版本图书馆 CIP 数据核字(2017)第232078号

出 版 人 谭学余

地　　址 北京市东城区嵩祝院北巷39号 邮编 100009 电话 (010)64027926

网　　址 www.cnmip.com.cn 电子信箱 yjcbs@cnmip.com.cn

责任编辑 姜晓辉 美术编辑 吕欣童 版式设计 孙跃红

责任校对 禹 蕊 责任印制 牛晓波

ISBN 978-7-5024-7623-6

冶金工业出版社出版发行；各地新华书店经销；固安华明印业有限公司印刷

2017年9月第1版，2017年9月第1次印刷

169mm×239mm；35印张；516千字；548页

68.00元

冶金工业出版社 投稿电话 (010)64027932 投稿信箱 tougao@cnmip.com.cn

冶金工业出版社营销中心 电话 (010)64044283 传真 (010)64027893

冶金书店 地址 北京市东四西大街46号(100010) 电话 (010)65289081(兼传真)

冶金工业出版社天猫旗舰店 yjgycbs.tmall.com

《矿山工匠》编辑委员会

《矿山工匠》编辑部

主　　编	李鸿泰
副 主 编	郝　壮　郑建锋
主要撰稿人	刘　媛
主要审稿人	刘　媛　任淑娟　岳建华
撰 稿 人	朱亚娟　赵永强　任淑娟　陈　彤 井春苓　沈　辉　付学志　刘志成 周　宇　赵　健　唐　灏　杨伟才 商鹤群　马海龙　张利伟　张耀军 郑玉伟　李国存　李永明　李　洁 刘开龙　张国强　裴丽平　李嫦娟 隋贺领　姜可梅　李梦滢　袁启秀 赵　敏　桑小敏　张　平　隋德权 王乃超　王冬冬　隋国栋　马新峰 王　川　孟　华　齐刚刚
封面设计	翟丽枝　王玉忠

序言

大潮跃百年，首钢人矢志不渝，筑起中华民族工业百折不挠的钢铁强国梦；荣耀近甲子，矿山人精诚所至，以当代愚公精神赓续开发矿业新篇章。回眸首钢矿山近六十载发展历程，战天斗地的壮举背后，离不开挖山不止的愚公之志，更蕴藏着鬼斧神工的鲁班技艺。

沧海拾珠，匠心犹现。从立志选矿事业成就国家科技进步一等奖磁团聚工艺的孙芳柳，到勇创地采自动化领域引领国内前沿技术的“首都市民学习之星”马著；从妙手生花创造上千万价值的“八级半”汽修工李士奇，到专攻一艺成为“全国技术能手”的台车司机于连有。这一个个普通而平凡的名字，在历史的长河中翻涌而出，展现了一代代首钢矿山人精湛的技艺，成为矿山工匠精神的代言人。他们身上折射出的光辉品质，在首钢精神和矿山传统的孕育下，经过半个多世纪的积淀，凝结成“惟精惟一、至善智学、勤思善悟、苛求极致、勇挑重担、志趣非凡”的矿山工匠精神，更显生动有力。正是众多能工巧匠的出现，将个人梦想与企业命运紧紧相连，共同书写了首钢矿业公司蔚为壮观的创新发展史。

一代人有一代人的使命。作为伴随新中国成长的国有矿山企业，首钢矿业公司曾拥有亚洲最大的露天铁矿，曾在采、选矿技术上达到国家科学技术巅峰。而今，在供给侧结构性改革的背景下，首钢矿业公司进入了深化改革、转型发展的新时期，更需要建立一支高技能人才队伍，在建设数字化、自动化、信息化、智能化矿山中实干巧干，为提高国内冶金矿山行业的竞争力再立新功，为壮大民族产业添砖加瓦。

这其中，做精做强矿产主业离不开一丝不苟、精益求精的创新精神；做深做专相关产业、更好服务社会离不开臻于至善、用户至上的品质精神；发展培育资源再利用新产业、构建可持续发展新蓝图离不开勇于实践、追求卓越的开拓精神。这些精神无一不与工匠精神一脉相承。因此，我们更希望通过《矿山工匠》一书，为广大职工开启工匠之门，找到为匠之道，激励更多职工立足本职、锐意进取、成为匠才，助力矿山转型发展，实现新使命。

本书凝聚着各位编者一年来的辛勤笔耕和智慧创造，在此表示感谢。

谨以此书，献给为首钢矿山发展做出突出贡献的匠人和在匠人之路上毅然跋涉的人们。

李鴻泰

2017年9月

目　　录

第一辑　惟精惟一——久久为功　厚积薄发

第二辑　至善智学——学有所精　学有所通

第三辑 勤思善悟——乐于总结 着眼创新

第四辑 苛求极致——坚守标准 追求完美

第五辑　勇挑重担——抓住机会　大胆实践

第六辑　志趣非凡——痴迷热爱　心思纯净

第一辑 惟精惟一

——久久为功 厚积薄发

圆梦冀东的首钢地勘人卢浩钊

唐 灏

匠人心语

打破首钢有铁无矿的局面，成为卢浩钊这样的“觅粮人”在冀东迁安地区寻找铁矿的追求和梦想。“地质构造的研究和成矿模式的建立，是寻找矿床的关键，每次勘查设计都需要充分论证才能实施。”34 年的地质找矿工作，卢浩钊专注于地质成矿理论研究，潜心于成矿模式的探索。他既是一位挥洒汗水的辛勤劳动者，也是一位敢于创新的行业领头人。

1984年，北京西郊，首都钢铁公司大东门。一只展翅高飞的雄鹰，欲告别高耸陡峭的山石扶摇直上。绿荫掩映下的玻璃橱窗里，张贴着一张胸前佩戴光荣花、文质彬彬的中年知识分子的照片。“四化尖兵”这种首钢最高荣誉格外引人注目。

“那不是卢浩钊嘛！老卢，他可是为咱首钢找‘粮’的人啊！”

卢浩钊，1934年8月出生于广东东莞，地质高级工程师，1959年11月毕业于长春地质学院地质系区域地质调查及普查找矿专业。同年到石钢地质勘探队（首钢地质勘查院前身）工作。曾担任项目区段组长、技术负责人、主任工程师，1978年晋升为工程师、1989年晋升为高级工程师。在职期间，主持完成了30余份冀东迁安地区地质勘查项目的方案设计、审核和成果提交。多次被评为首钢双文明先进个人和冶金地质总局先进个人，撰写多篇地质论文，主持完成的项目曾获国家科技进步二等奖。

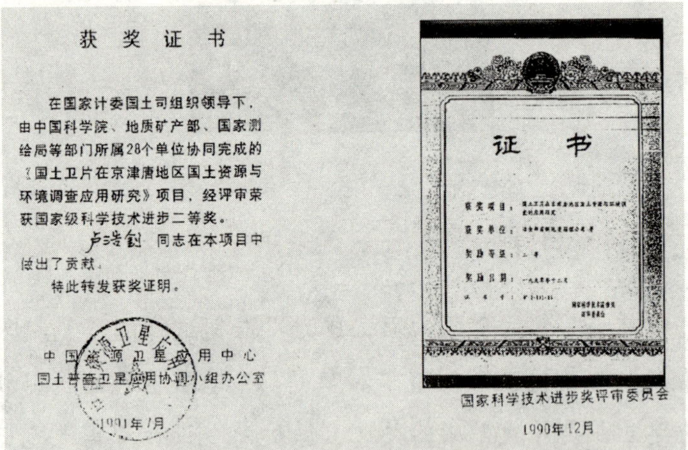
获 奖 证 书

在国家计委国土司组织领导下，由中国科学院、地质矿产部、国家测绘局等部门所属28个单位协同完成的《国土卫片在京津唐地区国土资源与环境调查应用研究》项目，经评审荣获国家级科学技术进步二等奖。

卢浩钊 同志在本项目中做出了贡献。

特此转发获奖证明。

中国国土资源卫星应用中心
国土普查卫星应用协调小组办公室
1991年7月

证 书

国家科学技术进步奖评审委员会
1990年12月

卢浩钊主持完成的项目获得国家科技进步二等奖

水厂矿勘探先行者

那是一个令人热血沸腾的年代。在“大跃进”的号角声中，石景山钢铁厂（首都钢铁公司前身）拉开了扩建的序幕。

随着三高炉、三焦炉、烧结车间三大工程的竣工，高炉“粮”荒越来越严重。

石钢决心改变矿石自给率为零的窘迫现状。石钢呼唤自己的“粮倌”，呼唤叩开新时代铁库之门的“阿里巴巴”。

1959 年秋，一个阴雨蒙蒙的季节里，一副半旧的铺盖卷伴随着一个 25 岁的年轻人，跨进了石钢地质勘探队的大门。他，就是卢浩钊。

怀着对石钢有铁无矿窘迫现状的忧虑和被激发的豪情，刚过完春节，料峭春寒里，卢浩钊和七八个青年伴着一辆拉行李的破牛车吱吱哑哑了一天来到这希望之海，走进了燕山脚下迁安的山野。

燕山，像一道天然的屏障。虽然它阻挡住了匈奴的利箭和胡马的铁蹄，却无可奈何于 20 世纪 40 年代末日寇对这片土地的欺凌。惨绝人寰的潘家峪惨案使迁安的苍山目睹了一场弱肉强食的人间悲剧。苍山为之颤抖，恨不得捧出腹内的宝藏献给东方孱弱的龙的子孙。

终于，苍山听到了“叮当”的地质锤声，听到了“阿里巴巴”的呼唤，听到了为石钢高炉找“粮”队伍的脚步声。

为了抓紧时间工作，卢浩钊常常在山民家里借宿。夜晚，他蹲在炕前，借助火苗在小本子上勾勾划划。夜半，躺在床上，冷风飒飒，寒气透肌浸骨。好歹睡了一个囫囵觉儿，第二天一早，又爬上了晨雾缭绕的山头。

“粮荒”不仅仅威胁着高炉，自然灾害导致的饥饿也在迅速蔓延。有限的定量，贫乏的营养，瘦弱的身躯，还要承受攀山越岭的大运动量。渐渐地，他感到浑身乏力，但仍咬牙坚持和大家一起爬着山。

卢浩钊的体重一点点下降了，但野外地质记录本却越来越厚。

经过全体地质人员的努力，迁安地区有新发现。其中，水厂铁矿勘探列入国家重点建设规划项目。为集中力量加速勘探，由冶金工业部和地质部联合勘探。在冶金工业部地质队的八台钻机的轰鸣声中，一场水厂找矿地质勘探大会战开始了。卢浩钊担任了地质组组长。

20 响开山修路的排子炮掀开了坚厚的岩层。苍山激动了，震颤了。它除了听到过古疆场上“燕山胡骑”的鸣啾和山风的吼啸外，终于听到了人类开山探宝的福音。

一箱箱钻探岩芯迭迭而至，卢浩钊被迷住了。描述、取样、绘图、计算……他忘了所有身外的事。

卢浩钊眼里全是石头。

他就像一块石头！

几十个钻孔的编录，资料完整，质量可靠。几十份钻孔柱状图、剖面图，勾出了厚大的矿体。他陶醉在这些红色条带状的图案里。

水厂勘探会战，探明铁矿储量 4.37 亿吨。在全国铁矿资源概图上，水厂矿床列入大型铁矿床行列。这是一个莫大的鼓舞，这是地质部和冶金工业部地质队向石钢奉献出的又一批“食粮”！

1966 年，国家正式批准了水厂铁矿建设项目。从此，石景山钢铁厂的发展开辟了新的纪元。

1971 年 2 月，首钢迁安铁矿水厂北山采矿场

站在一处山头上，卢浩钊俯视着偌大的水厂铁矿采矿场，眺望远处一列列满载精矿粉的列车，一丝微笑浮现在他清瘦的脸上。瞬间，一股严肃的神情又凝聚在他的眉峰，他清楚，更加艰巨的任务还在等待着他。

发现迁安地区隐伏矿体

30 岁过去了，卢浩钊依旧形单影只。“文革”的开始，从生活、家庭的角度说，卢浩钊也许是因祸得福。他曾以满腔热情把自己的心血浇灌在北方的土地上，然而质问、责难的现实又逼迫他把精力从平时须臾难以放下的工作中，分出一部分投向生活。

1969 年春节，卢浩钊的家终于贴上了大红喜字，妻子等待他调回广东省东莞县家乡团聚的心一直悬着。然而，新婚的妻子却没想到卢浩钊对她失言了。此时的卢浩钊风风火火地奔走在百里矿区。他忘记了对妻子的许诺，忘记了作为知识分子被贴上大字报的羞愤，全身心地投入到这片使他振奋的山野里。

自 1970 年到 1972 年的三年勘探会战，首钢地质勘探队不仅先后在大杨庄、前裴庄、柳河峪、孟家沟主矿体和 1 号、2 号矿体，蔡园、蔡园西沟、羊崖山等十几个矿点共探明铁矿储量两亿多吨，也孕育了对地质认识的一次巨大的飞跃。

三年勘探，潜心于研究矿区地质构造的技术人员们发现了一个令人不解的现象：根据物探工作提供的磁异常表明的地下深部矿体究竟以何种构造模式存在？

1973 年夏末，首钢地质勘探队地质科牵头，与长春地质学院同步开展了迁安矿区地质构造研究。时任地质科长禚成方、地质总工程师谢坤一、地质普查队主任工程师卢浩钊等技术人员，与长春地质学院专家学者结合勘探生产情况，经过反复研究论证，大胆提出了“迁安矿区地质构造可能不是通常的板状单斜层构造，而是紧密褶皱，呈‘U’字形构造的设想”。经钻探证实，在两个单斜之间，深部潜伏厚厚的矿体，形成向斜槽部控矿模式。

勘探队在野外的驻地

宫店子矿床向斜构造的发现，如一束强亮的地质之光豁然照亮了一直蒙在神秘黑纱里的、我国前寒武纪鞍山式沉积变质铁矿构造的真面目。从此，迁安地区找矿史掀开了更加夺目的新篇章。宫店子矿床向斜构造理论的成立，因开辟了沉积变质磁铁矿床新领域而轰动了全国地质界。首钢地质勘探队对冀东地区迁安宫店子铁矿进行构造研究分析，突破了铁矿产于单斜构造的认识，查明铁矿赋存于复杂的向斜（或向形）构造中，在向斜轴部铁矿体增厚。这一认识的总结和应用，促进了此类型铁矿床的勘查工作，发现了一大批隐伏矿体，大幅度地增加了矿床储量。

“槽部”找矿增加储量一亿吨

1976年，神州大地掀起了“四化”建设新高潮。

在制订中、长期发展规划过程中，冶金专家、学者们在矿产储量这个至关重要的数字上徘徊。

为了延长矿山服务年限，继续为首钢寻找后备接替矿源，一支适应地质技术和便于管理的队伍——首钢勘探公司普查队诞生了。普查队融合了地质、物探、测量三个“兵种”，成为一支综合性找矿队伍。普查队技术总负责人的担子落到了卢浩钊的肩上。

他思考着如何发挥出普查队群体的智慧。他要像一面聚光镜，把广大技术人员智慧的灵光聚焦成一束强亮的光柱去照亮茫茫的地质认识领域。

在迁安地区找矿，物探工作是一种重要的科学手段。卢浩钊和技术人员对全矿区逐行逐块进行了电法、磁法和磁测井工作，研究出了磁异常的特征与矿体的产状、规模及分布范围之间的内在联系，建立了矿床的物理—地质模型和一套条带状铁矿床的找矿理论，为推断和揭示白马山、杏山—脑峪门、柳河峪等矿体构造提供了充分的科学依据，打开了迁安铁矿深部找矿的新局面。

地质构造，是地质认识领域的一个关键。

地质构造，就像隐藏在地下控制矿体的玄机妙关。

为了查清地层构造，他立即组织开展了万分之一地质测量工作。

他分析着万分之一地质测量资料，研究着一张张地质图。图上圈、点、线在他眼里都幻成了不同的地层、褶皱和断裂带，幻成了一个个欢快跳动的音符，这些音符奏出了他人生激越的乐章。

水厂矿“两向一背”和孟家沟平卧倒转向斜构造的探明，使人们认识到，只有靠群体智慧点燃的火把才能照亮通往深邃而辉煌的地下迷宫的幽径。

卢浩钊伴着这乐章畅游在地质学的迷宫里。多少次踏勘，多少次推断，他思维的尖犁耕耘着迁安北部矿区的上百平方公里的山野。

科学手段提供的理论，给卢浩钊思维的翼下鼓起了劲风。

青灯下、山头上，茶余、饭后。对照着几十张水厂勘探钻孔剖面图研算深部的剩余磁异常……

推断，解释，分析，对比。思维的犁铧豁入了地下……

当时，对于迁安矿区地层构造的认识，在该地区已经工作了20多年的首钢地质勘探公司的工程师们，已提出过种种假说，这些认识就像一条条竞相向上的绿叶藤蔓爬满了地勘院刚刚建起的围墙。卢浩钊逐条理清，审视着它们的伸展方向和速度。

1982年，他把普查队群体目光导向了北矿区的水厂矿床。

卢浩钊（中）在迁安矿区水厂成矿模式研究交流会上

当时，水厂矿区南端的姑子山、小西山、铁炉山矿体是“三向两背”矿体。宏观上看，矿体像一条凝固的波浪线。波峰、波谷、褶皱、隆起、凹陷。西南端开阔，东北端收拢，这不同的现象，他总觉得其中必有缘故。

他开始研究姑子山零号勘探剖面图。在图上，姑子山矿体像一只巨形手掌伸向了南山矿体。南山矿体也伸出形如巨手的矿体。两矿体在地下的赋存状态，就像一张“牛郎织女”隔“银河”的妙趣图，深部到底有没有矿？卢浩钊历经几个月的观察、研究，他越来越坚信深部有矿体存在。

沉积作用—原始矿层的形成—褶皱作用，把矿体挤成巨大的“V”字形。

长期积累，偶而得之。他忽地想到了这个模式。他竭尽全力证实这个推断。

8月，酷热难耐。卢浩钊在桌子前一趴就是半天。推想，勾画，验算……

吃饭，食堂里常常只剩下他一个人。一次，晚饭时间过了半个多小时了，炊事员还不见他来。一想他准是钻进资料堆里去了，就找到他的办公室。

“卢工”。

“干吗?”

“你说干吗？我叫你能干吗?”

“噢。谢谢!”

他恍然明白了炊事员对自己的关心。

长时间的研究，对几十张勘探剖面图进行对比、联系、抽象、升华。他隐约感到从水厂北端的鱼头矿体到西南端的“三向两背”矿体的下面，斜向下可能静静地卧着一条长2000米、宽约300米、厚100米的巨大铁柱体。他像孙悟空“火眼金睛”看见了“如意金箍棒”一样的兴奋。

1982年，卢浩钊一个大胆推论在他的《关于水厂矿床构造形象的再认识与找矿》论文中提出了。这，就是“槽部”找矿设想。他大胆推测水厂矿床是一个复式统一大向斜。“三向两背”构造中的两个向斜分属于统一复式大向斜的两个翼，大向斜的“槽部”（核部）由于沉积和褶皱作用，矿体厚度大。在“槽部”找矿，前景可观!

10月末，卢浩钊把这一推论编入设计书。

一张由S400号线、零号线、N400号线构成的钻探工程控制网覆盖了水厂矿床的南部。钻机轰鸣了。钻杆像利剑直刺大山内脏!

轰鸣声中，卢浩钊期待着……

工作中的卢浩钊（图中左三）

果然，设计在姑子山地段上指向复式大向斜槽部的钻孔打到了大矿体，以铁的事实证实了他的推断——“槽部”找矿观点的成功！

1983 年，首钢勘探公司由于找矿成绩显著，荣获冶金工业部找矿成果奖。

冶金工业部找矿成果奖获奖留念，左一为卢浩钊

1984 年，又获冶金工业部找矿成果奖。

1985 年，《冀东迁安沉积变质铁矿磁异常综合研究》分别获得冶金工业部和国家科技进步三等奖；《迁安杏山评价报告》获得冶金工业部地质成果三等奖。

当荣誉和表彰接踵而至时，卢浩钊退缩了。

他说：“这一观点的提出，建立在群体智慧的基础上，没有广大技术人员的共同努力，这一切只能是空想。我不过是借用了大家的智慧。”

不管他作何解释，为祖国做出贡献的人，人民不会忘记他。

水厂铁矿被认识后，他又开始研究孟家沟主体矿与Ⅱ号矿体的关系。

一个夜里，他发现，矿体剖面图上，左面向斜主矿体向下略弯曲的两条矿层构成的鞍马形与右面Ⅱ号矿体呈弧形向上弯曲的背斜矿体间似乎有些联系。

他迅速捕捉到这个闪亮的智慧灵光。经研究，他推断，两矿体有属于同一褶皱的可能。

这是一个奇特的推论！

这种褶皱的存在，将成为迁安百里矿区内又一个平卧倒转向斜！它像一块巨大的“U”字形铁板平卧在山体里。

一个钻孔便可证明这一推断的正误。但素来对工作持有严谨科学态度的卢浩钊，为了获得野外第一手地质资料的证明，避免浪费勘探资金，和同事们爬上孟家沟Ⅱ号矿体的山体。终于，在一个落日的余晖里，他发现了一小段与主矿体上相同的含紫苏辉石的标志地层。他兴奋地用地质锤敲下一层，捧在手里，就像捧着他推想的那个平卧的“U”字形矿体。

1985 年底，他把这一推断编入了设计中。

1986 年，勘探工程开始验证了。

终于，一个设计在孟家沟主体与Ⅱ号矿体之间的钻孔取出的铁矿岩芯的事实，验证了他推论的正确。

1987 年，运用这一新观点，勘探队进而在水厂中部的达峪沟进行勘探，探明铁矿储量 1 亿多吨。

他总是那么忙

1976 年到 1986 年的十年中，卢浩钊身手大显。然而这十年，对他自己来说却又是充满酸楚、负疚、自责的十年。

就在卢浩钊全身心投入到孟家沟主矿体与Ⅱ号矿体的勘探工程时，一件让他永生遗憾的事发生了。

1986 年 5 月 23 日，一张电报，载着母亲突然病逝的噩耗落到卢浩钊手里。

他终于打破了以往只有春节才回家的惯例，与母亲“相见”在香港某医院的太平间里。

当他还不到7岁的时候，贫困就使卢浩钊过早地失去了母爱。母亲含着痛苦的泪水与他告别，以当佣人的微薄收入支撑着那个家。新中国成立前夕，母亲随东家到了台湾省。多少年，她与亲人隔海相望，她想着自己的骨肉。卢浩钊也多少次在梦中呼唤着母亲。

他揭开了盖在母亲脸上的白布，一阵大哭真想把母亲“唤醒”。

30多年啊，30多年只相见过一次！

30多年，母与子，一个从中年走向了死亡，带去了与骨肉未曾团聚过的难以瞑目的遗憾；一个从青年走向了中年，带来了十几份地质报告和丰硕的地质成果。

“叮呤呤……”

迁安县松汀村普查队队部的大院里突然响起一阵急促的电话铃声。

“喂，你是哪儿？找谁？”

“我是广东东莞县，找卢浩钊，我父亲。”

“哟！太不巧了，你爸爸去北京了。”

“他几天后回来？”

“三天后。到时再打电话吧。”

三天后，电话铃准时响起来。可卢浩钊仍然未归。

队领导接转了电话。二女儿高考落榜，让他决定是求职还是自费求学。

一回到队部，卢浩钊立即给二女儿发电报：“一切听凭舅舅安排。”

他也许不是一个称职的儿子、父亲、丈夫。但他却是一个称职的高级地质工程师。

迁安百里矿区，矿车奔驰。

一个金秋的黄昏，卢浩钊登上山丘，灿烂的晚霞把他斑白的头发涂染上一层玫瑰色。他看着一列列满载精矿粉的专列南下、北上，发往陕西、辽宁……

卢浩钊欣慰地笑了。

首钢高炉，你也有吃不完“粮”的时候！

卢浩钊理理已染秋霜的鬓发，深邃的双眼眺望着冀东的山山水水，一股力量悄然萌生，他还要在这片高炉“粮田”上继续耕耘。

到 1988 年，在探明水厂矿床达峪沟段和姑子山段 2.6 亿吨的储量的基础上，水厂矿床以拥有 10 亿多吨铁矿量成为我国一座特大型铁矿床。

卢浩钊获得冶金工业部地质局颁发的荣誉证书

南国遥望冀东群山

1992 年，卢浩钊正式退休。在退休之前，卢浩钊仍然心系着首钢的发展、挂念着首钢矿山的明天，他对迁安铁矿几十年的勘探成果进行了系统梳理，结合自己 30 多年来对迁安铁矿的认识，对迁安矿区成矿理论进行了综合研究，编写了《冀东寻梦——重新发现迁安矿区》一文。文中指出了在迁安矿区孟家沟铁矿、二马铁矿、杏山铁矿、影壁山铁矿、脑峪门铁矿等地段仍有巨大的找矿潜力，这些预测大多为后期的勘探所证实，为后期危机矿山项目的勘探工作起到了较好的指导作用。

卢浩钊把自己的一生都投入到在迁安地区地质找矿工作中。他见证了首钢结束有铁无矿的历史、见证了首钢矿山的发展历程、见证了首钢矿山第一份地质勘探报告和水厂铁矿第一声矿山爆破和开采的历史；他亲自参与并经历了迁安地区前寒武变质岩铁矿储量从几千万吨到 30 亿吨的整个过程；同时，他也见证了首钢地勘人在迁安地质找矿工作中艰苦奋斗，从青春到暮年的坚守和奉献。

34 年的辛勤工作，成就了卢浩钊毕生追求的梦想，也使他割舍不下为之奉献一生心血的迁安矿区这片沃土。他匍匐于大地之上，是要作为倾听者读懂远古山石传递的语言；他行走在山峦之中，是要融入山脊间刻画祖国钢铁的蓝图。地勘人如今重回南方故里，但他仍遥望着冀东的群山守候佳音……

铆工戚东生用38年践行“匠人精神”

井春苓

匠人心语

蒸汽机车已然成为矿山历史活的见证，锅炉铆工发挥的作用更是这段历史中的一枚不朽勋章。“很多工作本身并不难，难的是一生只做一件事”。戚东生，这位用38年只专注做好零缺陷锅筒铆接的铆工，用一种执着、一份坚守、一份责任，诠释着蒸汽机车时代的“匠人精神”。

他是一名在生产一线工作了38年的普通工人，可经他手改造的机车部件让公司经理都竖起了大拇指；

他只有初中文化，但通过自学、实践，在20世纪90年代初取得了蒸汽机车修理铆工工种助理工程师资格；

他曾两度获得首钢级双文明先进职工、运输部级优秀共产党员荣誉，还被授予“首钢技术能手”光荣称号。

与锅炉铆工结缘

戚东生1940年出生于河北省滦南县高庄子乡。1958年，中共中央提出了“全党全民大炼钢铁”的方针，并在迁安县周边招聘了近4000人参与到此次行动当中，戚东生就被分配到了石景山钢铁厂运输部，开始了铆工学徒生涯。

有人说，铆工就是熟练工种，用不着技术，只要拿得动铆枪和风钻谁都能干。而真的干上了这一行，许多人才能够懂得其中的艰辛。当工作熟练到一定程度，技术就成了艺术。据戚东生回忆：“学徒的时候我很想放弃，听见厂房里金属碰撞与机具运转发出的嘈杂声音就不舒服，每天下班后感觉耳朵里老是有拖拉机一样的声音。可那时总有一种声音在告诉我，自己选择的路一定要坚持下去。就这样，一段时间过去了，我渐渐地适应了这种环境，原先感觉刺耳的声响似乎成为生活中的必需，我好像喜欢上了这富有节奏性的响声。”

1960年，石景山钢铁厂开发迁安矿山的号角已经吹响，卑水铁路架在了滦河大地上，电通了，水通了，原本安静的小山村一下变得繁忙热络起来。按照组织安排，戚东生等一行人来到滨河村，走进石钢迁滦铁矿机修车间担任起铆工工作。

这一年，车间刚刚投入运转，并没有太多的生产任务。但是对于戚东生而言，空闲的时间让他觉得空虚难熬。等时间不如赶时间，于是他将注意力放在了学习理论知识上，以便在任务多的时候更加得心应手。也就是从那时起，他翻阅了大量铆工工艺的书籍和相关的工作资料，积累了扎实的理论基础。

1961 年，戚东生被调配到迁安铁矿运输车间担任起蒸汽机车锅炉铆工工作。蒸汽机车的锅炉铆工有别于普通的铆工，专业性很强，在 20 世纪 60 年代电焊技术还没有大规模应用时，锅炉铆工就成为了蒸汽机车检修的主力工种。它主要是对蒸汽机车锅炉锅筒进行铆接，并对锅炉大大小小的位置进行检修。因为蒸汽机车烧煤，在运行中，锅炉火箱、烟管、烟箱等地方都可能会附着很多的炉灰和煤烟粉尘。戚东生说："这一天下来都是灰头土脸的，到家洗脸都得洗好几遍。"但他并没有抱怨工作的辛苦，而是欣然接受了这份工作。因为，他深知作为在钢铁企业铁路运输承担着"火车头"的重任，而维护好蒸汽机车至关重要。从这一刻起，他注定与锅炉结下了不解之缘，而这一修，就是一辈子。

运输部蒸汽机车

卷边无裂纹造就了"技术能手"

书本上的理论再熟稔也不能代表对技术的精通。技术最终要应用于生产，就避免不了要解决很多生产实践中遇到的问题，而这些待解决的问题远比我们想象的要多、要复杂。

由于刚刚尝试锅炉铆工检修工艺，戚东生在检修实践中遇到的难题接踵而来。锅炉管板有 36 个直径为 108mm 的大眼，96 个直径为 51mm 的小眼。每次检修时需要将旧的或者是坏的烟管掏出来换上新的，最后进行卷边工艺，这才算完成了烟管的更换任务。所谓卷边，就是将厚度为 3~4mm 的烟管在钢板上穿过去以后，大概突出管板 4mm 的长度，然后像“挽袖子”一样弯过来再进行铆接。卷边时容易出现卷边裂纹，把持不稳了还会出现工件飞出伤人现象，很是危险。这就要求操作者准确把握卷边的角度、圆弧度和卷边速度等关键因素，并且把持一定要稳固。

“如果把管板放在地面上换比较容易，可是他们需要钻进锅炉的燃烧室内，再将 100 多根烟管从钢板上穿过去。燃烧室的温度退却的非常慢。冬天还好说，夏天就非常难受憋闷了。而且要把仅有 3mm 厚、4mm 长的管头卷过来没有裂纹，可想而知难度多大。”老班长蔡建辉（现运输部机车修理段段长）说道。

这对于当时还是新手的戚东生来说更是一项高难度的工作。可年轻气盛的他不甘就此被难倒，穿管工作相对来说容易一些，但是每次卷边总出现裂纹。对此，他请教身边年岁较长的铆工师傅。师傅告诉他，因为尺寸很小，有点裂纹是正常现象，不必在这种事上钻牛角尖。可戚东生对得到的答案并不满意，他认为干工作就要一丝不苟，小裂纹虽然不影响眼下设备的使用，可是会严重缩短设备使用周期，凑合的事坚决不行。于是他翻找查阅各种相关书籍，研究探寻最合适的卷边数据。他开始对裂纹产生原理进行研究，并利用废旧管件在卷边机上不断地进行角度与速度的调整，经过 50 多次的细微调整终于确定了应用于实际的最佳卷边数据。深入的学习与多次实践让戚东生成了卷边能手，只要经他手完成的卷边工艺，都没有裂纹且外形美观。就是凭着做事绝不凑合、力求完美的态度，在短短几年的时间里，他熟练地掌握了各项锅炉检修技能，成为了班组里的骨干能手。

戚东生对技艺的掌握并没有停滞不前。他在锅炉铆工的岗位摸爬滚打了十余年后，在 1979 年的铆工技术表演赛中，因成绩突出被授予首钢技术（业务）能手的光荣称号。并在 1992 年，顺利取得机车车辆修理（蒸汽机车修理）助理工程师职务资格。

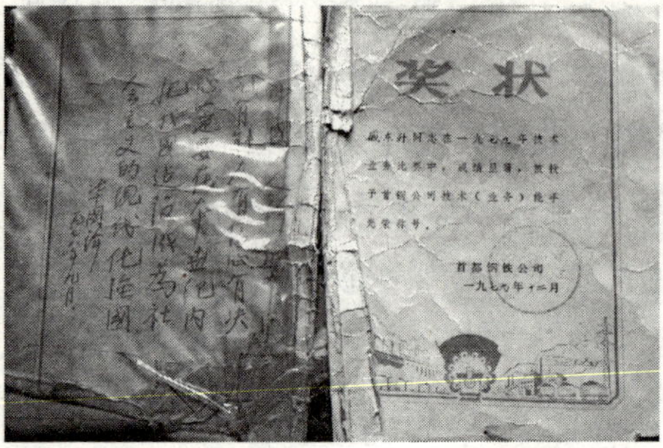

戚东生的“首钢技术（业务）能手”证书

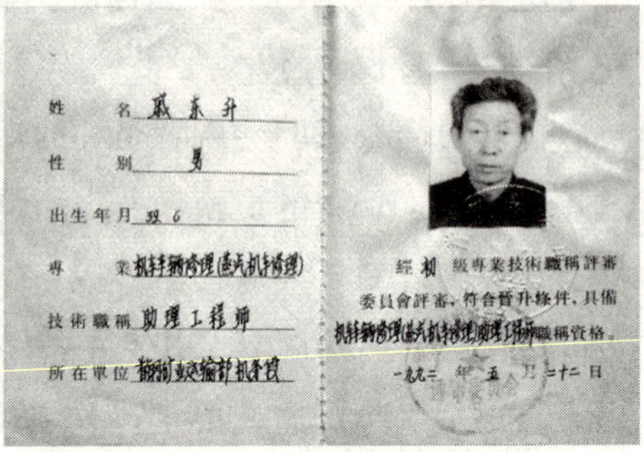

戚东生的助理工程师职称资格证书

制作“缩管胎具”提效30倍

戚东生的大名到现在也是响当当的，尤其是他制作的缩管胎具在车间很好地传承了下去。缩管是锅炉检修中最常见的工序，也就是将粗管变成细管。过去修理工段没有缩管胎具，只能靠人工捶打的方式完成。当时，每班5个人操作，一个班只能完成20根管子的缩管任务，而且合格率只占60%~70%，不仅劳动强度大，生产效率也低。戚东生下定决心解决这个问题。

有一年，段里领导听说外厂有缩管胎具，就派他到外厂委托缩管，但因外厂的胎具不合格，所委托制作的一批管子不适合矿山机车使用，既浪费了人力、物力，又浪费了资金。不过，这一次的失败教训，也启发了戚东生。他结合外厂的做法，针对矿山蒸汽机车用的锅炉管，摸索着制作了适合矿山蒸汽机车使用的直径为133mm和51mm的两套缩管胎具，而且在200吨液压机上试验一次成功，从此解决了蒸汽机车缩管的一大难题。就这样，通过使用缩管胎具，让每根管的制作时间由原来的半个小时缩短到几十秒，生产效率提高了30多倍，合格率由60%~70%提高到近乎100%。当时，运输部架修和大修蒸汽机车，每月大约需要锅炉管150根，使用了戚东生制作的缩管胎具，只要不到两个班，所缩的管子就够一个月使用的。

从这以后，运输部厂内厂外大大小小的检修任务都会让戚东生带头。一次，矿山建设发电厂需要解决用水问题，公司将铺设管道任务交给了各个厂矿，运输部承担了从小火车站至82米站的一段线路，以及裴柳线上李庄子一带的线路。管道铺设主要靠焊接工作，戚东生带领十余人奋力拼抢、不分昼夜的大干了起来。最终，他们在最短的时间内以高质量的管道焊接打赢了这场战斗。后来，他承担的农牧场锅炉检修项目也受到了公司领导的一致好评。回忆到这些的时候戚东生突然笑了，他说："那时候，只要有大的检修项目领导都先征求我的意见，说我同意了才敢干。"这笑声是发自内心深处的自信和自豪。

他让蒸汽机车大修不再外委

运输部自1973年建部以来一直只担负着机车架修、洗修的任务，机车大修一直靠外委。为了节省资金，运输部于20世纪80年代末期提出要自主大修蒸汽机车，领导想到的第一个带头人就是戚东生。蒸汽机车大修，锅炉部分是关键。有着多年工作经验的戚东生也踟蹰起来，"能否顺利地把机车内火箱喉板换下来，是关系着能否对机车全面大修的首要问题。"可内火箱喉板更换起来很困难，它需要将锅炉喉板全部拆开分解，然后再一个一个地组装回去，连一个螺丝钉都不能放弃。机车内火箱包括喉板、耳板和燃烧室板三部分，三部分合为一体，是机车锅炉的重要部件，也是机车锅炉吞烟咽火的地方。内火箱喉板的材质为厚14mm的20号锅炉钢板，它的长度约1.8m，宽达1.3m，重量为130千克，毛坯由唐山机车车辆厂用水压机压制而成。要把这块板换下来难点在什么地方呢？这块板不完全是平的，有坡面、有立弯，而且要在坡面和立弯上打大小不同的235个孔眼。因内火箱喉板是机车锅炉的一部分，所以得从这些孔眼中穿上炉撑与机车锅炉外壁链接，要求里外孔眼中心线小于5度。

能达到这个技术标准吗？有人说："知难而退吧，换一部分容易的算了。"可戚东生下决心要把内火箱喉板换下来。他说："我们首钢改革，就是要求大家有敢创造的精神，这道难关闯不过去，过几天机车坏了，我们还得外委大修，自己干、全部换是唯一的出路。"

戚东生说出了大家的心里话。不过钻这两百多个孔眼，得由他定中心。组织上也知道他的难处，为了帮助戚东生克服困难，领导派了最好的钳工、焊工协助他。在大家的帮助下，他开始定钻孔中心了。他采用了一个“笨”方法，拿一根木棒蘸上红油漆，从机车锅炉的外炉壁的孔眼伸进来，把油漆点在毛坯上，然后再对照图纸和旧件，找出这些孔的中心点。最后，大修内火箱喉板这项工程仅用了半个月的时间，所打的235个孔眼，有234个分毫不差符合标准，顺利地插上炉撑，另一个孔眼也在稍加修补后合格通过。机车内火箱喉板的更换成功，解决了机车大修的一道难关。

运输部机车大修竣工剪彩仪式

在机车大修竣工剪彩仪式上，就连见多识广、技术高超的时任矿山公司设备副经理高应云也为他竖起了大拇指说：“小戚，好样的!”

严师出高徒

“只有长江后浪奋勇搏进，强过前浪，企业才能前进发展。”这是戚东生内心的独白。戚东生从没想过自己独掌技艺，他要把所学的东西通过传承来回报企业。作为一位德艺双馨的铆工老师傅，他说：“掌握技艺的价值不仅仅在于完成任务获得效益，薪火冉冉，让技艺得以传承，工艺历史得以延续才是我人生最大价值的体现。”

宋梁刚是戚东生带的徒弟，现在是运输部机车修理段的检修骨干。他是这样评价师傅的："别看我师傅平时一副和蔼可亲的小老头模样，但在技能传授上特别严厉，就像私塾先生一样，不容我们有一点的懈怠。"那时候，蒸汽机车锅炉的对流管束以及前、后水冷壁与锅筒的连接一般采用胀接法进行安装。胀接是利用金属塑性变形的物理性质，通过胀管器的外力作用，实现烟管与管板的连接并达到承压与密封的目的。宋梁刚学得很认真，每一步都作好记录，用废旧管反复练习，最后拿着自己最满意的作品给师傅看。本想会得到师傅的夸赞，出乎意料的是，师傅看看胀接管件再看看徒弟，皱起了眉头。他说："不要为做了自己应该做的事而沾沾自喜，初学并不能成为作品有瑕疵的理由"。接着，戚东生带着徒弟到工作现场，从头至尾将工作流程演示了一遍，每一步的操作都精确到数字上。按照戚东生的要求，所有的胀接管子外表面不能有重皮、压偏、裂纹等表面缺陷，胀接管子的端面倾斜度不能大于管件公称外径的1.5%，且最大不超过1mm。看着一脸惊恐的徒弟，师傅严肃的脸变得和蔼起来，说道："开始学的时候一定要一丝不苟，基础好、根基牢，这样才不会出现偏差。也许只是不经意的一个瑕疵，就会导致胀接不严，打压时就会漏水，蒸汽供应不足，整个机车就从奔驰的龙变成无力的虫了。我们一定要对机车负责，更要对自己的手艺负责。"

戚东生对作品各项技术数据与外观完美程度的要求几近苛刻。每当徒弟询问他工艺技巧的时候，他都只会回答说："学以致用是基础，无数遍的按规操作就是技巧。一定要秉着尊重工艺的态度，用心去干，技巧自然于心。"现在的宋梁刚回忆起师傅充满感激，他说："我现在可以很自豪地说蒸汽机车锅炉铆工工艺，我就是内行，而我的这份自豪是师傅给的。我师傅是用自身行动尊重铆工这项技能工艺的人，这才是匠人的基本素质。"

戚东生不仅对自己的徒弟倾囊相授，只要有人去请教，他都会知无不言、言无不尽，还会亲身试教，现场讲解。他经常告诫大家要"凡事多一点"，不会的多学一点、不懂的多问一点、检查完多看一点、判断完多想一点、处理完多干一点……一点一点的积累下来，就是一笔巨额财富。对待年轻人他既是严师也是慈父，不仅会手把手的教青年人技术，还会教导他们做人的道理。

他不会对请教者有所保留，因为他说过只有传承才能让企业人才培养薪火不熄。

这样一个普通的火车锅炉铆工工作，戚东生一干就是一辈子。其中，饱含着技艺、坚韧、创新、诚信，缺一不可，他始终对工作要求做到事无巨细、精益求精，这就是戚东生的匠人风范。就像那句老话，“只要比别人多用点心，多吃点苦，你就和别人不一样。”

赵纯朴的“爆破”人生

刘 媛

匠人心语

时间平等分配，留给手艺人精细雕琢成留世珍品的同时，也必然会留给像赵纯朴这样的“破坏者”精细考量。“每次爆破，脑袋里总绷着一根弦。必须有绝对把握才能实施，爆破施工如果出事就是大事，任何时候都需要小心谨慎。”25年爆破工作，专注于精准控制，潜心于炸药研制，在坚守与寻找中赵纯朴坚信：“爆破是我一生的工作”。

“赵工搞爆破的时间非常早，爆破技术很全面，有什么爆破难题我们都爱找他请教。”

“90年代初评个高级工程师很难，但在采矿专业里面，赵工是唯一一个从事爆破工作的高级工程师！”

“我的父亲为矿山奉献了毕生精力。他在工作期间多次获得嘉奖，多次被评为首钢总公司和厂矿先进个人，两次立功。”

在赵纯朴长达30余年的职业生涯中，从大石河起步，守在现场1000日做足功课，指导爆破岩石量达到4亿吨，退休于矿业研究所，爆破工作连续干了25年。作为首钢矿山老一辈的爆破工作从事者，他先后主持研制成功“田菁10号”热加工炸药、冷加工浆状炸药、LY乳化炸药。被聘任为采矿高级工程师、北京冶金行业工人技师考评委员会采矿专业组成员、中国金属学会会员。

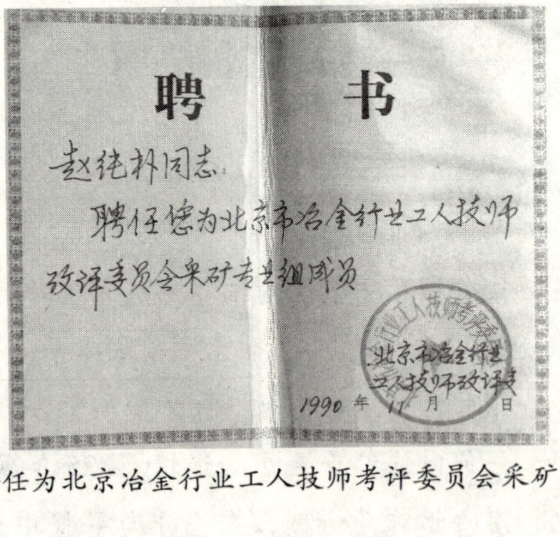
聘书

赵纯朴同志：

聘任您为北京市冶金行业工人技师考评委员会采矿专业组成员

1990年11月 日

赵纯朴被聘任为北京冶金行业工人技师考评委员会采矿专业组成员

纯朴的工程师梦

“我的名字是小学时自己改的！”

纯朴——纯洁、朴素，这是赵纯朴幼年时对自己人生的定义。

东北工学院就读时的赵纯朴

赵纯朴的家乡在东北辽宁省沈阳市，从1938年出生到1952年辗转天津、铁岭求学，因战乱原因离开父母，照顾精神失常的大哥，直到14岁，他才在大娘的帮助下，正式成为一名小学生。

作为学校的跨级旁听生，没有桌椅的他，捡来四个砖头端坐学习，借来同学的书和笔记抄写，守在大娘家的小院里朝夕不倦勤读。从一开始求解简单的带括号数学题都憋得满头大汗，到在期末考试考取全班第一名，幼年艰辛的求学路深深刻在老人的懵懂记忆里。

“考大学的时候我报的是工程物理系，想搞科研，想当工程师。当时对工程师特别崇拜！”

谁知入学后不久，因学校按需调拨专业，“工程物理”最后变成了“采矿专业”，赵纯朴着实有些没想到。不过，这没有耽误他接下来为工程师梦想所做的努力。

“爆破第一课”的领悟

1965年，赵纯朴从东北工学院（现东北大学）顺利地毕业了，而后被分配到石钢迁安铁矿工作，在电铲司机岗位实习。“文革”开始后，赵纯朴作为知识分子被“下放劳动”，他在这个岗位上一干又是7年。在“知识越多越反动”的特殊年代，连日常的知识学习都要等到宿舍里没人后悄悄地进行。

赵纯朴真正开始接触爆破工作，已经是1972年年底了。这一年他被调到大石河铁矿二马生产组学习爆破技术。此时，距离从学校毕业已经过去了8年，关于爆破工作，他唯一的知识储备仅限于对各种岩石的理性认识。

那是一次常规采区爆破，距离爆区不远处是铁路运输线，实施安全爆破的前提是拆除铁轨……

"我真的大意了，觉得控制好药量应该不用拆除铁轨。可是，爆破完才发现岩石特别脆。起爆后，大量的岩石砸过来，把六七十米长的铁轨全冲毁了。"赵纯朴回忆说。

内疚，失落，"爆破第一课"留给赵纯朴的印象太过深刻。就像"原子弹之父"奥本海默看到原子弹试爆成功时的惊慌失措一样，他深刻领会到这是一项"危险"的工作。作为"第一负责人"，真的来不得半点马虎。

"一万小时定律"没那么简单

曾有数据统计，按照常用标准，成为大师级的木匠或者音乐家需要一万个小时的经验积累。在亲身参与现场爆破工作的 3 年多时间里，赵纯朴经历了大大小小 300 多场次爆破。

每一次爆破，都是一个时间高度浓缩的过程。没有一锤定音的爆破设计，只要还没有实施，就必须反复斟酌，核实岩石性质、药量、爆破参数。爆破后，他会到现场走一走、看一看、记一记，回去伏案整理成工作总结。

"真是勤勤恳恳，他天天在现场和爆破工一起测水、测孔，干起工作来特别认真细心！"曾任大石河铁矿二马车间主任的冯宗相回忆起爆破技术员赵纯朴说道。

细心就会发现问题。冯宗相回忆说："那个时候各个采点爆破操作还不太正规，搞不好就会出现'冲天炮'和'哑炮'"。

所谓"冲天炮"，就是爆孔内的炸药没有起到爆破效果，直接从上面放穿出去。赵纯朴在现场观察发现，在药量合理的情况下，用来当配重和堵塞爆孔的岩渣，在干孔里用多了会阻止爆轰波起爆炸药，在水孔里又化成了泥起不到密封效果，这样很容易出现"冲天炮"。

怎么才能解决这个问题？赵纯朴琢磨来琢磨去，想到了用磁滑轮碎石代替岩渣。这样既能起到很好的配重作用，又可以在爆孔上留出应有的缝隙，而且碎石唾手可得。按照赵纯朴研究的改进炮孔填塞工艺施工后，大大降低了"冲天炮"产生的几率，爆破质量明显提升。

每一次细小的改变，都是一次主动的进步。1976 年，赵纯朴进入大石河铁矿技术科，开始指导大石河、二马、杏山、裴庄、柳河峪五个采点的爆破工作，这一干又是 14 年。从 30 个、40 个孔的小爆区，到 100 多个孔的大爆区；从常规的采场中爆破，到移山开路的硐室爆破。在时间的横轴上积累，经验随之而来。

在杏山采区搞过爆破的技术员说："那些年，每当采点遇到了难题，我们就找赵师傅，有他在，我们心里就有了底。"

从 15 米精确到 0.6 米

我们这里所说的距离，主要是指爆区距离需要保护建筑物或人员的范围。只要存在需要保护的对象，就需要实施控制爆破。

1982 年夏，矿山修建公司要在硫化厂房搞降方爆破。但是爆区区域内一面是铁路桥，其他三面都是房屋建筑，距离最近的居民区只有 15 米。

在这种环境下完成 60 多个爆孔的爆破工作，要确保爆破安全和效果做到万无一失。面对这样的控制爆破任务，修建公司领导找到了赵纯朴。赵纯朴来到现场，他反复勘察了好几次，同时综合考虑岩质、安全、作业条件等多方面因素，经过缜密的计算，最终慎重选择了爆破参数。

一位老爆破工听到他的爆破参数后摇摇头说道："这么爆破就是人坐在爆孔上也不会振动的，药量太小了。"可等爆破完成后，既无飞石，也没有多大振动，而且达到了预期效果，难题迎刃而解。

"差之毫厘，谬以千里"。这是干了 25 年爆破工作的赵纯朴心上谨记的八字箴言。

1983 年，大石河选矿厂 5 号皮带进行技术改造，需要对一个装有减速机轴座的混凝土基础进行降方爆破，在混凝土基础上炸出一个长 1.6m、宽 1m、深 0.5m 的凹槽，而凹槽边帮距离减速机轴座仅 0.6m 宽。爆破后，要求凹槽两边和减速机轴座不可松动、不能有裂纹。如果炸坏就需要重新打基础，而且会拖延工期。矿里要求是不能耽误生产。

"药量要精准控制，多一点少一点都不行。采取预裂爆破的方式，先后爆两次。爆破孔深只有4cm，凿岩机和钎子要保持90度垂直操作，一旦打歪就会影响精度。"赵纯朴说。

开始施工后，赵纯朴守在爆破现场三天两夜，和爆破工一起干。几十个孔，每一个孔他都紧盯着爆破工手里的钎子是否垂直，晚上就在盖药的草袋子上合眼休息一下。发现问题马上解决，同时积累关于控制爆破的第一手资料。最终，爆破施工结束后，凹槽大小完全符合标准，减速机轴座安如磐石，改造得以顺利进行。

"爆破问题，让咱们自己的专家去解决就可以了！"

心无旁骛，方能致远。那些年，凭得一手精准的爆破技术，赵纯朴为矿区各单位解决了数不清的爆破技术难题。"有爆破问题，找'赵工'。"这是大家的共识。

1992年下半年，烧结厂投产不久后，11号料仓全部堵塞。为保证原料供应，公司领导一再催促拿出解决方案。

时任烧结厂领导的柳望洵说："如果采取人工捅开的方式，一旦料仓内几百吨积料倾泻下来，瞬间就能把人埋上，危险性太大。因此，我们向公司求援，建议用爆破的方式将料仓通开。当时，最担心的就是爆破后建筑、设备、

工作中的赵纯朴（右）

人员的安全问题，所以建议公司请外面的爆破专家来解决。”

时任矿业公司领导杨贵旺听后，点名赵纯朴主持爆破工作：“爆破问题，让咱们自己的专家去解决就可以了！”

料仓爆破的难点主要在于爆破环境的安全性。此时的赵纯朴，虽然经历的爆破工程不计其数，但仍然不敢漏掉任何细节。方案设计、分工安排、组织实施一气呵成，一个造价 300 多万元的料仓得到安全疏通，顺利恢复使用。

“黄金屋”中觅得的“田菁 10 号”

美国当代最著名的发明家迪恩·卡门曾说：“工匠的本质是，收集改造可利用的技术来解决问题或创造解决问题的方法，从而创造财富。”

太阳每天都是新的。在日复一日的工作中，赵纯朴开始琢磨如何采用新技术、新方法提高爆破质量。建矿初期，由于缺乏科学研究，爆破工作也不注重经济效益，不但爆破效果不佳，而且爆破成本一直居高不下。

为掌握国外先进技术和重要资料，赵纯朴开始接触外文技术资料。但让他头疼的是，大部分资料都是由英文编写的，而自己主修的外语却是俄语，没有阅读能力更别提掌握技术了。

20 世纪 70 年代末，国家开办的广播电视大学如雨后春笋般满地开花，赵纯朴喜出望外。进入不惑之年后，他又重新做起了小学生。两年多的时间，他几乎把全部业余时间都用在学习英语上。在矿里几十个报名者中，他成为仅有的两名毕业生之一。

顺利毕业后，他又开始专攻专业词汇，出差都要带着书挤出时间背单词。有朋友说，那么大岁数了，记忆力都不强了，何必费那么大劲学呢？可赵纯朴说：“学习就是‘较真儿’的过程。”从这些专业书籍中，赵纯朴果然找到了关于爆破技术的“黄金屋”。

开采 20 年后，矿山采场高度逐渐下降，钻机钻出的爆孔开始渗水，原来使用的炸药抗水性很差，满足不了生产的需要。1976 年，赵纯朴第一次看到“田菁 10 号”炸药是在学术杂志上，这项静静躺在书本上的科研成果，就是他苦苦寻觅的新型抗水炸药。

赵纯朴按照书中介绍的配方找来材料开始了实验。田菁是一种性能良好的植物胶，用它来做黏合剂，就能把炸药基本成分都黏结在一起，起到抗水作用。一番辛苦后，新的炸药试制成功了，很大程度上改善了采矿生产爆破质量。

从此，他迷上了炸药研制

从此，赵纯朴对炸药的研究一发不可收拾。乃至后来赵纯朴又有了个新称呼——“炸药专家”。

普通人提起炸药第一感觉是“危险”，情不自禁地“敬而远之”，但赵纯朴独独“偏爱”它。

20世纪80年代初，一位加拿大专家到矿山讲授爆破技术，赵纯朴特地从专家手里要了本技术书籍。当他看到“被起爆的炸药爆轰与起爆药的药量关系较大”这一科学原理时，就反复琢磨：矿山现用的起爆药包主要成分是黑索金和TNT，里面的黑索金价格昂贵不说，而且基本采取散放在塑料袋里起爆的方式。如果单用TNT加大药量，并且做成结实的柱状，效果会怎样？大脑飞转的同时，他已经有了研究起爆药柱的雏形。

按捺不住激动的心情，赵纯朴向领导汇报研究想法并得到支持后，立刻进行研究设计。为了熔化TNT，他自己设计了空心熔化炉的图纸，利用蒸汽将药片融化，同时联系火药厂和机修车间制作。紧接着到现场做试验，第一次没有得到预期效果。有的爆破工人提出质疑：“赵师傅，看来这起爆药不行啊！”

行或不行，还没有最后定论。反复修改历经四次现场试验过后，最终起爆药柱研制成功了。当时配合研制工作的时任火药厂车间主任沈景志说：“原来我们火药厂起爆药包都是外购，一个需要12块钱，这回自己研制的起爆药柱，一个只需要3块钱，而且效果非常好！”据统计，因成本下降，全年因此可节省费用66万多元。

此后的1983年，为简化浆状炸药加工方法，同时避免加热融化后的TNT

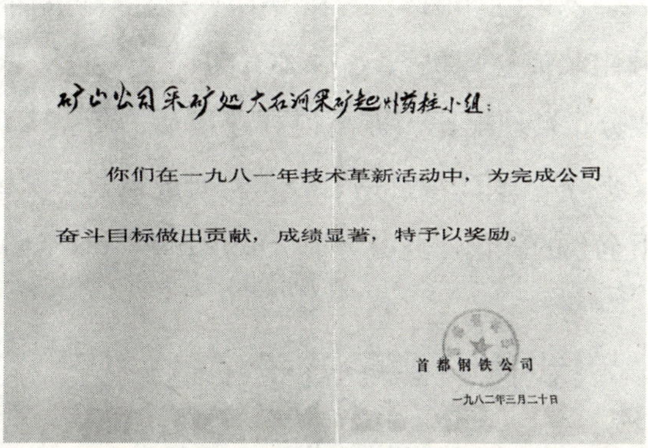
矿山公司采矿处大石河采矿起爆药柱小组：

你们在一九八一年技术革新活动中，为完成公司奋斗目标做出贡献，成绩显著，特予以奖励。

首都钢铁公司

一九八二年三月二十日

赵纯朴研究的起爆药柱被首钢予以奖励

产生的毒气给工人造成危害，赵纯朴又主持研制成功了冷加工浆状炸药，用以取代“田菁10号”热加工炸药。

理想在事物的碰撞中会找到灵感，梦想会催促人完成挑战。降低生产成本，是爆破技术人员最实在的理想，它可以无限推动爆破技术的进步。

20世纪80年代，作为浆状炸药的替代品，乳化炸药因不含TNT，且具有非常好的防水性，逐渐在国内矿山大范围推广使用。由长沙矿山研究院协助，20世纪80年代中期，首钢矿山也建起了乳化炸药生产线。

90年代初，当时应用的LRZ型乳化炸药成本很高，公司把研究新型乳化炸药定为重点科研项目，并确定由刚刚从大石河技术科调到矿研所的赵纯朴任课题组组长。

当时的课题组成员付智勇说：“最开始的乳化炸药成分里面含机油、黄油等成分，因此价格很高。赵工就带着我们寻找替代它们的原料。”

这期间，赵纯朴到鞍钢进行了考察学习，鞍钢技术人员无意间说出新型乳化炸药的一些成分时，赵纯朴不敢拿笔做记录，一个劲儿点头，把成分一一印记在脑子里。

回来后，他带领课题组开始对辅助成分进行修改。当时，参与研制的炸药厂副厂长卢冠一说：“我们最终选取了石油产品的下脚料——复合蜡油，代替了原来的机油、黄油等，它的价格很便宜。”

原料和配比虽然有了，但实验场地和设备却是要啥没啥。赵纯朴就带着大家自己动手做，借来旧仓库当实验室，用旧钢板弯制成储料筒，用旧钻台、自制搅拌轴和叶片组装成搅拌机。

在改变辅助成分、合理配比、提高搅拌速度后，新型 LY 乳化炸药研制成功。这项成果不仅获得了 1992 年首钢总公司科研成果三等奖，而且奠定完善了矿业公司基本沿用至今的乳化炸药配方成分雏形，在当时年创效益 80 万元。

“我这一辈子就干了这一行”

“以梦为马，不负韶华”。探索的路上进无止境。1990 年，赵纯朴晋升为采矿高级工程师，圆了他 30 年多来的梦想。同时他还被聘任为北京冶金行业工人技师考评委员会采矿专业组成员、中国金属学会会员。

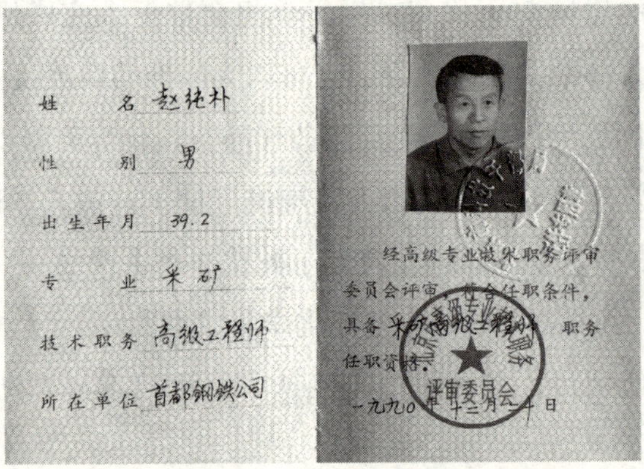

赵纯朴的采矿高级工程师证书

1996 年，赵纯朴正式退休。这期间，公司仍返聘其参与了深孔爆破技术研究。即使后来真正回归闲适的退休生活，有爆破难题时，公司仍会邀请这位老工程师帮助出谋策划。

“我这一辈子就干了这一行。”跳出回忆后老人斩钉截铁地说。一生只做一件事，所有的成败荣辱都与它有关，这种纯粹的骄傲，就隐藏在万千纯朴的矿山人心底。匠人不语，只是大巧若拙，一颗慧心，一步进取，奉献给热爱的矿山就汇聚成了生生不息的发展动力。

吴清存与球磨机的34年情缘

刘志成　王　川

匠人心语

时光雕刻年轮，它必将随时间的推移长成参天的记忆。一如吴清存对选矿球磨操作的精雕细琢，留给后来人宝贵的知识财富和精神力量。“我从入厂就在选矿主厂工作，干了一辈子的球磨工，最熟悉的就是这些球磨机了。”吴清存从事选矿球磨工作34年，球磨机是他职业生涯的忠实伴侣。设备轰鸣的厂房见证了他从仅有小学文化的普通工人到总结出球磨机最佳操作法技师的升华，也见证了他与球磨机34年的不解情缘。

吴清存，原大石河铁矿磁选车间退休职工，1948 年出生于河北省唐山市迁西县，1969 年来到矿山工作。在 30 多年的职业生涯里，他一心一意干好手中的工作，心无旁骛钻研球磨机操作技术。虽然只有小学六年级文化，但凭着吃苦耐劳、勤学好问，最终从一名普通的岗位工人成长为球磨技师。以他名字命名的球磨机最佳操作法不仅在全矿得到推广，而且还入选了《首钢总公司最佳操作法汇编》。吴清存本人也凭借工作中的优异表现，自 1984 年开始，连续 7 年被评为首钢“四化尖兵”，1989 年更是被授予北京市劳动模范光荣称号。

结缘球磨机

“我小的时候家里条件不好，小学毕业后就没再继续上学。在生产队干了几年农活后，1969 年迁安矿山在迁西县招收工人，我就报名了，结果就被录取了！”从一名农民到首钢工人，这样的身份转变让吴清存感到无比自豪。“刚入厂的时候，矿里面给我们分配工种，我听说自己被分到了选矿干球磨工，心里就特别高兴。因为，亲眼看见经过选矿工人的手，就可以把矿石变成精矿粉，这个太神奇了！”带着这种强烈的期待，吴清存开始了和球磨机的 30 多年情缘。

球磨是矿石分选前的最后工序，它的主要作用是把矿石中的有用组分进行单体分离，向下道工序提供粒度和浓度适宜的入选矿浆。选矿生产指标的好坏很大程度上取决于球磨机的作业效果，而且球磨工序还承担着整个选矿生产 60%以上的成本消耗，其重要性不言而喻。“刚到球磨工这个岗位的时候，领导和师傅跟我说得最多的就是球磨工的重要性。”对此，吴清存记忆深刻。

球磨岗位不仅责任大，而且工作现场环境较其他岗位差很多。球磨机转动起来的轰鸣声，即使两个人面对面都无法听清对方说话。工人的劳动强度高，许多和吴清存一起入厂的工人都找领导要求调离球磨岗位。但是，吴清

20世纪80年代大石河铁矿选矿主厂的球磨机作业平台

存不这么想，“领导把这么重要的工作交给咱，那就是对咱的信任。做人要讲良心，所以更要把工作干好。”

为了干好球磨工的工作，在学徒期间，吴清存跟着师傅认真学习球磨机的操作、巡检方法和注意事项。由于厂区离家较远，吴清存一直住在厂区单身宿舍。这虽然不方便他照顾家庭，但是却给他学习岗位技能创造了便利条件。别人下了班回到宿舍打牌、下棋，吴清存却留在厂房里，有时候帮助修理工人打打下手，有时候跟着别的师傅给球磨机紧紧螺丝、换换衬板，还常常帮师傅们买饭、打水，为的就是多学学操作技术。很快，车间上下都认识了这个老实、勤快的小伙子，大家也愿意把自己工作中的小妙招教给吴清存。说起以前的这些经历，吴师傅憨厚一笑说：“没办法，谁让咱技术不如别人呢！要是再不勤快点，怎么能跟得上呢?”慢慢的，在大家的帮助下，吴清存逐渐掌握了球磨机的操作方法。

干好球磨工，除了勤快，还要精心。现在吴清存仍然清楚地记得他第一次独自发现的设备故障：“那是我刚定岗不久的一个夜班，接班后我对整个系统的设备进行了检查，没发现啥异常情况。等到我调整好各部操作后，突然想起来球磨机的油泵坑没看，于是我就想着去看看吧。那个点位在球磨机平台下面，连油带水环境很差，而且下去的时候梯子很陡，要特别小心，所以大家都不爱下去。”吴清存向我们回忆着当时巡检的细节，“我用手摸了一下油泵电机，觉得有些烫手，说明电机运转有些异常。于是我赶紧向工长报告。

工长马上找电工过来检查，结果发现电机单相接地。事后，工长拍着我的肩膀说：‘小吴，要不是你发现的及时，咱们这台电机就烧了’。一想到自己多看这么一眼就避免了一次事故，我这心里特别高兴。可是又挺紧张，因为我要是没看那一眼，这个事故不就发生了吗？所以，以后每个班，我都加倍的小心，加倍的仔细。”

工作中的吴清存

岁月流转，当初的“小吴”成为了“老吴”。老吴的经验更丰富，巡检更加细致，操作技术也越发娴熟，而且对球磨岗位也有了新的理解。“工作几年之后，我对球磨工作有了点体会，自己总结了三个字——‘听、看、摸’。听就是听球磨机的声音，如果球磨机声音脆，就是进入球磨机的处理量少，要增加台时，如果声音发闷，就是处理量过大，有“涨肚”的可能；看就是看磨矿浓度和返砂量大小，浓度正好的时候，矿浆黏黏糊糊的，就和做好的粥一样；摸就是摸矿浆粒度，合适粒度的手感一摸就能感觉出来。”“听、看、摸”这三个字看似简单，但是却要用耳聆听、用眼观察、用手触摸，最关键是用心感受，这也是后来吴清存总结的球磨最佳操作法雏形。随着吴清存的操作技术愈加成熟，1979 年，他本人就完成原矿处理量 19. 92 万吨，是车间年度的打产冠军，被授予了“首钢先进职工”荣誉称号。到 1984 年，吴清存负责的系统全年球磨机台时干量达到 84. 36 吨，比往年提高 4 吨多，居主厂球磨工之首，创出操作、指标的“双一流”，他本人也被评为当年的首钢“四化尖兵”。此后六年间，吴清存所负责的系统在台时效率、工序指标等方面长期保持车间领先位置，吴清存也凭借工作中的优秀表现，连续被评为首钢“四化尖兵”，1989 年更是被授予北京市劳动模范光荣称号。

磨选技师和他的最佳操作法

“学而不思则罔，思而不学则殆”。吴清存在工作中是一个善于思考和总结的人。最初学习岗位操作规程的时候，他甚至有一些字都不认识，就找同班组识文断字的同事请教，然后再把它们写到自己随身携带的小笔记本上。长年累月，这个习惯从未间断过，他的小笔记本也换了一个又一个，吴清存的知识积累也在一点一滴中丰富起来。到 1990 年，吴清存通过公司和矿部的检验考察，具备了相当于中技的文化程度。1991 年，吴清存又凭借多年来丰富的工作经验，通过了总公司的评审考核，成为了一名磨选技师。

取得磨选技师职称，对吴清存来说既是一种鼓励，也是一种鞭策。

“咱一个小学毕业生，也没啥文化，但是组织上这么重视我，不仅让我上学、入党，还让我去报技师，你说咱能不好好干吗?”1987 年 10 月份，选矿主厂大球磨系统由于各方面原因，台时迟迟打不上去，影响了车间整体的生产。吴清存看在眼里，急在心上，主动找到车间领导要求到条件最差、台时最难打的大 2 系统球磨岗位工作。到岗后，吴清存精心操作和维护设备，为了摸清楚大 2 系统的情况，他连续一周下夜班守在现场，对大 2 系统各部溜槽管道和容易出现问题的部位进行了全面的调查了解。说到这还有一件趣事：一次下夜班后，他在球磨机平台下观察了很久才上来，把正在平台巡检的一名职工吓了一跳，对他说：“是老吴啊，你咋搞的，是不是掉进矿浆池里去了?”就这样，通过全面调查分析，吴清存对大 2 系统的情况有了比较全面的了解和掌握，对抓好操作、多打台时有了底气。在他的精心操作调整下，大 2 系统的台时效率有了明显提高，达到了 74 吨/台时以上的水平，比过去提高了 4 吨/台时，受到车间和矿部的好评。

一次，班组的一位工友和吴清存说：“老吴，为啥你去哪个系统，哪个系统的指标就好起来了呢？你把秘诀跟我们说道说道呗。”

吴清存正在用手摸矿浆粒度

吴清存笑着说："也没啥秘诀啊！不都是你们干啥我干啥嘛，可能是我运气比你们都好呗。"

这只是平时工友间开玩笑的一句话，却激起了吴清存对自己操作中各种细节的思考。他开始琢磨哪些是影响台时效率、生产指标的关键因素，自己的哪些操作又与这些关键因素有直接关系，怎么操作才能起到最佳效果。就这样，吴清存笔记本里的内容又多了起来，记录着他每次操作调整的数据以及对应的指标数据结果。功夫不负有心人，经过连续几个月的观察，他发现给矿、排矿浓度、分级机溢流和粒度在生产过程中直接决定选矿生产质量。根据不同的数据记录，他找出了最佳的操作方案，经过尝试，效果也非常明显。随后，在车间专业人员的帮助下，吴清存把自己的这些操作技巧总结为"四稳、四勤、三快"的最佳操作法。"四稳"即稳定给矿、稳定排矿浓度、稳定分级机溢流和粒度；"四勤"即勤检查、勤维护、勤调整、勤联系；"三快"即生产指令行动快、矿石变化调整快、设备故障排除快。这种操作方法便于理解，易于记忆，很快就在全车间进行了推广。由于坚持按最佳操作方法进行操作，连续几年磁选车间的球磨台时始终保持在 76 吨/台时以上；一磨粒度始终保持在 99%以上；溢流粒度始终保持在 99. 3%以上；粒度合格率始终保持 100%，为当时车间打台时、降成本、打质量做出了突出的贡献。1996 年，以吴清存名字命名的"吴清存球磨机磨矿法"入选首钢总公司编发的《最佳操作法选编》。

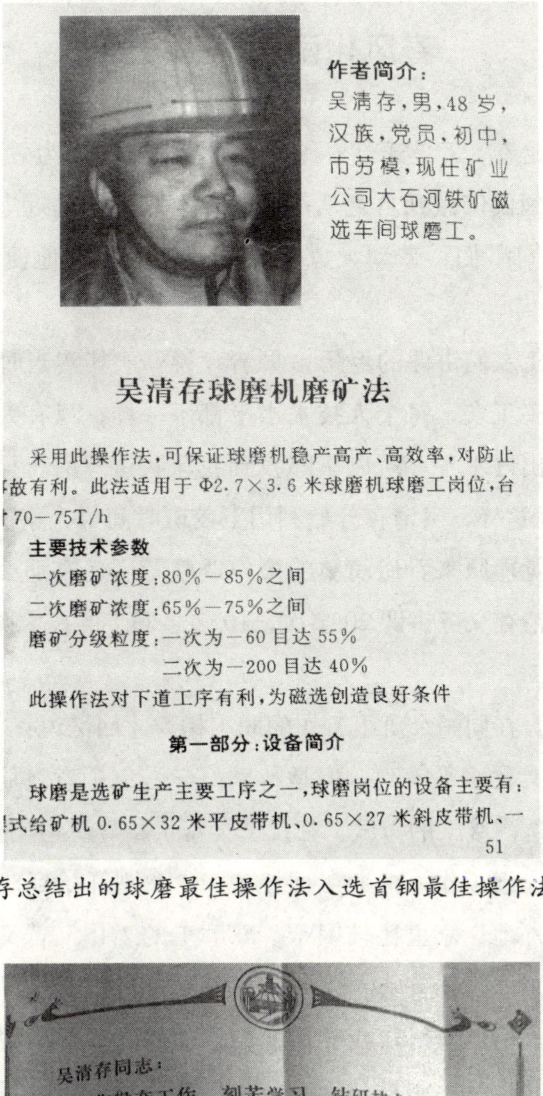

作者简介：
吴清存，男，48岁，汉族，党员、初中，市劳模，现任矿业公司大石河铁矿磁选车间球磨工。

吴清存球磨机磨矿法

采用此操作法，可保证球磨机稳产高产、高效率，对防止
故有利。此法适用于Φ2.7×3.6米球磨机球磨工岗位，台
70—75T/h

主要技术参数

一次磨矿浓度：80%—85%之间
二次磨矿浓度：65%—75%之间
磨矿分级粒度：一次为—60目达55%
　　　　　　　二次为—200目达40%
此操作法对下道工序有利，为磁选创造良好条件

第一部分：设备简介

球磨是选矿生产主要工序之一，球磨岗位的设备主要有：
式给矿机0.65×32米平皮带机、0.65×27米斜皮带机、一

51

吴清存总结出的球磨最佳操作法入选首钢最佳操作法汇编

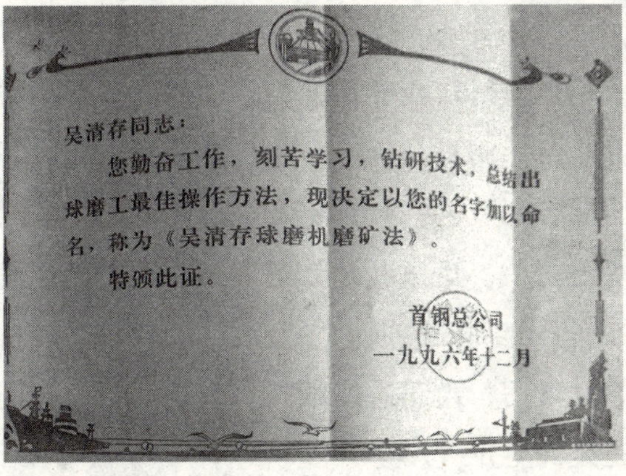

吴清存同志：
　　您勤奋工作，刻苦学习，钻研技术，总结出球磨工最佳操作方法，现决定以您的名字加以命名，称为《吴清存球磨机磨矿法》。
　　特颁此证。

首钢总公司
一九九六年十二月

吴清存总结出的球磨最佳操作法获首钢总公司表彰

春风化雨的优秀教员

一花独放不是春，万紫千红春满园。作为整个车间为数不多的磨选技师，吴清存开始认识到仅仅做到自觉从严、干好本职工作是远远不够的，还必须积极帮助周围的同事们，带动大家一道前进。于是，他便当起了班组里的“义务教员”。

提起当时给工友们讲课的经历，吴清存说：“其实当时我的想法也挺简单，班组里那么多工友，每个人技术水平都不一样，只有大家的技术都提高了，生产才能创出好水平。所以车间找到我让我讲球磨机操作时，我想都没想就答应了。”就这样，吴清存开始利用下夜班时间给大家讲课。大家听了吴清存讲的课，都觉得原来看似简单的操作调整背后还有那么多的学问。在半年多时间里，吴清存义务讲课20多次，10多名职工的技术操作水平都有了很大的提高。

曾经与吴清存在同一个班组工作的职工杨秀才回忆说：“老吴这个人工作踏实负责，虽然文化水平不高，但是特别好学，也乐意教徒弟。我们班组当时有人要参加磨选高级工的考试，都找老吴帮忙指导练习实操。”另一名曾经与吴清存在同一班组工作过的职工回忆说：“我刚开始到球磨岗位时年纪不大。当时我家在外地，家里比较困难，球磨工的工作又苦又累，感觉没有出头之日，所以对工作也不安心，整天混日子，别说提高技术水平了，有时候连上班都不想去。吴师傅得知我的情况后，不仅在工作中把他多年的经验传授给我，还时常在生活上帮助我。有一次，我生病在宿舍里休息，中午时吴师傅来看我，还给我带来了热乎乎的饭菜。说实话，长这么大，除了我父母，还真没有谁这么关心过我。后来我才知道，其实吴师傅家里条件也不好，但是他不也一样把工作干的那么好吗？在那之后，我就打消了混日子的念头，认真工作，虚心跟他学习，由于态度端正、表现积极，车间党支部还将我发展入党，吴师傅还是入党介绍人呢。”

现任大石河铁矿选矿车间主任、曾经跟吴清存实习的马军回忆说：“我一入厂实习就跟着吴师傅，他不仅操作水平高，而且工作态度也是没得说。记得有一年冬天，主厂大 2 系统返砂水节门坏了，水关不上，返砂下不来，台时给不进去，工长提出把铁板搬来挡在水节门与兰盘中间，然后使用另外一个节门进行调整。但是，带水卸节门螺丝、再把铁板夹进去可不是件容易的事，螺丝一松，水就往外喷。大冬天的，这活谁都不愿意干。但是吴师傅拎起工具就顶了上去，卸掉螺丝后，水喷了他一身，他愣是坚持了一个多小时才把铁板夹进去，干完后吴师傅全身冻得直哆嗦，后来连续发烧好几天。他用实际行动给我们几个年轻人上了非常生动的一课。他是我见过最认真、最负责的球磨工。”

2003 年 8 月，吴清存光荣退休了，34 年的球磨工生涯就此结束。

“老吴这个人啊，上了这么多年的班也没给组织提过什么要求，就连春天休班回家种地，也是让班组里别人先回家。他这一辈子，最稀罕的就是球磨机，最在乎的也是球磨机，一说起球磨机他能忘了胃疼。”老伴这样念叨着跟自己生活了一辈子的吴清存。

一辈子只做一件事，而且把这件事做到极致，这就是工匠的情怀。球磨工或许是一份辛苦的工作，但在吴清存眼里，这份工作不仅重要，而且有趣，他与球磨机的情缘也改变着他的人生。轰鸣的选矿主厂里，他倾注着自己的心血，奉献着自己的汗水，而那一台台高速运转的球磨机，也磨砺了他精彩的人生。

一树生花炽热红

——记首钢矿山机械厂金相热处理高级工程师李树生

赵 健

匠 人 心 语

在实验室和炉火之间，李树生选择了后者。滚滚热浪中洒下的汗水是青春，熊熊炉火旁埋下的种子是初心。致密坚韧，表里如一，俯首躬行，不负光阴。从青葱岁月到鬓发斑驳，传承的是技艺，淬炼的是匠心。在平凡中非凡，是他的人生写照。

从东北工学院学生到首钢钢研所中心实验室试验员再到首钢矿山机动厂试验员，从一个名不见经传的技术员到首钢“四化尖兵”再到矿山第一个金相热处理高级工程师，从一个在大山深处埋头苦干的技术人员到走上全国金属耐磨材料和磨损学术会议讲台交流……一条条浓墨重彩，构成了李树生人生画卷中一幅幅壮丽的风景。今天，就让我们一起倾听他的故事，感悟属于他的工匠精神……

与首钢矿机的不解之缘

1937 年，李树生出生于辽宁省黑山县太和乡李油坊屯，家里的 3 亩多地是全家 10 口人所有的经济来源，生活根本没有保障。俗话说“穷人家的孩子早当家”。李树生小小年纪就立志要通过自己的努力改变家人的命运。在那个读书是件奢侈事的年代里，可以说李树生是幸运的，勤奋好学的他在 1958 年考入了东北工学院。李树生档案中记载，当时他报的第一个升学志愿是采矿专业，在学习了近两年的采矿专业后从事了两年多的教学工作。1962 年 8 月，因学校按需调拨专业，他又转入到理学系金属物理专业进行学习。也许是与生俱来不服输的性格，作为一个插班生为了能赶上班里的其他同学，闲暇之余他总是埋头自学，翻看各种专业书籍成了他在那个时期养成的最大爱好。

1963 年 9 月，李树生毕业后被分配到了石景山钢铁公司钢铁研究所中心试验室工作，估计那时他怎么也没有想到会在几年后和远隔百里的迁安矿山有任何的联系。

1966 年，首都钢铁公司矿山机动厂开始建设铸钢厂房，1969 年 7 月试生产出第一炉钢。但由于缺乏经验，炼钢生产初期很不顺利，生产出的球磨机衬板、电铲牙尖、泵壳、叶轮及其他碳钢件等产品，不仅废品多，而且产量低。听说这一情况后，首钢选派了李树生来到矿山帮助机动厂解决产品质量问题。

李树生和同学在一起看书（右为李树生）

“李树生工作起来特别认真，他利用显微镜到生产现场做金属物理金相分析，为我们解决了高锰钢热处理达不到要求、衬板不耐磨容易断裂等好多问题，每次他来大伙都可高兴了”。当时铸铁车间的一名职工回忆到。

也许这就是注定的缘分，在李树生来矿山协助工作那段时间，他便爱上了矿山这片热土，心里也有了把家安在矿山的打算。

2017 年初，当笔者采访李树生谈起这段经历时，病床上的老人语气平和：“那时候人们对物质条件看得很淡。我之所以选择来矿山机动厂，一是觉得我在学校学到的东西在机动厂能用得上，矿山有我的用武之地。再一个就是还能解决我的两地生活问题。”

筹建矿山第一个物理试验室

背着行囊，怀揣梦想，1972 年 5 月李树生从首钢钢铁研究所来到了他曾经为之服务过的首钢矿山机动厂技术检验科。此时的机动厂对于产品的检验仍只停留在简单的化学分析上。怎样才能更好的提高产品质量？在首钢钢铁研究所已有 9 年工作经验的李树生主动向领导请缨，要创建矿山机动厂物理试验室，利用金相试验来观察金属、合金的内部结构和成分，从而提高产品的质量。方案的提出、工艺的设计、设备的筹措、人员的配置、规章制度的建立……李树生事无巨细，亲力亲为。通过李树生的努力，当时的物理试验室达到了国内同行业先进水平。李树生的徒弟李宝印回忆说：“师傅是一个严谨认真的人，他总是叮嘱我说，作为试验工作者，必须细心、耐心、精心。这不仅是态度的问题，更是责任的问题。因为，试验过程中的每一个小细节都可能会影响到产品的质量。”

建立物理试验室，这只是李树生梦想开始的第一步。“通过物理金相试验不断雕琢产品，改善工艺，打造矿山优质产品”这个梦想早已在他的心底扎根。李树生开始了新一轮的追梦之旅。

李树生（左）和徒弟

李树生与物理试验室成员（前排右一为李树生）

时间转眼到了1974年，当时机动厂一直为矿山选矿厂加工制作球磨系统分级机上的小叶板。但是，有一段时间需求量突然大幅降低。这到底是怎么回事呢？李树生很纳闷。一打听才知道，选矿厂认为机动厂提供的小叶板耐磨性能差、硬度低，一个新叶板顶多用上十几天就磨透了。造成很大的浪费不说，这一装一卸总得停机影响生产，比外购小叶板价格贵了不少，长久下来可不是一个小数啊。感受到用户对机动厂产品无声的批评，李树生心里很不是滋味。他决心弄清原因，改进这一产品质量。在倾听了使用单位的意见后，他认真调查了小叶板从配料、铸造，一直到成型的生产全过程，终于摸清了造成这一产品质量差的原因是材质硬度差。于是，他大胆提出当时使用的普通白口铸铁不适宜制作小叶板，应改成硬度高、耐磨性强的中锰稀土镁球墨铸铁制作的建议。厂里采纳了这一建议后，机动厂生产的小叶板质量果然大大提高，改造后的小叶板安装到机器上至少可以使用半年时间，长者甚至使用了 11 个月。这一产品随后在“两矿”推广使用，年效益达到 22 万元。

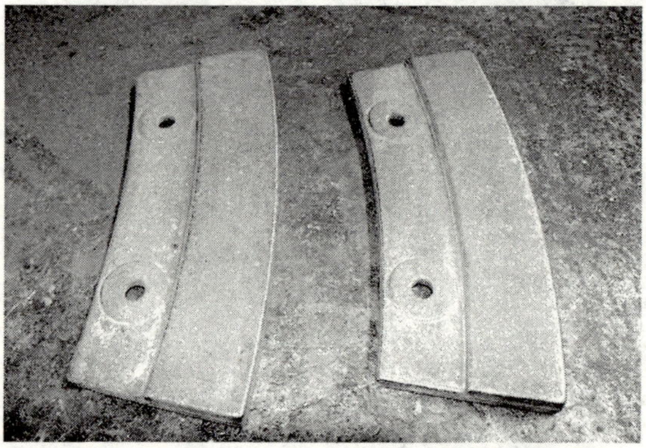

矿山机动厂生产的小叶板

“我就不信这活我干不了”

乔布斯说：“人活着是要追求极致的。”追求极致，意味着对自己严格要求，意味着百尺竿头更进一步，意味着千仞危峰更进一寻。李树生就是在这不断的追求中努力超越着自我，锻造着完美。

时间辗转到 1980 年。当时，选矿尾砂泵站系统使用的泥浆泵泵壳是由含铬、钼、铜等金属的合金铸铁制作而成，可当时钼的价格昂贵不说，来源也紧缺，常因供不应求耽误泵壳的生产，这可怎么办？全厂上下很是着急。面对这一情况，李树生二话没说，开始着手准备试制一种价廉质高的新材料。“李工，咱们可什么经验都没有啊，还是算了吧，让厂里想办法解决吧。”试验室的人劝他说。李树生没有说话，但在心里却暗自发誓：“我就不信这活我干不了。”在翻阅了国内外大量资料的基础上，结合自己多年从事热处理研究的经验，他冒着暑热汗流浃背的大搞试验——在熔化的铁水里不再加钼，而是配加了其他化学成分。结果，利用这种新材质铸造的泵壳使用寿命与老泵壳相似，每个泵壳的价格却要便宜400余元。

进步无止境。不久，李树生又从一本杂志上看到有篇论述《高铬铸铁可以大大提高铸件使用寿命》的文章，兴奋不已的他在得到领导同意后，又立即制定方案，着手试验。尝试新方案不仅需要“勇气”，还需要“毅力”，一次、两次、三次……他把全部身心都沉浸在试验里。

“我父亲是真的热爱他的工作，如果试验不成功他是从来不会放弃的。”在李树生女儿的印象中，搞试验的半年时间里父亲经常加班，每天早出晚归。终于，李树生带领大家制成了高铬铸铁，用这种材料加工成泵壳，使用寿命可达3个多月，是老泵壳使用期限的六倍。泥浆泵换上这种泵壳后，耐磨、结实，不用再屡屡更换，矿山因此节省了数目可观的资金，还大大减轻了维修工人的劳动强度。在这成功的背后，李树生付出了多少心血和汗水，受了多少苦和累，也许只有他自己心里最清楚。他用事实向大家证明：“这活我能干，这活我能干好！”

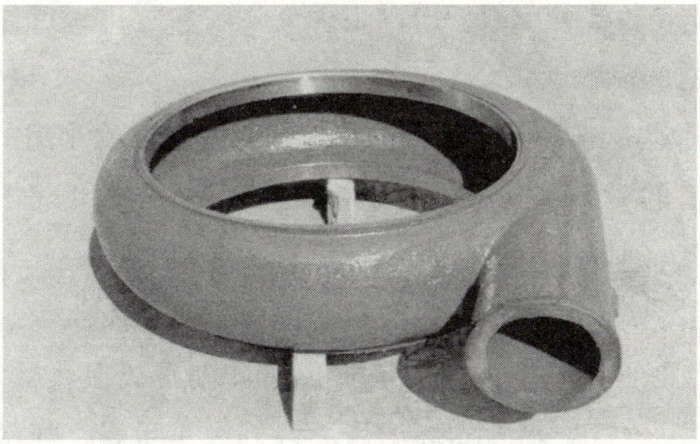

机动厂生产的泵壳

研制成功“淬火铸铁球”引领行业前沿

极致不是简单的两个字，实现它要经过无数次碰撞，无数次推倒，无数次重新来过。去做一件事，去认认真真的做，这是一种人生的选择，更是一种人生的态度。

在成绩面前李树生从未停步，而是更加深入生产现场，主动挑担子、攻难关。20世纪80年代初期，矿山选矿用的铸铁球都是一种消耗量很大的材料。当时，这种直径50mm的铁球是用普通铸铁铸造的，耐磨度较差，在球磨机里与矿石碰撞时很容易碎裂，每年要消耗上万吨。

为了降低球耗率必须增强铸铁球的耐磨度，李树生又没白天、没黑夜地钻进实验室里搞试验，为了准确测算某一数据，他忘记了吃饭、睡觉；为了找到一个可以提高铸铁球硬度的方法，他绞尽了脑汁，一次又一次的试验。身边的同事都说：“李工疯了，研究这个肯定不会有任何的结果，即使能研究出来时间也遥遥无期。”

事无难事，只怕有心。一天，一个新方案蓦然在李树生脑中一闪：钢淬过火后可以增加硬度，铸铁淬火后也应该产生这种效果呀？对！将铸铁球淬一淬火，用油做淬火剂，器件冷却慢而且不易绽裂。作为一个从事多年热处理工作的技术人员，李树生明白这一原理。但是，成百上千吨的铁球淬火都用油，那得消耗多少油？不行！还是搞水淬经济划算。可是，用水做铸铁件的淬火剂不仅书本上没有记载，国内也无先例。何况试验已经表明，火红的铸铁件一沾水往往碎裂。

怎么办？“师傅从来都是不服输的，他带着我们试验小组的同志们，到当时离矿山30多里的一个生产铸铁件的厂家进行了一番实地考察。通过对整个生产流程的分析，师傅提出调整铸铁球制作成分的方案。几经试验后，终于摸索出适当增加铸铁球的含硅量再在水中淬火就不会发生龟裂的规律。在寻找铸铁球最佳配比的日子里，师傅带着我们日夜奋战在化铁炉旁，边试验、边记录、边指导，化铁炉辐射的高温烤的我们唇焦舌燥，汗水一次又一次的湿透了我们的全身……然而，师傅还是带着我们坚持下来，并赢得了成功！”

回忆起这段经历，徒弟李宝印仍历历在目，仿佛奋战的场景就在昨天。

最终，试验证明经过淬火的铸铁球表面光滑、韧性好，球心硬度比未经热处理的铸铁球提高4倍。选矿使用这种铸铁球消耗比使用普通铸铁球节约30%，年创造效益可达60多万元。同年，李树生根据实践撰写的论文《直径50毫米铸铁球的热处理》论文在全国性刊物《有色金属》上发表后，引起了国内冶金企业的重视，并给予了很高的评价。为了表彰李树生的贡献，首钢给他记了一等功。此后，李树生又在《有色金属》上先后发表了《MnCrMoCu合金铸铁砂泵壳的改进》《高铬铸铁泵壳研制》等文章。同时，他撰写的《淬火铸铁球研制与生产》一文在第四届全国金属耐磨材料和磨损学术会议上交流，在行业内引起了广泛的反响。

机动厂生产的铸铁球

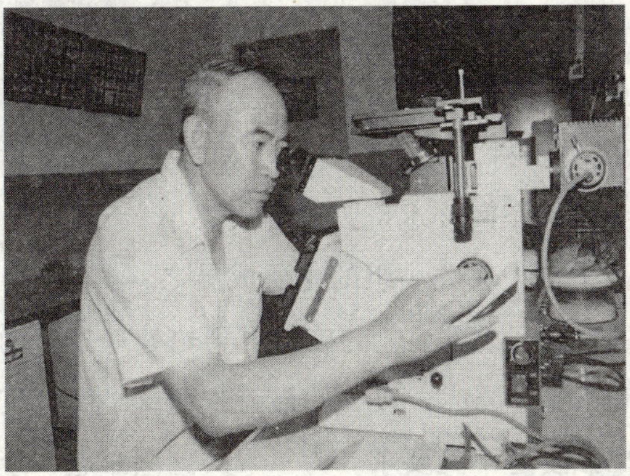

正在做试验的李树生

高锰钢产品冠军

有言道："精华在笔端，咫尺匠心难。"1983年，李树生开始担任矿山机动厂技术检验科副科长。岗位虽变了，但他钻研技术追求产品极致的初心不改，梦想依旧。用他自己的话说："产品这东西，要做就做到极致。如果做不好，那就干脆不要做了。"

为加强产品生产过程质量监管，他组织修订了机动厂《产品质量管理制度》《产品质量标准》等12项内容，还亲自制定了《高锰钢铲齿质量标准》《攻关、科研两化工作管理办法》《质量事故考核办法》《技术操作事故考核管理办法》《外销产品技术控制条件》等质量管理办法。这一时期，机动厂的产品较早期已有了较大的提升，大家对"李工"也从心里由衷的佩服起来。但真正让职工们挑起大拇指的事还在后面……

时间定格到1984年。这一年，国内冶金行业生产的高锰钢类备件寿命都相对较短。为此，冶金工业部决定在全国范围内开展技术比赛，以推动各单位对于高锰钢类备件生产使用的重视。据时任机动厂铸钢车间技术组的一名同事介绍，当时全国共有8家企业参加比赛。首钢矿山公司作为东道主，怎样才能提高高锰钢类备件寿命并且为公司取得好的成绩，一时间成了机动厂上下关注的热点。厂里多次研讨，决定设立以厂领导、技术科专业成员和铸钢车间技术员为主的攻关小组集体攻关。李树生作为攻关小组的主要成员之一，从化学成分的设计到冶炼工艺的确定再到热处理规范的确定，都进行了大量详细的研究和试验。当时，攻关的最大难题就是高锰钢件的碳化物含量大，热处理的抗拉强度达不到要求。为了解决这些难题，李树生坚持每天都到铸钢冶炼现场进行现场试验。而这坚持，不是一天两天，而是经过一个多

当时的高锰钢类
产品冠军奖杯

月的努力。最终，试验确定的各项指标均达到了理想指标，为产品生产奠定了坚实的基础。在技术比赛中，首钢矿山机动厂生产的破碎机两壁，被评为高锰钢类产品冠军。

有付出就有回报。李树生付出的是心血和汗水，回报他的是攻关的累累成果。“梦想成真的感觉多少钱都买不来”。而这一刻他最终实现了自己最初的梦想，他的业绩也逐步被认同、赞赏。翻开他的个人登记表，多项荣誉令人钦佩。

1979 至 1982 年连续四年被评为首钢先进职工；

1984、1985 年被评为首钢“四化尖兵”；

1987 年被评为首钢矿山公司优秀共产党员；

……

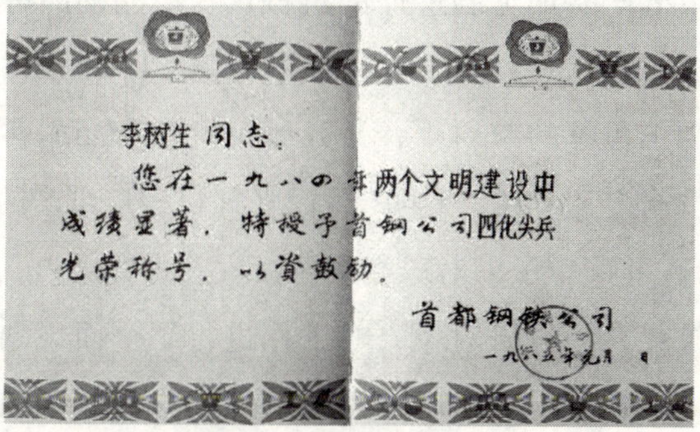
李树生同志：
您在一九八四年两个文明建设中成绩显著，特授予首钢公司四化尖兵光荣称号，以资鼓励。
首都钢铁公司
一九八五年元月 日

李树生获得的荣誉证书

永远在路上

“问渠那得清如许，为有源头活水来。”人的心灵深处一旦有了源源流淌的“活水”，便有了创业创造、建功建树的不竭“源泉”。李树生凭着这份追求极致之心，站到了行业的峰顶。1988 年，他晋升为金相热处理高级工程师。但已经登上了专业顶峰的他，并没有感受到那份“一览众山小”的优越感，内心深处更多的是“山外有山”的进取意识，他没有忘记自己心中的梦想——让产品质量越来越好。没有最好，只有更好……

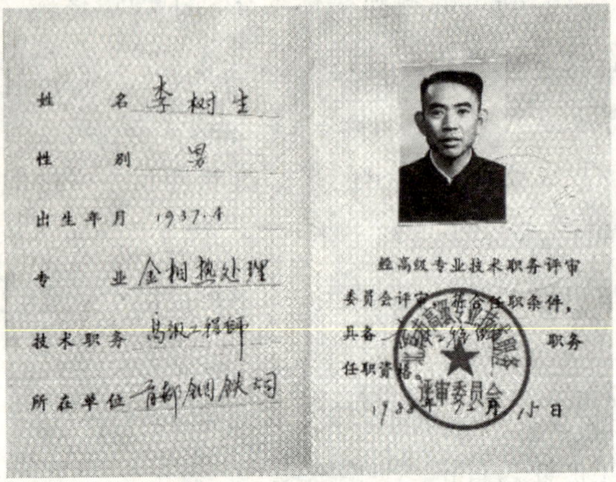

李树生金相热处理高级工程师证书

随着时间的推移，科技的进步，科研开发成为机械厂提高经济效益的重要途径，作为矿山机产品加工制造厂的机械厂，产品的品种多少、质量的高低，直接关系到矿业公司的生产成本和整体利益。1993 年初，机械厂成立了科研科，已晋升为工程师的李树生，又开始负责新产品的科研开发、试制工作。他和技术人员制定了“102”生产目标（即机械厂生产的耐磨备件要力争一个抵两个使用），并确定了以对球磨机衬板攻关为突破口，以矿业公司炉料生产所需的耐磨易耗料为科研对象，对工作进行了全面规划。和他一起工作的同事回忆说：“别看李工当时 50 多岁了，但工作热情不减当年，他多次和科研人员一起走向社会，赴东北、河北、山东等地，对矿山生产所需要的耐磨件生产工艺进行考察，广泛收集国内外高科技信息，组织全厂进行科研攻关活动。”

此后，为了提高选矿使用的“两壁”质量，延长产品使用寿命，他又与科研人员一起不厌其烦的做试验，研制铸钢 Mn13Cr2 新材质的轧臼壁和破碎壁。最终，经过在大石河铁矿破碎车间装机试验证明，这种材质的“两壁”使用寿命分别达到 1733 小时和 2386 小时，比普通高锰钢材质的同类产品分别提高 32%和 40%。

1996 年，工作 30 余年的李树生带着许多的不舍正式退休了。退休时，他的职称是主任工程师。

而今，繁花落尽，斯人已逝。回首人生，身为高级工程师的李树生，从业30余年，任凭岗位变换，不悔的是坚守。30余年的坚守，上百次的攻关，炽热的钢坯化身为一件件优质的产品，一念执着，一生坚守，犹如盛开的繁花温暖着人生。正如这位老人曾经所说，“人这一辈子，专注做点东西，至少对得起光阴岁月，工程师只是个头衔，做个不断打磨产品的技术人员是让我一生感到自豪的事情……”

永不退役的汽轮机组“护航人”刘宝臣

裴丽平

匠 人 心 语

19岁开始与汽轮机打交道，刘宝臣专注守护机组37载。汽轮机组的习性，他早已了如指掌，“一听二看”就能诊断出故障所在。成千上万个零部件，早已成为烙刻在他心中的三维立体图，每每道来总是如数家珍。无论汽轮机组出现什么问题，他都能“手到病除”。

一台列车电站，其实就是一个流动的小发电厂。曾为矿山服役几十年之久的列车电站如今已退出历史舞台。倾诉不仅源于怀念，更因为有些精神确实需要传承下来。

只有小学五年级文化的刘宝臣干了一辈子的汽轮机检修。从 1960 年被牡丹江第十列车电站招进厂走向工作岗位的那一刻起，刘宝臣就与汽轮机结下了深深的缘。30 多年来，他先后跟随第十列电辗转河北、吉林、山东、山西等地。1975 年工作调动到还在天津汉沽的 57 列电，跟着 57 列电从天津转战到河南，1980 年 57 列电来到首钢矿山，刘宝臣最终也在矿山安下了家。

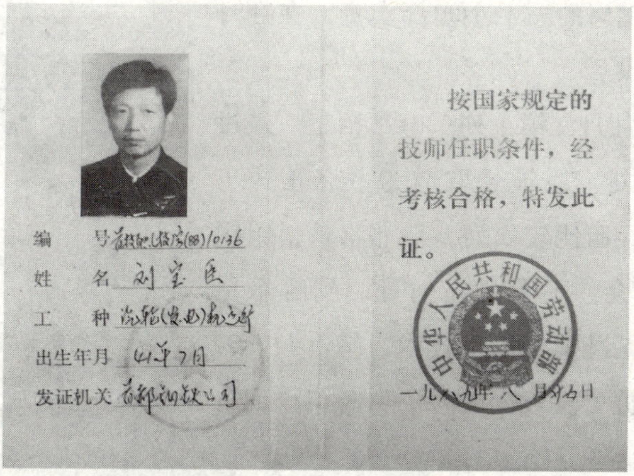
编号
姓名 刘宝臣
工种
出生年月 41年7月
发证机关 首都钢铁公司

按国家规定的技师任职条件，经考核合格，特发此证。

中华人民共和国劳动部

刘宝臣 1989 年考取的技师证

刘宝臣获得先进职工时留影，第三排左三为刘宝臣

30多年中，无论工作环境发生怎样的变化，刘宝臣从未更换过一次工作岗位，48岁时考取汽轮机技师。凭着自己的干劲、韧劲，多次在立功竞赛中获奖，多次被评为首钢级、矿业级优秀共产党员、先进职工，直至退休也没有离开过自己深爱的汽轮机组。

荒年饿不死手艺人

1941年7月，刘宝臣出生在朝鲜的茂山，1953年3月随父母到黑龙江省密山县安家。1955年，刘宝臣高小毕业就在家参加劳动，直到1958年才有机会到密山县兴凯湖水产养殖学校学习，但没等到毕业学校就解散了。之后，他曾在黑龙江鹤岗的一个小卖部卖货，在牡丹江钢铁公司卸煤。

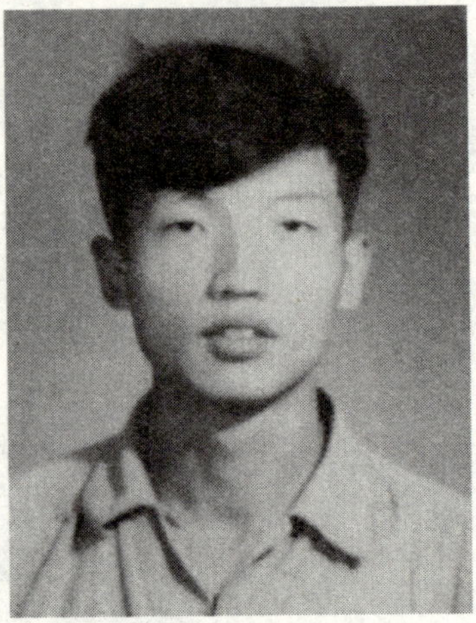
刘宝臣年轻时的照片

1960年，牡丹江第十列车电站招工。经过严格的考试，刘宝臣被录取成为一名正式工人。由于生活经历比较坎坷，他非常珍惜组织给予的工作机会，不管身在何处，到哪个单位，刘宝臣都踏踏实实的学技术、练本领。27岁就当上了汽机工段长，成为了当时第十列电最年轻的段长。

“如果没有师傅的教育，就不会有我今天的成长。”师傅的一句话，让刘宝臣受益终身。

谢希宗是刘宝臣进入牡丹江第十列电的师傅。刘宝臣对他十分感激，师傅不仅教会了他精湛的技术，更教会了他对待工作的态度和做人的道理。

那是发生在1962年的一件事。刘宝臣跟着谢师傅学徒，刚刚20出头的他年轻气浮，干活总想找捷径。有一次正好赶上汽轮机检修，师傅让他做一个法兰垫，刘宝臣拿起一块大的石棉纸，直接就垫到设备上用小锤子沿着边敲起来，很快这个法兰垫就做好了。拿给师傅验收时，师傅生气地直接就把法兰垫扔了出去，“为什么不用画规、尺子？工艺标准里写的清清楚楚，你现在这样糊弄设备，迟早设备也会糊弄你……”师傅非常严厉地训斥了刘宝臣。

从那天起，“做人要踏实，做事要认真”这句话成为刘宝臣一生的座右铭。

刘宝臣（一排右三）被评为1977年57列电学大庆先进个人

列电到哪里，我就守护到哪里

刘宝臣说，自己的一生是与汽轮机组厮守的一生。

列电职工初到矿山，右排后一为刘宝臣

1982年，第57列车电站正式落户矿山，成为直属矿山公司管辖的一个列车发电车间。刘宝臣就一直兢兢业业地守护着汽轮机组，为她保驾护航。

列车电站的汽轮机组是发电用的原动机组，由汽轮机本体、凝气系统、回热系统、调节保安系统几大部分组成。由于汽轮机的零件多达上万个，有时即便出现问题也很难发现。如何精准、高效的判断故障所在，成为了汽轮机检修的关键。

汽轮机车厢外貌

车厢内的汽轮机

当年矿山列电的汽轮机

1982~1988年，刘宝臣作为主要建议人、负责人、施工组织者，先后参与列电车间大型技术改造十余项。1982年，由于鸽子湾供暖压力不足，公司研究决定在列电兴建一个加热站。当时，车间指派刘宝臣全权负责。从厂房的改造到设备的安装，哪怕是一根管道的走向，刘宝臣都要亲力亲为、一丝不苟。

刘宝臣的老伴儿张阿姨也在列电上班。在她的回忆里，那段时间家里根本就看不见刘宝臣，连吃饭都是孩子们到列电把他喊回来。有一次，张阿姨上夜班，半夜11点起来准备上班的时候，发现刘宝臣没在家，到班上后才发现他正在现场焊管道。原来刘宝臣半夜突然想起来白天管道改的不太合理，怕第二天影响施工进度，就连夜赶到班上把活儿抢出来。

改造后的加热站，实现了循环水再利用，将以往排掉的循环水直接用来供暖，在保证供暖温度的前提下，也大大提高了发电的经济效益。

刘宝臣在新建成的加热站内讲解操作注意事项，左二为刘宝臣

1992 年，刘宝臣从矿业公司列电车间调到了正在筹备中的矿业动力厂任汽机车间监装组组长。虽然已年过半百，但小到一颗螺丝钉，大到整体设备的试运转，每一个细节，每一道工序，都逃不过他的眼睛。在现场，施工单位都害怕碰到这个较真儿的“严”老头。有一次在检查主厂房 9 米平台护栏施工过程中，刘宝臣发现施工单位没有按照标准施工，护栏倾斜严重。看到这种情况，他当场勒令停止施工，并找到施工单位领导，要求把不合格的部分进行返工。为了确保监装质量，每次安装新设备时，刘宝臣就会找厂家要来图纸和资料，方便对照随时发现解决问题。在安装给水泵液力耦合器的一处管道时，刘宝臣发现实际管道的接法与图中不符，就向施工单位提出了问题。经过仔细确认后，施工单位发现管道的确接错了，于是立即进行了返工。为了使监装工作更加严细，为确保早日投产发电做足充分的准备，刘宝臣还带领监装组的同事们一起编写了《开机前需到备品备件明细》《开机一年内的需用工具材料明细》等清册，并写下了几万字的学习笔记。

设备安装进入到高峰期，为了保证监装工作不断线，考虑到监装人员少，凡是重点部位安装，刘宝臣都是白天干了一天后，晚上继续研究图纸，再坐半夜 12 点的通勤小火车赶回家，几个月下来，从没休息过一天。那段时间，刘宝臣的体重从 150 斤降到了 120 多斤。

1995 年 10 月，石家庄第 55 列电的汽轮机检修后不能正常开机，向矿山 57 列电求援，希望矿山可以派个有经验的技术人员去帮助他们处理一下故障。

大家都觉得路途遥远，万一修不好还可能砸了57列电的牌子，一时间谁都不愿意主动去。

刘宝臣的家人也曾嘱咐他别应下这个差事儿，可等领导找到他时，他却坚定的表态：只要是领导安排、工作需要，我一定去。刘宝臣赶赴石家庄后，经过排查找出了汽轮机的故障所在。原来是不起眼的滤油器出了问题，故障很快得到了解决。55列电非常感激，提出要单独奖励刘宝臣1000元现金（刘宝臣当年月工资为1119元），他却婉言谢绝了，理由很简单——“我是拿着单位工资出来干活的”。55列电的领导们为刘宝臣的敬业和人品竖起了大拇指，并将一面锦旗送到了发电厂党委。从那以后，刘宝臣就成了石家庄机组逢检修必点的大将。

三万字的检修笔记

刘宝臣文化水平低，也没有参加过正规的技术业务培训班。他经常告诉自己：本事是自己的，多积累点，没有什么坏处。他有个习惯，常年坚持做检修笔记。每次检修时，设备的名称、编号、故障位置、原因、检修程序、相关原理，他都条分缕析的记录下来，光笔记本就用了好几十本。

“一枝独秀不是春，百花齐放春满园。”只有让每一名工人都掌握了精湛的技艺，才能保证汽轮机正常运转。刘宝臣告诉笔者，他们当学徒的时候，师傅只告诉工作要领，余下的全靠自己用心去细琢磨。所以，只要徒弟肯学，他绝对倾囊相授。

王永伟是刘宝臣的关门弟子，当初他可是让刘师傅操碎了心。就连水泵找中心这么简单的事儿，在王永伟处理完后，刘宝臣都不放心的还要到现场再去看看。

王永伟说，那时候年轻，不懂得师傅的苦心和用心，还埋怨师傅太认真、太严厉。师傅临退休时把自己手写的3万多字的工作笔记全部留给了王永伟，还不忘嘱咐他要时刻牢记“三勤三亲”，即：腿勤、嘴勤、眼勤，要亲自到现场、亲自过问、亲自验收。王永伟牢记师傅的谆谆教诲，在工作中不断学习、不断成长。目前，王永伟作为电修公司汽轮机组维检负责人常驻北京生物质有限公司。他还被评聘为电修公司发电机组检修技术的首席专家。

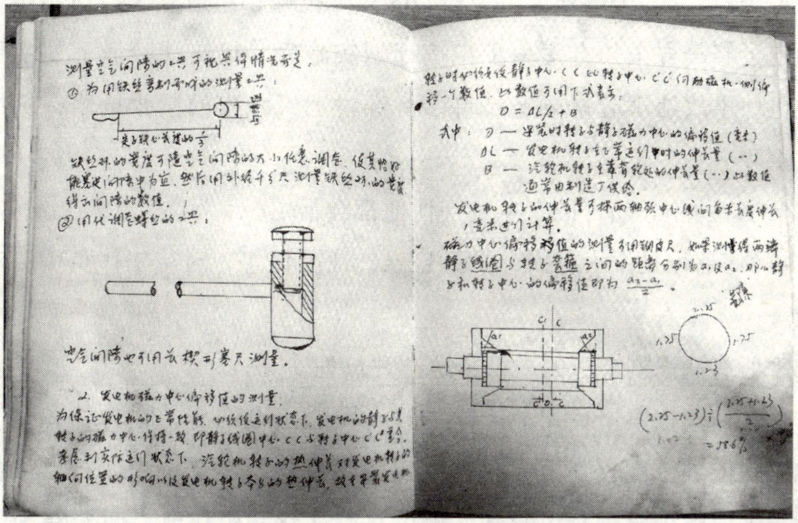

刘宝臣手写的检修笔记

“只要企业需要，我随叫随到”

1997 年，刘宝臣因身体原因提前退休了，离开了让他日夜牵挂的汽轮机组，但他对领导说：“如果机组有什么问题，我保证随叫随到”。

曾任电修公司列电车间党支部书记的邸小光向我们还原了一件往事：2007 年 12 月 16 日，汽轮机在运行过程中，由于油脂的质量问题，油滤网发生堵塞，汽轮机的轴瓦烧坏造成紧急停机。大家一看就慌了神儿，几个技术人员讨论各种方案后都没有找到解决办法，决定返厂大修。可当时正值冬季取暖期，如果进行返厂大修，不仅会影响发供电，更会影响家属区上千个家庭的正常供暖。此时，大家想到了刘宝臣。邸小光抱着试试看的心态把电话打了过去。可不巧的是，刘宝臣当天正好坐火车回了长春。由于路途远，刘师傅年龄也大了，邸小光也没抱太大的希望。

可第二天下午，刘宝臣神奇地出现在了列电检修的现场。刘师傅竟然连夜坐了十几个小时的火车赶了回来。大家都激动地说："刘师傅来了就好了!"

经过仔细检查，刘宝臣大胆做出决定："汽轮机轴瓦不用返厂大修，咱们自己修。"随后，一个以刘宝臣为核心的故障抢修小组成立了，他们结合现场实际制定了修复方案，方案一步步按计划实施后，很快就验证了刘宝臣的判断，这也使事故处理起来顺畅了许多。经过七天六夜的紧张抢修，机组恢复了发电供暖。

"老刘特别热心肠，谁有事找到他他都会帮忙……"

"刘师傅那可是个大好人，勤勤恳恳，任劳任怨，对待工作负责，对待同事真诚……"

几乎所有认识刘宝臣的人都会这样评价他。

作者在他的档案里找到了这样一封表扬信：1963 年，在吉林省蛟河市第十列电工作的刘宝臣收到了一封来自黑龙江省牡丹江市卫生学校的信件，信上的大夫说，有个孩子身患肾病，病情日渐恶化，想托熟人谢希宗（刘宝臣当时的师傅）帮忙在吉林寄一些当地没有的药过来。几天后，孩子收到了来自吉林的"救命药"，但看到信时，他们感动得痛哭流涕，原来求救信邮寄到第十列电时，谢希宗已经调走，但刘宝臣看见信封上写的是急需购买药品时，就利用休息的时间不远数十里徒步代购药品，并按地址及时寄去。对于素不相识的人能够出手相助至此，病人一家感激之情无以言表，将一封表扬信寄到第十列电。党委通报后，大家才知道刘宝臣做了一件大好事。

0.1 毫米的手工较量

2011 年，电修公司热电分公司余热停机检修。汽轮机检修完开机试车时三瓦出现了振动（汽轮机三瓦是发电机前轴承，位于汽轮机后轴承箱上，通过靠背轮与汽轮机大轴连接)，达不到开机条件。由于汽轮机的零件达上万个，出现振动的原因非常不好找，检修人员慌了神儿。现场组织召开了几次分析会，却始终找不出原因。

"要不找找刘师傅吧!"大家又想到了刘宝臣。在大家的眼中，刘宝臣不仅是汽轮机的“保健医”，更是大家的主心骨。

70 岁的刘宝臣来到现场后，围绕几个疑点进行了探究，都没有发现问题。最后他想到了一个细小的环节，当即问现场的检修人员三瓦瓦口间隙及接触面确认了没有，大家都说没再确认。刘宝臣马上进行测量，胸有成竹的断定，造成三瓦振动的主要原因就是瓦枕垫铁与瓦座接触面仅为每平方厘米 37%，远没有达到 75%的标准。别小瞧这个毛病，这可是考验一名工人手上“功夫”的技术难题。要想保证瓦枕垫铁与瓦座接触面达到标准，就要把瓦枕垫铁与瓦座接触面打磨研平，瓦口之间的缝隙仅有 0. 15～0. 2mm 那么细小，这也需要操作者像蚂蚁啃骨头一样，每时每刻都要小心翼翼地研磨，不能有半点的大意。否则，垫铁和瓦座就有报废的可能。为了保证技术水准，刘宝臣和另外两名工人每研磨一阵，就要把瓦枕垫铁与瓦座表面涂上红丹粉进行安装，然后卸下来查看接触效果。如此反复，他带着工人在现场用了七天的时间，才使相关部件全部达到了技术标准。正是有了刘宝臣的精准诊断、精细操作，机组才得以恢复正常、顺利开机。

刘宝臣根据红丹粉的分布情况不断研磨接触面

“一生值守汽轮机”，这就是刘宝臣工作的纪实写照。长时间的积累和沉淀，使刘宝臣练就了一身护航汽轮机的真本领。技艺永不退役，刘宝臣用自己 30 多年只爱一个岗位的“固守和执着”以及“默默无闻、无私奉献”的实际行动诠释了干一行爱一行、敢于担当、技艺精湛的“工匠精神”。

矿山第一代教书匠李敏华

袁启秀　张利伟

匠人心语

从江南水乡到冀东钢城，李敏华在首钢矿山度过了34年充满书香的教学生活。她的语文课堂永远充满着多元性，她既是传道、授业、解惑者，更是学生“言语生命意识”的唤醒者、养护者、传递者。作为矿山第一代教育工匠，李敏华专心致志研究教学，寒来暑往坚守初心，用忠诚、奉献、精益求精雕琢着心中的完美课堂，在平凡的岗位上实现了桃李满天下的人生理想。

李敏华，原首钢矿业公司子弟学校第一中学高级语文教师。作为第一批走进矿山的师范专业教师，从事教育事业 34 年，用智慧陪伴学生健康成长，用人格魅力影响学生一言一行，用精湛的教育教学艺术博得领导、同行和矿山职工的敬重和爱戴。执教生涯中，学校曾多次提出请李敏华担任领导职务，但她都放弃了这些机会，专心在教育一线进行语文教研和培养年轻教师工作。虽然，曾经因劳累和生病几次在课堂上晕倒，但她始终坚持没有离开心爱的讲台。李敏华曾担任两届北京市石景山区人大代表，连续多年荣获首钢先进职工、优秀教师光荣称号，曾先后被评为冶金工业部优秀教师、首钢公司业务能手，数年所教学生高考成绩超过北京市石景山区同类学校水平。

教出首届初中毕业生

1960 年，刚刚成立的迁滦铁矿（首钢矿业公司前身）涌进了大批职工及职工家属。为解决职工的后顾之忧，让职工子女集中起来接受更好的教育，矿山决定开办职工子弟学校。自此，在燕山脚下的沙河之滨，在机械撞击铁石的声音中，琅琅的读书声第一次在矿区上空回荡。

师资力量匮乏是学校成立初期的头号难题。矿党委虽然为学校配置了 10 多位专职教师，并从厂矿技术人员和工人中聘任了一部分代课教师。但是，由于学生来自许多省市，课程不统一，进度不一致，教学效果不理想，各年级跟不上班的学生达 40%左右。1962 年，毕业于江苏南京师范学院（现南京师范大学）的李敏华与 3 位同年毕业的高校生，在矿山学生、家长的期盼中走进矿山，结束了子弟学校没有师范专业教师的历史。

在李敏华小时候，电影《乡村女教师》女主人公终身为教育事业奉献的精神深深打动了她，站在三尺讲台教书育人成为她儿时的梦想。毕业后，她告别江南水乡来到矿山，选择了令她引以为荣的教师作为终身职业。

做教育光有热情是不行的，还要有扎实的专业技术。从大学生到教师不仅仅是称呼的改变，面对一双双渴求知识的眼睛，更要成为学生成长的引领者、潜能的唤醒者。李敏华感到身上责任沉甸甸的。

李敏华回忆说："学校成立之初条件很不好。我刚来的时候，学校处于无正规校舍、无专职师资、无办学经验的'三无'办学状态。不仅孩子们基础差，老师也是走下工人岗位或走出学校就走上讲台的，教学经验不足。我们上了一天课后，吃了晚饭就在办公室备课，晚上 11 点前都没回过宿舍，大家笑说是'两眼一睁，忙到熄灯'。而且当时跨年级、跨学科教学很普遍，要备的课很多。"

辛勤耕耘必有丰硕的收获。李老师和广大师生的努力有了回报，矿山教学有了起色，学生越来越多、学校规模也越来越大。1964 年 7 月，李敏华教出的首届 21 名初中毕业生在北京参加考试，全部升学或就业，学校向矿区职工家属交上了第一份优异的答卷。

突破高考"零"记录

20 世纪 60 年代后期，受"文革"影响，"读书无用论"以排山倒海之势席卷中国大地，矿山这个原本宁静淳朴的乡村一隅也没能幸免。直到 1971 年，一些老师和学生仍不愿意回归课堂。精心备课讲给谁听？李敏华心里非常着急，她带头冲破重重阻力，挨家挨户做学生和家长的思想工作，苦口婆心劝孩子们回到学校继续学习。在校领导和教师努力下，1972 年初，上课学生已经恢复到七八百人了，李敏华又满怀激情地再次站到讲台上。

1974 年初，李敏华接手了矿山第一个高中班。

现子弟学校第一中学英语老师赵学平，是当年李敏华班里的学生，他至今仍清楚地记得李老师上课的特点："有板有眼，旁征博引"。"有板有眼"是说李敏华让语文课有了理科的特点，一环扣一环，逻辑思维强；"旁征博引"是说李敏华知识渊博而又能灵活运用，发散思维强。所以，尽管一些学生受当时大环境的影响不爱学习，但是每次到李敏华的课堂上却兴致勃勃。

在赵学平眼中，李老师的课堂是如此有吸引力。而她对每一位学生、同事和家长的一视同仁、不偏不倚又使她充满一身正气，赵学平赞叹说："李老师气场强，人格魅力大！"

首钢矿山首届高中毕业班合影（二排左五为李敏华）

李敏华给予学生的不仅仅是知识和学习的热情，更身体力行地教学生如何做人。矿山第一个高中班的学生，虽然已毕业 40 余年，但和李老师的感情却随着时间的推移更加深厚，大家总是不时相约到学校看望恩师。1977 年，中国恢复高考制度。1978 年，李敏华就送出了矿山自己培养的第一批大学生，打破了矿山高考"零"的记录。

吴宁是李敏华带出的第一届高中毕业生，1978 年参加高考进入中国人民大学财政系学习，现已退休在北京生活。谈起李老师，吴宁感慨地说："我的高中时代虽处于一个无法安静学习的环境，但却是我一生非常美好的时光。不得不说，班主任李敏华老师对我后来努力参加高考、认真工作有着非常巨大的影响。李老师性格直率，专业深厚，兢兢业业的教学精神感染着我和我的同学们。我总是记得李老师琅琅读书的声音和节奏；记得李老师讲解课文的认真和耐心；记得李老师循序渐进的把课文中的故事告诉我们；记得李老师写满整整一黑板的板书。李老师对同学们各方面的要求非常严格，教授的每段课文都能讲解得深刻到位，且语言优美，文笔干练，有吸引力，对我后来报考文科帮助颇大。并且李老师很少俯就大环境的人云亦云，课上总是一丝不苟地教学，值得尊敬！那时我也曾想，未来我也想做个老师，像李老师那样敬业、美丽、超凡脱俗！她对当年迁安矿的教育事业贡献很大，我们不会忘记她！”

高考升学率在黑色冶金矿山系统排名第一

望着即将走进大学校园的孩子们时，子弟学校的老师们喜悦中又带着几分惆怅，飞出的“凤凰”形单影只，什么时候才能让更多的矿山孩子们有机会通过高考进入人生的广阔天地？

李敏华（二排右二）与 81 届男生合影

20 世纪 80 年代初，因矿山高考录取比例低，在北京市整顿、压缩高中班时，矿山学校高中班被迫停办了。为了促进教师以强烈的责任感和事业心刻苦钻研业务、精心组织教学，1982 年，子弟学校在教育界首创“教育承包制”。“中小学教育怎么能没有高中呢？”经公司党委与上级教育部门积极争取，1983 年 9 月学校重新开办了一个高中班。面对着公司的嘱托、职工家属的殷殷期待，学校提出要进一步在高三班实行新的教学承包制，确定对班级学生包毕业合格率 80%、包高考升学率 30%的承包内容。

当时，高三班的状况并不好。24 个经北京市高中和中专选拔后剩下的“心头肉”基础都比较差，前景不容乐观。高考承包制的担子谁来挑？谁敢挑？面对困难，李敏华站了出来，挑起了高三承包组组长的重担。一个由李

李敏华（二排左三）与81届毕业女生合影留念

敏华老师等9人组成的高三年级承包组成立了。从此，李敏华带领老师们把全部心血倾注到了教学上。他们白天教学，晚上备课，周末进行家访和辅导。为了掌握北京市、区教育信息，李敏华还通过矿山驻京办的一名老师搜集北京市高中班的教改经验和教学动态，供承包组参考。

96届高三文科班（前排左三为李敏华）

教学承包拧紧了老师这根弦，但学生不发力，老师还是白着急。李敏华也意识到矿山的孩子虽然勤学、肯学，但却不知道怎么发力。发现问题，立即解决，这是李敏华一贯的工作作风。于是，李敏华带领老师们在一中开设了学习方法课，根据教育学、心理学的基本观点，结合学生实际，自编五个专题12讲讲义，使学生掌握正确的学习方法，提高了教学质量。李敏华还倡议学生们制定了“自我承包制”——我的奋斗目标，实现了“师生联动”。

96届高三理科班（前排左四为李敏华）

“师生联动”效果如何？1986年5月上旬，北京市高三年级会考，石景山区有八所中学的高三毕业班参加，矿山一中高三班的考试成绩名列第二，仅次于北京市石景山区重点高中——北京市第九中学。经过师生共同奋斗，高三承包组的教学又出新成果：1986年高考首批24名考生中，郝兰忠、杨鑫等4名同学被北京、安徽等地本科大学录取，7名同学被首钢大学录取，升学率达到45.83%，创建校以来的最好水平，在黑色冶金矿山系统排名第一。

李敏华遵循教育规律，巧挑重担，成为子弟学校教育教学当之无愧的领头人！

第一位语文学科组组长

李敏华作为第一批进入矿山的师范专业教师，虽然起点高、素质高，但从未停止学习的脚步。她不停地思考，不停地阅读，不停地写作，在自身不断进步的同时，也带动语文组的同事一起进步，成为矿山子弟学校第一位语文学科组组长，并且这一重担贯穿她的整个教学生涯。

20 世纪 90 年代，子弟学校从外地和高校引进大批新老师。当时，已年过半百、身体不好的李敏华，除了日常的教育教学工作外又增加了一项听课任务。为了给学校挑选优秀教师，她没有落下一节课。年轻教师入职后，她更是不辞辛苦，听课议课，引导教师既要注重基础知识和基本技能教学，更要重视学生思维能力的培养。

李敏华（前排左三）参加活动做评委

现子弟学校第二中学校长许学义回忆说："我是 1994 年调到高二年级任组长的，得以和李敏华老师在一个年级工作。在朝夕相处的日子里，感受了李老师高尚的师德。她常常告诫周围的年轻教师要为人师表，用学问和人格魅力给学生做出个样子来。她对待教学从没有半点马虎，曾经不徇私情地指

李敏华（前排右一）与 96 届高三组教师合影

出身边的老教师要注重提高课堂效率、少留家庭作业、不能靠题海战术取胜，提醒他们为年轻教师树立榜样。我刚到高中时，因没有高中管理经验，李老师总是在关键时候提醒我：该召开年级组会议协调学科作业量了、哪个学生出现早恋苗头了、哪个学生情绪不对头了、哪个老师家里出了什么事等。年级组的师生全都装在她心里。”

让延伸性阅读走进语文课堂

课文是无声的老师。对孩子们来讲，语文课最重要的学习方法就是在课文理解中积累知识和锻炼思维。作为语文老师，李敏华的课堂最大特点在于她对课文的深刻解读和引导学生独立思考。

在语文课本中，有一篇摘自四大名著《水浒传》中的一段传奇故事“景阳冈”。教授这篇课文时，李敏华对武松的“三闪”行为做了细致思考。武松的“三闪”给读者的第一印象是表现了他勇敢机智和武功高强。但李敏华却在反复琢磨后，设想武松在不同情境下的真实反应以及这种反应背后的真实心理。也就是说，在常态情况下，正常人如何反应？武松如何反应？这种反应的机制是什么？在总结武松机智、敏捷、勇敢、武艺超群的基础上，李敏华通过深刻分析和判断逻辑推演得出了独到见解：像武松这样的英雄同样存在好虚荣、爱面子、胆怯、鲁莽冲动、讲“义气”等缺点。但是，英雄也可以有缺点，这样人物形象才能丰满，从这一点来说是“缺点”成就了武松这一大英雄！

李敏华的这种教学特点也在潜移默化地影响着年轻的语文老师。

在李敏华的一次听课过程中，一位年轻教师在教孩子们学习一篇传统课文——《项链》，这位老师让孩子们分析概括文中“玛蒂尔德”的形象以及这个故事给大家带来的启迪。

李敏华听完课后，首先肯定了讲课教师：“学生能够从题干出发，沿着各种不同的途径去思考，思维活跃，发言积极。”但她停顿了一会儿后，接着说：“如果在思维广度的基础上，再注重思维的深入就更好了。”

讲课教师连忙询问："李老师，请问哪里的深度不够？"

李敏华看着听课笔记缓缓道来："有位学生谈玛蒂尔德故事启迪时，认为做人要诚实，理由是如果玛蒂尔德丢项链后，诚实告诉她朋友实情，就不用花十年时间赔项链了。很显然，这位学生没有明白玛蒂尔德的不幸是必然的。"

讲课教师如有所悟，自言自语地说："如何让学生明白玛蒂尔德的不幸是必然的？"

李敏华没有直接回答，而是说："我们都想想。"几分钟后，讲课教师在她的启发下，连珠炮似的说出了自己的看法："如何深入？在第一个问题解决之后，可以进行一连串追问——虚荣？由此看出怎样的社会风气？玛蒂尔德的不幸是必然还是偶然？作者对玛蒂尔德的虚荣是什么情感态度？从哪儿能看出？"

李敏华微笑着也开始了追问："这样学生就明白了什么？"

"追求虚荣是当时的社会风尚，即使玛蒂尔德没有丢项链，也会有其他的灾难，她的不幸是必然的，作者对虚荣的讽刺，正是对社会不良风尚的鞭挞。"

李敏华满意地点了点头，总结道："对学生的思维训练既要有广度又要有深度，前提是我们钻研教材时要有这样的思维。"同时，她还不忘叮嘱这位年轻教师："你可以把刚才的思考讨论写成教学反思文。"

正是靠这种深入钻研的精神，李敏华在阅读理解中有了一个又一个新的发现，这种发现对开发学生智力起到了至关重要的作用！这也成为许多老师和学生回忆起李敏华课堂教学时最深刻的记忆。

联欢会上，李敏华（左一）与学生一起包饺子

李敏华（前排左四）与学生在一起

珍贵的人生第一课

有人说：“学生之于老师可能是一段时期的记忆，但老师之于学生却是一辈子的回忆。”

谈起李老师的教学艺术，她的学生刘杨是这样描述的：“我 1996 年从矿山子弟学校毕业，考入中国人民大学金融系，后来又去澳大利亚攻读硕士学位，毕业后一直从事金融、证券方面的工作。李敏华老师是我的高中语文老师，学术造诣很高。比起一般的语文课堂，李老师的课堂更加生动活泼，让我们体会到了语文课的真正魅力。李老师是一位严师，对我们的马虎和错误从不姑息，让学生养成了关注细节、负责任的习惯，这让我在后来的学习、工作和生活中都受益匪浅。”

李敏华的学生卢建建，1996 年从矿山考入首都医科大学，获得博士学位，曾先后赴台湾省长庚纪念医院、美国斯坦福大学进行临床访问学者深造及博士后研究，是目前中国整形美容外科领域内的少壮派专家。

谈到李老师，卢建建感慨地说道：“高中三年是我人生中最难忘的一段经历，每天都在为梦想艰苦地奋斗。那时的我热情有活力，偏执又敏感。每天早早地起床晨读，深夜才放下书本休息，偶尔还要挑灯夜战，每天都有写不完的试卷和看不完的资料，时光变得枯燥而单调，就是在那样的日子里，总有许多让我坚持下去的理由和力量在脑海里扎根。印象最深的就是语文老师李敏华，她个子不高，总是笑眯眯的。她讲课幽默风趣，总是能吸引同学们的注意力，就连语文成绩平平的我也不例外，人生的道理就在她的课堂上潜移默化的融入我们的思想。记得有一次我的语文考试成绩不理想，李老师过来安慰我说：‘你是一个非常有灵气的女孩子，只要用心就能学得很好’。她殷切期盼的眼神、鼓励扶持的话语，抚平了我的急切与浮躁。从此，‘用心’二字深深地印在了我的脑海中，也伴随我走过了高中、本科、硕士、博士甚至博士后的学习生涯。她还说‘学习贵在坚持，要坚持自己的理想，在竞争中不断进步’。她教会我如何面对失败、如何克服困难，让我学会了信任、理解、竞争与合作，感谢李敏华老师陪我走过了那段脆弱而敏感的懵懂时光，她的谆谆教诲如春风化雨般滋润了我的心灵，她的殷殷鼓舞让我在面临工作与生活的挑战时无所畏惧！”

追溯李敏华30余年的教师生涯，她献给矿山的是一份平凡岗位上不凡的履历：教出了矿山第一届初中生，接手了矿山第一个高中班，送出了矿山第一批大学生，在改革的洪流中承担起高三承包组长的艰巨工作，作为第一位语文学科组组长培养了许多优秀的年轻教师，直至退休一直劳碌在教学的第一线。这一个又一个第一，让人们记住了李敏华；这一个又一个第一，是李敏华心中的承诺。

“选择教师作为终身职业令我自豪，能够为矿山的教育事业奋斗一生是我的荣耀！”李敏华用行动实现了自己的理想，让矿山孩子的语文课堂变成了人生的第一课，书写了矿山精彩的教育史，成为矿山当之无愧的第一代教书匠！

“太阳的儿子王一刀”

——记首钢矿山医院脑外科专家王志坚

郑玉伟

匠人心语

如果说生命是大自然孕育的艺术品，那么，医生就是修复生命的“工匠”。在与生命的交汇碰撞中，王志坚凭借医者神圣的使命感和责任心，用一把柳叶刀救人性命于危急之中。他是行走在刀尖上的舞者，用实际行动为“工匠精神”赋予了健康、安全，甚至是生命的意义。

“他在工作方面是一个个性非常强的人，对手术要求非常苛刻，手术台上如果有做的不到位的地方他会毫不留情的批评我们，我们特别怕他，但也打心底里佩服他。”

“他是一个追求完美的人，在手术方面对自己要求特别严格。在做脑外科手术时，有时患者脑组织内存有少量血性液体可在术后通过引流管引出，但他术中不清理干净绝不缝合切口。”

“他非常敬业，为了挽救患者甘愿顶着风险，一辈子没有发生过医疗事故。”

“当时他在脑外伤救治方面非常有名气，迁安县、迁西县，甚至是唐山市的患者都来找他看病，医术在唐山地区首屈一指。”

……

大家口中的“他”叫王志坚。1970 年，根据工作需要，他由北京宣武医院来到首钢矿山医院工作，1988 年调到首钢医院。在他 30 多年的从医生涯中，18 年扎根在矿山，先后两次获得首钢总公司先进职工称号，并取得了副主任医师的任职资格。他靠自己的实力成为矿山的“一代名医”，凭借一双“神奇的双手”成功救治危重病例 200 余例，不仅得到了“王一刀”的美誉，还被患者称为“太阳的儿子”。教出的徒弟如金仕万等，许多都已经成长为业内专家或者专业领头人。

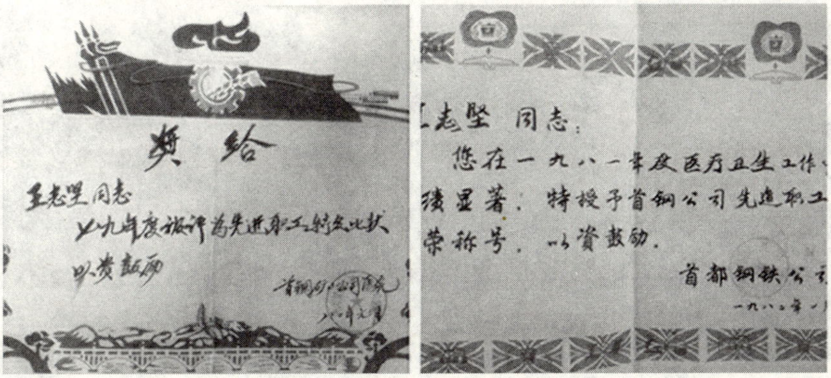

王志坚的部分获奖证书

王志坚副主任医师证书

知识改变命运

1938年6月，王志坚出生于山西太原一个普通的农民家庭。家境贫寒，让他过早地体会了生活的艰辛，也正是艰辛的生活培养了他脚踏实地、吃苦耐劳、勤奋好学、志存高远的优秀品格。他深知知识改变命运的道理，从小立志要靠自己走出去。在亲戚的帮助下，他上完了小学和中学。因当时的家庭条件有限，中学毕业后，父母要求他辍学回家。但在王志坚的坚决要求下，他半工半读，勤工俭学在太原市读完高中，并于1958年以优异成绩考入北京医学院（后改为北京医科大学，现为北京大学医学部），成为家乡的第一名大学生。

北京医学院58级医三乙班合影（后四排右八为王志坚）

“我老伴一跟我聊起他上学那段经历就非常自豪。你想啊，上个世纪 50 年代，一个农村的孩子愣是靠那一股子劲儿从农村走了出来，而且还是来到北京，非常不容易。1958 年高考那年，北京市所有院校从山西省只招收了几个人，他就是其中的一个。”王志坚的老伴欣喜地讲道。

王志坚（前排右二）与当时太原三中在京学生合影

1963 年，王志坚从北京医学院医疗系毕业，被分配到宣武医院神经外科工作。当时，神经外科分为肿瘤组、外伤组、脊髓组和小儿组四个专业组，王志坚在肿瘤组主攻脑肿瘤专业，时任宣武医院神经外科主任王忠诚（世界著名神经外科专家、中国神经外科创始人、中国工程院院士）为导师。

当时，神经外科在北京刚刚起步。为了学到更多的知识，尽快在神经外科这一神秘领域施展才干，王志坚吃住在医院，一心扑在了工作上。上班时，他紧随老师悉心学习临床知识；回到宿舍，他就翻阅大量的医学资料，将白天遇到的新情况在书本上找到印证、加深理解。为了掌握血管缝合技巧，他先是在猪皮上练习缝合的熟练度，再用开水烫过的土豆皮练习缝合时所需的力度，慢慢的开展借助手术显微镜在小白鼠身上反复练习血管缝合技术、止血术等。就这样，凭着执着追求，经过五年的潜心钻研，他已经能够独立诊断、在手术台做大手术了。因为业绩突出，他被委任为大夫组长。

1970 年 6 月，按照毛主席的“六·二六”指示（“把医疗卫生工作的重点放到农村去!”），从北京各大医院挑选出的 40 名医疗技术骨干被分配到当时的石钢公司医院（首钢前身），其中 20 名留在本部、20 名被充实到矿山医疗队伍。此时，已羽翼渐丰的王志坚，成为 20 名支援矿山医疗建设的医务人员之一。

王志坚与家人在首钢矿山工人俱乐部前合影

“他跟我商量这事的时候我是反对的。我从来没有离开过北京，而且当时孩子刚满 6 个月。我问他能不能不走，他跟我说，党需要他到哪里他就去哪里。我瞬间从他的眼神里读懂了他的内心，我绝对不能拖他的后腿。”王志坚的爱人王淑兰是宣武医院脑外科护士，地地道道的北京人。为了家庭，为了丈夫心爱的事业，她不顾父母反对，毅然随丈夫来到了矿山。

小事成就大事，细节成就完美

1970 年，正值矿山水厂大会战，几千甚至上万名职工奋战在会战前线，现场急需医疗服务。因此，初到矿山组织就派王志坚到水厂从事医疗工作。虽然失去了临床机会，但王志坚仍兢兢业业医治病人，工作之余一头扎进了脑外科理论研究中。“他说他是党员，必须要服从组织的安排。在水厂一年多的时间里，他每天除了看病就是看书，像着了魔一样。”王志坚老伴回忆说。王志坚把在水厂工作的经历又当成了一次学习提升的机会，为其以后在脑外科领域施展才干奠定了扎实的理论基础。

“有一次，四合院（原矿山医院旧址）接诊了一个高空坠落伤的职工，送他来的工友说当时脑组织都露出来了，现场的人都认为不可能救活。院领导想到了王志坚曾经在宣武医院从事过脑外科工作，就把他叫回了四合院。当时，矿山医疗条件有限，没有脑外专用手术器械，他就用骨科器械完成了脑外手术，硬是把病人从死亡线上救了过来，这可是破了矿山的先例，大家非常震惊。之后，又把他叫回四合院救活了另一名脑外伤患者。”在老伴王淑兰的眼中，王志坚是她最崇拜的人。

王志坚的医疗技术水平逐渐得到了大家的认可，在水厂保健站工作一年后，他被调回矿山医院本部从事大外科工作。初来乍到，他那股较真劲儿让身边的同事感到难以理解。

“术前手消毒时，酒精泡手的时间必须达到规定的时间，少半分钟也不行，他的衡量标准就是我们不能在他泡完手前结束。”

“做开颅手术时，消毒面积必须要达到标准，否则他肯定不会上手术台。”

“术后在为患者系绷带时，他会在患者右前额部打一个蝴蝶结，并且要在伤口处用龙胆紫作一个标记。后来我们才明白，不仅仅是为了美观，他是为了让其他医护人员知道伤口的位置，便于治疗和护理。”

虽然这只是几件小事，但是无不体现出王志坚对待工作的那种严谨、精细、执着和认真的工作态度。之后发生的一件事，让大家对王志坚又有了新的认识。

在运输部一次火车相撞事故中，矿山医院同时收治了多名病情程度不一伤者。王志坚到达急诊后，做出了与常人不同的举动。因医务人员有限，在来不及开展先行检查的情况下，他凭着经验将叫声大的伤者列为轻症，将不吱声的伤者列为重症先行处理。他说：“叫声大的一般是骨折，不会有生命危险，但不吱声的可能有颅脑损伤或内出血的症状，病情危重，如果不及时处理会有生命危险。”实际结果与他的判断完全一致。“王大夫的眼睛是透视眼。”大家开始从内心由衷的佩服这位外来的脑外科大夫。

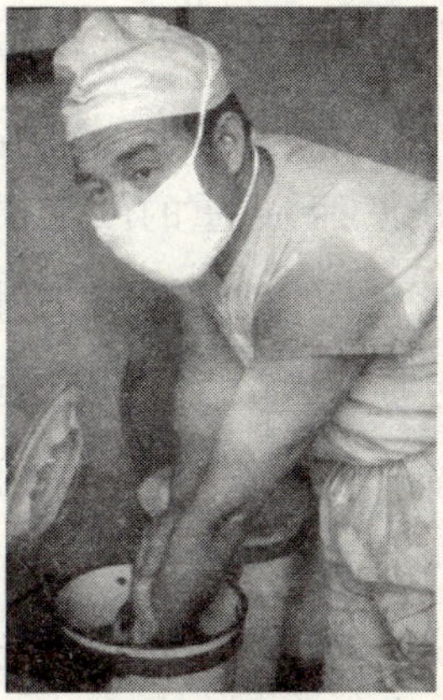

王志坚在进行
术前手消毒

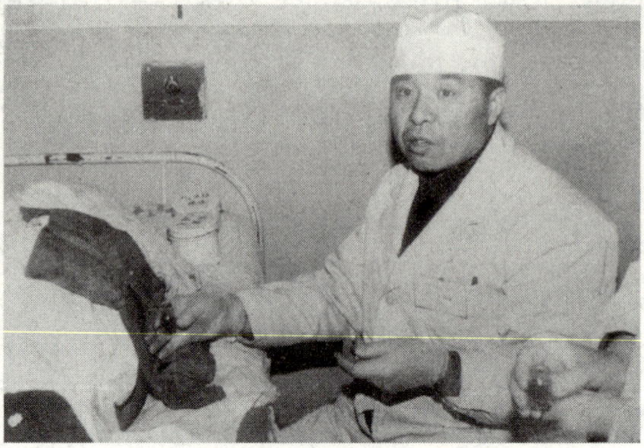

王志坚为患者进行腰椎穿刺

十年砥砺且试锋芒

有人说，外科医生不仅要有绣花姑娘般的心灵手巧，更要有马拉松运动员的毅力。王志坚之所以有现在的成就，不是上天赋予的特异功能，而是他孜孜不倦追求钻研的结果。“为了练习缝合，他还学会了针线活儿，邻居们都说他缝衣服的技术比我还强。”王志坚的老伴儿回忆说。虽然这是一句玩笑话，但透露出来的是王志坚对工作的一种态度。他曾说：“神经外科手术是在用头发丝细的缝合针，在薄如蝉翼的血管壁上进针，双手不能有一丝的颤抖。否则，可能使患者致死或致残。”

刚到外科不久，王志坚就经受了一例脑干损伤患者救治的考验。脑干损伤是一种严重的颅脑损伤，死亡率高，手术的风险性极大。王志坚凭借丰富的手术经验和深厚的理论知识，为患者成功实施了手术。手术虽然成功了，但术后治疗和护理也非常重要。为了挽救病人的生命，他日夜守护在病人床旁。病人在休克后不能自行进食，他就亲手为病人配制混合奶输入胃中；病人大小便失禁，他就为病人擦洗、换床单；他观察到病情发生了变化，就及时组织制订抢救方案。40天后，病人开始逐渐恢复意识。本来可以让护士干的工作，他主动承担了下来，为的就是在处置的过程中不断总结工作经验。

王志坚（中排右三）与外科工作人员合影

王志坚干工作可以说是到了“走火入魔”的地步，连续工作几天几夜已经成了家常便饭。在1976年唐山大地震中，他带着刚满3周岁的儿子连夜从北京赶回矿山，直接奔赴医院参与抢救，却忘记了回家看看妻子是否安全。直到第二天一名同事来接孩子回家时，他才确认妻子还活着。“地震后他一直在医院忙，1个月没有回家，家里的事情都是一位老乡在帮忙张罗。在他眼里，病人总是比家人还重要。”对于他，妻子既感到无比自豪又无可奈何。

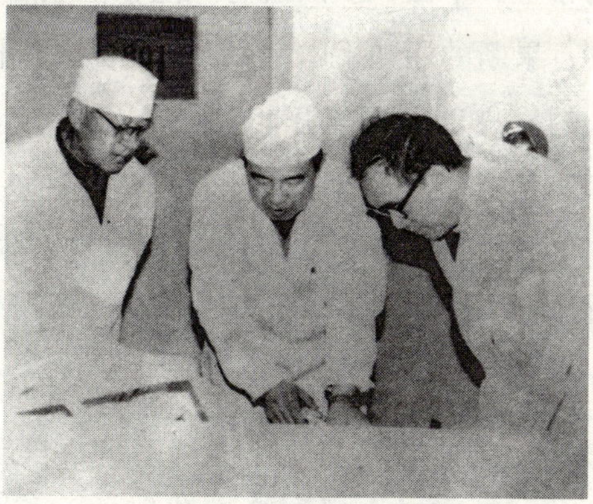

王志坚（中间）在查房

十年磨一剑，一朝试锋芒。在初到矿山的十年时间里，王志坚潜心钻研脑外科专业，一心扑在患者身上，边学习边实践，在实践中又不断总结经验、不断提高自己的医术。每一次手术前，他总是在思想上做好充足准备，预判病人可能会出现什么情况，尽量让手术达到预想效果，从未因手术风险而放弃任何病人生存的希望。离矿山脑外科“神医”的名称又跨近了一步。

手术室里战死神

人们都说，王志坚是一员福将，干什么成什么。可是，在成功的背后，王志坚内心承受着巨大的压力。在困难面前，他经常这样告诫自己：“国家出钱供我上了大学，现在当了一名医生，不要忘了自己的职责。在病人处在生与死的紧要关头，要先为病人着想，少为自己考虑，要竭尽全力为病人创造生的机遇，不能因为危险就放弃了病人生命，这样才能配得上医生的称号。”

1985年11月27日凌晨两点，一名头外伤的重症患者被送到矿山医院。王志坚赶到病房后，发现患者头部右侧额部硬膜下血肿，导致左侧半身瘫痪；左侧顶部40毫米直径凹陷骨折，碎片直接压迫在大脑上，人已经昏迷不醒。伤势严重，生命垂危。这可是一个棘手的问题。同事们都劝王志坚，“不能手术，风险太大，容易‘失手’，很可能会引发纠纷。”做，虽然失败的可能性很大，但患者有生的希望；不做，虽然没有风险，但患者也失去了生的希望。王志坚收起诊断器具，果断的通知手术室：“即刻准备手术。”

手术台上，病人的头皮已经剥离开。王志坚沉稳、麻利的操起骨钻，在右侧头骨钻上四个眼，接过护士递上的钢丝锯，轻轻地从一个眼中穿进，再从另一个眼中抽出锯了起来，手术室里一片静谧，只有钢丝锯发出的“哧啦哧啦”的声音叩击着无影灯下每个人的心扉。片刻，伤员的一大片头骨取下，大家透过硬膜清晰的看到了血肿块。王志坚小心翼翼的打开硬膜，十二分细心的取出了足有小拳头大的血肿块。他比谁都清楚，自己稍有不慎，后果将不堪设想。手术移向了左侧，在取陷进头部的碎骨时，因患者伴有高血压，每当揭下一块碎骨，伤口处便血流如注。王志坚一边利落的取，一边迅速的止血……4个小时后，手术获得成功，在场的人悬着的心终于放了下来。患者在昏迷20天后苏醒，王志坚也整整陪护了20天。一年后，王志坚为患者实施了颅骨修补术，安装上了人造骨，患者痊愈后又重返公安岗位工作。

“手术室里战死神”的情形经常发生在王志坚身上。刘洪玉曾是王志坚的同事，他讲道：1985 年 7 月的一天，一名车祸致严重脑挫伤的患者，因伤势严重，外院难以处置被送往矿山医院抢救。患者入院时已经昏迷，右侧瞳孔散大，生命危在转瞬之间。王志坚亲自操刀，在手术室里展开了又一场与“死神”争夺生命的战斗。5 个小时的手术，患者转危为安。第三天，患者病情突然恶化，脑组织软化、颅内压升高、双侧瞳孔散大，“死神”再次发起了反扑。王志坚当机立断，为其实施颅内减压术。患者第二次被送上手术台，医护人员再次与“死神”决斗，患者又一次得救了。

“我记忆里最深刻的还有一件事，一名起重工在施工中头部被砸，大家七手八脚将他抬到医院后都认为他这下算是交代了。王志坚经过一番察看，诊断为头顶骨粉碎性骨折、大脑矢状窦破裂。矢状窦一旦破裂，血液就会倾泻而出。王志坚愣是以秒为单位从死神手中夺回了这名工人的生命，一时被传为佳话。”

王志坚（前排右一）与外科大夫合影

“太阳的儿子”暖四方

“经他救活的人数我们没有统计过。但是，他到了矿山医院之后，许多危重病人得救了，他填补了矿山医院脑外伤专业的空白。”王志坚的同事如是说。

渐渐的，首钢矿山医院有脑外“神医”的消息不胫而走。唐山市周边的滦县、乐亭、迁西、市区等地经常邀请他去会诊，河北省、辽宁省等地千里迢迢来求医的人也越来越多。

1987年初，从青龙县来了一名叫红艳的小女孩，后脑勺鼓出一个大包，家长说，他们在天津某医院住院时被确诊为肿瘤，神经外科专家为红艳做了10个小时的手术。瘤子未摘除，但第二天醒来后发现右半身已经瘫痪。后来，红艳父母慕名来到矿山医院。王志坚为红艳做了脑室造影，确诊为左侧脑顶颞部有一肿瘤，体积很大。王志坚从小女孩刚刚做过的手术部位来看，只是开了颅而未取瘤，这足以证明手术的难度和危险。他心一横，必须做！第三天，红艳被推上了手术台。当王志坚打开她的颞部头骨时，看到肿瘤不仅大而且已开始坏死，取下来相当困难。他干脆扔掉器械，用手指在脑组织上一点一点地剥离瘤体。3个多小时后，一个重225克的肿瘤被取下。红艳得救了！

晚上，红艳醒来后发现右半身瘫痪已经消失。

一传十，十传百，王志坚在矿区甚至是唐山地区已经小有名气。一位18岁的女孩患有脑膜膨出多年，形状有拳头大，先后在承德、北京等医院求医，不见效果，本人痛苦至极。当她听说王志坚的“妙手”后，抱着试试看的态度找到王志坚，术后仅住院14天便出院，恢复了劳动能力。她的父亲逢人便讲，王大夫是他家的救命恩人。由于王志坚对待患者、对待工作就如太阳般的火热，在20世纪80年代，他被患者称为“太阳的儿子”。

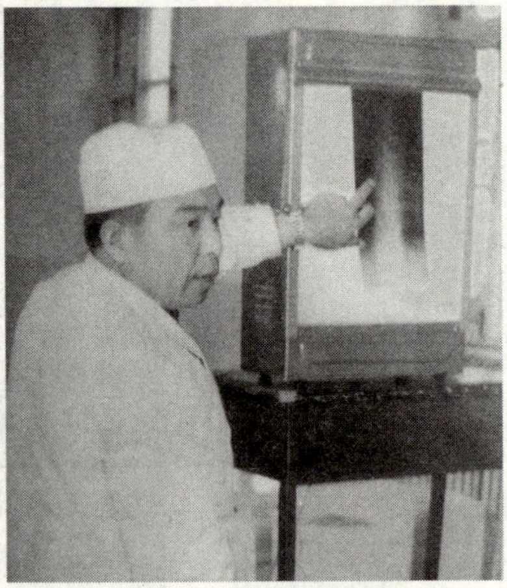

王志坚在组织科内病例讨论

1980年11月，已经取得主治医师职称的王志坚被组织任命为外科副主任，之后又担任外科主任。担子重了，他对自己的要求也更加严格了，更是付出双倍的努力工作。他与同事一道，在外科增加门诊大夫，开设了专科门诊、夜间门诊，制订了病房疑难病历讨论、查房制度等，既解决了病人看病难的问题，又提高了医疗质量。在他那双神奇的双手下，18 年的时间，先后有 200 多位脑外伤重症病人获得了重生的权力。经他救治的重症脑外伤成功率在 89%以上，高于当时国内平均水平。在此期间，由他带教出的徒弟如金仕万等，也已经成长为专业带头人。

杏林春暖医者心

当许多人都在称赞王志坚德艺双馨的时候，他只是认为自己在尽一名医生的本分。1988 年 10 月，他接到首钢总公司的人事调令：到首钢医院刚刚成立的神经外科任科主任。那一年，王志坚正好 50 周岁，在矿山医院工作满 18 年。消息一传开，许多同事哭了，由他救治成功的患者依依不舍地赶来送他。在矿山工作的 18 年间，一起来的许多同事已经陆续调回北京当了教授、名医，他何尝不想回到舒适的城市生活，他也有自己的理想，有自己的雄心壮志，但他理解矿山需要他，他服从了组织安排，多次放弃了回北京的机会，留了下来。他把自己的青春留给了矿山，带走的是同事和患者的不舍。

王志坚（右）与徒弟金仕万（左）合影

调到首钢医院工作后，王志坚没有停止前进的步伐，继续发扬自己吃苦耐劳、不断进取的精神，心怀一颗仁爱之心，用手中的手术刀挽救了一个又一个生命，直到退休。调回北京后，1991 年，王志坚还受邀回矿山医院参与了“受伤飞行员”救治工作。

好医生把职业当成一个信仰，不忘初心，不觉其苦。恰如一个工匠，一辈子坚守一门技艺，把每件作品都当成生命的延续。工匠精神是一种修炼，更是一种境界。没有匠心，难成良医。王志坚就是这样一个人，不仅为自己的职业生涯付出了全部的心血，而且为病人倾注了全部的情感，他享受着每一次治病救人的过程，无论多苦多累，始终痴心不改。

同事欢送王志坚（右三）调首钢医院工作

第二辑 至善智学

——学有所精 学有所通

“八级半”汽修工李士奇

刘　媛

匠人心语

“八级半工”的标签贴在他传奇的一生中，与那些烘着热气的设备一道记录下许多关于执念的故事。从 15 岁到 74 岁，汽车修理几乎占据了李士奇生命的全部，一手锤落，两耳听声，症结便了然于心。众人皆说：“老李师傅是矿山的宝贝，这样的‘痴人’世间少有”。这，既是对其技艺的钦佩，也是对其德行的称赞。

时间太懒，她偷走了光阴，却不愿主动留下痕迹。所以，有些人紧紧抓住每一分一秒，将它们分解在有限的生命里，用于证明自己和创造价值。

1993 年，北京城，一位驼背的老人在女儿的搀扶下，步履蹒跚地从医院走到王府井图书大厦。这个地方他已经来过不知多少回，可看到书架上林林总总的汽车修理书籍，土黄色清瘦的脸上又泛起了久违的幸福和笑意。

“爸，你身体都这样了，还买这些书干嘛?”

“我还有问题没研究出来呢。”

他爱书，他舍不得离开。

这位老人叫李士奇，生前是一名汽车修理工。1974 年，为支援首钢矿山建设，他由包头第二冶金建设公司机修厂调入首钢矿山公司汽车修配厂（现已撤销）。自从 15 岁那年开始接触汽车修理，直到 74 岁去世，整整 60 年，他一直没有离开过工作台。李士奇一手炉火纯青的汽车修理技艺至今仍为人津津乐道，被称为“矿山汽车备件修复第一人”。曾获全国劳动模范光荣称号，并有幸受到周恩来总理接见。

55 岁，他来到矿山

列车穿过广袤的大草原，驶过静谧的胡杨林，最终到达沃野千里的华北平原。远望燕山山脉，他抑制不住激动的心情，终于又回到阔别已久的故土了。

40 多年过去了，李士奇总是对身边的人讲：“我 13 岁没了爹娘，一个人带着弟弟妹妹从河北乐亭老家闯关东到哈尔滨，结果让小鬼子抓去当童工、开车、修车，没少挨打挨饿。是解放军救了我，让我参军到部队干汽车修理，是党让我进了工厂当上了工人，我才能吃饱穿暖。我没有文化，只能好好干活儿报答祖国。”

这次李士奇从包头调回来，主要是因为首钢矿山引进了一批前苏联产别拉斯大型矿用汽车，正集中力量组建专业修理厂，急需技术过硬、经验丰富的老工人发挥传帮带作用，以便培养一支自己的汽车大修队伍。他的徒弟孙延年早两年就到矿山了，师徒俩原来都在包头第二冶金建设公司机修厂工作。这次为了把师傅调到矿山，孙延年真是费了九牛二虎之力。师傅是原来厂里出了名的技术大拿，顶着“八级半工”的名头更是厂里的宝贝。工人升到八级已经到了顶，加上这半级就是技师级别的了，因此厂长说什么也不愿意放人。终于，揣着冶金工业部的一纸批文，孙延年三上包头，这才如愿把师傅请到了矿山。

55 岁，该是还有 5 年就退休颐养天年了。

55 岁，对于李士奇来说，却是新的开始。

谁都没想到，他这一来，竟“超长服役”了 15 年。

停在大修厂院内的前苏联产别拉斯矿车

不识字也可读万卷书

凌晨三点，寂静的矿山只有人们的鼾声与滴答作响的时钟声此起彼伏的演奏着夜的乐章。女儿起身去卫生间，又看到父亲戴着黑框老花镜凑到台灯下捧着书细细研读着，佝偻的身影映在墙上真像那尊“沉思者”雕像。女儿说：“这是父亲的习惯，睡的早起的早，除了工作、吃饭，基本剩余的时间都在看书。他总说，凌晨三四点钟想问题灵感最好。”

在许多人眼中，李士奇俨然是个“书痴”。

从事汽车修理工作多年，在李士奇随身携带的旧帆布工具包里，横竖是要揣上一本书的。午休的时候看，收工的时候看，随时随地都在看。徒弟孙延年说：“我师傅在包头的时候，把市里所有的图书馆、书店，甚至卖小人书的书摊都转遍了，只要是跟汽车有关的书他都收集。不光有中文的，连外文的也有。师傅没上过一天学，我曾经问他，您能看懂吗？他说我可以看图，图上哪个部件标注的什么，看久了就知道什么意思了。”

看见牛皮纸里包裹的一摞摞新书，李士奇的心里欢喜到了极点。每到一个地方出差，他都会背回来很多书，有向专家要的，有到书店买的。家里的大衣柜、沙发、床头堆满了书，算上他从包头托运到矿山的三大箱，他读过的书前前后后超过上万本。有时候老伴儿看到这些书，真想拿它们换成一家人的口粮。几乎靠李士奇一个人的工资，两人共同养育了8个孩子。每天上班，老伴儿会多盛出一些米饭装在李士奇的饭盒里。下班后，几个孩子听到父亲的开门声第一反应是抢父亲包里的饭盒，那里面有父亲中午没舍得全部吃完剩下的米饭。瞬间，饭盒变得空荡荡的。

让李士奇分外珍惜书籍的原因，除了它们来之不易外，更重要的是他对知识的渴望。在他看来，这些散发着墨香弯弯曲曲的文字和图线如同神圣的符号，破解它们就可以打开通往先进技术的大门。

一开始，他连自己的名字“李士奇”三个字都不会写。

“闺女，帮我查查字典，这字我不认识。”

“小刘师傅，你帮我看看这个词啥意思？”

一字一句，磨的是慢功夫，李士奇却读的认真、细致、彻底。

汽修厂的年轻人很喜欢到老李师傅家的“图书馆”借书看，对于这些年轻人，李士奇很慷慨。“延年，今天我去书店了，这个书挺好，我买了两本，给你一本。”他喜欢年轻人多读书，尤其惦记着自己的徒弟。

这个小老头有点倔

自从这个叫“李士奇”的老工人到大修厂后，许多修理工都犯了愁。

1974年，为提高修车质量，汽车修配厂成立了技术检验科，主要负责汽车出厂前的检验工作。刚来矿山不久的李士奇，担负起当时厂里第一名也是唯一一名检验员的重任。修好的矿车只有他在修车单上盖章才能顺利出厂，但工人们发现李士奇总爱“挑毛病”，修好的车总是返修。大家都抱怨：“李师傅太较真了，照他检验的方法我们谁都过不了关！”

拿汽车发动机燃烧气门密封检验工作举例。新气门口换好后，需要用金刚砂人工研磨好密封口，保证密封不漏气。以往工人们修好后会把气门口从气门上拔下来搓一搓看看接触线，只要气门口和气门能咬合成一圈不断线就算过关。但李士奇的检验方法是将油浇在修好的密封口上等待一段时间，如果油渗透到气门里面一点就算不合格。按照当时的修理技术水平，有百分之六七十的车会因为密封不严被退回重修。

再比如汽车发动机曲轴和轴瓦的修复检验工作。汽车曲轴与包裹它的乌金瓦片由于长时间使用造成磨损。工人们采取的修复方法是在轴上镀一层铬，然后用砂轮抛光研磨，再将与它配合的七道瓦镗出一定尺度，轴和瓦的配合间隙要适当，间隙小了润滑油的供给就会不到位，间隙大了油压会下降。李士奇检验配合间隙的方法是，将曲轴在七道瓦内旋转几圈后，需要看到曲轴在七道瓦上留下几乎一模一样的接触线。这就对工人们的修理水平提出了很高的要求。

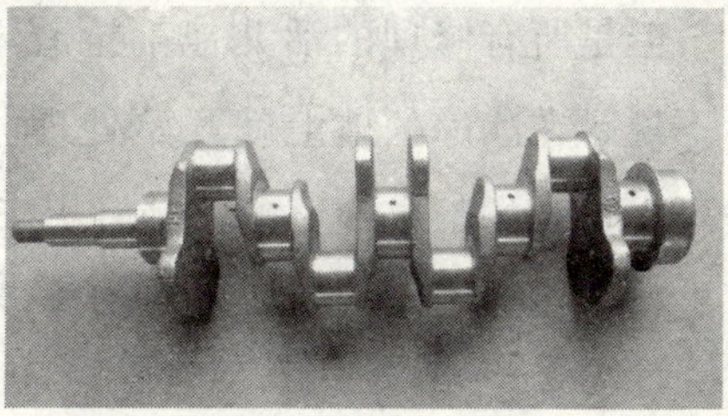
汽车发动机曲轴

这样精细的检验方法，让许多年轻的修理工人一时无法接受。他们反复找到此时已在修理车间当支部书记的孙延年，想让他劝劝老李师傅，不要对工人过于“苛刻”。然而，孙延年去师傅那里找了几次都碰了一鼻子灰。终于，在修车单又一次被退回的情况下，工人们当场找来孙延年。考虑生产进度的问题，孙延年当着大伙儿的面对李士奇说：“师傅，你的要求太严了，多少放宽一点，没啥大事抬抬手就让大家过去吧。”

这一举动彻底把李士奇激怒了。“孙延年，你这样管工人，你配当书记吗？你光图生产进度，对谁负责呀？你对厂子负责了吗？对国家负责了吗？”师傅一气之下转身离开了。

工人们灰溜溜的逃走了，留下孙延年一个人僵硬地站在原地。他想起十多年前跟着师傅学习燃油工的时候，师傅对工作环境要求特别高。因为怕精密部件落入灰尘，师傅不允许一般的工段长随意进出他们的工作间，工作案子一天要擦拭无数遍，地面打扫的一尘不染。还记得，一个徒弟因为受不了夏天的闷热打开了工作间的窗户，师傅当时生气摔工具的模样跟今天真像！他早该想到的，师傅原原本本就是这样一个人。

让他没想到的是，师傅做的更绝，离开后马上找到了厂检验科科长、厂书记和厂长，直言不把孙延年撤职自己就不干了。知道师傅的脾气，孙延年最终以当众诚恳道歉的方式，取得了师傅的原谅。

“凡事其因果，必有利于我”。这之后，李士奇和工人的关系越发融洽了，不是因为工人们放弃了“抗争”，而是他们慢慢被这位老师傅的行为所打动。李士奇在检验科有独立的办公室，但他几乎一整天时间都扎在车间里。没有检验任务的时候，他会背着工具包到发动机、变速箱、底盘等各个班组转上好几圈，逐一给工人们做技术指导，出了问题帮助大家一起排除故障。这样一来，既保证了修车质量又提高了检验效率。

当时的修理工刘凤志回忆起李士奇，感慨地说道：“老李师傅虽然是检验员，但是所有修理的活儿他都抢着干。大冬天，矿车发动机出了故障，他二话不说趴在冰凉的地上就开始处理。他的工作服基本看不出原样，里面穿的绒衣底下蹭的都是一层油，胶鞋天天浸在油里都卷起了边。”

这个小老头虽然有点倔，但大家从心里敬佩他、喜欢他。

“八级半工”的真本事

伴随着一阵柴油发动机的轰鸣声，李士奇开始了一天的工作。偌大的厂房里，晨风还未来得及进入，就被飞起的灰黑色烟尘混混沌沌地推搡着停在了门口。他早已经习惯了柴油呛人的味道，注意力全都集中在矿车身上。

这是一早例行的矿车调试工作。打火后，李士奇把车开到了试车道上，一圈下来，他感到刹车出现了跑偏问题。熄火下车后，他打开车后桥刹车分泵，从包里掏出扳子调试了两下刹车蹄片间隙。多年的经验，让他可以准确地判断出 0.05~0.08mm 的间隙标准。再打火试车，车轮在试车道上规规矩矩地行走，画出了优美的 S 形曲线。

这时，一个年轻人大步流星地走了进来，这个不到 20 岁的年轻人叫刘凤志，是 1974 年入厂的新修理工人，也是李士奇的忘年交。“李师傅，快去帮我们看看吧，为什么修完的车就是不起斗呢？怎么都没找到原因！”刘凤志一边说一边拉着李士奇到了修理车间。

两人围着这台矿车整整研究了两天，把所有部件都查了一遍后，李士奇突然将目光盯在了小小的操作开关上。会不会是它捣的鬼？李士奇点起一根烟卷，鼓起嘴使劲把烟雾吹到操作开关弯头管道里，果然如他所料，烟雾并没有顺着管道进入下一个分配开关里。“是这堵了，开关不通油怎么能起斗！”李士奇笑着对刘凤志说。

“只要打起火，听听发动机的声音，看看冒出的烟雾，老李师傅就知道眼前的这台车出了什么问题。”刘凤志说这话时，仿佛看到了当年李士奇对修车技术的自信。

自信，是从一次次战胜自己开始的。前 40 年汽车修理工作，李士奇接触最多的就是解放车。凭着一股韧劲儿，他做到了汽车修理工中技术最顶尖的燃油工（燃油系统密封性强，对修理技术要求很高，如果说发动机是汽车的心脏，那么燃油系统就是为发动机供给燃料的“血液”）。1974 年来到矿山后，李士奇很兴奋，因为此时正值矿山引进了新型别拉斯矿用汽车，这种从苏联进口的车不仅载重量是解放车的 3 倍，而且应用了许多当时先进的技术。于是，他包中常备的书中又增加了一本别拉斯矿车修理手册。

1975 年，当第二批别拉斯矿车运抵矿山使用不久后，一个棘手的问题出现了。原来，拆解发动机时只要把曲轴上的螺丝拧下来就可以了，但工人们在曲轴旁边找了半天也没有找到一个螺丝和螺母，大家看着堆放的十几台待修发动机束手无策。技术科人员悉数赶到，李士奇盯着发动机说明书图纸研

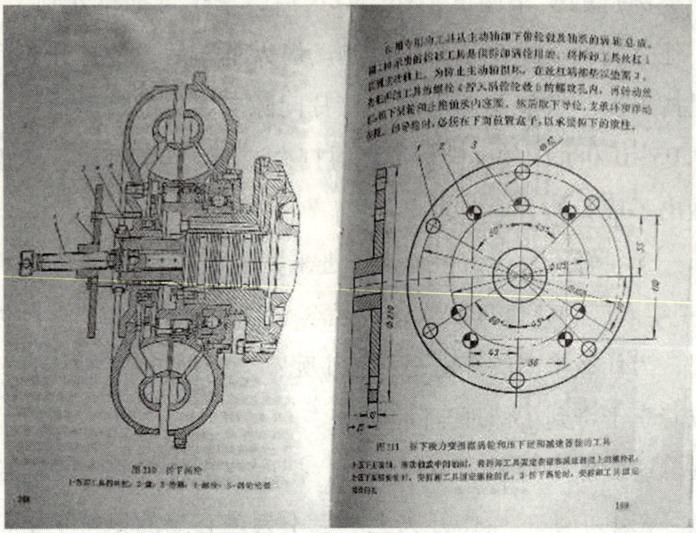

李士奇保存的别拉斯矿车修理手册

究了半天，发现了问题所在。曲轴头的旁边，标注着“锥度 7 度”，并且标明了有一条油道。锥度，油道，他想到了内燃机车的发动机轴头就是靠锥度配合、压力压装上去的，但他们没有专业工具。于是，他和同事们就近找到了秦皇岛山海关内燃机车车辆厂，把发动机运了过去。当发动机油管接上液压机，轴头只用几分钟就被轻松顶下来了。后来，大修厂自己引进了这种专业液压机，解决了发动机拆解问题。

20 世纪 70 年代，别拉斯矿车属于当时国内进口的新车型，有许多技术先进于国产车辆，李士奇的学习就与矿山适应新车型几乎同步进行。曾在技术科与李士奇同事的刘际德说：“干汽车修理不仅要心细还要胆大。矿山当时新引进的别拉斯矿车采用了现在通用的变扭器增加扭矩的方式进行自动变速，这之前我们谁都没有接触过变扭器。当时水厂铁矿有七八台车因为变扭器出了问题导致挂不上挡，大家谁都不敢对变扭器下手，只能等着销售商来矿山处理。但是，等了很长时间他们也没有来。面对矿山生产对车辆的迫切需求，我们决定自己研究怎样拆装变扭器。拆开后李士奇分析，可能是进油的油道不通畅，导致变扭器发挥不了作用。果然，大家最后发现是过滤器堵塞造成油道无法进油。我们将过滤器检修好后，所有车辆都恢复了正常使用。”

修车是一门手艺，是一种学问，它需要人静下心来系统地学习，细细地琢磨。

由于当时矿山路况较差，别拉斯矿车的散热器很容易在颠簸中产生漏水漏油问题。散热器有上水室和下水室，而中间水管的排列方式很像家用暖气片，一根根并排排列。过去，修理工人发现有的管漏了，直接把上、下水室揭开，哪根管漏就用焊锡的方式将其堵死。时间不长，一个散热器能用的管就剩下了一半，散热效果自然减半。李世奇非常善于修补各类零部件，他将两种环氧树脂结合在一起，发明了一种黏合剂，就像“哥俩好”胶水一样，只要在漏的地方表面涂抹上一层，就可以达到封堵的效果，而且完全可以通过水压试验。

20 世纪 70 年代末，因在别拉斯矿车修理工作中做出突出贡献，在首钢立功竞赛中，李士奇被授予一等功荣誉称号。从时任首钢党委书记周冠武手中，李士奇欣喜地接过了立功奖状。

李士奇仅存的 1977 年首钢先进职工奖章

矿山汽车备件修复第一人，创造价值上千万

终究是带着十分不舍，1979 年李士奇退休了。

从汽修厂出来往北几千米，在矿山街道下属的集体企业——闸瓦厂大院里，刚刚退休的李士奇又收了十几位新徒弟。

每一代有每一代人的宿命，但年轻向上的生命有权通过自己的努力过上更好的生活。20 世纪 80 年代初，矿山待业青年陡然增多。其中，以无法继续学习深造又没有机会通过招工入厂的待业女青年人数最多。卢秀华就是其中典型的一员，高中毕业待业两年后，她进入了首钢矿山劳动服务公司修旧厂（隶属于矿山街委管理的集体企业，卢秀华现被返聘为首钢矿山劳动服务公司修理厂厂长），这也是李士奇退休后工作的地方。为了帮助待业青年就业，在矿山街委的帮助下，李士奇退休后带着十几个待业青年组建了这个厂，主要承修矿车各类零部件。

在矿山汽修厂废品库内，存放着大量换下来的矿车零部件，它们已然形同于一堆废铁。但在李士奇看来，它们还没有发挥到最大价值就被终结了使命。在大修厂工作的时候，李士奇就经常去这个废品库，看到还能修复的零部件就捡回来，修好后装在矿车上继续使用。

还是那辆旧自行车，还是那套背了几十年的工具，李士奇将车后座上绑包裹的绳子紧了紧，里面装的是已经修好的零件，蹬上车，他要把它们送到大修厂去。修旧厂刚成立，许多人并没有注意到这个不起眼的小厂子，所以活儿很少。李士奇经常骑着自行车到各个厂里找活儿干，或者哪个单位有车就搭车去拉活儿，再搭车把修好的备件送回去。

当一个人优秀到不能被忽视，说明他一定有着普通人不可及的本领。

1981 年，李士奇从大修厂废品库购买了一批报废的别拉斯矿车行走泵。他心里早有想法，这些备件如果修复成功，将大大节省汽车修理成本，他们的修旧厂也会有更多的旧件来源。由于没有资金购买专业工具，李士奇向老单位大修厂求援借了一些，又用捡回来的废料和几个老师傅一起设计制造了行走泵试验台，解决了修复问题。由于修复效果很好，就连当时生产行走泵的厂家也通过矿山公司找到了李士奇，要向他学习修复方法。据统计，仅 1983 年到 1988 年 5 年间，修旧厂就修复了 600 多台行走泵，每台的修复成本约为 400 元，按照购买一台新泵 1700 元计算，仅这一项修复项目就可以为公司节约资金 78 万元。

李士奇有两个最拿手的备件修复手艺——焊接和粘接技术。

有一次，矿山公司车管处处长赵国田找到李士奇，让他帮忙想办法解决别拉斯矿车后桥修复问题。当时，大修厂有10多台车因没有后桥备件不能出厂。李士奇翻阅了大量资料，经过多次琢磨、试验，开始用土办法进行修复。他采用气喷焊和电焊的方式进行补焊，然后依靠手砂轮进行打磨，修复后的汽车后桥如同新的一样。当时，每个新后桥的价格是1.5万元，李士奇带着大家前前后后修复了100多个，仅此一项就可为公司节约上百万元成本。

在所有矿车备件修复工作中，要数修复水箱最考验焊接水平。水箱内密密麻麻的水管粗细跟小手指差不多，而管子之间又是交差错位排列，间隙很小，上面的漏点如针孔一般大。朱丽杰的水箱焊接技术是李世奇一手培养的，她感慨道："当时焊水箱采用焊锡的方法，焊枪只有一根焊条那么细。李师傅特别精心也特别耐心，告诉我要特别注意既要焊准，又不能让焊枪的热度把旁边的管子烤坏。第一个月学习的时候，我的眼睛经常练着练着就花了，这个工作对精度要求很高。"

汽车水箱

如果放到今天，李士奇的粘接技术应该可以申请发明专利。

砂轮打过的铁板裂缝区域带着与周遭与众不同的光亮，一张铁粉胶迅速将其覆盖，李士奇贴近铁板盯着粘接部位一动不动。如果不追究那身沾满油渍的工作服，李士奇研究粘接剂的时候俨然一副教授模样。

为了寻找到适合矿车备件修复的粘接剂，李士奇专程到北京钢铁研究总院学习。回来后，家里就成了他的实验室。他自己调配方，并且有个习惯，称量从来不用称，只需用手里的小铁勺这个放一点，那个放一点，就配出了铁粉胶、铝粉胶等各种粘接剂。北京钢铁学院的教授到矿山时，还专程找李士奇交流学习了粘接剂的实际应用问题。

李士奇配出的粘接剂非常结实耐用。一年，矿山所在地突发寒流，造成大修厂10多台发动机缸体全部冻裂，采用焊补的方式根本无法解决问题。厂里请来了已经退休的李士奇，他用自己研究的铝粉胶进行粘接，只用几天时间就将发动机缸体粘好全部恢复正常使用。利用粘接技术，他还曾修补过汽车发动机缸盖、缸体等多种零部件。

矿车备件修复这一隐藏价值被开发后，各个用车单位纷纷联系李士奇把旧件、坏件送到修旧厂修理。一直到1993年去世，李士奇在修旧厂工作了10余年，跑遍了矿山各个采点，带头组织修理各种矿车零部件达几十种，创造的价值超过上千万，为矿山节约了大量资金和原材料。

“我为自己退休后能做这样的贡献而自豪，为可以创造这么大的价值而感到幸福。”李士奇在1991年给矿山公司打的报告中这样写道。

回忆中是这样的你

“我们在包头干燃油工时，因为柴油毒性大，厂里每月会给工人发25个保健菜票。月初的几天，师傅时不时的就拿出几个票给我们几个徒弟买菜吃。很快，他的保健菜票就用完了。我经常看到他一顿饭简单到两个窝头就着一块咸菜。”十年中，五年为徒，五年同事，徒弟孙延年非常敬重师傅。

“只要大修厂的车出了问题，老李师傅就一直跟我们处理到恢复正常为止，他好像有使不完的劲儿。他这辈子太累了，高高的个子背却驼得厉害，满脸的褶子。”在大修厂同事刘凤志的眼中，李士奇是个典型的“老党员”“老黄牛”。

“我永远记得当时的场景，老李师傅带着大家用手推车将修好的大备件一趟一趟地送到大石河、机械厂。后来，他年纪大了走路费劲，我们就让他骑车先到前面等着我们。”回忆起修旧厂成立的头几年，卢秀华如是说。

“修旧厂的工资每个月只有20多块的补差，我们都劝他别干了，但他说我不光为了这点钱，我后面还跟着一帮孩子呢。父亲 1993 年因癌症去世的时候，所有修旧厂的年轻人都到太平间看了他最后一眼，送了他最后一程，他们都哭了。”说这话时，女儿李洁也忍不住流下了泪水。

“我是 8 个孩子里的老小，父亲最疼我。虽然他去世 20 多年了，但我今年又梦见他了，还是挎着那个工具包，穿着那身旧工作服，戴着老式平顶帽，佝偻着背骑着那辆破自行车。”小女儿愣愣的表情仿佛看到了久别的父亲。

这是一个老工人的故事，写到这里或许可以结束了。他的一生都浸在黑色的油污中，却有着一个干净纯粹的灵魂。

世界再嘈杂，匠人的内心，绝对必须是安静、安定的。

一心只为修好车，李士奇应该是优秀工人的代表。而他为超出常人部分所做的努力，就是通往匠人之路的必修课。

李士奇（左）与同事合影

杏花春雨人未老　老骥伏枥正当时

——记首钢矿业公司电气专家窦振印

姜可梅

匠人心语

时光流转，“工匠”这个名词早已走出传统意义上手工匠的范畴，成为各个领域里追求卓越和极致的表达。“即使到了我这个年纪，工作也还没有达到完美的程度。电气这一行知识更新太快，必须持续学习，抓紧学习，否则就会跟不上时代。学海无涯，没人知道顶峰在哪里。”从参加工作到退休，再到返聘，47年来窦振印不断强调“学无止境，人应该活到老，学到老。”

10年前，也就是2007年7月20日《工人日报》第一版刊发了一篇通讯《一位技术尖兵的求索轨迹——记首钢知识型工人窦振印》，详实报道了窦振印同志的事迹。同年，《中国冶金报》发表文章《做当代知识型产业工人——记首钢球团厂窦振印》。另外，包括《劳动午报》和新华网等多家媒体也对窦振印的事迹进行了报道。

工人日报

WORKERS' DAILY

2007 7月 20 日

胡锦涛会见苏丹第一副总统

一位技术尖兵的求索轨迹

——记首钢知识型工人窦振印

互通信息资源共享　相关部门联合解决

大连整合11条职工热线共解职工难题

淮河花园湖行洪区

6.7万人12小时紧急大转移

湖北农民工回乡创业初见规模

过去“输出一人致富一家”

现在“一人创业致富一方”

中国记协就《纸做的包子》虚假报道发出通报

要求新闻界坚持正确导向　坚持新闻真实　采取有力措施杜绝虚假新闻

站稳了，才算真正“走出去”

类似“主城13万农民工不愿转为城市户口”等现象引起重视

重庆拟构建统筹城乡制度体系

《工人日报》头版报道窦振印事迹

百度百科收录窦振印词条：窦振印，男，1954年生，维修电工高级技师，首钢矿业公司球团厂工程师室电气工程师。个人荣誉：2000~2005年，窦振印连续六年获首钢劳动模范称号；2000~2005年获北京市经济技术创新标兵；2005年、2007年获首都劳动奖章。

而这些仅仅只是截止到2007年前窦振印所获得的荣誉，一个初中文化起步的工人，2004年到2005年间，通过了技师和高级技师考试；2005年8月考取国家职业技能鉴定电工高级考评员。到如今他已经收获了不计其数的奖项和荣誉。

数十年如一日，他的敬业精神，让我们瞩目仰视；他平平凡凡，却让我们心生敬佩；他谦逊内敛，却让自己的肖像印在了首钢纪念邮票之上，让“窦振印”这个名字在燕山脚下、滦河之滨的首钢矿业公司家喻户晓；他平静含蓄，却有气魄将金灿灿、沉甸甸的“全国五一劳动奖章”揽入怀中。

窦振印的全国五一劳动奖章、首都劳动奖章和首钢劳动模范奖章

凉月出没，星斗入梦，是窦振印工作47年来的作息；青灯黄卷苦读，热血挚情坚韧，步履掷地深沉，是窦振印47年来的工作态度。从17岁初中毕业到64岁载满荣誉的电气专家，岁岁年年杏花春雨，青丝换了白发，凌云之志却仍在放飞，一路走来他还在继续谱写着自己平凡主义的矿山式匠心之韵。

少年始立志，初试显锋芒

1970 年是个轰轰烈烈的年代。在这一年，不满 18 岁的窦振印来到了自己的事业之门——进入首钢矿山水厂铁矿的采矿第一线，成为一名电铲司机。

青春年少的窦振印是一块未曾经历风雨的石头，在等待着时间千锤万凿的雕琢。坐在电铲司机室内，看着光线被阻隔在玻璃外面，他那颗充满了新奇和挑战的心却不能被这窄窄的空间所束缚。

当时工人们的娱乐生活非常匮乏，业余时间年轻人聚在一起，有的打牌，有的酗酒，而他却成了“异类”。白天，在现场留意电铲检修细节，看看这，问问那；晚上偷偷地学，经常躲在被子里打着小手电看书，然后还得把书藏起来。那时，一台电铲车就一份图纸，而且都保存在专业人员手里。一个小小的电铲车学徒工怎么能时时拿着图纸对着学呢？他就拿小本把哪儿是电阻，哪儿是变频器，这是什么线号，那又是什么端子号……一点一点地画出来。有的开关结构不了解，他就动手把开关盖拆下来，看清楚实际到底是什么样子。特别是赶上电铲大修的机会，他更是不放过，帮着修理人员干活，目的就是多了解一些相关的知识。

有一次，窦振印挺进了“禁区”。他在没告诉师傅的情况下就擅自把控制开关盖拆下来，结果电铲车自动停电了。这可把他吓坏了，师傅鼓励他说：“你能把它拆了就能把它修好。”窦振印也觉得这是个机会，他就仔细查看不知翻了多少遍的小本子，终于把故障排除，电铲车又开始工作了。这次小小的成功加之师傅给他“撑腰”和鼓励，给了窦振印很大的自信与决心，从此他更加努力地学习。渐渐的，别的电铲车有了什么小毛病，工友们都会找他。因为，当时电工班离作业区很远，一旦设备有了故障，为了不影响生产，大家都在第一时间找他帮忙消除故障。这就给了窦振印很多实践机会，同时他也成了矿山第一个会修电铲的电铲司机。

年轻的窦振印像一把刚刚锻造出来的剑，初出剑鞘，锋芒即现。此后，窦振印转岗到电工岗位。

路途漫漫，志存高远

1986 年，首钢钢铁新工艺试验厂（后更名为首钢球团厂）建成，也正是这一年窦振印真正地踏入了电气领域。

这一时期球团厂主控室引进了当时行业内比较先进的电气设备，这也是我国第一套自主设计的电气控制设备。窦振印被点将，担任主控室电工班班长。

有一份热爱，则会竭其心智、穷其工力；有一份热爱，才能不计得失、心甘情愿。窦振印把这一新工作看作是充实自我、提高自身能力的机遇。由于维修人员对设备不熟悉，别说维修了，就是整个主控室电气系统都不甚了解。对运行中出现的哪怕只是一个小小的故障，也要驱车 200 多公里把北京的专家请来。窦振印暗下决心要消灭这种“不可能”。

一定要尽快掌握主控室电气系统的相关知识。他为自己制订了初步目标，每逢专家到主控室现场调试，窦振印总是默默地跟在身后，寸步不离，紧盯专家的每一个操作步骤、测试点位；晚上，他又记录、整理各种参数，详细地记在本子上。

那时，窦振印家住 40 里外的水厂区，为弄明白几个问题，常赶不上回家的通勤车，经常窝在班组的长条椅上睡觉。专家们被窦振印的精神感动了，就在招待所给窦振印留了一个床位。这样，他白天在现场搞不懂的问题，晚上向专家请教。他知道专家们很快就会离开，他必须要在最短的时间把整个主控室电气系统学通。专家走时，窦振印拉住一位老专家要他家的电话，以便随时向对方请教，老专家被他的敬业精神所感动，欣然把电话号码写在窦振印的手上，并说：“你可以随时给我打电话。你一定行。”还悄悄将一份内部电路资料送给了他。

窦振印已经跑在了电气这条路上，他清楚后面路途漫漫，需要翻山越岭，需要跋山涉水。但他丝毫没有退却，反而更加坚定了自己要把这条路走到底的信心和决心。

嗜之越笃，技巧越工

2000年球团厂截窑改造施工，首先要将回转窑耐火砖全部拆除运出，然后分段切割窑体。当时，窑内打下的砖已铺满了全长74米近三分之一的窑体内，需要转窑往外排料。由于太多的积料全部集中在窑体的下部，一送电就保护动作。当班电工怎么也处理不了，而工期紧张，转不动窑就不能继续拆除，会严重影响工期进度，不能按计划投入生产。

领导立即想到了工程师室的窦振印。他赶到了现场后，根据设备状况，分析了设备性能、电流、功率、元件容量，估算了物料的重量上限，依据电机的额定功率数值，果断地决定将电机励磁电流提高60%，电枢电流放大40%，对相关的过流继电器进行调整，把控制插件控制板检测调整到最佳状态。

经过缜密计算，对电气回路重新设计，装了半筒料的筒体就又重新转了起来，并很快进入正常运行状态，顺利地将筒内耐火砖排出，保证了筒体的按时拆除。

在生产中，一系列回转窑窑尾倒料、热装斗提处漏料严重，制约着每日产量的完成。如果适当提速，可减少倒料、提高产量。回转窑已提速7%，电机超速7%运行，还能不能再提速？

窦振印早已把全厂生产工艺流程中的每一处细节熟记于心，结合多年学习和维修球团电气设备经验，他经过调研从回转窑提速后电机的运行频率、生产物料负载增加功率的计算，分析了电机功率、电机转速、变频器能力、回转窑稳定性情况，提出了提高回转窑转速的可行性方案。经专业论证、领导批准，于2004年5月实施，使回转窑电机由原来运行在53Hz提高到60Hz。转速的提高有效地减少了生产设备运行倒料问题，提高了产量，年氧化球产量达到118万吨，净增8.3%，取得了上百万元的经济效益。他将提速可行性论述编撰成论文“球团设备-回转窑的提速实践”发表在冶金杂志上。

“嗜之越笃，技巧越工”，相传这是一句英国谚语。把这句话放在窦振印

窦振印在现场进行电气设备检测记录

身上再贴切不过了。窦振印虽然只有初中文化，但他钻入了电气领域，把电气设计、改造当成了爱好去钻研，他这方面的技能便上升至娴熟、精湛的水准。

百尺竿头，更进一步

经过多年的理论学习和工作实践积累，只有初中文化的窦振印在 1992 年获得了电气工程师证书；2004 年到 2005 年，通过了技师和高级技师考试；2005 年 8 月考取国家职业技能鉴定电工高级考评员。

此时的窦振印面对技术难题，手到擒来；对于困扰同行多年、长期影响设备正常运转的疑难故障，经过他的手几乎都能解决。他处理技术难点的方

窦振印进行资料查找

式方法像妙手回春的良医治病，药到病除。先后十余次被评为首钢模范党员，九次被评为首钢劳动模范，三次获得首都劳动奖章、北京市经济技术创新标兵，2008 年在全国五一劳动表彰奖章排名第一位，也是 2008 年北京市五一重点宣传的先进人物。

此时的窦振印也被大家换了称呼——“老窦”。

面对如山的荣誉，窦振印却说：“我学得还不够多，荣誉越多，压力越大。”

工友们评价他：“窦振印好学就是一个字‘钻’。”

领导说他：“不断对新知识的学习是窦振印最大的能事。”

现马城项目筹备组电气专业负责人丁竹松说：“回忆起在我刚到球团厂时，窦师傅对我影响至深。我刚刚跟随窦师傅学习时，缺乏实践经验，窦师傅将自己绘制的电气自动化控制原理图和电气改造方案给我详细的讲解，毫无保留。窦师傅处理问题不拘泥于电气领域看问题，他宏观地站在整个生产工艺流程上思考问题，对现场的设备不但电气原理了然于胸，设备的机械原理，如机械阻力和摩擦力的计算都了如指掌。他处理问题的那股较真儿的劲，一直影响着我。”

窦振印（右）和徒弟一起进行故障处理

天入夜，月入云。家属区里一盏、两盏的灯光陆陆续续熄灭，唯有滨东 27 栋 3 楼第 2 个窗户，不知亮过多少个深夜。那一片半夜上下班的人差不多都知道那是窦振印的家。记不清有多少个凌晨，妻子刘文惠一觉醒来，发现身旁没有人。她习惯地起身走向厨房，用微波炉热了袋牛奶送到丈夫的书桌前，轻声地说："睡会吧。"窦振印的眼睛始终没有离开那本看着的书，手里的笔在标注着什么，嘴里只"嗯"了一声。望着丈夫的背影，妻子无奈的摇了摇头。这是无数个夜晚的循环重复，没办法，她已经习惯丈夫这样了。

窦振印在电气领域已经达到了"会当凌绝顶"的境界，但他不满足，还要"百尺竿头更进一步"。

即使头上的白发渐渐多过了黑发，窦振印在创新之路上却从未停息。

2006年，窦振印负责煤改气工程的电气改造工作，这无疑又是一个前所未有的难题摆在他的面前。为了赶进度，没有了周末，几乎24小时和图纸不分开，电路控制的每一条线都刻在了老窦的脑子里；风机电机的频率、运行电流、管路风压变化情况……每一个细枝末节都在老窦的放大镜下放大。

正当工程最紧张的阶段，老父亲因病去世，窦振印回家办丧事只休了3天，就赶回矿山继续投入到紧张的技改工作中。在父亲过世一周年祭时，窦振印给父亲写了一封信，表达了自己的愧疚之情，同时也告慰父亲，"你这个儿子没有白养，为公家做了点事，也得到了单位和领导的认可，也算给您争了脸!"

二十弱冠之年，入行学知识；

三十而立，撑起技术；

四十不惑，赶着90年代的浪潮，跑在同龄人的前头，啃下了计算机应用这个新技术，叩开网络世界的大门；

五十知天命，攻克英语的大关，游刃有余于多种电气软件，名列专家之行；

六十花甲之年，就该退休歇歇了吧?

然而，青山踏遍、鬓染银霜，未曾改变的仍旧是步履前进的方向。

老骥伏枥，志在千里

2008年7月1日，窦振印正式退休了!

年年岁岁，有人心生异变，三五年就已面目全非；有人如止水，十万八千里走过，初心不改。当很多人都认为窦振印该享受天伦之乐时，他又一次制造了“意外”。

1970年进入首钢矿山工作，凭着刻苦学习、勇于创新的进取精神，爱岗敬业、甘于奉献的优秀品格，科学求实、精益求精的严谨作风，窦振印已然成为了首钢的一面旗帜。单位和领导再三挽留，窦振印又签订了返聘协议。

他说：“我不能愧对那枚五一劳动奖章！虽然到了退休的年龄，但也应该为企业尽一份力。”

退休返聘后，当时的党委书记、厂长田本昌给窦振印和相关人员下了硬性通知：今后夜间发生电气设备故障不许再找窦振印来厂处理，周六周日正常休息，不要再来上班。这是企业领导对一个老技术专家的敬重与关怀。

即便如此，随着矿山自动化、电气化程度的提高，窦振印在“电气”人生里又立下了一个接一个的里程碑。

在矿山，他是名副其实的球团工艺“活电气图”，不仅仅是他对原料场、造球、主控室、电磁站、控制柜的电气图了如指掌。这个“活”字是体现在他火眼金睛，能识差纠错。它会随着时间而成长、升级。

“走路生风，画图成精”。这是大家对窦振印的调侃，也是对他的赞誉。仅用半年的时间，窦振印就完成了球团广场电气管线设计、成品仓自动倒仓设计、成品仓激光测距试验、环冷机自动放灰系统、造球自动加水项目、成品仓自动除尘改造的控制方案、制粉改造项目，共7个项目的电气工作。

除了曹操的《龟虽寿》，宋代诗人陆游也曾在《与何蜀州启》写到：“老骥伏枥，虽未歇于壮心”。已经年过半百的窦振印就如一匹上了年纪的良驹，丝毫还没有停歇下来的意思。

为了更好的发挥作用，窦师傅按照组织的安排，离开了熟悉的球团设备工艺，又踏上了新的征程。2009年7月1日，当时的计控室特聘窦振印负责现场自控研发工作。

矿业公司当时正在做矿山重型装备的自制研发，原计控室负责与武汉科技大学联合组装可控硅电铲工作。

报到后的当天，窦振印没有歇脚，直奔机动厂查看武汉科技大学制作的电铲装置。电铲组只有两名刚毕业的大学生，他们对窦师傅的大名早就如雷贯耳，听闻窦师傅要来，都觉得有了大树可以依靠。

通过考察武科大制作的电铲装置，窦振印发现厂家在其制作上，为了尽最大可能地降低成本，将直流可控硅控制电机的输入、输出电抗器都免装，电源输入保护开关也是能省就省。4 套系统仅用一套三菱 PLC 控制，对电控装置的稳定运行性能和寿命影响较大。

经过窦振印的深入考察和分析，领导拍板决定：电铲电控装置我们自制，窦振印负责电铲电控装置的图纸设计和可能性方案的制定。

窦振印不是一个拖泥带水的人，做事一出手总是一气呵成。他根据多年实践经验，进行了大胆改进与创新。可控硅整流柜输入、输出增加电抗器；变压器输出增加总电动空气开关；回转、推压、提升控制柜增加电源开关；开斗和回转、提升、推压系统各采用一台 PLC 控制。他又通过实地调研，结合生产实际维护检修需要，柜子的设计采用前后各双门结构，增加了冷却风机的配置，控制柜都安装在尾部平台。这一系列的修改不但可以提高故障处理速度，更是减少了故障对于整个系统的影响。

56 岁的窦振印仿佛返老还童重回 18 岁，精力充沛。他白天联系电铲器件的厂家，咨询价格，寻找资料，编写电铲设备预算；晚上整理绘制电铲柜所需的电气原理图。

经过半年夜以继日的奋战，电铲回转、行走运行正常。

之后，电铲解体运往辽宁省凤城市通远堡大荒村的现场，窦振印带着两名青工紧随其后，进行跟踪调研和论证。这里是名副其实的山村，不要说宾馆，就连小旅馆也没有。一行三人就住在农家简陋的小院里。白天从住所到现场要走 2 小时的山路，遇刮风下雨、电闪雷鸣，无一次中断。

从此，矿山重型装备自制研发中的一些项目，白发苍苍的窦振印抓了起来。

同年，以窦振印为后盾，青年大学生为前锋，开展了矿业公司变频器维修业务。

在研究考察了很多变频器实验装置之后，窦振印发现这些装置多少都有一些缺点，不能通用于常规变频器的试验，并且试验装置价格昂贵。为了节

窦振印和同事在大荒村现场

约成本，窦振印利用一些废弃的器件制作了常规变频器维修试验装置、变频器的试验设备，以及烧结定制的高压变频器试验设备的改接。

都说巧妇难为无米之炊。窦振印却用一颗执著的心消灭了各种“不可能”。这一匹“老骥”，让大家在最困难之时，看到了成功就在不远之日。

精细严谨，身体力行

爬不完的山，看不完的景。窦振印每一次的顶峰挑战都有一个“硬道理”——较劲儿。

2011 年，窦振印时年 58 岁，已经变成了真正的“老窦”。这一年，杏山电机车遥控项目启动。项目启动了，一个目标——“无人驾驶”。目标虽然确定，但却还没有具体的方案，窦振印就带着大家开始盲人摸象般的探索。

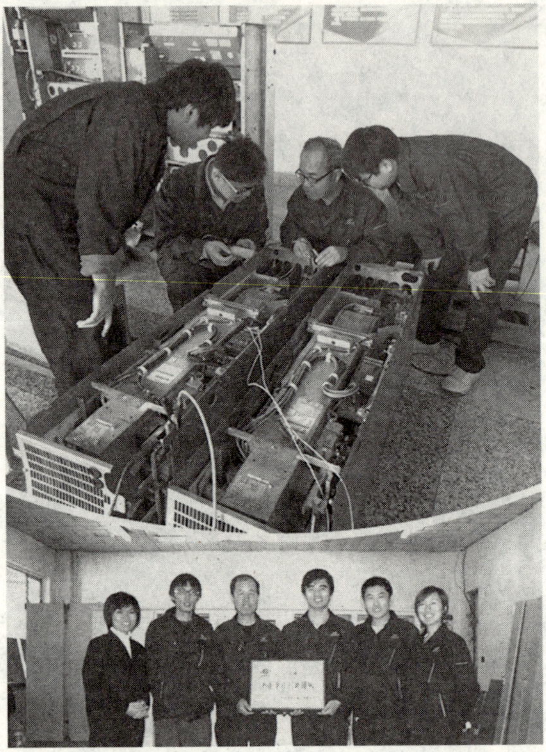

窦振印传授调试变频器的方法（上）

窦振印和青工们一起获得十佳学习创新团队（下）

由于井下环境恶劣，考虑他年龄问题，大家都劝阻要下井的窦振印，同时向他保证，“我们一定把现场的每一个角落都走到、看到，每一个螺丝和端子都用相机拍下来，拿上来给您看！”。无论大家怎样的苦口婆心，都抵不过窦振印的执拗、认真。“百闻不如一见，咱们电气这一行，容不得一丝的差错，一个端子的错误，可能导致性命攸关的事故，特别是在井下这种特殊的环境，更是马虎不得！”。

经过一个多月的调研，“三座大山”横阻在窦振印面前：首先是原有电机车控制系统的调速器原理厂家对外保密，要实现自动控制，必须将这个秘密解开；第二，电机车正反转切换控制，如何在不影响手动操作的情况下，实现本地与遥控的切换；第三，原来的制动装置是司机脚踏实现的，如何实现手动与遥控两种情况互不影响。

针对调速器的问题，在没有任何资料的情况下，窦振印就用最原始的办法，找来备件、解剖备件，一个器件一个器件地研究，再进行制图。最后，窦振印不仅对调速器的原理一清二楚，还将其中的光电给定器进行了改造，使其更稳定和安全。当制造厂家得知这一消息时，为首钢人高超的技术和敬业精神所折服，不禁对他竖起了大拇指。

针对电机正反转的切换控制问题，窦振印增加了控制箱，利用接触器实现，并且在司机控制器上增加了转换开关。仅遥控控制就是一个难题，让本地和遥控合二为一，这一开创性的思路，使得他在这一行业领域成为了一座让人仰慕的山峰。

窦振印（左一）和马著（左二）以及青工一起在杏山铁矿

针对制动装置的问题，窦振印妙手回春，利用电磁阀解决了难题。大大小小 70 余张电路图汇聚了窦振印所有的严谨认真。

严谨认真是他的一种态度、一种习惯、一种能力，也是他独有的一种境界。严谨认真于工作，忽略外界的纷扰，把精力和智慧都用到要做的事情上；严谨认真于工作，淡泊名利，不与他人争，只与自己比，一丝不苟地把工作做好；严谨认真于工作，找到价值感和存在感，形成专心做事的宁静平和的心态。

砥砺创新，助力高原

2016年，北京速力公司（隶属首钢矿业公司）中标云南普朗铜矿地采项目。

云南高原上摆起了“擂台赛”。无人驾驶电机车是普朗铜矿井下自动化项目的工程重点。于是，窦振印又全力以赴加入普朗铜矿无人驾驶电机车项目，为高原上的“擂台赛”注入强劲的动力。

最初制定的项目方案是复制杏山无人驾驶电机车。杏山无人驾驶电机车在当年填补了国内技术空白，属于最先进的技术水平，直到今天也没有落伍。但是经过考察论证，窦振印却支持摒弃杏山的PLC远程控制。而是在原有成熟工艺基础上，进一步优化，采用最前沿的处理器远程控制技术。

窦振印的坚持无疑让决策的领导有了犹豫。一方面，杏山的技术已经成熟，运行稳定，后期维护的难度小；另一方面，新技术必然会带来一定的风险。但是，窦振印列出充分的技术资料和相关参数，“处理器技术功耗小，体积小，防护等级高，这一技术的应用也是未来发展的趋势，在绝对保障设备良好运行的条件下，采用这一技术必将保证我们在这一技术领域的竞争力！”同时，窦振印指出PLC控制技术对于此次的65吨电机车来说，功耗过大，同时也受使用环境要求较高等因素制约。

从开始的不支持，到准备阶段的两手准备，再到最后实施阶段拍板运用处理器远程控制技术。公司这一决定的改变，来源于窦师傅几十年来打造的个人品牌，得到领导充分信任，还包含了窦振印在无人驾驶电机车项目中所做的一切。高压柜、低压柜、直流开关柜、直流屏、功率补偿柜、高压电力变压器的技术协议起草制定，与有关厂家的技术沟通，图纸审核，事无巨细。

2017年春节，窦振印只在家待了几天，就早早踏上了南下的列车，重新返回电机车厂家，开始调试和修改工作。

2017年3月13日，第一台65吨机车重载试车成功。

2017年3月16日，完成重任的窦振印回到矿山，在矿山看到“云南普朗试车投料成功”的新闻时，他微微地笑了！

窦振印在湘潭进行电机车调试

恪守匠心，人生无愧

没有人可以掌控时间，但时间却能见证一切。

年年岁岁杏花春雨，人岂能不老？老骥伏枥，不老的是初心，那颗永远追求极致、追求卓越的工匠之心；不老的是精神，那种精益求精、持之以恒、爱岗敬业、守正创新的精神。

无论外界如何嘈杂，窦振印都内心宁静地专注于自己的工作，无私无悔，术业专攻，精雕细琢，直至极致。

从技校生到自动化专家

——记“首都市民学习之星”马著

李国存　张耀军

匠人心语

他，有着像燕山一样内敛刚毅的性格；他，几十年如一日倾力领跑数字化矿山建设；他，技校毕业、电工出身，是自学成才的“土专家”。“首钢人的‘敢为天下先’就是要在技术创新的道路上有信心、有能力领跑世界前沿技术。”正是这不断领跑的精神追求，正是对技术不断打磨到极致的自我苛求，才有了国家科技进步二等奖、冶金矿山科学技术奖一等奖等一个个沉甸甸的荣誉。

马著，满族人，1988 年 9 月毕业于首钢第一技工学校，现为首钢矿业公司计控检验中心工控软件开发员、自动控制工程师、矿业公司自动化专业技术专家、马著创新工作室负责人。参加工作近 30 年来，他始终坚持自学钻研，从电工学到 PLC（可编程序控制器）知识，从计算机硬件到工控软件编程，从技术研发到市场攻关，不仅涉猎多个专业，而且用自己的实力为公司在矿山自动化、信息化行业内保持领先水平做出了积极贡献。马著常被大家亲切地称为技校毕业、电工出身、自学成才的“土专家”。曾获得“北京市劳动模范”“首都市民学习之星”“首钢劳动模范”“首钢创新之星”等光荣称号。

近年来，马著与北京科技大学等单位联合申报的“露天转地下高效转型建设大型数字化地下金属矿山的研究与实践”项目获得 2015 年国家科技进步二等奖；组织设计、实施的“数字化矿山建设工程”被国家安全监管总局命名为第一批安全科技“四个一批”项目示范工程；组织研发的井下电机车地面远程遥控系统获得冶金矿山科学技术奖一等奖。

马著的获奖证书

（一）

2017年3月13日，由北京速力科技有限公司（隶属首钢矿业公司，研发实体为计控检验中心，以下简称“速力公司”）承揽的云南普朗铜矿井下运输电机车无人驾驶项目中的第一台65吨机车、10节20立矿车，经过48小时昼夜调试，重载试车成功。速力公司运用在普朗矿无人驾驶运输系统的技术，已跻身国内同行业领先地位，达到国际先进水平。

普朗铜矿一期采选工程投料试车仪式

在重载试车的前两天，团队负责人马著每天只有2个小时的休息时间。历时9个月的艰苦努力，终于迎来了电机车的重载试车成功，完成了该项目的重要进度节点。

云南普朗铜矿是中铝公司、中国铜业以及云南省、迪庆州的重大投资项目，一期工程项目建设规模为年产矿石量1250万吨。

机会永远属于有准备的人。好机会也必将属于有充分准备的人。早在普朗铜矿项目筹备启动之前，了解到他们有做井下电机车的想法，马著和速力公司营销团队“六下云南”，进行现场交流、调研，并邀请对方到首钢矿业公司杏山铁矿实地考察。当客户看到杏山地采井下电机车无人驾驶的运行状况时，心里顿时就有了底。

第一台 65 吨电机车在普朗投入运行

2015 年 5 月，普朗铜矿找了几家国内公司召开了为期 2 天的项目论证会，分别汇报自己的方案。其他几家交流时间平均在 1 个小时左右。而因为马著和营销团队前期准备的方案特别切合对方实际需求，沟通中解答了对方提出的 40 多个问题，用户一直以来的疑惑和问题都找到了答案，整整与对方交流了 7 个小时，为首钢能够顺利中标起到了关键作用。

2015 年 12 月，马著（后排左一）带领团队与
普朗铜矿方进行技术交流和商务谈判

在接下来的投标中，马著团队为对方设计了高可靠性、高安全性、减少用工、降低后期运营成本的方案，按照产能要求进一步优化运行模式，减少

了设备投入数量。同时，他们还在控制系统等多个方面也坚持走高端、高效路线。这样的设计理念也同普朗方面的需求高度契合，加之长期技术交流建立的信任，2016年4月速力公司联合首矿建、矿山设计院作为联合投标体代表，成功中标中铝普朗铜矿一期采选工程有轨运输无人驾驶系统设计、采购及施工总承包（EPC）项目，中标金额近2亿元人民币。此项目除了常规自动控制设备以外，还彻底打破了传统的经营范围，大胆承担了矿车、卸载站和驱动装置等三大重要设备的采购、安装和调试任务。6月初，马著带领团队进驻现场，开始了紧张的施工作业。

这是迄今为止，首钢矿业公司自动化产品进入社会市场合同额最大的项目，对今后的市场开拓至关重要。

（二）

普朗铜矿位于云南省迪庆州香格里拉市东北部的大山深处，这里交通不便，处于百里无人区。普朗山海拔3660米，空气稀薄，当地流行着一种传说，称这一区域为“魔鬼的道场”。内地人来到这里，会不同程度地出现高原反应。

普朗铜矿施工现场

在如此艰苦的环境下，几个月下来，团队成员每个人的体重平均下降了10多斤，而马著整整瘦了20斤。

高原艰苦的工作环境使马著体重直降

作者向马著问及普朗项目与杏山铁矿相比有什么难度时，他说："原来在杏山我们主要负责自动化部分，机械、电气设备的安装和轨道铺设等施工，都会有专人或其他单位负责。而这次普朗项目我是全权负责，这对于一直从事技术的人来讲，无疑是巨大的挑战。我们正在自学轨道敷设、电气设备、机械设备等新领域的专业知识。普朗项目不是杏山地采自动化的简单移植。其中，20立矿车是世界上井下运输系统中最大吨位的矿车，65吨电机车是国内最大的井下运输变频机车，所使用的自动化和网络设备非常先进，控制软件全是由咱们自主研发的。控制系统的网络架构也发生了本质上的改变。"这简直就是从零开始啊！

"服务为先"是马著团队秉承的工作方针。依靠多年积累的地采实践经验，他们在专业化、规范化施工的同时，竭尽所能为业主服务。

第一个施工节点控制在2016年12月25日，要求井下电机车能够跑起来。当时马著团队进场已经4个月了，但由于土建施工进度滞后，严重压缩了团队的施工时间。马著心里直着急，总在现场观察施工情况。后来他发现，上一道工序中溜井浇筑施工的支模方式效率很低。于是，他找到施工方，将矿业公司在杏山的施工方法告诉了他们，使效率提高了一倍。仅此一项，就为团队争取了 25 天的施工时间。

施工中，马著发现按照原来的方案设计，电机车的定保、检修、维护工作，需要到 1 千米以外的地面上进行。这既要铺铁路、又要建厂房，将来生产以后也会对运输能力造成影响。通过分析图纸，他将各种方案进行比较和计算，向业主提出在运输巷道边上打一个电机车修理硐室的建议，对系统的长周期稳定运行、运输产能、维修时间及投资等方面都比原设计更有优势，被业主和原设计单位采纳，为业主降低了投资成本。

普朗铜矿现场建设总指挥张旭东与前来采访的首钢报社人员交谈时说："只要有马著在，我就对这个项目放心了！你们首钢人干工作认真、实在，在项目建设过程中从来没有掉过链子，特别给力，我非常佩服你们的敬业精神。如果让我用微信的方式表达，我会给你们一个微笑，再点上一个大大的赞！"

这样的赞誉，不仅仅为矿山人赢得信赖、赢得品牌，更是首钢人在世界屋脊的雪域高原上用工匠精神鋆刻的一座丰碑。

(三)

在山的那边，是海！
是用信念凝成的海
……
是的！人们啊，请相信——
在不停地翻过无数座山后
在一次次地战胜失望之后
你终会攀上这样一座山顶
而在这座山的那边，就是海呀
是一个全新的世界
在一瞬间照亮你的眼睛……

这是语文课本里王家新的《在山的那边》诗文中的节选。童年时代，谁都有过美好而朦胧的“梦”。这首诗叙述了一个山区孩子童年的幻想——对大海的热烈向往，长大后依然不停地追寻它。其实，作者发自内心地认为，马著就是那个“寻找大海”的人。

1988 年 9 月，从首钢技校毕业的马著成为大石河铁矿采矿车间的一名电工。自此，马著用他近 30 年的艰辛岁月，在这片他的“心海之地”栉风沐雨，在百里矿区留下他不断追寻的深深足迹。

马著在学校学的是锅炉发电专业，后来又改为热工仪表，但他对计算机一直“情有独钟”。20 世纪 90 年代初，计算机还是冷门专业，精通此行当的人可以说是凤毛麟角，就连一本纸质的学习资料都很难找到。但这对马著钻研计算机技术的决心没有产生丝毫影响。他几乎把所有业余时间都用在了跑图书馆和购买书籍上，如饥似渴地学习。

1995 年，马著参加了计算机专业的自学考试。他狠狠心用两年多的积蓄花了 8000 多块钱买了自己的第一台计算机。他从最基础的办公软件学起，一边看书学理论，一边上机实践，自学考试需要掌握的编程语言、程序设计都被他一一拿下。

2001 年，矿业公司为了提升自动化信息化水平，在全公司范围内招聘有志向、有爱好的技术人员充实到计控室。马者从参加报名的 100 多人中脱颖而出，如愿被录取。

到计控室从事工控软件开发工作后没几天，马著意识到，工控软件的开发与单纯的计算机编程有很大的区别：工控软件开发不仅仅是对上位计算机编程，还要对 PLC 控制器进行编程。要做好这件事，就要对每一个现场的工艺流程烂熟于胸才行。对马著来说，在计算机这张网的背后，是一个更加广阔、全新的领域，他感受到了前所未有的压力。

开弓没有回头箭。马著利用一切机会虚心向同事们学习，经常扎在实验室里，把编好的程序输入到计算机和 PLC 里，并摆了一桌子的开关、继电器、指示灯来模拟现场设备，反复进行演练、试验。功夫不负有心人。他终于入了门，而且越干越好，逐步成为一名技术骨干。

2003年，矿业公司为提升生产主流程自动控制水平，把水厂铁矿破碎自动控制改造列为重点工程项目，并把自动化任务交给了计控室。这是计控室第一次自主设计、研制、开发、实施的项目。该改造项目主要是利用电气自动控制实现皮带无人值守。由于马著拥有采矿电气工作经历，领导点名由他负责其中的技术部分。

为干好这个项目，马著反复到现场实地勘测考察，研究自动连锁控制思路，制定技术改造方案。他多次向水厂铁矿的领导和技术人员讲解演示，征求意见、建议，反复修改、补充完善方案。通过学习和查阅大量国内外技术资料，经反复研讨、论证，一个崭新超前的集中控制方案形成了。但在图纸绘制中，马著又犯了难，该出怎样的图纸？什么标准？为了攻克这一难关，他查阅了大量的绘图资料，并参考多家设计院的蓝图，确定了图纸的草稿。他一边研究图纸内容一边学习绘图软件，对照现场设备的安装位置、线路走向仔细推敲。在较短的时间内，他绘制了11套450余张图纸，编制的控制软件涉及2000多个控制点位。设计、编制工作告一段落后，他又加入到控制计

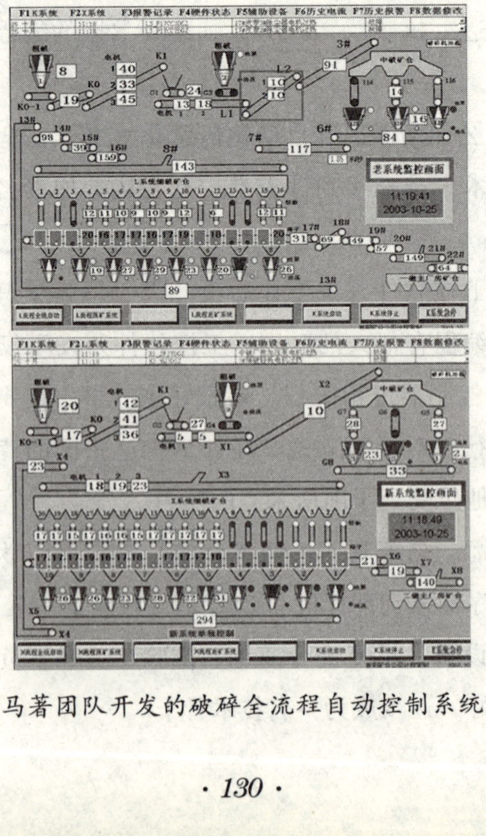

马著团队开发的破碎全流程自动控制系统

器设备的施工安装行列中，用了不到半年时间完成了整个系统的设计、编程和调试，实现了破碎系统全流程自动控制。

提起笔来能绘图，拿上钣手、钳子能安装，坐在电脑前能编软件，马著成为了一名能文能武的复合型人才。这个项目的成功，使马著崭露头角，成为首钢矿业公司第一个“皮带控制专家”。

每当回忆起这段经历，马著都非常感慨地说：“我能有今天的成绩，除了自己不断学习努力，更可贵的是公司为我们这些基层的‘草根’搭建了平台，是当初的‘不唯学历、不唯职称、只看能力’的人才选拔机制成就了我。”

（四）

成为“专家”，意味着将要承担更大的压力和责任。马著总是不忘激励自己：“做‘专家’不能‘单一’，矿山是‘采选球烧’一体的，要做到样样精通才行。”于是，他利用周末休息时间钻研选矿、烧结等工艺技术，深入生产一线搜集第一手资料，主动请缨参加了烧结 360 平烧结机、水厂西排系统 PLC 自动化改造、迁钢二期配套工程粗破料场、大石河破碎集中控制等 10 多个自动控制系统的设计、编程和调试工作，抓住一切可以学习和实践的机会，不断提高自己的业务能力。

在做好本职工作的同时，他还利用业余时间继续给自己“充电”，攻读了大学计算机与信息管理专业，取得了自动控制工程师职称证书，连续六年被评为矿业公司自动化专业“技术带头人”，成了公司自动化“技术专家”。

2009 年，矿业公司杏山地采建设加快步伐，由于工作业绩突出，马著成为杏山地采自动化项目的负责人。地采自动化，国内一直没有成功应用的先例。面对矿业公司提出的“建成国内最先进的地下数字矿山”的目标、紧张的工期、没有可供借鉴的经验等种种不利因素，马著要做第一个“吃螃蟹”的人。

从国外地采矿山考察学习回来后，马著等 4 人用了 1 年的时间，设计出 23 套共 682 张图纸，最终形成了符合杏山铁矿实际的自动化方案。这期间，他们每天工作 12 小时，每套图纸至少修改 5 次以上。

地采自动化团队成员合影

马著的徒弟吴超在回忆那段经历时说："从初期图纸设计、PLC 柜安装到现场施工，我师傅事必躬亲，日复一日奔波在现场。杏山指挥中心系统调试期间，他是最忙碌的一个。在现场经常听到这样的声音，'料位计不正常了，找马工；通风风机停了，找马工；监控没画面了，找马工；WIFI 信号不畅，找马工……'无论什么时候，他总是随叫随到，只要他在现场，大家就觉得心里踏实，有多难的问题也会迎刃而解。"经过 8 个月的刻苦攻关、集成创新，马著带领团队研发出了符合杏山铁矿实际的"十大自动化控制系统"和"六大安全系统"，将矿业公司地采自动化推进到国内领先水平。

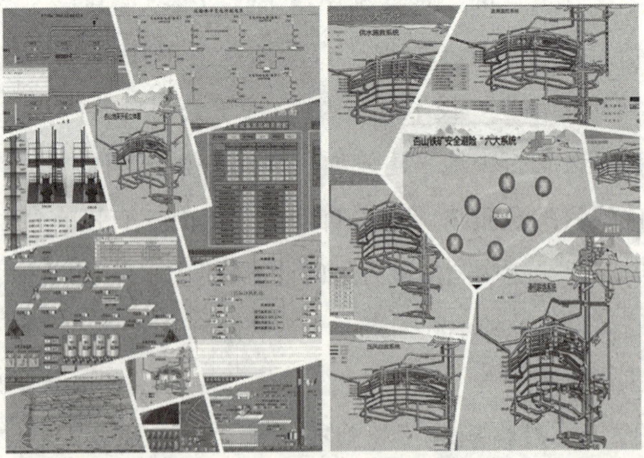

马著团队研发建立的杏山"十大自动化控制系统"和"六大安全系统"

2011 年，“露天转地下相互协调安全高效开采关键技术研究”被评为冶金科学技术一等奖。2012 年，“六大安全系统”通过国家安监总局验收。

随着地下开采规模的扩大，井下电机车运输任务越来越繁重，通常采取的措施是增加运输车辆、车次或者提高车速，但国内外地下矿山所使用的运输设备基本都是人工驾驶，工作环境、人身安全及运输效率都存在问题。于是，马著带领团队确定了研发“杏山铁矿-180 米水平电机车远程遥控系统”的攻关课题。

课题攻关的过程历尽艰辛。马著回忆说：“在试验过程中，通讯是最关键的问题，我们采取多种办法都没有取得较好效果。团队一时陷入了困境，我也曾一度产生怀疑，这个设想是不是根本就不可能实现呢？但既然接下了这个任务，就必须要往前走！”

作为团队负责人，马著一边稳住大家失落的情绪，一边组织对各种技术参数、安装方式、天线角度等进行分析，先后收集各类数据 2000 多组，反复实验上百次。他带着团队白天实验，晚上回家就赶紧上网查阅资料，经常后半夜还在用 QQ 跟团队成员开视频会进行讨论，研究解决方案。经过 3 个月的调试、试运行，终于摸索出了适合-180 米水平巷道内的无线通信设定参数，解决了井下电机车的无线通信难题。

经过 10 个月的刻苦攻关，2013 年 11 月 7 日，-180 米水平电机车实现了远程遥控，成为国内首例，填补了国内技术空白。该系统的实施，将井下电机车装矿、司机驾驶、放矿的工作整合为一体，操作岗位由井下转移到地面，最大限度减少了井下作业人员，不但极大提高了生产效率，更是引领了国内地采行业的技术进步。通过了中国冶金矿山企业协会组织的专家鉴定，2014 年获得了冶金矿山科学技术一等奖，并申请国家专利。

试验的成功为国内地采行业注入了新的活力，同时也鼓舞了马著和他的团队。只有真正实现电机车精准定位与自动运行系统才能成功打破国外技术的封锁，他们向新的高峰发起了进攻。

“让井下工人在地面上喝着咖啡、看着电脑干活，一直是我的梦想。”马著笑着说。

2014 年下半年，恰逢杏山采区迁移，-330 米水平成为新的运输水平，大量设备要重新设计安装，这也为新系统的改造创造了极佳的条件。同样，为实现电机车的自动运行与精准定位，对技术和设备的要求也变得更加苛刻。

为了保障自动运行时的安全稳定，需要对程序算法做出大量优化。马著带领团队成员，将以往的代码翻了一遍又一遍，反复商讨控制逻辑无数次，每一个参数又被重新拿出来研究。为了确保万无一失，他们几乎询问了每一位参与生产的岗位工人，总结日常生产中容易出现的问题，并结合以往维护经验，重新编写了全新的控制程序。电机车内的电气部件、刹车气路、通信部件曾发生过的问题也被重新拿出来研讨，利用这次迁移拆除重装的机会排除解决。

实现电机车精准定位是一个质变的过程，要做到“精准”二字需要将方方面面考虑周详。团队里唯一的一名机械设备（机械设备检测调试维修）高级工程师韩秋怀介绍说：“为了侦测出电机车到达某特定点位的精准度，马著带着我们尝试了计轴器、红外开关、磁接近开关、无源定位标签等等多种设备并进行了上百次试验，最终才选择出稳定高效的设备，为实现电机车自动运行创造了条件。”

历经 15 个月的不懈努力，电机车精准定位与自动运行系统正式进入全线运行，各项系统性能指标通过测试，改写了井下运输系统的常规生产组织模式，形成自主知识产权，打破了国外的技术垄断。

辛勤的耕耘之后是收获。2015 年，首钢矿业公司杏山铁矿由于信息化自动化水平的不断提升，被国家安监总局评选为“机械化换人，自动化减人”全国十家试点矿山之一。由马著带领团队研发的“井下安全避险六大系统”“井口封闭系统”取得软件著作权；国家专利局已经受理了“电机车地面远程遥控系统”专利申请。

2016 年 1 月 8 日，马著走进人民大会堂领奖，他参与的项目——“露天转地下高效转型建设大型数字化地下金属矿山的研究与实践”获得 2015 年国家科技进步二等奖。标志着矿山的自动化信息化核心技术水平提升到了新高度。同年，马著被评为首都市民学习之星。

马著团队取得的软件著作权及专利

马著获得“首都市民学习之星”

（五）

独行者速，众行者远。近年来，马著创新工作室不但取得了丰硕的成果，还培养出像吴超、崔海龙、高天舒、李岳山、赵少鹏、潘海涛、谷彦博、丁立志等一批青年才俊，他们在马著的带领下参加了矿业公司许多重点自动化改造项目，多人也先后被授予“首钢模范共产党员”“矿业公司先进职工”“首钢青年创新先锋”“首钢优秀团员”等荣誉称号。

马著领衔的地采自动化学习创新团队被首钢总公司命名授牌为“马著创新工作室”，并连续多年被授予矿业公司“十佳学习创新团队”、首钢“三创先进集体”荣誉称号，2017 年更是被北京市总工会授予“北京市工人先锋号”。同年，马著被评为首钢创新之星。

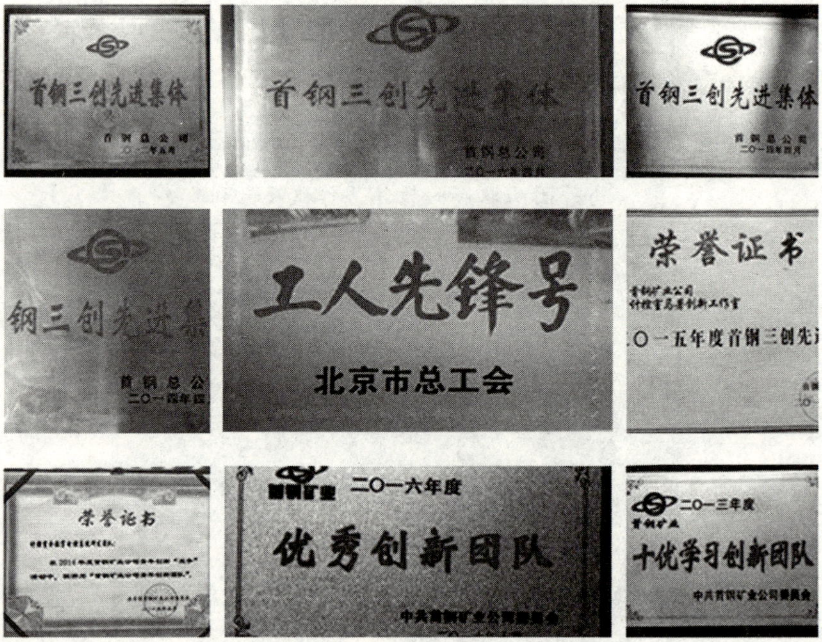

“马著创新工作室”获得的多项荣誉

目前，马著仍驻守在普朗铜矿现场，他将继续带领这支作风过硬、技术业务素质出众的团队，为业主赶工期赢得宝贵时间，成为业主最满意的合作伙伴，用首钢人的实力与担当，在高原打造首钢品牌。

“三十功名尘与土，八千里路云和月”。巍巍燕岭，遥望南疆。马上壮士扬鞭奔远方，在祖国大西南香格里拉高原的大山深处，著写首钢人“敢为天下先”的开拓者之歌。

二十七载织梦　领跑“数字矿山”

——记首钢计算机专家、矿山信息化建设领军人冯景艳

李梦滢

匠人心语

谁说女子不如男，在领跑矿山信息化建设先行军中，冯景艳演绎了现代版“花木兰”的故事。她率先将信息化技术应用于烧结厂生产经营管理，成为矿业公司所属单位的排头兵；她带领信息化团队助力数字矿山建设，并将市场延伸到全国乃至海外。她将最美好的青春年华献给了矿山，献给了挚爱的信息化事业。她说：“遇到任何事情都不要往后退，一定要敢于承担，一直向前走。”

冯景艳，现首钢矿业公司计控检验中心信息开发中心主任，首钢计算机专家。多年来，她一直带领着团队致力于积极推进首钢矿山信息化建设，主持完成的科研成果曾获得北京市管理现代化创新成果一等奖、中国冶金矿山企业协会冶金矿山科技一等奖，获得首钢、矿业公司科技成果奖更是数不胜数。她带领团队研发的计算机软件取得著作权达到20余项。她带领团队勇闯市场，与国内30多家企业合作，并于2017年走出国门。

冯景艳连续14年任北京市石景山区人民代表大会代表，先后八次获得首钢“三八”红旗手荣誉称号，2006年获得“首钢劳动模范”称号，2012年被北京市授予“三八”红旗奖章。她带领的团队多次被授予首钢总公司先进科室、矿业公司“十佳”创新团队等荣誉称号。

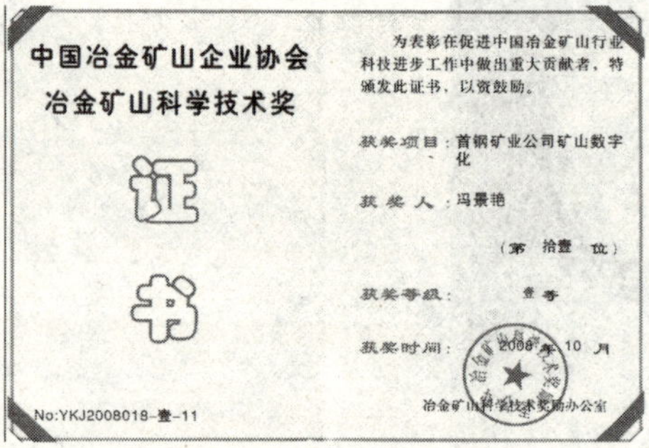
中国冶金矿山企业协会
冶金矿山科学技术奖
证书
为表彰在促进中国冶金矿山行业科技进步工作中做出重大贡献者，特颁发此证书，以资鼓励。
获奖项目：首钢矿业公司矿山数字化
获奖人：冯景艳
（第 拾壹 位）
获奖等级：壹等
获奖时间：2008年10月
冶金矿山科学技术奖励办公室
No:YKJ2008018-壹-11

冯景艳科技成果获奖证书

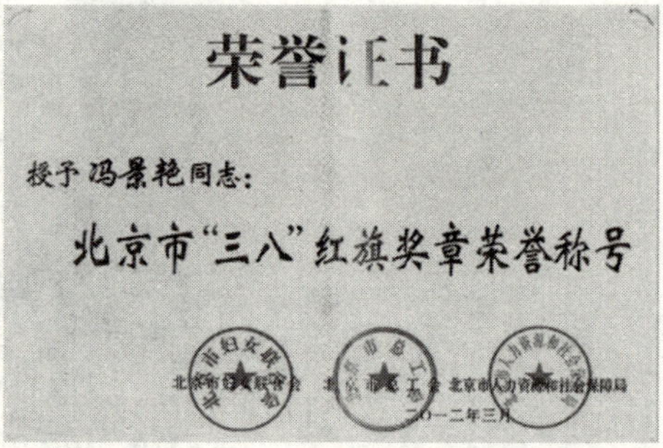
荣誉证书
授予冯景艳同志：
北京市“三八”红旗奖章荣誉称号
二〇一二年三月

冯景艳北京市“三八”红旗奖章荣誉证书

出手不凡，领跑矿山信息化建设

1990年，冯景艳从北京钢铁学院分院毕业来到首钢矿山，从最基层的电工做起。1994年开始接触到计算机，这一干就是27个年头。

1994年，首钢新建球团二厂（后更名为烧结厂），冯景艳借这次新建厂的机会，从电工岗位调到了首钢球团二厂计划科计算机专业员岗位。得知这样的岗位调动，很多人心生羡慕，觉得这将是一个非常轻松的岗位，毕竟在那个年代，连计算机都没有普及，应用技术就更提不上日程了。但是冯景艳却不这么看，她默默地把发展烧结厂计算机应用水平作为心中的目标。

那时的矿山还比较封闭，别说是网络，就连打个电话也不是很方便。但冯景艳说干就干，自费买书籍，订阅前瞻性报纸。被各种信息化知识吸引的她，开始尝试着编程、设计。这是一项前卫的工作，既没有带头的师傅，也没有托底的领导，冯景艳就像摸黑过河一般，一路走一路学，一路学一路干，就这样完成了第一个系统软件——《工资管理系统》的开发。这款软件替代了手工报表，专业人员再也不用抱着厚厚的报表送往财务部门，减轻了很大的工作量。这更加坚定了冯景艳坚持走下去的信心，燃起了二十几岁姑娘全部的热情。

恰逢此时，烧结厂准备对生产数据网络进行改造。冯景艳大胆提出将工控网与信息网同步建设，从而形成厂内信息网络系统的建议。当时对于信息化，毕竟懂行的专业人士太少，从上到下都没有明确的计划，应该做什么？做成什么样？这项建议在当时非常超前，若是没有考察过，很难得到领导的支持。但烧结厂领导几经斟酌和反复考察，最终采纳了这项建议。

有时候，回忆如点点星辰，此一时彼一时，找不到过往的艰辛。时间过去了太久，也过去的太快。冯景艳既回忆不出当时有多苦，只记得无数个夜里，哄睡了儿子，自己再回到灯下，翻烂了一本又一本专业书籍；也回忆不出遇到了多少难关，只记得一遍遍尝试，一遍遍修改，然后逐步地实现了一个又一个功能。

冯景艳说："当时一次又一次的挫败感已经不记得了，想法特别简单，就想实现厂子的全面联网。"经过她近一年的努力，烧结厂在矿业公司所属的基层单位中第一个实现了计算机光纤联网。

联网之后，如何发挥作用、收到实效是摆在冯景艳面前的又一难题。她将提高办公效率作为突破口，"人人都要用到、人人都能感受到计算机带来的方便快捷。"针对需求，冯景艳率先组织编制了当时矿业公司第一个办公软件——电子公告板。会议通知、文件发布、信息交换传送全部在公告板上完成。虽然现在看来这个软件很简单，但在当时着实让烧结厂的管理人员惊喜了一番，上至厂领导下至普通管理人员，使用电子公告板成为了一种时尚。一个电子公告板在短时间内就完成了对烧结厂两级机关管理人员的“洗脑”，对计算机应用的热情空前高涨。现在回过头来看，电子公告板的应用吹响了烧结厂信息化建设的冲锋号。

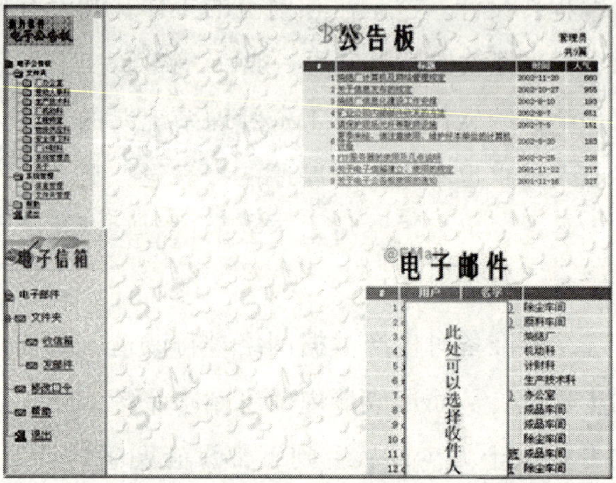

烧结厂电子公告板

冯景艳借势而上，又先后开发了烧结数据分析系统、设备动态管理系统、配料监测系统、人力资源管理系统、图纸管理系统等多个信息化系统，在烧结厂局域网上镶嵌了一颗又一颗“明珠”，逐步建成了完善的管理网络体系，并与生产工艺紧密结合，实现“管控”一体化。

工作中的冯景艳

从此，烧结厂信息化建设长期在矿业公司众多下属单位中领跑。这些系统软件的应用为领导层、管理人员和生产组织者决策、分析提供了可靠依据，提高了管理和办公效率。看着自己开发的软件系统应用所带来的巨大效果，冯景艳更加热爱这份工作，也激励她走向计算机技术的研发行列。

学海拾珠，斩获北京第一

计算机技术是前沿学科，专业知识技术理论更新特别快。为此，冯景艳始终利用多种渠道充实专业知识，上网、到计算机市场了解软硬件、网络发展动态，先后购买几十本专业书，从书中获取知识、增加营养，并把自己的所学应用到实践中。烧结厂网络先后经过了三次改造，每次改造她都赋予其新的内涵。几年的努力，烧结厂的计算机应用水平在矿业公司名列前茅，而冯景艳的专业素质和技术研发能力也随之不断提升。

付出总会有收获！

2001 年，矿业公司选派她去参加北京市职工计算机比赛。刚接到通知时，她也有些胆怯，心想自己只是厂矿的专业员，怎敢登上北京市那么大的舞台？但是领导说信任她，而且重在参与。

“行，我参加！”

比赛前，她和总公司几十位选手一起参加了集训，她拿出当年参加高考的劲头，竭尽全力，不为争名次，只想不辜负这难得和大家一起集中学习的机会。她迫不及待的想要吸收更前沿的理论知识，整个集训过程，她都在与时间赛跑。等到报考时，为保险起见其他同事都报了一门，可是她觉得既然来都来了，学也学了，还是要检验一下自己真实的水平，于是毫不犹豫的报了网络和应用两门比赛。功夫不负有心人。出乎所有人的意料，她依靠自己的勤学苦练和在烧结厂的丰富实践，获得了第一名，高分“辗压”了其他单位的选手。这样的成绩让冯景艳兴奋不已，也让首钢总公司专业部门震惊不已。

成长的路上没有终点，只要脚步不停，随时都有下一步。

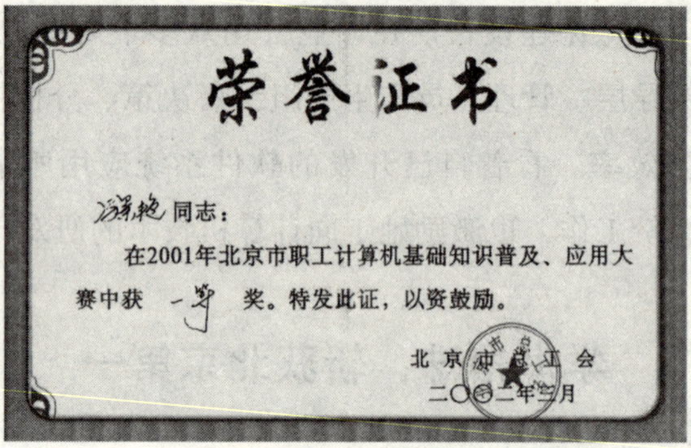
荣誉证书

冯景艳同志：

在2001年北京市职工计算机基础知识普及、应用大赛中获 一等 奖。特发此证，以资鼓励。

北京市总工会

二〇〇二年三月

冯景艳在北京市计算机比赛中获得第一名证书

计算机软件在烧结厂广泛应用后，带来管理便捷、提高工效等好处的同时，也出现了一些问题。比如，因为操作者的技术水平参差不齐，操作错误、系统问题、设备故障经常发生，这给维护工作带来了挑战。作为众人眼中的“专家”，冯景艳经常接到“故障”报修电话。她逐渐意识到，让人们全面了解、利用软件开展工作是推进信息化的关键。在厂领导的支持下，她制定了计算机软硬件使用、网络应用等管理办法和措施，组织专业人员开展计算机操作技能专项培训，保证了烧结厂计算机及网络正常有序的运行。

那段时间，冯景艳还在培训中心兼职带离散数学和计算机应用两门课程。随着专业水平逐渐提升，她的影响力也越来越大。2003 年被评为矿业公司计算机专业专家，2004 年被评为首钢专业技术带头人，2011 年被评为首钢技术专家。从此，每次的技术专家榜单上都能看到冯景艳的名字。

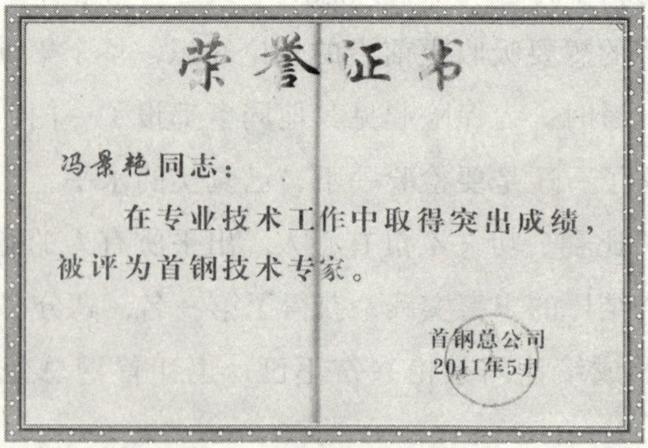
荣誉证书

冯景艳同志：

在专业技术工作中取得突出成绩，被评为首钢技术专家。

首钢总公司

2011年5月

冯景艳被评为“首钢技术专家”证书

勇挑重担，助力 ERP 项目成功上线

“遇到任何事情都不要往后退，一定要勇于承担，不断向前走。”采访过程中，冯景艳多次说出这句话。

2005 年，矿业公司 ERP 项目启动，该项目既是矿业公司信息化、数字化建设的努力方向，又是提升企业管理水平的重大举措。其中三级 MES 系统是一套面向制造企业车间执行层的生产信息化管理系统，可以为企业提供多种管理模块，是一个全新的、庞大的项目集群，它是关系到 ERP 项目能否顺利实施的关键。面对这样一个无前车可鉴、无案例可循的艰巨任务，组织上想到了冯景艳，任命她为三级 MES 系统项目组组长。重任和机遇又一次摆在面前，冯景艳没有一丝顾虑，欣然接下了这个任务。

拿到项目组二十几名成员的名单时，冯景艳发现几乎全是从各个厂矿抽调上来的大学生。她心里想：“这么年轻的团队不可能有什么实战经验，不能让这个项目打了水漂影响公司 ERP 上线，也不能拿这个项目给大家练手形成不完美的系统。自己作为组长如果带不好团队，更会耽误年轻人成长。”思索再三，她做了团队成立后的第一件事：分组、分任务，利用一个小系统给大家热身。虽然系统小但是五脏俱全。热身之后，不仅大家熟练掌握了数据库设计、. net 开发平台的应用、团队开发的方式，冯景艳也基本掌握了大家的水平。

冯景艳（左三）组织团队召开 ERP 讨论会

冯景艳将团队分成生产、设备、质量、物资4个小组，分别进入ERP项目业务组。她利用每周六上午，组织大家集中学习、交流、分析，一并沟通和解决问题、讨论方案。

开发过程中，最复杂的环节是采购进厂流程。采购物资从火运接车开始，需要经过多个环节的操作，很难管理。比如车辆的车牌号码，每个环节都需要登记，重复工作效率低而且容易登记错误。对此，公司的需求是通过系统实现车牌号码一次性采集、全流程使用。涉及的环节多，调研过程也异常繁琐，如果其中一个部门需求发生变化，其他环节就必须修改，彼此之间如何衔接控制？若是出现操作错误该如何处理？

棘手问题多，时间又紧。冯景艳沉着冷静，带领团队迅速熟悉整个业务流程，她发现其中一些业务可以合并，于是开始和不同部门交涉，但有些部门已经习惯了之前的工作方式，对她的“多管闲事”表示不理解。

“当时我们开发时间非常短，冯姐真是顶住压力，带领我们将每一个环节和业务都进行了充分的分析和设计，对冗长的业务流程进行了梳理，去掉一些多余的业务点，也终于规范了整个业务链。”和冯景艳一起工作的同事回忆道。业务链规范后，冯景艳带领团队抓紧每一分钟进行开发调试，最终满足了公司的需求，系统如期上线。

作为团队负责人，冯景艳不仅要解决开发过程中的技术、人员平衡等各类难题，整体把握和控制开发进度，还要顶住系统开发过程中的各方压力。

一次夜里，冯景艳接到现场打来的电话，“磅道压车！”为保生产进度，生产处要求停用系统。可是一旦停用，之前完成的所有系统都将没有意义，冯景艳坚决不同意，当即立下军令状：“一小时内不解决问题，同意停用系统。”她立刻组织团队追踪故障原因，锁定后台数据，更改程序，调试，通过，成功！半个小时后，系统恢复磅道过磅，压车“警报”就此解决。事后，冯景艳并没有放松，组织团队对这次系统故障进行了详细的分析和总结。对于此事，参与的同事说：“幸亏冯姐决策及时，对业务流程和技术要点都了然于心，这才在半小时内解决了问题。”

2006年5月1日，ERP项目正式上线。在上线初期的半个月时间里，冯景艳常驻在 ERP 指挥部，每天工作到深夜。ERP 项目上线通过验收那一天，冯景艳兴奋激动，无以言表，她想和大家讲述喜悦，可是因为这段时间沟通电话打的太多，嗓子已经发不出声音了。

矿业公司 MES 系统的成功研发和上线，为 ERP 成功实施提供了保证。HP 实施顾问对冯景艳在工作中敏捷的思维、锲而不舍、敢打硬仗的精神给予高度赞扬。

矿业公司 ERP 上线发布会

MES 系统、ERP 项目的实施，为矿业公司积累了大量的数据资源。有了这些基础数据，为进一步扩展功能提供了很好的条件。2006 年 7 月，冯景艳带领团队结合 MES 系统，重新设计公司生产主流程系统，实现了一级页面大部分数据由手工录入改为自动获取；增加 20 多个二级页面，能够全面的、实时的、动态的反映各主流程厂矿的生产信息，为矿业公司领导和各厂矿全面掌握生产情况提供了平台，提高了生产信息的集成度，为生产组织决策的快速高效提供了信息渠道。

为拓宽 ERP 系统使用范围，2006 年 8 月，冯景艳带领团队开始向运行了 15 年的老式生产日报发起攻关。经过 3 个多月的努力，他们成功开发了主业厂矿的生产日报，实现了数据资源的共享和集成，保证了系统中数据的一致性和连贯性、集成性。厂矿调度应用新生产日报后纷纷表示：“我们‘解放’了！再也不用手工录入大量的数据了。”厂矿领导也表示：“新的生产日报生成效率和数据准确性都非常高，极大的方便了管理层对生产状况的全面了解，为指导生产提供了强有力的依据。”

ERP 上线以来，冯景艳带领团队对 MES 系统共完善功能 1000 多次，新增功能 100 多项。2008 年，以 ERP 为主要应用的“首钢矿业公司矿山数字化”成果获得中国冶金矿山企业协会冶金矿山科技一等奖，“面向多品种小批量制造企业生产信息管理系统的构建与实施”成果荣获北京市第二十七届企业管理现代化创新成果一等奖。同时，冯景艳团队取得了计算机软件著作权 20 余项。

天南海北闯市场，把控全局的匠人气魄

2006 年，冯景艳调入计控室（现已更名计控检验中心）任信息开发中心主任。她明白，这个职位意味着自己不仅要完成各项技术开发任务，还要培养团队，更重要的是带领团队走出矿山，闯出属于矿山计控人的一片天。

近几年，她带领团队始终服务于矿业公司的信息化建设。说起在团队中的角色，她的同事说：“对周围的人能够像大姐姐一样体贴，在工作中干劲十足，是真正的信息化‘大拿’。”她的领导说：“对大局掌握的特别精准，对待问题一针见血，对待技术点也能够毫无私心，全盘分享。”近些年进厂的青工说：“冯姐随时随地都是正能量的化身，带给我们年轻人更重要的是工作的劲头!”

对自己的团队，冯景艳也是如数家珍。在她的带领下，信息开发中心培养出一支既懂技术、懂业务，又懂市场的信息化队伍。王东伟是 2011 年入厂的青工，6 年间他从一名青涩懵懂的高校毕业生成长为矿业公司计算机技术专业带头人，已成为计控检验中心信息化领域的技术骨干。像这样的“得意门生”，冯景艳培养了很多，团队成员荣获公司“先进职工”、“技术带头人”、“最美青工”等各项荣誉。

一个好的团队，必须敢打硬仗、能打胜仗。十年间，冯景艳带领团队积累了 MES 系统、物资终身管理系统、智能远程集中计量系统、安全管理系

冯景艳（一排左四）与团队合影

统、设备管理系统等一大批信息化产品。也正是因为这十年的积淀，她带领团队走出了首钢，走向了全国冶金矿山行业，走出了中国，迈向了国际市场。

2009 年，冯景艳带领团队第一次迈出矿业公司的大门，为河北钢铁集团矿业有限公司（简称“河钢”）做 ERP 一期项目的三级系统开发。这个项目是矿业公司勇闯外部市场第一个大型的信息化项目，重要程度不言而喻。

“不缺技术，缺经验”。这是冯景艳接手第一个外部项目最挠头的问题。不单冯景艳和同事们没有经验，业主单位也因为首次接触一头雾水。从做需求调研开始，冯景艳就发现，对方业务员没有特别清晰的自身需求定位。她立即召集团队成员借鉴矿业公司成熟经验，帮助对方梳理流程，分析真实需求。

当时，在讨论汽车运输业务时，用户坚持不想改变现有业务流程，冯景艳和她的团队耐心地为用户讲解，告诉他们建立信息化系统的基础是首先要对流程进行梳理、优化，然后固化在系统里，对不合理的流程环节要进行及时的调整，这也是为了以后执行起来更顺畅。经过讨论，用户认识到这完全是业务方面的问题，通过相关部门一起协商、向领导请示，最终采取了建议方案。

一次次的讨论，不仅帮对方建立了清晰的项目规划，也使得冯景艳在首次闯市场项目中，积累了需求分析、讲解、汇总等工作经验。

方案确定后，为保证项目工期，冯景艳带领团队住在河钢矿业附近。最终，他们出色地完成了包括总部和6个厂矿的ERP项目，并且凭借优质的技术服务得到了业主单位的充分肯定。随后他们又与对方签约了ERP二期、三期项目。

“你所讲的信息化软件，我们现在的EXCEL都能实现啊！”这是在与承德建龙矿业项目交流会上，对方中层领导对冯景艳提出的质疑。河钢项目告一段落后，冯景艳开始与建龙矿业建立联系。该公司是华夏建龙下属的一家民营企业。如果对方不认可信息化，接下来的合作也无从谈起。

有了之前河钢的经验，冯景艳似乎开了窍。“对信息化不感兴趣，但对业务很上心”。短暂的交流后，冯景艳摸准了对方的心理。她及时调整了交流方向，重点讲述业务流程，并强调利用信息化可以帮助对方解决哪些问题、带来哪些效益，以及怎么帮对方实现信息化和管理规划的融合。听到这些，建龙的副总当场就表现出了很大的兴趣，接下来的交流也开始顺畅了。

“与客户打交道，一定要从用户的角度考虑问题，以给用户带来效益为出发点，以能够为用户带来最好的服务为准则。”虽然建龙高层领导认同了冯景艳团队的观点，但建龙的专业人员起初比较抵触，认为信息化增加了工作量，失去了工作的弹性。对方不配合交流、不谈自己的需求，就没办法编制技术方案，即使高层领导感兴趣也不会有签订合同的机会。

为此，冯景艳制定了详细的攻关方案，并带领团队做起了讲解员。刚开始对方专业人员只是迫于领导安排，虽然人坐到了会议室，其实并没有真正的去听、去想。但是冯景艳并没有放弃，一次不行，就去两次，再不行，就三次、四次……每次讲解后，冯景艳和团队都会总结改善方案，为下一次的讲解做充分的准备。最终，对方认可了冯景艳团队和他们所讲解的信息化蓝图。

建龙的专业人员后来对冯景艳说：“还真没见过你们这么执着的团队，我们当时以为你们坚持几次就会放弃，可没想到最终还是被你们感化了。正因为你们对技术和业务的精通，让我们了解到通过信息化可以轻松共享现场的数据，再也不用为了一个数据一遍遍的和现场人员沟通，甚至花费时间和精力自己去采集。而且系统有历史信息记录功能，免去了我们追踪整理的工作量，信息化确实可以规范我们的管理。”

长达四年的项目跟踪、10 多次的交流，2012 年，凭着坚持、真诚和实力，冯景艳团队与建龙公司签订了“生产调度指挥中心项目”，合同额达 300 多万元。这次项目，不仅让冯景艳理清了一条适合矿山行业的谈判方法，也锻炼了冯景艳团队成员的综合能力，团队成员既是信息化的规划人员，也是矿山行业的业务人员，这样的转变使得后期的项目谈判更加轻松顺利。

目前，冯景艳带领团队已与国内上百家企业建立了联系，并与 30 余家达成了合作。2017 年，她作为技术专家与销售团队第一次走出了国门，签约了赞比亚信息化项目。

冯景艳（左三）和团队人员在赞比亚

“三次前往赞比亚就签订了主合同，整个市场谈判和签约进度非常快。我真是佩服冯姐的业务能力，和赞方交流了一下，就掌握了对方的主要需求，整个交流过程都毫无障碍。”销售人员不禁感叹。

人前的轻松视角，来源于背后一节节云梯的艰苦攀登。在得知第一次的交流是纯技术交流后，为了能快速切中赞比亚的需求缺口，冯景艳整理了近几年国内项目的谈判经验，制定了详细的方案。在与赞方交流时，她重点从管理角度以及工艺流程方面介绍了首钢的经验，这样的交流深深的吸引了赞方。为了深入了解我方技术要点，赞方将本来安排好的三天会期延长到了七天。谈判桌上，冯景艳顶着业务和技术双重专家的身份，让对方颇为震惊，也更信任来自中国的首钢公司。正因为有了第一次顺畅的交流，在后续两次的商务谈判中，矿业公司占据了主导地位。

冯景艳参加中色非矿技术交流会

2017 年 5 月中旬，冯景艳带领她的团队，来到了万里之遥的赞比亚，开始项目的需求调研。在中色非矿的生产现场、各部门留下了他们的身影。冯景艳对这个项目满含期待，她说：“这个项目必须做好，一定不辜负用户对我们的信任，并且我有信心把它做成标杆项目，带动整个非洲矿山企业的信息化建设。”

冯景艳和技术团队

与此同时，冯景艳马不停蹄地投入到一场场新的“战斗”，奔跑在全国各地与多家公司进行项目的交流、方案跟踪，带领她的团队向着新的目标远航！

“莫道桑榆晚，为霞尚满天”。在矿业公司信息化建设道路上，冯景艳带出了一支技术精良的队伍，书写了一个又一个新篇章。任何时刻，她的工作劲头都不输任何一个年轻人；她时刻想着带团队，为企业培养人才；她时刻不忘闯市场，为企业创收；她时刻拥有梦想，才能产生强大的磁场，为“数字矿山”插上腾飞的翅膀。她身上折射出的工匠精神有女性独特的热情和精细，更有男儿身上背负的强烈责任感和使命感，这值得每一位年轻人追寻学习。

“金牌车工”秦涛

赵　健

匠人心语

志高山峰矮，路从脚下伸。从一名普通车工到车工高级技师，他终日与一台台削铁刻钢的车床为伴，用满腔的求知渴望，将生命的特质磨炼得像车刀一样坚韧，迸发出金子一般的光泽。“进厂24年来，我最高兴的是成为一名优秀车工！”这是首钢矿山机械制造厂车工秦涛的心声，也是他24年来的不懈追求。

秦涛，首钢矿山机械制造厂一名普通车工。多年来，在人生的竞技场上，勤奋好学、自强不息、追求卓越，抒写出绚丽辉煌的篇章——全国技术能手、全国钢铁行业劳动模范、北京市突出技能人才、北京市劳动模范、北京市经济技术创新标兵、北京市国资委优秀共产党员、首钢技能操作专家，2012 年、2017 年北京市第十一次、十二次党代会代表。一个个红色证书见证着这位技能大师潮头逐浪的人生历程。

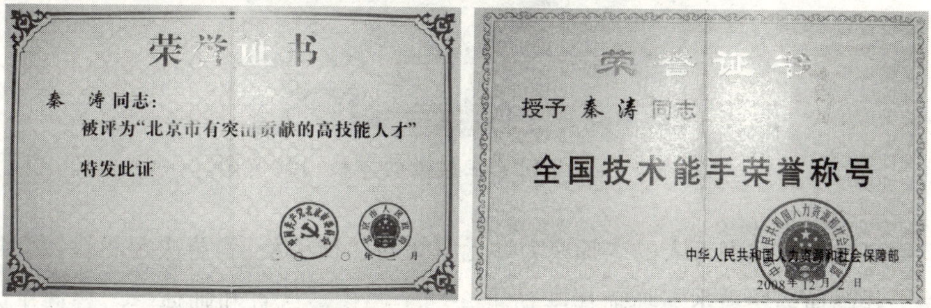

秦涛获得的部分荣誉证书

从“门外汉”到“排头兵”

山高林密，秋日落叶飘飘，冬日白茫茫一片。

秦涛的老家在黑龙江省，父母是苇河林业局的工人。1990 年 3 月，技校毕业的秦涛回林场当了一名小学教师。“来首钢矿山之前，我在东北当过 3 年小学老师。”每当人们问起秦涛的经历，总会勾起他对那段虽清苦但荡漾青春朝气生活的回忆。

1993 年 3 月，首钢矿业公司去苇河林业局招工，秦涛带着对未来的美好憧憬，抱着干出一番事业的决心，从东北来到首钢矿山机械厂当了一名车工。

走进新的领域，必须一切从零起步。“刚来的时候，我就天天跟在师傅身后、守在车床旁边站着，一个月连车床都摸不着，当时确实一点也不懂。”秦

秦涛（右）与同事在执教的学校门前留念

涛回忆说。从教书育人的老师变为一无所知的“徒弟”，秦涛决定尽快转变角色。在师傅的指导下，他抓住一切机会动手操作，认真和师傅学习普通车床的操作技术，很快掌握了C620车床的基本操作技术。

“记得学徒时，师傅加工一种6头方扣螺纹，师傅和倒班的老师傅在研究怎么分头，我看在眼里、记在心里，反复摸索操作的窍门，觉得自己弄明白了分头方法：就是把车床输出轴齿轮的齿数记下来，每分一个头，就记下齿轮的转数，最后确定为两圈零42齿，输出轴旋转六分之一圈，6个头就都可以确定了。找到这个规律后，我高兴地告诉师傅。当时师傅还有些不相信，让我试试，我按照摸索出的方法加工，一次成功。后来出徒后不久，又有了这个零件的加工任务，我主动承接了下来，想检验自己是不是能够独立完成。当时干完4件后，分头很顺利，可却没有一件合格。这可难住了我。根据检验不合格的原因，我又弄明白了螺纹的法向与轴向的测量方法。经过不断的学习和反复的练习，不到半年时间，我就能独立操作加工好多工件了。看着一个个毛坯件在自己手里变成合格的零件，心里有说不出的高兴。”至今，秦涛回忆起当年学徒的经历，还颇有些自豪。

师傅薛玉林回忆当年秦涛跟他学技术的情况，至今仍赞不绝口："机加工技术含量高，不仅要动手，还要动脑分析、计算，想学好、学精，不下苦功夫不行。秦涛有悟性、好琢磨，也有吃苦的劲头儿。"

学徒时期的秦涛

为了提高技术操作水平，秦涛一边向师傅学，一边向书本学。先后自学了《机械基础》《车床电器设备》《公差与配合》《机械制图》《金属切削加工手册》等一大摞技术教材，搞不懂的就记下来，向师傅和技术人员虚心请教。

1996年，秦涛负责1.6米立式车床加工。初次到立车，遇到的难题是加工里孔时的"调稍"。据秦涛回忆说："记得当时加工主动轮的里孔，马上没有多少加工余量了，稍还没调好，到下班点了，师傅们叫我回家，把剩下的任务交给倒班的师傅就行了。可我就是不甘心，留下来继续研究立车结构，后来终于弄明白了。原来是根据现在里孔的长度和大小头的直径差，计算出立车滑枕存在的角度，直接反向搬出这个角度就可以了。从此，再调稍，我一次就能够调好了。"

凭着这股钻劲，秦涛逐渐成了一名技术熟练、善想点子的好车工。他研制工装卡具，解决了用1.6米立车进行钻孔的难题；采用工件装卡找正的办法，保证了内孔加工的精度；研制设计自动定心胎具，显著提高了加工效率。

2001 年矿业公司车工技术比赛，秦涛获得“技术能手”称号；2003 年秦涛参加首钢技术比赛，获车工第三名。

十年积淀，初试锋芒，激发了秦涛向更高目标攀登的渴望。

结缘数控，5 年干了 13 年的活儿

2001 年，机械厂金工车间引进了两台数控车床。早就听说数控车床自动加工，又快又好。秦涛心里直痒痒，一股无形的力量，把他牢牢地吸引了过去。

为了能向安装调试厂家的技术人员学习数控车床，秦涛和工友商量调换了班次，每天改上夜班，白天就盯在现场看厂家技术人员调试安装。开始人家以为秦涛是车间派来打下手的，后来才知道他晚上还要上夜班，是自己主动白天跟着学数控的，非常感动。

“有个叫龙全江的技术人员跟我说，我再告诉你一遍，你要是记不住我可不管了啊。我也不懂得为啥啊，我就死命地看着、盯着每个键，都是英文我也不认识，我就记住了他按的顺序。”说起当初刚刚接触数控车床的情形，秦涛历历在目。

设备调试完了，厂家技术员撤了，秦涛也没了老师，而随设备带来的说明书他也有八成都看不懂。但秦涛没有因此止步，2003 年他到北京参加普通车床选拔赛，听人说西单图书大厦的书挺全。比赛结束后，他从那里买到了《数控车床》《数控工艺培训教程》等教材。

那是秦涛第一次进北京的最大收获。

后来，秦涛又买到《数控加工工艺》等书籍。同时，借阅厂里资料室的英文版《发那克系统使用说明书》。由于文化底子薄，他只能凭词典看英文说明书，对照书中的示图和例子去摸索。“当时，我家租住在一处简易棚内，屋里冬天冷得能结冰，夏天潮得能出水。家中只有一张写字桌，他和儿子共用，儿子写完作业，他才能用。为弄懂一个问题，常常学到后半夜两三点钟。”说起当年的情景，秦涛的妻子单红菊依然很心疼。

“有很多难活儿需要在数控车床上加工，咱们得想办法发挥出它的作用。它明明有这种功能，咱却不知道，就是浪费资源。”秦涛把数控技术的学习、应用视为一种责任。

当时，秦涛运用所学的数控车床理论知识和操作技能，解决了很多机加工技术难题。在镗床上加工中心油孔的轴类零件费时费力，有时甚至出现钻头折断现象，取不出折断的钻头工件就会报废。秦涛想，如果改成用数控车床加工，既省时省力又不会造成钻头折断。可是如何进行程序的编制呢？在镗床上加工中心油孔，是先钻进50mm深，退出排屑，然后回到原位；再钻进5mm，退出排屑，然后再回到原位，如此循环，一直达到指定深度为止。在数控车床中，有没有这样的指令呢？他查遍了各类书籍，都没有介绍这种程序的编程。经过反复琢磨，一天，秦涛突然想到用数控车床上一个车削单一循环的指令——G90。G90外圆和里孔的粗车循环是一个反复快速进给的过程，如果使用这一指令，把进给速度放大，不就可以实现大进给退出、快速返回进行下一次钻孔吗？终于，用数控车床钻孔的程序编制出来了。秦涛据此还撰写了“G90和G94的另外用途”论文，刊登在2005年第七期《机械工人》杂志上，并被编入《中国工业年鉴》C卷中。此后他又陆续写了“四种螺纹在数控车床上的加工”、“带轮槽在数控车床上的通用程序”两篇论文，分别刊登在《机械工人》杂志上。

至此，秦涛凭借精湛的技术和精心操作，交上了这样一份工作答卷：5年的时间，他完成的工时定额为39058小时，为年定额工时的13倍，相当于5年干了13年的活儿。

拿了冠军也要查缺补漏

不惜力，不怕费事，甚至费尽周折没有收获也无怨无悔。不轻言放弃，用一步一个脚印的精神，艰苦磨炼，技能才能不断攀越，走向精致。这是秦涛在技能进阶道路上孜孜以求的真实写照。

2005年9月，首钢工会推荐秦涛参加北京市第一届数控车床大赛，并给他介绍了首钢机电公司机械厂的数控车床专家卫建平。秦涛背上一大摞资料，把自己没弄明白的问题列出来，到机电公司机械厂去找卫建平。

卫老师喜欢上了这位好学好钻的年轻人。“这个小伙子挺好学、挺好钻，这是他给我的最深印象。对不明白的问题，他是不搞明白不罢休。关于锥螺纹加工问题我们探讨了好久，回去后他还给我发了个信息，说锥螺纹加工问题他到底是弄明白了。”

这一年，秦涛以初赛第一名的成绩进入决赛。在准备决赛的过程中，秦涛遇到很多难题，一时解决不了。首钢总公司工会又给秦涛介绍了首钢技校教数控的王军老师。

秦涛喜出望外，他利用休班的时间跑到北京，向王军老师请教。在总共不到两天的时间里，抓紧一切时间学习。在熟悉车床时，秦涛发现比赛用车床控制系统的形状补偿和磨耗补偿与自己常用的不同，为了抓住有限的时间解开这个扣儿，他连中午饭也没去吃。寂静的厂房里，只有秦涛一个人在那里反复思考、摸索。下午，当上班的人们走进厂房时，得知他午饭还没来得及吃时，大伙都很惊讶。一位不知姓名的老师不言不语地出去后，给秦涛买回来几个包子。

在王军老师的帮助下，秦涛解决了很多疑惑。直到今天，他经常用的宏程序编制，就是跟王老师学的，他把王军老师尊称为“导师”。秦涛时常打电话向王军老师请教。王军老师谈起秦涛时说：“‘这家伙’在学习上比较‘轴’，遇到问题不搞明白不罢休。”

凭着勤学苦练，在短时间内，秦涛的数控车床应用技术有了很大程度的提高，在第一届北京市数控车床决赛上，秦涛取得了第15名的成绩。这对于一个基础薄弱、主要靠自学的车工来说，成绩已经不错了。可是，秦涛觉得不理想。

做己所爱，爱己所做。在第一届北京数控车床大赛之后，组织单位出了两本《数控操作题解》，怀着对车床满腔的热爱，秦涛把它们当成了宝贝。每天下班后，饭筷一放，不顾苦累就捧起这部“宝典”来读。“想当一个技术高的工人，就得天天咬牙坚持学本领长知识，一时一刻也不能懈怠，这样才会取得成功。”秦涛说。

2007年8月，秦涛参加了北京市第二届职工技能大赛。这是一场高手对决、代表北京市数控车床操作顶级水平的比赛，所要加工的部件多是外形奇特、几何要素复杂、材质刚性程度不一、加工难度超乎寻常。经过六七个小时的紧张角逐，秦涛获得了本届大赛的冠军。在外人看来，此刻秦涛只管享受赞美和喜悦就可以了，但他心里却藏着一个遗憾——决赛中他还有一道题没做完。

比赛结束后，秦涛住在招待所，一夜没睡安稳。在比赛争得第一的兴奋里，还掺杂着些许遗憾，他一直在想，我的那道题到底错在哪儿？第二天一大早，秦涛就出发赶往前一天的比赛地点——坐落在东南五环的工业技师学院，学院领导对秦涛这种好学的精神很是尊重，专门派了一位学生陪着秦涛到前一天用的那台车床前，打开设备查找错误原因。经过一番仔细的查找，最终确定了问题是编程中的两个符号写错了。修改完程序，装上工件走了一遍，这次对了。秦涛舒了一口气，心里踏实多了。

秦涛不会放过任何一个可以学习提高的机会。在查找错误的时候，他还把自己不懂的问题向陪同他的那位同学请教。秦涛说："那位小同学也是我的老师。"

秦涛（右）获得冠军奖杯时与技能专家评委合影

2007年11月28日，北京市第二届职工数控技能大赛总结表彰大会。

站在领奖台上，秦涛把奖杯高高举过头顶。

这奖杯，昭示着社会对一名学习型、知识型工人的肯定和赞誉。

按照大赛规定，秦涛将获得"首都劳动奖章"并直接晋升为高级技师。

秦涛接受了“千龙网”的直播采访。主持人请秦涛谈谈获奖感言。秦涛很谦虚地回答：“我对数控感兴趣，厂领导和工会部门对我非常重视，给了很大的支持。”

“千龙网”直播采访的同时滚动字幕显示：高级数控车工年薪10万元也很难求。

大赛给秦涛带来了荣誉和名誉，有人劝秦涛“跳槽”。秦涛说：“机械厂给我创造了很多出去学习的机会，我才有这样的成绩，我不能忘记这些，外面给钱多就一走了之，这事咱做不到，这是做人的原则。”

驾驭知识技能、超越知识技能之上的一定是品格的力量。

秦涛（右三）接受“千龙网”采访

刀尖上的技艺

秦涛说：“参与各类产品的攻关是我最大的荣耀，看到我们的产品得到用户的认可，是我最大的愿望。”这些年，凭得一手精湛的车床技术，秦涛解决了数不清的产品加工难题。

在机加工生产中，经常遇到复杂的、意想不到的难题。机械厂6.3米立车是数控车床，一次在加工大型卷扬的过程中出现卡壳，这个外径为1987mm、长度为2200mm、材质为铸铁的大型卷扬，要求在外圆上加工出导程为96mm、具有完整21圈的半圆形双线螺旋槽。由于6.3米立车滑枕的行程不足2米，不能满足21圈完整螺旋槽的加工要求，为此只能采取倒面接刀加工。但盲头螺纹不允许出现退刀槽，所以不能像普通车床那样从外向里扎着挑扣，这在编制数控程序中可是一个大难点。秦涛最后经过攻关，采用倒面接刀法，选用圆弧刀，用包络法，顺利完成了卷扬加工任务，创经济效益6万元。

“秦师傅就是太爱钻了！”这是同事们对秦涛普遍的评价。轴销套类零件是机加工常规备件，如何保证中心孔加工精度是个难点，加工数量一多，反复划线、装卡浪费时间不说，还容易出现尺寸误差，出现吃刀过大、打刀或吃不着刀的现象。针对这一问题，秦涛制作了专用工装，既不用划线，又不用频繁拆卸卡盘，提高了劳动效率，减轻了劳动强度。此后，他还利用学到的知识，自编程序，攻克了球面加工易变形、报废的难题，解决了烧结机喷油嘴的加工难题，年创效益8万余元。

秦涛在加工零件

而让秦涛至今仍倍感自豪的是在2007年。迁钢2160轧机安装项目进行到关键时刻，从德国进口的轧辊端头安装不上，外国专家一口咬定备件没有问题。迁钢设备处请求机械厂给予技术支援。备件几何精度高，很难进行检测和修理，这可怎么办？这洋设备可不好弄啊！一时间大家犯了难。“洋设备，咱怕啥，我来试试。”为了不耽误轧机安装，秦涛带着检验人员说干就干。“起初，外国专家有点儿不相信我们的检测能力，始终在现场观察检测过程，但等我们多次检测完后，查找出了质量问题，确认是端头的两块立板对称度和两孔的同轴度均超差，超出技术要求0.06mm，两处内孔尺寸也小，才导致现场安装不上。”德国专家被中国团队精湛的技术和严细的工作精神所折服，最终承认此备件有问题，还通过翻译告诉秦涛应该使用陶瓷刀加工修复备件。经过充分准备，秦涛按照德国专家的指点，用陶瓷刀加工修复好了此备件，轧机安装顺利进行。

2010 年，随着对数控车床技术的掌握，秦涛开始对各传统加工工艺进行改良。蜗杆是机加工分厂常规产品，属于螺旋结构。利用普通车床加工，不仅对刀困难、效率较低，而且要求操作人员具有较高的技能水平。为此，秦涛开始研究采用数控车床加工此工件。从毛坯到蜗杆的牙型成型加工余量较大，对于数控编程也是一大难题，最初秦涛用宏程序编写，但时间一久，他发现利用这种宏程序计算步骤多，编写麻烦耗时，而且局限性较大，适用范围窄。“如何才能更快更好的完成此项工作，最大限度发挥数控车床的优势”。秦涛进一步对该程序进行优化，经过两个昼夜的钻研，他编写出了一个新的蜗杆加工数控程序，经试验，每次调整程序的时间较短，做到了通用性好、方便、快捷，节省了系统的存储空间，加工效率比原程序提高了 40% 以上，比普通车床更具有能够快速进退刀、吃刀均匀有序、角度准确等诸多优势。在随后研究试验中，秦涛又发现该程序既适合各种蜗杆的加工，也适合牙型是直线型的、对称的、各种角度的内外螺纹的粗精加工，具有广泛的应用价值，此后该程序一直在机械厂推广使用。

“敢立潮头竞风流，于无声处听涛声。”不断迎接挑战、不断超越自我的秦涛，通过十几年的努力，积累了理论知识，丰富了实践经验，增长了聪明才干，练就了过硬本领。此后，他先后对 10 余个数控程序进行了改进，不但保证了产品质量，而且大大提高了加工效率。

传道有术，育人有方

俗语说：“一枝独秀不是春，百花齐放春满园”。2007 年，机械厂机加工分厂以秦涛名字命名的学习室成立。面对学习室的成立，秦涛坦言：“以前是我自己爱研究琢磨，那是个人的兴趣和追求，现在大不一样了，我们有一个团队，有一个众多优秀的设计制作好手组成的集体，学习室的成员每人都有很多的闪光点，大家相互学习。”秦涛带着学习团队成员积极开展工作，从开发市场到改进工艺，设计专用工装，成员之间紧密协作，充分发挥团队的积极性、主动性和创造性，解决了球磨机筒体、破碎机躯体球面加工等技术难题百余项，创效益千万元。

然而，让秦涛心生要更好地把技能传给更多年轻人的心思，还得从一件事说起。一次，矿业电视台到机械厂拍摄一组数控机床加工的镜头，需要将立车的卡盘转动起来。秦涛说：“当时正赶上我在北京出差，在场的青工只会用点动转车，将卡盘主轴连续转动起来都不会，结果镜头也没拍成。我回来听说后，心里挺不是滋味。”也就是从这以后，当走进机械厂机加工厂房，在一台台运转的机床前，时常会看见一个忙碌又熟悉的身影，他在完成自己工作量之余，一会儿来到 1.6 米立车前向操作者讲解工艺，一会儿来到数控车床边向操作者传授经验，针对日常加工操作中的难点、重点，秦涛进行“点对点、线对线、面对面”的培训帮扶，不断提升青工的综合素质。“秦师傅一上午的传授，比自己琢磨好几天学到的技巧都要多……”受教青工这样说道。作为数控车床方面的操作能手，秦涛更重视对青工数控操作方面的培养，“编程、排刀、刀具调整”，秦涛认真做好数控车床技术的“传、帮、带”，力争影响一批、带动一片，产生合力、形成氛围。

秦涛（右二）在现场指导青工

2013年8月16日，在由首钢总公司工资部、首钢培训中心、首钢技术研究院联合主办的“首钢高技能人才现场暨首席技师工作室挂牌仪式”中，以秦涛命名的矿业公司第一个北京市级首席技师工作室挂牌。本次授予的矿业公司北京市级首席技师工作室，是国家及首钢总公司对矿业公司技能人才建设的肯定，也是秦涛多年来在技术传承工作上努力的结果。荣誉、鲜花、掌声接踵而来……而这一切都没有让秦涛停下前行的脚步。

秦涛创新工作室被授予北京市首席技师工作室

曾有这样一句话：“没有完美的个人，只有完美的团队”。秦涛带着团队成员用行动做了最好的诠释。2014年，机械厂机加工分厂负责北京凯特破碎机有限公司G465圆锥躯体加工任务，任务下来后，摆在分厂面前的是紧张的工期和首次制作毫无经验等系列难题。秦涛回忆说：“当时不发愁是假的，但既然接下了这个任务，我是团队的负责人，就必须带领团队成员往前走！”为此，秦涛带着大家反复推敲、论证加工方案的可行性，最终制定了合理的工艺方案，项目顺利开工了。但加工过程中新问题又出现了，由于工件结构的复杂性，普通刀具根本无法加工到位。“既然传统方法不能满足加工需求，那咱们就打破常规。”秦涛和团队成员一起开展刀具攻关，用CAD绘图测量加工死角的角度位置，改变以往刀杆形状，制作专用刀杆，为车刀达到加工范围提供条件。同时，根据刀杆角度制作球面专用车刀，保证球面加工精度要求的同时使刀杆在死角外部区域活动自如，此刀杆与车刀的密切配合，保证了用户对产品质量的要求。项目的成功完成，赢得用户好评，实现产值12.58万元，扩大了机械厂外部市场份额，同时也为分厂在刀具的研究方面拓宽了思路。

2016 年，由于矿业公司实施转型提效政策，机械厂机加工分厂面临着结构性缺员，青工群体成了生产主力，但青工们工作经验少、技术水平低。如何缩小新老人员间的“技术代差”，一时间成为分厂亟待解决的难题。这时，早已是分厂职能组技术人员的秦涛看在眼里、急在心上，主动请缨选择转岗，从职能组到生产一线亲自指导青工们学技术。

脱下一身“黑衣服”，穿上“蓝衣服”、劳保鞋。就这样，秦涛从办公室转岗到了生产现场，在干好自己本职车工岗位的同时兼职成为一名现场培训师。为了尽快缩短转岗青工的岗位“磨合期”，从机床操作面板使用到刀叉开关再到机床部位检查，秦师傅对转岗青工一一耐心讲解着，只要青工有难题，他就会第一时间出现，秦涛这样说：“一滴水，只有放进大海里才能永远不干；一个人，只有当他把自己和整体融合在一起的时候，才能有力量。”而现在，他的愿望是要把更好的技能传授给更多的年轻人，薪火相承……

“心在一艺，其艺必工；心在一职，其职必举”。正是因为专注执着，秦涛让原本平凡的生命焕发出耀眼的光芒。朝随初阳，夜伴星光。现在的他仍坚守在自己擅长的一线车工岗位，或许在他的心中，与车床相伴是他的追求，无关平凡伟大；在车床边坚守是他的责任，无关寂寞繁华！

孙立周与矿车这30年

李　洁

匠人心语

把单一的事情重复做、用心做，便水到渠成有了技巧；将技巧“玩转”到极致后，便自然而然地实现了从专业到专家的华丽转身。孙立周从矿车修理工到博士生协助指导教师，每一滴汗水都映射出他勇于创新的影像；每一步脚印都记录下他不断进取的轨迹。与矿车相伴30载，半生的心血流向矿车的心脏，只为听到经久不息的轰鸣声。

2007年夏，会议室里，由北科大、重汽公司、首钢水厂铁矿等单位召开的170吨大型矿车设计方案听证会上，CAD图一张一张不断切换……

“我谈谈我的看法，这种矿车从设计上讲，应该与我矿采场环境、道路情况和生产任务等应用实际相符合，减速器行星齿轮系、轮马达毂、轮马达减速器壳体上的二列行星齿轮轴孔等必须进行改进……”一个语速较快，但声音洪亮的青年人在台上对照一幅幅大型矿车设计图滔滔不绝，台下北科大十余名设计人员频频点头表示赞同。会后，北科大张文明教授由衷地感叹，连说：“没想到，没想到，用户竟能提出应该由设计部门研究考虑的建议来！”

这位令北科大教授赞叹的“用户”，就是时任首钢水厂铁矿机动科科长孙立周。从矿车修理工到机动科科长，再到重汽公司副总经理，30年职业生涯，从维修到改造，从使用到设计，孙立周这个名字早已与矿车的每一部分难解难分。他曾多次荣获两级公司先进工作者和优秀党员荣誉称号；2000年获得了北京市总工会优秀合理化建议一等奖；2007年被首钢总公司评为“能工巧匠”，并被破格聘为北京科技大学车辆工程专业博士研究生协助指导教师。

外文说明书“收藏家”

让我们把时间轴转回到20世纪80年代。当时的孙立周，正在河北省唐海县的老家上高中。由于感到英语晦涩难懂，他经常翘课和一位博学的老爷爷学日语。“也许是出于兴趣，也许是出于好奇心，总之我掌握得很快，高中三年的英语课，我竟然用来学会了日语。”孙立周回忆起这段往事，也不禁莞尔。高中毕业后，孙立周一心想着报名参军，年轻人的心思就像飞驰的火车头，总是很急切地奔向下一个景色。在等待入伍考核的日子里，他参与了一件大事，从此使他真正颠覆了外语“晦涩无用”的观念。

他的家乡从日本引进了一种先进水稻种植技术，需要接受日本技术人员的现场指导。当时，急需一位懂日语的人与之接洽，孙立周便毛遂自荐，充当了整个指导过程的口语翻译员。在大家的交口称赞中，他第一次感受到了语言交流在人们衣食住行中的重要性。由于一些客观因素，他没能通过入伍考核，但却顺利通过了首钢矿山技校考试，成为电动轮专业的学生。由于技校的英语课完全承接高中课程，他无法跟上进度，但日语翻译的经历给他带来了强大的学习动力。他从英语最基本的知识点开始，利用课余时间自学，逐渐超前了课程进度。技校毕业后，他已经达到被校长劝说留校任教的水平。

也许矿山注定会失去一位英语教师，而得到一位内燃专家。1987年，孙立周毕业后，拒绝了留校任教的机会，而选择成为水厂铁矿的一名矿车修理工。

20世纪80年代，随着矿山引进美国二手大型采矿设备，电动轮矿车无论是在吨位还是性能上都优势明显，这也标志着矿山采矿设备大型化发展的必然趋势。而孙立周所学的矿山技校电动轮专业，如今看来可以算是定向培养，他注定要在这个新的领域里有一番大的作为。

这个血气方刚、对未来有着美好憧憬和幻想的小伙子，立志要成为矿车修理队伍里的一名技术能手。可上岗后他发现，日常检修中有相当一部分工作竟然仅凭借老师傅的经验解决，因为电动轮矿车都是进口设备，所有资料全部都是英文。孙立周虽然有英语功底，但面对那些专业性极强的设备说明书，也不得不从头开始。为了不使那些说明书摆在工具箱里蒙尘，他开始听录音机学习英语。每天除了吃饭、睡觉，剩余时间都在忘情地听语音、背单词。同时他尽可能地收集各种进口设备的备件说明书，甚至包装箱、装箱单上的英文单词，以及备件上打的英文缩略标记也不放过。

后来，孙立周又开始研究俄语。当时的奖金核算依据是“工时制”，即根据职工每班的工作量来打分，每月底根据分数分配奖金。但是，像领物料、零件这样的非维修工作是不计入工时的，大家都不愿“做无用功”，孙立周却抢着干，因为这样他就可以在第一时间拿到设备使用说明书。总之，厂里进口哪个国家的内燃设备，孙立周就学哪个国家的语言，以便研读那些外文说明书。同事们发现了他这个“爱好”，便主动将说明书留给他。孙立周在矿车修理班工作七年，说明书放满了工具箱，学习笔记也攒了几十本。最后，对于内燃专业的外文术语，他已经熟悉到了能笔译翻译资料、与外方人员交流自如的程度。130吨电动轮引进之初，与白俄罗斯重型汽车制造厂派驻人员的技术交流都是由孙立周完成的，他流利的对话和准确的表述都让外方人员竖起大拇指。

痴迷矿车技艺研究

虽然在技校学习的就是电动轮专业，但毕竟理论与实际相差太远。孙立周刚开始接触矿车时，也是感到手足无措。为了能熟练记住矿车各个组件的位置，孙立周每天都仔细看着老师傅们如何拆装总成，并默记于心。平时只要是有时间，他就将矿车上换下来的废件反复地拆装，一遍、两遍、三遍……直到完全能够熟练拆装才结束。就这样，孙立周很快就对矿车的每个总成、每个零件都了如指掌。由于对矿车修理技艺的不断研习，使得孙立周快速成长，开始担任汽运修理班的班长。

孙立周在检查矿车

1994年6月，水厂铁矿开始引进77吨矿车。该车原设计是日本技术，由本溪重型汽车制造厂生产，其核心技术就是Allison（艾里逊）变速箱自动控制原理。时至1996年，水厂铁矿还不能独立维修变速箱，故障及总成修理全由本重和Allison维修中心承担。由于技术封锁，水厂铁矿在这方面一直不能摆脱对外部的依赖，因此增加了很多外委费用。孙立周暗下决心一定要过这一关。但冲破封锁谈何容易？他只能利用与厂方技术人员的零星接触机会探听端倪。每当技术人员来矿进行维修或是接收返厂故障件时，孙立周都会在旁边仔细地观看，心中默默熟记每个零部件的功用，回去后再细细揣摩。结合自己对矿车变速箱的了解，逐渐地，他掌握了77吨矿车变速箱修理技术，并于1996年8月独立承修第一台变速箱。一台变速箱有千余种零部件，孙立周却如数家珍。用孙立周自己的话讲："修理车辆故障的前提是脑子里要有一个清晰的立体感图像，各个部件所处的位置，怎么安装，油路、电路如何走等，要十分的清楚。"

一次，驻矿山的厂家技术人员在维修一台变速箱时，中规中矩，将几百个零部件对照说明书一个个地拆解、分类摆好，唯恐弄乱弄错，依照这样的速度，至少需要一周的时间才能维修好一台变速箱，而且是在不发生错装的情况下。这在孙立周看来，慢工也不保证能出细活儿。作为修理班班长，为了保证矿车尽快上路，他带领班组同事们积极参战，凭着多年积累的实践经验和对矿车各个零部件的了解，他准备好油盆，将变速箱零件一个个拆下来放入盆中清洗。最后回装变速箱时，从油盆中捞出零部件，捞出哪个就装回哪个，又快又准，两天就完成了一台变速箱的检修。厂方技术人员看到这一幕，惊呆了说："我们去过中国那么多的矿车使用单位，还没见过你们这么快拆装变速箱的。你们的记忆力真好，真的很了不起！"

不是孙立周的记忆力好，而是他在工作中非常用心。每干一项工作他都会做好记录，今天矿车出现了什么问题，是什么原因造成的，如何处理等，一页页的维修记录都清楚印证了他的专注与敬业，也逐步积累了丰富的实践经验。他就是这样把单一的事情重复做、认真做，便水到渠成有了技巧。

丰富的专业知识，加上大量的实践，使得孙立周的技术水平趋于成熟，各种矿车问题处理起来得心应手。一次，本重技术人员修理77吨连档问题，连续拆卸了几次变速箱也没能找到问题的症结，眼看该车已经停了4天4夜，怎么办？正在大家一筹莫展时，外出回来的孙立周赶到现场。他认真查看了该车变速箱各部件，心中就明白了一半儿。他胸有成竹地对本重技术人员说："把竖阀拆下来！""我们拆了好多次了，不是这里的问题。"本重人员很肯定地说。“你就拆吧。”总在一起打交道的本重技术人员看孙立周如此坚持，就照办将变速箱上的竖阀拆了下来，孙立周拿着这些阀对着阳光一照，说：“拿个大头针来。”孙立周拿着大头针细心将每个阀上细细的小孔一一进行清理，用氮气吹了吹，然后清洗干净，要求本重技术人员回装试车。果然一次试验成功，连档问题解决了！本重技术人员连声说：“你们的内燃专家真是‘牛’。”

初探矿车国产化之路

2004年，孙立周担任水厂铁矿机动科科长。也是从这一年开始，随着矿山不断发展，更大型的进口矿车陆续进入水厂铁矿，其电控部分也日益复杂，厂方的技术屏蔽程度也越来越高。他意识到，仅仅了解机械部分已经很难驾驭这些新型矿车了。他陆续自学了矿用汽车发动机设计理论、发动机增压技术、自动挡变速箱工作原理等多方面的专业知识。多年来，孙立周从未放松过对国内外矿车技术性能的了解与掌握，他的办公室里到处充满着矿车元素，就连电脑桌面都是大型矿车图片。有人问孙立周：“你看那么多外国资料有用吗？我们这里没有这些设备，能用得上吗？”孙立周回答说：“当然有用，这么多国外设备原理都是大同小异，完全可以借鉴过来。另外，还可以开拓思路。”在孙立周的笔记本电脑里，储存着国内外各种设备资料和检测软件，随时可以调出来进行故障检测、参数对比和参考。他曾开玩笑地说：“这个笔记本，就是给我20万我也不卖！”

从安装零部件到自主排除故障点并不是让孙立周满足的目标，也许在他心里，很早就有了制造国产矿车的愿景，只是时机未到。他逐渐参与到重型汽车革新改造工作中去，建议还多次被制造厂家采纳。

随着77吨矿车的投入使用，孙立周先后对该车型的发动机排烟道和变速箱取力器进行改造，还曾因此获得北京市总工会合理化建议一等奖。此后，孙立周带领大家完成了85吨矿车牵引座改造、130吨矿车电动机改造等。还利用数模知识，形成了《BELAZ75131电动轮牵引电机增容数模研究与应用》数模。据统计，仅2006年孙立周就先后提出并组织实施技术革新改造70余项，取得经济效益100余万元。通过孙立周与大家共同努力，车辆完好率也由原来的78.63%提高到97%以上。

孙立周（中间）带领团队进行课题攻关

孙立周长期与矿车司机打交道，深知他们需要什么。水厂铁矿的矿车基本都是国外进口，中文资料少之又少。而这么多司机，限于知识水平和实际情况，又有多少人能达到他这种钻研的程度？为维护这些进口矿车，他萌发了将这些说明书逐一翻译过来的想法。

在翻译工作开始前，孙立周从一位中国农业大学退休教授那里了解到，翻译此说明书需要5万元的报酬。他深深感慨于知识的价值，也坚定了独立完成的信心。他给自己的时间是在半年内，全部翻译完130吨电动轮的说明书。厂方技术服务工程师谢尔盖给他安装了一套英、俄、法、意、西、德六国语言互译软件，他如获至宝。工作间隙，哪怕有10分钟的时间，他也会坐在电脑前对照说明书进行翻译。别人午休时，他在翻译；别人喝茶谈天时，他在翻译；下班回到家里，他继续翻译到深夜。功夫不负有心人。不到一个月，近5万字的电器保养部分就被他全部翻译出来了。那位老教授看了孙立周翻译好的中文说明书不禁说道："小孙啊，你可是断了一些人的大财路啊。"自此，他的翻译工作更加得心应手，按照自己的时间表，他提前完成了全部130吨电动轮说明书的翻译工作。当时，机动科有几位毕业于内燃专业院校的大学生，对内燃专业的外文术语进行过非常系统的学习，但面对这些矿车说明书，也表示压力很大。有一位2003年入厂的实习生负责翻译零部件时怎么也达不到准确性，孙立周随手拿起笔，边阅读原文边在纸上写下中文，不到一个小时，就翻译了1000多个零部件的单词，令这位科班出身的年轻人钦佩不已。他前后花费了近400个日日夜夜，一边自学俄语，一边对130吨电动轮的所有随车资料进行整理，先后编辑出版了《130吨电动轮矿车司机操作手册》《130吨电动轮矿车使用维修手册》，分发给汽运作业区每名矿车司机时，深受大家的好评。用司机们的话讲："太需要了！"

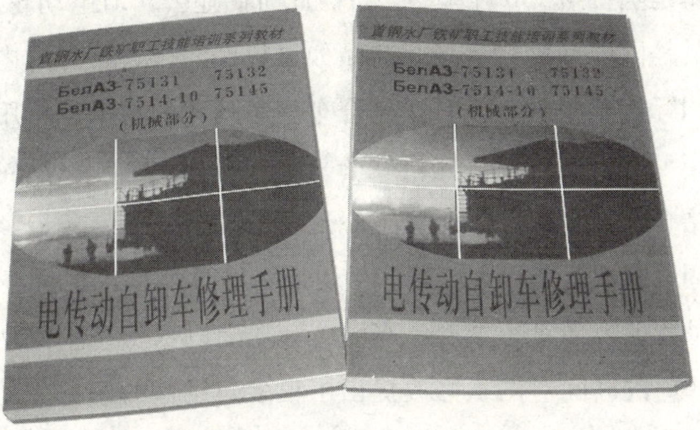

孙立周翻译的电传动自卸车修理手册

孙立周并没有沉浸在翻译工作初试有成的喜悦中，而是在心中描画了一个更宏大的蓝图。当时，水厂铁矿推行标准化操作，孙立周提出："原厂的说明书中，对设备的操作、零件更换和常见故障都有最详细的操作规程。因此，最标准的操作，就是应该按照原厂说明书的要求去操作。"他举了一个例子，比如说换下一个螺丝，如果按照我们常规的做法，卸不下来的时候不得已进行暴力拆卸，最后拆下来了，螺丝也不能用了。但在原厂的说明书上写得明明白白：每次安装或拆卸前先加热，装好后再冷却。但是大多数人因为不会读外文说明书，就耽误了很多事情。他提议，组织一些近几年入厂的大学生，成立一个进口设备说明书的翻译小组。当时的水厂铁矿领导非常支持他，但是刚刚把这个翻译小组成立起来，孙立周就接到了去重汽公司任命的通知。遗憾之余，他坚定地走上了矿车自主研发的道路。

成为真正的“造车人”

孙立周被调往的重汽公司，当时全称“北京首钢重型汽车制造股份有限公司”，在此之前已成功研发了30吨级、42吨级、55吨级矿车，全部为真正的“中国制造”、“首钢制造”。2007年，为适应矿用汽车产品向大型化、系列化、规模化方向发展，重汽公司开始着手研制电动轮矿车。当时矿山所用的电动轮矿车是别拉斯130吨车型。虽然此时矿业公司对电动轮的需求不大，但重汽瞄准的是国内和国际市场，产品如果想面向社会，与国内同行业齐头并进，入围国际汽车平台，就必须符合车型系列化的要求，给用户提供多种可选的系列车型。重汽公司首先研发的是150吨和170吨电动轮矿车，并提出产学研相结合，与北京科技大学合作研发电动轮矿车。

让孙立周一跃成为北科大“博士生协助指导教师”的机会，就源于2007年夏天的电动轮研发图纸审核会。当时，孙立周以水厂铁矿机动科科长的身份，用一个小时的时间对图纸修改提出了很多建设性的意见，北科大领导听后非常钦佩。后来通过交谈和了解，北科大决定破格聘请孙立周为“博士生协助指导教师”，并举行了一个聘请仪式，分配了四位博士生跟他一同学习研发电动轮矿车。2008年，为充实重汽技术队伍、加快产品研发，矿业公司研究决定调孙立周任重汽公司副总经理。

此时的孙立周虽然走上了领导岗位，但他依然不忘初心，坚守着他的矿车制造梦。在参与新型170吨矿车设计的时候，孙立周发现设计成稿中关于刹车部分的缺陷，心急如焚。他连续加班几天几夜赶出了矿车设计缺陷材料30多页，并画上图纸，送到当时矿业公司领导手里。公司领导仔细看后，要求重新对设计方案进行修改优化，否则将不允许购买此产品。由于此事件的影响，很多人都担心孙立周将他的两个“东家”都得罪了。但孙立周依然如故，继续追求着他心中最完美的重型矿车。公司领导对他的敬业精神给予了肯定，给予他最有力的支持，北科大设计院院长也对他的专业水平表示了非常的信任。

孙立周进行矿车资料研究

经过全体人员的共同努力，SGE170 型、SGE150 型矿车分别于 2009 年和 2010 年通过中国冶金矿山企业协会的鉴定，填补了国内 170 吨级和 150 吨级电传动矿用自卸汽车的空白，具有我国自主知识产权，达到国内领先水平。与此同时，首钢重汽产品销售也进入了巅峰。2008～2010 年，重汽矿车产品占国内市场份额 10%左右。同时还将产品卖到朝鲜、俄罗斯、哈萨克斯坦、越南、秘鲁等国，真正实现了将首钢生产的重型汽车民族品牌推向世界的目标。

此后，为实现“大型矿车系列化”目标，孙立周争取到了 190 吨和 240 吨矿车的独立设计权。设计 190 吨矿车时，没有任何外来技术和理论支持，更没有任何成功经验可以借鉴。孙立周便将目光直接投向国际上最顶尖的设计。他利用出国考察的机会，对工程机械展览的车型进行研究。当他看到国际矿车领头品牌——利勃海尔公司的矿车时，便定下了自己的目标。但车展规定不允许靠近观察，孙立周就从各个角度拍摄了很多照片，带回来仔细研究。当然，仅凭几张照片肯定是不能破解其设计理念的。但孙立周已经将日本、德国的各类吨位矿车资料搜集得十分全面。他发现，矿车的核心功能部件如制动、提升、转向等都不是利勃海尔公司的专利，而是经过严密计算之后选择外购备件去组装。“人家能选，咱也能啊。”孙立周笃定地说。他花了 2700 元人民币委托国外矿车代理商购买了一套国际通用的矿车设计手册，克服了重重障碍，成功做好了 190 吨矿车设计大纲。190 吨矿车研发成功。

2012年，孙立周趁热打铁，又带领重汽设计组装了240吨级重型矿车，经过升级改造，实现了自动灭火、自动润滑、自动熄火保压。由于将启动方式由汽启动改为电启动，免去了水桶排污程序，更加环保经济。孙立周粗略算来："从水厂铁矿西排跑到东排，仅一趟减速能省下3公斤油呢!"当年，公司请来12位专家组成评审团对240吨矿车进行验收，仅在安全性能上，当时的标准是矿车熄火10分钟系统维持8个大气压。经实验，熄火半小时后系统还能维持10个大气压。这意味着矿车的紧急转向和制动都能在熄火后从容操作，大大提升了司机和车辆的安全系数。此车型于2016年8月试运行成功，这是国产矿车中的又一壮举!

重汽公司生产的190吨矿车

从一名汽车修理工，到内燃专家，再到首钢矿车制造行业的领军人，孙立周把最本真的热情与执着附着在每个他所历经的岗位上，把一颗心诚挚地献给自己最热爱的矿车事业。假如仅言技术，每个人都有可能被他人超越，唯有最纯粹的热爱才难能可贵。

手捧童年　静候花开

——记首钢矿业中心小学年级组长、学科带头人冯雪平

隋德权

匠人心语

如果说耕耘是一种财富，她应该是最富有的人。在冯雪平的眼中，每一位学生都是花期不同的花蕾，25 年的小学教育生涯，她用诗意的手法悉心的浇灌，让每朵“鲜花”悄然盛开。如果说小学教育是人生基础的底色，她甘心做一名调色师，用心灵和智慧陪伴孩子最美的童年，描绘精彩的人生开篇。

冯雪平，现首钢矿业中心小学班主任、语数教师、年级组长、学科带头人。25 年的基础教育职业生涯中，她坚守朴素的教育情怀，兢兢业业，诲人不倦，无论是教学成绩还是教育管理、教育研究，各项工作始终保持观念领先、业绩领先，用爱和奉献谱写了矿山小学教育战线上一名普通教师的美丽诗篇。她的弟子虽不及三千，但出类拔萃的大有人在，或成为初中年级的佼佼者，或考取北京市重点高中，或成为重点大学的研究生，或担任国外孔子学院汉语教师。

作为目前矿山小学学段唯一一名拥有高级语文职称的教师，她的人生履历耀眼夺目：2002 年获得“全国第四届语文教师范文写作比赛三等奖”；2005 年获得“全国语文教师语言文字基本功大赛三等奖”；2014 年获得北京市“首都特色优质原创课程辅助资源活动三等奖”；参加北京市石景山区级教育研究，取得一等奖成果 6 项、其他等级成果 40 余项。本人多次被评选为北京市石景山区先进工作者、优秀班主任和优秀辅导员等荣誉称号。

厚积薄发　潜心语文教学研究

“校长，冯老师的文章又获得区里的一等奖啦！”老师们常常这样向校长报喜。是什么力量让一个原始学历并不高的语文教师在教育人生中不断出彩？在冯雪平身上，我们可以深切感受到一位教师对教育事业的执着追求和热爱。

1989 年，初中毕业的冯雪平以优异成绩考取了北京通县师范学校。毕业之际，与她同水平的中师同学纷纷被推荐上了大学或大专。因为是定向代培生，她失去了继续深造的机会。走上工作岗位后，她越来越感到自己专业知识的贫乏，于是边工作边学习，于 1994 年顺利考上北京广播电视大学，并于 2001 年通过成人高考考上河北师范大学汉语言文学专业。3 年寒来暑往，她在河北师大系统学习了中文相关课程，自身素质得到飞快的提升。而今她凭着一股不服输的劲头，顺利取得了文学学士学位。

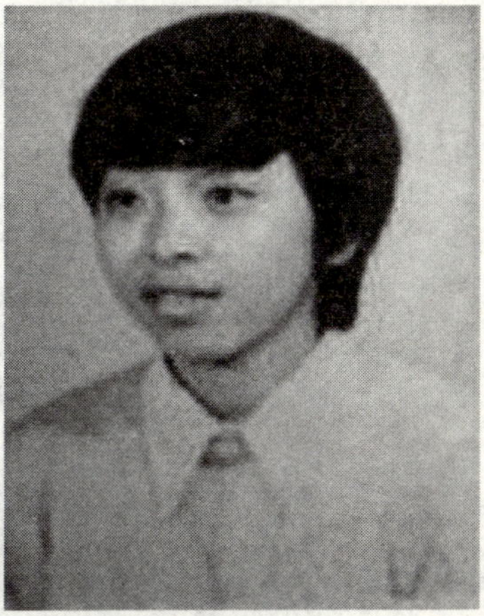
年轻时的冯雪平

一路奔跑，冯雪平的脚步从未停歇。她在不断丰富自我、完善自我，只为了将最好的教育献给孩子最初的人生阶段。

冯雪平的语文课，是孩子们感悟生活最好的课堂。她主张利用恰当的引导方式，激发学生的学习兴趣，让学生主动获取知识。例如在讲授《触摸春天》这一课时，孩子们对书中含义深刻的句子不能透彻理解，为了帮助他们理解课文，冯老师在课前布置了一项作业：请孩子们回家与家长做个蒙眼找物的游戏。通过学生的亲身实践，体会盲童安静对生活的热爱。在课上回答问题时，学生们回答问题都很积极。冯老师趁热打铁，告诉学生不仅要读懂课文的字面意思，还应该走进作者内心、感受句子更深一层的含义。她引导学生从大自然走进盲人安静心中的春天，研读安静拢住蝴蝶的语句，感受安静内心深处对春天、对生活、对生命的热爱，由此传递给学生对生命的尊重和热爱。

一位学生说："在我们幼小的童年里，冯老师会俯下身来与我们对话，潜移默化中带领我们学习知识。有一次，班上一个男生抓来了一只小刺猬，课间偷偷拿了出来，我们都围着小刺猬兴奋地观察着，有人甚至伸手玩弄一下。这时，冯老师走进了教室。大家一下安静了下来，气氛有些紧张。没想到冯老师看见小刺猬说，'唉呀，是只小刺猬啊，很可爱呀！大家都观察了小刺猬，可以写一篇关于小刺猬的小作文，好不好？'于是，我们都坐下来开始写作文，把刚刚的观察、嬉笑，都化作了文字，文思汩汩涌出。冯老师一篇篇读过去，现场点评每篇作文的优劣。而后，她拍拍抓刺猬的男生的头说，'这次你带来了小刺猬，给大家带来了好题材，可是小刺猬也有父母啊！让小刺猬和它的父母分离，是不是不好呢？把它放回大自然吧！'那个男生深深地点了点头。就这样，我们既与小刺猬有了一次'亲密接触'，又在发现中写出了对生活的观察和感悟。"

《逍遥游》云："且夫水之积也不厚，则其负大舟也无力。"冯老师倾注

课堂上的冯雪平

在课堂上的点点滴滴，都源于她对教学工作的一份热忱和一份思考。工作多年，冯雪平始终走在教学改革前沿，她认真备教材，从国家课程建设与管理的标准出发，基于学生成长特点和需要，采用贴近学生生活实际、思考习惯的方法，在养好习惯、指导方法、弘扬传统文化等方面运用多种教学策略进行持续改革实践，形成了一整套符合不同学段小学生成长需要的教学风格。2005年，子弟学校启动学习“洋思模式”教学改革，她成为首批达标教师，并执教15节示范课。她将教学经验及时总结归纳，先后撰写多篇论文，如“探究课改下小学生创新能力的培养”在石景山区教育学会第十二届年会中荣获一等奖；论文“关注教学细节，成就精彩课堂”在石景山区教育学会首钢矿业分会第三届年会优秀论文评比中荣获一等奖；论文“创设有效教学情境提高低年级学生学习活动质量”在石景山区“基础教育课程改革优秀课改论文”评选中荣获一等奖；论文“追求简单与高效的自然融合”在石景山区教育学会首钢矿业分会第八届年会优秀论文评比中荣获一等奖；论文“换个角度看学生”，在石景山区班主任论文评比中荣获一等奖。

北京市石景山区教研员杨红兵主任来校视导工作时曾给予冯老师高度评价：“她的课堂如春风化雨、和谐自然，学生在渐入佳境中走进文章，获得感悟，发展自我”。作为一名教师，能够给予学生的最有价值学习成果就是将学

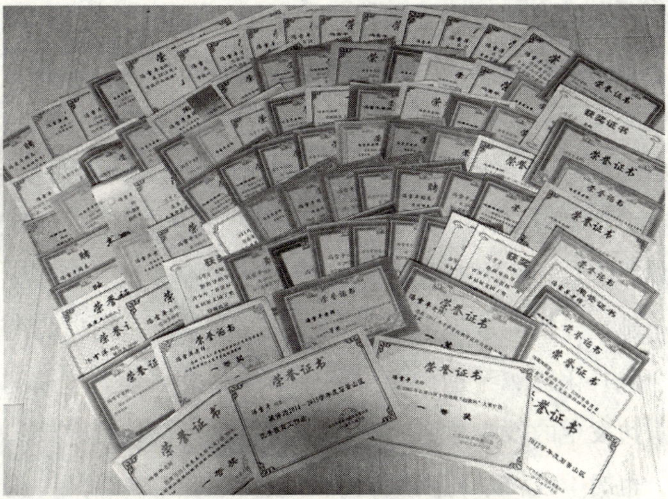

冯雪平获得丰硕的教育教学成果

冯雪平（左三）在洋思教学成果中获奖

习资源转化为对学生人生价值观念的引领，冯老师做到了，也正是因为冯老师对课堂教育的精益求精，近年来她在参与石景山区教育竞赛活动中屡屡获奖。获得石景山区小学教师“创新杯”大赛一等奖，在第八届、第九届石景山区教学设计及说课展示大赛中分别获得二等奖。

鼓励式教育　让爱留给童年最美好的回忆

教育家苏霍姆林斯基说过：“没有爱就没有教育，爱是教育的前提”。冯老师热爱学生，她的爱既像慈母又如严父，融入到学生学习生活中的点点滴滴，她日复一日的默默付出，用循循善诱的耐心和无微不至的关心为学生架起腾飞的桥梁。

冯老师始终坚持“学生第一”的初心理念，为了解决各种实际教育问题，她会购买教育书籍寻根问源。从教育原理上找，她反复学习《教育学》；从学生身心发展规律上找，她主动研究《心理学》；从学生成长环境上找，她走进学生家庭……她在寻找的过程中帮助一个又一个学生走出思想的阴霾，克服了一个又一个成长困惑，帮助一个又一个学生树立自信。这期间，她且行且思，不断将身边发生的教育故事整理出来，不仅对学校教育改革实践起到榜样引领作用，也对学校科学化发展提供了宝贵经验，一篇又一篇论文在石景山区、总校获奖。

学生进入高年级后，冯老师发现孩子们的“秘密”似乎多了起来，有些秘密孩子们不愿当着大家跟老师说，由此可能产生一系列心理问题，使孩子们无法专注学习。于是，冯老师的“心语小屋”建立起来了，孩子们用纸条或手机微信，向冯老师倾诉着自己的心语：“老师我怎么偏科啦，努力与成绩不成正比啊?”“老师，我的父母离婚了，我该怎么办?”“老师，为什么我和同学的关系不好呢?”……每当这时候，冯老师总会静静聆听，为他们进行心理疏导，帮他们排解心理困扰，孩子们也都把她当做母亲一样信任与依赖。她的爱是在孩子最需要的时候伸出的双手，是在孩子迷茫时给予的方法指点，是真诚的理解，是心灵的陪伴。一位孩子在微信里这样写道：“冯老师您是我们的后盾，我们全靠您支撑着，我们爱您。”有的家长给冯老师发信息写道：“我的孩子在您的教导下养成了好习惯，孩子上初中后，作为家长的我们特别省心……”“遇到您是孩子的福气，更是我们家长的福气……”这质朴的语言，流淌的是孩子们感恩的心，是家长们充分的肯定和信赖。

现在中国人民大学读研究生的某著名报社编辑武宏伟谈起冯老师感慨颇多：“现在想来，那时冯老师不过十八九岁，在我的印象中，她是个温柔善良的人。她身材苗条，脸白白的，很是美丽。当时又正在爱美的年纪，经常见她穿着不同的衣服。有时是火红的运动衫，有时是线条优美的连衣裙，还有一次竟然穿了当时很少有人穿的旗袍！我们一群小学生，都不约而同地将冯老师视为时尚偶像，把‘冯老师今天穿什么’作为一个有趣的谜题来猜测。记得当时，每次冯老师换了新衣，我们一群小学生便会在课间依偎在她身边，问这问那，有的人还会伸出小手来摸摸她的衣服，捋捋她的头发，她总是温然一笑，细声答着我们千奇百怪的问题。儿童‘狡猾’的本能让我们一点也不怕她，而且都很愿意亲近她。冯老师还很关心学生。记得四年级时，我的父母因为工作调动，长时间在外地，只留下我和姥姥在家。我将对父母的思念都化成了眼泪和作文。冯老师看了我的作文，把我叫到办公室，对我说，‘爸爸妈妈暂时离开你是为了给你创造更好的生活，不要着急，有事情还有老师呢！’我忍不住扑到她怀里哭了。冯老师用她温软的手拍着我的后背，轻轻说着，‘会好的！会好的！’她的安慰和爱心，温暖了一个孩子失落寂寥的心。”

冯雪平（中间）在第三中学附小教书时与毕业学生合影

现在北京航空航天大学就读、被保送到中国科学院继续攻读研究生的学生陈玉康这样回忆有冯老师的童年：“时隔十余载，我仍忘不了小学时冯老师对我学习态度和性格的塑造。她最先教给了我‘静’这个字。俗话说，‘三岁看八十’。小时候的我处在活泼与顽劣的临界点，很难静下心来去把知识学扎实。很多问题自以为是，不去细心思考。考试时马虎大意，可能在很多家长看来我已经输在了起跑线上。这时冯老师看出了我的心性，有一次和她放学一起回家时，她问我，‘马和骆驼谁跑得更快?’‘那自然是马。’‘那谁走得更远呢?’我答不上来。她接着说，‘当然是骆驼，因为马以为自己速度快，走走停停，而踏实沉稳有毅力的骆驼才能穿越浩瀚的沙漠。人也是如此，很多孩子像马一样活泼，却很难静心做事，往往被花花草草所迷，难成大器。’冯老师的话给我幼小的心灵很大触动。而且让我最为敬重的是，冯老师对待班上的每一个孩子都一样耐心关怀，不管是学习好坏的，听话还是淘气的，冯老师都会给予同等的关怀，能在需要雕琢的时光遇到一位这么好的老师，我是多么幸运。”

冯老师的第一届学生管琳，曾被公派到西班牙孔子学院担任汉语教师，她回忆冯老师时谈到："冯老师是我的小学班主任。在我的记忆里，她乌黑油亮的头发从中间分开，一双大眼睛在白里透红的脸庞上忽闪忽闪，说话的声音也婉转动听。我最记忆犹新的是冯老师多变的目光：我们犯错时，她的目光是严肃的；我们取得成绩时，她的目光是欣慰的；我们遇到困难时，她的目光是充满鼓励的。正是这多变的目光，在那些年成长的道路上时刻提醒着、呵护着、引导着我们。那时候，我是班里的学习委员，是个性格有些内向又敏感的孩子。在我的记忆里，冯老师没有批评过我，她更多的是给予我认可和表扬。那时候的我体会不到老师的良苦用心，长大后才明白，批评对于我这种性格的孩子无疑是雪上加霜，只会让我们在成长路上变得更胆怯、更自卑。而正是冯老师的鼓励式教育，让我逐渐成为一个自信的、有主见的人。"

采访中，管琳告诉笔者一个秘密。上小学的时候，她常常在家里没人时，把窗户玻璃当成黑板，把家具摆设当成学生，手拿课本、粉笔，端端正正地站着，模仿冯老师的样子，自问自答地上起课来。讲到兴奋之处，她还会在"黑板"上叮叮当当地书写一番，俨然一个小老师的模样。如今，她从国外回来在北京的一所国际学校任教，和冯老师一样做了一名语文教师。小时候的她，怎能想到十几年后的自己就站在班级里，手拿课本、粉笔，端端正正地站着，和班里天真烂漫的孩子们一起学习，一起欢笑，一起成长。

"上课!"

“起立！”

“同学们好！”

“老师您好！”

此时，管琳仿佛看见了站在同学之中的自己，恭恭敬敬的向冯老师鞠了一躬。

童年的经历也许会随着时间的流逝慢慢被淡忘，但它却会悄无声息地藏在每个人的潜意识里，不知不觉地渗透到每个人的性格之中，内化成人生的重要组成部分。童年就如同人生画卷的底色一般，不论走得多远，经历多少变迁，也不会消失。幸好，他们在天真烂漫的年纪里，遇到了擅长“绘画”的调色师冯雪平。

冯雪平与学生在一起

亦师亦友　团队中一张鲜活的教学名片

成为冯老师的学生是幸运的，成为她的同事伙伴也是幸运的。在她兼任的工作中，年级组长、教研员、学科带头人等职务，都兼顾团队建设任务。“大家不愿做的事我来做。”这是一次校长咨询冯老师教研组建设时，她说的一句话。在她组织的教育专题讲座或教研研讨活动中，她总是把自己在教育教学工作中的思考、做法详细道出，将平日里个人满意的教学设计、学习活动组织方案、教学资源等等分享给其他老师。针对低、中、高年级不同年龄段的学生，冯老师有意识地带领年级组老师因势利导地开展教学实践，将宝贵经验传授给大家。

冯雪平（左一）在组内开展教研活动

学生低年级时，冯老师结合低年级学生注意力时间短的特点，将课间操引入课堂。在欢快的乐曲中，孩子们动动小手和小脚后，又能精神饱满的投入到下一个学习环节。这一改革在学校推广后，为低年级课堂带来勃勃生机。同时，她还组织老师们研讨字源法识字，为低年级生字教学补充了新的教法。

学生中年级时，冯老师抓住小学生成长关键期，组织学科组教师有针对性的开展“小学中段计算教学中迁移能力的培养”、“中年级递进式主题教育”研讨，紧紧抓住小学生三四年级数学思维发展黄金期，组织老师们在课堂教学中，通过听、评、议课，找出帮助学生提升思维品质的学习组织策略。面对国家课改新任务，她带领年级组教师共同探究解决问题的方法，积极进行课改实践，充分发挥学生的主动性，把学习的过程交给学生，不断指导、点拨学生概括与表达的方法，使得整个年级数学成绩有大幅度提升，课堂呈现出妙语连珠、发言积极、自主学习劲头十足的良好面貌。

现中心小学六年级教师王艳霞说：“我是 2014 年任四年级班主任的，得以和冯雪平老师在一个年级组工作。在朝夕相处的日子里，感受到了冯老师睿智进取、为大家服务的精神。我们年级包括冯老师一共五位班主任，大家都普遍喜欢教数学。因此，相较于其他学科，数学教学合作得有声有色。这时候，语文方面的担子就压在了冯老师一人身上，她有敏锐的洞察力，总把平时课上出现的问题跟我们分享，即使去食堂吃饭，我们也会一路上讨论教学中出现的问题。一段时间，我们发现课堂上老师总是在牵着学生鼻子走，学生思维不活跃，不会主动学习，课堂效率不高。大家就探讨怎么能改变这种现状呢？在她的影响下，课前预习在我们年级组开始实行起来，数学预习模式很快讨论出来，而且成效显著。那么语文课前预习都预习什么？怎么实施？大家的目光不约而同投向冯老师，冯老师把自己的想法逐一跟大家沟通后带领大家实践。实施后新问题又来了，当时大家最怕别人来听课，因为第二课时是分析课文，内容充实好讲，但第一课时没有可讲的内容。冯老师看在眼里、急在心上，下班常常把资料带回家研读。不久，语文第一课时预习模式初稿形成了，她又把大家召集在一起讨论，就这样语文预习模式成型了。通过实践，效果良好，大家即使讲第一课时也不怕被听课了。冯老师在工作中，总是爱带着思考深入到同事中去，倾听大家的反映，捕捉老师们的意愿，从而使得各项决策和工作措施符合实际。她总能包容对待他人，最大限度发挥每个老师的长处，和这样的同事在一起，亦师亦友，我们感觉很舒服、快乐。”

冯雪平（中间左）在教学质量分析会上分享经验

学生进入高年级段，冯老师围绕“语文学科实践活动探讨”、“在预习基础上优化课堂问题设计”这两个主题组织同头老师探讨，大家集思广益，学科实践活动组织日渐成效。先后成功举办了年级“走进园博园”、“轻叩诗歌的大门”、“传统文化元宵节”等深受学生喜爱的活动。为了带领老师们一起加入语文教学，让孩子们爱上阅读，在中心小学“四类三层——习惯教育”课程框架指导下，在浓郁的校园书香文化影响下，作为年级组长的冯雪平与本组老师一起组织开展了丰富多彩的读书活动。例如：好书推荐活动、亲子共读“读后感”展览、读书卡比赛、读名著手抄报展等，引导学生走进阅读的海阔天空，让他们在书中与高尚交流、与智慧撞击，让每个孩子浸润在书香中，点燃学生阅读的兴趣，积淀学生的文化底蕴，成为学生成长的助推器。孩子们读得多了，语言和思维得到同步发展，就会把见闻感受自然的倾诉于笔端。在冯老师的指导下，她所带的年级在参加全国“1+1读写大赛”中有近百人获奖，在《语文导报》也经常能看到孩子们撰写的文章。

冯雪平（前排左二）被评为“书香教师”

一次次别开生面的展示，凝聚着集体的智慧和汗水。2016年，冯雪平所带的年级组被评为“优秀教研组”，而冯雪平也成为矿山中心小学教师群体中的一张鲜活的教学名片。

童年的一天天，就像冬日晌午晒进床榻上的阳光，温暖而缓慢，是记忆中最明媚的时光。从教师的角度看，冯雪平老师也是幸运的，她可以无限期地享受童年的天真、多彩、浪漫。在她的心底始终坚信：“每一个孩子都是一粒种子，她的热情和爱可以化作一缕阳光，为孩子们成长提供甘甜的雨露和肥沃的土壤，使每一粒种子都充满勃勃的生机。”如今，她仍这样无悔无怨，用爱心和责任心耕耘在矿山教育这片沃土上，手捧着那么多美好的童年，用执着和耐心哺育棵棵花蕾，静静等待每一朵花悄然绽放，聆听花瓣呼吸的声音，做幸福的育花使者。

冯雪平（二排左六）与 2017 届中心小学毕业生合影

“法律援助先锋”张春江

王冬冬

匠人心语

从电器仪表工到门卫，再到为民服务的律师，华丽的转身足以让人惊羡，这其中铭刻着张春江二十年的耕耘付出。英雄无问出处，张春江虽谈不上侠客英雄，但他有一颗赤子之心，时刻砥砺着自身的法律素养，以法律为工具，去服务众多的矿山人，以此来实现人生的价值。

张春江，现任首钢矿山街委政工科司法员，主要从事法律咨询、人民调解、普法宣传等社区法治建设工作。十年自学法律，他从一名普通的电工攻读到法律本科；十年法律服务，矿山街委“张律师”人尽皆知。多年的基层司法工作，张春江年平均参与调解民事纠纷30余起，接待法律咨询200人次以上。以工匠精神锤炼司法实践，造就了张春江认真负责、细致耐心的态度，热情微笑接待每一位百姓，合理解决居民每一个问题，也为其赢得了“北京市石景山区人民调解先进个人”、“矿业公司优秀共产党员”等荣誉称号。

结缘法律十年　攻克司法考试

1991年11月，张春江入厂到首钢矿业公司裴庄发电厂（电修公司前身）当了一名电气仪表工。1998年，因患腰椎间盘突出症，不能从事体力劳动后，劳务输出到文化活动中心，当起了一名门卫。

在门卫岗位工作期间，张春江觉得与其每天下班后无所事事，倒不如干点儿感兴趣的事。拿起书本的想法在他的脑子里扎根发芽，但是在“学什么”这个问题上又是一番故事。

在问起张春江何时与法律第一次结缘时，他讲到：“年轻的时候我特别爱看港台电影，其中有很多法庭审判的场景，那些场面让我真切的感受到律师在维护社会公平正义，为普通人民代言的力量。”谈不上多么跌宕起伏，张春江与法律的邂逅，就在这一个个法庭审判的场景中产生了化学反应，使其第一次感受到“法律”的作用。

就这样，张春江到河北电大报考了法律专业。通过4年的学习，好不容易拿到了专科毕业证。这其中的辛苦，张春江没有多言，对于一个早已走出课堂，从来没有半点法律功底的人来说，拿到一张法律专科毕业证，谈何容易。也许，只有走过相同道路的人才能够深知其味。

2002年，随着市场经济的发展和驻矿单位人事制度的改革，矿业公司先后有5000多名合同到期人员终止合同。在这个过程中，因为有大专毕业证，张春江得以续签劳动合同，这一次的续签合同使张春江认识到“知识可以改变命运”的真谛。为了巩固自己的所学，并提升对于法律的理解能力，张春江再次出发——报考了河北大学的法律专业自学考试。寒来暑往，张春江默默的啃噬着岁月，又是4年，他取得了大学毕业证。

2007年2月，在一次和同学的聚会中，张春江的学习方向迎来了又一次转机。在他的同学中有一位是法官，打算报考当年的国家司法考试，张春江就商议着要和这位同学一起报名参加考试。听到张春江要报考国家司法考试的想法，他的这位同学很是惊诧的表情让张春江丈二和尚摸不着头脑，和人家一打听，原来司法考试因为难考，竟号称“天下第一考”。

可是，这些并没有让张春江临阵退却。当年3月，这位法官与张春江一起报名参加了迁安一个司考培训班。第一次上课又让张春江傻眼了，他回忆说：“当时培训班上大概有40多名学员，迁安检察院、法院的工作人员就占了30多名，剩下的有政府部门的、学校的、法律事务所的，只有两名工人，我就是其中之一。我再一细打听，大部分学员都考了两三次了，人家听说我是第一次备战司法考试，就打趣的问我准备考几次。”

见识到培训班的情况后，张春江有些心灰意冷。但是，在此期间发生的另外一件事却让他下定了决心。他说：“回到单位上班后，我都是利用空余时间看书。有一次一位同事看到我在看司法考试的书，就笑话我说，‘就你这样的，还想考司法考试，我儿子西北政法大学毕业的去年都没考过’。听到这些我就微笑着回答他，‘我就是去轰蝇子的’”。但是，同事的这些话却彻底刺激了他，张春江下定决心，计划要在两年内通过司法考试。

随着备战司法考试的征程逐渐深入，司考弦越绷越紧。每天下班后，张春江读书到晚上10点。凌晨4点，起床的闹钟响起，继续看书到6点，洗漱后上班。周六日，全天参加司考辅导班，看视频，听讲座。回忆起备战考试的那段岁月，张春江也不无感慨地说：“紧张而又忙乱的司考生活，除了上班、吃饭、睡觉，没别的，就是司考。期间，我也退缩过，司考三大本学习资料，每本近千页，往往看过了后面，忘了前面，看过了这本，忘了前一本，那种挫败感，真的让人发疯。”

考前一模，400多分，很高兴；考前二模，380分，很沮丧；考前最后模（据说最客观），400分，张春江心里有底了。

第一天考试的一卷、二卷，感觉不错。第二天，张春江紧张了。据他说：“司考专家说第一卷决定司考的成绩水平，第一卷超100分，基本能确保司考过关。”他感觉到成功近在咫尺，所以心里有包袱了。第四卷的3个小时，张春江的手都颤抖了，因为他知道，只要第四卷答够60分，就可以通过司考了。

司考成绩公布那一天，张春江终生难忘。由于网络原因，始终无法查到成绩，直到另一位培训班学员告诉他，“通过了”，他仍不敢相信。最终亲眼看到417分时，心才踏实了。此后几年，张春江也成为这个司考培训学校口口相传的佳话，“第一年报考，第一年高分通过”。

通过自学获得国家司法资格证，张春江自此踏上了法律之路。

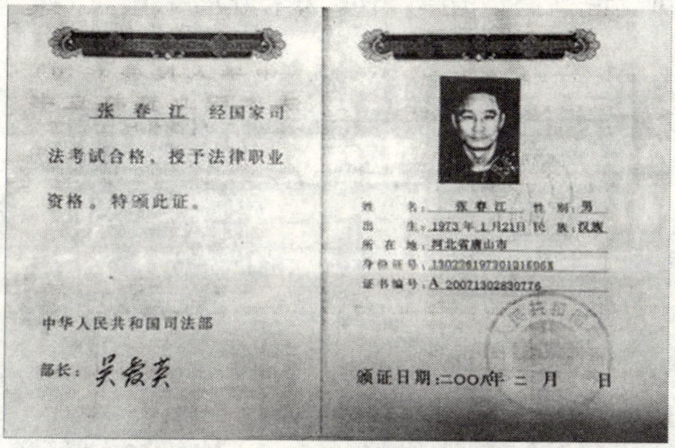
张春江经国家司法考试合格，授予法律职业资格，特颁此证。

中华人民共和国司法部

部长：吴爱英

姓名：张春江　性别：男

出生：1973年1月21日　民族：汉族

所在地：河北省唐山市

证书编号：A 20071302830776

颁证日期：二〇〇八年三月　日

张春江通过国家司法考试证书

正式上岗司法员　人民调解那些事

2007年10月，张春江从电修公司电工岗位招聘到矿山街委司法员岗位工作。在街委司法员岗位上，张春江的主要工作内容包括法律咨询、人民调解、普法宣传、“两劳”人员安置帮教和配合北京市石景山法院巡回法庭工作。

全新的开始必然伴随着全新的挑战，其中有岗位变化带来的不适应，再者就是管理能力及计算机能力短板带来的恐慌。谈到这个的时候，张春江深有感触地说："没有矿山街委领导、同事的包容、鼓励和支持，不会有现在的我。"

回忆起这段时间的工作，张春江述说了一件深有感触的事情："刚来街委从事司法员工作的时候，有一次需要我总结一下社区'两劳释放人员的情况说明'。当我写完第一稿的时候，过度自信的我已经觉得写得不错了，肯定能通过领导的审核把关。谁知安主任耐心的给我指出数处不合理的部分。后来，她陪着我周日加班一天，手把手教我，改了七稿，才最终完成这篇情况说明。"

首钢矿山社区常住居民最多时达4万余人，维护社区稳定是街委的重要责任。上岗后，张春江成为了重要的人民调解员，参与了多次社区家庭矛盾调解。经过经验总结，他创新发明了"人民调解五步法"。即在具体纠纷调解中，按照"听、问、说、答、访"五步法来开展工作。

张春江对社区人民调解员进行业务培训

矿山水厂社区有一对老夫妇，两人均已80岁高龄，因为男方对其妻实施"家庭暴力"，在法庭上女方以死相逼非要离婚。通过细致的观察，张春江决定在开庭之前做好男方的工作，庭后再做其妻的工作。"两人共同生活这么多年，她所说的'家庭暴力'偶有发生，对'家庭暴力'有了一定的耐受力，她现在不能忍受的是没有人重视她，她委屈的时候无处哭诉。也就是说，她强烈要求离婚的目的是引起大家的关心。这个时候，就需要我们站出来，听她诉苦，听她的委屈。说完之后，她的不安就得到了排解，心情放松了，矛盾就解决了。”张春江细致耐心地倾听这位妻子的诉说后，对两人进行劝解，这件居民离婚案得以圆满的解决。而张春江也在总结类似社区家庭矛盾调解经验时说：“调解大部分案件，需要我们态度温和、耐心的听取矛盾双方的想法，并且随着当事人的陈述适时作出回应，同样适时引导他们向下一话题转移，然后将矛盾慢慢化解。”

2012 年 6 月的一天，社区 72 亩地居委会找到政工科，请求张春江到居委会对一起民事纠纷进行调解。张春江到居委会后了解到，这是一起邻里纠纷，楼上居民家祖母与孙女共同生活，楼下居民家老两口相依生活。原来两家关系不错，老两口经常对祖母女进行帮助。6 月，楼上居民把电动车电池放在楼下老两口木柜里，木柜放在楼道里，后电池丢失。不料，一天木柜被人恶意损坏，楼下老两口认为是楼上居民之孙女所为，多次在楼道不指名谩骂，双方因此发生纠纷，老两口找到居委会要求调解。

对纠纷情况熟悉后，张春江发挥“人民调解五步法”中的“说”。“我认为解决该纠纷的支点在楼上的孙女。于是我单独找到该女孩，化解她心中的不满，希望她劝解其奶奶，做通老人工作。她听后表示接受我的调解意见。通过对老两口做工作，老两口也表示不再出言不逊。最后，纠纷得以化解。”

“不管事情大小、简单复杂，心中装着老百姓的幸福和谐，时时、事事放低身子，处处体现真诚服务的态度，这是我们做社区司法员必备的素质。”张春江如是说。因为出色的人民调解工作，2014 年，张春江获得“北京市石景山区人民调解先进个人”称号。

法律咨询有妙招 为民服务讲担当

社区作为构成社会、国家的细胞，实现法制社区是实现法制国家的基础，如何做好社区普法宣传、法律咨询工作，保障社区百姓合法利益，提高居民法律意识至关重要。10 年来，张春江通过对法律知识的学习和研究，自身素质稳步提升，为做好社区法制工作奠定了基础，得到了社区居民百姓的一致认同。用老百姓的话说："法律上的事儿，就得问张律师。人好，懂得多。"

通过在法律咨询方面多年的经验积累，张春江总结出"法律咨询三步法"。在采访过程中，正好遇到社区一对夫妻来向张春江咨询"离婚及财产分割"的问题，笔者也亲自体验了一次"三步法"的妙用。

首先是"听"。待两人落座，二人就迫不及待的你一言他一语的说起来了，女方显然是之前找张律师咨询过与离婚有关的法律问题。张律师并不急于制止他俩，而是等双方说得差不多的时候打断他们说："大姐，您先出去，我听大哥说说吧。"男方对于咨询的问题说得很简单。这个时候，恰巧双方的闺女来了，张律师就让这个闺女（26 岁）讲一讲两人之间有什么样的矛盾，导致今天要离婚的地步。讲完之后，就进入了第二步"问"。问题不多，主要围绕生活习惯及家庭财产情况。第三步"答"的时候，一家三口都回到了接待室，张律师就财产的法律归属问题进行了详细分析，尤其是对两人所购得的经济适用房这个问题进行法律解答。

房屋登记为男方个人单独所有，但张律师却说是夫妻共同财产。他为夫妻两人这样分析道："经适房是婚姻存续期间购买，登记在一方名下，女方当时尚属河北户籍不符合在京购房条件。但是购房款系夫妻共同出资，登记为个人单独所有仅因经适房政策原因，不能否定该房屋为夫妻共同财产。"二人点头称是。

法律问题解答之后，张律师又让女方出去，询问男方为挽救婚姻，能否改变自己，给女方应有的尊重和爱护。男方这时开始支支吾吾，张律师说："你闺女在这呢，假设一下，你闺女如果找一个像你这样的老公，你会同意吗?"不等男方说话，闺女先急了说："我才不找他这样的呢。"张律师笑了笑，又让女方进来，对大哥进行教育并提出改进意见，大哥仍低头不语。见此情况，张律师告诉他们回去再考虑考虑，双方各自反思一下。

咨询过后，张律师向笔者介绍，他开始让双方抢着说，是有深意的，能看出来双方在家庭中吵架时的状态。女方言辞激烈，男方要想改变这种态势，只能“动手”寻求暴力。男方内向，与女方沟通不畅，大男子主义思想严重，方法简单粗暴。日复一日，起初女方念于孩子年幼，一直隐忍。现在孩子大了，女方要“解放”，没找到有效沟通方式，双方均不让步才走到要离婚的境地。最后张律师断言：“他们暂时离不了，因为有多年的感情基础，我让他们回去反思，就是给他们思想沉淀的时间。”

矿山街委组织送法律进社区活动，张春江主讲

近几年，社区部分居民法律意识渐渐上升，凡是遇到一些纠纷矛盾，都想找个律师咨询咨询。在这其中，为老年人订立遗嘱的问题也是社区居民普遍关心的。张春江说：“由于之前居民法律知识的欠缺，直到近些年才想到通过订立遗嘱确定身后财产的分配，可是他们年岁也大了，到迁安市公证处做公证遗嘱，超过70岁的，出于工作安全考虑，公证处都会委婉拒绝。如果去北京，至少需要跑三趟，这对于瘫痪在床的老人来说，几乎是无法完成的，而且去律师事务所做见证遗嘱，收费少则3000元，多则5000元、8000元不等，这也是一般居民所无法承受的花销。”

鉴于此，张春江想到将法律咨询和人民调解相结合，对于能够正确表达意志的老人，通过人民调解委员会进行见证，订立见证遗嘱。开始的时候，各人民调解委员会对于这项工作有抵触情绪，“我们都没干过，万一出错怎么办?”“老人把财产给老大了，老二找我们来打架怎么办?”对于人民调解员的畏难情绪，张春江除了进行思想疏导之外，还在业务方面进行指导：“人民调解员的工作职责就是为老百姓解决民事纠纷，通过遗嘱方式处分财产，是为了避免将来老人去世，各子女因遗产分割起争执，我们现在所做的工作，一是解除了老年人的后顾之忧，对晚年生活也是一个保障；二是将远期纠纷从源头上化解；三是做任何工作都要有担当，只要是合法合情合理的事情，不能畏首畏尾，只要是对居民有利的事情，我们就要坚持。”至今，通过人民调解委员会见证这种方式，矿山社区已订立遗嘱数十份。

张春江（右）正在为社区居民提供法律咨询

咱老百姓自己的律师

在为矿区居民提供法律咨询的同时，张春江也在通过自身的法律知识帮助居民解决各类问题。近年来，房屋买卖纠纷逐年递增，张春江就在社区普法宣传工作中重点进行法律咨询讲解。

2012 年，矿山房屋价格出现非理性上涨，早前出售房屋的房主认为卖亏了，遂采取多种手段想解除房屋买卖合同。当年 6 月，一位居民焦急的找到张春江。原来，2008 年，这位居民购得一处位于矿区滨西小区的房屋，当时价款 13 万元，一直未能办理过户登记。自从房屋价格不断上涨，房主先后向法院起诉三次，第一次要求确认合同无效，被驳回；第二次要求撤销合同，被驳回；第三次要求解除合同，法院支持了。张春江详细阅读了一审判决书，判决书认定合同合法有效，但因房屋迟迟不能办理过户登记，导致原告（售房人）无法实现合同目的，符合合同解除条件。看后，张春江感觉判决书有不妥之处，通过对售房人的签约目的深入剖析，找到了这个案件突破之处。当时这个案子的上诉期马上就到了，这位居民非常着急。张春江见此，轻松的对他说："大哥，如果你信得过我，这个上诉状我来帮您写。"

回到家，张春江再次精读一审判决书，反复查找相关判例和法律依据，写完这份上诉书，已经夜里 12 点多了。第二天早上 6 点，他又把爱人拽起来，向她朗读这份上诉书，直到他的爱人听懂了，认为这个上诉书逻辑清楚、道理明晰。这位居民遂将这份上诉书交到了中院。大概过了半年，这个居民高兴的找到张春江说："张律师，你真了不起，二审直接改判了。我赢了。"

当事人非常感谢张春江的帮助，他说："当时我因为这起官司找到张律师，他非常认真负责地为我解答法律疑问。特别让我感动的是，他认真研读案情之后，主动帮我写了上诉书，他是真正的把我们这些社区居民的事情当成他自己的事情来办。张律师真是我们社区的好律师，真诚为我们社区居民办实事呐!"

张春江（左二）为社区居民提供法律咨询服务

2016 年，北京房屋价格急剧上涨，有些矿山居民在北京买房。办理过户期间，由于北京房价上涨过快，导致很多售房人纷纷要求加价，否则就不配合办理过户。2017 年 3 月，一位居民火急火燎的找到张春江说："张律师，你可得帮帮我，我这些天吃不好睡不好的。"事情是这样的，2016 年 10 月，这位居民在北京市房山区购买一套住房，总价共计 130 万元，已经与售房人签订协议。但因为办理住房公积金支取手续耽误了时间，此时这套房子已经涨到200万元左右，售房人不配合办理过户手续，要求加价20万元。

为了了解此类问题的解决方案，张春江详细研读了北京市相关判例和法律规定，并认真分析了此件事情的前因后果，认为对方已经违约。为了不让老百姓在这件事情上吃亏，张春江决定休班一天，去帮助这位居民协商解决这件事情。第二天，张春江来到中介办公室与售房人进行了一番沟通，并向售房人提出走司法程序解决此问题的方案："我们已经取得了证据，我们将起诉要求继续履行合同，并要求你承担违约责任，同时对你的房屋申请财产保全。我们不仅会按照合同拿到你的房子，还会拿到你给我们的违约金。你可以咨询一下律师！"在细致的准备后，张春江利用自己掌握的相关法律知识，与售房人沟通协商。碍于在法律上失之违约的风险，售房人最终在能接受的加价范围内，双方达成了和解，这位居民终于顺顺利利的拿到了房产证。

张春江（左一）配合北京市石景山区法院
调解社区法律纠纷，获赠居民嘉奖锦旗

从一名普通的工人，到一名为民服务的律师，通过调解解决社区矛盾纠纷，为社区居民提供法律咨询服务，张春江看到了自身的价值。多年的社区工作经历，对社区人民调解和法律咨询工作的不断总结，张春江制定了切实可行的操作方法，提高自身能力的同时，也提高了社区人民调解员的水平，以及社区居民利用法律维护自身权利的水平。

当前，矿山社区居民百姓知法、学法、用法、守法的氛围越来越浓，越来越多的居民都能运用法律来分析问题、解决纠纷、处理矛盾。这里面，作为司法员的张春江功不可没。但他并不满足，新问题总是随时出现，他总说：“只有不断的自我革新，做社区居民的法律先锋，提升法律思维，掌握新知识，学习新经验，才有能力为社区老百姓提供更优质的法律服务。”

第三辑　勤思善悟

——乐于总结　着眼创新

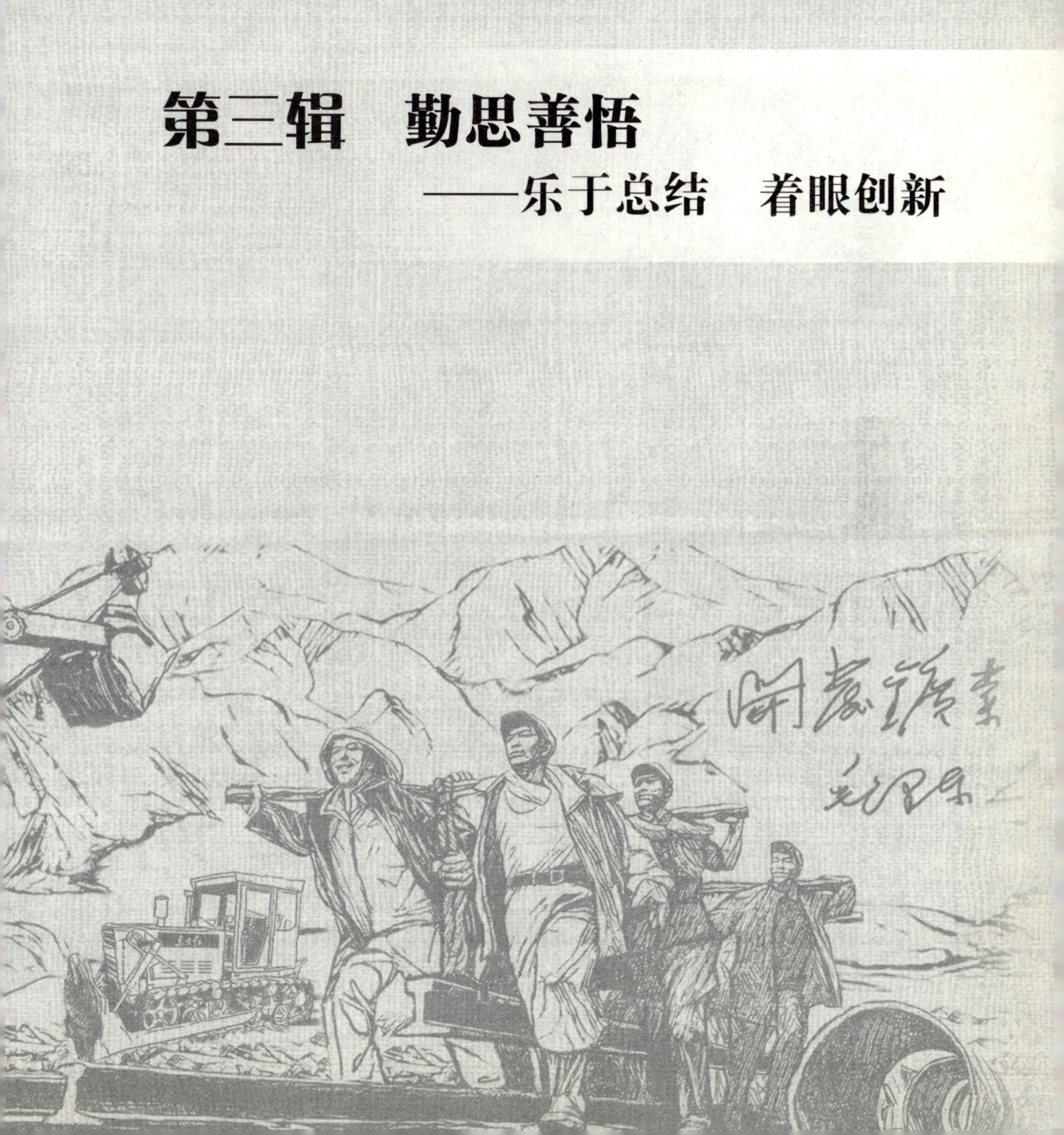

钻机下的守望者王守政

朱亚娟　刘　媛

匠人心语

人生如同谱写乐章，每首乐章都是由7个音符组成，每个人都是作曲家和演奏者，用生命去谱写那首属于自己的乐曲。那一年，王守政年仅19岁，告别锄头走进矿山，成为一名穿孔机司机，站在了人生道路上的重大转折点。多年坚持不懈的努力，使他从一名普通的钻机工人走到设备管理岗位，编讲义、带团队，逐渐成为矿山最懂钻机的“权威”，也因此成为矿山小有名气的人物。

十万字的回忆录，上千个酒瓶收藏，逾百本装订整齐的旧期刊，几十本工作日志和汇编讲义……走进王守政的家时，记者被这位老人热爱生活的方式所感染。回忆铺开时，那些在矿山度过的美好时光，那些影响他一生的钻机故事，一一再次重拾……

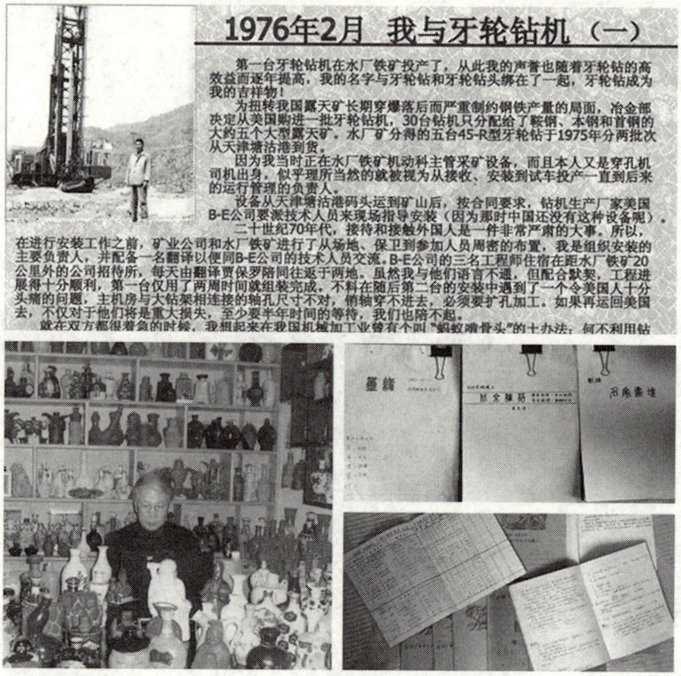

1976年2月　我与牙轮钻机（一）

第一台牙轮钻机在水厂铁矿投产了，从此我的声誉也随着牙轮钻的高效益而逐年提高，我的名字与牙轮钻和牙轮钻头绑在了一起，牙轮钻成为我的吉祥物！

为扭转我国露天矿长期穿爆落后而严重制约钢铁产量的局面，冶金部决定从美国购进一批牙轮钻机，30台钻机只分配给了鞍钢、本钢和首钢的大约五个大型露天矿，水厂矿分得的五台45-R型牙轮钻于1975年分两批次从天津塘沽港到货。

因为我当时正在水厂铁矿机动科主管采矿设备，而且本人又是穿孔机司机出身，似乎理所当然的就被视为从接收、安装到试车投产一直到后来的运行管理的负责人。

设备从天津塘沽港码头运到矿山后，按合同要求，钻机生产厂家美国B-E公司要派技术人员来现场指导安装（因为那时中国还没有这种设备呢）。

二十世纪70年代，接待和接触外国人是一件非常严肃的大事。所以，在进行安装工作之前，矿业公司和水厂铁矿进行了从场地、保卫到参加人员周密的布置，我是组织安装的主要负责人，并配备一名翻译以便同B-E公司的技术人员交流。B-E公司的三名工程师住宿在距水厂铁矿20公里外的公司招待所，每天由翻译贾保罗陪同往返于两地。虽然我与他们语言不通，但配合默契，工程进展得十分顺利，第一台仅用了两周时间就组装完成。不料在随后第二台的安装中遇到了一个令美国人十分头痛的问题，主机房与大钻架相连接的轴孔尺寸不对，销轴穿不进去，必须要扩孔加工。如果再运回美国去，不仅对于他们将是重大损失，至少要半年时间的等待，我们也赔不起。

就在双方都很着急的时候，我想起来在我国机械加工业曾有个叫"蚂蚁啃骨头"的土办法，何不利用钻

王守政的回忆与收藏

王守政，1937 年出生在黑龙江省宁安县，中共党员。1956 年进入鞍钢大孤山铁矿成为一名穿孔机工人，1959 年因支援石钢建设来到迁安矿山，曾先后在大石河铁矿、水厂铁矿、工程设计处工作。从一名只有小学文化水平的工人晋级为首钢“机械技师”，他的学习之路让众人点头称赞；独立编写的数本图文并茂的设备汇编讲义饱含了他几十年刻苦钻研的心血，也成就了他“工人讲师”的美誉；作为牙轮钻引进项目安装使用负责人，他参与并见证了首钢矿山采矿穿孔设备更新换代的重要阶段。

“我当上了一名钻机工人!”

1952年的秋天，为了分担家庭生活重负，王守政做出了一个15岁少年艰难的抉择——退学。那一年，他刚刚读书到第7年。退学后，当一名工人成为他最大的心愿。干了几年农活，吃了几年“大锅饭”，王守政快到了有资格当工人的年龄了，他对未来充满了憧憬。1956年3月15日，机会终于来了，鞍钢大孤山铁矿要招收一批学徒工人，王守政刚好符合要求。就这样，他带着万分欣喜，被大孤山铁矿录用了。这是王守政人生道路上的一个重大转折点，一个值得他永远纪念的日子。

到大孤山铁矿报到后，因为文化水平有限，王守政被安排学习穿孔机，初中以上文化的学徒工都被分配到电机车和电铲等岗位上了。在王守政看来，只要能当上工人他就满足了，干什么无所谓。穿孔机是大型露天矿三大设备之一，能操作它让王守政高兴得不得了。在半个月的试用期中，由于他表现出色，不久就被顺利转为正式工。正式上岗位前要经过技术理论培训，王守政知道自己底子薄，就暗下决心一定要努力学习。一分耕耘一分收获，培训班学习结束后，他以97分的优异成绩顺利毕业。至今，他还保留着当时颁发的《技术学习合格证》。

大型露天矿生产流程是穿孔、爆破、采掘、运输，穿孔是第一道工序，当时工作环境比较差。那时候司机完全是在露天操作台上作业，夏天顶着烈日，经受风吹雨打；冬天是最苦的，寒风刺骨。王守政回忆说：“当时操作台上有一个火炉，钻机在作业时振动很大，炉子里的煤炭一被振实，火就灭了，冻得我们浑身发抖。每天上班最累的工作是挑水，因为穿孔机钻孔时要靠大量的水注入孔里，使钻头破碎下来的岩粉形成岩浆，再用取渣桶把岩浆取出来，一天至少需要三到五立方米的水，一个班下来累得要命，经常满身的泥水都冻成冰碴子了。”

王守政的师傅是王迺山。师傅不但技术好，而且传授技术毫无保留，王守政每次都很用心的记在小本子上，回到宿舍反复的琢磨。师傅对他要求也非常严格，刚上机时间不长，师傅就让他独立操作，同时鼓励他说："放心大胆的干，不要怕，你一定行!"

师傅对王守政的影响很大，他也很庆幸自己遇到一位好师傅。和王守政同时入厂又同工种的一个要好朋友，曾经不止一次开玩笑的对他说："你小子命真好，遇到了一个好师傅。"没错，正是因为有个好师傅，加上自己不懈地努力，才使王守政的技术高人一筹，他也确实争气，没有辜负师傅的良苦用心，成为同龄人中的佼佼者。正所谓严师出高徒。两个月后，王守政被提升为六名副司机之一。

"工人讲师"是怎样练成的

"人生不是一支短短的蜡烛，而是一支由我们暂时拿着的火炬，我们一定要把它燃得十分光明灿烂，然后交给下一代"。既然从事了钻机这个专业，王守政不甘心仅仅做一个普普通通的穿孔机操作工人，他下决心要做出点成绩来。

由于工作表现出色，大孤山铁矿决定派王守政等六名同志支援弓长岭铁矿建设，他们的主要任务是带徒弟。此时的王守政越来越感觉到自己知识贫乏。孔子曰："学然后知不足，教然后知困。知不足，然后能自反也；知困，然后能自强也"。即为师表，就必须高人一筹，否则何为师？于是，业余时间王守政开始全心投入读书涉猎知识，还记了大量的笔记。除了学习技术理论知识，他还喜欢近代名人语录，最吸引他的是高尔基和鲁迅的书和语录。特别是高尔基的："我觉得，当书本给我讲到闻所未闻，见所未见的人物、感情、思想和态度时，似乎是每一本书都在我面前打开了一扇窗户，让我看到一个不可思议的新世界……"王守政把绝大部分业余时间放在了读书上。那些年，本来工资就不高，为了读书学习，他把一多半的钱都用在买书上。

1959 年春节前，王守政告别了和他相处两年之久的徒弟们，告别了弓长岭铁矿和它美丽的崇山峻岭，被调往石钢支援建设，被派往北京龙泉雾石灰石矿办学习班。他被指定为由矿山 20 多名新工人组成的穿孔机班当教员。当时，没有现成的穿孔机资料和图纸，所有的教材都是由王守政自己编写的，他一边编写画图一边讲课，培训结束时已经编写了一本完整的《穿孔机讲义》。这本《穿孔机讲义》一直沿用到矿山老式穿孔机被淘汰。

1960年春，接到上级通知，王守政正式到迁滦铁矿（首钢矿业公司前身）报到。从那一天起，王守政就告别了家乡，在河北省迁安地区扎根了。

1960年王守政所在的石钢迁滦铁矿采矿车间合影

1961年，采矿设备陆续投入运转后不久，王守政被调到采矿车间设备组工作。这项工作对于王守政来说是一个质的变化，也是他人生道路上的又一个重要转折点。从事设备管理最关键的一要懂技术，二要有经验。刚进设备组时，王守政仅仅熟悉和掌握穿孔机单方面的知识，因为他没学过《制图学》和相关的机械、电气等方面专业知识，所以面对稍微复杂一点的图纸都看不懂，他感到工作非常吃力，心里很苦恼。“钻研然而知不足，虚心是从知不足而来的”，王守政更加努力的学习。为了学会看图纸，他购买了《机械零件手册》《机械制图》《电工》等许多专业书籍刻苦的自学起来。“每一本书是一级小阶梯”，王守政每爬上一级，就感到知识多了一点，日积月累，逐渐充实。在不到两年的时间里，王守政不仅对穿孔机知识有了更深的认识，而且还基本掌握了电铲、空气压缩机等其他采矿设备的知识，这就为他以后全面管理采矿设备奠定了基础。在职期间，他先后编写了《电铲大修技术标准》《矿用大电铲学习讲义》《电铲、牙轮钻》等教学资料；制作了“电铲润滑图表”、“穿孔机润滑和密封点图表”、“电铲密封点分布图”三种挂图；后期，为了全面掌握水厂铁矿扩建后的采矿装备状况，还特意编写了《水厂采矿大设备简介汇编》，图文并茂的介绍了各种新型大电铲、大牙轮钻、百吨大汽车的技术特性。虽然从事设备管理工作很辛苦，也很曲折，付出了很多，但是王守政也取得了不小的成绩。因为专业知识丰富，他成了矿山小有名气的“工人讲师”。

直到退休的前几年，王守政还受矿山技校聘请担任采矿机械班的教师，主讲牙轮钻机国内外发展现状、传动原理、操作要点等。

初识牙轮钻情结

机遇对每个人都是公平的，抓不住他就会与你擦肩而过。1970 年 7 月 1 日，矿山水厂铁矿刚建成不久，王守政从大石河采矿车间被调到水厂铁矿工作，这让他有机会接触到钻机的更新换代，投身到进口牙轮钻机的接收、安装、使用和管理之中。应该说与牙轮钻共同奋斗的十几年，是王守政工作中最为耀眼的阶段，也是他永生难忘的时光。

20 世纪 70 年代，由于穿孔设备落后，严重影响了矿山的生产。为了改变生产被动的局面，冶金工业部从美国 Bucyrus-Erie（简称 B-E）公司购进 35 台 45-R 型牙轮钻机，其中五台投放到水厂铁矿。从那天开始，王守政作为负责人，承担起这项艰巨的任务。

这五台牙轮钻是分两批运输到天津塘沽港码头的，王守政带领工作小组成员多次往返于塘沽—天津之间，办理收货手续。因为都是超大件货物，半个月后首批三台装满 10 节车厢的货物才到达矿山。美国 B-E 公司派人到现场和中方共同开箱验收和指导安装，王守政作为中方参与此项工作的负责人与外宾进行交流。那时候，外国人来矿山可是一件大事，中方参加验收和安装的人员都要通过“政审”，配发工作证，工作现场被封起来，非工作人员不得入内。矿山公司专门配备了英语翻译贾保罗和王守政一起进行开箱验收、同外商交涉、索赔等工作。

1975 年，首批钻机开始进行安装，B-E 公司派来两名工程技术人员和一名管理人员。因为，整个安装过程都会发现一些质量问题，而所有的质量问题都要由王守政带领他的团队协助外宾来解决。在那段时间里，王守政经常在晚间被接到外宾招待所参加索赔谈判或技术座谈。安装开始几天后，一个棘手问题出现了，有一台钻机的 17 米高的钻架同机架无法连接，原因是机架上的销孔在出厂前没有进行精加工，销轴穿不进去，这可叫大家犯难了。按照国外技术人员的想法只能将机架运回美国加工了。不难想象，把一台几十吨重的大机架再运回美国去加工，会损失多少运输费不说，而且会耽误钻机组装和后期生产。王守政立刻组织小组成员研究、探讨，试图找到解决问题的办法。他曾在加工业里听到过“蚂蚁啃骨头”的办法，于是提出：“能不能用动力头进行加工？”即大件无法上车床加工，就把一种叫“动力头”的东西

王守政与钻机合影

装在大件上去加工。说干就干，王守政找到机修车间的车床工人，大家认为这个办法可行，同意配合试试。结果成功了。“老外”高兴地直拍手叫好，对王守政的团队竖起了大拇指，面对王守政提出的索赔要求，“老外”也欣然答应了。用了近两个月的时间，第一台牙轮钻终于安装完毕。投入试运行后，立即显示出它不愧是当时最先进的矿山穿孔设备，穿孔效率超出老式穿孔机的八倍。看着自己亲手安装好的钻机，王守政的眼睛湿润了。长期为穿孔落后、生产上不去而苦恼的干部职工高兴极了，大家都把它像宝贝一样对待，挑选最好的司机上岗操作。

牙轮钻管理“画龙点睛”术

有了第一台牙轮钻的安装经验，王守政全面了解和掌握了进口牙轮钻机的结构和传动原理，其余几台都是王守政带领团队成员在没有国外技术人员指导的情况下自己安装的。在安装过程中，验收随机到达的大量配件时，数以千计的零部件的名称、用途都深刻在王守政的脑海里，这为后来他对牙轮钻的检修、故障处理和运行管理打下了坚实的基础。王守政回忆说：“当五台钻机全部运行后，司机人员减少了三分之二，产量真是成倍的提高啊。”

设备安装告一段落，能否把这批进口设备使用好、管理好、长时期的发挥作用，王守政作为组长对牙轮钻管理责任重大。他要求司机长严格执行操作规程、精心维护设备，从1975年引进美国牙轮钻开始，王守政十年如一日的坚持到机台上去检查、记录、分析、总结，充分发挥司机长作用维护保养好设备。王守政为每一台钻机建立了档案，每发生一次故障或事故、每更换一个零部件、每次检修都记入档案里，他掌握着这些钻机最可靠的第一手资料，熟悉每个零部件的使用寿命，科学的制定备件储备和消耗定额，合理的安排检修计划。

牙轮钻头是牙轮钻机生产过程中的大宗消耗件，它的使用寿命决定着生产成本。进口牙轮钻在为数不多的露天矿投入生产后，最初的两年时间里，大多是使用随机带来的美国钻头。因为钻头价格昂贵，不能长期依赖于进口货，所以在进口牙轮钻的同时，国内一些单位就已经着手研制牙轮钻头了，武汉冶金机修厂就是冶金工业部当时指定研制和生产牙轮钻头的厂家。1979年的一天，该公司想找一个矿山企业配合做钻头试验，无偿提供钻头使用，水厂铁矿成为武汉钻头厂的合作伙伴，王守政的名字也因此载入了国产牙轮钻头的史册。随着矿用牙轮钻机的投入使用，在冶金工业部和一机部的组织下，国内一些机械制造厂纷纷开始研发钻头，并且都将水厂铁矿视为进行工业试验的好场所，而所有试验都是由王守政负责配合完成的。

任何工厂企业管理的核心和目的都是为了效益，都要讲成本核算。从引进牙轮钻之初，王守政就意识到牙轮钻头的重要性，他从每台钻机开始使用第一只钻头就作了记录，到 1981 年时已经跟踪记录了 1055 只钻头。其中，美国公司 11 种型号的 328 只、国产的 727 只。随后他对大量的数据进行分析研究，从中发现了许多很有趣也很实用的问题，比如同一种型号的钻头在不同的地质条件下其使用寿命相差悬殊；同一种型号的钻头在相同的地质条件下，由于司机在操作时选用的转速和轴压参数不同，其钻头的寿命也不一样；国产和进口的钻头，虽然型号相同，但由于质量的差距，寿命也不同等。1982 年，因钻头质量问题致使使用寿命显著下降而影响生产成本。于是，王守政提交了《关于牙轮钻头耗用分析报告》，公司副经理刘继兴看到这份报告后立刻将它批转给机动处，要求以《简报》的形式转发给各单位阅读，并在简报中特别提到："这是王守政同志长期深入生产实际进行调查研究，大量积累数据，认真进行分析探讨，严格进行综合归纳结出的丰硕成果。"1983 年，冶金工业部工业科技司在北京召开"第三次全国牙轮钻头技术座谈会"，王守政受邀向会议提交了水厂铁矿钻头使用情况报告。如果说在对牙轮钻机的管理上王守政被画成一条"龙"的话，那么在对牙轮钻头的管理上所取得的成绩就是为龙"点睛"了。

1987 年 7 月 1 日，B-E 公司服务部的工程师来中国进行巡回服务，在冶金工业部进出口公司翻译人员陪同下，王守政带领他们看了水厂两台钻机使用情况，外国工程师连声称赞说："你们的钻机是我在中国看到的维护得最好的钻机，棒极了！"

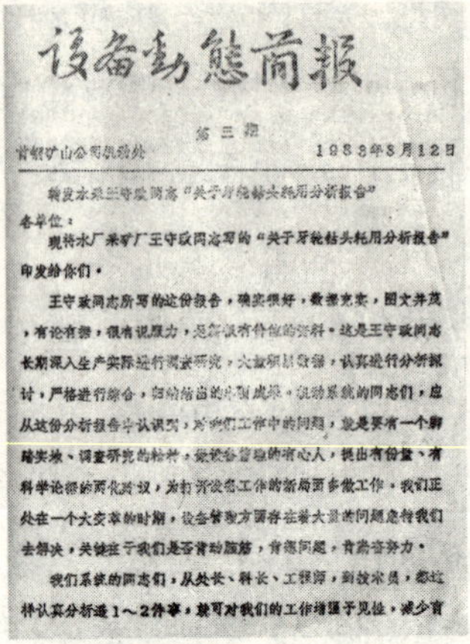

设备动态简报

第三期

首钢矿山公司机动处　1983年8月12日

转发水厂王守政同志"关于牙轮钻头耗用分析报告"

各单位：

现将水厂采矿厂王守政同志写的"关于牙轮钻头耗用分析报告"印发给你们。

王守政同志所写的这份报告，确实很好，数据充实，图文并茂，有论有据，很有说服力，是[illegible]有价值的资料。这是王守政同志长期深入生产实际进行调查研究，大量积累数据，认真进行分析探讨，严格进行综合，归纳[illegible]的[illegible]成果。机动系统的同志们，应从这份分析报告中认识到，对我们工作中的问题，就是要有一个脚踏实地、调查研究的精神，做设备管理的有心人，提出有份量、有科学论据的合理化建议，为打开设备工作的新局面多做工作。我们正处在一个大变革的时期，设备管理方面存在着大量的问题急待我们去解决，关键在于我们是否肯动脑筋，肯想问题，肯[illegible]力。

我们系统的同志们，从处长、科长、工程师，到技术员，都这样认真分析透1～2件事，就可对我们的工作增强[illegible]见地，减少盲

1983年，王守政提交的报告刊登于矿山公司设备动态简报

工人技师的眼界和学识

1979年3月，在领导和同志们的鼓励下，王守政参加了公司第二批共48人的技术职称晋升考试。当时，整个矿山公司具有技术职称的人屈指可数，大学和中专毕业的还都是技术员，工程师更是寥寥无几。对于只有小学文化水平的王守政来说，参加技术职称考试实在是不敢想象。但王守政还是抱着试试看的态度参加了机械专业考试，为此他着实下了一番苦工夫，查阅了大量相关理论书籍，考试论文是他最拿手的关于牙轮钻方面的课题。最后，他顺利的通过了答辩。

1980年7月，王守政参加了矿山公司召开的"授予技术职称大会"，被授予机械技师称号，成为当时矿山公司仅有的两名晋升者之一。1980年9月24日，收到首钢公司批准的"晋级通知书"，王守政欣喜不已，这是对他多年来刻苦钻研的最好肯定啊！

20世纪80年代初，王守政开始参加水厂扩建工程的前期筹备工作。几年中，他不仅开阔了眼界、增长了见识，还参加了同美国一些著名大型露天矿设备制造公司技术人员的座谈会，收集了大量各种型号电铲、牙轮钻及相关辅助设备的技术资料，这对王守政的发展有很大帮助。此时，王守政的知识

越来越丰富，他开始结识国内国外各大矿山的同行了。

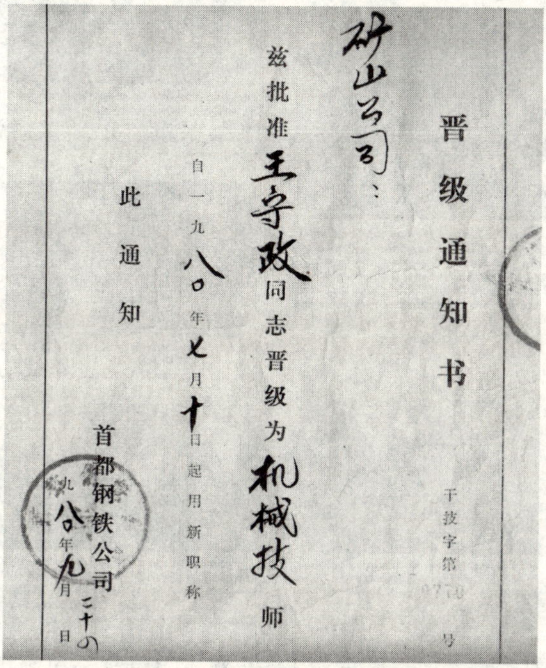
晋级通知书

干技字第0770号

矿山公司：

兹批准王守政同志晋级为机械技师

自一九八〇年七月十日起用新职称

此通知

首都钢铁公司

一九八〇年九月二十日

王守政被批准晋升为首钢机械技师

1981年2月，矿山公司外事办翻译贾保罗送给王守政一份REED公司（美国生产牙轮钻头的里德公司，矿山从美国引进的牙轮钻初期使用的钻头全部都是REED公司产品）1981年1月出刊的《REED MINING NEWS》画报，画报上刊登了王守政和同事在水厂滦河大桥上的合影照片，照片下面备注：王守政和孙仲是水厂铁矿的钻头和爆破工程师，他们是我最近出席在中国召开的世界采矿和煤炭会议时参观访问期间结识的，他们给我留下了良好的印象。

1986年，水厂扩建项目正式实施，工程陆续开工，王守政被调到水厂扩建组（后更名为工程设计处），王守政在这个岗位一干又是十年，负责设备管理、整理国内外大型露天矿设备动态和所收集的相关技术资料，协同首钢设计院和冀东设计院解决现场施工中出现的设计问题。90年代初，王守政有幸参与了烧结厂、发电厂、水厂新选矿厂和水厂采矿扩建，也就是矿山历史上

Wang Shou Chung, head of the mining department, and Sung Zong, drill and blast engineer, at Shuichang Iron Mine in China. Robin Stephens, our area manager for Asia, recently attended a seminar sponsored by World Mining and World Coal magazines, which included several mine tours. He was very favorably impressed.

Enjoying a hearty lunch in Thailand are Suraphon Maneethai, Anant Suthipasnarupon, Tim Carnell of Reedrill, our old friend Saksit Bocnam of Siam Cement, Thanin Bamrungsap, and Surin Keogun of C & S Engineering.

Driller Ed Imbertson of National Mine, a Hanna property in Minnesota, U.S.A., runs 15-inch Reed test bits and tells our Mike Rutter we're doing better.

Johnny Cannizzo, our representative out of Salt Lake City, Utah, U.S.A., receives a service award from Keulan Phillips, our regional manager for the western U.S.

A group of Thai miners look over a Reed SK-25 blast hole drill at Siam Cement in Thailand. In the picture are Anant Suthipasnarupon of Jalaprathan Cement, Jack Williams of Reedrill, and Vidhya Tirawarakiat of Siam Cement.

王守政（左上角图中左1）出现在 REED 公司画报上

著名的“四大工程”，使王守政有机会接触到许多新的事物，学习到更多关于设计和工程施工管理方面的新知识。那时候，会使用计算机的人很少，王守政意识到计算机在工作中的重要性，报名参加了计算机函授班，很快就学会了操作使用。

王守政在水厂扩建组工作时留影

1987 年 5 月，经矿山公司组织部和教育处审定，王守政已经具备相当大专文化程度，并颁发了“相当文化程度通知单”。忆往昔，峥嵘岁月稠。已经 50 岁的王守政，没有读过初中，更没进过高中校门，如今被视为相当大专文化程度，他觉得这些年自己的付出得到了回报，他为自己感到骄傲。并为此做了一首打油诗。

小学未读全，
中学只半年；
进厂当工人，
自觉太寒酸；
发奋自学习，
坚信会改善；
不懈三十载，
攀登到大专。

1987 年，王守政受邀到鞍钢大孤山铁矿参加钻机鉴定会。30 年前，王守政从这里出发当上了一名工人；30 年后，王守政以一名专家的身份重回老单位。人生就是这样奇妙。

牙轮钻工作给了王守政展示自己的舞台，他的付出得到了回报。在水厂铁矿工作期间，多次被评为两级公司先进职工。

留给 40 周年的寄语

1996 年，王守政办理了退休手续，这一年，也是王守政参加工作 40 周年纪念。真的要离开工作岗位了，40 年的忙忙碌碌，《工作证》换成了《退休证》，工作生涯就这样画上了圆满的“句号”。

“我曾是矿山微不足道的一分子，是你们的到来把我又带回到了那个奋斗的年代，是矿山让我学到了知识，是钻机带给我难以忘怀的记忆。‘博观而约取，厚积而薄发’，愿矿山发展得更好，年轻人做出更大的成绩。”所有的总结和祝福都在老人嘴角微微的笑意中得到诠释。

"土"工程师安祯祥的铅绘时光

刘　媛

匠人心语

图板，丁字尺，三角板，圆规，分规……在安祯祥的手中，随着铅墨均匀流畅的划过，这些安静的工具就会创造出千变万化的线条，勾勒出钢铁的轮廓，演绎着时代的进步。一双巧手来自无数次重复的实践磨炼，灵动的慧心则源于对待生活全力以赴的态度。他是一个只有小学文化的机械工程师，虽然没有耀眼的文凭和荣誉，却在工作过的现场留下了无数实用的改造；虽然没有接受过系统的专业学习，却是百余名科研人员设计图纸的把关者。他是一个会让铅笔画说话的设计师。

我们的时光会越来越好。十几岁的乡村少年在遥望大海时，绝对不会想到几年后自己将要成为一名新中国的工人，更不敢想象30年后可以靠一支铅笔和一块图板实现自己的人生价值。

安祯祥，1940年生人，中共党员，祖籍河北乐亭，1958年走进石钢矿山成为一名钳工，曾先后在大石河铁矿、机动厂、修建公司、矿山联社、球团厂等单位工作。参与机动厂、球团厂建设初期多项重大技术改造项目，因精通机械设计而被人熟知，是矿山第一批工人工程师，退休后还获得两项国家专利。

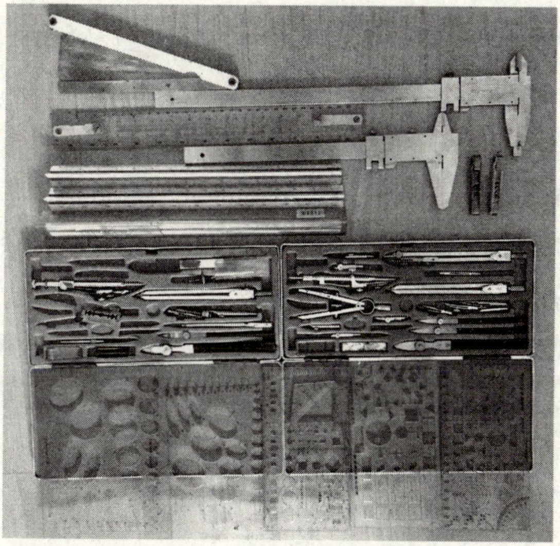

安祯祥保留的画图工具

知其然，更要知其所以然

1958年，滦县铁矿的招工选中了安祯祥，作为矿山“58号”中年龄最小的学徒工，他的要强劲头和学习精神深得大家赞赏。

錾削、锉削、锯切……面对机械制造中最古老的金属加工技术，18岁的安祯祥光荣地加入其中成为了一名钳工。先从最基础的手艺学起，加工螺丝螺纹时，每一个金属工件都不带有丝毫癖性，全凭操作者手上的经验和准度。“他师傅其实没有我师傅厉害，但是他特别肯学，特别认真。当时，我们比赛螺丝套扣，他不仅比我们套得多，而且套得好。”老战友张占礼回忆起60年前与安祯祥共同学艺期间的情形。安祯祥出徒很快，没多久就可以自己独立干活儿了，在同龄人中初显聪慧。

搞机械制造和修理，首先要掌握基本数学知识，才能更好地看懂图纸、下料操作。矿山老“58号”学徒工基本都是小学文化水平，但这批农村青年却对知识有着强烈的渴望，在争先恐后的学习氛围中，安祯祥似乎更有一股使劲儿往前冲的劲头。参加工作的头几年，他自学了初、高中知识，甚至到快退休时还自学了大学函数课程。安祯祥对数学尤其感兴趣，在最初自学的同时他还在业余时间办了文化学习班，给年轻的新工人讲起了数学知识。“他那会儿三角函数讲得很好呢，好多年轻人都听过他讲课!”从老人佘孟良说话的神情，可以看出一代人对知识简单纯粹的渴望。

安祯祥出徒后被分配到选厂负责球磨系统的设备检修维护，拿起工具干活儿的同时他就在留心琢磨，如果让我设计，这样是不是会更好？这个疑问无法立刻得到解答，只有在学习中不断积累才能找到答案。于是，他开始自学机械设计原理，涉猎有关书籍。“安祯祥最大的特点就是不光会干，而且特别爱钻理论知识，好看书，好请教。我在机动处办学习班时，开设一些制图画法几何学习课程。当时，上完课别的人都赶紧去吃饭了，唯独他留下来抓住我不停问问题。就是得有这种钻研精神，才能搞好设计工作。”老同事于文庆回忆说。

随着时间的推移，安祯祥有了接触一些简单设计工作的机会，比如当时大石河区域的生产和生活供暖管道要进行改造，他根据管道温度测算金属膨胀系数，使设计的管道达到耐用标准。20世纪60年代末，他担任机动营（矿山机械厂前身）资料室机械专业员期间，参与到一些重要设备的改造中。比如，铸铁车间炼铁炉扩容、中频化铜炉改造等项目，担任炉体结构、传动结构机械设计工作。虽然，此时安祯祥对于机械设计还处于学习掌握阶段，但已具备了一定的实践能力。

用身体去记忆

渗透到身体里的技艺，是常年在现场培养出来的职业素养铸就而成的。安祯祥天生具有不服输的性格，这不仅让他成为运动会万米跑的常驻选手，也注定了他要在实践中摸爬滚打得到成长。

1971年，矿山机动厂成立，安祯祥升任为机动厂机修车间主任。此后十年，是安祯祥职业生涯中担任过最高职位的时期，也是他日后担当设计工作最为宝贵的原始积淀时期。

安祯祥（左二）在矿山机动厂工作期间留影

走上了管理岗位的安祯祥还是放不下学习，经常晚上留在办公室看书、研究图纸。在机修车间工作时，由他出图完成了大大小小多项改造，他还带着工人先后研究制作了压力机、卷板机等日常检修设备。

70年代，大石河区域要进行供暖锅炉改造，由机动厂机修车间负责拆除和安装工作。建矿以来，大石河区域的供暖全部由一台前苏联产4吨兰克夏窑式锅炉承担，采用人工上料方式，工人们需要一锹一锹往窑里添煤，不仅煤燃烧不充分供暖不足，还要人工把黏在一起的未燃尽的煤块从窑里扒出来，工作强度大不说，工作环境很恶劣。为此，矿山决定引进先进的机械化消烟尘往复式炉排锅炉，采用皮带自动上料系统，煤不仅烧得均匀而且兼具降尘功能。施工要拆掉原来的锅炉在原地安装新设备，这不同于平地新建，设计较为复杂。为此，身为车间主任并且具备一定机械设计知识的安祯祥自然承担起负责人的职务。他不仅担任炉体结构机械设计工作，还跟工人一起干活儿，提出了很多改进意见。锅炉改造成功后，不仅提高了蒸发量，还减轻了工人的体力劳动强度，更改善了现场工作环境。

在机修车间年轻工人的印象中，他们的主任总是满身油污、脖子上戴个白毛巾穿梭于各个检修施工现场，甚至干起活儿来有点儿不管不顾的架势。一次在修铸钢电炉的倾动油缸时，地下深达三四米的油缸里面全是水和油的混合物，工人们想着要下去干活儿心里都有点儿犯怵。只见安祯祥第一个带头跳进去，在里面跟工人一直处理到结束。

在一起共事的机修车间党支部书记张占礼眼中，这个主任对下要求极为严格，对自己也近乎苛刻。安祯祥的家远在100千米外的乐亭县青坨村。那时候，矿山周末实行单休制，安祯祥为了不耽误上班，通常周六晚上下班后骑上五六个小时的自行车赶回老家，睡一会儿觉吃些早饭后，再背上粮食骑车赶回矿山。“我亲眼看见，他手指上的骨头都出问题了，还忍着疼接着干活儿也不休息。”安祯祥好像总也闲不住。虽然他脾气大、对手下管理严格，但却是个热心肠。20世纪70年代，刚刚入厂的年轻工人闫乃昌跟着车间同事一起去看正在住院的主任，这个小伙子对安祯祥还不太熟悉，只远远的看见有个病人正在拿着毛巾帮着擦病房房门。走近一看才知道，原来这就是他们要看望的、正在养病的主任啊！

球团新工艺初显设计才能

人生轨迹曲直有度。1986年，安祯祥从机动厂调出来后在修建公司、矿山联社等单位工作几年后，被调入首钢钢铁新工艺试验厂（后改为首钢球团厂），又一次站在新的工作起点上。

钢铁新工艺试验厂建成初期，因借鉴国外氧化铁不经过冶炼直接还原生产金属球用于炼钢的先进方法，被首钢公司寄予厚望。但因这项技术在国内尚没有大规模工业生产的先例，属于我国冶炼史上的一项新技术，工艺设备不过关造成生产一直处于试验状态。

到试验厂后，安祯祥很快就被抽调到除尘段任段长。由于试验厂设计投入使用的除尘系统并没有过多考虑杂质的影响，而球团生产过程中含有很多混杂的氧化铁杂质造成除尘系统设备经常损坏，工作现场烟尘很大，维修工人们常常像小鬼似的灰头土脸，苦不堪言。身为段长的安祯祥在摸清生产工艺和设备情况后，在没有前人经验可借鉴的情况下，带着工人们开始了一段漫长的改造之路。

有时候，大量的思考过后，好想法会从头脑里灵光一闪随即呈现。当时，除尘段的风机排风存在很大问题，正常情况下没有太多介质的风会顺着风机排走，但混有介质后风会非常不均匀，气流时大时小，风机罩子在正负压的作用下一会儿瘪进去一会儿鼓出来，严重的时候轴承和基础螺丝也跟着跳，很容易造成设备喘振。安祯祥就想怎么能让气流较为平稳的通过风机，思考过后他突然想到了一头小一头大的喇叭，如果把进风口也改成由细到粗的喇叭口，瞬时的阻力就会立刻变小，那么气流冲击力就会大大减小。有了这一想法后，安祯祥立刻进行设计、测算、制作、试验。改造后的风机工作果然平稳了很多。

与此同时，安祯祥发现造成风机工作异常的问题还有风机叶轮经常损坏，这也主要是因为氧化铁等混合物杂质硬度大，与叶轮发生碰撞的过程中造成的。而且，因碰撞不均匀，磨损的程度也不一样，严重时产生共振致使风机不能正常工作，一个新风轮仅仅能用10天。通过查找资料，安祯祥采用电焊的方法，在叶轮上面堆焊了一层硬质合金，使叶轮恢复到原来的质量，再利用静平衡和动平衡试验，用砂轮打磨找平衡，最终使风机运动正常。通过这样的方法使风轮寿命达到180天以上。

当时，球团工段除尘采用多级除尘，多管除尘除不净后会利用布袋除尘。布袋除尘的大致原理就是，将气体打入一个3米多长、用金属圈撑起的一尺半直径的尼龙编织布袋里头，气体会从缝隙跑出去，煤粉会留在袋里面。为了把煤粉抖下去，布袋振动非常剧烈，造成金属支架与布袋接触面摩擦特别厉害，布袋经常脱落，煤粉进入烟囱后，工人们看到一跑黑就知道布袋又坏了。这个看似不太大的毛病却经常造成全厂停产。安祯祥就自己设计制作一种卡具，改造安装之后不仅减轻了布袋磨损，而且提高了除尘效果，节省资金 12 万元。

在此期间，安祯祥还进行了磁选筛分振动筛、除尘箱等多项技术改造，提高了设备作业率，受到了厂里的表扬。

安祯祥（左二）在新工艺试验厂工作期间留影

设计干球回收斗提机年创效 77 万元

提起安祯祥，至今许多人会一并提起他所设计的干球回收斗提机。这件事还要从他真正走上设计岗位讲起。

可能在矿山的历史上，没有哪一个单位会像新工艺试验厂一样设置一个科研科，说起来也有几分无奈。试验厂投产后的几年中，因工艺设备不过关，生产经常处于停停打打的状态。设备有问题就要不断进行改造，但要处理的问题堆积成山，也不能什么都依靠设计院，所以试验厂就决定自己成立一个科研科，进行一些日常的革新改造。当时，科里有 100 多人。其中，大专院校毕业生比比皆是，但却缺少既有实践经验又懂机械设计的老工人，于是，安祯祥顺理成章地进入了科研科工作。

从工人转行搞“科研”，一般人会有一定的不适应。但安祯祥却显得那么得心应手。

刚到科研科不久，安祯祥就接到了一个重任——设计一种可以回收干球的装置。球团的生产工艺，简单形象地说：就是精矿粉加入粘合剂后在造球机内造球，进入向前传送的链箅机进行干燥，成型后送往回转窑里面进行还原。可当时，在链箅机机头和回转窑窑尾之间经常漏料，还没有成型好的热球漏下来堆积成山。而原来处理的方法很原始，雇几辆铲车把这些球铲走，但球的高温烧得车轮子都要着起火来。费事儿不说，这些半成品因无法再进入流程也就成了废品，这已经成为困扰试验厂生产的大问题。为此，科长于文庆带着安祯祥专门到附近的焦化厂考察学习。因为，他们有一种提煤机可以起到回收作用。考察时，于文庆和安祯祥非常高兴，如果参考这个设备，就可以将漏下来的干球再次返回到流程里了。但是，因为生产的产品质量、状态不同，所需要的动力就不同，要在现有流程中按照实际情况考量设计，这也只能作为一个参考。考察回来后，于文庆将设计工作全权交给安祯祥负责。

一个多月的时间，安祯祥每天穿梭于现场和设计室。一周后，他拿出的设计方案被厂里采纳。在漏料位置下方挖一个坑，在流程设备上安装一个轨道，在轨道上安装一个斗，靠卷扬系统和定滑轮实现斗的上下移动，因漏下来的既有粉又有球，因此增加了筛分功能，斗下到坑内像“抓娃娃机”一样延着斜坡将干球提上来，返回到皮带上重新进入流程。这期间，安祯祥完成了全部 100 多张施工图的绘制，提出多项优化设计项目，并负责组织施工。这套设备投入使用后，不仅使金属回收率得到了提高，产量也随即提高，厂里年增效达 77 万元。

在科研科期间，安祯祥不仅自己设计了回转窑丁字管、链箅机烟道扩径等多项小改造，还配合首钢内外部设计院完成了多项重点改造项目。如 20 世纪 90 年代初球团大修期间，由天津水泥设计研究院负责窑体轴承设计工作，设计院把齿轮润滑改造任务交给了安祯祥。当时，窑体底下有个固定的大齿轮带动窑身转动。但是，这个大齿轮润滑经常出问题，与它啮合的小齿轮不仅要担负传动功能，还要在油盒里沾油给大齿轮润滑。由于窑坯上的温度达三四百度，通常还没等大齿轮转一圈油就蒸发消耗光了，造成大齿轮磨损严重。安祯祥就设计给大齿轮做了个油箱，在油箱底下安装一个代油轮全部浸泡在油里面，不承担传递动力，专门用于润滑。改造完成后，润滑效果迅速提升。

安祯祥在回转窑前留影

“土”工程师的免审标准

“设计图就是工业语言，不是让你拿着图纸还要靠文字说明来翻译，而是当你把图拿给人家时，别人一眼就能看懂。”这是安祯祥常对年轻的设计人员说的一句话。

刘山岭对安师傅非常崇拜。对于像他这样一个刚入行搞设计的学生来讲，能遇到这样一位接地气的工人设计师是非常幸运的。从安祯祥的身上可以更真切地体会到人与设备相通的灵性，也可以感知一件作品的成功与否与设计者的一个思考、一点较真息息相关。“和现在我们拿电脑设计总装图不一样，安师傅可以很快画出一个零件图。然后，轻描淡写的跟我们说，‘去吧，加工去吧！’这种自信就是实践中磨炼出来的。现在电脑制图可以随意选定线条的粗细，但我们那时候描图都是手工的，笔尖上有个管，里面的针有粗有细，弄不好墨就会在图纸上留下一摊印记，不能立刻擦，只能等干了用刮纸刀刮下去。安师傅描图特别认真，基本不用我们插手，总是戴个眼镜自己描，生怕错了一点儿。”

在科研科，安祯祥设计的图纸在科长于文庆那里是免审的。对此，于文庆说："搞设计如果是学生出身，可能理论知识更强，但是设计就可能存在不全面的问题，工人们拿到图纸再把它变成实物就很费劲。安祯祥是工人出身，不光懂设计规划，熟悉材料手册，最重要的是他熟悉现场、熟悉机械，做出的设计工人干起来得心应手，工艺性很好。他设计的图我基本都不用看，并且当时科里100多人，每天的图纸堆成山，我还经常让他帮助我审图。"于文庆离开科研科时，还专门交代下一任科长："这个老工人很有经验，年轻人做出的设计，工艺性一定要让他审一审！"

安祯祥这双到退休一直都握着铅笔的手，仍忠诚于最初所学的手工技艺。

手拿刮刀，每一刀下去仿佛看不出瓦面上有太大的变化，这是安祯祥在进行刮瓦操作。1992年球团大修期间，委托天津某设计研究院进行回转窑轴承设计工作。在此之前，球团厂的回转窑轴承总是因为磨损严重造成过热停机，严重时甚至起火。在对方对刮瓦标准和技术进行保密的情况下，安祯祥亲自上阵揽过了刮瓦操作的活儿。刮瓦是钳工里面最难的活计，每一次新瓦使用前，轴和瓦的接触仅为一条线，需要人工在瓦上刮出规定的接触面与轴契合，还要用刮刀在接触面上刮出规定的点，才能让润滑油进入起到润滑效果。当时，要求的接触面是40%~45%，并且接触面上每平方厘米要均匀分布2~3个点。刮刀的前面是圆柱形的，刀尖前面带有三个楞，需要双手拿着一点儿一点儿的刮，一次最多能刮半道（一道等于一毫米的百分之一）。每刮一次，要把轴落上去，涂上樟丹粉看看接触程度再继续刮。如此反复操作达到规定面积后，再在接触面上用刮刀刮出规定的点来，刮瓦过程相当漫长，并且对工作精确度要求极高。一旦刮坏，整个瓦就报废了。于文庆说："这个手艺一般人干不来，除非技术非常好的老工人，安祯祥首先算一个。"

1992年，首钢准备在内部聘任一批工人工程师，安祯祥被组织推荐报了名。考试非常严格，经过理论和实操答题，他最终顺利通过并得到了中级职称证书。因为他是从工人中成长起来的，并且好钻研、懂技术，同事们总是称他为"土"工程师，这个名字虽然有打趣的成分在里面，但更多的是对这位老工人技术上的认可和钦佩。

姓　　名 安祯祥
性　　别 男
出生年月 1940.7.
專　　業 冶金机械
技術職稱 工程师
所在單位
經 中 级專業技術職稱評審委員會評審，符合晉升條件，具備 冶金机械工程师 職稱資格。
一九九二年 五 月二十二日

安祯祥的冶金机械工程师证书

一份倔强的坚持

连续两个月，安祯祥到点上班，过了下班时间又不走，同事们经常招呼着："安师傅，下班了，走吧！"他仍旧盯着面前的大图板，卖力地上下推动着尺子。退休证已经拿到手两个月了，没人给他开工资，他还是一如既往的上班、画图。

忙碌了一辈子，安祯祥已经闲不住了。

退休后，安祯祥又被外面的企业聘用了10多年。他先后到唐钢、邯钢、沙钢、济钢等全国各大钢厂的球团、烧结现场搞技术服务。因为拥有工程师证书，并且擅长根据现场实际情况进行设计改造，帮助这些钢厂提高了产量、质量，降低了成本，受到用户好评，很多厂家争着邀请他去工作。这期间，他参与完成的生石灰消化器、烧结头尾密封、烧结全密封等多个项目先后申请了国家实用新型专利。"安师傅人非常好，技术更是没得说，与他相处的时间我们都感觉没有待够。"安祯祥退休后与其一起共事过的同事说道。

"老安特别倔，认准的事儿谁说也不管用。有一次球团厂大修，厂里专门从唐山请来了专家。检修换齿轮的时候，安祯祥说他的装法不对，死活不让装。最后专家还是没有听他的，结果装上以后果然不合格，还是返修了。"老同事张如勤回忆起安祯祥，这件事给他留下的印象特别深。

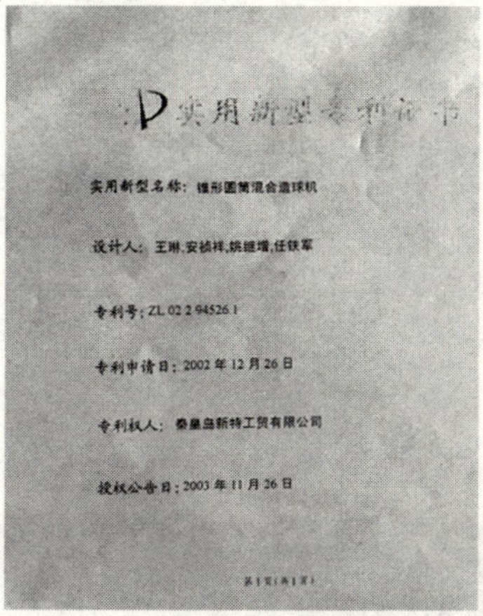

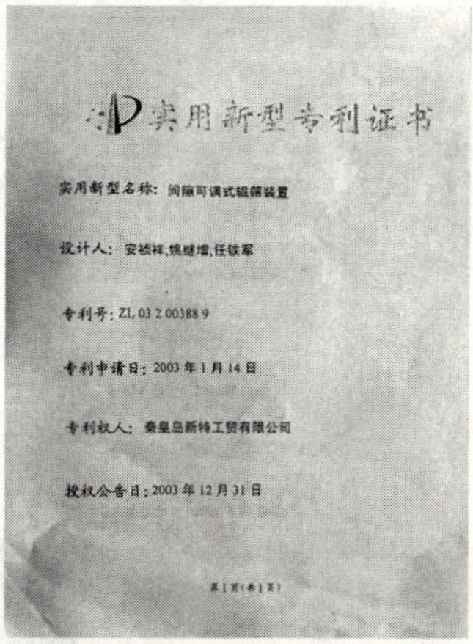

安祯祥获得的国家实用新型专利证书

“我父亲脾气虽然倔，但他的学习精神又不得不让我们佩服。退休后他的岁数不小了，可他又开始自学电脑机械制图，而且学得特别认真。”安祯祥的儿子感叹道。

每个人大抵都有一份属于自己的倔强，在自己看来是坚持，在别人看来是固执。正源于这份倔强，才能把安祯祥从小小的村落指引来矿山，才能在模糊的日子里清晰地找到奋斗的起点，才能将手中的工具磨成一支无所不能的铅笔，才能在蓝图中烙印上自己的名字。这一份忠诚于内心的倔强，你我都应当拥有，才能无愧于美好的时光。

点亮铁路线的“信号人”孙景全

井春苓

匠人心语

信号，是铁路运行的“眼睛”。作为一名电务人，其职责就是保证信号设备灵敏可靠。只有初中文化的孙景全，三十几年如一日，在信号设备检修领域成为运输部首位铁路信号技师，曾是矿区的一个传奇。“一旦你决定好职业，就必须全身心投入，而且必须穷尽一生磨炼技能。”孙景全如是说。在他和第一代铁路信号人员的匠心打造下，运输部的信号设备一直保持着高于国铁的水平，展示了他们技高一筹的努力。而将自己的技艺倾囊相授，则显示了一位老党员希望企业长青的眷眷之心。

孙景全，原首钢矿业公司运输部电务段信号修理班班长，1945 年出生在河北省唐山市丰南县，1963 年初中毕业后到北京部队当兵。7 年间，他辗转山西大同、江苏南京等多个部队，在这期间他不仅练就了一副铁身板，还第一次接触到了计算机，并学习了相关技能，这也为他后来从事信号修理工作打下了基础。1970 年从部队转业到矿山后，孙景全担任过食堂管理员、保卫员等工作，1972 年正式成为了一名铁路信号修理工。

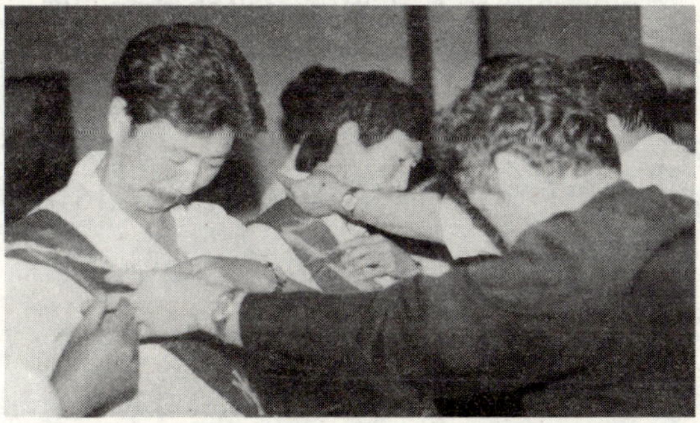

孙景全（左一）受表彰时留影

工作三十几年，孙景全走遍百里矿区几百个铁路道岔。他牵头负责，顺利完成了运输部电气集中技术更新改造工作。只有初中文化的他，通过不断地学习、攻关，迅速成长，成为运输部首位、也是 2000 年以前唯一的一名铁道信号技师，并多次被评为两级公司先进工作者和优秀共产党员。

孙景全获得的荣誉证书

初出茅庐勇挑大梁

说起信号修理，这并不是孙景全的老本行，是机缘巧合让他踏上了这条充满挑战和机遇的路。

20世纪70年代初期，矿山的百里铁路运输线上，刘官营站、新庄站、82米站使用的是1031手柄式小站电气集中原理图，而选矿站、粗破站还是人工搬动道岔。随着矿山的发展，站场扩建、电气集中技术更新改造已经迫在眉睫。可是难题来了，当时大石河铁矿运输车间（运输部前身）并没有一批真正的铁路信号队伍，要想改造成功，首先要组建自己的信号修理队伍。一没信号知识、二没工作经验的孙景全听说了这件事，在部队接触过计算机的他立刻向组织申请参与。于是，1972年冬天单位组织了16名同志利用6个月时间，到首都钢铁公司代培学习信号修理知识，孙景全欣然受命，带队奔赴北京。

去北京学习前，孙景全就知道回到矿山后自己将负责组织电气集中更新改造工作，肩负的责任重大，重重的困难会摆在自己面前，一旦失败就会影响运输生产。压力就是动力。半年的学习时间里，他白天与师傅们一起在现场奔波，晚上研究电路原理。每次技术人员组织的讲课，他都视如珍宝、认真听讲。为了更好更快地学到信号知识，那年的春节他都没有回家。半年的努力和积累，他不仅掌握了电气集中原理，而且掌握了施工组织程序，心中有了组织站场施工改造的底气。

1974年，运输部决定首先对82米站应用当时最先进的71917电气集中技术进行改造，这也是自运输部成立以来第一次从设计、安装到调试全部自行承担的工程。此时的孙景全学习结束已经回到矿山。“我回到矿山后，领导让我们拿出一份82米站的线路平面图，82米站也不算小站啊！”孙景全回忆说。为了了解站场设置情况以及道岔、信号灯的数量和位置，他和几个工友来来回回地走现场，进行具体方案的勘测落实，并通过详细测量、调查及业内工作，为编制施工图提供各种数据。图纸下达后，他根据每个人的技术水平合理的进行任务分摊，严谨有序地展开施工作业。在这期间，他白天在现场忙碌，晚上下班后检查当天施工任务完成情况，夜间还要研究电路原理图，以便随时解决各作业摊遇到的种种技术难题。就这样，设备终于安装完成，可是第一次调试试验却失败了，通电后保险就爆。他继续组织大家分析，反复核对电路配线，三天两夜战斗在设备旁边，饿了就边吃东西边看图纸，困了就打个盹，闭上眼睛脑子里仍想着设备符号。功夫不负有心人。第二次试运行终于成功了。“当部领导来给我们贺喜时，我却倒在值班室里睡着了。”孙景全笑着说。这项改造工程，不仅提高了信号设备效能和铁路运输质量，而且比外委节约工程费用 7 万多元。

现运输部 82 米站

苦练信号修理技术总结最佳操作法

82 米站建成后，孙景全仍有担忧。大家对独立维护这套新设备还比较生疏，设备发生故障时，经常找不到原因，眼看着一列列火车堵在站外，工人们急得满头大汗，只得用人工摇道岔放行车辆。这时，孙景全更加深刻地感到信号工责任的重大。他暗下决心，一定要尽快掌握信号技术本领。

没有技术书籍，孙景全就托亲靠友到北京去买。当时，他每月工资只有几十元，光买书就花去了近三分之一；运输部没有指导老师，他就拜书为师。对书本中生疏的标记信号、抽象的配电结构图和复杂的信号原理叙述，他一遍又一遍地熟记着，同时认真分析书上讲到的故障现象、原因和处理方法。白天在班上，他认真熟悉全车站每台设备的性质、结构和安装位置；晚上回到宿舍，为了不影响他人休息，他常常打着手电筒，铺开满地满床的图纸，一条条地理着电路，一本本地查阅资料，一页页地记下笔记，有时为弄通一条电路或是一个原理学习直至凌晨。几番寒暑之后，他自学了《铁路信号基础》、《电工学》、《电气集中施工》等十余套技术书籍，正是凭着这股蚂蚁啃骨头的精神慢慢积累，孙景全熟悉掌握了信号机维修和各类零备件的安装工艺，并练就了比别人更快排除信号故障的“绝活”。直到现在，他还保留着这些帮助自己成长的书籍。

在坚持自学的同时，孙景全还把自己在现场处理过的每一种故障的原因和处理方法都记录下来，及时整理成册。当时整理收录100多例信号故障处理的手记，成为运输部信号修理班的宝贵原始材料和工具书。

在多年的工作中，经孙景全排除的疑难故障数不胜数，他的很多事迹至今还在运输部信号修理工中流传着。孙景全根据多年的实践经验以及学到的理论知识，总结出了一套“一看二测三分”的排除故障法：一看是看一看故障的现象，仪表、表示灯、光带和继电器状态，分清是室内故障还是室外故障，是电路故障还是机械故障，是复式故障还是主体故障，这能把故障率缩小到一半或者是1/6的范围，有时还能直接判断出故障。二测是测电压电流和电阻电容值，分清是电源故障还是网络故障，是短路故障还是断路故障，是选择组故障还是执行组故障。三分是分部、分架、分点查测。即把所需要按顺序查测的部位，组合架和继电器接点的中间点作为第一查测点，通过判断缩小到原1/2范围内，再测其中间点，将故障缩小到原1/4范围内，再测余下的中间点，则范围缩小到1/8……1/n。这样很快就能测到故障点。他的这种方法在多次故障处理中证明，比一般按顺序查找处理快几倍甚至几十倍。一次，刘官营站发生一起比较复杂的电路故障，当班职工按照图纸查找了一天也没有找到故障点。到场后，孙景全没用十分钟就排除了故障。职工们对他的技术纷纷竖起了大拇指。也是从这个时候开始，“一看二测三分法”在信号修理班得到广泛应用，并一直沿用到电气集中设备退出运输部历史舞台。

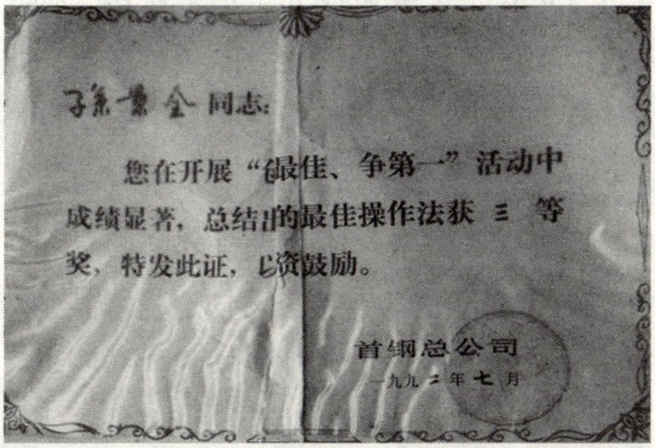
孙景全同志：

您在开展“创最佳、争第一”活动中成绩显著，总结的最佳操作法获三等奖，特发此证，以资鼓励。

首钢总公司

一九九二年七月

孙景全的“一看二测三分”法获首钢最佳操作法三等奖

运输部第一代铁路信号技师

曾经，运输部电务段有 7 个信号站分布在百里铁路运输线上，随着矿山生产的发展和铁路运输量的逐年增加，对铁路信号的要求也越来越高。为了更好地发挥现有信号设备的效能，孙景全带着信号修理班除了加强信号设备的日常维护和检修，及时排除各种故障，使设备保持最佳状态外，还积极进行必要的更新改造，以满足铁路运输生产不断发展的需要。

1979 年，运输部决定在粗破站采用最先进的 6502 电气集中电路，并外委给专业铁路施工队伍进行改造。竣工投入使用后，由于这种电路以往谁也没有接触过，检修维护、设备故障排除是主要难题，必须保证设备正常运转，才能保证正常供矿。谁来担此重任？部里又把孙景全从 82 米站调到粗破站当班长。他带领全班同志一边学习 6502 电气集中原理图，一边检修维护现场设备，很快适应了工作需要。尽管粗破站站场大、环境复杂，但他将站场管理的井井有条，从未因信号设备故障影响供矿生产。

从此以后，运输部所有的信号改造项目再也没有外委，全部由自己承担。

进入 20 世纪 80 年代，首钢钢铁产量蒸蒸日上，炉料供应全部由矿山承担，运输部产品发运任务日益繁重。要想保证铁路运输畅通，各车站的信号绿灯必须能够按照车站调度的操纵意图及时开放，否则将影响机车作业率。

为了保证信号设备正常运转，电务段成立了信号工段，孙景全担任工长，统领各信号站班长完成信号设备检修维护和故障抢修任务。当时，选矿站是产品发运中心，站场环境复杂，外界干扰大，成为了运输生产的关键。孙景全在保证选矿站设备正常运转的同时，奔波在南至木厂口，北至刘官营的各个车站，凭着多年的经验指导班长及时消除设备故障隐患。他本人也因技术业务水平过硬，于1989年考取了首都钢铁公司铁道信号技师职称，不仅成为运输部第一代铁路信号技师，也是2000年前运输部唯一的一名铁路信号技师。

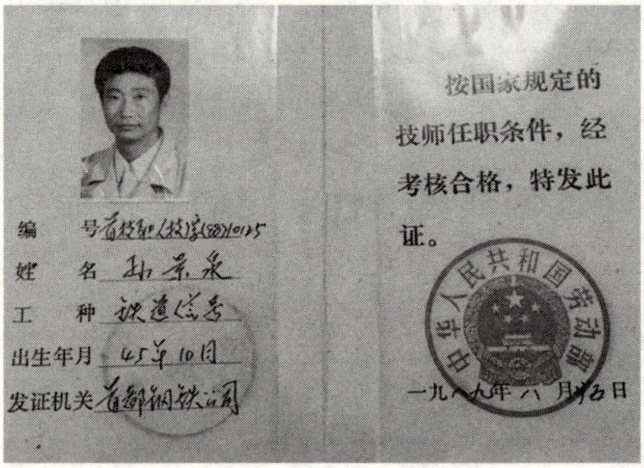

孙景全铁道信号技师职称证书

他脑海中有一张车站电气集中原理图

电气集中车站的主要工作程序是，车站信号值班人员按下始端和终端按钮后，道岔自动转换到规定位置，检查轨道空闲，没有敌对进路后自动开放信号绿灯放行车辆通过，效率高，安全性强。其工作原理主要依赖于继电器互相联锁、互相制约的十分复杂的电路，排列一条进路，开放一个绿灯。信号修理工人在排除隐患时，少则检查几十个继电器接点，多则检查100多个甚至更多的继电器接点。接点虚接是常见故障，而故障点位绝大部分又是隐蔽的，一旦发生设备故障，信号修理人员必须用最短的时间排除，否则机车不能按调度要求进站或者出站。要精通这样复杂的电路系统并非易事。然而，经过多年在铁路战线上的摸爬滚打，在孙景全眼里，不管是隐蔽故障还是直观故障，不管是电气故障还是机械故障，只要看到现场和实物，他都能准确地找到故障点位，手到病除。

一次，刘官营站上行信号排不出来，信号不能开放，机车憋在站内发不出去，信号修理人员怎么也查不出故障原因。最后实在没有办法，值班调度就给在家休息的孙景全打电话。他立刻赶到站场，在与值班人员沟通一会儿后，三步并作两步蹭蹭上了楼，到信号控制台看了看，转身走进继电器室，几分钟后故障消失。原来是有一个继电器中的一组接点虚接，致使电源不能正常导通。在场人员问他是怎么做到几分钟就找到问题的症结时，他指指自己脑袋说："整个车站的电路图都在这里，你一说问题我就猜到故障的原因了。"

有时，孙景全来不及赶到现场，只要告诉他故障现象，他也能快速、准确地判断故障点位。粗破站有一组道岔，信号值班员只要一按下板动道岔的按钮，电机碳刷就冒火花，熔断器就烧断，信号修理人员也知道这是因短路造成的，但就是不知道短在何处，从继电器室和现场道岔处来回跑也查不出原因。信号值班员跟修理人员说："快请师傅吧。找老孙！"这位信号修理工给孙景全打通电话后，把故障现象跟他一说，立刻得到了答案——把自动开闭器静接点座换一个新的。这名信号修理人员把静接点座砸开一看，原来镶嵌在静接点座中的两组钢片之间，由于使用年限长，加之地面潮湿，出现了氧化层，两组钢片连接起来造成了短路。果然如孙景全所说，他的心里由衷地敬佩孙师傅的技术——"真是神了"。

铁路信号的"主治医师"

20 世纪八九十年代，由于矿山生产规模的不断扩大，车站周边或者站场内部在不断的增加各类设施，加之站场扩大需要增加信号设施，站场内地下埋着很多电缆，经常被施工单位挖断，信号机、道岔经常被砸坏。当时，很多事故都发生在夜间，一旦信号设备不能正常工作，就必须立即组织抢修。不管什么时候发生事故，孙景全都能及时赶到现场，及时组织抢修。

在一个深冬的夜间，粗破站北咽喉的两根地下电缆被基建施工单位挖断，造成粗破站北半场信号设备不能工作，信号不能开放。熟睡中的孙景全接到检修电话后，冒着严寒组织几名信号工连夜进行抢修。他们需要在挖断的电缆两头刨开坚硬的冻土，拽出并剥开电缆头，再安上电缆分线盒，将 80 多根电缆芯线一根一根、毫无差错地对接在分线盒中的端子上。寒冷的夜幕下，大家的手被冻得像猫抓一样疼，又不能戴上棉手套，只能咬牙坚持着。现场没有照明，他们只能打着手电筒作业，一直干到天亮，北半场信号设备终于正式运行，信号绿灯开始正常开放。

夏季冒雨抢修也是常有的事。一次，天下着小雨，82 米站电缆被外单位施工人员挖断，道岔不能转动，几架信号机都不能开放，如果等雨停后再抢修，就要影响生产。孙景全带着大家找来塑料布，在现场支起临时帐篷。为了防止塑料布被吹跑，大家就在塑料布的四角拽着。这样雨水还是会被风吹进来，他们就找来棉丝边擦边干，等抢修完工，所有人的衣服也全部湿透了。

铁路信号点多、线长，恶劣天气、突发事故等都会造成线路故障，不定时抢修成了家常便饭，至今回忆起抢救事故的场景，孙景全还是历历在目。一次深夜 11 点多钟，裴庄信号站一组道岔被机车掉下来的矿石砸坏，需要立即抢修。睡得正香的孙景全被急促的敲门声叫醒，打开门发现部调度已经派车来接他了，他立即穿衣服随车赶赴裴庄站，经过两个多小时紧张的抢修，裴庄信号站恢复了使用。“由于我患有腰肌劳损病，干完活后腰也直不起来了。在场的同志们常常说：老孙真是个好党员啊!”

孙景全被运输部命名为“铁路信号的主治医师”

由于孙景全不仅掌握处理故障的“诀窍”，而且总能在危急时刻出现在抢救事故现场，20 世纪 90 年代初他被运输部特评为“铁路信号的主治医师”荣誉称号。每当设备发生很难处理的问题时，大家就会第一时间想到孙景全，并打趣地说：“快去找老孙，让‘主治医师’来专家会诊。”

数百名职工的“技术导师”

一花独放不是春，万紫千红春满园。作为运输部第一代铁路信号技师，可以说，部里接下来的上百个信号工都算得上是孙景全的徒弟。他深深地明白一个人的成功是渺小的，众人划桨才能开大船，只有带领大家共同努力，才能把自己多年积累的知识、经验、方法传下去。于是，他便开启了自己的“导师”授课之旅。

为了提高信号专业人员的技术素质，运输部组织了技术讲座，由孙景全担任讲课教师。因为信号专业技术性较强，理论较深，又需要电工基础知识，加上听课人员的素质高低不一，所以孙景全并不是照搬课本讲那些专业的术语，而是用特别贴近生活的比喻把那些专业性强的知识让听课人员消化掉。一张复杂的信号图，在孙师傅嘴里可能被拆分成了几张简单家装水管管路图，信号灯变成了水龙头，故障变成了停水，不仅好理解，而且十分有趣。孙景全把徒弟们带入门后，开始教他们分析一些深入的故障处理案例，无论工作多忙，无论加班到多晚，他宁可牺牲自己的休息时间也会把课提前备好，即使再疲惫，讲课时也绝不偷工减料。

“听孙师傅讲课，我们都觉得干劲十足，总想着好好学，学会了大干一场。”徒弟邹明回忆，当年一起听课的同事和他说：“我有的是力气，要让我干活没问题，要是让我学习可真是受不了。当时听说是一个没有授课经验的老师傅（孙景全）给我们讲课，就更担心自己没有知识功底学不会了。可是听了孙师傅的一次课后，我所有的担心都没有了，最后终于学成了信号修理技术。”

孙师傅的妻子和笔者讲述当年的事情时说：“可能因为我后勤工作做的

好，才能让老孙在工作上不分心，组织上还特意敲锣打鼓地给我送过红花呢！部里送来的暖壶现在不用了，但我还珍藏着！”

孙景全老伴说，那时他下了班以后还要给徒弟们讲课，到家以后摊上一个小桌子，围坐着四五个人，孙景全常把妻子和孩子都“撵”出去，说耽误他们学习。有时候遇到徒弟不懂的问题，他还爱较真，一讲就到半夜了。

谈起担当小教员，孙景全说：“我很喜欢给年轻人讲技术知识，无论黑夜还是白天，无论多忙多累，就是我自己有急事也不能耽误，能帮到他们我心里就有说不出的痛快。”

作为运输部第一代铁路信号技师，不善言谈的孙景全从自学信号知识到开始摸索车站改造，从铁路信号“主治医师”再到数百名职工的“技术导师”，他一辈子只专注做了这一件事。正是有成百上千个像他一样的信号修理工的坚守，才保证了百里铁路运输线上一个个信号绿灯能够及时开放。

如是

你说他容易，
可手指却沾满了灰漆，
你说他轻松，
可大雪漫天中却有他的影踪，
这就是信号修理工，
平凡又普通。
没有华丽的辞藻修饰，
有的只是忠诚与朴实，
如是，我说：
时光在走，
留下了两鬓的斑白，
岁月如梦，
却依然在轻轻诉说，
信号修理工，
引导着列车驶向前方。

火车头上的工人“讲师”王世德

井春苓

匠人心语

32年的火车司机生涯，王世德有6万多个小时工作在不到5平方米的火车头里。他是铁路人中平凡的一员，却用自己撰写的17万字教程，抒写着铁路人的喜悦与惊奇，在铁路线上留下了深深的轨迹。也是他，在运输部机车转型阶段勇挑重担，走上讲台成为工人“讲师”，满足了首钢对铁路运输人才建设、技能提升的迫切需求。

王世德，1976年参加工作，曾多次被首钢总公司、矿业公司评为“优秀共产党员”、“先进个人”，并被授予“能工巧匠”和“技术能手”称号。他凭借30余年的技术经验积累，编写了17万字的《电力机车使用、维护、保养培训教程》，至今仍广为流传。在2002年矿山机车由利用一次能源向二次能源转变期间，王世德身先士卒、夙兴夜寐，成为群众眼中的“领军人物”。同时，以“教师”的身份向职工分享电力机车标准化操作方法，兴起机务人的学习热潮。善积累，勤思考，一直以来都是他工作和学习的座右铭，也诠释着他每一步忠诚服务铁路的前进人生。

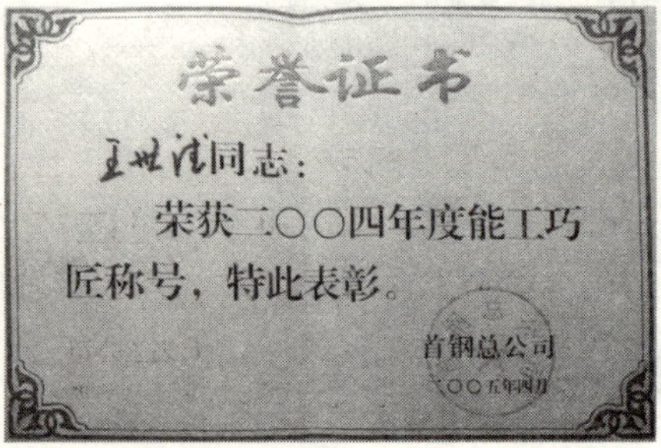

2005年王世德荣获
首钢总公司“能工巧匠”称号

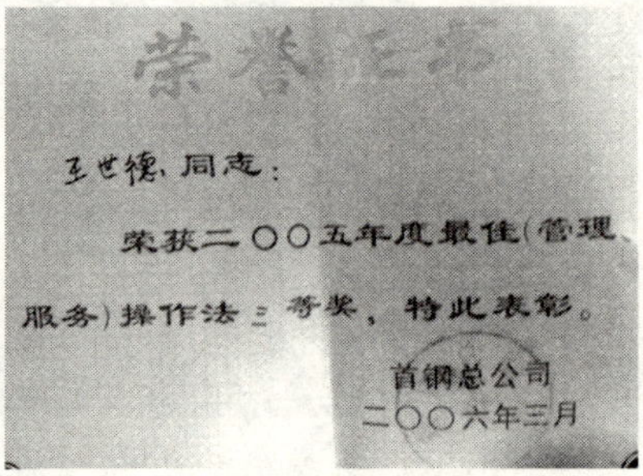

王世德获得首钢
最佳操作法三等奖

20余年水厂运输经验，书写12万字双色笔记

南起选矿站，北至水厂，全程20公里，王世德在每班的工作中呼唤应答几十次，鸣笛响彻道口百余次。在两条平行的钢轨上，他和火车一起忙碌，用“手艺”征服火车头，载着千吨货物，将它们运到终点。

“车轮铿锵，汽笛嘹亮，我们奔驰在万里铁道线上；大漠孤烟，长河落日，追星赶月迎曙光。驾驶着时代的机车，怀揣着亲人的期盼，里程碑见证了我们的足迹，信号灯指引着前进的方向。”一首《火车头之歌》足以唱出一名火车司机的心声。

王世德出生在北京市海淀区温泉镇的一个小村庄里。据王世德讲，他小的时候家里并不富裕，经常帮父母做农活儿，小小年纪就养成了刚毅的性格。

1976 年，王世德从鞍山铁路运输学校中专毕业后，到首钢水厂铁矿运输车间当上了乘务员。第一次站在电力机车旁，看到眼前这个庞然大物，想着很快就能驾驶着它拉着几千吨的货物驰骋在铁路线上，王世德油然而生一种兴奋感！

入厂时，王世德首先在瞭望副司机岗位工作。经过两年的学习实践，他熟悉了各个站区、道口线路运行情况，并因工作中表现出色，两年后成为同一届入厂职工中最早提为司机的人。虽然掌握了一定的乘务员理论知识和操作技能，但是万事开头难，他遇上了一些问题。

提升为司机后的一天，刚出车不久车就没流了，王世德认为不是车的故障，再三对调度说："肯定是网络停电了。"当救援机车一来，他就发现判断失误了，其实就是机车出了一点小故障。回忆起这件事，王世德意味深长地说："这次'现眼'对我触动很大，也是因为这件事，让我下定决心捧起书本继续学习。"

从此，王世德的兜里经常装着两支不同颜色的笔和一张白纸，随时将工作中遇到的问题记录下来，并用不同颜色标注故障原因和处理方法。下班回家之后，他便开始了一天的学习整理，对照理论知识，将自己记录的故障现象与实际处理情况一起整理到笔记本上。王世德的爱人打趣说："那时候老王跟孩子站在一个起跑线，一回家就看书做笔记，比孩子做作业还认真呢。"

人生进程中，总会有某件事触动人的敏感心思，从而助推人不断成长、进步。一年，王世德参加了公司举办的电力机车技术能手表演赛，这一次他没拿到成绩。不甘落后，第二年他又参加了比赛，虽然有所进步，但仍没有取得名次。两次失败后，他开始琢磨："问题出在哪里？为什么我处理故障的方法是对的，可成绩还是不理想呢？"赛后，他通过咨询教练和其他选手，发现原因在于自己每次都是考试用时过长，同等时间里别人检查出故障比他快很多。他想："既然这样，就一定要在时间上下功夫，尽可能提高操作水平，缩短比赛用时。”于是，他在整理笔记之余，开始查找总结各个故障的最佳操作法，利用机车等待时间一点点练习。一年多的时间，他摸索出了一套规律，并总结了一套针对常见故障的最佳操作法。第三年参加技术比赛，他获得了第一名。

工作中的王世德

1992年，因为工作表现出色，王世德被提拔为班长。当上班长后，王世德更加主动的思考和解决问题。150吨电力机车运行第一级有九台电控接触器闭合。过去，这些接触器中有一台发生高压导电部分部件烧损或短路，机车就无法运行，必须派一台机车来救援，这样一来就耽误两台机车作业。王世德主动站出来说：“治不好这个毛病，我这个班长当着也没啥意思。”怎样让这些电控接触器发生烧损的机车可以自己回库呢？王世德一连好几天待在密不透风的高压室里细细研究，终于发现可以破解难题的方法。如1号、3号、5号接触器发生烧损，就切除一组和二组电机主电路，用第三组电机维持机车运转回库；同理，如41号、43号、45号接触器发生烧损，就切除二组和三组电机主电路，用第一组电机运转维持机车运行回库。方法找到后，再出现这类问题时，他就尝试着利用此方法对机车进行反复试验，果然可以达到电机车自行回库的效果。这次实践，王世德也好好总结了一番，全盘记录在自己的笔记中。

“积跬步，至千里”。到2002年，王世德将20多年的实践体会浓缩成12

万字，全部记录在7个近1.5厘米厚的笔记本中。许多人看到这些笔记本上密密麻麻但清晰工整的“双色笔记”时，王世德都会对他们说：“这些机车故障就像人一生中经历的磨难，逃避只会让情况越来越糟，不如迎难而上，总结错误和教训，才能使路越走越顺当，机车越开越平稳。”在王世德看来，这只是他的一个工作习惯，但却在不知不觉间帮助他积累了丰富的实践经验，也为他日后成为讲师、编辑出书积蓄了能量。

王世德至今保留的手写笔记

电机车“南下”，优秀司机转行当“教员”

进入21世纪后，随着矿山开采深度逐年增加，矿车、皮带运输因其爬坡快、稳定、高效等优势，逐渐替代机车运输，水厂铁矿采场25台电力机车将陆续退出“历史舞台”，这也意味着近2000万元的资产将会被闲置。与蒸汽机车相比，电力机车功率稳定，在大坡地段牵引18辆重载翻斗车是小菜一碟。而此时的运输部，蒸汽机车还是主体设备，如果把从采矿生产退下来的电机车用于铁路运输，不仅可以盘活资产，而且可以有效解决北区铁路运输的“瓶颈”问题。于是，对传统铁路进行电气化改造，让电机车“南下”成为矿业公司的重点工程。

2002年6月6日，水厂精矿站，彩旗招展，气球高悬，铁路电气化工程通车典礼隆重举行。随着电力机车“南下”，水厂机运部成建制划归运输部，王世德也由水厂调到运输部机务段，继续干电力机车司机。

“干了这么多年司机，可以说是轻车熟路。但自从电机车‘南下’后，我

庆祝铁路电气化改造顺利通车

这心里就开始不踏实了。”王世德这样说的原因是电力机车下山后出现了“水土不服”：一方面北区的部分电力机车乘务员下山后对运输部的作业环境和作业方式还不太适应，另一方面运输部原来开惯蒸汽机车的司机们对电力机车不太熟悉。再加上电力机车使用多年、故障频发，有时可能只是一个小故障就造成机车“趴窝”，需另派一个电力机车去救援，来回一折腾，两台车半天不能作业，影响生产不是一星半点，大家心里直着急。机务段因此多次受到考核，领导和职工情绪也不稳定。看到这种情况，王世德想如果可以加强乘务员培训，提高每名司机的操作水平，这样机车的设备状况得到改善，小故障可以自己处理，机车效率自然就上去了。

“我干了近30年的电力机车司机，有一定的理论知识和实践经验，在这么关键的时候是应该做点事啦!”王世德找到段领导，提出搞电机车乘务员培训班的建议，领导很赞同他的想法，但却苦于找不到合适的培训老师。于是，王世德再次找到领导说：“如果信任我，就让我来当这个培训班的老师吧!”领导权衡了一下，就答应他可以先试试，并且每次的讲课内容需要向上级做汇报。

“万事开头难，备起课来，真是比开车还费力。”王世德这样回忆授课初期的备课情况。为了使职工能够听得明白，他利用业余时间翻看了大量的技术书，又将自己多年的经验心得融进去，一字一句写出了讲稿。

2003年2月2日，培训班正式开课，50岁的王世德第一次走上三尺讲台，操纵了几十年机车的手有些发抖。他顾不上这些，抄起粉笔就在黑板上边写边描绘起来。来听课的大多是刚下夜班的职工，还有从水厂、迁西等距矿山几十里外的家中赶到班上学习的。王世德倍感压力，他想一定不能辜负大家的期望，也不能紧张，只要把平时积累的讲给大家听就好了。但事与愿违，第一次授课效果并不是太好，有的职工说他讲得深、没听懂，有的又说他讲得浅，对于提升技能没有帮助。课后，王世德仔细分析了其中的原因。他发现，说讲得深的大多是转岗司机；说讲得浅的大多是有电力机车基础的职工，但是听课的职工共同的特点是年纪较大，理解能力较差。为了使不同水平的职工都能从中得到收获，他结合以往的工作经验，把机车操纵、维护保养、故障判断、应急检修的注意事项糅合在一起，理论结合实践，由浅至深，逐步讲授。大家提出的问题，能当场解答就当场解答，有些疑问的，他先自己想办法弄清楚，再结合生活和生产实际举出例子给大家讲清楚，让他们学了就能用，用了就好使。

王世德正在为职工授课

为了使职工在实践中学习，也为了检验学习效果，王世德将扭转机车故障率偏高的问题作为实践课程。他找到段领导建议增加电力机车两个做检周期，带领学员边维护边学习，对照各部件实物，将自己几十年的操纵、检修心得和经验一一传授，大家边学边干，不但掌握了知识，而且通过整备使设备状况得到提高，第二个月电机故障就明显减少。电力机车培训班从 2003 年 2 月开始，每周四次课，王世德一直讲到了退休前，上了 1000 多小时的课，使电力机车司机的水平普遍得到提高，他也成了有名的“教员”。

原运输部党委书记黄镇说：“王世德这个人憨厚老实，踏实敬业，勤奋好学。可以说他不是最聪明的，但一定是非常用功而且不怕吃苦的。这段授课经历，对当时工人适应由蒸汽机车操作转向电力机车操作起了很大作用，他在这其中功不可没。”

王世德（中间）在运输部学习型组织推进会上接受表彰

也正是一次次授课、一次次思考，使王世德积累了更多处理故障的方法。一天晚上，350电力机车发生故障，送回修理厂房后，修理人员判断是反向器烧损故障，但因缺人、缺件无奈只能等第二天再换。看着紧张的生产形势，王世德坚持一定要当时修理。缺人，他骑着自行车到家属区找来了修理工；缺件，他翻箱倒柜找出可用的件。经过多名修理人员“会诊”，大家认为直接换个反向器比较保险，但王世德却认为换反向器成本高，如果找到故障点换掉损坏件就行。经过两个多小时的反复测试，大家终于找出了故障点，换了一个相关备件，维修成本仅为140元。凌晨一点，电力机车终于能够正常工作了，肚子咕噜咕噜叫的王世德这才发现已经过去十多个小时……

在教学和故障处理过程中，王世德发现机车上容易损坏的都是一些小备件，正是这些频繁的小故障，积少成多地影响着机车的效率。于是，他申请领用了一些工具，又自己掏钱买来了不少工具，带着大家开始修复和制作小备件，先后制作了平衡拉杆、单开接触子、单开鸭嘴、单开消弧线圈等备件，并将方法教给大家。这样一来，乘务员自检自修的水平得到了提高，大家将这些易损件常备在车上，一般小故障自己在现场就可以修复，避免了回厂处理的时间和麻烦，很大程度上提高了机车作业效率。

“17 万字”教程，给运输部留下一个永不退休的老师

进入新世纪后，首钢大力推行创建学习型企业活动，活动的目标是“抓载体、抓深入、抓成果、抓经验，把创建学习型企业的实践不断推向新境界”，而王世德的“小教员授课”做法正是学习型组织在基层广泛创建的一个实践。为了发挥专业技术带头人的领军作用，运输部开办“管理创新与工程师工程研讨班”，王世德是 7 名专业技术带头人之一。2005 年，首钢党委宣传部的一期“以管理创新与工程师工程为突破口创建学习型企业”的简报，讲述了运输部创建学习型企业的经验。首钢总公司党委书记朱继民作批示讲到：“如何创建学习型组织，创建学习型组织的成效是什么？这是公司的主旋律，通过简报交流是个好方式，等一定时机再组织全面推动。”

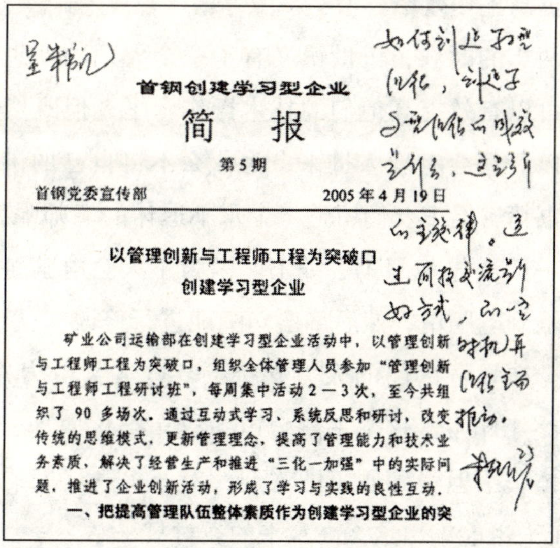
首钢创建学习型企业

简 报

第 5 期

首钢党委宣传部 2005 年 4 月 19 日

以管理创新与工程师工程为突破口

创建学习型企业

矿业公司运输部在创建学习型企业活动中，以管理创新与工程师工程为突破口，组织全体管理人员参加“管理创新与工程师工程研讨班”，每周集中活动 2 — 3 次，至今共组织了 90 多场次。通过互动式学习、系统反思和研讨，改变传统的思维模式，更新管理理念，提高了管理能力和技术业务素质，解决了经营生产和推进“三化一加强”中的实际问题，推进了企业创新活动，形成了学习与实践的良性互动。

一、把提高管理队伍整体素质作为创建学习型企业的突

首钢党委书记朱继民在刊登运输部创建学习型企业经验简报上做批示

已经成为“教员”的王世德并没有躺在已有的成就上吃老本，仍在不断提高自己。2003 年，矿业公司开办了电力机车技师培训班，他报名参加了。

学习过程中，他每天利用交接班时间对机车进行巡检，认真研究机车各个部件的构成、原理和作用，主动向修理人员请教机车检修方面的知识。遇有修理工也解释不清楚的问题，就想方设法找到各种资料、书籍，直到把问题搞清楚。2004年底，他顺利通过了电力机车技师的考评，成为矿业公司首批冶金行业特有工种技师。2005年，他被运输部聘任为电力机车司机高级工，实现了由工人到技师的跨越。

进入2006年，矿业公司推行ERP管理，计算机进了点检组，如果连ERP入机都不会，设备的点检工作就没法干好。面对计算机，王世德就像刘姥姥进了大观园找不着东西南北。当时我也想，快退休了何必还要受累再拼命学呢？但是有一次看了全国劳动模范宣传片《金牌工人——许振超》的故事，使我再一次鼓起勇气，一定要学好计算机，适应ERP上线需要。”因为这件事，王世德还专门买了一台计算机学习操作。那时候他的学习状态也近乎疯狂，晚上10点以前没有回过家，有两次学习了一个通宵。终于，他取得了ERP上岗证书，不仅掌握了点检入机工作程序，还能够用ERP数据分析机车各种技术状态，提高工作效率。

离退休只剩两年的时候，王世德又有了一个大胆的新想法。他觉得虽然通过给职工上课可以有效提高他们的技术操作水平，但既然机车操作有规律可循，而且企业以后还会有新人进来，为什么不将自己的讲稿系统整理、汇总，出一本培训书籍，给工友们留下一个永不退休的老师呢！有了这一想法，他每天下班后就一门心思地写书、编书。因为不太会电脑打字，他就写在稿纸上，请人帮忙输到电脑里，然后字斟句酌地进行修改。就这样，一本17万字的书稿形成了。在教育部门的大力支持下，这本《电力机车使用、维护、保养培训教程》终于印发。这本书融合电力机车结构原理、操作要点、故障判断与处理为一体，不但受到职工的欢迎，专业生产厂家的专家看到后也称赞说：“想不到工人也能编出这么高水平的教材！”

就这样，这个不善言表、心里却又有着一团火的老职工，在到运输部工作的6个年头里，为运输部顺利度过电力机车替代蒸汽机车过渡期做出了不可磨灭的贡献。

王世德编写的《电力机车使用、维护、保养培训教程》

从5平方米的火车头到三尺讲台，王世德干在机车上，学在机车上，奉献在机车上。虽然舞台不大，他却将全部理想和追求倾注在电力机车上，从一名普通的火车司机到工人技师，再到著书留名的“讲师”，实现了人生的三个跨越。在浩瀚的知识和技术海洋里，他始终抱着心中的风帆，荣誉的彼岸有鲜花和掌声，但艰辛的历程却只有守得住寂寞、保持一颗初心才可以战胜。

把物资管出“门道”的冯旭

隋贺领

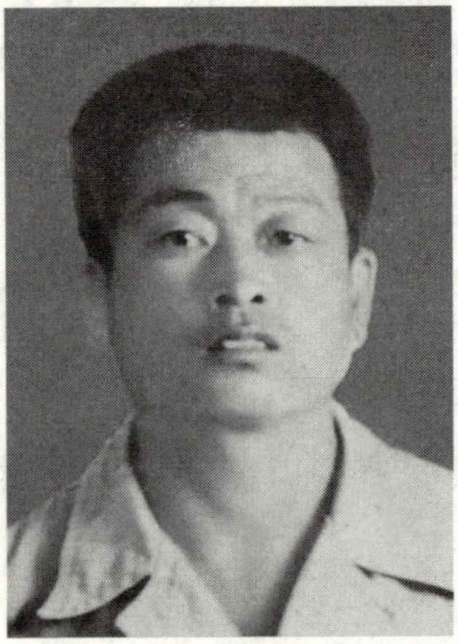

匠人心语

匠者匠心，只为内心的一份坚守。在首钢矿山物资供应战线上曾有这样一个人，他默默地付出，辛勤地劳作，为矿山的建设和发展一路护航。36年的工作历程，冯旭始终在一线岗位，把精力全部放在了企业，给我们上了“把企业当成家”的生动一课。作为矿山的一个“小人物”，他用心雕琢，苦干实干；作为一名普通职工，他执着求真，把“老黄牛”的精神诠释得淋漓尽致。

岁月把沧桑刻在了这位老者的脸上，却掩盖不了他对矿山的情怀。

冯旭 1970 年入厂，在矿山干了整整 36 个年头。从一开始的供应处，到退休时的物资公司，他始终没有离开过矿山物资供应系统。库工、油操工、起重工……，每一个岗位都是那么的平凡。就是在这样平凡的岗位上，冯师傅以一个“小人物”的角色，用心经营这个“家”，兢兢业业为矿山建设耕耘。曾先后四次被评为首钢双文明先进工作者。

冬去春来，年复一年。是这样一群又一群艰苦奋斗的矿山追梦人辛勤付出，让矿山每一步迈的更加坚定。他们留下的是一代又一代矿山人的精神信仰，是我们在市场浪潮中砥砺前行的信念之根。

苦干的初心

朴实无华，带来了苦干的初心。

“我是一名矿山工人”。退休后冯旭每次跟子女、朋友讲述自己的故事时，都要先这么定义自己的身份。他的话语间，让人感受到的是对矿山难以割舍的情怀。

“从上班第一天起，我就把企业当成了自己的家。”这个“家”的分量不言而喻，说和做更是两个层面。冯旭在矿山工作的这些年，让我们看到更多的是做，他对矿山这个大“家”的付出，甚至超出了自己的小“家”。

“每次单位推荐先进，大家都推荐冯旭，认为冯旭是最符合条件的。”他的老领导这么说。

冯旭的这些年，是老一代矿山人实干、苦干的缩影，更让我们看到了他们不计个人得失、全心全意建设矿山的热情。留给我们的是怎么一起经营这个“家”的深深思考。

“我是 1970 年 7 月 7 日来到矿山工作的。”虽然时隔 40 多年，冯师傅对入厂的日期记的依然很清楚。因为从那时起，矿山已经成为他的“家”。

来到矿山后，冯旭被分配到当时供应处的水厂供应站工作，主要负责到矿物资的接卸。

“当时基本没有机械设备，又赶上‘水厂大会战’，到货物资较多，红砖、水泥、钢材等都需要人工接卸。”说起这些冯师傅越发的精神。

那一年他18岁，年轻、有力气。不管白天黑夜，只要有车，他就上车卸货，10个人一组，大家的干劲都很足。由于到矿卸车有时间限制，为了提高效率，他睡觉都是抽时间，有时连衣服都不脱。车一到，他就立马到现场，一一打开车门，等其他工友到达现场后，他们的车门已经全部打开了。

冯师傅说：“当时我们10人一组卸车，2个人在车上递，8个人在车下扛，货物是标载，大家的工作量一样，我就琢磨怎么能缩短时间，发现唯一能提高效率的就是缩短开关车门的时间。”就这样，他抓住了这个“时间”，在6个月的卸车工作中，冯师傅所在的小组，没有出现一次超时，而且每次都是第一个完成。

“干活肯出力气、实干”，这是冯旭留给领导、工友们的第一印象。在物流迅速发展的今天，“出力气”的活越来越少，但是这种苦干的精神却是不可或缺的。

辛勤经营着“家”

视企如家，于细微处见匠心。

1971年初，由于工作需要，冯旭走上了新的工作岗位，负责物资押运。那时的运输全靠马车，他每天押运十几辆马车，拉着红砖、块石等建筑材料，来回穿梭在供应的道路上。

当时交通不方便，进入水厂区域的各类建筑材料大多是火车运输，然后再由马车送至各个使用点位。又正值裴庄建矿，小石岭修铁路，所需的红砖、块石等材料量特别大，大家都不愿意干押运，一方面是工作时间没有准点，从刘官营车站装车，到前裴庄卸货，需要走十几里的山路，单程时间就需要2个小时以上。为了保证工程进度，冯旭每天需要往返两趟，天不亮就要起床去车站，天黑了才能回来。另一方面是责任重，山路颠簸不好走，一个人押运十几辆马车，装车时要点数，卸货时要当面交接，路途中还要顾及这些车辆的安全问题。冯师傅却毫无怨言，他说："是领导信任我，才把工作交给我，我就要干好。"冯旭就这样担起了押运的重任。

那时还有一个有趣的回忆，就是在路上捡"馒头"。

从刘官营车站押运物资到前裴庄，这些物资大多是红砖、块石等散货，由于道路颠簸，时常出现货物掉落的现象。为了不让掉落的货物遗失，冯师傅就坐在最后一辆马车上，把前面掉落的物资全部捡起来。据冯师傅回忆，当时一块红砖是 4 分钱，一个馒头也是 4 分钱，一块砖相当于一个"馒头"。就这样，多的时候能捡 100 来个，少的时候也有 10 多个。他开玩笑地说："那段时间在押运路上捡的'馒头'，基本能够解决整个班组的温饱问题。"

即便是这样的条件，冯旭都是如数将货物交给业主单位，受到了业主和单位领导的肯定。

在此期间还有个小插曲。1972 年前后，冯旭第一次休探亲假（15 天），考虑休假时间长了，他还特意早回来了一天。到单位后，班长说他多休了一天。班长向他说明探亲假是连续 15 天，包括周末（当时是单休，每周休一天）。他知道后像个孩子受到"家长"的训斥一样，哭起了鼻子，班长对他进行了教育，这是他唯一的一次"惹麻烦"。这个看来非常不起眼的小事，却一直留在冯师傅的记忆里。

1973 年，冯旭开始负责大石河水泥库的管理。当时，正赶上矿山建设的高峰期，水泥需求量大。据冯师傅回忆，一个月大约有 2000 吨左右的供应量。

一个人负责水泥库并不容易。当时，存放水泥的场地有 3 个库房和两个料棚。为了防止水泥变质，每批次的存储时间不能超过 3 个月。矿山建设使用的水泥有三种（标号分别为 325、425、525），不同标号的水泥如何码放？怎么才能做到先进先出？冯旭又开始琢磨起来。

一个库房放一种，料棚作为临时周转，这种方法当然是最省心的选择，可冯旭却想："火车一次到货 10 节车厢，每次卸车时间不能超过 1.5 个小时，每个车厢由 10 人负责，需要 100 人。如此大的规模集中卸到一个库肯定摆不开，影响作业效率。”

用心的冯旭在本上划来划去，研究怎么定置这些场地。最后，他把每个库房分为 3 个区，每个标号一个区，卸车时 3 个库房可以同时作业。除此之外，他还制定了一套从外向里卸和装的“同向作业法”，料棚作为临时周转使用。这样一来，先入库和后入库的物资就会有明显的分界线。在他负责水泥库的时间里，没有一袋水泥因存放时间过长而发生变质，此方法一直沿用至今。

“发水泥有钟点，收水泥没钟点。”回忆起那段时间，冯师傅这么说。

由于当时交通不便，到矿水泥都是火车运，火车几点到，就得几点卸。经常出现晚上卸车、白天发货的现象。有时到货量大的时候，一卸车就是一晚上。第二天还要组织发货，没有时间休息，冯旭就趁着发货的间隙，合着衣服在水泥垛上小憩一会儿。

有一次，车间领导有急事找冯旭，找遍了库区也没找到他，最后看到水泥库没有锁门，进去一看，他在水泥垛上睡着了。听到脚步声，冯师傅赶紧醒了过来，他用沾满水泥的手揉了揉眼睛不好意思地说：“昨天卸货晚了，直接在这儿睡着了!”。车间领导看着已经满脸花、像个“土人”一样的冯旭，没有说太多，边帮他拍打着身上的灰尘边对他说：“库里这么多灰，在这儿睡对身体多不好，得多注意身体啊。”对此冯旭说：“我一个人负责水泥库，如果领用单位找不到库工怎么办？我还是在这儿守着踏实。”

“家”里每一细小环节，冯旭都用心经营。

在负责管理水泥库的 8 年里，冯旭还有很多故事。那时的水泥虽说是成袋的，但都是纸袋。在装卸过程中，袋子破损的现象时有发生。细心的冯师傅每次卸完车后，都上车把火车上散落的水泥收敛起来；发货时也将散在地上的水泥打扫干净，重新装袋。几年下来，他记不清回收了多少散落的水泥。他说，看到散落的水泥就心疼。

这种勤俭持“家”的精神，道尽了老一辈矿山人创业、守业的艰辛。

旧油桶里的“秘密”

时间对每一个人都是公正的，但对珍惜它的人却有着不一样的意义。

冯旭在 1988 年、1989 年连续两年被评为首钢双文明先进工作者，在物资公司谈到冯旭，大家想到的第一件事情就是他节油的故事。

谈起那段往事，冯师傅打开了话匣子。

1981 年，冯旭调到供应处储运科孙罗寨油库工作。先是负责加油工作，慢慢地开始接触润滑油管理。冯旭说：“当时主要是回收旧油桶，发放润滑油。”

1985 年左右，首钢两级公司掀起了“双增双节”活动，当时的气氛特别浓烈，大家都在想办法怎么为公司增加收入。

细心的冯旭在一次码放旧油桶时，发现油桶里有残留的油液，他又翻看了其他几个旧油桶，发现都或多或少的有残油。他想，润滑油是稠状的有黏性，每个油桶里都不可避免会留有油液。他试探性的将几个油桶倒过来控了一会儿，还真有收获，他又开始“心疼”起来。

冯旭家住卢龙，平时住宿舍，一两个月才回一次家。他的宿舍在东库，工作地点在孙罗寨，离得比较近。发现了油桶里的“秘密”后，他就每天早晨 5 点多钟起床，吃完早饭就去单位，量大的时候就下班之后干，周末也干，等大家上班时，这些旧油桶都已经控好码放整齐了。

由于周转量大，每天回收的空油桶也多，就这样没几天就控了一大桶润滑油。班长知道后，及时向车间进行了反映，车间领导也很支持，多方沟通后，找到了销路。工余时间，工友、班长也都一起帮忙，一个月能回收一吨左右的润滑油，创效 4500 余元。就这样从 1985 年左右开始，一直到 1991 年冯旭离开油库的 5 年间，他始终没有间断，回收润滑油 60 余吨，累计创效 27 万余元。

时任储运科科长张贺说：“冯旭为人实在、不爱说话，控油桶是他分外的活，他都是利用自己休息的时间干。”

冯旭在现场控油

在油库工作的日子里，冯旭不知道奉献了多少个休息日，为矿山的建设一点一滴地默默贡献着自己的力量。

“历览前贤国与家，成由勤俭破由奢”。透过冯旭讲述的故事，我们虽然没有看到轰轰烈烈的画面，没有捕捉到惊天动地的场景，但却被这样一个普通职工默默劳作的精神所感动。时代在进步，物质生活的日益丰富，使我们珍视的东西越来越少，冯师傅身上这种节约的精神更值得我们反思和学习。

心思灵敏的“起重工”

用心走好每一步，留下的才是值得珍藏的回忆。

冯旭最难忘的还是他干起重工的岁月，因为那是他学到的第一门“手艺”。20 世纪 90 年代，随着大型机械设备的普及，起重工种尤为紧缺，这时单位领导想到了冯旭，他二话没说就走上了新的岗位。在他的家中至今还保留着起重工的“特种作业操作证”和一本《信号指挥（挂钩）工》的教材。

隔行如隔山，万事开头难。冯旭文化水平不高，1991 年调到吊车班之后，面临的第一个问题就是考取操作证。起重是特种作业，没有操作证是不允许上岗操作的。

到了班组后，冯旭便开始学习了起来。他上班就干点零活，一有时间就翻看学习材料，这一学就是 3 个月，可把他急坏了。

“那时任务特别多，班组人员也少，看到大家都忙着卸车，我只能在旁边递个东西，干点小活，心里很着急。”冯师傅这么形容那段难熬的初学阶段。

在学习信号指挥的那段时间里，为了练习好“手势”，冯旭上班时就跟着师傅，学习现场指挥经验，下班了就在宿舍对着镜子练。有一次回到家中，他自己悄悄在房间里练习，被爱人看到了，他还追着爱人问，自己的“手势”对不对，爱人半开玩笑地说：“你要是在地里干活，这‘手势’肯定不对。”

凭着这股子韧劲，在班长、工友不断的指导下，加上冯旭的刻苦练习，3个月后他终于通过了起重工取证的考试。

有了操作证后，冯旭特别高兴，只要有任务他都冲在前。除了干好本职工作，他还总给自己找点活干。

吊装物资用的钢丝绳，需要手工做绳套。冯旭就每天早早的来到班组，主动学习了做绳套，等大家上班时，他已经做好一根钢丝绳了。就这样几年下来，他由刚开始1个小时做一根，缩短到后来8分钟做一根。据他回忆，当时车间举办过一次做绳套比赛，他的班长是7分钟，自己是8分钟，其他工友都比自己慢，他很自豪能够成为“二把手”。

起重工的工作也是没有时间点，车什么时候到就什么时候卸，车到哪里就卸到哪里，矿山南、北区来回跑，连续作业更是家常便饭。

1994年左右，钢材需求较大，冯旭经常出现连续几天不间断的作业，累了就趴在班组会议室睡一会儿，甚至有一次还病倒在工作岗位上，在医院住了12天的院。就这样他也没有告诉家里，等好了后赶紧回到了工作岗位上。“那时正赶上裴庄建电厂，钢材到货量特别多”。几句轻描淡写的解释，让我们看到了一位渺小的矿山工人背后宽广的视界。

在此期间，还有一段至今让冯师傅心潮澎湃的往事。由于各种原因，裴庄电厂用水需要从大石河铁矿输送。裴庄电厂是90年代初矿山“四大工程”之一，冯师傅说：“大家心里都知道，克服千难万险也要保裴庄电厂正常建设。”输水管线的设计路由为沿铁路线铺设，管材吊装时汽车吊车无法作业，必须使用蒸汽吊车。公司从各单位抽调了四台蒸汽吊车及司机、起重工等人员，分成四个作业组，配合管线施工。

储运科领导考虑时间紧、任务重，临时任命冯旭为小组长，带领小分队负责配合施工单位吊运、安装。管路采用直径为700mm的螺旋焊管，起初在吊装过程中使用吊装绳在两头缠绕，需要四个人同时作业，费时费力，往往是一群人围着一根焊管转，影响作业效率。冯旭看在眼里、急在心里。他根据自己的吊装工作经验，利用业余时间，经过反复试验，自制了吊运管材吊具，可以省去吊装绳，直接吊在管壁上，一个人操作即可，大大提高了工作效率，得到施工单位的认可和推广。工程完工后，冯旭还受到公司的嘉奖。"那时，因为冯师傅干活精准到位，心思灵巧，有什么大活、难活，都指名点姓的让'1385'（冯旭所负责的蒸汽吊车编号）干。"同样，在这项工程中担任起重工、后曾任物资公司吊车班班长的晏忠说。

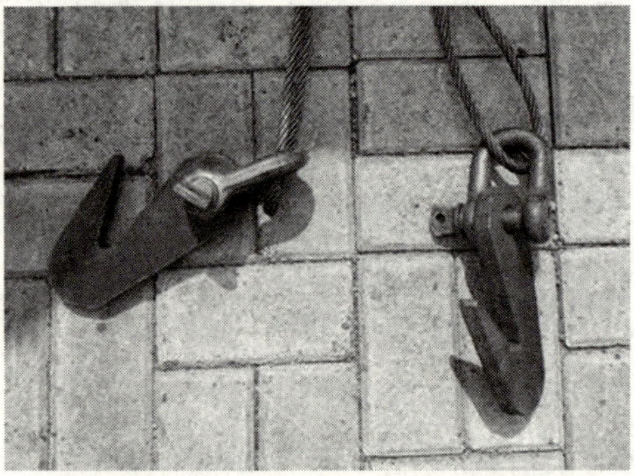

冯旭自制的吊装焊管吊具

肯干活、肯吃苦，这是那些年冯旭留给工友们最深的印象。即便是到了快要退休的年龄，他依然坚守着那份初心。

退休之后，冯旭开始负责村里的卫生清洁工作，他所负责的区域总是比别的地方干净。爱人说："别人都是两三天打扫一次，他每天都跟上班一样，准时准点的出去打扫卫生。"

难能可贵是坚持。在回忆往事时，冯师傅说的最多的话是，我住单身宿舍，平时没事就给自己找点活干。36 年来他始终工作在一线，没有因为平淡而放弃初衷，这种劲头伴随着他整个工作生涯。在他的身上没有耀眼夺目的光环，没有斤斤计较的攀比，有的只是一颗干好工作的初心。

平凡却不平淡。回首冯旭的这些年，他始终耕耘在物资供应的一线，他把"家"和"企业"融到了一起。正因为拥有"家"一样的情怀，才能让他在一个又一个"小角色"中，演绎着自己的精彩人生。今天我们重温了冯旭的故事，透过他我们看到了一群伟岸的背影，老一辈矿山人苦干的精神、坚毅的信念无时无刻不在指引着我们，走上愈加美好的新征程。

勤心付质检　巧手献专利

——记首钢矿业质检取样自动化技术奠基人王月

商鹤群

匠　人　心　语

与机械打交道，在枯燥单调的“叮当”声中勤思细琢，执着追求技术改造，让设备贴合矿山质检工作需要，自主研发自动取样机，结束了矿山工人手工取样的历史。用一颗勤心领悟工作，创造奇迹；用一双巧手勾画设计，摘获国家专利。他就是修理工王月，首钢矿业质检取样自动化技术的奠基人。

王月，中国共产党党员，2010 年退休，原首钢矿业公司质检中心修理班班长。他曾带领团队自主创新，研发了皮带取样机、白灰取样机、综合尾取样机等设备，优化改进旧式制样设备，研制出了联合破碎机。在他手中诞生的设备、解决的问题几乎涉及矿业公司质量检验取样、制样的每一个工作区域。工作中，他先后三次获得首钢总公司和矿业公司“先进生产者”荣誉称号；三次被评为首钢总公司“优秀共产党员”；2006 年，被首钢总公司授予“能工巧匠”称号。

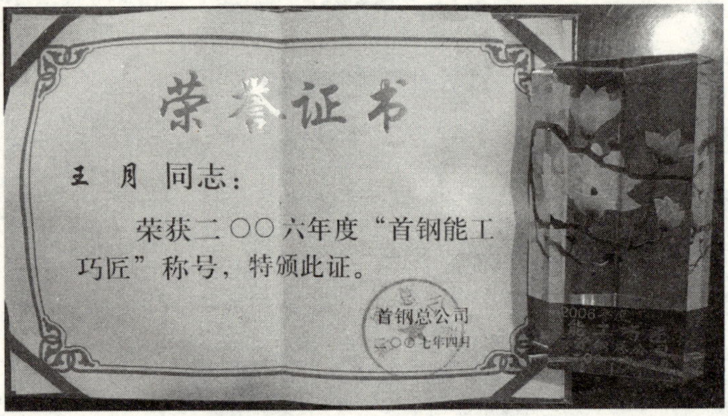

王月的“能工巧匠”证书与奖杯

在质检中心从事设备修理的十余年间，王月自主创新取、制样设备、设施 5 项，4 项已经获得国家专利，1 项正在申请中；制作自动取样机 33 台，使自动取样技术在矿山质检逐步推广；组织设备升级改造 80 余项次，大大提升了设备运行的稳定性和适用性。王月的职业生涯，伴随着矿山质量检验自动化的诞生与成长，见证了矿山质量检验技术的变革与创新，他是当之无愧的矿山质量检验取样设备自主研制工作的奠基人。

二十年功夫积淀

1955 年 10 月，王月出生于河北迁安木厂口村的一户普通农民家庭。20

世纪60年代的农村生活，可谓一穷二白，王月在五个兄弟姐妹中排行第二。懂事的他初中毕业后就开始工作，为家庭分担生活重担。1974年，首钢矿山在迁安周边招工，王月顺利成为一名工人，从此与矿山结缘。入厂初始，他被分配到矿山机动厂，从事装配钳工工作，一干就是7年。回忆那一段“与青春有关的日子”，王月笑道：“3年学徒，7年效力！那时候刚进厂，就想着要跟着师傅们好好学、好好干！因为之前在村里做过电工活儿，相对其他人来说，我上手快些。师傅们看我学的用心，教的也起劲儿！但学技术可不容易，一学就是整3年！”

装配钳工涉及电、气焊，以及机械等多个领域。3年里，勤奋的王月好学、爱问，积极向同行老师傅请教，在实践中勤练技术。尤其是机械设备修理工，他总是觉得光掌握还不够，每每接触到新内容，都要比别人多看几遍、多做几回，直至精通才肯罢休。在不同的岗位间轮换，他不断地学习，无论是机、电理论知识，还是焊工技术，一样接一样。在日积月累的勤学苦练中，他逐渐掌握了一个又一个技能。时间久了，大家都知道有个叫王月的小伙子，“对机械设备这块儿，在行！”

“最早的装配钳工工作，就像现在的流水线作业，不断的重复操作，就会熟悉精通，而且每个部件都是严格按照图纸施工，会锻炼我们认真严谨的基本功！”王月如此回忆入厂后的7年光阴。

此后，他调入大石河铁矿杏山车间担任内燃钳工，还曾开过矿车，当过矿车工段长，这期间还学会了内燃机的修理。1994年，王月被调入矿业公司技术处从事运输工作。1997年，质检处与技术处分离，质检中心成立，有设备专长的王月进入质检中心担任设备修理工。此时，王月进入矿山工作已20年，他的机械生涯就此开始萌发出不同的光芒。

爱因斯坦曾说：“没有尽如人意的工作，只有可能选择一个更接近你想要走的路的出发点。”“从装配钳工到内燃钳工，从机动厂到当时的大石河铁矿杏山车间，直至后来几经辗转来到当时刚成立的质检中心，干过设备、跑过运输，细细想来，那些年的经历都是为了这以后的工作打下的底子。”王月回忆着到质检中心之前20年的工作经历，不无感慨地说。积跬步，至千里，汇溪流，成江海。一点一滴的经验积累，日复一日的技能沉淀，是王月走向矿山工匠之路最沉实的脚步。

创新第一步，研制联合破碎机

质量检验中心当时负责进厂原燃料、出厂成品、厂际间和生产工艺质量的检验管理。20 世纪 90 年代的矿山质量检验环境，跟现如今不可同日而语。那时没有大型取样机，没有宽阔通风的操作间，检验工作大部分靠人工完成，在质检原料站的一个个狭窄紧凑的小房间内，摆放着破碎机、振磨机等种类不多的检验设备。每次员工进行检验制样操作，物料都需要经过大、中、小三种破碎机，各个破碎机分别在不同的位置，工人则辗转不同房间进行大量重复性的工作，劳动强度大、效率低下。

负责设备修理的王月看在眼里，记在心头，几经思索，一个想法初步形成："能否把现有的这几套破碎机联合起来，让物料直接经过粗、中、细三道破碎流程，减少操作步骤，提高机器效率？"尽管王月之前听都没听过这种联合破碎机，优化破碎机虽无经验可借鉴，但却激起了王月克服困难、挑战自己的斗志。他在脑海中构思：将大、中、小三种破碎机从上到下垂直叠加，之间再采用管道相连，是不是就成了一个整体的大型破碎机了呢？经过实地考察与反复推敲，他确定了采用曲折连接角度、机器与机器之间用二分器连接，制造联合破碎机的思路。这样设计的好处是三种机器可以在水平面上相近，方便电机的维护修理，二分器将物料与废料分离，物料进入下台机器，三个过程中产生的废料合并进入统一管道，落入地面小车里集中处理，使之前三个繁琐的步骤合并为一步。这项改造的难点在于，每台机器相连的二分器要根据出料粒度来确定尺寸，没有成品可用，完全需要自己制造。二分器的制作材料为 2mm 厚的冷轧板，用手工切割会使其变形，在仔细丈量计算所有二分器所需尺寸后，王月找到专业加工车间、画出设计图形，并在钢板上标示出所需要的形状，用机械将其切割成型。薄薄的钢板在焊接过程中容易变形，他又采用点焊方式，从内部开始焊接，一块块拼连、一点点焊接，终于使得二分器与机器严丝合缝完美相连。

联合破碎机外貌

“我在干活的时候总是在想，能不能干的更好点，这个设备，能不能让它运行的更好、更符合生产需要。”对于自己出手的活儿，王月总是精益求精。联合破碎机的诞生，使得以前需要 3 个人完成的工作变成 1 个人操作即可，制样工作效率足足提升了三倍。这也成为了矿山质检自动化的起点。自此，质检自动化由破碎机至取样机，王月与他的团队在自动化道路上不断创新，一路前行。

经王月与同事改造后的质检制样车间

矿山第一台自制取样机诞生

过去几十年，随着时代发展和科技进步，矿山各厂矿生产技术和工艺发生了巨大变革，大型机器的应用极大提高了工作效率，但质检取样方式却并没有随之进步。从20世纪60年代至21世纪初的40年间，似乎挥起钎子在皮带上“左、中、右”铲取样品、拎着样桶间隔五分钟打开一次管道截门接样等传统的人工取样方式是天经地义的，取样人员也早已习惯了在皮带旁、灰管旁的默然守候。但是，时代发展迅速，生产愈加精细化，工作愈加人性化，厂矿需要精准的检验数据作指导，职工需要安全的作业环境，单位需要提高劳动组织效率。勇于创新的人会推动发展的车轮转动，开启创新之路，自动取样机就在这样的环境下诞生。

谈起自主研制的第一台取样机，王月深有感触：“我们自制的第一台取样机是烧结厂流程灰石取样机，刚开始没什么思路，我就在运料皮带旁蹲着观察，琢磨设计方案，按照要求，所取样品要有代表性，全断面取样，达到自动化，抗疲劳、耐使用。看着皮带不停运转，我的思路也逐步形成，就是让取样臂圆周运动从皮带上截取物料。”

简单来说，取样臂像风车一样转动，带动取样勺取样。形式有了，但要实现自动控制、精准定位，还必须用到减速机。当时，质检中心从烧结厂“化缘”来一台淘汰的减速机，王月带着同事们安装试用，效果竟出奇的好。变废为宝，让老旧的设备在手上焕发新的光彩。时隔多年，王月道来仍满是自豪。

王月研制的第一台皮带自动取样机

只听王月将自动取样机研制工作说得如此简单，却没有人可以数清王月经过了多少次的计算和实验，也没有人知道王月度过了多少个苦思冥想的不眠之夜。老伴心直口快，一语道出了王月当时研制取样机时期的状态：“天天就是上班，每天都很晚才回家。家里什么事也管不了，吃完饭，躺在炕上还是想班上那点事儿，有时抽烟烧了床单，自己也不知道！”

王月在研究设计图纸

自动取样机的应用，将职工从高速运转的皮带旁彻底解脱出来，告别了伴有粉尘危害、往来于皮带通廊的手工取样。取样频率由原来的 15 分钟每次强化到 3 分钟每次，大幅度提升了样品代表性。该类型取样机适用能力强、机体结构简单、投入成本低，让矿山质检看到了广泛推广的前景，自制取样机在质检取样各点位铺开，先后在烧结矿取样、流程精矿取样等近十个点位安装应用，成为矿山质检取样环节的“中坚力量”，为矿山质检节约了资金成本，创造了效益。2004 年，《首钢矿业通讯》针对质检中心取样机自动取样技术的应用进行了专题报道。

磨面“磨”出来的国家专利

“信任代替不了监督。”矿山质量检验的廉政管理和精准数据都要依靠过硬的设备设施做保障，在没有条件时，便要想方设法创造条件。白灰取样机是矿山自主研发制作、获得国家实用新型专利的自动取样机。若说开发皮带取样机是王月带领团队在矿山质检自动化技术领域这片荒草地上开辟出的一条新路，那么在高压管道上研发投入白灰自动取样机，便是王月和他的团队攀上的一座技术高峰，它书写了一段“国内第一”的历史。

与常规样品不同，烧结生产使用的粉末状白灰使用 0.4MPa 高压管道输送，原始的取样方式是在管道上安装球形截门，压力杆一压，白灰喷射而出，烟尘弥漫，没有防护的人会弄得头脸皆是灰粉，操作危险性较大，手工取样检验的安全性、代表性都无法得到保证。白灰性黏，管道压力大，要实现自动取样的确是一块难啃的硬骨头。

敢于担当、能够挑起这副重担的还是王月。提到设备发明过程，王月眼中光芒一闪而过，仿佛又回到了当年的试验现场：“当时白灰靠风压输送，曾经有职工因为不小心被喷过眼睛，非常危险。另外，手工取样也存在人为干预结果的可能。单位很重视这个项目，我和当时的站室领导往现场跑了上百次，方案图纸改了 60 多次。我们边研究边改进，前后做了四代，才最终制作出现在应用的螺旋式白灰取样机。”

“王师傅的脑子特别灵活，看问题的角度跟别人不一样，总是能变着法的解决设备问题，想要设备达到啥样的效果，给他一提，保准能实现!”王月的同事这样说。

王月设计电动控制可密封的活塞式取样机

当时国内并没有相关的技术资料可以借鉴，只能用经验打底，从失败中获取有用信息。自动卸压、有效密封、样量控制是在高压管道上实现自动取样的 3 个关键技术环节。王月尝试研制了第一代球体控制式半自动取样机，但因操作困难、密封效果不好而宣告失败。基础问题解决不了，苦思冥想而不得其所，白灰取样机曾一度陷入僵局。

王月并没有就此停步，丰富的工作经历和不服输的个性又一次为他提供帮助。从事过内燃机修理的他由汽车气缸式发动机原理产生了联想，把钢筒活塞制成探针式取样截门，安装在打灰管道中，解决了自动卸压这一瓶颈问题，由此，他研制成第二代取样机。但在实际操作中，缸体磨损快、密封效果不好，而且仍要依靠手动操作。紧接着，王月将铁质缸体改进为不锈钢管，将手动压力杆改为电动液压装置，通过增加继电器，逐渐实现了机器取样自动化。在检验现场服役了一年左右的时间后，机器维护成本大、磨损后易发生故障等缺点依次暴露出来，第三代机器依然不算成功。

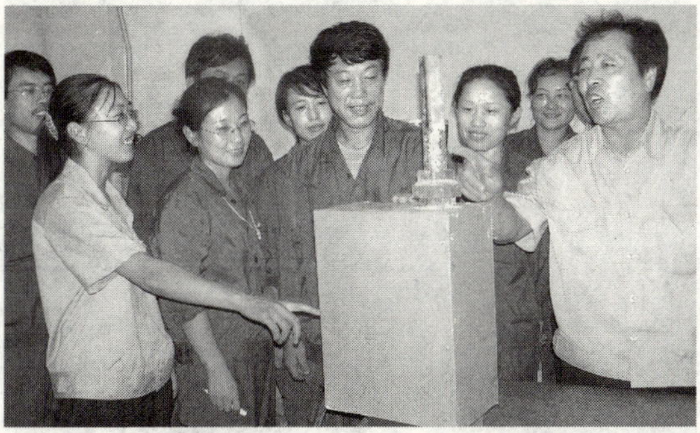

王月（前排左三）在给大家介绍第三代液压式白灰取样机

创新之路的曲折没有难倒王月，反而激发了他认真执拗的工作激情："一定要把白灰取样机搞出来！"那时，他惯用"屡败屡战"自嘲。连续三次的失败让他意识到，不能亦步亦趋，要从根本上解决问题。他决心静下心来，总结以往的经验教训，将白灰取样的难题一并解决。事情有时就是如此巧合。一次，王月偶然回老家磨面时，发现磨面机都是把粮食磨碎成面，面粉通过风压吹送进收集管道，用螺旋扇叶打着旋儿带送出来。福至心灵，他想到，"螺旋泄压，同样都是粉状物，我们的白灰是不是也可以利用这种原理取样呢？"想到就去做，设计图纸，在现场加工，调节尺寸大小，加装继电设备……一系列工作下来，机器制造完工，通电试验，一次成功！第四代螺旋式白灰自动取样机宣告诞生！该取样机使用的螺旋杆螺距前小后大，使得管道压力越大，密封越严，通过电力控制，一举解决了自动减压、有效密封和样量控制3个技术难题。此时，国内的质检同行还在继续沿用截门取样的传统手工检验方式，王月通过自主创新，已经将他们远远的甩在身后。

白灰自动取样技术的应用，结束了职工戴头盔、面罩取样的历史，自此再未发生白灰喷眼事故。职工取样安全有了保障，取样频率由原来的5分钟缩短到1.5分钟，提高了检验效率与取样代表性的同时，对加强进场物料廉政风险管控也发挥了极大作用。更可喜的是，该取样机还成功申请了国家专利，蜚声国内，以产品的形式输出到石家庄钢铁公司、首钢京唐公司等单位，应用之后受到用户的高度评价，为公司创造了效益、赢得了荣誉。

王月设计的白灰取样机在首钢京唐公司应用

通过“磨面”这件生活小事启发而研制成功螺旋白灰取样机，使大家纷纷调侃王师傅的专利是磨面“磨”来的。看似偶然，实则是生活处处有智慧、思维时时在工作的真实写照。大道至简，大巧若拙。“巧人”王月，正是因为善于一步一个脚印的“守拙”才能不断的出新。

“小米加步枪”的设备专家

矿山质量检验在近10年内，相继引进了大石河5号矿石自动取样机、82米站料场汽运铁精粉取样机、360平烧结矿自动取样机三台大型检验设备，涉及机械、液压、电工、自动化控制等多项实用技术。多年来，王月潜心研究

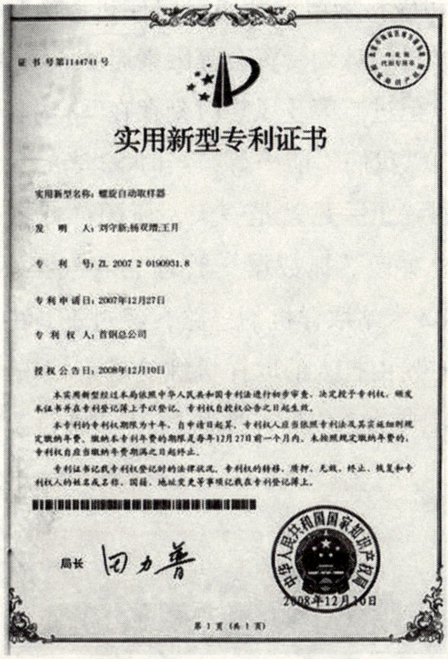

证书号第1144741号

实用新型专利证书

实用新型名称：螺旋自动取样器

发　明　人：刘守新;杨双增;王月

专　利　号：ZL 2007 2 0190931.8

专利申请日：2007年12月27日

专利权人：首钢总公司

授权公告日：2008年12月10日

本实用新型经过本局依照中华人民共和国专利法进行初步审查，决定授予专利权，颁发本证书并在专利登记簿上予以登记。专利权自授权公告之日起生效。

本专利的专利权期限为十年，自申请日起算。专利权人应当依照专利法及其实施细则规定缴纳年费。缴纳本专利年费的期限是每年12月27日前一个月内。未按照规定缴纳年费的，专利权自应当缴纳年费期满之日起终止。

专利证书记载专利权登记时的法律状况。专利权的转移、质押、无效、终止、恢复和专利权人的姓名或名称、国籍、地址变更等事项记载在专利登记簿上。

局长　田力普

中华人民共和国国家知识产权局

2008年12月10日

第1页（共1页）

白灰取样机专利证书

和多次改造，在引进检验设备并投入工作后不断消化吸收，设备的结构、故障点，甚至每一个触点开关，他都早已驾轻就熟，烂熟于胸。这对于只有初中文化的王月，不能不说是个奇迹。然而，在奇迹的背后，潜藏着的必定是执着的钻研、艰难的探索和默默的奉献。

“师傅总念叨，采购的设备都是飞机坦克，咱自己造的是小米加步枪，也不见得比它们差了，能打胜仗，胜任工作最重要!”青工裴田阳是王月的徒弟，他对师傅始终充满钦佩。

“移花接木”。合理利用现有旧设备，将废弃设备部件用于机器改造，推陈出新是王月的强项。结合不同点位的特性，王月创新的思路不断。烧结原3号皮带上投入了进厂白煤末智能化自动取样机，他只增加了一个小小的继电器，就实现了对迁钢返料和进厂白煤末的自动辨识，解决了无人值守的难题；他将电子天平和烘箱有机结合起来，进行了多项改进，如改进了湿热气体的排放方式，延长荧光管的使用寿命，为水分检验实现自动检测、自动计算、自动上传创造了条件……

2010年前后，在粗破料场增设金属料取样机、南料场汽运灰白云石、一烧烧结矿增设大型取样机的计划受资金等因素影响，一直暂缓实施。“大型取样机短时间上马艰难，但进厂廉政风险时刻存在”。时任原料站（现大石河检验站）站长刘建新说：“我们不能坐等，当时82米站民粉和进口矿的进货量非常大，职工取样在料跺上一站就是一天，所用‘武器’就是自制的取样钎子。这种现状，说‘抓廉政、抓数据’管理的底气都不足!”2010年，中心领导与王月提出优化82米站取样机的思路，经过王月的改造，去掉原取样机螺旋外壁管，将底部矿粉由打入的取样机螺旋叶直接带出，实现了随机布点、全深度、全断面取样。成功应用后，那些想用“铺底盖帽”方法钻空子的人也不敢了。

王月改造后的料场取样机

行远者必自迩，登高者必自卑。多年来，王月俯身工作，将自己所长应用于他能接触到的所有质检领域，从一件又一件小事入手，自一个又一个细节改变开始，聚沙成塔，聚水成涓，带动了质检取样领域的创新发展。他喜爱自己的工作，珍惜自己的劳动成果，一次次的成功为生产带来的助力，正是他不断前进的动力所在。

临危受命，“摆平”两矿综合尾自动取样技术

时光荏苒，岁月如歌。当年擅长机械、干活靠谱的年轻人小王师傅，如

今已成了设备专家和修理工心中的主心骨。没有人能够对王月的工作岗位给出一个准确的定位，他“身兼数职”，既是设备点检员，又是修理工；既负责自动化控制，还肩负许多创新项目。现场设备出现故障、设备需要改造，大伙去找王月，他从来都是随叫随到，乐此不疲。

2008年，矿业公司提出“降尾”工程，大石河铁矿和水厂铁矿综合尾数据成了焦点，两矿综合尾取样自动化摆上了工作日程。先后由两个外部专业厂家分别承接了两种机型的自动取样机制作项目，但因无法适应实际生产环境，机器“水土不服”，最终都成了“烂尾工程”。王月临危受命，硬是将这两个“烂尾工程”引向了设备长周期稳定运行的快车道。

大石河一泵站综合尾自动取样机，在设备的安装调试阶段，遇到了从“静态矿浆池”中取样代表性不强、取样勺自卸过程难以控制的难题。承接的专业厂家几经研究，也找不出有效解决的方案，最后不得已提出放弃。王月接手之后，通过课题攻关，优化了取样勺自卸运行轨道设计，确定了在惯性条件下取样勺定位开关的最佳安装位置，有效解决了制约综合尾取样机正常运行的关键性技术课题。

“当时，中心领导和站室领导几乎每天都叫我一起到大石河一泵站现场考察。赶上停机，我们就抓紧时间量尺寸、定方案。经过半年多的研究改造，取样机终于投入了应用。至此，一泵尾取样频率由2小时一次缩短到15分钟一次，取样代表性有很大提升。”王月回忆到：“那时候干活儿很不容易，高温露天作业，每次施工完都沾一身矿浆，身上湿漉漉的混合着汗水跟泥浆。”

此后不久，水厂综合尾取样机在承接厂家安装完后的试运行过程中，连续烧损了三台电机。王月再一次接手了这个工程。在一个月的时间内，他将五台取样机组织拆卸，对滑道、电机抱闸、触点开关等十余个关键部位重新进行调整、制作、安装等优化升级和技术改造。2010年8月31日，王月终于带领团队完成了水厂六台综合尾取样机的调试工作，保证了水厂综合尾自动取样机试车成功。当天回到家时已是晚上十点多了。那一天，是57岁的王月退休前工作的最后一天。

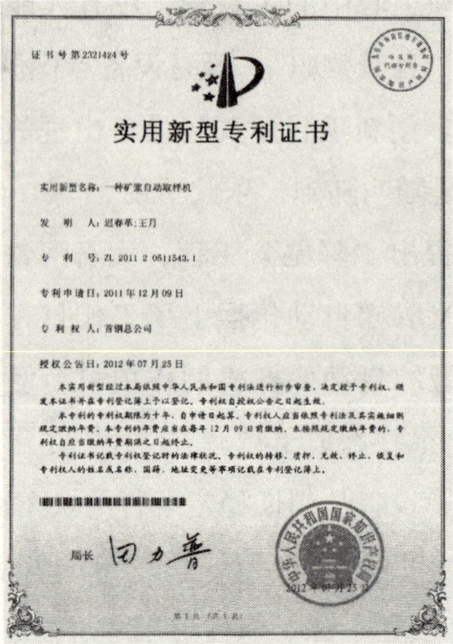
证书号第2321424号

实用新型专利证书

实用新型名称：一种矿浆自动取样机

发 明 人：迟春华；王月

专 利 号：ZL 2011 2 0511543.1

专利申请日：2011年12月09日

专 利 权 人：首钢总公司

授权公告日：2012年07月25日

本实用新型经过本局依照中华人民共和国专利法进行初步审查，决定授予专利权，颁发本证书并在专利登记簿上予以登记。专利权自授权公告之日起生效。

本专利的专利权期限为十年，自申请日起算。专利权人应当依照专利法及其实施细则规定缴纳年费。本专利的年费应当在每年12月09日前缴纳。未按照规定缴纳年费的，专利权自应当缴纳年费期满之日起终止。

专利证书记载专利权登记时的法律状况。专利权的转移、质押、无效、终止、恢复和专利权人的姓名或名称、国籍、地址变更等事项记载在专利登记簿上。

局长 田力普

王月发明的综合尾取样机获得国家专利

2010年，王月正式退休了。但闲不住的他，在质检中心遇到设备难题时，还会主动到矿山来参与研讨，为解决设备难题出谋划策。王月说："虽然退休在家，我也惦记着我们自己做的设备，跟同事联系的勤，听说遇到啥攻关困难了，我也过来帮忙出出主意。后来徒弟们告诉我，取样机运行的都很好，已经用于生产了，还申请了专利，我这才真正放心！"

退休后王月（左二）仍参与单位技术研讨

投身质检十余年，王月留下的不止是由他创造的机器、整改的设备，不止是精湛的技艺、技术的传授，更有不畏困难、勇于创新的开拓精神。他常挂在嘴边的话是："干活就得有心劲儿，负责任，对工作投入，对自己负责，将工作研究通透，事事都要用心来做。"

5项专利、33台自动取样机、80余项改造……说创造如此优异成绩的王师傅是能工巧匠，接受采访的他哈哈一笑："我不是啥巧匠，我就是一个'小修补匠'！"是啊，就是这样一位平凡的"修补匠"，参与改善了矿山质检设备多年落后的短板，弥补了质检取样设备多项技术上的空白。

"业精于勤荒于嬉，行成于思毁于随"。敏于行而讷于言的王月，用整个职业生涯践行着这句话，勤心为质检，参与变革；巧手献创新，不成不休。

语文教学园地里的耕犁者

——记首钢矿业子弟学校教师韩丽燕

赵　敏　桑小敏

匠人心语

“教学之道，存乎一心”。语文课堂是时间和空间的聚焦，是传统文化和现代文化的交汇，是教师和学生心灵沟通的桥梁。从教30余载，韩丽燕倾心钻研教学方法，精心设计语文课堂教学，培养学生学习兴趣。在她的课堂上，总有新的见解得到释放，新的思想得到顿悟，新的灵感得到启迪。“春风化雨，润物无声，以身示范，行不言之教”是她的人生信条。

韩丽燕，原首钢矿业公司职工子弟学校第五中学语文教师，从教30余载，曾担任班主任、语文教研组长、学科带头人等职务。她对语文教学充满热爱，爱她的课堂、她的学生，用自己的实际行动诠释了教师职业的不平凡，诠释了教育工作者的匠心。

培育桃李满天下，她教出的学生曾以中考语文满分的成绩考取了人大附中；匠心独运结硕果，她撰写的论文曾获得北京市石景山区论文一等奖，教学设计曾多次获得北京市石景山区教学设计大赛一等奖；辛勤耕耘获殊荣，她曾先后荣获学校优秀教研组、子弟学校语文学科带头人、语文教研员，以及首钢先进教师、北京市石景山区资深班主任等荣誉称号。

精心课堂设计　充满无穷创意

老师们常说："听韩老师的课是一种美的享受。"

学生们感叹："韩老师的课总是创意无穷。"

确实如此，韩丽燕的教育思想一点也不"保守"，她尤其善于激活学生的思维，培养学生认真思考的好习惯，提高学生自主学习能力。韩老师曾说："你不训练他的能力，他就要训练你，就像小孩子学吃饭，学会了，孩子健康、大人省心。不会吃饭的孩子大人着急、孩子也不快乐。学习也是这个道理，教师就是导演，学生就是演员，教师要千方百计的把学生推上课堂当主角，挖掘他们的潜力，依靠教学中各个环节和形式的设计，让学生自己领悟演出精彩的片段，从而实现自己学习的目标。"

在韩老师的徒弟赵敏的记忆中，有这样一堂课给她留下了深刻的印象。"2008年春季的一天，我跟随师傅走进了课堂，走进了《藤野先生》，在分析中国留学生在日本东京的现状时，她用生动的语言、幽默的风格，把中国留学生贪图安逸、不思进取的状态描摹得活灵活现。为了增强学生的感性认识，促进学生理性思考，她还让学生到讲台前表演留学生的丑态，课堂气氛特别活跃，收到了很好的教学效果。"

韩丽燕（二排右二）与2011届初三毕业生合影

“教学生必须要教心，课堂不只是教师展示的场所，更是引导学生学习思考的场所，让学生亲自实践，用行动来感知语言文字的魅力。”韩丽燕如是说。

一次，学校组织导学案示范课，韩老师讲的是鲁迅先生的文章《阿长与山海经》。为了发挥学生的主体作用，让他们在课堂上动起来，韩老师设计了这样几个任务，任务一：填写职业推荐表，要求学生们利用4分钟时间跳读课文，筛选信息，为阿长填写一份职业推荐表；任务二：填写工作考核表，要求学生们利用6分钟速读，并回答假如你是鲁迅家的管家，请你来考核她是否合格；任务三：“我的陈述”，要求学生速读，并回答假如你是鲁迅，请陈述让阿长继续留下来的理由。因为问题设计新颖，极大地吊起了学生的学习胃口，听课的老师们发现任务一出示，学生们就一下子被问题吸引住了，迅速进入状态。学生们读书、思考、辩论，各陈已见，时而动，时而静，在思维的碰撞中完成了人物分析，加深了对人物的理解和主题的认识。

韩老师的智慧源于日常不断的学习和积累。荀子曰：“学不可以已。”这句话在韩老师的心中已经根深蒂固，并时时督促她不断奋进。在教学生涯中，她总是先进经验带头学、理论书籍带头读、视频资料抢先看，还经常介绍好书和好文章给大家。她的办公桌上摆着《给教师的一百条建议》《教师的教育智慧》《与青春同行》《陶行知文集》《新教育之梦》等多种教育著作，不断地研读学习。她读过的书上留下了道道勾画的痕迹和密密麻麻的批注，还写下大量的笔记。她从魏书生、窦桂梅等人资料中，领略到了专家的风采；洋思经验、杜朗口模式，更加坚定了她改革创新的信念。在研究他人成果的基础上，她不断进行改革实验。例如有些学生对语文学习很茫然，他们读书读不出浓郁的味道，读和没读一个样，写作写不出生活的缤纷，一个个鲜活的生命却无法感受生命的美丽，无法体会文字的厚重，因而也无法在语文课堂上真正进入那优美的文字世界。韩老师开始对阅读指导教学进行探索，尝试进行阅读四环节教学，即读、诵、悟、说（写）。经过试验、公开教学、专题研讨，得到老师们的认可，也受到了学生们的欢迎，取得了明显的教学效果。由此写成的论文“阅读指导四环节”，以及“只有教研成为活水泉源，教学才能成为长青之树”、“激发写作兴趣，提高写作能力”等教学研究成果先后获得北京市石景山区论文评选一等奖。她的教学设计曾多次获得北京市石景山区教学设计大赛一等奖。

韩丽燕（一排右二）论文获奖时留影

“苟日新，又日新，日日新”，这就是韩老师。执教生涯中，她紧跟课程改革的步伐，及时更新自己的教育理念，总能推陈出新，以新颖的教学设计，紧紧抓住学生，激活学生思维，最大限度地发挥学生的主体作用，用思考促进有效教学，提高课堂效率。

韩老师介绍教学研究成果

挖掘生活活水　激发写作兴趣

老师们说："韩老师的学生能力超强。"

家长们说："韩老师教的孩子特别会表达。"

韩老师带领学生学习语文入门的第一步就是阅读。她指导学生们阅读是从读书的"三境界"入手的，"三境界"即"吞"、"啃"、"品"。"吞"乃生吞活剥之意，囫囵吞枣一定是毫无味道，但如果头脑中已经积攒了一笔财富，"吞"就变成了积累，"吞"的过程就是蓄势待发的过程；"啃"乃咀嚼消化的过程，就是把"吞"下去的材料加以整理，思考写了什么，为什么写，为什么这样写，从而达到质疑探究的目的；"品"就是玩味赏析，一篇文章，一个片段，好在哪里，美在何处，要让学生们搞清楚，才能提高语文的学科素养，这一过程能力的培养为提高学生写作能力奠定了坚实的基础。

2008 年，韩老师所教学生姜颖以总分 556 分、少有的语文作文满分的优异成绩摘得矿山中考桂冠，顺利步入人大附中的校园。如此骄人的成绩自然缺少不了韩老师独具匠心的浇灌和培养。今年已从人大毕业、获得硕士学位的姜颖说："'好文笔'助我一路披荆斩棘，我之所以能在写作的世界中不断攀升到新的高度，是韩老师的'三境界'帮我养成了良好的写作习惯。在她的督促与引导下，初中三年时间里我广泛涉猎书籍、手不释卷，遇到精彩文章片段更是用笔抄录下来，最终写完了三本摘抄本，为自己的文学素养打下坚实的基础。更重要的是，养成了积累的学习习惯，这些都成为我受用终生的财富。有了一定的积累之后，兴趣往往是最好的老师。除了常规的选材、立意、布局谋篇等写作技巧指导外，韩老师总是想方设法让我们动起来，我以我手写我心，从内心深处激发我们的写作兴趣，让我们产生表达的欲望。记得一次课上，老师带我们走出教室，观察操场旁的几棵杨树，先从远处观察，然后再靠近大树，认真仔细地看、摸、闻、想，并回忆这棵树在一年之中、几年之中发生了哪些变化。我们随着老师的一步步启发，边看、边记、边想，然后查资料进一步了解它，取得第一手材料，为写作奠定了基础。在观察的基础上，韩老师带领我们做了更多的生活体验。比如在母亲节的时候，韩老师设计了为母亲洗脚的活动，那是我人生中第一次为妈妈洗脚，最初我只是为了完成这次写作。但是，在洗脚的过程中，妈妈由最初的推辞到眼含泪光的笑，还有因为她有脚气坚持只让我洗一只脚等细节，都让我产生了一种异于平常的触动，这些情感最终汇聚于笔尖之下，写出的作文生动感人，在作为范文展示时感动了许多同学。而当父亲节到来时，韩老师让我们为父亲写赞歌，并发动了家长一起参与，让老爸在作文本上写一篇“孩子你真棒”的信，我爸由于平时很少说这些‘肉麻’话，所以读到这封信的我着实是感动了一把。现在想来，在这种亲身体验过后动笔写下的文章，应该每个人都会有话要说吧。好的文章无论形式言辞，终归要落在真情实感上。”

现任矿业四中语文老师并担任年级组长的韩老师的徒弟高俊峰说道：“韩老师在写作指导方面确实有独特的方法，她不仅让学生善于积累，还发动同桌之间、两个班级之间的同学互相写点评，这样做一方面可以看到学习别的同学的文章，另一方面可以通过“文末留言”的方式和同学一起进行写作和生活上的交流。她带的班级每月进行一次作品展示，还可以给优秀的作文写颁奖词，这样极大地提高了学生的写作兴趣，唤醒了学生的表达欲望，学生也就不会为不知写什么而发愁了。”

韩老师带班级学生参加校外采风活动

身体力行，才能获得真知。韩老师在教学生写作的同时，其实也在教他们生活，她用耐心坚守，影响着一个又一个学生，让他们爱上写作，爱上生活。

韩丽燕分享“让语文教研成为活水泉源”教学经验

践行不言之教　愿做春风化雨

老师们说：“不管怎样调皮的学生，到了韩老师的手里，都变得听话。”

韩老师的徒弟说：“韩老师有带班的‘绝活儿’。”

韩老师奉行“不言之教，春风化雨”的教学理念。在学校，她被同事尊称为“老”班主任，“老”字中既有对她成绩的肯定，更有对她带班“绝活儿”的佩服。韩丽燕的“绝活儿”其实很简单，就是爱。

韩老师始终认为热爱学生是师德的核心。她说：“教师本身就是最大的教育资源。对学生来讲，教师的爱心、言行、文化积淀、人格魅力，都是最好的教科书。学生只有亲其师，才能信其道。”

爱，会在孩子的心中播下种子。韩老师用爱心关怀着每一个孩子，用爱心践行着教书育人的诺言：她关注和尊重每一个孩子，从不放弃任何一个学生；她设计出生动的主题班会、社会实践，培养学生良好的人格品质；她一次次或轻松或严肃的找学生个别谈话，解决学生们的思想问题；她每天认真地备课，精神饱满地走进课堂，把新颖的教学设计呈现给学生，把深刻独特的见解讲给学生听；她平等地对待每一名学生，耐心倾听每一位同学的发言，轻柔地把那些眼睛贴在作业本上的额头抬起；她把讲台归拢整齐、干净，弯腰捡起地上的一支笔放在学生的书桌上，不经意地捡起地上的小纸片揣进兜里……她做这些时，你就会感到一种不动声色的“无痕教育”。由于“爱”的注入，使教育具有了情感因素，以情感人，以情触发人的灵魂，使人觉醒，催人奋进。“无痕教育”的特征在于一个“润”字，以身示范，教而无痕，春风化雨，润物无声。

韩丽燕（前排左一）与学生联欢

韩老师从不对孩子大声斥责，但是孩子能从她的眼神中找到行为的准则；她从不严格控制学生的行为，但是学生却能做到自主努力、自觉遵守，最终收到很好的教育效果。韩老师说："一根绳子要直线向前运行，光靠后面用力是不行的，有了前面的拉力才能走直线。老师关爱学生关键在于能不能走进学生的内心世界，能不能把上进之心自然的传递给学生。"韩老师特别善于洞察学生，利用身边的现象为素材，让学生自我反思、自我教育。现在加拿大萨德伯里中文大学学习的邓阳同学回忆说："韩老师和蔼可亲的样子和幽默风趣的语言给我留下了深深的印象，她那机智的教育智慧和循循善诱的教育方法使我终生受益。记得有一次自习课，我玩起了蜘蛛。韩老师知道后没有简单的训斥批评我，而是让我写五百字的观察日记，写好后老师夸我写的很生动，只不过把八条腿的蜘蛛写成了六条腿，同学们听了哄堂大笑。韩老师进一步引导我说，虽然你写的很生动，但就因为你观察不细，闹出了笑话。韩老师的宽容和耐心，使我不仅认识到自己的错误，还学会了细致观察和思考。"

现任矿业五中年级组长的景继红老师说："最令人难忘的是韩老师的微笑，她用她的人格魅力影响着她的孩子们，她用她的爱心、细心、耐心走进学生的内心世界。她认为生命只有在快乐舒展的状态下才能健康成长，学生才会收获恒久的幸福。"

这种无言的教育、无声的感应，如同春雨般滋润着学生的心田。播撒了爱的种子，韩老师收获的不仅仅是学生的爱戴，她说："学生健康的人格和全面的发展，是最让我感到欣慰的。"她所带的班集体多次被评为子弟学校、石景山区优秀班集体。

作为学科带头人和青年教师的师傅，韩老师也在用实际行动投身青年教师培养上。她与青年教师一起钻研新课标、新教材，开展集体备课、研课、听课与评课，探讨新的教学模式，开展学生实践活动，不断提高教师课堂的执教能力。她毫无保留地向青年教师传授自己的教育教学经验和体会，千方百计为他们搭建展示的平台。在她的带动下，初中语文教研组的青年教师迅速成长，她的多个徒弟目前都已成为学校教学的骨干。

一分耕耘，一分收获。多年的努力，韩老师的教育教学工作得到了多方面的认可，多年被聘为见习大学生指导教师，所带的“初中语文学科教研组”被评为优秀教研组，她也被评为优秀教研组长，多次被评为学校语文学科带头人。

韩丽燕（左四）与年级组教师合影

韩丽燕获得的荣誉

尽管现在韩老师已经退休，但她的身影还经常在老师和同学们眼前闪现，她时常在矿业五中操场南面的小树林旁踽踽独行。她喜欢呼吸新鲜空气，清新的空气让她清心，操场上的阳光让她静心，优美的景致让她养心。心清则不躁，心静方能学，养心即思考。她就这样不停止研究与思考的脚步，充满激情与创新，走在教育教学改革的最前列，为子弟学校的教育教学留下了宝贵的精神财富！

“桃李不言，下自成蹊”。韩老师默默地在三尺讲台上耕耘着，倾注的是对事业的追求，播撒的是爱心与汗水，履行的是立德树人的神圣使命，收获的是桃李满天下的幸福人生。

芳华十载掘进路 不辍耕耘结硕果

——记“全国技术能手”、青年台车司机于连有

刘开龙

匠人心语

成功没有捷径，唯有努力和坚持。毕业入地采，于连有凭着一颗对职业的赤诚之心，聚力巷道掘进，历经艰难矢志不移，创新攻关一马当先。10 年的摸爬滚打，10 年的苦练钻研，从一名对地采和台车一无所知的普通高校毕业生到“全国技术能手”，他努力把一件事做到极致。他说：“比别人多做一点，比昨天的自己多前进哪怕一小步，都是一次成长的累积。”

于连有，现年 31 岁，2008 年毕业于唐山学院机电一体化专业并参加工作，现担任杏山铁矿开拓作业区 281 掘进台车机长。十年时间，他从一名普通的地采工人逐步成长为设备专业技术人员，多次获得矿业公司 281 掘进台车“操作技术能手”，并在 2016 年中国技能大赛“鞍钢矿业杯”全国冶金矿山行业职业技能竞赛中荣获 281 平巷掘进台车司机冠军，被授予“全国冶金矿山行业技术能手”称号。2017 年，被授予“全国技术能手”荣誉称号。

与首钢地采结缘，肌肉记忆造就台车操作能手

青春是一场不期而遇的旅行，我们乘坐的列车不同，却同样可以看到沿途美丽的风景。

2008 年 6 月，于连有从唐山学院机电一体化专业毕业来到杏山铁矿，成为开拓作业区一名普通的地采工人。当时，杏山铁矿正处在露天转地下开采基建期，工人们每天需要深入几百米深的井下，与潮湿的岩层为伍，这让他深刻体会到矿山人的不易。虽然那时候很苦，现场的环境很差，每天衣服都会被井下的淋水浸透，身边一起来的同学、同事有的也打起了退堂鼓，选择了离开，可他坚持了下来。“不管选择哪个职业，都注定会历经艰辛与磨难。杏山铁矿是首钢第一家地采矿山，在这里能有更多成长的机会。”于连有如是说。那时的于连有每天穿着雨衣，抱着 28 钻，同工友们一起去井下-45 米水平至-75 米水平下沿及主斜坡道的锚杆孔工作。上井后，身上的衣服像塑料一样坚硬，可是在这样艰苦的环境下工作，他无怨无悔。因为他知道，不管是为家人，还是为自己，都要经受住考验，只要自己在工作中比别人多看一点、多学一点、多记一点、多查一点、多干一点，将来一定能在地采这个行业中干出点成绩来。

也许，正是于连有的“几点”坚持，让他有了搭乘“快速列车”的机会。工作后不久，他被安排到邯郸北铭河铁矿培训，主要学习 281 掘进台车

的操作、维修、保养等相关知识。掘进台车是用于巷道掘进的先进机械设备。于连有心想，这次培训，绝不能空手而归。于是，在被派遣学习的这段时间里，他虚心求教，业余时间认真总结，只为将知识学得扎实透彻。

2010 年 2 月，随着地采筹备工作的顺利进行，杏山铁矿引进了 281 掘进台车设备，于连有也正式成为了台车司机。虽然经历过 281 台车培训，但毕竟学到的知识有限，而且台车型号不同，操作方式不一。为尽快熟悉设备，弄清工作原理、各个部件的功能，以及每个仪表的作用，于连有迫不及待地向厂家要来随车附带的说明书和图纸，自己复印了一份，并虚心向他们求教书中没有的图纸细节问题。然而，设备的复杂程度是他意想不到的，以他当时的经验和能力很难弄明白，仅台车上的一个液压系统都把他为难的满头大汗。为尽可能地了解相关知识，他下班回到宿舍上网查资料，与全国知名论坛协会资深设备人员进行交流学习，吸取经验，然后回到实践中进行尝试。

理论学习毕竟是纸上谈兵，想要操作好 281 台车，得靠实践的不断积累。那时，于连有一个班下来只能完成七八个穿孔作业任务，而且穿孔质量很差，经常把 2 个相邻孔打穿，有时还会将钻杆卡住无法拔出，根本完不成生产任务，成了台车司机中的“落后分子”。为了追上其他人，下班后，他就晚上井 1 个小时，跟其他班组的同事“偷师学艺”；下白班时，他就到井上的训练场地独自练习对孔。有一次他上下午四点班，可在零点下班时为了向交接班的师傅请教一个问题忘记了时间，没赶上升井的最后一班车，就不得不从-75 米水平沿着主斜坡道走回了井上。第二天同事知道这件事情后说他：“你是不是傻，就一个问题，有时间再问呗，何必急于一时啊。再说不会看着时间点啊。”这时候，于连有一笑了之。点滴积累和付出，他的技术也慢慢赶上了同事们，当班计划也都能按时完成。

在于连有心里，按时完成任务并不能让他满意，他已经为自己定了下一个目标，熟练操作台车提高穿孔效率和精准度。为不再把相邻的孔打穿，他将每个穿完的孔内都插了一根 PVC 管，逐一对比水平角度，然后操作台车让钻杆与它平行，确保每个孔之间距离合适。在练习打作业面上端接近顶板的

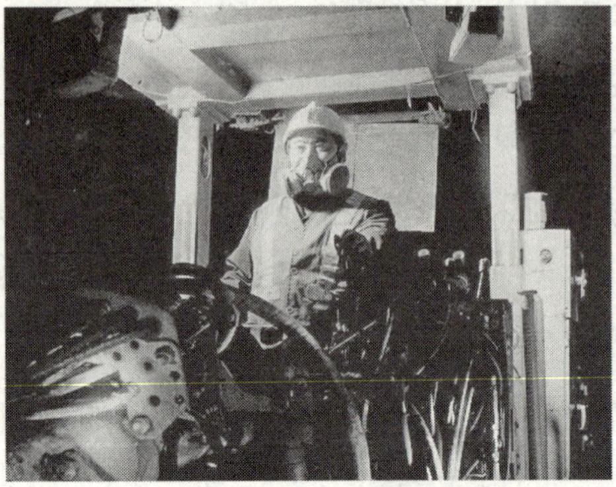

于连有在井下操作台车作业

孔位时，要找到推进梁与水平面上扬3度的倾角，他通过计算发现，当推进梁前端和尾端水平距离相差11公分时，角度接近3度。每次调整好推进梁位置后，他都要下车量一下，不够11公分的话就复位后再重新调整。同时，每次操作他都会记住控制手柄推动的次数。就这样，经过无数次测量、调整、操作，他逐渐总结出了一套适合自己的穿孔方法，形成了肌肉记忆，穿孔效率也逐步提升，达到一个班能完成一个作业面56个孔，提效达七八倍，合格率近100%，技术水平在同岗位中位居前列。

于连有知道，学会处理设备故障更能锻炼自己、提升自己。因此，每次台车出现故障时，他都全程“黏”在现场。2010年夏天，于连有操作着281台车在井下-75米水平27进路作业，此时设备出现过热、冒烟的故障。维修人员在现场将凿岩机进行解体维修时，他守在一旁仔细检查，最后发现是空心轴铜套拉长，造成空心轴铜套与三棱套之间的摩擦增大产生的问题。问题找到了，但由于空心轴铜套没有备件，也不能对其进行破坏性拆卸，只能对三棱套进行打磨。之后还要进行试机检查，所以打磨工作只能在作业现场进行。没有平台，于连有就用自己的大腿当做平台，用砂纸对三棱套进行打磨，每磨一个小时，就要试机检查一次，不行了再重复，就这样来来回回打磨了6次，终于将设备修复完好了。

只要与281台车有关的事情，于连有从不觉得苦累。一次井下281台车台备调试，一启动机器，电器就会自动过载，无法正常运转。那时大家对进口的台车设备都是门外汉，迟迟找不到解决的办法。可把于连有着急坏了，一向不善于言谈的他鼓着勇气在井下打电话联系厂家的技术人员远程指导故障排查。那时候杏山井下打电话不方便，从作业现场走到通信点最少也得 20 分钟，而且是大上坡。于连有来回走了好几遍。最后，在厂家技术人员的指导配合下，调整了 f60 端子的电压值，达到了预设要求值。看着设备正常运转起来，已经在井下坚持了将近 20 小时的他笑着说："值了！"

和于连有同机台的同事这样评价他："于连有不管干什么工作，从没见他抱怨过，而且特别好学，没事老是拿个图纸比划来比划去，尤其是对 281 台车，根本就是'一根筋'，问题不解决，他就不罢休。"

24 岁的台车机长，青春留给掘进巷道

花费整个春季的时间，去采集悠长巷道里的光亮，也许路途漫长而煎熬，但终可以照亮生命之花，飘出青春深处的芳香。

凭着踏实肯干的劲头，于连有逐渐成为了开拓作业区台车司机的榜样。2010 年 9 月，他通过了作业区招聘，成为 281 掘进台车机长，开始管理 281 台车。管理好设备不能总靠苦干，更需要掌握它的核心技术。于连有倍感压力，心想，几百万的设备，这万一弄坏了，都不知道怎么修，想起来就心里发毛。但是，关键时刻自己必须顶着压力往前冲。

作为台车机长，要付出比司机更多的精力和时间。每当设备有故障时，不管是白天还是黑夜，他都第一时间赶赴现场。有一次，下班回家的路上，于连有接到了车间的电话："281 台车行走过程中突然没有了动作，发动机部位出现异响。"接到通知后，已到自家楼下的他，匆匆给妻子打了一个电话，立马开车回到了矿里，开始组织 281 台车抢修。通过查资料、查故障点，最终判断为行走泵与发动机的连接套损坏。由于设备停到巷道内，无法将液压油箱拆除移动，于连有就躺到车底下，将手伸进不足 10cm 的地方拆卸部件，整个小手臂被接头、铁板蹭出了十几条伤痕。拆卸完之后，他又双手托起 40 公斤的行走泵长达 2 个小时，配合修理工进行修理，历经 10 个小时，才把设

备故障全部处理完毕。上井后，他给家里回了个电话报平安后，开始坐在电脑前总结此次事故的经验和不足，等到同事给他买来了饭菜，却看到他趴在电脑桌上睡着了，闪烁的电脑屏幕下映衬着一副年轻、疲惫的脸庞。

担任机长后，于连有也没有放松在技术领域里不断的学习和进步。2014 年，矿里邀请了阿特拉斯厂家技术员到矿指导检查所有单体设备的液压系统。借着这个机会，他把技术员请到了家里住，白天跟着一块工作观察，把不懂的记下来，晚上再向他请教。整整一个月，他收获满满。工作 10 年来，于连有也养成了一个习惯，每次遇到故障，都会把故障后的现象及处理过程详细记录下来。至今，他已经记录了 281 台车 270 种常见的故障及处理办法。

于连有下白班后认真总结当班情况

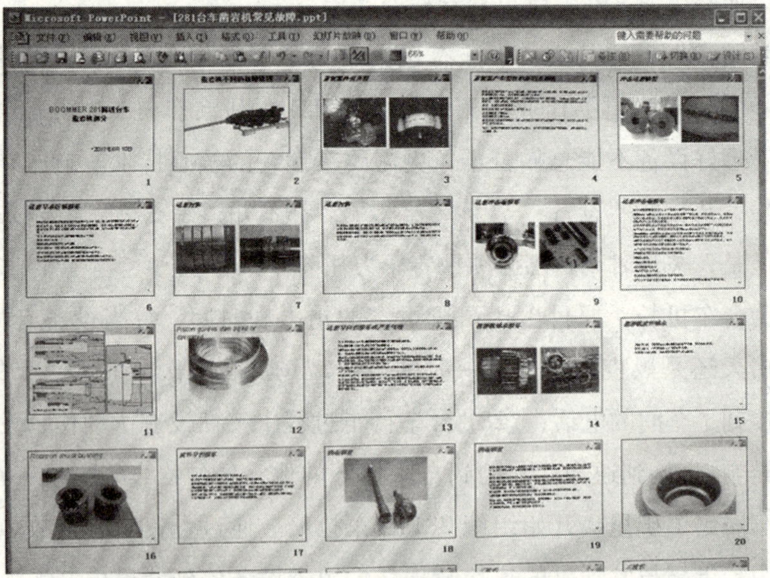

于连有在电脑中汇总整理的故障处理方法

逐渐摸清台车的各部结构和性能后，于连有开始尝试着带领大家对台车现有装置进行完善改造。281 台车刚投入作业时，其 L 型油管支架的 8 条夹板螺丝经常出现断裂，同时也使得此部分的液压油管经常破损漏油。于连有和同事们不断对螺丝的紧固方法、螺丝的强度进行研究，即使采用 8.8 强度的螺丝也解决不了问题。后来，于连有通过网上查资料、与老师傅一起探讨，最终在夹板螺丝中间增加一个隔套，才使问题得以解决。同时，为减少故障发生率，于连有变被动维修为主动预防。日常检查中他发现，原位于台车铰接处的电瓶保险是裸露保险片，保险容易变湿造成接地，接地电流冲击台车电瓶及台车充电器，造成台车电瓶和充电器寿命缩短，由此经常频繁发生台车故障。他开始对保险进行改造，将保险重新铺设线路引到台车配电柜内，使其工作环境不再潮湿，并改用同容量的小断路器取代保险，减少大电流对电瓶及充电器的冲击，提高电瓶及充电器的使用寿命，而且发生故障后无需更换保险。待故障处理之后，只需要合闸就可解除故障，这一改造不仅使操作变得简单，而且提高了台车工作效率。

走上设备技术管理岗位后，于连有认识到角色的转变，管理内容变多了，他的思考范围也逐渐变宽了。2015 年以来，钢铁和矿山行业遭遇了历史上的“严冬期”，面对铁矿石价格下滑给矿山生产经营带来的冲击，降低成本消耗迫在眉睫。作为机长，于连有积极与车间点检、矿专业人员沟通，开始研究备件国产化工作。那段时间，他晚上一回到家就上网查询国产备件厂家，同时及时和车间领导提出建议，带领大家一起实施项目改造。全年完成了国产化项目 27 项，试验效果较好，节省备件成本 30 余万元。另外，他积极开展修旧利废工作，要求大家对更换下来的备件必须认真检查一遍，对可以修复的备件不许交旧。全年修复液压主泵、凿岩机托板、靠帮角油缸等 11 项，节省成本 10 余万元。

设备的好坏与岗位操作息息相关，操作人员的技术水平直接影响设备的使用寿命、性能发挥。为了提高司机操作水平，他带头组织本机台职工开展“教”“帮”“带”活动，在互带互学的气氛下，团队有了更强的战斗力。他的机台设备效率大幅提升，每班次的设备穿孔由原来的 44 个孔提高到 55 个孔，巷道掘进米道明显提高。同时，设备故障率也大为降低，设备完好率由原来的 93%提高到 95%。

于连有（右）在井下工作

开拓作业区区长李文明这样评价于连有：“自我 2010 年来开拓作业区，我就发现他爱学，也肯学。他当上机长后，更是视设备完好为己任，所在机台管理得井井有条。只要设备出现故障，不管多晚，他都及时出现在班上，积极组织抢修，有时连饭都顾不上吃。这样的机长，把设备交给他，我放一万个心！”

与台车朝夕相处的日子，于连有似乎与冰冷的机器有了一种朋友般的情谊。有时候通过它发出的一个声音，就知道哪里出了毛病！看着它脏了，就想去擦擦它！他的青春，已经与地采融合在一起，与台车融合在一起。

为梦想全力以赴，摘取全国技能大赛桂冠

更多的时候，我们都是普通的繁星，努力眨着眼睛，却分不清你我。有一天抓住机会成为划破苍穹的一道流星，不仅成为美丽夜空的传说，也蕴含着更大的价值。

2016 年 7 月，于连有接到参加 2016 年“鞍矿杯”全国冶金矿山行业职业技能竞赛的通知。“参加全国行业的技能竞赛，这样的机会在我的工作生涯中并不多，也有可能是唯一的一次，我是拼尽所有的力气在打这场比赛，包括赛前的选拔阶段、训练阶段，真是全身心的投入。”于连有格外珍惜这一次与国内同行高手切磋的机会。

2016 年“鞍矿杯”竞赛首钢矿业公司代表队

此次“鞍矿杯”281 掘进台车技能竞赛，分理论和实操两部分，实操又包含设备点检和对孔作业。难点有 2 个：一是在设备点检时，需要在 8 分钟内从 24 大点检项目中准确找出随机设置的两个故障点；二是在对孔作业时，驾驶室与圆孔支架的距离为 8 米，通过操作设备把直径为 45 厘米的钻杆头准确插入 8 个不同位置的 52 厘米的圆孔内，而且需要 4 分钟完成，不能碰圆孔内壁。想要攻克这两个难关，也唯有努力的练习、练习、再练习，尽全力提升自己的技术水平。

赛前训练正是三伏天，于连有每天早早把设备摆放好，开始一天的训练。他把每次点检和穿孔练习都当作是正式比赛。“这个孔碰壁了”“这个孔推进梁角度大了”……每一次训练，他都将过程中的不足记录下来，哪个方位的大臂应该摆到什么位置，推进梁的角度是多少，前顶盘离架子距离多少，他都能随口说出来。练习中他发现，对螺栓的点检失误率比较高，为了准确找出故障点，他准备了一个录音笔，把用点检锤敲击的正常声音和故障螺丝不同程度松动的声音全部录下来，然后反复听，形成声音记忆。为了提高比赛作业效率，他在训练的模具上挂了一个铃铛，每次碰壁铃铛都会响，有失误时就把动作反复操练十几次。在穿孔路径上，他摸索出了最适合自己习惯的操作法：“先中心再水平左孔依次穿孔”，这样可以减少操作手柄上下摆动 6~8 次，节省操作时间。另外，为了防止比赛中出现恶劣天气影响比赛操作，不管阴天下雨还是烈日高照，他都坚持不懈的进行训练。下午收车后，大家都要进行理论培训。培训过程中，他与同事、教练对所遇到的问题不断探讨研究，直至将问题解决。近两个月的赛前培训，枯燥而劳累，这更需要一份热爱才能坚持到底。每天教练讲过的知识，于连有都会在睡觉前细细的“回笼”一遍，对自己的要求非常严格和苛刻。

赛前练习中的于连有

2016 年 9 月 23 日，“鞍矿杯”全国冶金矿山行业职业技能竞赛如期而至，全国的技术高手云集在辽宁鞍山，其中参加 281 掘进台车技能竞赛的是来自全国 8 个厂矿的 16 名技术尖子。

通过抽签，于连有第四个出场比赛。首次经历大赛的他，内心激动而紧张，激动的是前期的付出将要有结果，紧张的是如果发挥不好怎么办？该来的总会来的。赛场上，每一个环节他都像平时练习一样从头到尾认真对待，不敢有半点松弛。因为这是全国高手过招，所以他对自己的成绩并没有想太多，只有全力以赴，谨慎，谨慎，再谨慎，争取获得相对较好的名次。

当宣布成绩的那一刻，于连有屏住呼吸。第三名是来自别的单位的选手；第二名是孟凡忠，他的同事，他心里也为之高兴，但又有点失望，因为第一名他想都不敢想。然而，当宣布第一名是自己的那一刻，他简直不敢相信自己的耳朵，狠狠地掐了一下自己，又问问身边的人说：“刚才是说第一名是我吗?”当众人把目光汇聚到他身上时，他才明白，第一名是他，真的是他，当时于连有双眼泛满泪花。这位刚刚 30 岁出头的年轻人在赛场上得到了肯定，

2016 年“鞍矿杯”281 掘进台车比赛中的于连有

摘得 2016 年中国技能大赛“鞍钢矿业杯”全国冶金矿山行业职业技能竞赛中 281 平巷掘进台车司机的桂冠，被授予“全国冶金矿山行业技术能手”称号。2017 年，被授予“全国技术能手”荣誉称号。

于连有（中）获得冠军时留影

2016 年“鞍矿杯”全国冶金矿山行业职业技能竞赛的裁判白宝刚这样评价于连有：“他肯学，工作认真，任劳任怨，技术上能独当一面，是一把好手。这次能取得 281 掘进台车的冠军，跟他在单位辛勤的付出是分不开的。有次训练，我看见别人都在阴凉处避暑，而他还在毒阳下坚持训练，任凭汗水湿透衣背，他取得冠军是理所应当的。”

一路走来，于连有从操作 281 台车到管理 281 台车，从技术落后到“全国技术能手”，成绩的背后，他曾比别人付出多少努力与艰辛，连他自己也说

于连有获得“鞍钢矿业杯”全国冶金矿山职业技能竞赛“技术能手”称号

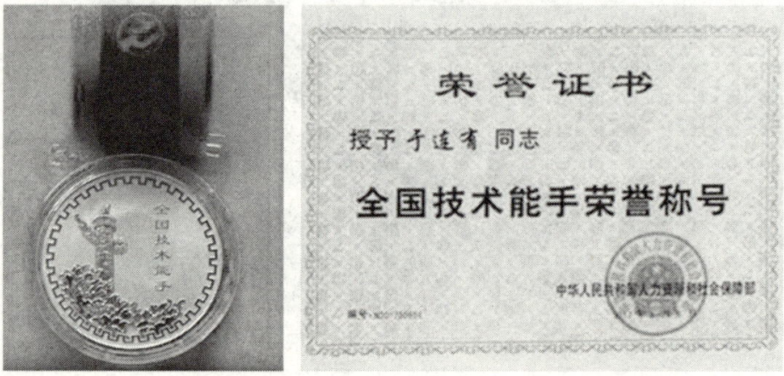

于连有被授予“全国技术能手”荣誉称号

不清。他说：“青春十年，我把梦想托付给地采，献给了台车，成绩只代表过去，明天还要继续努力提升自己、完善自己。”现在，他依然坚持着最初的信念，迈着“学习—实践—学习”的坚定步伐，走向更深更坚实的巷道，走向更远更美好的未来。

第四辑　苛求极致

——坚守标准　追求完美

钢筋工王元新的“绣花”功夫

李嫦娟

匠人心语

站在高空作业，迎接寒来暑往，王元新将大把的青春都留在了钢筋混凝土建筑间：调直，坚定了人生的方向；切割，斩断一切阻碍前进的力量，誓要做钢筋工里的佼佼者；绑扎，聚拢毕生的心血。脚手架上重复着“蹲、躬”两个动作，以钢筋为“针”，精细勾勒楼房建筑的骨架，不仅需要力度，还要干一番“精细活”，下料准确无误，精益求精，考验的是手上的“绣花功夫”。

王元新，1934年6月生人，辽宁省复县人，中共党员。因自幼家境贫困，他刚念完两年小学便被迫退学。1952年，年满18周岁的王元新到鞍山钢铁公司工作。1958年顺应首都石景山钢铁厂扩建的整体形势，一大批鞍钢工人坐着两列火车前来支援，王元新就此走进了迁安矿山，干起了钢筋工直至退休。在他的职业生涯中，从首钢第一工程处到矿山建设工程公司（原首钢第三建设公司前身，后并入首建集团）再到首钢矿山公司车管处，直至后来调入修建公司（现北京首钢矿山建设工程有限责任公司前身），他大部分时间都坚守在施工一线，参与大大小小的工程上百个。期间，担任钢筋班班长，在水厂铁矿粗破厂房、矿山百货大楼（现首自信大厦）、工人俱乐部和滨河村家属楼等这些矿山人耳熟能详的建筑中，都有他编织的钢筋铁骨。曾荣获首钢“最佳操作能手”光荣称号，立二等功一次、三等功两次，连续多年被评为首钢双文明工作者和矿业公司优秀共产党员。

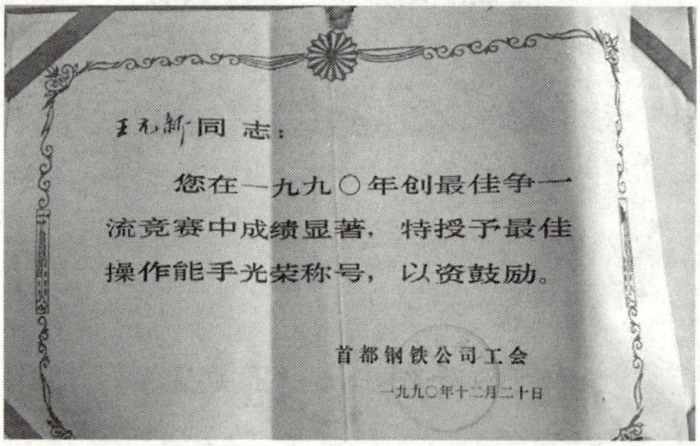
王元新同志：
您在一九九〇年创最佳争一流竞赛中成绩显著，特授予最佳操作能手光荣称号，以资鼓励。
首都钢铁公司工会
一九九〇年十二月二十日

王元新1990年被授予“首钢最佳操作能手”称号

不识字的识图高手

“我真是觉得奇怪，他除了会写自己的名字，大字不识一个，竟然看得懂图纸。以前连规程考试都只能是他口述，别人给他代写呀！”张老太（王元新老伴儿）激动地说。时至今日，可能是担心年龄大了，有些东西会被岁月遗忘，现在的王元新还会时常拿出纸和笔，一遍又一遍书写自己的名字。

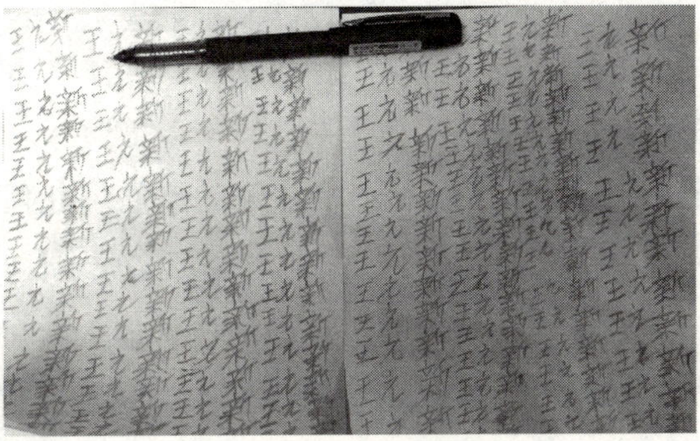

王元新写自己的名字

“我不认字，但我就是会看图纸。当时工作忙，没时间上夜校学习，一有空我就跟着同事学习怎样看图纸，慢慢就弄懂了，后来下料就没问题了。”王元新也不无骄傲地说。

对于钢筋工来说，下料是十分关键的一个环节，而只有会看图纸，才能算准钢筋的用量。为了精通图纸，王元新沉下心来，不断向身边的同事们学习、请教。虽然不识字，但在他的心里图纸上每一笔勾勒的线条都代表不同的长度。“闻道有先后，术业有专攻”。随着实践的不断积累，他已经将图纸上的语言和符号转换成自己专属的“译文”。

图纸搞定了还要会绑钢筋，每一个钢筋扣都是一门学问，要求绑成花扣的不能绑成顺扣，要求绑成吊扣的不能绑成花扣。为此，王元新一遍又一遍地重复练习和返工，直到让自己满意为止。后来每当有人问起他的绑扎手艺是如何练成的，王元新自己似乎也说不清楚，但在他的家人看来，就是没有白天黑夜的“实干”。

“目不识丁”往往让人心生窘迫，但在王元新的那个年代，斗大的字不识一个，却能在钢筋绑扎工作中“量体裁衣”、“掐准工作量”，可想而知他一定付出了超出常人的汗水和心血！在工作上孜孜不倦，做一个有心之人，才得以令人刮目相看。

三点一线，不允许有半点误差

“王元新是老钢筋工了，论专业水平，他就是这个行业里的老大，矿山好多楼房的建设他都参与过。”

“王师傅很能干，当年烧结厂有十根柱子的钢筋绑扎任务。那时候工期紧，哪里都缺人，他一个人带领几个女同志就全部完成了！”

在同事眼中，王元新俨然是钢筋工里面的技术能人。在参与的大大小小数百个工程中，王元新手上厚重的老茧起了又脱，脱了又起，钢筋刮擦留下的疤痕也曾遍布全身。但只要是组织分配的任务，作为班长他都会克服一切困难努力完成，并且干得十分出色。

20世纪70年代初，矿山百货大楼前长15m的雨棚发生坍塌，钢筋作为其核心骨架部分，很快有人质疑是钢筋绑扎不过关造成的。为了查找事故原因，矿山公司立即组织专业人员进行质检。在一片质疑声中，王元新是唯一一个敢站出来拍着胸脯说“钢筋绑扎没问题”的。最终检验结果将坍塌的原因定性为在浇筑混凝土过程中，钢筋被工人踩踏到板底，未有效进行成品保护，导致钢筋的受力方式改变，致使事故的发生。王元新用自己的过硬技术经受住了严峻的考验。

钢筋是建筑物的内在骨架，钢筋工技能水平的高低，一定程度上决定了建筑物的质量和生命。好钢筋工不仅要会看图纸，还要精确操作，保证绑扎的尺寸、角度等。

1986年，在水厂铁矿磁团聚重点工程中，王元新一人主动承担了5t钢筋结构成型任务。他废寝忘食争时间，千方百计抢速度。一根根钢筋仿佛一根根绣花针，在王元新的手中穿梭自如，他绑扎钢筋的间距以及弯钩角度全都符合施工要求。在一般人看来，一个20cm的间距只要凭经验，两眼一看就排出来了，再精确一点的话，无非是从两头分别量出间距，达到两点成一条直线。可是王元新不允许有半点误差，为避免中间绑歪，他以中间为参考点，再从两头用粉笔画出精确的间距，从而达到三点确定一条直线。对于弯钩角度的要求也同样如此。当时，行业规范上要求弯钩角度为钢筋直径的 6.25 倍，凡是存在误差的，王元新都要重新返工。“老王啊，差不多就行了，这么多的钢筋成型你一个人完成，得需要多少天啊？最后还不是要嵌在混凝土里，绑那么好看有什么用?”当工友劝他不必如此精细地去完成工作任务时，王元新边干手里的活儿，边反驳道：“你当绑钢筋就是简单的体力活儿呢？单凭体力是搞不出名堂的，结构不扎实，建筑质量就不过关。搞建筑，不仅要制造漂亮的‘面子’，更要有结实过硬的‘里子’。”最终，他一个人仅用了 11 天就完成了本该属于班组几个人 10 余天的任务，比计划工期提前 10 天。

“干了这么多年，我没给单位浪费过一块铁、一寸钢”

在钢筋绑扎过程中，有些工人会为了省时省力，将一根很长的钢筋直接裁成需要的长度，剩下的则当作废料处理。然而，王元新坚决不浪费。每次收工时，他都细心捡起当天裁下的不同长度的短料以备它用，这样节省下来的钢材数量已不能用准确的数字来衡量了。

每个工号图纸下发后，王元新都亲自审查，严格核对，确认准确无误后，再向班组下达工作任务，避免造成返工和浪费。在 1987 年首钢矿山医院防水池工程中，在确保工程质量的前提下，王元新就是这样严算细抠的。据统计，仅此一个项目就节约钢筋总量 3t 多。

1987 年，在滨西 8 号家属楼施工中，由于人员紧张，王元新仅带领一名工人用 1 天时间便完成了 2t 钢筋成型任务。同时，结合实际优化施工组织，

王元新参与建设的滨西家属区 8 号楼

节约成本6800元。1991年，在球团厂轧辊工程灌注桩的施工中，经王元新精心组织和安排，仅用了20天时间就完成了总量达30t、共计85个钢筋笼子的下料绑扎任务。在制作中，由于他科学计算，合理下料，巧用短料，节约钢筋超5t。

类似的事情在王元新身上不胜枚举。王元新的精打细算是出了名的。在精准下料、巧用短料的同时，他带领工人们修旧利废，重新加工不能用的尖镐头，使废铁锹再利用。同时，还用边角料制作钎子、大锤、手锤、铁锹等工具……“干了这么多年，我没给单位浪费过一块铁、一寸钢。”这是王元新工作多年坚守的信条，也是对企业的承诺。

惹不起的倔脾气

耄耋之年的王元新，看上去很是慈祥可亲，微笑起来如和煦的春风，但回忆年轻时的他，大家一致的评价却是“倔”，但也不忘补上一句：“不过心眼儿好。”

“他这个人就是肯干，总也闲不下来。工地上一有活儿就是急活儿，顾家的时候太少了，我也要上班，两个孩子那时候还小，上学、吃饭都是我一个人管，让他多在家一分钟也不行。”张老太（王元新老伴儿）的一席话，至今听起来还是满腹辛酸。“后来习惯了，他发疯似的拼命干活儿，天生的倔。他就钻这个、好这个，到最后拗不过就随他去了。”听得出来，家人对倔脾气的王元新也很理解。

其实，工作中的王元新更倔，他的这股倔劲儿突出表现为爱较真儿。钢筋绑错了一点就得改，工人们对他说的话甚至到了“唯命是从”的地步。拿绑钢筋箍筋来说，规范要求第一道箍筋离梁边50mm，箍筋间距用尺检查三档间距，误差不超过20mm。有时候工人们不按规范做，他立刻变脸要求拆掉重新绑。一次在俱乐部大梁钢筋绑扎的过程中，他的徒弟绑扎的箍筋有个别超过了规范要求，王元新发现以后，要求拆除重新绑扎。当时，正在绑扎的是2.5m高的大梁，用的都是ϕ28mm、ϕ32mm的钢筋，由于箍筋较密，拆除难度很大。徒弟很不情愿，认为一两个箍筋不会影响整体质量。王元新说："一个也不能将就，绑扎质量牵扯生命安全，容不得半点马虎。"正在这个时候，上级专业技术人员来到现场检查，也发现这个问题并责令拆除返工。最后，王元新的徒弟非常服气地说："师傅，真应该早早按您说的做。"

王元新的倔脾气还体现在以身作则上。无论干什么事，王元新都是冲在前面，干在前面，要求别人做的他先带头去做。一次大石河铁矿在一泵站建水池，规定的钢筋间距仅为 20cm。因距离太小，即使先拆掉一排绑扎的话空间也仅有 40cm，工人们担心下去一不小心就会被钢筋划伤，不愿意进去干活儿。王元新在一边大声喊道："我先进去，一会儿你们也都给我进去！"在王元新的带领下，工人们纷纷干了起来。

"王工认真负责，技术一流。在 20 世纪 80 年代，由于我们班组职工技能水平低，他就主动承担了师带徒的重任。每天不完成任务他绝不下班，即使能确保在工期内完工，也要带领班组工人争分夺秒地干。有些年轻的小伙子受不了啊，王工硬是疾言厉色督促大家干，后来这些人都成为了出色的钢筋工。不得不说，这些年轻人既是王工手下的'受害者'，但更是'受益人'啊！"当时土建一队队长毛洪亮回忆说。

"上班那时候他总不着家，天天在工地到处跑，最长时间连续一个礼拜没回来，都是我给他送饭去。"在老伴儿的眼中，王元新把所有的汗水都洒向了工地，将大把时间全部投入工作。执念于热爱，践行于无私，工作扎实，以身作则，王元新处处发挥表率和带头作用，在工地上奉献着、守候着。

满眼是活儿闲不住

因工序原因，有时候钢筋工的活儿需要错后。在没有钢筋绑扎任务的时候，王元新总是主动请缨，与其他工种的工人协同作战，甚至还能独当一面。

1991 年 3 月，球团厂冲渣池的钢筋绑扎刚刚进入尾声，王元新就考虑到上料坑的绑扎任务。这时候，上料坑还未做防水，工期迫近，若等专门负责防水工作的土建二队来干还要等两天，这就意味着不能按时完成任务。面对这种情况，王元新主动请战，要求带领钢筋班拿下防水工程。全面做防水对王元新所在的土建一队来说还是第一次，而且当时二队的浇筑坑防水质量因不合格被迫返工。这时一部分人不太信任地说：“内行干都不合格，何况外行?”王元新并没有打退堂鼓，他根据过去在楼房做防水的经验，并查找了有关技术资料，结合墙面防水的技术要求，认为完成这项工作的关键在于责任心。最后，在土建一队认真负责的操作下，王元新严把每道工序，顺利完成了被认为不可能完成的防水任务。

王元新这个“永远闲不下来”的特点至今仍让许多同事记忆犹新。

1991 年 7 月份，矿山 28 亩地小区 6 号楼施工正处于收尾阶段。为确保早日交工，王元新又主动承担了最后一道工序——刮涂料的任务。这项任务工作量有 17000m^2，工期要求十分紧迫、人员少，他就主动承担了最脏最累的调制大白浆的任务。每天他最早出现在现场，首先把各承包点的大白浆调制好，并送到各施工点，当班其他同志上岗后，他又帮助其他同志刮白、作技术指导，下班后他还要为水厂东山食堂扩建工程制作钢筋。就这样，王元新仿佛有了“分身术”，不仅保证了涂料施工的提前完成，而且还保证东山食堂工程按网络进度正常进行。

工作的几十年里，王元新以厂为家，始终奋斗在施工的第一线，哪里需要他就出现在哪里。在班组他年龄最大，干得也最多。年近退休时，从深达地下-4m 的上料坑，到高达 7m 的风机房，他总是上下自如，就连年轻的小伙子都自叹不如，外单位的职工也对他伸出大拇指称赞道：“真了不起!”

1994 年 6 月，王元新光荣退休，从此离开了他奋斗一生的岗位，可他并没有安然享受退休后的清闲，而是热衷于积极参加社区组织的各种义务劳动和公益活动。2008 年北京举办奥运会期间，王元新夫妻齐上阵做社区志愿者，在古稀之年，依旧焕发着一名老工人的斗志，传递着新时代的正能量。

为什么工匠不缺乏故事？一种奉献的精神，一份奋斗的理念，一股钻研的激情。这，既是王元新的本色，也是无数匠人的真实缩影。如同一日的 365 天，无时无刻不兢兢业业，恪尽职守，30 多年来，尽管没有晋升、没有提职，但王元新在自己的岗位上没有停歇，最终成为钢筋工中的技术大拿，用独特的“钢针”绣出希望多彩的人生。

备一份至生难忘的清单

——记37年坚守备件工作的管理员刘敏

刘　媛

匠人心语

即将进入杖朝之年，离开岗位20余载，他至今仍可细数每一个备件的名称、尺寸、编码，干脆利落，精准无误。37年中，俯身测绘，倾力改造，奔走催货，“工作这么多年，没有因为备件的供应不及时或缺失耽误过单位一回生产。”一摞摞清单，一张张车票，记录了备件管理员刘敏的诸多故事，也印证了那句话：“承诺易，守诺难”。

我第一次见到这位年近80岁的老人时，与他相对而坐，初春午后的暖阳预示着这是一次温暖感动、极具教育意义的采访。4个半小时过后，我坐的腰有些酸胀了，他还沉浸在那些在我看来非常玄妙的数字回忆里没有出来，直到斜阳把窗格填满……

“这些备件的数字我永远忘不了，国产4立方电铲方轴长度是4760mm，轴径是200mm；苏联4立方电铲方轴长度是4800mm，轴径是220mm。方轴的重量是1.7t，履带支架重量是4.6t，中心轴孔到立轴中心孔距离是1820mm，电铲天轮到地面距离是10500mm，牙轮钻中心对轴轴承序号是9069432……”老人依旧侃侃而谈。

有时候，领悟“钻一行，爱一行”只需看一个人提及他的职业生涯时，是否有意无意间透露着久违的兴奋和全心的投入。

刘敏，河北省唐山市遵化县人，1958年进入滦县铁矿（首钢矿业公司前身）工作，电钳工出身。从1960年到1996年，先后在大石河铁矿、公司机动处、烧结厂从事备件管理工作。他一生的工作如同成千上万个琐碎的零部件一样，看似平凡微小却不可或缺，凭借超强的记忆力、精湛的业务水平，被公认为矿山设备管理“备件专家”。曾先后多次荣获首钢公司先进工作者荣誉称号，多次在首钢立功竞赛中立功。

寻找属于自己的手艺

“遵循孔孟之道，教化黎民百姓”，这是《遵化县志》中关于“遵化”二字的由来，刘敏就出生在这样一个充满文化底蕴的千年古县。

刘敏的家族有族规：凡已成气的买卖不允许本家人继续进入，必雇外人看管。“在我们家乡，每个男子汉都得有一门手艺，我父亲做过皮匠，修过钟表。我未成年时就知道，家族里的买卖是不能介入的，自己将来必须掌握一门手艺，才能吃得开！”

刘家前前后后出了13个教师，刘敏初中毕业后也经人介绍做了一年代课教师，但他似乎对这个工作兴趣并不高。1958年，当时的滦县铁矿在唐山市周边区县招收工人，刘敏顺利入厂，随即被安排到鞍钢学习电钳工。1960年回矿后，铁矿已经转战迁安建设，刘敏被安排到采矿车间修理段工作。投产伊始，各个车间独立管理，物资匮乏，仅能维持主体设备运转生产，连车床、电焊机等辅助修理设备都没有。备件缺的去哪找？坏了怎么修？到哪去加工？这些都是当务之急。矿里各个车间陆续成立了设备组，承担起设备大、中、小修管理，以及图纸资料管理、备件供应工作。刚刚从修理段段长调至设备组当负责人的孙德崇立刻想到了刘敏。在老段长眼里，这个小伙子初中毕业，心细、干活灵，干备件工作再合适不过。于是，刘敏就此干起了备件管理工作，直至退休。

苏联进口的电铲图纸上，纵横交错的黑色线条千变万化，密密麻麻的标注盯久了也会头晕。刘敏却越看越兴奋，他天生对数字敏感，加上作为启蒙老师的父亲从小也有意识的教他数学知识，所以他上学时全年数学期考一直是满分，而搞好备件工作的基础就是对各种数据的熟悉掌握。因此，兴趣和工作就这样不期而遇地吻合了。

“刘敏的自学精神始终是我的榜样。不难想象，尽管他曾有电钳工学徒的经验和一定的基础知识，但采矿有电铲、穿孔机、空压机等那么多设备，光零件就有成千上万种，不仅要知道每一种备件的用处和来源，还要看懂图纸和测绘画图，并且要学习加工工艺，没有超强的自学能力是做不好工作的。一起共事三年，他对我的影响很深。”曾一起在设备组工作过的王守政这样谈起老同事。

“我们那时候干备件，必须得用脑子记，还得随身带本，各个设备的内部构造一定得熟悉。”在没有计算机的年代里，大脑成了刘敏强大的数据库。为了熟悉各个设备的内部构成，他将每种设备的图纸全部“复制”到大脑里，并且把当时冶金工业部出版的相关备件目录从头背到尾。大到电机规格、型号、容量，小到齿轮模数、齿数以及几十种螺丝、螺母的数据，还要掌握图号、材质、储备定额、消耗定额等基础数据。随便拿出来一个螺丝，刘敏就可以说出它应用于哪个备件的哪一部分。

不仅如此，刘敏还练成了迅速看图、无实物画图的手艺。曾在一起共事的刘祖望回忆说："那时候到机修车间紧急加工小备件时，不用带加工图纸和实物，刘敏脑子里常用备件的图号和备件尺寸记得清清楚楚，当场就能迅速画出图纸给工人进行加工。"这完全来源于大量、重复性的实践和记忆。接触备件管理工作的头三年，刘敏晚上回到租住的老乡家里，就抱起两本借来的机械速成看图和机械速成制图反复学习，水杯、饭碗、桌椅都成了他练习画图的实际参照物，他对自己的要求是"一条线都不能错"。

多年后，这些都已经成为留在手上的技艺和渗透到身体里的记忆。

日夜兼程 1000 里

脚下生风，这是当时刘敏作为备件管理员的常态。

建矿初期，矿里每一笔资金的投入，都是从牙缝中强挤出来的。刘敏来来回回到矿部跑了不知道多少趟，"必须得建备件库，要不然东西乱丢，损失更严重，管理也费劲。"他提出建立备件库的要求虽然非常合理，但当时资金太紧张了，生产有很大的缺口，矿领导也实在为难。一趟、两趟、三趟不行，刘敏就接连不断的找领导沟通。终于，靠着一点点成本费的积累，他四处找可以改造成库房的场地，大家自己动手干，大石河铁矿有了第一个库房，第二个库房……经刘敏协调沟通，最后帮助大石河铁矿建成了大大小小 10 个库房。

大石河铁矿第一个备件库所在地（现电修一分公司）

从零到一，从无到有，刘敏就像搬运工一样，每跑一步，就好像为家里添置了新家具一样高兴。“我后来去大石河检查工作的时候，到了备件库感觉整理的真好，库房很大，很规整。没有起重设备，刘敏就带着大家自己做手动电葫芦，他脑子里装着一本账，装着大石河的一点一滴。”此时，已到公司机动处任职的刘祖望回忆说。

不停的跑，
快一些跑，
我在前方做的好，
后方生产就可以不断粮。

从太原到北京，北京到太原，往返1000里，刘敏几天之内足足跑了三趟。

计划经济时代，所有的物资采购都要走计划，由矿山上报给首钢，首钢上报给“一机部”（“中华人民共和国第一机械工业部”的简称），“一机部”将生产任务分配给下属的分厂。比如太原重型机械厂负责生产电铲主体设备，哈尔滨电机厂负责生产电机，各自一家，所以当时到矿山的设备通常不是整机，只能等全部设备配齐才能使用，很影响生产。因此，备件管理员还有一项重要任务，就是到各个生产厂家去催货。

这次刘敏三走太原，是因为正值1968年矿山建水厂矿，冶金工业部批下来的四台电铲终于经不断沟通提前到货了。可是配套电机还没有到货。为了保水厂生产，将大石河铁矿的电铲电机拆卸下来用于救急，可大石河的采矿生产也顶不住了，时任大石河采矿车间主任高彩芝派刘敏马上去催货。到了太原，刘敏了解情况后才知道，原来冶金工业部一共分配给了太原重机厂12个生产指标。其中，有4台是给首钢的，但是其余8台还没有分配下去，一套电机含19台不同种类的电机，电机厂无法单独发货，所以要等分配指标全部下来，12套电机全部生产出来以后再发给首钢。刘敏当即想了个办法，与太原重机厂协商是否可以把全部电机发给首钢，等分配指标下来了，再由首钢发给各单位，太原重机厂工作人员说：“办法倒是可行，但是要经过‘一机部’和冶金工业部批准才行。挺麻烦，你得去跑跑试试。”于是，刘敏立刻登上火车奔向北京。工作这么多年，刘敏没有因为“麻烦”两个字懈怠过一回，三趟北京—太原往返过后，取得了各方批准，12 套大大小小 228 台电机全部运抵首钢送进厂东门，矿山的四台电铲终于正常运转起来。

“人家给我们跑备件催货的人起了个名字叫‘三子’：坐上车像公子，下了车像兔子（那时候全国各地旅馆很少，下了车要赶紧跑着找旅馆），到了订货单位像孙子。”至今，老人提起出差到外地催货时的情形开玩笑的说。

没有人会在与时间赛跑的过程中取得胜利，但刘敏还是以最快的速度冲刺。机修车间生产出来备件后，他会第一时间拿起来就走，出差外地催货这么多年，他经常是日夜兼程，办完事赶紧往矿山赶，没留下一张“到此一游”的照片。

缘何成为“催货大师”

“大石河铁矿有刘敏在，没有催不回来的备件。”这是大家对刘敏搞备件工作一致的看法。

“以心换心，多用心，没有办不好的事情。”这是刘敏多年搞备件催货工作的经验。

1971 年的国庆节临近了，刘敏背上一个沉甸甸的包裹坐上火车直奔黑龙江省齐齐哈尔市，里面装的是 10 瓶“二锅头”酒。计划经济时代，国家实行统购统销，各地物资供应有差别，尤其是当时东北地区的物资非常紧俏，有钱也不一定能买到东西。因此，他经常帮助厂家捎些当地稀缺的物资，这也成为刘敏与厂家建立良好沟通的机会。这次他的任务是到齐齐哈尔机车车辆厂催一台矿山检修急需的蒸汽吊车。到了厂家后，订货科的同志告诉他：“铁道部 9 月份给我们 3 个生产指标，最后一台是你们首钢的，大约 12 月底能生产出来，明年 1 月份给你们发货吧！”刘敏一听着急了。第二天，他敲开了生产厂家订货科配套组的办公室大门，见面寒暄后，刘敏从背包里拿出几瓶“二锅头”给订货组的同志们说：“马上过节了，我帮你们带了几瓶北京产的‘二锅头’，才一块七一瓶。”这下对方可激动坏了。当时，东北常年见不到这种瓶装酒，大家纷纷拿出钱塞给刘敏，高兴地收下了“礼品”。第二天，生产厂家的同志纷纷找到刘敏，一封电报立刻发给了此时在矿山的刘祖望：“东北厂的兄弟们希望帮忙买些猪肉、白糖、花生米、肥皂、虾皮……请迅速办理。”车辆厂也当即决定，生产出来的第一台蒸汽吊车直接发给首钢。国庆过后的10月10日，蒸汽吊车顺利抵达矿山。此时，已担任大石河铁矿矿长的高彩芝乐得合不拢嘴了。

“刚干上催货工作时，我推开人家的门谁也不认识，连话都不敢说，有时候人家一句话就把我搪塞过去了。可是我就想，我为公家办事，诚信跟人家打交道，总会交下朋友。”刘敏就是凭着这份诚心，获得了厂家的信任。

20世纪70年代，正值首钢四高炉上马，许多设备要在湖南衡阳矿山机械厂加工。恰好刘敏也在这里催矿山电铲急需的备件，多年的合作关系，让衡阳厂非常信任刘敏，就让他在等备件的空闲时间，帮助分解首钢加工设备的图纸。这一年，正好赶上衡阳厂的厂庆，厂里决定组装一台电铲在厂庆时展出，但是缺少四套3636型的轴承，这种轴承当时湖南省内没有。于是，大家想到了刘敏，刘敏知道这种轴承首钢就有，二话没说就坐着火车赶到北京。首钢供应部门非常支持，连夜就把轴承发往了衡阳。当衡阳火车站内的大喇叭重复地喊着“首钢的刘敏，现在有车在等您”时，也意味着电铲备件将于第一时间从衡阳发往矿山。

“他搞了一辈子备件，并且跟厂家联系的非常紧密，会接触形形色色的人，但还能洁身自好，一尘不染，我认为这是搞备件工作的人最难能可贵的品质。”同事王守政感慨地说道。

“手里掌握着成千上万的资金，如果思想意识脆弱的人很容易出问题。但刘敏为人很正直，而且特别坚持原则。20世纪市场经济刚刚萌芽时期，备件订货不再单一的由国产大厂家供应，有些不正之风就出来了。比如有的私人厂家开订货会时，会给前来的订货员发50元、100元的红包不等，但刘敏从来不收。搞了一辈子备件，他最嗤之以鼻的就是损害公利、谋求私利的人。”至交刘祖望说道。

长在心底的善良和融进骨子里的耿直，让说话“直来直去”的这位老人看起来像孩子一样。他说："我是个不想当官也不会当官的人。"这就是为什么公司党委副书记一直将思想工作做到半夜，刘敏还是拒绝了就任公司机动处备件科科长的机会。

"没有什么是改不好的！"

从事备件管理工作多年，看着经手的设备和备件一点一点的支撑起矿山的发展，刘敏心里有说不出的欣慰。

"不能光用设备不动脑筋，厂家怎么生产就怎么用。有时候，设备改一改、动一动，就能省出一大笔备件资金。"刘敏在设备使用和改造方面也深谙其道。

比如建矿初期，电铲生产厂家为了防止螺丝松动，电铲铲杆上的小花帽螺丝全部采用偏心螺丝。但当时矿里的机修车间根本没有加工这种螺丝的设备，必须要送到北京首钢机械厂去加工，而且这些小螺丝在使用过程中很容易损坏。刘敏大胆提出，把偏心螺丝改成直螺丝。结果，改造以后发现完全可以满足生产需要。一个小螺丝，解决了大问题。

类似的事情还有很多，当时矿山电铲的方轴特别容易磨损，一根重达几吨沉、两米多长的方轴因为轴径磨损就报废了非常可惜。刘敏就带头对轴径进行修复，联系矿山机动厂将已经磨成椭圆形的轴径重新车圆，自己画图设计加厚钢套镶在轴径外面，使轴径恢复到原来的尺寸。这样一改，方轴可以继续使用二三年，节省了很多大修资金。

刘祖望说："我和刘敏一起改造的项目不少。当时，苏联电铲的制动系统比国产的先进，国产电铲采用的是油路系统，一出问题就漏油，流的到处都是。但苏联电铲采用的是空压系统，出了问题顶多是漏气。我们就对苏联电铲进行测绘，把油路系统改成风路系统，电铲故障降低了，而且工人处理故障时也干净了很多。"

外出催货时，刘敏会经常与同行探讨设备使用过程中出现的问题。一次在衡阳，刘敏和甘肃白银公司的设备管理员谈起矿山使用的电铲行走齿轮总是咬合出现问题——动不动就掉牙。对方说：“我们尝试着改了改，把大齿轮的齿数从 33 改成了 32，扩大齿根圆弧度，这样齿就变厚了，也不容易掉牙了！”刘敏听了以后很受启发。回到矿山以后立刻组织进行改造试验，结果真的如对方所说，效果很好。刘敏还把改造情况跟生产厂家进行了反映，生产厂家专程到矿山来学习，回厂后对所有齿轮都进行了改造。

电铲端部横梁、铲斗底门、卷扬系统……只要能通过改造提升设备使用寿命，刘敏不会放过任何一个改造机会，都会尽力想办法解决。包括工作后期调入烧结厂后，临近退休了，他仍在琢磨设备改造。

1994 年这一年，刘敏由大石河铁矿调入公司机动处，之后不久就到烧结厂备件科负责备件管理工作。当时，烧结厂刚建成不久，面对杂乱无章的库房，已经 55 岁的刘敏冒着暑热、光着上身开始整理起库房，并且帮助烧结厂又建立起一个新的露天库。直至两年后退休，烧结厂的库房已变得较为规范。

改不好的不放弃，改不了的是初心。1996 年，刘敏光荣退休，37 年备件管理工作就此结束。

抹不去的数字组合

“3 个人”。1958 年，跟刘敏一起到矿山工作的同乡还有两人，都陆续回家乡谋了份更舒适的工作，只有他一人留了下来。刘敏说，我一直没觉得在矿山工作苦，无论是在班组，还是搞设备，只要肚子没饿着，就有劲儿干活儿。

“20 任科长”。刘敏说，我经历过 20 任科长，共有 126 个人（包括正、副科），他们中现在去世的有 29 个人，干备件这么多年，没有一个人把我辞掉，我无愧于心。

“50 个编号”。20 世纪 80 年代，太原重机厂由副总工程师带队到矿山考察电铲在客户厂使用情况，当听到刘敏把他们在矿山的全部 50 台电铲（包括大石河和水厂）的编号一一说出时，惊讶之情溢于言表。刘敏说，编号很重要，上面有年限，看编号就知道这台电铲改了哪里，我全部记下来了，并且一辈子都忘不了。

“100块钱”。70年代，一次到太原出差时，刘敏随身携带的100元出差款被偷了。当时，通讯很有限，刘敏拍电报回家里告知家人急等用钱，但钱寄过来仍需要好几天时间。刘敏硬是靠着自己仅有的和老乡接济的干粮挺过了三天。最后，才不得已去催货的厂家借了一些钱用。

“10个亿”。当首钢公司为备件资金超过“10个亿”而苦恼时，刘敏被抽调到北京参加检查组工作。汇报会现场，刘敏出示的现场实际情况调查报告，以及对报表清晰透彻的分析，让与会人员对矿山人的业务水平心生佩服。

这，就是刘敏37年的备件故事。

光阴难改，岁月不逮。一生在数字中畅游，在奔波中丰收。记录一本好账，修得一份清德；守住一个承诺，获得一份安心。这样的工人是否值得敬佩？这样的精神是否永不过时？

矿山披绿说“王工”

——记首钢矿业实业公司园林高级工程师王宝续

马海龙

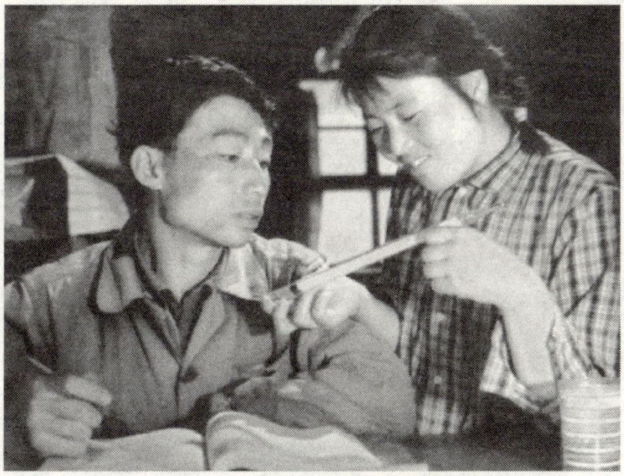

匠人心语

王宝续曾将20年的青春和汗水献给祖国大西北，在黄土地上实现了万亩油松荒山造林的奇迹；20年后，他放下职位和权利来到矿山，成为一名普通的绿化管理人员，续写着一首绿色的生命之歌。他亲手栽植的尾矿库和采排场上的沙棘树、紫穗槐而今已是漫山遍野，规划施工的厂区绿化带已变成绿荫花丛，设计建造的矿山家属区休闲娱乐场所映衬着和谐美丽的矿山。

和王工认识大概是在 2002 年。印象中，他高高的个头，已有些许白发，瘦瘦的脸庞透着知识分子特有的精干，当时只知他是矿山唯一一名园林高级工程师。如今，王工退休已有 10 多年了，这一次是因为要采写他的故事，才有机会与他细谈。

王宝续，这个名字知道的人可能不多。但大多矿山人都知道绿化队有一位大名鼎鼎的园林高级工程师——王工。1988 年，王工到矿山后，担负起绿化矿山的重任。近 20 年间，他先后设计了矿区 274 万平方米的尾矿坝、排土场复垦绿化工作；设计的大石河、水厂等六大厂矿绿化工作，使其多次被评为省、市级绿化先进单位；设计的街心花园、水厂东山立体公园、文化中心东扩、俱乐部北扩等家属区绿化改造项目，使自然园林景观巧妙融入矿山。这一花一木、一山一林都润浸着王宝续的汗水。

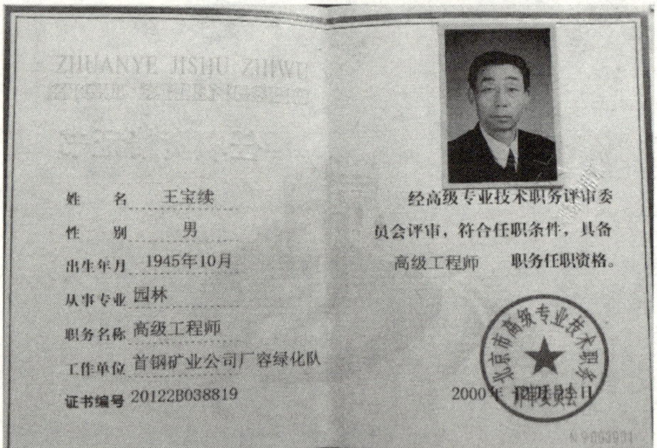

王宝续的园林高级工程师证书

伏笔万千的归来

王宝续，1945 年 10 月出生于北京。1968 年 12 月，他离开了苦读 5 年的大学——北京林学院，离开了生活 22 年的家，踏上西去的列车，去了祖国的大西北——甘肃省平凉市庄浪县通边林场。

祖国的大西北广袤苍凉，风沙漫天。当年的通边林场更是一片荒凉的土地，纵横沟壑间仅有漫漫黄土，是一方水土养活不了一方人的地方。王宝续的爱人和他是大学同学，两人一起到西北参加工作。说起王工，老伴儿感慨地讲到："那时他是林场技术员，每天都穿着一身劳动布的工作服，腰间系一根草绳，背着一个军用水壶，挎包里装上干馍，整天都在山上。"自 1975 年至 1982 年，王宝续在通边林场完成万亩油松荒山造林的工作，成为当时黄土地上的奇迹。在甘肃工作期间，他先后撰写多篇论文，其中《油松、华山松、落叶松育苗造林研究》获得平凉地区科技成果一等奖，《平凉地区三北二期工程规划》和《平凉地区区划》分别获得甘肃林业科技进步三等奖和一等奖。一项项殊荣的获得，诉说着一个造林人的付出与执着。当地人都知道，北京来的那个林业大学生很了不起，他的事迹被写进了庄浪县县志。

1988 年 8 月，因首钢矿山公司人才引进，王宝续一家来到了矿山，王宝续被分配到了厂容绿化队。矿山公司厂容绿化队是 1986 年才独立组建起来的，行使矿山公司绿化专业职能。来矿山之前，王宝续已经在甘肃省平凉地区行政公署林业处副处长岗位任职多年，来到矿山后成为了一名普通的管理人员，担起了规划、绿化矿山的重任。

20 世纪 80 年代末，矿山的绿化工作无论是硬件基础还是技术人才都十分薄弱稀缺，一切还都处在初级发展阶段。作为一名林业工程师，此刻王宝续已经感到自己肩上要担当多重的责任。王宝续进入矿山后，成为矿山唯一的绿化专业工程师。他的到来，代表着矿山绿化专业的权威。从那时起，王宝续开始了矿山绿化设计、组织施工、选树育苗、培训技术力量等一系列绿化工作重任。一个矿山尾矿库和采排场植被复垦、厂区家属区绿化美化的整体规划已在王宝续心里开始酝酿。"绿化矿区，建我家园，实现生态的良性循环"成为了王宝续的工作目标。

刚来矿山时，王家五口人被安排在原绿化队院内的一间库房内住下，生活条件、工作条件的艰苦自不必说。但仅仅过去了 4 个月的时间，王宝续就在那间库房里编制完成了"首钢矿山公司果园建设发展规划"，经公司五届二次职代会讨论通过。1990 年 9 月 20 日，完成“矿山复垦绿化的复垦与实施”编制工作；1991 年 4 月，完成“首钢矿业公司厂容绿化 85 规划”编制工作；1992 年 5 月，完成“首钢矿业公司建设公园化矿山”规划；1994 年 11 月，完成“首钢矿业公司厂容绿化十年发展规划”。

这一次归来，从大西北到冀东山区，王宝续做了充足的准备。正如 20 年前誓要让黄土高原披上绿装的小伙子一样，面对眼前黑黄相间的铁山，再一次激起了王宝续心中的理想和激情。

满枝新绿映碧空

一个人的性格是很难改变的。王宝续 20 年严谨细致、雷厉风行的工作作风到了矿山丝毫不减。他工作中的那股拼劲儿，是让人敬重的。

为治理矿山尾矿库、采排场，王工一刻没有停止过课题攻关。爬排土场，走尾矿库，一捧土、一块石全部是他要记录和研究的对象。“首钢矿山公司，位于河北迁安、迁西境内，地理位置处于北纬 118°31′57″-118°36′，东经 39°56′30″-40°09′；属燕山山脉南麓低山丘陵区，海拔高度在 00-550 米之间”；“矿区所处地区属温带大陆性季风气候，年平均气温 10. 1℃，极端最高气温 38. 9℃，极端最低气温-28. 2℃，无霜期为 165 天，年平均降水量 735mL”；“矿区所属土壤为褐土类”；“该地区多为次生松栎混交林，灌木主要有荆条、胡枝子”；“尾矿坝是由尾矿砂人工堆积的锥形体，质地均匀，结构松散”……王工白天走现场记录，晚上伴着灯光查阅资料，整理着一组组调研的数字。他心中有一幅矿山尾矿库、采排场后续十几年的植被复垦规划蓝图。

20 世纪 90 年代初，矿山复垦植树进行的如火如荼。作为专业工程师，王工要做的工作非常多，从复垦植树现场勘察到确定整个矿山复垦植树的苗木数量、品种，从现场划分区域到确定每个单位的任务计划，从勘察确定苗木供应基地到确定树苗到货时间，不仅要指挥完成整个植树工程的前期准备工作，还要做好现场技术指导和验收工作。对王工来讲，每年的春季复垦植树仿佛是一场全矿区的战役，不能有半点闪失。有一年春天，正值植树任务紧张时期，王工偏不巧犯了痔疮，每天骑着自行车下现场，便血很严重。爱人实在看不下去了，心疼地劝他说："我去和你们单位领导请假，你在家休息几天，行不?""不行，现场离不开我。"王工心里清楚，每个施工现场少则几百人，动辄上千人，有很多事需要协调解决，哪个工序也不能有闪失。那几天，他照样骑上自行车上班，一刻也不误。因常年在山上工作，饮食无规律，王工患上了严重的胃溃疡，犯病时疼得难以支撑，每天下班他都要去医院输液。和王工在一起工作的李君讲，自己本来不是医生，就是因为王工常犯胃病，去医院输液又不方便，自己硬是学会了输液，去医院拿药回来，每天到王工家中给他输液，有时候一输就是半个月。

在王工心里，只盼着矿山早一点批上绿色的外衣。在矿山工作的近 20 年中，王宝续先后规划在两矿尾矿库、大石河、裴庄、杏山、二马、柳河峪、水厂等六大采点进行复垦绿化，绿化面积达 274 万平方米，矿山形成了绿色网带。每一棵树都代表绿色的希望，王工看着这些绿色的生命根植于大山中，仿佛将他自己的心愿也一并种下。

复垦绿化后的矿山尾矿库

独属矿山的风物

80 年代末期以来，在王宝续的主导筹划和参与下，矿区一体化大园林规划和建设初步形成。六大厂矿及滨河村、龙山两大家属区绿化面积已达 200 余万平方米，公司主干路、一号路、水厂路等道路系统绿化将这八大绿色厂区点点相连，在矿区南北形成两大"绿面"。

2004年4月份，王工完成了水厂铁矿东山公园设计。设计因地制宜，层层叠加，极富立体感，东山公园成为了连接水厂厂区和家属区的重要景观。设计完成后，王工还参与到绿化队施工任务中，在现场负责技术指导兼施工组织。每天早上5点多钟，王工带领绿化队的同志们搭便车去水厂施工现场，下班也没个准点。大家都知道王工胃不好，每天的午饭肯定是老伴做的小苏打烙饼和必备的胃药。东山公园施工难度很大，基础是水厂区平房拆除后清理出来的场地，全是坚硬的石头，树坑很难挖，有时候一镐砸下去只出来一个白点。王工跟大家讲："每人一天40个树坑，我打个样，你们照我的干，谁要是挖不完我陪着挖。"当时那种劳动强度和施工难度，年轻人天天连续干都累得吃不消，可已年近60岁的王工仍带领大家照样干下去。

王宝续设计的水厂东山绿地公园

绿化工作是"晴天一身汗，雨天一身泥"。在王工的工作日程里没有"休闲"、"安逸"的字眼儿，他常常带着大家，不是扛起锹、镐上山植树，就是回到队里侍弄花草。就因为王工在工作中总是"打样儿"在前，没少被绿化队的同志们在背后"叨咕"。有人劝他说："王工，您一不图名、二不图利，工作别那么死认真了，大家都对您有点意见了。"王宝续说："我知道大家对我不理解，但我有技术，能带着你们，教你们怎么干。栽树不易，育树成林更难。矿山的绿化基础底子薄，咱们是在打好基础给后人造福啊。"抱怨归抱怨，但大家还是从心底敬佩王宝续。

苏卫校是从事绿化专业的大学生，也是王工的徒弟。他回忆起与师傅一起进行迁钢一期绿化工程时的场景说："2004 年，师傅亲手设计的迁钢一期绿化工程开工，他任实业公司迁钢绿化工程项目部负责人。每天早上 5 点多，我和师傅每人一辆自行车，一人一顶草帽，在路边买几根油条边骑边吃。我和师傅要完成放线布点工作，所以必须赶在施工队伍前面到。到现场后，一根测量绳，师傅在前我在后，师傅干活那是一刻也不停的，当时正值桑拿天，把人闷得通身流汗，我实在坚持不住了就蹲在地上，师傅在前面喊：'怎么？小伙子还比不上老头子了！'进场的树苗和草皮必须在规定时间内种上，不管晴天雨天，晚上 10 点多钟收工是常事。有一次，天还下着雨，太晚了实在看不见了，师傅就指挥我们用车灯照亮在雨中继续干。当年 10 月 24 日，也就是迁钢高炉投产剪彩的前一天，师傅和大家一直干到了凌晨 12 点多才收工，那时师傅已经是 60 岁的人了。"

绿树繁花处处有，却会在不同环境和景致的映衬下呈现出别样的风采。矿山人喜欢用标志性的建筑和景色封存记忆的片段，那些年，王宝续在设计的六大厂矿绿化上体现了高起点、高质量，一年一个厂，一厂一景观。他所负责设计和绿化施工的大石河铁矿等单位被评为唐山市绿化先进单位。

王宝续设计的矿业公司院内绿化景观

质朴的树木心

在绿化队接触过王工的人都感觉到，在现场工作的他完全没有人们想象中的工程师样子，也没有一个指挥者的“架子”。一个罗盘，一辆小平板漏灰车，是当时绿化队最好的测绘施工家当。一身工作服，腰间系一根绳，一顶草帽，一壶水，这些都是王工上山的必备“装备”。到达现场后，他会亲自放线，推着小平板漏灰车定位，指挥大家挖坑栽苗施工，又和大家一起抡起镐头和铁锹，俨然一个“生产队长”。

白天在工地忙忙碌碌的王工，只有到了晚上回到家中，才能变回到工程师的身份。夜深人静时，他铺开图纸搞设计。那时绿化队还没有计算机绘图，所有的绿化效果图纸全部是王工手绘完成的。在别人看来，王工画出来的图纸和计算机完成的一样好。

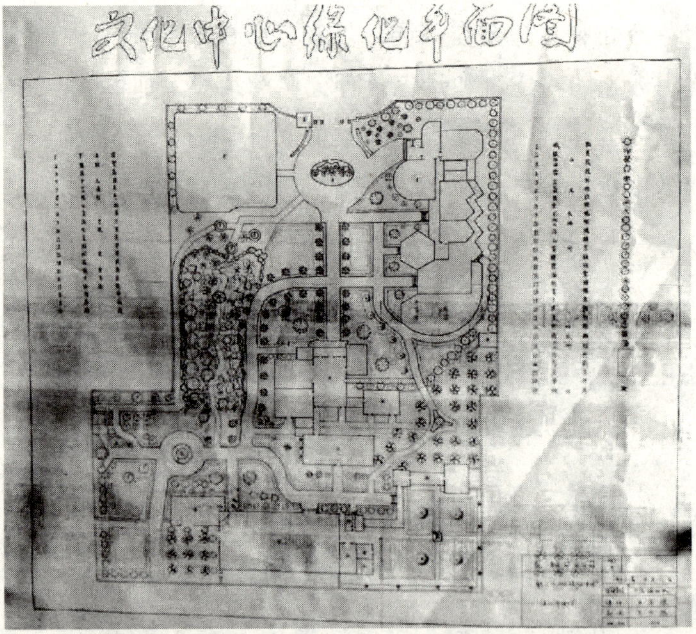

王宝续 1997 年手绘的矿山文化活动中心绿化平面图

王工的为人是出了名的耿直，仿佛有颗“木头心”。他在工作中是出了名的严，对施工质量的把关近乎苛刻。栽植苗木时要求是直线就必须丝毫不差。在现场，人们最怕他的测量绳子。因为，只要他发现质量问题，无论是谁必须返工，从来没有商量的余地。并且无论在什么场合，只要施工人员出现了问题，都会对他们当场批评，从不留情面。对此王工常说：“前人栽树，后人乘凉。我们从事的工作是要造福后人的，不能等到十年二十年后，让人戳我们的脊梁骨。”

20世纪90年代，绿化队承担矿业公司苗木选定采购任务。每次选购，王宝续必定带人亲自到苗木基地考察。一年春天，王工带人去遵化选树苗。当时，苗圃里还有积雪，他走进苗圃，脚下的泥水裹住了棉鞋也全然不顾。选树苗，王工有绝活儿，只要是好的树苗，他一眼就能把它“揪”出来，并且在选好的苗木上用笔做好记号，一棵一棵的做，一棵一棵的选。半天下来，他把供应商家所有的苗圃地全都走了个遍，对供货人讲，按照我做的记号发树苗。按记号发货，是王工定的规矩，树苗发到绿化队院内他还要亲自核对，对他来讲，“树”和“数”是绝对不能有差错的。

有位绿化队的退休同志说：“1998年春植前，王工带我们去天津蓟县选法桐、火炬树树苗。供应商说，我们最怵的就是你们的王工，油盐不进。对方想和我们商量看看能不能不那么严，但王工得知后说，你们几个一定把数点准了，差了树让你们去树坑站着去！还有一次，绿化队有位同志把关不严，进了不合格的树苗，王工二话不说，两个字——退货。那位同志很犯难。但王工发话没有商量，结果还是退了。我和王工一起工作近20年，没见过他吃过谁一顿饭，拿过谁一点东西。”王工和树苗供货商家打交道有铁的纪律。他常和大家讲：“公司每年经我们的手购树苗的钱有大几十万，吃了人家的嘴软了，拿了人家的手短了，怎么把关?”

王宝续虽然对工作要求严格，却很热心传授技术。针对矿山绿化队职工素质低的实际，他开展职工技术培训，讲授植物学、树木学、园林绿化管理及简单的绿化设计知识。工作期间，他完成了矿业公司绿化工、美术造型工岗位技术规程的编写、修订工作。绿化队实施区域承包，有的职工技术水平低，根本不会灌木修型、树木剪枝等技术，王宝续就不厌其烦手把手教大家一起干，夏季有时早起4点多就到现场边干边教。在大家的印象里，王宝续对工作严是严，但是业务真叫人佩服。无论在什么样的现场，他都可以根据场地大小、土壤特点，马上说出适合栽植的苗木，株行距多少，需要栽种多少棵。他那颗在为人处事方面颇为耿直的心，到了花草树木上，却充满着细腻柔情。对此，原实业公司经理石韶华说：“在我的印象里，王师傅对绿化工作甚至有一点痴迷。我曾到过他家，看到他把一间屋子布置得像温室一样，里面养着各种花卉。王师傅平时看起来更像个质朴的农民，不仅因为他工作起来非常敬业，经常顶着大太阳跟着大家一起干活儿，更因为他性格里面有常年与大地接触而来的憨厚和直爽，敢于在工作中坚持自己的意见，工作起来兢兢业业，有技术，有本领，大家都特别尊重他。”

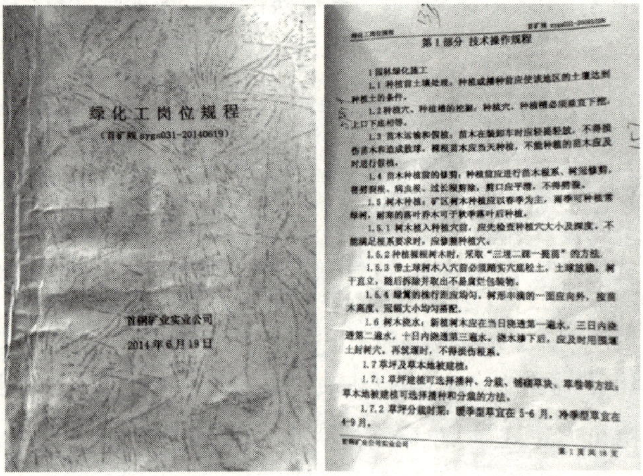

绿化工岗位规程

（首矿规 sygs031-20140619）

首钢矿业实业公司

2014年6月19日

绿化工岗位规程　首矿规 sygs031-20140619

第1部分 技术操作规程

1园林绿化施工

1.1 种植前土壤处理：种植或播种前应使该地区的土壤达到种植土的条件。

1.2 种植穴、种植槽的挖掘：种植穴、种植槽必须垂直下挖，上口下底相等。

1.3 苗木运输和假植：苗木在装卸车时应轻提轻放，不得损伤苗木和造成散球，裸根苗木应当天种植，不能种植的苗木应及时进行假植。

1.4 苗木种植前的修剪：种植前应进行苗木根系、树冠修剪，将劈裂根、病虫根、过长根剪除，剪口应平滑，不得劈裂。

1.5 树木种植：矿区树木种植应以春季为主，雨季可种植常绿树，耐寒的落叶乔木可于秋季落叶后种植。

1.5.1 树木植入种植穴前，应先检查种植穴大小及深度，不能满足根系要求时，应修整种植穴。

1.5.2 种植裸根树木时，采取“三埋二踩一提苗”的方法。

1.5.3 带土球树木入穴前必须踏实穴底松土，土球放稳，树干直立，随后拆除并取出不易腐烂包装物。

1.5.4 绿篱的株行距应均匀，树形丰满的一面应向外，按苗木高度、冠幅大小均匀搭配。

1.6 树木浇水：新植树木应在当日浇透第一遍水，三日内浇透第二遍水，十日内浇透第三遍水，浇水渗下后，应及时用围堰土封树穴，再筑堰时，不得损伤根系。

1.7 草坪及草本地被建植：

1.7.1 草坪建植可选择播种、分栽、铺设草块、草卷等方法，草本地被建植可选择播种和分栽的方法。

1.7.2 草坪分栽时期：暖季型草宜在5-6月，冷季型草宜在4-9月。

首钢矿业公司实业公司　第1页共18页

王宝续编写的绿化工岗位规程

七彩鲜花扮矿山

在有季节感的生活里，才有性情的陶冶，一眼望不尽的金色大道，一树盛开的白玉兰花。在王宝续的愿望中，最美好的莫过于让矿山人可以通过他所种下的植物感受四季的分明，让略显生硬的矿区充满家的温馨。

在王宝续的手中，绘制出了一个乔、灌、草井然有序的矿山家属区。他还先后设计了公司文化中心东扩项目，参与设计了龙山公园，扩建的公共绿地，使矿区绿化“锦上添花”，改善着矿区职工的生活。

2001年，彻底治理车沈路北侧脏乱的自由市场，建一处集通行、休闲娱乐于一体的亮丽一条街，是矿业公司彻底改善滨中、滨西家属区域居住环境的一项重点规划。起初，矿业公司聘请了市园林规划设计院、市园林绿化设计院等几家专业设计单位，先后提了 5 套成型的设计方案。有的以春、夏、秋、冬四季时令为主题，有的以立体花架、热带养鱼池塘为元素，有的以亭台石刻、水幕舞台为主体，设计虽“高、大、上”，但和矿山的实际环境不相协调，最后矿山决定用自己的园林专家王宝续担当设计。8762 平方米的涉及范围精确测绘，切割划分自然流畅。几个不眠之夜，伏案经营，朱笔勾勒，几易其稿，王宝续完成的街心花园设计方案一次通过。花园内休闲小广场布局大方，东西贯通出行便捷，碧草如茵，树木掩映，相映生辉，整条街与周围环境浑然天成。街心花园设计建成，如浓墨重彩，跃然纸上，给矿山人的生活描绘出了一幅唯美的画面。

王宝续设计实施的街心花园改造前后对比照

曾几何时，当我们徜徉在矿山节日盛装的花海中，分享着生活的幸福和安逸时，背后不可或缺的是园林人的默默付出。作为园林专家，王工一直担负着矿山的花卉培育管理工作，由起初品种较少的每年几千盆，发展到后来的每年十多个品种的十多万盆。俗话说，“人勤地长苗，人懒地长草”。养花就像呵护自己的孩子，花卉培育工作周期长，季节性强，无论是播种、扦插、上盆、倒盆还是摘心、施肥、打药、浇水，以及后期的养护管理和光照处理，都有一定的规律性，必须时时关照，样样精心。一个环节控制不好都可能影响到花期、花色。烈日下，王工和花卉工人一起在养植场地上忙着给菊花串红打尖，给花卉浇水、施肥、锄草，太阳晒得他浑身湿透，连续猫腰工作，经常累的他直不起腰。

徒弟苏卫校回忆起和师傅相处的一幕幕，很是动情："给我印象最深的就是师傅教我用五色草进行组字。首先，我们要在纸上设计出字的形状、打上网格，然后准备好浅子，放土、写字，再往土上插五色草，就这样一组漂亮的立体字就做成了。师傅那种认真严谨的技术操作，让我深刻领略到植物配置出来的美的创意。师傅在业务上对我悉心传授那自不必说，最让我感动的是师傅那种敬业精神。矿山每年节日摆放用的上万盆花卉和组字用的五色草最怕大雨浸泡。有一天突降大雨，反应最快的是师傅，他第一个冲出办公室喊，小苏，快，出来放花盆。冒着倾盆大雨，在师傅的带领下，大家在雨中迅速将一盆盆花盆放倒，把一盘盘五色草码放到高处。干完活时，大雨把大家淋得透透的，我知道师傅身体不好，被雨淋了是要犯胃病的。师傅冲出办公室的情景，冲我那焦急呼喊的声音，至今让我难忘。"

王宝续与家人在他设计的节日花篮前留影

每年装扮节日的矿山，搞大型庆典，花卉摆放方案及现场摆放工作组织，都是王工负责的重头戏。仅每年国庆就需要摆放 4 万多盆鲜花，从装车到摆放，每人低头猫腰托放花盆操作都不下千次，王工每次都是从头跟到尾。一年一主题，一年一花样，用双手创造美，用心灵呵护美，他在平凡岗位上默默耕耘，扮美了矿山。

银杏树下的"金光大道"

人之仁爱，当推崇人有大爱。王工视绿化事业为生命，他爱矿山这片土地。"披绿矿山，美我家园"是他倾毕生所学、呕心沥血要实现的目标。近 20 载春雨冬雪，王宝续奋斗在矿山的土地上。期间，他秉烛挥笔，写下《开创首钢矿区绿化建设新局面的实践与探索》《河北省首钢迁安钢铁有限责任公司钢铁厂景观绿地系统规划》《绿化矿山　造福后代》一篇篇造福后人的文字，诠释了一位绿化人的崇高职业操守。

采写王工，我手中的笔始终没有动一下，也没有听到他讲述过自己艰苦付出的只字片言，我只是用心记录下了王工对矿山绿化事业那份不舍的情怀。

“自我到矿山的第一天起，我就设想着能为咱们矿山主干路设计完成一条‘金光大道’，以银杏树作为行道树，树下长满紫薇、丁香、刺玫……”

滨河村主干路上王宝续带领大家亲手种下的银杏树

“终于，在2001年年初，我完成了滨河村主干路绿化设计，4月中旬，我连夜带人从外地运回了银杏树树苗。第二天，仅用一天时间，我们就全部栽种完成。”

光阴似箭，匆匆已过十数年。王工当年种下的银杏树苗，如今已是干如盘口，枝繁叶盛，秋风中那金黄色的片片树叶，洒落满地，矿山的人们已走上了那条“金光大道”。

千里草落花相连，
百里青松荫成片。
初心不改数十载，
精雕细琢绿矿山。

仅以此诗，献给如王宝续一样为扮靓美丽家园，辛勤付出的矿山绿化人。

为美丽首钢筑牢大地之基

——记首钢地勘院高级工程师李强

张国强　唐　灏

匠人心语

32 年的工作，他以“严细认真、勇于负责、敢啃硬骨头”著称，始终奋战在基础工程勘察及岩土施工技术岗位上。“认认真真做事，踏踏实实做人”是他的人生信条，他常说：“每一项工程都是一个新的开始，地质人要以敬畏之心对待大地，筑牢生命的基础”。

李强现任首钢地质勘查院北京爱地地质勘察基础工程公司总工程师，教授级高工。32 个春秋的耕耘与付出，如今的他已锻造成为行业的领军者。先后主持完成了 300 多项大中型勘察、设计及施工项目，参加了 1000 多项工程的内外业工作，获得首钢科学技术成果二等奖 2 项、三等奖 4 项；获得冶金工业部和冶金行业优秀工程勘察一等奖 22 项、二等奖 19 项、三等奖 11 项；获得部级优秀 QC 小组成果奖 4 项；获得国家发明专利 2 项、实用新型专利 1 项；获得全国勘察设计行业优秀工程勘察奖 3 项；参编国家规范 1 项；获得国家优质工程银质奖 1 项。

2002 年，李强被评为首钢专业技术带头人；2004 年被评为首钢技术专家；2006 年获得全国冶金建设高级技术专家称号；2008 年被评选为享受国务院特殊津贴专家。曾被评为首钢四化尖兵，6 次获得首钢劳动模范，7 次获得首钢模范共产党员，被授予北京市劳动模范光荣称号。

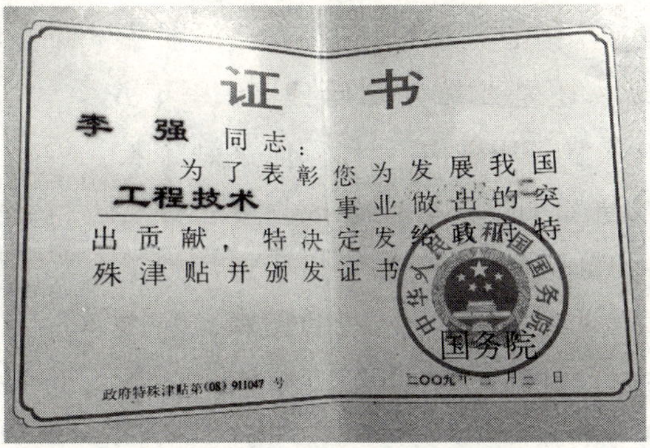

李强被评选为享受国务院特殊津贴专家

黄土地孕育了他坚忍不拔的性格

1985 年 7 月 15 日，往日宁静的地勘院彩旗飘飘、锣鼓喧天，办公楼前悬挂着“热烈欢迎新战友”的红色横幅。这是国家恢复高考以后首钢地质勘查院（以下简称地勘院）接收的第一批应届大中专毕业生。在 33 名前来报到的毕业生当中，有一个再寻常不过的小伙子并没有引起人们的注意。只见他个头中等、面色黝黑，平静地注视着前来欢迎的人群，他就是毕业于长春地质学院水文及工程地质专业的李强。看似平静的他，此时此刻面对欢迎的场面，内心早已热血翻腾，他的思绪好像又飞回了晋中那黄土高原、回到了那热火朝天的劳动场面。

1972 年 12 月，作为返乡知青，初中毕业的李强回到了养育他的山西省万荣县王显乡东和村，很快便投身到如火如荼“学大寨”的热潮中。一次，他和同村的一个青年商量后，次日一早便带上干粮，两天后辗转来到了昔阳县大寨村，立即被眼前热火朝天的劳动场面所震撼。回到家乡后，他找到村支书：“书记，我想成立一支学大寨青年突击队!”“中，李强，你就是咱们村青年突击队的队长。”1977 年 5 月 4 日，李强光荣地加入了共产主义青年团。家乡的黄土地没有造就他粗犷的外表，但却在他身体里种下了精益求精、坚忍不拔的种子。

1977 年国家恢复了高考。村支书第一时间把这个消息告诉了李强。“书记，你再给我两年时间，我就不信大家吃不饱饭、过不上好日子。”两年后，望着贫瘠的黄土高坡，李强心里暗想：“要改变这种靠天吃饭的落后面貌，还是要靠知识呀!”1979 年 6 月，他回到了高中课堂。1981 年 7 月，他拿到了长春地质学院的录取通知书，一心要学成返乡、改变家乡落后面貌的他，却因专业需要来到了首钢地勘院。然而，时代的发展往往超乎人们的预料，一个更大的舞台等着他去施展才华，首钢改革发展的大潮，给他插上了腾飞的翅膀。

青年时期的李强

1985 年 10 月，刚进行完入厂教育的李强等技术人员就开赴迁安山叶口，投入到矿山公司尾矿库勘查项目中。大家都想尽快把书本学到的知识应用到实际工作中来，对不懂或不明白的问题都要刨根问底，有时还会发生争论。一天，有一个地质构造现象与书本中所描述的不一样，为了弄清楚这一地质现象，李强和魏尚军等新来的四名大学生争论了起来，谁也说服不了谁，不知不觉天色已黑了下来。此时，接送钻探工人和技术人员的大卡车已返回了基地。由于施工人员较多，谁也没有发现丢失了四个人。第二天一早，技术组组长在安排当天工作时，才发现李强等四人已经一宿未归。组长当时就吓出一身冷汗，因为此时天气已经渐凉，大山里时常有野兽出没，“这要有个好歹怎么办，赶紧去找。”说完，组长跨出办公室，带领几名地质技术人员直奔勘查现场。远远的只见李强等四名新来的技术人员还在昨天的地方争论着，组长连忙上前问道：“你们几个真是吓死我了！这一宿了你们吃点东西没有啊？住哪了？”“组长您放心，我们几个大小伙子没事，您来看看这个地质现象，看我们谁分析的对？”面对四张充满朝气和渴望的面孔，组长心里的担忧变成了欣慰。

1985 年 12 月，首钢迁安新钢铁基地——新庄地质勘察大会战打响。李强和其他几名地质技术人员马不停蹄来到施工现场，开展地质编录工作。当时恰值数九寒天，刺骨的西北风肆虐着他们的施工点。河北省迁安一片开阔的田野里，天冷得呵气成冰，大家穿着棉衣棉裤还冻得直发抖。但是，为了能准确地鉴定地层的性质和状态，每一次取样他们都要用手把钻机取上来的泥土搓成条，不到一天手就被冻肿裂口了。由于工期紧，钻机 24 小时不停机，钻工们实行三班倒，而地质技术人员必须要连轴转，困了、饿了就在临时搭建的帆布帐篷里解决。天气实在寒冷，他们就在钻机旁点起了篝火，面对着钻机，后背烤着火，稍感暖和一些。连续几天几夜的奋战，大家都人困马乏了。一天后半夜，一名技术人员愣是站着睡着了，篝火烤着了后背的大衣，他竟浑然未觉，幸好旁边的施工人员及时扒下了他的棉大衣。就这样，经过一个多月的连续奋战，他们按时提交了新庄地区工程勘察报告。

1988 年初，公司领导把首钢矿山水厂铁矿扩建皮带通廊隧道和大桥的两项工程勘察与评价任务交给了李强。这是他参加工作以来独立承担的第一项任务。勘察结论正确与否，关系到扩建后的水厂铁矿的正常生产，再加上隧道工程勘察相当复杂，且工作量大，难度之大可想而知。他告诫自己，一定要把这第一项工程干好、干仔细。白天他盯在钻机旁，晚上整理资料。经过 4 个月的连续奋战，顺利地完成了设计、施工任务。当时，公司领导不无感慨地说：“这么大的工程，一般的勘察单位干同样的活，至少需要一年，这小子真有股拼命三郎的劲头啊！”4 个月等于别人的一年，这样的劳动强度李强却一点没感到辛苦，更多的是独立完成工作后带给他的获得感。通过这项勘察任务，他掌握了从设计到施工再到报告编写的全流程。

经过几年的锤炼，李强较强的业务能力、踏实细心的工作作风逐步得到院领导和周围同事们的认可，他身上的朴实和韧劲也出了名。因优异的表现，1988 年 10 月，李强光荣地加入了中国共产党。因出色的业绩，1988 年 12 月，他被破格晋升为工程师职称。

市场给了他施展才华的舞台

自 1989 年底开始，国家对地勘单位预算内地质项目开始减少，直至 20 世纪 90 年代末完全取消了预算内地质项目。而此时，李强被任命为基础工程公司工程地质技术组组长。预算内地质项目减少了，地勘队伍要生存，就要靠基础工程施工来弥补。工程项目哪里来？那就是市场。

地勘院基础工程公司的前身工程地质队，是伴随着 1985 年李强这批大学生的到来应运而生的。虽说经过几年的努力，工程地质队得到了壮大和发展，但要面向社会市场把工程地质队发展成为地勘院的支柱产业谈何容易。生存的压力容不得地勘院与工程公司两级领导思考和犹豫，一场全员闯市场的战役在地勘院上下无声的打响了。

要争取项目、赢得市场认可，施工设计方案这一头和施工质量这一尾就是两个关键。李强带领技术组全体人员主动出击，终于，他用诚实和韧劲打动了客户，逐渐开拓了市场，工程地质队于 1991 年 9 月实现了华丽转身，注册为北京爱地地质勘察基础工程公司。到 1994 年底，他先后主持了 80 多项基础工程勘察与施工项目，打出了名气，创造了效益。李强的师傅、原基础工程公司总工程师郑宗镛这样评价他："李强是一个不知疲倦的'工作狂'。"正因为对工作有着一份狂热，才让他在基础工程领域有所建树，荣誉也接踵而至。1992~1995 年，李强先后被评为首钢四化尖兵、首钢劳动模范、北京市劳动模范，并且在 1994 年 7 月，晋升为工程及水文地质高级工程师职称。

李强被评为首钢劳动模范

面对一项项接踵而来的荣誉和同事们投来的羡慕眼光，李强内心始终无法平静，他知道肩上的责任和担子有多重。尤其是自 1995 年开始，随着老一辈技术骨干的陆续退休，李强挑起了基础工程公司总工程师的重担。他心里暗想："我是从黄土地走出来的农民的儿子，做了只是本该做好的事儿，组织上却给了我莫大的荣誉。我没有一点理由不好好工作，只有加倍努力，才能不辜负领导和同事们对我的信任。"此时的基础工程公司，既要服务好首钢，还要面向社会市场，工作内容实现了岩土工程勘察、设计、施工及监测一体化。作为总工，李强总是来的最早、走的最晚，甚至没看到他休过一个星期天。门卫的李师傅深有感触地说："如果你发现哪天晚上李强办公室没有亮灯，那一定是他在施工现场没有回来。"

1996 年 1 月，国家计委宏观经济研究院科研楼护坡及降水工程对外招标。该工程设计为：地上 24 层，地下 4 层，高 96 米。基坑周边分布多栋 17 层高塔，施工难度可想而知。参不参加工程投标？当时的工程公司领导和大部分技术人员心里都没有底、泛起了含糊。一名技术人员私底下找到李强说："李工，这么大的项目咱们从来没干过，基坑那么深，距离旁边最近的那座高塔只有十几米远，这活不光难度大而且危险，万一基坑出现点问题弄不好造成高塔的倒塌，那罪过就大了。""如果我们总是前怕狼后怕虎，那公司怎么发展？""可要真出了问题，你这个总工第一个去坐牢。""那我们就拿出好的方案，不让它出问题。"决心已下，李强带领两名技术人员开始设计施工方案。经过反复分析研究，他们大胆采用了等值梁力平横法理论，分 10 个剖面进行了计算。设计方案拿出来后，受到了招标评委的高度评价，一举击败了来自全国的其他六家竞标单位。经过精心组织，工程施工按时完成，实现创收 1200 万元，该项目还被评为冶金行业部级优秀工程一等奖。

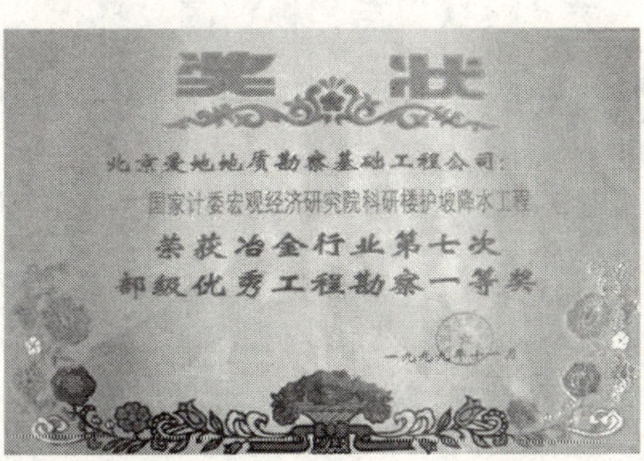

李强主持完成的国家计委宏观经济研究院科研楼护坡
降水工程被评为冶金行业部级优秀工程勘察一等奖

不断的实践和积累，丰富着李强施展才华的舞台。不断的创新和进步，给他和企业插上了腾飞的翅膀。

虽然当上了总工，但李强仍致力于技术研究，他不仅根据工程实际撰写了“大面积深开挖重荷载地基压缩模量的选取”、“新旧抗震规范对某厂地基液化问题的研究”、“系数传递法边坡稳定及挡墙压力计算程序”等10多篇论文，还利用业余时间开发、编制了短土钉连续墙护坡、长土钉护坡、桩锚护坡、地震作用下边坡稳定计算、复合地基计算、钢管内支撑、钢筋混凝土连续梁配筋计算、柔性桩、抗拔桩等多个计算软件，使公司技术管理水平在同行业中名列前茅。

1998年，李强通过研究首次提出在护壁、护坡方面采用“短土钉连续墙深基坑支护方法”。土钉支护方法形象的解释，就像人体骨折打上石膏一样，就是要在坑壁上铸造一层混凝土层，横向穿入钢筋笼并灌注水泥，形如一颗颗土钉。这一技术主要用于带有地下室的建筑，但之前基本采取标准尺寸长的土钉，在经济上和施工质量上都不合理。李强根据横向钻进取样确认地层结构后，针对不同的地层应力计算出在每平方米内布设土钉的数量、长短、灌入钢筋水泥量，这样就可以保证每个土钉恰好连接在“骨头”上，做到长短土钉结合，以保证护坡的强度。这种方法控制基坑变形效果好，减少施工过程开挖分步，节省施工费用，加快施工进度，综合经济效益显著。该项技术先后在中科院物理所试验楼、北京铁路局文化宫、北京建外通用时代国际公寓、首钢京唐公司2250热轧工程等100多项工程中成功应用，1999年，李强被晋升为教授级高级工程师职称。

“短土钉连续墙深基坑支护方法”2003年获得国家发明专利，2004年获得首钢科学技术成果三等奖。这以后，根据国家环保部门有关要求，李强开始研究对基坑需要回填、如何将土钉进行收回的方法，并于2016年再次获得“土钉回收国家实用新型专利”。

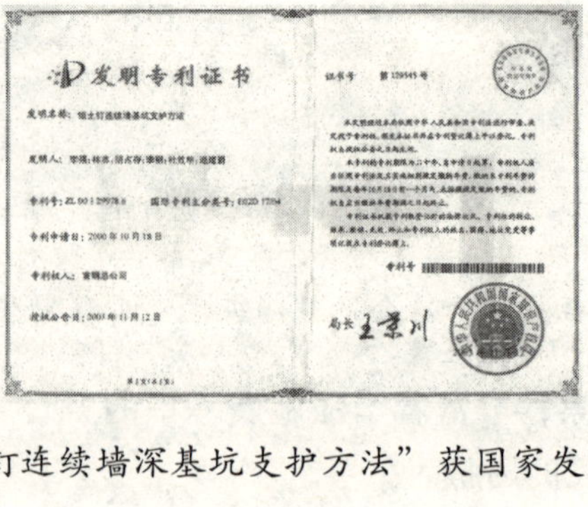

“短土钉连续墙深基坑支护方法”获国家发明专利

首钢一业多地的勘探先行者

2003年初，首钢搬迁调整步伐加快，“一业多地”建设开始实施。此时，全市人民的目光和首钢人一样，开始聚焦在了河北迁安。

作为首钢的子弟兵、先头部队，地勘院的精兵强将开赴迁钢建设施工现场。一场蓄势待发、波澜壮阔的建设场面即将展现在人们的面前。然而一场突如其来、始料未及的非典疫情笼罩了建设工地。疫情最大限度地影响着人们的正常生活，但也给了李强冷静思考、结合施工实际进一步完善优化设计施工方案的机会。

在迁钢基地建设中，李强力排众议，大胆提出了回填土强夯并采用CFG桩处理地基的方法，经过迁钢建设指挥部的反复论证后得以被采纳。实践证明，这种施工方案既减少了工期、降低了成本，又增强了地基强度。在迁钢建设工程中，他先后主持完成了迁钢配套完善项目炼钢工程详勘、迁钢一期工程煤气柜、制氧站、水处理及110kV总降勘察、迁钢冷轧项目详勘等20多个项目，得到了设计院和指挥部的高度认可。当时，迁钢建设指挥部一位负责人不无感慨地说：“首钢迁钢建设之所以速度快、质量好、水平高，地勘院的李强是有功之臣啊！”

迁钢基地建设现场

迁钢主厂区占地面积约 120 万平方米，该项目采用强夯处理回填土，较分层碾压处理地基节约费用达 50%以上，炼钢主厂房等多个分项工程采用 CFG 桩处理地基，较钢筋混凝土灌注桩节约处理费用达 65%以上，两项合计节约投资达 2000 多万元，取得了良好的经济效益。该项目获得首钢科技成果二等奖，2006 年获得冶金行业部级优秀工程勘察一等奖，2008 年获得国家优秀工程勘察设计银质奖。

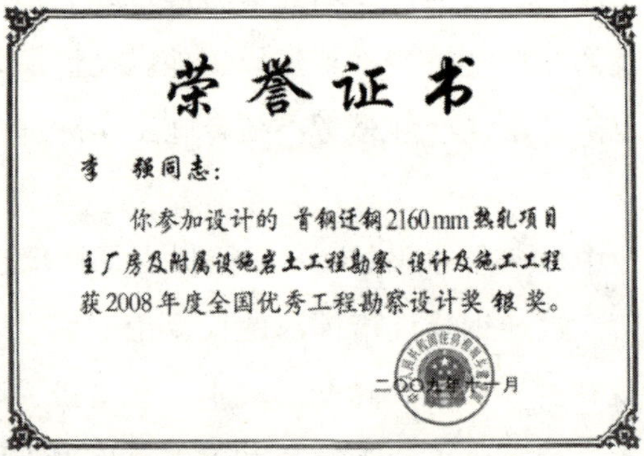
荣誉证书

李　强同志：

你参加设计的 首钢迁钢2160mm热轧项目主厂房及附属设施岩土工程勘察、设计及施工工程获2008年度全国优秀工程勘察设计奖 银 奖。

二〇〇九年十一月

李强参与的迁钢 2160mm 热轧工程主厂房项目获得国家优秀工程勘察设计银奖

横断燕山山脉和巍峨的长城向南迈进，首钢吹响了京唐钢铁公司施工建设的号角。

2006 年，受京唐钢铁公司建设指挥部的委托，地勘院承担了地下基础施工技术归口管理的任务。李强担任整个基础施工技术归口管理主要负责人。

李强在曹妃甸施工现场

京唐钢铁公司建设不同于其他任何陆地建设项目，它是在整体填海造地的地基上施工建设，各厂区、某单个厂区，甚至厂区中某部分的承载力都有着巨大的差别，不光要考虑设备的承载力，还要考虑将来投产后、生产过程中的承载力。百年大计、质量第一。李强立即找来资料，学习、借鉴上海外滩施工建设经验。为保证京唐钢铁公司地基处理的长期稳定，必须把整个基地的地层结构及基础施工情况统一管理起来，规范和统一施工方案和方法。在他的建议和主持下，“京唐钢铁公司地基处理及地下地理信息系统综合研究科研项目”得到立项。

中国的渤海湾，寂寞多年的蓝宝灯塔迎来了一批批施工的队伍，一场可载入我国钢铁发展史的新世纪钢铁厂建设大会战打响了。几十台钻机错落有致地分布在十几平方公里的回填沙土上，伴随着海风，细如面粉颗粒的海沙紧贴着地面欢快地来回奔跑着。李强深一脚浅一脚地穿梭于钻机之间。由于施工单位较多，为了保证采集数据的准确性，每天晚上他都要将各单位报送的钻探施工数据进行整理入机，白天奔波于每台钻机进行数据核实并随时解决施工中遇到的问题、指导钻探施工。

细腻的海沙无孔不入，夏天伴随着骄阳散发着滚烫的热浪，冬天却又无情地吹打在他的脸上，直往耳朵、眼睛、嘴里钻。就这样，经过一年多的努力，整个京唐钢铁公司地基处理及地下地理信息系统建立了起来。该项目不仅获得首钢科技成果二等奖，而且经以中国工程院院士王思敬为组长的专家委员会评审，达到了国际先进水平，取得了国家著作权。

施工中难度最大的要数2250热轧基坑施工项目了。试想，在一堆沙子里先挖一个长636.5m、宽64~184m、深5.1~16.17m的大坑，再在坑里进行桩基施工，其施工难度可想而知。李强责无旁贷地担任了该项目技术总负责人。经过反复研究论证，他将土钉墙护坡技术成功应用在曹妃甸软土地区，顺利完成了基坑施工项目。建设时期，时任国务院总理温家宝到京唐建设基地进行视察时，亲临了该项目施工现场，李强荣幸地为总理进行了施工讲解。

京唐 2250 热轧基坑工地

2010 年，曹妃甸主体基础施工被评为国家优质工程金质奖。这之后，李强又出色地主持完成了首钢长钢、贵钢等一业多地建设及首钢生物质能源、北京及曹妃甸两大园区建设、西十筒仓改造等多项任务。

荣誉证书

李 强同志：

你参加的首钢京唐公司 2250mm 热轧主厂房地下结构护坡、降水及土方工程项目获 2009 年度全国冶金行业优秀工程勘察一等奖。

中国冶金建设协会

二00九年七月

李强参加的首钢京唐 2250 项目获得全国冶金行业优秀工程勘察一等奖

不忘初心，铸牢梦想

2008 年，经首钢、北京市报审，国家有关部委审批，李强成为享受国务院特殊津贴的专家。当时，国内冶金地质勘察行业仅批准 2 人享此殊荣。

2010年初，李强被选派参加由全国冶金行业专家组成的编委会，与来自全国8个科研院所及3个冶金勘察施工单位的13名学者和专家，历时半年，共同编写了《冶金工业建设钻探技术规范》。国家于2012年8月正式颁布实施。

功成名就，青史流芳。32年来，在一般人眼里，李强似乎已经站在了行业制高点。但他始终怀着一颗初心，还是那样兢兢业业对待每一项工作。他常告诫身边的同事，特别是年轻的技术人员："每项工程都有不同之处，都关系到百年大计，做每个项目都应该怀着敬畏之心。年轻人不要怕繁琐、不要怕辛苦，要多跑施工现场，要随时掌握地下千变万化的情况。"他常挂在嘴边的一句话："基础不牢，地动山摇。"

李强（前排左二）在施工现场调研

日常工作中，李强有意识地对年轻人进行培养。他为人谦和，但对工作不认真负责的人他会立刻翻脸，对于马虎的人他会立即批评，同事们都知道在工作中谁也别想糊弄他。在他的言传身教下，一大批年轻的技术人员快速地成长起来，多人已脱颖而出成为公司的技术骨干和项目负责人。他的徒弟逯建爵是全工程公司公认的技术专家，在技术领域和他有着一样的犟脾气，虽为师徒关系，师徒俩的争吵声一度成为公司上下的佳话。在办公楼的楼道里，大家经常可以听到师徒俩在一起因看法不同而引起的争吵声，对技术较真的态度换来了逯建爵的快速成长。逯建爵被公司任命为勘察室主任，2006

年调入首钢京唐钢铁公司建设指挥部。

2016年初秋，思乡之情促使李强暂时放下了手头正在审阅的勘察设计方案，回到了阔别已久的家乡——晋中黄土高坡那个小山村。那个大跃进年代，改天换地的梯田如今已被茂密的果树所覆盖，树上硕果累累。远远望去，李强稀疏的白发映衬在满坡的绿色中。看到家乡的巨大变化，李强思绪万千。他漫步在这世外乡村小路上，心里却又想起了正在审阅的勘察设计方案。

时间真的存在轮回，你未完成的梦想有人替你实现，而别人的梦想又不期而遇地走进你的世界。筑牢首钢大地之基，已成为李强这些首钢地勘人共同的梦想。

只为精品的金结人起云俊

隋国栋　马新峰

匠人心语

“工作不仅要出力，更要用心，把心放在产品上就会做出精品”。起云俊坚信工作态度决定工作品质，从事金结工作34年，专心于钢结构制作，不断总结经验改进工艺方案、创新操作方法，带领团队打造出了首钢多项精品工程。

起云俊，1960 年 7 月出生，彝族，高中文化，云南省大姚县人，1978 年 12 月光荣地参加了中国人民解放军，1983 年 6 月转业到首钢金结厂（现迁安首钢设备结构有限公司）工作，2015 年 1 月退休。

在起云俊近 40 年的职业生涯中，从部队服役开始，到随部队集体转业以后，始终在金结工岗位工作，先后带领班组承担首钢重点工程 500 余项，经手制作的金属重量达十余万吨。先后被评为金结厂立功竞赛先进个人、优秀共产党员、党内立功竞赛先进个人，机电公司先进职工、首钢双文明先进个人、首钢模范党员、首钢劳动模范，2000 年获得北京市劳动模范。

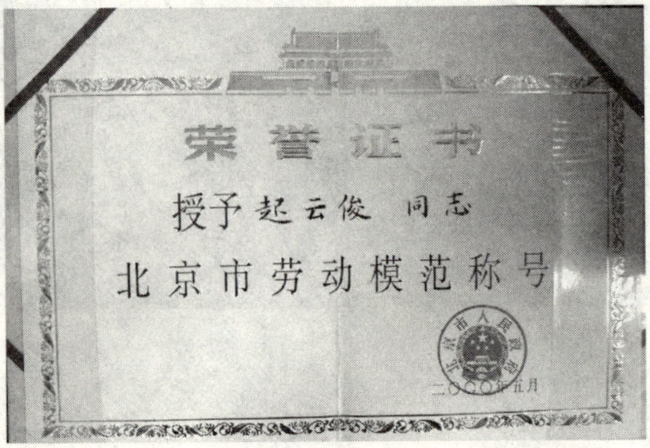

起云俊获得北京市劳动模范的证书

部队生活，锤炼钢铁般的意志

“严明的纪律可以约束人，也可以造就人。”回忆参军时的感受起云俊如是说。

1978 年 12 月，起云俊光荣地参加了中国人民解放军，成为了基建工程兵二支队十二团中的一员。当时正处在祖国社会主义建设新时期，基建工程兵作为祖国建设的生力军，不仅要完成军人保家卫国的光荣使命，还必须完成建设祖国的任务。参军后，起云俊随部队来到了大西北，奉命参加甘肃酒钢建设任务。回忆当时的情景，起云俊谈到："当时现场环境极为恶劣，除了一眼望不到边的戈壁滩，风沙打脸的西北风，还有蔬菜紧缺、饮水困难等问题。战士们不仅要克服生活上的种种不适应，还要每天进行'魔鬼一般的军事训练'，同时还要学习专业技术并完成酒钢建设任务。"

据起云俊的战友夏明聪回忆："在完成酒钢炼钢主厂房行车梁安装任务时，工程的重点难点是始终保证行车梁在同一个水平面。这看似简单，操作起来却有很大的难度。遇上大风天气时，操作起来更为艰难。有一天中午时分，天气突变，狂风大起，钢柱在风中像柳条一样摇摆，人很难在上面站稳，塔吊臂挂着行车梁在风中摇晃，随时都有折杆毁车的危险。正在施工的起云俊，用安全带将自己牢牢地捆在柱顶上，凭着自己的意志和毅力，坚持在50多米高空挥动着指挥旗，准确的将行车梁固定在指定的位置，避免了事故的发生，圆满完成了任务。"

在一点点的磨炼中，起云俊成长了，也成熟了。他从一个憨厚的农村青年，成长为名副其实的"钢铁"战士，不仅身体逐渐硬朗，更熟练掌握了钢结构件制作、安装等一系列知识。凭借军人吃苦耐劳、坚韧不拔、永不服输的作风练就了一身过硬的本事，成为了基建工程兵部队中的一名骨干，因其在重点建设任务中表现出色，曾两次受到中队嘉奖，获得一次营级个人立功。正是部队生活练就了起云俊坚韧自强的品格、严谨认真的工作作风，对他以后的职业生涯产生了非常深远的影响。

在部队服役期间的起云俊

转变角色，成为一名出色的首钢金结工

怀揣军人梦的起云俊，起初被分配到基建工程兵部队时，心里是有些不甘的。他的梦想是持枪戍边、保家卫国。但进入部队后，他很快调整了自己的心态。至今回忆起来他仍笑着说："虽然在部队里角色不同，没有肩扛钢

枪，但手里拿着铆枪、焊枪、割枪，保家卫国变成了建设祖国，一样光荣。”

角色的转变仍在继续。1983 年，为适应四化建设和国家军队体制改革的需要，国务院、中央军委批准撤销基建工程兵，起云俊所在的部队按照上级的指示和安排集体转业到首钢矿山公司金属结构厂，很快进入到了首钢改革发展的快车道。很多人习惯了部队生活，一下子投入到新的工作岗位上产生了不适应，思想转变比较困难。起云俊率先做出了积极的调整，迅速投入到新的岗位和环境中，他成为了一名首钢金结工，并且在这个岗位上一干就是 30 多年。

当时，金结厂主要生产的产品是屋架、大型厂房钢结构及简单的钢结构。转业到首钢后，企业产品类型不断拓宽，从简单的钢结构制作到冶金设备制造，起云俊感到在部队学到的技术明显落后了。为了更好地适应工作，提升自己的技术水平，他成为了总工办的常客，一有时间就找总工办的同志探讨技术问题，并积极参加职工技能培训，凡是工作中遇到不懂不会的问题，他都主动请教技术专家和有经验的老师傅，成为了当时最爱学习、最爱琢磨的班长。时任总工室总工张印朝回忆说：“小起是个爱学并较真的同志，一遇到工作中的难题就在工余时间找我们，一天不解决就一天不罢休。”正是不断的学习和积累，使起云俊的技术水平得到了不断提升，他带领的班组也逐渐成为了全厂骨干班组。厂里一有急难险重的工程任务，起云俊所带的班组就自然而然成为了首选。

1985 年，首钢新工艺试验厂（后改为首钢球团厂）项目上马，金结厂承接了上千吨的钢梁柱制作安装任务，有部分任务交由起云俊的班组制作。第一次接手就承担这么重要的任务，班组职工心里感觉没底。大家清楚，当时设备存在陈旧老化、不配套、起重机吨位低等诸多问题，想要既保工期又保质保量完成工程任务，可谓困难重重。对此，起云俊跟大家说：“既然厂子把任务交给咱们班组，就是对咱们的信任，咱就不能掉链子，再苦再难也要完成好。”于是，在对各种不利因素进行综合分析的情况下，起云俊在班组中成立了攻关小组，确定了攻关方案，明确了施工进度，带领班组成员分秒必争，整日整夜坚守在工作现场。白天他与施工人员一起安装机具、排版下料、装配施工，晚上他开始审图纸、查资料、分析数据，编排施工方案，为第二天施工做好准备工作。经过 3 个多月的埋头苦干，起云俊带着班组高标准、高质量的完成了球团回转窑和 40 根吊车梁的制作任务，比预计工期提前了 5 天，受到了公司领导的表扬。

科研攻关，塑造精品填补国内空白

1995 年，金结厂转变发展方式、提高产品质量，实现了产品由中低端向中高端的发展。定型产品拓展到烟道、托圈转炉、混铁炉、钢包、铁包、炉下车、中间包、鱼雷罐车等十大系列产品，成为当时华北地区最大的设备制造厂家，产品遍及全国大部分省市。

谈到起云俊，厂里的人都会说："老起可是个能人，啥难活儿都难不倒他，技术好，业务能力强，为人谦和，一遇到难活儿急活儿他就像打了兴奋剂似的，我们都服他。"

1996 年首钢四高炉扩容改造工程中，环形吊车的制作任务落到了设结厂。该工程是当时我国第一台跨距大、环形轨道长、精度要求高、制作难度大的起重设备，是一项填补我国环形吊车制作空白的项目。起云俊班组承接了该项工程。时任工艺员的技师刘春检回忆说："接到这项工程后，我看到图纸就有点打退堂鼓了，制作难度之大，实属建厂以来之最。说心里话，心里真没底。但是起云俊信心满满的说，只要有图纸，我们就一定能完成，外国人能做出来的我们一定也能做出来。"当时，图纸是由国外厂商设计的，在转化过程中有很多标注与国内不同，起云俊遇到不明白的问题，又常常往总工室跑，多方咨询后，终于把图纸问题解决了。

实际制作中，困难远远不止于此。当时没有计算机，下料要靠手工计算与放样解决；设备老化，达不到半成品加工质量要求。而且由于产品超大，在放样下料过程中，很难保证总长误差 1mm、同心度和同轴度 0.5mm 的精度要求。怎么办？起云俊与厂总工办多次研究，都没想出好办法，工程一度陷入僵局。起云俊回忆："当时我急的几天睡不着觉，想了好多办法，都不能保证产品质量。最后我心一横，干脆用笨办法，按比例缩小尺寸，用纸浆板制作模型。一周过后，模型制作成功，经过校对所有数据准确无误，产品质量达标，我和攻关小组的同志们兴奋了好几天。”有了模型制作经验，工程在后期制作的过程中非常顺利，在预装试运行中，一次性通过首钢专家组检验，不仅出色完成了环形吊车制作任务，而且填补了国产该类产品的空白。

在首钢京唐钢铁公司建设项目中，金结厂凭借着雄厚的技术实力、可靠的质量保证手段和良好的信誉一举夺得300吨转炉炉壳和托圈的制造任务。300吨转炉、托圈制造任务作为炼钢的核心设备，其产品质量要求极其严格，壳体由具有良好的综合性能、抗疲劳（低周、高温、热应力）性能、焊接性能、工艺性能及低温冲击韧性的16MnR厚钢板组焊而成，使用温度范围在-40~450℃。托圈本体主材料为16MnR，厚度为90~150mm，两耳轴材料为20MnMoNb，托圈总重量约为300吨。该产品不仅外观要求十分严格，而且要求100%超声波一级探伤，且一次探伤合格率要求在99%以上。这项工程被列为当时的头号工程，起云俊班组作为首选制作班组责无旁贷的承担了该项工程。

作为项目攻关组主要成员，起云俊与组员一起想办法、定措施，力争每个工序都做到最优、最精、最细。他们从施工工艺、施工方案的制定到产品的工序检验、交工都制定了详实的规定，为该项目的顺利开工奠定了坚实的基础。施工中，为打造精品、提升公司产品形象和信誉，在进行可行性研究之后，起云俊吸取和利用国内外先进技术经验，在转炉现场整体热处理消除应力的环节上，立排众异，坚持主张采用当时上海先进的专利技术。随着工作的进行，证明了他的坚持是正确的。在托圈耳轴同轴度的控制上，他根据十多年来制作同类产品的实践经验，自己总结出了空间焊接调整控制同轴度技术，并应用于制作过程中，不仅保证了1mm的公差，还提高工效20%，并降低了制造成本；在转炉与托圈的连接方式中，他主张采用国内先进的连接技术，即上部4个球铰、下部8个弹簧板的下吊挂为主的方式，因吊挂中心在下面，重心靠下，运行平稳，使用可靠。正是由于他的严密组织、工友们的精心操作，制作产品不仅在外观上，更在质量上都打造出了具有设结特色的代表性产品，受到首钢和业主单位的表彰和嘉奖。

工作期间，起云俊还先后参与了公司多项新产品开发制作，如炼铁、炼钢系统中各种规格的高炉、转炉、托圈、烟罩、炉下车、钢铁水包、混铁炉等，为增强企业产品核心竞争力做出了突出贡献。

起云俊在进行除尘器制作

钢铁裁缝，节能降耗作表率

“一名好的金结工需要熟练掌握铆、焊技术。尤其是铆工，就像钢铁裁缝一样，要量体裁衣，没有定型产品，更没有捷径可走。”起云俊把自己的工作定义为“钢铁裁缝”。一次，金结厂承接了一辆熄焦车制作任务。车身总长20米，底座主梁长19米，是由许多块小筋板组合而成，若按工艺流程施工，装配后的焊接变形是个大问题，变形量难以控制。为解决这个问题，作为班长，起云俊结合自己多年工作经验和实际情况，采取先将几块小筋板组装起来，按工艺要求焊接好后再进行整体组装的方式，这样可以有效控制主梁的多面受热变形，保证产品质量，而且能够节约主材料耗材10%，可降低成本20余万元。但在实际操作过程中，由于单块筋板装配组焊成型后，装配焊接需要费很大的力气，而且在仅能容纳一人蹲着的厢体内点焊装配很费心，好多职工心里泛起了嘀咕。起云俊看到这种情况，带头钻了进去，电把的活动空间仅为20厘米，一根焊条要截成两半用。起弧后的烟熏火烤让人透不过气来，眼泪不由自主地顺着他的两腮流淌下来，飞溅的火花烧穿了衣服，烫伤了皮肤，他就这样连续干了几个小时。当他从巨大的车体中爬出来时，几乎变了个人似的，汗水混着烟雾和铁锈，把他装扮成了一个花脸汉子，一双红肿的眼睛上还挂着泥泪。起云俊的行为不仅打动了同事们，狭小空间下完成的焊接任务也利索漂亮。该产品一次性检验合格，并通过采取他所主张的操作工艺，使制作成本降低了 21 万元。

对技术的把握可以让起云俊合理下料、降低成本。与此同时，他还想方设法提高原材料的利用率，从而达到节能降耗的目标。日常工作中，起云俊经常对班组职工说："要合理利用材料，为每一块材料找到更好的去处。"起云俊在这方面着实给大家做了表率，图纸用完了再用做开草图放样，楔子用坏了打磨修补后再使用。在合理利用边角余料中，他采用了套料的工作方法，即在放样下料工程中首先保证主料下料，利用主料的边角下小料，使主材使用率大大提高，同类产品与过去耗材相比降低 15%，按照他提出的方案，全厂每年节约主材价值 160 余万元，得到了公司嘉奖。

以身作则的同时，起云俊对班组职工要求非常严格，焊条使用更是精细。他规定焊条头的长度不允许超过 40mm，如被发现就列入考核。一些装配使用的辅材支撑、工艺筋板、托板，每次使用后他都要求大家齐头码放以备再利用。正是在他的影响下，他所在的班组每年节省的支撑和工艺筋板等材料可达 20 余吨，节省费用 10 万元以上，被公司评为节能降耗先进班组。

人生境界，决定生命品质

说起起云俊，与他同在一个分厂的班组长张学凤说出一句心里话："在设结公司，我就佩服起云俊。不仅技术好，工作能力强，而且他确实配得上劳模这个称号，他是全厂第一个上班、最后一个下班的人……"在这早来晚走之间，起云俊一直在坚持几件事情：每天提前一小时到岗，检查工具设备，对全天工作内容进行梳理，制定当天施工方案；每天下班留在最后，检查当天施工情况，还要收拾好工具设备，关闭电源，不留安全隐患。他常说："把厂当家去关心爱护，我们厂就会越来越好。厂子好了，我们的生活就会越来越好。”

妻子对他的性格脾气再熟悉不过。“别看老起在班上生龙活虎，回到家里有时候筋疲力尽，偶尔和他发发牢骚，还没说上几句话，他就睡着了……”

生活中，起云俊既是班组职工学习技术的带头人，也是时刻关心他们的兄长。班组中有名职工家庭非常困难，80 多岁的母亲、两个未成年的孩子、多病的妻子，全家五口人的生活仅靠这名职工每月 500 多元的工资维持。起云俊了解到这名职工的实际困难后，每月都从自己不多的工资中挤出一些钱来，给这名职工的孩子买衣服、文具、交学费，还在班组内开展扶贫帮困爱心活动筹集钱物，帮助这名职工鼓起生活的勇气、渡过难关。

起云俊培养锻炼出来的很多人目前都是车间技术能手和骨干。有一名青工上岗后不适应班组紧张的工作节奏，工作懒散，起云俊对他格外关心。这名青工回忆说：“每当生产任务下来时，起师傅都会耐心地给我们讲解任务的难点和重点，直到班组所有人都听懂吃透为止。在工作中他对我要求尤为严格，每次生产制作时，他看我动作不熟练、干活速度慢，完成的工作质量差，就会很耐心的指导我、手把手的教我。在起师傅的关心和指导下，我的技术水平有了很大的提高，现在我能成为技术能手，这都与起师傅对我的影响和教导是分不开的。”

2016 年以来，随着设结公司制作检修任务的增多，焊工、铆工等技术人才缺失，尤其是关键技术岗位人才严重匮乏。为此，公司返聘了起云俊，让他继续担起设备攻关的重任，为公司改革发展发挥余热。

起云俊是一名普通的工人，在最普通的岗位上坚守了 34 年。追根溯源，起云俊始终坚守的人生信条是，“有一颗爱厂、爱岗、关爱职工的爱心，有一颗长期坚持并勇于战胜困难的信心，有一颗不断学习勇于创新的决心”。正是有这样朴实的人生信条，才使得起云俊能在平凡的金结工岗位上活出不平凡的人生，为首钢的产品贴上精品的标签。

“矿山出了个赵新民”

——记首钢技能操作专家赵新民

周　宇

匠人心语

铁源深处，一台台重型矿车奔驰而过，以它们特有的节拍和语言为大山劲舞高歌，回应着矿山人对它们的殷切期盼。赵新民可以说是和矿车感情最深厚的矿山人之一，他所做的工作，就是用手呵护、用心陪伴着这些百余吨重的“庞然大物”，使它们永葆青春和活力。

时光匆匆，如白驹过隙。寒来暑往，日月如梭，一晃32年过去了，现如今提到“赵新民”这3个字，在矿山乃至首钢，大家首先想到的是“创新”的代名词。他被授予首钢“能工巧匠”、首钢技能操作专家、首钢“三创标兵”等荣誉称号，先后多次荣获首钢劳动模范、首钢模范共产党员。以他名字命名的“赵新民创新工作室”多次被首钢授予“三创”先进集体和矿业公司“十佳创新团队”等荣誉称号，并于2011年被北京市总工会和科学技术委员会共同授予“市级职工创新工作室”。

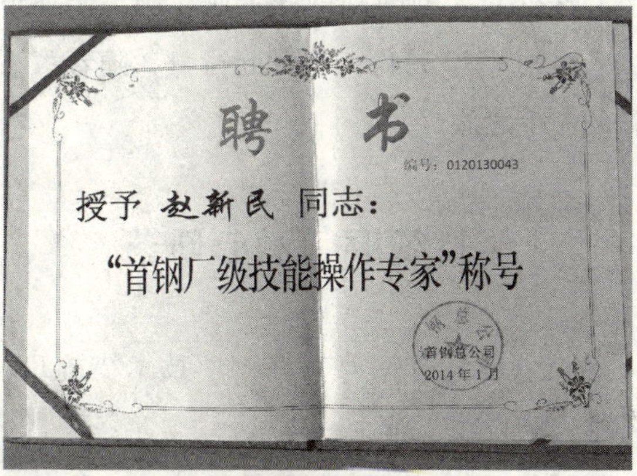

赵新民被授予“首钢厂级技能操作专家”称号

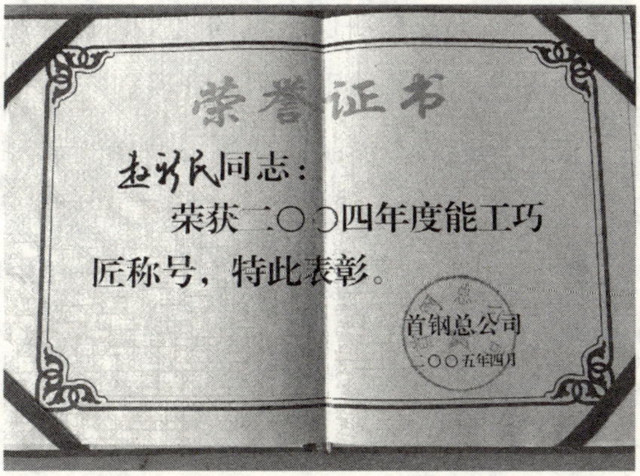

赵新民获得2004年首钢总公司能工巧匠称号

32年间，赵新民把自己的大部分岁月与年华奉献给了矿山，自己也从一名只有高中学历的普通工人成长为一名精通内燃设备维护与修理的“大师”。这其中的辛苦，他只字不提。“个人取得点儿成绩算不得什么，如果能带动大家都取得好成绩才是对企业最好的回报。”赵新民说。

赵新民，1968年7月出生于河北省唐山市丰润县（现为丰润区）。

20世纪80年代初期，为进一步提升钢铁产能，首钢计划在迁安市新庄筹建大型钢铁基地，是为“新庄钢铁基地”，并于1985年前后在唐山地区大范围招聘新职工。

这一时期，赵新民正在丰润一中读高中二年级。18岁的他和当时大多数的年轻人一样，内心深处对大型国有钢铁企业充满无限憧憬。就这样，赵新民应召成为首钢工人。同年12月份，他背起行囊，随着滚滚人流来到了北京石景山，开始了新的人生之旅。

精打细磨　潜心研艺

入厂后，赵新民被分配到首钢第一炼钢厂技术措施班，成为一名钳工，日常主要负责设备维修和技改工作。

“刚入厂时，师傅说得最多的一句话就是：当好一个工人，首先要练好基本功。”赵新民回忆道。

赵新民的师傅名叫宋作飞，是一位出色的钳工，也是赵新民的班长。赵新民入厂后的第一门功课，就是跟着师傅练习使用扁铲与手锤。练习过程中，要求右手握锤，左手握钳，达到不需眼睛紧紧盯着锤头就能把活儿干好的标准才算合格。由于没有经验，起初，赵新民的左手时常被砸得又红又肿，往往是砸几下，就不得不揉一揉手，把锤子搁下待会儿。宋师傅看见后，一边拿起赵新民搁下的锤子用娴熟的手法进行了再次示范，一边语重心长地说：“一个好钳工，要知道爱惜自己的双手，更要抓住一切机会去磨炼自己的双手。”

一个简单的动作，师傅甚至不需要第二次演示，徒弟却需要千万次的练习。

时间长了，有人发现，赵新民下锤的动作又准又快，每次都被师傅表扬。有人向赵新民询问技巧时，他只是嘿嘿一笑说："自己多练练就好了。"学徒期间，中午的休息时间比较长，与赵新民同寝室的工友发现，吃过午饭后，他就不知去处了，很少在寝室休息。后来有人无意间在教室碰到了正在练习使用扁铲和锤子的赵新民，这才知道，每天赵新民吃过午饭后，便自己去工位练习1个小时。无论是学习哪项技术，赵新民都比常人付出更多，因此学得也就更快更扎实，每次考试都是名列前茅。

"及时当勤勉，岁月不等人"。日复一日的练习，使赵新民的肌肉对某些动作形成了特殊的记忆。就这样，实习两年之后，要进行出徒考试。考试内容是检验手锯、锉刀、手锤的基本功，制作锤子和配钥匙。在这次考试中，赵新民因为制作的钥匙有一齿出现瑕疵，未能打开相应的锁，此项被扣分，最终得了第二名。赵新民对此成绩很不满意，他觉得自己可以做得更好。事后，他又重新做了一把钥匙，找到了评分老师。老师看到后不住点头称是，并劝慰他说考试不过是个形式，况且第二名已经十分优秀了。不善言表的赵新民没有说话，但他的眼神透露出一股不服输的劲头。正式定岗后，赵新民开始跟老师傅一起进行车床、搅拌机、钢包、拆包机等设备的维修工作。

定岗后没多久，赵新民就参与了首钢第二炼钢厂的筹建工作。在设备安装过程中，赵新民看到许多老师傅一边看图纸，一边熟练地安装那些结构复杂、做工精细的进口备件，而自己却看着一堆备件无从下手。他深深地感到自己的差距，暗下决心一定要学到真本领，做一名高级工。期间，首钢从比利时购买的二手氧枪运抵施工现场。氧枪作为氧气转炉炼钢中的主要工艺设备之一，其性能的好坏直接影响到冶炼效果和吹炼时间，从而影响钢材的质量和产量。由于该氧枪是进口二手设备，大家对其性能尚不甚了解，必须进行打压试验。车间将此任务交给了宋作飞和赵新民。师徒二人密切配合，出色高效完成了打压试验工作，为工程的顺利开展创造了条件。在此后的工作中，他认真向师傅学习安装技术，遇到不会的地方，就向师傅虚心请教，直到会干为止。不多久，他的钳工修理技术得到了很大提高，不仅能看懂设备图纸，还能根据图纸进行简单的设备安装。

1987年，赵新民被推荐参加了首钢举办的为期两年的万人培训班。在培训班里，他系统地学习了液压润滑专业技术，并于1989年以优异的成绩毕业。“首钢组织的那次万人培训，对我来说确实非常适时、适用。尤其是那时学的机械制图，到现在都非常受用。”回忆起当初的“求学”岁月，赵新民如是说。

成为能跟矿车“对话”的人

1989年，因新庄钢铁基地项目下马，赵新民和同学们一起被分配到矿山公司。赵新民被分到水厂铁矿机修车间，主要负责电铲、牙轮钻机等采矿设备的日常维护工作。由于赵新民工作扎实、积极肯干、任劳任怨，深得车间领导和同事的好评。1993年，赵新民光荣地加入了中国共产党，同年又被车间任命为大修段副段长。

为了提高采矿生产运输能力，1994年水厂铁矿从白俄罗斯购买了一批77吨矿车。与之前的27吨矿车和42吨矿车相比，77吨矿车采用了国际上先进的液压控制技术。为了使用和管理好这批新型进口矿车，矿里将学过液压润滑专业的赵新民调到了汽三车间，从事大型矿车的维护修理工作。

肩上挑起了新的担子。看着眼前的庞然大物，赵新民心里还真有点发憷。但他下定决心，一定要让这些大型矿车为采矿生产发挥作用。为了解矿车的构造和各部件的工作原理，赵新民不仅虚心向外方技术人员求教，还买来许多书籍，利用业余时间“充电”。在为期一年的保修期内，不管哪辆矿车出现故障，赵新民都会及时赶到现场，认真观察外方技术人员的处理过程，并把故障原因、处理方法及时记录下来。功夫不负有心人。当一年的保修期满后，外方人员撤离，正式接手维修工作的赵新民顺利承担起了大型矿车的使、管、修工作。

“当时，77吨矿车的完好率只有不到70%，导致完好率低的主要因素之一是后悬挂系统的设计缺陷。”赵新民回忆说。熟悉掌握了77吨矿车的基本原理、构造、性能之后，赵新民决定拔掉这颗制约77吨矿车完好率的“硬钉

工作中的赵新民

子”。77 吨矿车后悬挂系统采用的是球头式安装方法，矿车在运行过程中发生颠簸时与悬挂本身减震有一个明显的时间差，安装部位的球头最先受力，导致球头从悬挂连接部位拔出，停机故障频繁，平均占到故障率的 7%左右。检修人员白天黑夜的组织抢修，可抢修出来的工艺还是达不到精度要求，使用一段时间又出现故障，形成恶性循环。认真分析问题原因过后，赵新民对矿车车架后尾部进行了测绘，又对悬挂本身进行解剖分析，思考悬挂的连接方法，最终决定将车架后尾部托盘式形状改成立板式形状，悬挂与车架的球头式连接方法改为横销式连接。改造之后，彻底消除了原有的故障隐患。接下来，他组织修理人员利用 2 个多月的时间，对 20 余台 77 吨矿车全部进行了改造，矿车完好率明显提升。后期，77 吨矿车生产厂家对陆续供入水厂铁矿的 10 余台新车也借鉴该方法进行了改进。

拔掉了“硬钉子”的赵新民并没有停下脚步，因为更大的难题又接踵而来。当时，一台 77 吨矿车在重载运行途中，液压泵的一根出油管开裂，雾状液压油直接喷到高温排气管上迅速形成火源并引燃周边电气线路及油气管路，导致矿车起火。驾驶室等部位受到损害，造成了一定经济损失。再着火咋办？如何消除隐患保证不再出现火险？这个问题就像大山一样压在赵新民心头。他前后想了多个方法，最后决定改变排烟走向，彻底解决火险隐患。但这是比后悬挂改造还要大的改造项目，拿出方案还要论证可行性，因为它关系到发动机排烟受到的阻力是否影响发动机功率的输出，排烟噪声是否影响司机驾驶等等一系列的难题。那时候，互联网还未普及，77 吨矿车使用的康明斯 K38 发动机也刚刚在国内使用，售后服务还没跟上，理论方面几乎是一片空白。什么都没有，但是赵新民就是有一股不服输的劲头儿。查资料、和老师傅探讨、设计排烟系统形状尺寸、改变排烟走向，使之远离火源……最终试验成功。后期他又组织人员批量自行制作重型矿车排烟系统（消声器），在所有矿车上改造安装，彻底消除了因油路问题给矿车带来的火险隐患。矿车制造厂也对后期出厂新车仿照该方案进行了改进。

赵新民在工作

77 吨矿车完好率的上升，全矿上下有目共睹。这其中，必不可少的是赵新民所付出的大把汗水。有人开玩笑地说："新民，为什么别人看着都发憷的新型车，到你手里就变得这么听话了?"赵新民不善言辞，还没想起该如何作答，旁边的同事连忙说道："新民啊，对车比自己的孩子还亲呐，矿车不听话就怪哩!"大家一阵大笑，赵新民却红着脸，像个孩子一样手足无措了。

由于工作出色，2004 年，赵新民被任命为汽三车间内燃点检员。

"百队千员"工程的"领头雁"

随着生产形势的日益向好，以及采矿设备大型化的趋势，水厂铁矿于 1998 年引进了 85 吨矿车，2004 年引进了 130 吨电动轮矿车，2008 年引进了 150 吨电动轮矿车……

新车型的引进，极大地提升了采矿运输能力，但随之带来的也有频繁发生的矿车故障。需要解决的问题多了，赵新民便将班组旁边的一个小屋子腾出来，作为下班后学习、研究问题之用。除了自己认真学习研究之外，他还组织其他矿车司机和修理人员针对难题集思广益、群策群力。慢慢地，有人就发现，在下班之后，赵新民带着一帮职工有时拿着零部件拆来拆去，有时在图纸上勾勾划划，大家忙得不亦乐乎，有时很晚才回家。这，就是矿山日后鼎鼎大名的“赵新民创新工作室”的雏形。

“其实当初也没想弄这样一个工作室，都是被日常工作中的难题给‘逼’的。要解决的问题太多，靠一个人的智慧和力量根本不行。众人拾柴火焰高。人多了，办法也就多了，解决问题的效率就高了。”赵新民说。

后来，时任汽三车间党支部书记、主任吕志国看到赵新民带着职工一起进行课题攻关，解决了不少实际难题，就专门规划场地，筹建起了职工创新工作室，并以赵新民的名字命名。

赵新民团队学习室成立初期成员合影

2007年，首钢“三创”经验交流会在矿山召开，与会人员专程到水厂铁矿参观了“赵新民团队学习室”。此后，矿业公司进一步总结推广这一经验，于2008年开始实施了以“打造百支以上赵新民学习室式学习创新团队、团队成员千人以上”为目标的“百队千员”工程。

2008年，有一台新引进的130吨矿车，由于出厂的设计缺陷，发生了火灾，所有仪表、线路全部烧毁。外国专家经过现场检查，承认是厂方原因并

时任首钢总公司党委书记、董事长朱继民
（前排右一）来赵新民创新工作室参观

同意赔偿。但外国专家说，设备毁损太严重，在现有基础上进行修复是不可能的。赵新民勇敢地承担起修复重任，决心要把这个“不可能”变为“可能”。面对难题，他带领团队成员克服了没有设计图纸、没有技术资料、没有前人经验的种种困难，对破损线路认真分析研究，自行设计、制作、安装各种控制线路 1200 多根，处理接头 2000 多个，一个接点一个接点地仔细检查，一条线路一条线路地精心修复，每天工作到晚上 8 点多才回家。第二天接着再干。经过半个月的艰苦奋战，终于将整个电控系统修复完成。在试车时，他们请来了外国专家。目睹着被大火烧得满目疮痍的矿车被修复一新，而且是一次试车成功，外国专家钦佩地竖起了大拇指，连说：“OK，OK”。他们既吃惊，又钦佩，并把它作为一个特殊的故障处理案例，在世界各地维修机构广泛的学习交流。

2004~2010 年，赵新民创新工作室先后完成 175 项课题攻关项目，取得经济效益 1391 万元。

在赵新民看来，所谓“领头雁”，除了带领队伍一往无前，更要感染到周边的同事，让人人争当、胜任领队工作。

赵新民（前排左三）和团队成员一起研究课题

随着创新工作室人员规模的壮大，为了充分发挥团队成员作用，进而促进作业区职工整体素质提升。赵新民鼓励团队成员担当小教员，编教材、搞讲座，结合修复零部件，为职工讲解矿车机件的性能和原理。他组织矿车司机提出、从说明书中摘编，汇总了130多条典型问题，编写了《大型矿车故障排除百问》，发给司机人手一册，遇到小故障就能“对症下药”。

部分司机对如何调整差速器轴承间隙比较茫然，在一次授课时，赵新民便把大家带到正在保养的矿车前，观摩修理工更换差速器轴承的过程，逐点位讲解注意事项和工艺装配要求，使司机们掌握了这项工艺知识。在赵新民的倡议和组织下，7名团队成员承担起了职工转型教学工作，他们先后制作了“汽运作业区班前会标准化程序纪实”、“矿车司机岗位一日工作标准化程序”、“电气技术讲座”等一系列课件，使教学工作有声有色，图文并茂，提高了转型培训的质量和进度。

王文超、张福红、苑伟、王涛等一个个赵新民创新工作室的优秀成员，先后成为了内燃专业技术能手，为保证水厂铁矿乃至矿业公司内燃设备的稳定运行保驾护航。

王文超，现赵新民创新工作室的骨干成员，原本只有高中文化，在团队学习研究的过程中，逐渐掌握了矿车中央处理器的“烧写”方法，并因精通矿车修理技艺，被称为“矿车医师”。2015年被授予北京市“五一”劳动奖章，2017年被评选为“首都市民学习之星”。

创新路上，他从未停歇

2010年后，在公司党委的号召下，“百队千员”工程如滚滚春潮弥漫了整个矿区，机械厂秦涛创新工作室、协力公司刘建军创新工作室、杏山铁矿李文明创新工作室等学习型团队如雨后春笋破壤而出，科技创新的捷报更是如雪片般漫天飞舞。

2011年，赵新民创新工作室被北京市总工会和科学技术委员会共同授予“市级职工创新工作室”，再一次成为首钢和矿业公司职工创新工作室建设的典范。

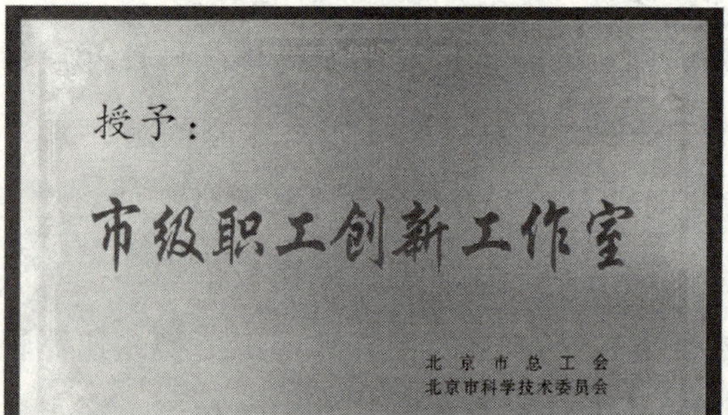

赵新民创新工作室被授予“北京市级职工创新工作室”

就是在这种情况下，作为创新团队的负责人，赵新民却产生了困惑。一些队员也认为，在过去的几年里，工作室通过课题攻关活动，一些存在于77吨、85吨矿车的技改项目也基本得到了解决，而130吨级以上矿车又是较为先进的大型内燃设备，哪有那么多的课题可研究？还有些队员产生了松劲儿的想法，说人家新建团队面临的课题肯定比工作室多，也容易出成绩，工作室比不过人家了等等。这些，都使队员们感到了空前的压力。那么，是固守已有的成绩等待观望，还是不断适应形势发展的需要，在“百队千员”活动中打造一个全新的学习型团队？答案无疑是后者。想要继续勇立潮头，就必须在高起点上树立新的更高的目标，实现更大的进步。但课题呢？课题从何而来？大家一时陷入了深深的思考中。

“没有课题，就是一个最大的课题。”汽运作业区领导的一席话，为工作室指明了工作思路，使赵新民茅塞顿开。在他建议下，作业区领导先后召集各班矿车司机 100 余人开了四次座谈会。赵新民认真研究了各厂矿先进创新团队的一些做法和经验，认真分析自身在学习创新方面的差距和不足，采用让职工讲车况、说管理、谈问题的方式，群策群力找课题。用团队成员的话说，就是让职工自己说，想让所驾驶的矿车具备什么样的使用要求。职工们积极响应，先后提出各种意见、建议 400 余条，经工作室归纳整理采用并取得可观效益的有 47 项。

是真金还是假玉？一名矿车司机用“激将法”的方式给工作室提了个大课题：“都说赵新民工作室厉害，那厂房里撂着一个停了好几年的叉车，你们能修吗?”赵新民“腾”地一下子站了起来说：“怎么不能修？这个课题我负责!”随后，他与孙云军带领着三名工作室新成员，担负起 10 吨叉车修复的技术攻关。

通过调研他们发现，由于该车型已经淘汰，备件型号及尺寸发生变化，给大修工作带来了很大困难。在修复过程中，他们努力克服备件短缺、无参考资料和资金紧张等一道道难关，在不到一个月的时间内，先后攻克了 9 项技术难题，彻底解决原车机件老化、渗漏、松旷问题，并对叉车整体外观进行全方位除锈、打磨和喷漆，使已停用 3 年之久的 10 吨叉车彻底解除了顽疾，重新投入了生产作业。事后，这名司机为赵新民竖起了大拇指。

2016 年以来，钢铁和矿山行业经营形势低迷，赵新民创新工作室将攻关重心转移到降本增效上来。赵新民组织团队成员按月制定专项修复计划，完成备件修复 137 件（次），完成备件制作 26 项（次），缓解了生产急需，实现降耗增效 170 余万元。另外，针对大型矿车发动机外委修复费用较高的难题，赵新民主动承担起修复任务，成立了发动机大修攻关队，至今已修复 K50 等发动机 13 台、变速箱 3 台、轮边电机 5 台，节省成本费用 87 万元。

据统计，2010年至今，赵新民创新工作室持续发力，先后完成课题攻关91项，创效益1449万元。

首钢集团有限公司党委书记、董事长靳伟（前排右一）到赵新民工作室指导工作

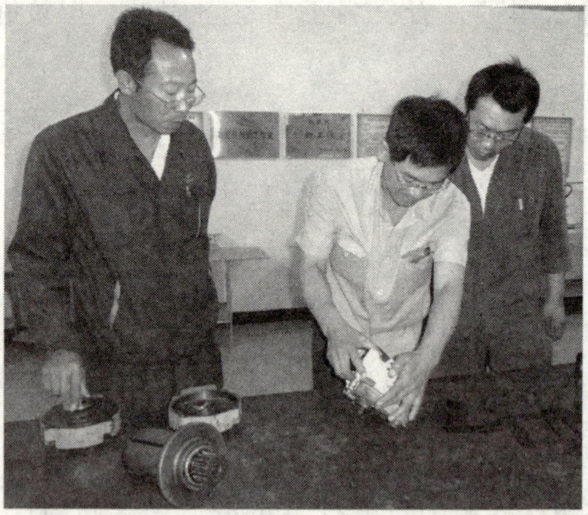

赵新民（中间）和工作室成员修复零部件

一串串数字，一张张奖状，一个个荣誉，记载着赵新民创新工作室的成长足迹。而这些足迹当中，踩得最深的、脚步最坚实的，无疑是那个默默付出、不计回报，如美玉般温润、如钢铁般坚强的赵新民。

“矿山出了个赵新民”

现在，很多外部企事业单位的同志经常到水厂铁矿参观，他们见到赵新民时会止不住称赞道：“早就听说首钢矿山出了个赵新民，真是了不起啊!”面对荣誉和掌声，赵新民依然保持本色，一头扎在日常工作和课题研究上，终日与那些和他建立起深厚感情的庞然大物为伴。

北京市新首钢办领导一行来赵新民创新工作室参观

匠人之心，显于平凡。这就是一个真正的匠人，他所要的，不是华丽的外衣和耀眼的光环，而是属于内心深处的那一片宁静的乐土，在平凡中坚守，在自己的人生轨迹上踏实地走着……

匠心倾注讲坛　大爱雕琢灵魂

——记首钢矿业一中高三年级组长张立芬

张　平

匠人心语

润物无声，用爱和责任陪伴学生健康成长，让每朵花都以自己独特姿态盛放，这是教育工匠一生的追求。爱是教育的基础，责任是爱的深化和升华。亲其师信其道，学生口中的一声“芬姐”，讴歌了张立芬20多年来，以情育人、热爱学生，以言导行、诲人不倦，以身示范、尊重信任，用人格魅力唤醒学生心灵智慧的教育情怀。

张立芬是首钢矿业子弟学校第一中学英语教师、高三年级组组长，她凭着自己精湛的专业技能和高尚的师德风范，带领年级组教师创出高考成绩连续3年名列北京市石景山区第一的佳绩，先后荣获北京市工业系统优秀教师、首钢劳动模范、首钢模范共产党员等荣誉称号。

开启教育生涯的新跋涉

时光如逝，转眼间张老师来矿山任教已二十余载。当年来矿山时的情景，仿佛就在昨天。记得那是1995年，刚从地方调到矿山，面对陌生的环境、陌生的同事，唯有熟悉的教学工作和可爱的学生，给了她些许的亲近感。矿业子弟学校与地方学校相比有许多不同之处，课本使用不同、办学理念不同、家长的关注方式也不同。在这样的背景下，如何做好教育教学工作，对她来说是一个全新的挑战。张老师的内心不断翻腾着一句话：成绩只代表过去，来到新学校一切的一切都要从零开始。就这样，她怀揣着领导的信任及矿山职工、家属的殷切期望，开始了教育生涯的新跋涉。

“宝剑锋从磨砺出，梅花香自苦寒来。”初来乍到的张立芬知道自己没有高超的教学水平，光靠勤奋在矿山高中是难以站稳脚跟的。面对教材版本不同、学生情况迥异、评价指标彻底改变等新情况，张立芬选择了学习，对自己提出了更高的要求：每天背诵英文单词300个，每天1个小时听力训练雷打不动，每天一篇英语美文朗读，每周3篇标准英文习作，两周阅读1本英文著作。那些日子里，她手不离书，耳朵上塞着随身听，走在路上嘴里还不停地嘟嘟囔囔……周围同事问她：“张老师，这个岁数还这么学呢？”张立芬笑着回答：“给学生一杯水，自己不仅需要有一桶水，课改的要求已经到了自来水、长流水的标准。”就这样，几个月下来，她将高中英语全部教材熟烂于心。同时，她还注意研究和把握教学改革动向，考纲重难点，听力阅读、英文写作等所有知识点张嘴就来，同组教师遇到教学难题都喜欢向她讨教定夺。

她虚心向富有经验的老教师学习，注重提高课堂教学效率、效果、效益，摸准学生学习起点，加强对学生英语实践运用能力的培养和有针对性训练，还将小游戏、小训练、情景对话、国外风土人情图片巧妙运用到课堂中，逐渐形成了自己的教学特色。她认真钻研，业务在同行中脱颖而出并迅速成长起来，经过一轮的磨炼，她变得越发稳重成熟，很快被老师们推选出任年级组长。

课堂上的张立芬

“芬姐”关于“爱”的领悟

张立芬在学生中有个很响亮的名字“芬姐”。这个名字是她二十多年前的学生给她起的。那时候的她，个头不是很高，留着一双小短辫，脸上带着灿烂的微笑，走在校园里谁也看不出来她是老师，学生也总是把她当做自己的伙伴。但上起课来，她却目光炯炯，有板有眼，复杂的英语知识，到了她的嘴里仿佛就不那么难了。许多学生说，不知道是因为喜欢她，才喜欢她的课，还是因为喜欢她的课，才喜欢她。“芬姐”这个名字也是那个时候学生在背后传开的，一直延续到今天。

没有规矩不成方圆，严师出高徒。这是她担任组长给自己定下的工作要求。现在的学生多为独生子女，有朝气、有个性、有主见。因此，每接一届新生，她都会在第一时间带领本组教师了解学生的情况，制定合适的管理方案。为了确保每个学生都不掉队，在三年的高中学习生涯中，她时刻不敢放松学生管理，晨检、班会和年级会，都能看到她的身影。作为年级组长，她更是坚持每天课间到各教室转一转，哪个学生的学习状态好，哪个学生迟到、上课犯困、打闹，都逃不过她的眼睛。课余时间，她也会随时与学生在讲桌旁、楼道里、办公室谈心，把可能发生的问题解决在萌芽状态。

教育是育人的事业，以德兴德，以情育情，以智启智。10余年的班主任、年级组长工作，使张老师形成了“严格规范品行，真爱滋润心灵”的管理特色。她视学校为家庭的延伸。为孤儿学生捐款，与心理出现偏差的学生持续谈心对其进行心理疏导，帮助因家庭问题而想退学的学生、一度敌视父母而离家的学生、为借读生身份而自卑的学生等。在张老师的世界里，她的爱可以也必须波及每一位学生。

一位叫佳佳的学生人学以来沉默寡言，眼神犹豫。为了多了解她，张老师便找机会和她聊天，可是对老师的问话她不是摇头、便是点头，最多也只是说一两句话，便再也没有话了。于是，课上张老师启发、诱导学生积极学习、积极回答问题时，佳佳不举手时也主动叫她。当发现她英语朗读发音很准时，就总是表扬她读的很好。开学后的两次英语测验佳佳成绩还不错，成功的喜悦使佳佳增加了自信心和对老师的信任。在一次无意的聊天中，佳佳终于流着泪说出了一直困扰她的心理症结：身边的3位亲人（其中包括她最亲爱的爸爸）由于事故在很短的时间内突然相继去世。她总是想他们，但又不能和妈妈倾诉。有时发现妈妈在家背着她在流泪，妈妈已经够苦了。看着同龄人围在爸爸身边亲密的样子，她觉得命运对她真是不公平，为什么让她小小的年纪承受这么沉重的打击！她受不了别人在她面前提起“爸爸”两个字。一次语文课，老师让同学们朗读“我的爸爸”的文章，她强忍住眼中的泪水，那次老师叫她回答问题她选择了沉默。下课后，她找没人的地方大哭了一场，佳佳心里最大愿望就是好好学习，将来给妈妈最好的照顾。这一次与佳佳的谈话，让“芬姐”感到震惊！孩子太不容易了！她承受了太多同龄人不能承受的东西！于是张老师在内心深处暗下决定要尽自己所能帮助她。为了让佳佳最大限度地减轻苦恼，积极投入到学习中来。张老师除了跟她妈妈密切沟通以外，在学校里还尽量给她创造一个良好的学习环境，让她感受同学和老师的关怀，享受集体的温暖和学习的快乐。渐渐地，佳佳在改变，她和同学在友好地交往，性格开朗了很多，学习上很努力，也充满了自信。三年高中时光转眼过去，高考时，她发挥很好，考取了北京的一所重点大学。“芬姐”的努力没有白费，她承诺过决不让一个学生掉队，也成就了这个小姑娘的人生梦想。

张立芬（中间）亦师亦友，课下与学生亲切交谈

学生们都说：“张老师真好，既是严师，又是诤友，有时又像妈妈一样关爱我们。”一位大学生在回母校看望老师时，道出了大多数学生的心里话，他说，“在矿业一中上学，你想犯错误都难，刚有一点小苗头，自己还没有发觉，老师就找你谈话了。”是呀，每一届张老师教过的学生，不论是哪班的，作为年级组长的她几乎都交过心、对过话。虽然有时管得太严了点，但最终还是得到了学生和家长的理解。在学校“我爱我师”评选活动中，张立芬被学生评为“最有责任心的老师”、“师德最高尚的老师”、“最受学生敬佩的老师”。

“我不清楚‘芬姐’用了什么神奇的法术，我只知道‘芬姐’谈过话后的学生常说的一句话是，哎，心疼‘芬姐’，再不好好学对不起‘芬姐’，我想这就是‘芬姐’的人格魅力吧。”一位张立芬的学生感慨地说道。其实哪有什么法术，如果有的话，应该就是人们常说的“爱”吧。

矿业一中老校长刘春平这样评价张立芬：“倾心教育尽职尽责，用爱心去浇灌，用真情去感化，用智慧去启迪，用人格去熏陶，用理想去塑造个性千差万别的孩子们，助力孩子们健康成长。生活的坎坷与教学的困难她都选择坚强的克服，向我们诠释了什么是责任与担当”。

教法领先，勇夺区高考升学率“三连冠”

在近 30 年的课堂教学中，张老师坚持“教是为了不教”、“授人以鱼，不如授人以渔”的教学原则。在千方百计培养学生学习英语兴趣的同时，着重培养学生的英语思维能力，激发学生学习的主体意识，让学生真正参与到英语教学活动中来，帮助学生养成良好的学习习惯，教给学生学习英语的方法。

张立芬进行学法指导

张立芬创新实践形式多样的课堂学习活动，如“课前三分钟知识检测”、“课前五分钟阅读训练”等，既锻炼了学生的胆量和口头表达能力，又活跃了课堂气氛，扩大了学生知识面。她先后探索和运用了“课文整体教学法”、“主体性教学”和“启发性教学”、“洋思模式下的尝试性教学”，取得了良好的教学效果，并在全校进行推广。长期探索总结，她逐渐形成了自己独特的课堂教学特色，即严谨与灵活相统一、授知与启智相融合、继承与求变相协调的教学风格。调皮的男同学冬冬说：“张老师的英语课可有意思啦！记得在讲有关奥运会的英语课时，她会把五个奥运福娃带到课堂上来，课中穿插了很多北京奥运会图片，激发了大家的学习兴趣；在讲新西兰这个国家的课文时，她通过视频、地图相结合的方式，一步步引导，使我们不知不觉中突破了阅读障碍。”在实践中，张立芬不断将教学经验进行总结归纳，撰写成教学成果。她本人在北京市石景山区教学设计与实践大赛中多次荣获课堂教学一等奖、教学设计二等奖，撰写的论文“英语六步教学模式初探”“任务型教学在高中英语阅读课中的应用”也在石景山区荣获一、二等奖。

张立芬（左一）指导学生开展小组合作学习

高考成绩打的是整体仗，必须增强集体共进意识，一定要把个人的智慧融入集体。张立芬带领教师经常在一起讨论研究，切磋琢磨，注重发挥老教师传、帮、带的作用，促进老教师毫无保留向青年教师传授教学经验，携手青年教师齐头并进。这样，大家的智慧集中在一起，有好主张大家都采纳，有好思路大家都接受，有好材料大家都分享，做到信息共享、知识共享。当时的青年教师、现中心小学副校长费腾在高考后的一次教师座谈会上感慨地说：“‘芬姐’的六步教学法，问题导入、情景对话、提取信息、探究质疑、尝试回答、总结提升等教学模式，让我学到了她十几年积攒的宝贵经验。年级组里定期组织高三分析会，具体到分析每一名学生的优劣势，分析他们还应在哪些科目再提高多少分数，的确让我受益匪浅，给我们新教师指明了具体的工作方向。”

教学效率、效益、效果是提高质量的生命线，也是使学生走向成功、产生快乐的源泉。在学习和借鉴洋思教学模式的实践中，张立芬组建的“立荣腾飞学习创新团队”推广了灵活机动的快速检验教学效果的“小纸条检测法”：即课前5分钟考单词、考知识点，探究质疑环节先把思考的问题写出来再交流，避免了不会的同学等靠答案的惰性习惯；课后检测，便于师生总结经验，改进提高学习效率。

对此，学生小伟说：“我是一个‘懒孩子’，最懒得背东西。一上高中，就遇到了张老师，她在英语教学中率先使用‘小纸条模式’，课前5分钟考单词和知识点。这可把我给‘治’了，每次上她的课都提心吊胆，生怕挨批。这样背着背着，我就习惯了。经过三年的学习，高考时我居然超常发挥，英语考了118分。”“小纸条检测法”使每堂课做到了堂堂清，每天晚自习检测做到了日日清。由于每次用的纸条小，知识少，时间少，任务轻，易掌握，学生不反感，但因常抓不懈，日积月累，学生的基础知识扎实了，能力也在不知不觉中提高了。后来，这种“小纸条教学模式”被各科老师广泛学习采用，成为矿业一中实践“洋思”教学模式的检测方法之一。

除此以外，张老师在教学中还采取课课过关、单元过关的形式，要求不过关的同学必须在课后及时弥补，直到通过为止。针对学习态度不端正、学习不努力、听写成绩很差的学生，她也始终不放弃，发挥她的谈心优势，不厌其烦地做学生工作，传授学习方法，把他们从即将掉队的边缘慢慢的拉上来。

潜心做事静待花开，长期的努力换来了丰收的硕果。张立芬所带年级组2002年、2005年、2008年连续三届高考升学率名列北京市石景山区第一名，超过了北京市重点高中九中的成绩。其中，2002届方一夫同学荣获石景山区高考状元；2008年她所带年级179名考生中有11名高考总分超过600分，134名同学超过本科线，其中王明玥同学以652分的总成绩获得石景山区第二名，与第一名仅差一分。

非常喜爱英语的2017届毕业生贾佳说：“听‘芬姐’的课受益的不是一时，而是终生。‘芬姐’是我们的知心姐姐，她最大的特点是‘教者有方、育人有道’。教学上，对于容易混淆的语法知识会用典型习题练习方式加以强化巩固。大纲中的词汇她每天都对我们进行考查，对于不合格者她没有采用传统的重写补考方法，而是让词汇量薄弱的同学进行批阅，以此来提高他们的词汇量。从高一开始她就关注我们日常的英语积累，总会提供好作文、好句子让我们进行诵读记忆。高考成绩下来的一刹那，我才真正体会到‘芬姐’的良苦用心，体会到厚积薄发的力量。”

我是你们最忠实的陪伴者

有人说，教师的职业是良心的职业。做了教师才体会到什么是魂牵梦萦，所思，所想，梦境，甚至生活都无时无刻不跟学生缠绕在一起。每当教师面对天真烂漫的孩子，就会感到无上的责任；面对含辛茹苦的家长，就会感到千斤的压力。

从教 20 多年来，张老师一直工作在教学第一线，每天第一个走进校园，打开教室的窗户，让清新的空气注入教室，迎接学生的到来。然后指导各班学生进行早自习。晚自习结束之后，她要检查确认关好每一间教室窗户后最后一个离开校园。无论是正常加课，还是节假日补课，只要有学生在校，她都会陪伴着他们，鼓励着他们，利用一切可利用的时间为基础薄弱的学生辅导、做思想工作。

张立芬的小女儿似乎早已习惯了这样的生活。有很多次放学后，张老师把班级里一些英语基础差的学生留下来，帮他们补习落下的课程，和他们一起背诵英语单词和短语。天渐渐黑了下来，等学生们都走后，张老师才发现放学后等妈妈回家的小女儿，斜靠在旁边的椅子上睡着了，看到那发白的小脸，蜷缩的身体，张老师心里的疼惜相信所有的母亲都深有感悟。记得孩子上小学时，他们住在龙山小区，孩子爸爸在水厂工作，不能按时回家。一次，由于有许多学生提问题走不开，张老师就让孩子一个人先回了家。正巧晚上家里突然停电，孩子一个人在家非常害怕，就摸着黑从六楼下来，找到了旁边楼上的张立芬朋友家。事后朋友对张老师一通埋怨，批评她不管孩子，女儿也直发牢骚说：“你就喜欢你的学生，一点也不喜欢我！”这种亏欠是每个老师都曾经历过的无奈，张立芬更是如此。好在她的孩子身边也有许多母亲一般的老师。“真心去爱你的学生才能得到丰厚的心灵回报，这是只有我们教师才能拥有的精神财富。为了学生的这份纯真的爱戴之情，也为了一名教师的神圣职责，我必须倾尽全力的去努力工作。”张立芬如是谈到。

张立芬课下耐心给学生解答疑惑

张立芬的徒弟、现子弟学校一中教师滕忠艳这样说：“感谢命运，让我在工作伊始幸逢恩师——张立芬老师。她不仅给予了我学识上的指导，生活上的关心，精神上的滋养，乃至人生的引领。而且从她身上，我知道了什么叫‘学为人师，行为世范’，知道了‘名师’的内涵，知道了我应该怎样做教师。我也努力用行动告诉学生什么是正直、真诚，什么是进取、勤奋，什么是无私和责任。”

寒来暑往，又是一年高考季，时光在张立芬老师的两鬓留下了些许的印记。张老师一如既往地和她的学生一起备战新的高考。不巧，在这关键时刻，爱人得了重病，必须要进京治疗，由于实在找不到可以陪护的帮手，张老师只能暂时放下可爱的学生们，陪爱人进京看病。短暂的离别归来，张老师觉得亏欠孩子们很多。课间操，她站在操场跑道边，注视着学生从远处跑来。孩子们看到张老师回来了，立刻欢腾起来，“张老师……张老师回来啦……”，她微笑着伸出手臂，充满爱意的拍拍每一个跑过身旁的学生，似乎在告诉孩子们：“老师一直和你们在一起，加油！”

台湾地区教育家高震东曾说过：“爱自己的孩子是人，爱别人的孩子是神。”父母对子女的爱是本能的、血缘的，教师对学生的爱是来自内心和职业道德的，是广博无边、浩瀚无私的神圣之爱。张立芬就是这样一位教师，二十几年来，她坚守讲坛，不忘初心，执着追寻着心中的教育梦想；她不求索取，精益求精，用责任唤醒人格，用大爱雕琢灵魂。正是张老师的这份坚守，成就了她所教过的每一名学生，也成就了她的教育艺术和无悔人生！

张立芬在教师节做典型经验交流

第五辑　勇挑重担

——抓住机会　大胆实践

用“心”演绎医者人生

——记首钢矿山医院内科主任丛曰勉

王乃超

匠人心语

做医生难，做个好医生更难。工作越是繁忙，越是劳累，就越需要保持一颗对病人仁慈和关爱的初心。“医生只有通过不断的实践，将诊疗技术不断提高，才能尽最大努力为病人解除痛苦。”丛曰勉在医学的道路上行走了37年，始终坚守一线，甘之如饴，如痴如醉。她凭借对医学的热爱，用精益求精、孜孜以求的“匠人精神”演绎了一位医者不平凡的人生。

“丛老师工作兢兢业业，一丝不苟，技术一流。待人和蔼可亲。在当时那个年代，可以称得上是医生中的精英，是我们学习的楷模，我由衷地敬佩她。”

“80 年代，丛医生的医术在矿区可是响当当的，好多人都找她看病，许多人给她送锦旗，老百姓都很信任她。”

“我老伴好学上进，一心为了病人，为了医院。她说，我先是属于党的，然后才是属于咱们家的。我已经深深体会到了。但我支持她。”

丛曰勉，原首钢矿山医院内科主任。1936 年 4 月出生于山东省蓬莱县安香丛家村，1957 年毕业于山东省济南助产学校，后分配至解放军 405 医院，1958 年 5 月调至解放军济南军区 6094 第一医院。1958 年 9 月入党。1974 年 6 月调至首钢矿山医院工作，1988 年晋升为副主任医师，1994 年 10 月退休。

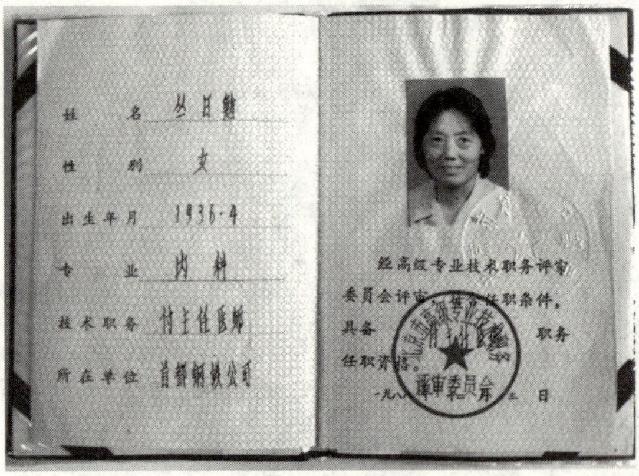

1988 年，丛曰勉晋升为副主任医师

从医 30 多年来，丛曰勉凭借一颗仁爱之心受到患者和家属的爱戴，拥有丰富的心血管疾病临床治疗经验，多次应邀参加中华医学会举办的心血管研讨会；连续四年被北京市卫生局评为服务先进标兵、首钢四化尖兵；多次被评为首钢总公司、矿业公司优秀共产党员、先进职工；1987 年被北京市卫生局授予“全国卫生文明先进工作者”光荣称号；1989 年北京市妇女联合会授予她北京市“三八红旗手标兵”光荣称号；曾被授予北京市劳动模范荣誉称号，先后两次当选为北京市石景山区人民代表大会代表。

丛日勉获得的部分荣誉证书

17 年的历练，她曾是军队里的铿锵玫瑰

在丛曰勉出生的小乡村里，童年里经常听父母和乡亲们讲起病魔带走一个个生命的故事。丛曰勉的二哥是一位医生，经常给她讲治病救人的道理，以及成功挽回一条生命后的喜悦和成就感。慢慢的，“做一名医生”的梦想在丛曰勉幼小的心灵里生根发芽。在填报升学志愿时，她“自作主张”地报了医学专业，从此与医学的缘分延续了一生。

因为家里孩子多、生活困难，丛曰勉险些失去上学的机会。当时，恰好济南医师助产学校可以免费提供伙食，所以家里才没有阻挡她继续求学的路。她很珍惜这次学习的机会，并以优秀毕业生的身份走出了校园，进入济南军区解放军 6094 第一医院就职。

虽然分到了部队医院，但是丛曰勉工作的地方却坐落在一个荒芜的海岛上。谈起当时的情况，她感慨地说：“当时刚解放不久，部队医院条件很差，门诊部甚至连个厕所都没有。海岛上海风很大，上下班需要坐船，而且一天就一趟。给患者看病也需要坐船，遇到大风、下雨、下雪等恶劣天气，一两天不回家都是常事。”

丛曰勉有两个孩子。在海岛工作时，大的 5 岁，小的才 2 岁，孩子的爸爸因为工作原因不能经常回家。一天快下班时，有个产妇要生产了，丛曰勉和一名医生赶紧坐船赶到产妇家，准备迎接小生命的到来。忙碌的时间总是过的很快，当孩子顺利降生后，天已经黑了，在刺骨的海风中丛曰勉才想起自己两个年幼的孩子还在家孤零零的等着她回来。但此时回家已经不可能了，作为妈妈的她非常揪心，孩子们晚上害不害怕，吃没吃饱，冷不冷……这一晚，她彻夜无眠。当第二天早起飞奔回家里时，踏进家门的瞬间她呆住了，两个孩子的小脸和小手冻的通红，老大正在给老二冲奶喝，小的已经满脸泪水，眼巴巴的看着姐姐。丛曰勉接过孩子手中的奶瓶抱起孩子时，泪水止不住的流了下来……

丛曰勉在解放军6094部队医院任军医时的照片

选择了医生这个职业，就选择了付出，病人就是丛曰勉工作的全部。虽然日常的工作平凡、枯燥，但面对一张张因疾病折磨憔悴的面容，她知道自己必须具有抚平这些痛苦的本领。她每天上门诊、下病房，值班、会诊，用热心、耐心、精心、细心对待每一位病人，任何时候只要工作需要，她都会第一时间赶到病人身边。她自己的身体也非常不好，不仅身患骨髓侧锁硬化，而且患有风湿性关节炎等病症。右臂不能上举，右手肿胀严重时，稍一活动就疼痛难忍。为了坚持工作，有时太难受了她就吃几片止痛片硬撑过去。在部队医院工作的17年中，她成功抢救了很多危重患者，也积累了丰富的临床经验。通过自己的努力，丛曰勉从助产士升到护士长。最后，成为了一名光荣的军医。17年的锻炼和学习，培养了丛曰勉刚强的意志、不服输的念头和吃苦耐劳的精神。她曾多次获得“五好战士”光荣称号，立过两次三等功，被授予山东省“三八红旗手”光荣称号。

初来矿山，与时间赛跑的学习

1974年6月，丛曰勉复原后转业到首钢矿山医院工作。因为在部队医院时有一定的内科疾病临床经验，并且自己一直对内科比较热爱。因此，丛曰勉来到矿山医院后被分到了内二科。矿山医院面对的患者构成更为复杂，丛曰勉的病人由原来的军人变成矿山职工和附近的村民，由原来单纯的青壮年增加了老人、儿童等。诊治的病人范围变广，病种变得复杂多样，丛曰勉意识到一切需要重新起步。

“当时我挺有压力的，出诊时给病人看病都有些心虚、没底气。记得上第一个夜班时，就碰到了一个喝农药的患者，以前根本没碰到过这种病例，心里有些害怕，只能凭借理论知识进行判断诊治。但因为没有这方面的临床经验，更为了患者的生命考虑，不得已我给主任打了电话，着急的问该如何处理，当时感觉自己真没用。”

这件事对丛曰勉触动很大，她下决心一定要让自己在最短的时间内成长起来。幸好此时她的两个孩子已经长大了，她也可以全身心的投入到工作中。为了最大限度的学习，丛曰勉夜班前后都驻守医院，跟在值班医生后面坐诊学习，休息时也照常赶到医院，一边学习一边记录，晚上回家后继续翻看书籍资料。经过一段时间的努力，丛曰勉积累了更多的临床经验，面对各种复杂多样的病历，也处理的得心应手、游刃有余了，没有出现过一次医疗事故。

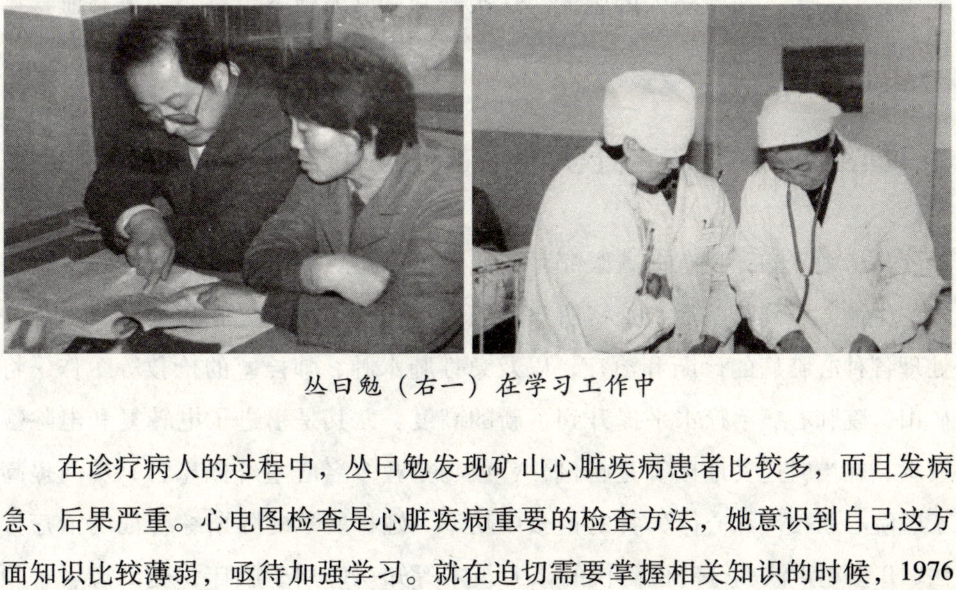

丛曰勉（右一）在学习工作中

在诊疗病人的过程中，丛曰勉发现矿山心脏疾病患者比较多，而且发病急、后果严重。心电图检查是心脏疾病重要的检查方法，她意识到自己这方面知识比较薄弱，亟待加强学习。就在迫切需要掌握相关知识的时候，1976年，她恰巧听闻唐山煤炭医学院要组织心电图相关知识培训，就主动找到院长申请参加。两个月的进修，她对心电图的学习可以说是如饥似渴。但不幸的是，就在培训到第 3 个月时，唐山发生了大地震。

“我当时被埋在楼下 7 个多小时，头部受伤严重，嘴巴都张不开，因当时医疗条件有限，医生怀疑我下颌骨骨折，需要用钢丝固定，吃饭都成问题，由于体力不支，不得不休了病假。”丛曰勉回忆起那段经历遗憾地说。

在休病假期间，丛曰勉每天要用压舌板撬嘴巴、敷中药治疗。即使在这种情况下，她还不忘坚持学习，有时间就拿出书本翻看，认真学习重要抢救病例。身体好些后，她主动要求上班，虽然院长不同意，但是拗不过她的坚持和固执。回到工作岗位后，她在心电图室专门学习了半年时间，凭借发奋的学习，她终于可以轻松地读懂各种心电图内容，诊疗水平进一步提升。学成后的 1977 年，丛曰勉又回到了内科。

机会总是留给有准备的人。因为勤奋和执着，1981 年丛曰勉又获得了去北京阜外医院进修高血压、心脏病、心肌病、心肌梗等心血管疾病治疗学习的机会。她很珍惜这次机会，系统学习了心脏病相关知识，了解了国内外医疗新动向，掌握了新经验和新技术，并发誓要把它们应用到实际工作中以减轻患者的痛苦、挽救病人的生命。这次进修，成为她下定决心主攻心血管疾病的转折点。

主攻心血管疾病，在迁安地区首先应用电转复和电除颤技术

丛曰勉深知：只有提高医疗服务质量，才能赢得患者的信任，并挽救病人的生命。回到医院后，她将所学大胆而严谨地用于指导临床实践，熟练的处理各种心脏病的诊断和治疗，以及急性肺水肿、肺栓塞的抢救等工作，将矿山医院肺心病治疗水平提升到了新的高度。尤其是引进了电转复和电除颤技术，在当时迁安地区算是首例，曾成功抢救多名心室纤颤患者，从而提高了医院心肌梗塞和心律失常的抢救成功率。她将所学的阿斯综合征的治疗方法、B 型超声波、行动检测仪的诊断技术等知识应用于临床，受到患者、领导及同事的好评。同时，她开始重视内科疑难危重患者的治疗，刻苦钻研加

上多年的临床经验，使她有了比较好的独立诊断和抢救能力。

1983 年 5 月，丛曰勉当上了大内科主任。此时的她专业知识更加全面，技术可以用高超来形容，从而挽救了更多患者的生命。

1986 年 5 月，矿山医院内科收治了一例“席汉氏病”的罕见危重患者，病人到医院时已经出现心律紊乱的情况，丛曰勉立刻参与指导抢救。不料在治疗过程中，患者突发心跳骤停，情况紧急需立即进行心肺复苏。她依靠丰富的临床经验和精湛的专业技能从容应对，马上对患者进行胸部按压和人工呼吸，同时果断决定采用心电除颤新技术，利用高浓度氯化钾静滴等一系列综合治疗措施，并指挥同事预升压、强心等综合用药。但是 5 分钟过去了，患者没有任何反应；10 分钟过去了，还是没有动静。此时，等候在一旁的众多患者家属情绪几度失控，又哭又闹。但丛曰勉仍没有放弃，继续坚持进行按压抢救。终于，经过 20 多分钟的心肺复苏抢救以及相关紧急用药，患者的心跳开始有反应了，渐渐的，越来越规律，抢救成功了！刚才还处于紧张气氛的病区里一片欢呼，患者家属激动的留下了热泪，握着丛曰勉的手不肯放开。在场的所有人都为她竖起了大拇指。但没有人注意到此时的她已筋疲力尽，全身大汗淋漓。

“我当时刚到内二科，早听说过丛主任的大名，知道她敢于利用新技术并且勇于担当，但一直没有亲身感受过。直到那一次，我们才真正感受到了。那次我们对一名患有呼吸窘迫综合征的病人进行抢救，此症是一种难诊断、难治疗的疾病，死亡率非常高。丛主任与其他医师组成抢救小组，讨论治疗方案。考虑到该患者的特殊性，她大胆的提出利用人工呼吸机正压给氧并配合药物治疗的新方法进行抢救。当时就有人提出，考虑到有失败的后果，还是应该进行保守治疗。但丛主任说，医学如果故步自封、墨守成规只会停步不前，做医生必须要为病人负责，能为病人做的尝试一定要做，才能让他们有生的希望和活下去的权利。最终，她用强有力的‘论据’对自己的方法进行了论证，得到了大家的同意。经过六昼夜奋战，病人终于转危为安。大家对她的技术水平无不称赞夸奖，也对她敢于承担责任的风范更加钦佩。当时大家都说，有丛主任在就有了主心骨，我们什么都不用怕。”一位与丛曰勉共事过的医生回忆说。

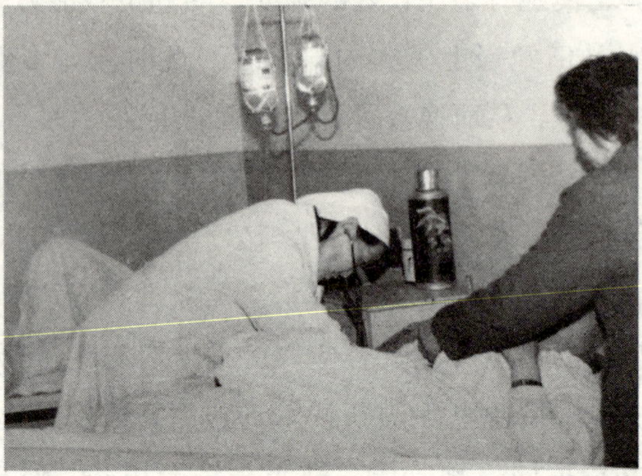

丛曰勉在诊治患者

这一例例一幕幕，使患者及其家属、同事、领导对丛曰勉的技术连连称赞。她成了医院的业务骨干，技术精湛、视病人为亲人的名声在医院附近也逐渐传开，不仅矿山人知晓，甚至传到了北京、传到了全国，很多患者长途跋涉、慕名而来。其后，丛曰勉与北京市阜外医院高血压研究小组合作，输送诊治数据，共同研究相关疾病的治疗方法，并多次应邀参加中华医学会举办的心血管研讨会、沈阳学习研究会，与同仁们分享自己的工作经验。

丛曰勉多次应邀参加中华医学会举办的心血管研讨会

言传身教，培养了一支过硬的内科队伍

丛曰勉知道，抢救病人成功与否，不仅仅依靠自己一个人的力量，更需要医护人员的共同努力。作为内科主任，她有义务带领全科同事刻苦钻研技术，努力提高业务水平。为此，她组织全科定期进行业务学习，制定出学习周计划、月计划、年计划，每人轮流授课。将临床中常用易出错的地方，组织大家利用下班时间探讨学习，让每个人找出正确答案，加深大家的印象。一位同事说："当时，丛老师对我们很严厉，经常针对某个疾病随时问我们，现在想想还得感谢她，使我们的业务知识这么扎实。"随后，丛曰勉将这些问题编成科室的学习题集，供大家随时翻看。还不时地组织专业知识竞赛，让大家比着学、比着进步。当时，丛曰勉所带的科室职称晋升率排在医院第一位。

丛曰勉（右三）组织内科知识竞赛

丛曰勉不仅注重科内人员的理论水平提高，而且强调理论联系实际。不管节假日，她都坚持每天小查房，每周大查房。查房遇到什么疾病，她会给大家布置任务，对疾病的相关知识点进行提问，并结合病人的实际情况询问诊治方案。一位同事回忆说："当时我们学的很认真，那时候每天快下班时，她总是带我们查一次房，快速向我们提问，比如这个病人需要注意什么，那个病人什么地方欠缺，需要追查什么结果……有时在我们看来很普通的患者，她都能发现新问题。”同时，丛曰勉还组织医师进行疑难危重及死亡病历讨论、分析，进行抢救病例成功经验和失败教训的总结，指导医护人员对各种急症进行抢救，或者临时对抢救病例进行现场考察，并组织全科对肺心病、脑血栓等疾病知识进行共同学习、研究。经过大家的努力，使这些疾病的治愈率、好转率等主要医疗指标均达到北京市医院较好水平，也使一批业务骨干迅速成长起来。

丛曰勉（前排左四）与内科人员合影

正因为丛曰勉对专业素养的严格要求和对本职工作的认真负责，为医院带领出了一支敢拼敢打的内科队伍，也培养了一批业务骨干。这些业务骨干，现在有的在北京市一级医院担任院长职务，有的在北京市二级、三级医院担任科主任，也有的成为了技术专家和技术带头人。

用仁爱之心体会生命的重量

作为一名医生，不仅要有高超的技术，还要有一颗仁爱之心，做到不分贫富贵贱、男女老少、大病小痛，都能尽最大可能帮助患者消除痛苦，真心为患者付出。

“记得我跟丛主任值班时，遇到一位农村老人来看病。当时，这位患者刚干完农活，衣服有些脏，需要进行检查。因为病人胸痛躺下有些困难，丛主任赶忙上前扶老人躺下，仔细给他检查。老人听力不好，丛主任问的话老人听不太清，她就弯下腰耐心询问、细心解释，不急不躁。等给老人检查完后，又帮老人穿上衣服和鞋，扶老人起来。真是没有一点名医的架子，当时我就被深深的感动了，觉得做医生就该像丛主任这样，做一位有仁爱之心、医术精湛的医生。宁可自己忙点、累点、少休息点，也要让患者满意而去。”一位丛曰勉的同事说。

1991 年，本该到了退休年龄，但为了患者、为了科室、为了医院，她没有选择休息，又在工作岗位上奉献了 3 年，于 1994 年 10 月正式退休。退休后，丛曰勉一直心系着矿山，关心矿山医院的成长发展，因为这里曾经有她最亲最爱的患者，有她朝夕相处、共同拼搏奋斗的同事，有她一遍又一遍抚摸过的带有温度的医疗设备。

“矿山是我的第二故乡，我今年都 80 多岁了，真想常回去看看，由衷希望矿山医院技术水平再上一个台阶，培养出越来越多的业务骨干，为矿山老百姓看好病!”耄耋之年的丛曰勉说这话时铿锵有力。

丛曰勉就是这样一位在平凡的岗位上默默耕耘，将满腔热血奉献给患者的医疗卫生工作者。一袭白衣不沾染任何色彩，却可以明亮地照耀他人；一颗爱心不添加任何装饰，却可以温暖的抚平伤痛。也许，我们会忘记你清晰的模样，但却能感知你一生所重视的生命力量。

矿山焊匠孙树朋

周 宇

匠人心语

他的工作看似平常无奇，却积淀着经年累月淬炼而成的珍贵技艺，饱含着常人不易忍受的坚忍辛劳。风沙中伫立，焊花里沐浴，从弱冠到花甲，由青丝到白发，30载光阴，孙树朋练技修心，在望不到尽头的蜿蜒管道上留下了无数个“杰作”。或许，当岁月变迁，时光流逝，那些“杰作”已渐渐被沙土掩埋，淡出了人们的视线与记忆。但这期间的经历，对他而言，是一份选择，更是一种幸运。

每一颗匠心背后，都有一段动人的故事。

“我爸这大半辈子，可真是不容易，什么苦都吃过。”聊起父亲孙树朋，女儿孙玉发出了这样的感慨。

“要说起焊接技术，孙树朋在当时的矿山来说应该算数一数二的。”现任水厂铁矿输送车间党支部书记、主任杨红钢如是说。

“焊接这个工作，看起来再简单不过。但实际上，每一个焊接点的位置、角度和用力轻重，都得认真琢磨。动作不对，呼吸不均匀，甚至关键时刻眨一下眼睛，都有可能影响焊接效果……”聊起焊接技艺，孙树朋滔滔不绝。

孙树朋受表彰时留影

在孙树朋的履历表上排列着一个个沉甸甸的荣誉：他曾连续8年获得首钢“四化尖兵”，被授予全国冶金系统劳动模范、北京市优秀共产党员、首都劳动奖章、北京市爱国立功竞赛标兵、首钢劳模等光荣称号。面对荣誉，他却谦虚地说：“光靠我一个人是不行的，大伙儿跟着我一起干工作，功劳却记在了我一个人头上，荣誉应该属于大伙儿。”

他以1.5%的录取比例来到矿山

1950年，孙树朋出生于河北省昌黎县。昌黎，取自“黎庶昌盛”之意，是先人对子孙后代兴旺发达、事事如意的一种期盼。而孙树朋的童年和少年经历，似乎与这期盼大相径庭。在兄妹6人中，孙树朋排行老大。父亲为谋生计常年奔波在外，小小年纪的孙树朋便帮助母亲下地干活、照顾弟弟妹妹，替母亲分担压力，成为了家中的小顶梁柱。

1964年，孙树朋小学毕业。已经考上了县重点初中的他，却因为家庭成分原因，未被学校录取。这给当时只有14岁的孙树朋的内心带来了重重的一击。要知道，在那个年代，能够顺利读完初中，就意味着毕业后可以找到一份不错的工作。与学业无缘的他，继续当起了家里的“大拿”，除了日常的农活和家务活之外，身材瘦小的孙树朋背起了箱子，行走于文化宫、俱乐部之间，做起了卖冰棍的“行当”。一根冰棍卖2分，挣5厘。在卖冰棍的过程中，孙树朋无意中喜欢上了乒乓球这项运动，别人打累了休息时，他就把球拍接过来，挥上几拍，时间长了，就慢慢掌握了技巧。在夏天举办的一次乒乓球比赛中，孙树朋一度杀进前三，这个背着箱子卖冰棍的小选手，不禁让大家刮目相看。现如今，孙树朋依然很喜欢乒乓球运动，一有比赛就会守在电视机前观看。他说，工作后学习焊接技术跟学乒乓球起步时还有些相似，都是在别人闲暇时借来器具摸两把，慢慢练出来的。只要有兴趣，不怕练不好。

1965年，孙树朋跟家里商量，想要上山下乡。当时，母亲有些舍不得，父亲更是极力反对。无论怎样，县城里的条件还是比乡下强得多。而孙树朋却一意坚持要去，命运似乎又与孙树朋开了个玩笑，虽然瞒报年龄称自己已满18岁，可是身高不符合标准，在报名处吃了“闭门羹”。

时光荏苒，一晃五年过去了。看着昔日的同学玩伴一个一个都已参加工作，孙树朋开始的焦虑心急变成了后来的无奈彷徨。他觉得，这扇通往工作的大门永远不会朝自己敞开了。五年间，孙树朋几乎天天参加地方街委组织的义务劳动，给大家留下了很好的印象，觉得这个小伙子忠厚老实、勤快肯干，干活又有门道，将来肯定会有出息。1971年2月，首钢迁安铁矿来到昌黎县招工，名额只有6人，而报名的却有400多人。孙树朋虽然也报名参加，却并未抱太大希望。街委鉴于孙树朋几年来的优秀表现，极力推荐他进入首钢，最终孙树朋被破格录取，成为幸运的1.5%。时年21周岁的孙树朋，得知自己被录取的消息，顾不得在众人面前的难堪，眼泪止不住地落了下来。这泪水的滋味，恐怕只有他自己能辨得出来。事隔多年后，孙树朋回忆起此段经历，不禁感慨道：要没有街委的帮助，我不可能来到矿山，也不可能会有之后的成绩。

苦练勤学　艺不压身

孙树朋同其他新工在北戴河培训了一个月，来到矿山后，被分配到水厂铁矿十连（后来的尾矿车间），成为了一名管道工。1971 年 5 月 1 日，孙树朋被分配到管道班，主要负责尾矿输送管道的日常巡检与维护工作，日常接触最多的任务就是管道焊接。怀揣着满腔热情，孙树朋暗下决心，要在自己的岗位上干出个样子来，不能被别人瞧不起。

孙树朋白天跟着老师傅学艺，看着他们如何下料，如何焊缝；晚上下班后，便自己剪出不同形状的小样板，研究如何下料，很快就掌握了弯头、斜插、三通等不同点位的下料技巧。当时，电气焊属于技术工种，不是任何人都能摸得到焊枪的。孙树朋和班组的老师傅在尾矿坝上处理管道裂缝时，中午主动让班组的老师傅回家吃饭，自己留下来试着焊。他怕自己焊得不好，师傅们不满意，往往是好话说尽，自己焊完后，再请师傅们帮忙指点，确保质量合格。而他的午饭，只是每天干巴巴的两个馒头和被狂风灌入嘴里的矿沙。时间长了，老师傅们看到这个小伙子肯下工夫，就把相关的焊工书籍借给他学习。

那时水厂选矿厂刚建成不久，班组建设尚不完善，没有房子，只有简易的雨搭。别人下班都走了，孙树朋却一个人留下来，自己画小样，自己练着焊，遇到不懂的地方就翻书查阅，边练边学，有时一练就到凌晨一两点。“晚上静悄悄的，只有电弧燃烧的声音，噼里啪啦，特别好听。”追忆当年，孙树朋笑着说道。

“文化大革命”期间，“学技术无用论”大行其道，但孙树朋却坚信，做一名工人手艺过关才算合格。平时在工作中，有什么脏活累活，别人不愿意去的，孙树朋总是自告奋勇地抢着干。慢慢地，这个勤快、肯吃苦的年轻人得到了班组职工的认可。由于练的多、干的多，和同龄人相比，孙树朋的手艺要显得精湛很多。很快，他就以全优的成绩获得了电焊、气焊操作证，并一次性通过了钳工、铆工技术考试，掌握了 4 个工种的技术。由于表现突出，1976 年 7 月 21 日，孙树朋光荣地加入了中国共产党。

抗震救灾一等功

1976年7月27日，已经3个月没回家的孙树朋，早上便跟班长请了假，打算第二天回昌黎老家看看。下班后，他和工友一起上山摘了些蘑菇，便早早睡去，打算次日一清早就启程。

7月28日凌晨3点多钟，巨大的轰鸣声将孙树朋从梦中惊醒。剧烈的抖动险些将他掀下床去，床边的窗户玻璃都被震碎撒了一地。情急之下，孙树朋从窗户向外跳出。腰、胳膊、腿都被玻璃划伤，血水哗哗往下流。震后第6天，矿里决定恢复生产，本在昌黎老家养伤的孙树朋得知这一消息，在第一时间返回了矿山。

受地震影响，水厂铁矿水源地虹吸管道出现两道裂口。这个管道埋在3米深的地下，上面覆盖的全是鹅卵石，强大的水压使水从裂缝中喷射而出，激起几米高的水柱，事态非常严峻。当时还没有钩机等设备，想找到裂口，除非靠人力一锹一锹地挖。但是，事态紧急，靠人力挖掘显然来不及。正当大家一筹莫展的时候，孙树朋出现在了抢修现场。孙树朋由于在地震中砸伤了腰，行动不便，只能暂时从事巡检工作。出现抢修任务后，班长并没有安排他前去。可是他得知这一情况后，硬是让三名工友把他背到了抢修现场。孙树朋看了看裂缝的位置，对班长说："先把水停一个小时，我钻到管子里面去，把口子补上。"在场的人听了，全都愣住了。管道直径只有600mm，一般人钻到里面去都困难，更别说焊接了。"钻进去焊？树朋，你不是说笑吧？""我一个人进去就行！"孙树朋斩钉截铁地说。大家将信将疑，又一时找不到别的办法，只有按孙树朋说的去做，在管道露出地面的部位开了一个口，孙树朋抄起焊枪，钻入管道内部。他蜷着身子，慢慢移动，沿着管道寻找漏点。最终发现两处漏点，相距30米左右。他侧卧在满是砂浆的管道中，足足干了40多分钟，两道裂缝奇迹般地焊好了，生产得以顺利恢复了，可孙树朋的后衣襟却被血水染得通红。原来，缝合不久的6针伤口，又崩开了。

事后，孙树朋被首钢评为"抗震救灾一等功"，并前往北京石景山接受表彰。表彰会上，面对公司领导的表扬、热烈的掌声，巨大的幸福感让孙树朋流下了激动的泪水。回到水厂时，矿长刘永涛率领上千名干部职工列队迎接，就像迎接凯旋的战士。时隔多年，孙树朋说："这是一名企业职工应该做的。其实，真的没啥大不了。"

一手带水带压补焊绝活儿

尾矿输送是选矿系统的关键环节。管道运行平稳与否关系到选矿生产的持续稳定。而连续运行的管道，经常会出现跑、冒、滴、漏的情况。如果一遇到类似情况就停机检修，显然是不可取的。在不影响生产、不中断设备运行的前提下，进行带压焊接堵漏处理，对于确保管网长周期、满负荷安全稳定运行，则显得十分必要。而孙树朋，在长期的细心钻研和经验积累下，熟练掌握了带水和带压焊接的技巧，在当时，这项技术成为了他的"专利"。冬天，管道中刺骨的寒风，让人感觉腰椎仿佛被吸空钻心的疼。夏天，管道里闷如蒸笼，焊花飞溅，工作服被灼烤出了一个个小孔，肌肤被烫得撕裂般的疼痛。孙树朋的一件件千疮百孔的工作服，和尾矿管道上的一块块漂亮的补丁，记载着他的一次次艰辛。

输送尾矿的管道有 8 个工作压。用血肉之躯抵挡住从漏点喷发出的矿浆，这在普通人是难以想象的，但只有不到 100 斤重的孙树朋却做到了。多少年来，不止一次，当管道破损、矿浆激起十几米高、生产受到严重威胁的时候，孙树朋总能冲上前去，用自己的身体堵住漏点。一次，尾矿 4 号大井分矿箱磨漏了，矿浆像喷泉一般向外飞溅。如果停机处理，就会影响选矿 3 个系列的生产。孙树朋一咬牙，顶着飞溅的矿浆，直接在管道上打卡子。初冬，冰冷的矿浆水流遍全身，工作服结了厚厚的一层冰，像披着铁甲一般。同志们几次说要换换他，他却打着寒战说："就可着我一个人造吧。"40 分钟过去后，漏点堵上了，而孙树朋却几乎冻僵了。当天夜里，孙树朋高烧 39.6 度，可第二天早晨，他又出现在了检修现场。

据孙树朋讲述，工作最难干的时期就是 80 年代末期到 90 年代中期。那时候，生产任务重、节奏快，不允许因管道故障影响正常生产，加之那时设备依然相对陈旧落后，工人的技术水平对生产影响极大。个别地方不法分子给管道维护带来的干扰，也是需要克服的强大阻力之一。

工作再难，也总得有人去干。有时管道出现泄漏，个别不法分子阻挠职工维修。白天干不了，就晚上干；晚上 8 点、10 点干不了，就半夜 12 点、凌晨 2 点去干……有时候，在现场附近一守，就是整整一天一夜。有一次，二泵站附近管道出现漏点，而不法分子也蹲守着，不让修复。到凌晨 4 点左右，孙树朋和工友们来到现场，准备趁不法分子疲惫困倦时进行修复。由于附近没有电源，他从二泵站接了根 150 米左右长度的线，接上电焊机，为防止被发现光亮，由 4 个工友搭起了一个临时帐篷，把孙树朋罩在里面进行焊接作业。夜半，狂风骤起，沙土肆虐，向孙树朋扑面而来。要知道，视线对焊接质量的好坏有着决定性影响。可孙树朋硬是瞪着眼睛，任凭沙子磨得眼睛又疼又痒，任凭眼泪顺着眼睑流下，他的视线始终盯在焊缝上，坚持着把裂口焊上。

孙树朋（左）在雨中抢修管路故障

由于技艺高超，很多附近的小矿厂试图高薪聘请孙树朋，甚至有人开出比公司高出几倍的工资加上给予住房的条件。周围也有好多人劝他："给的钱这么多，你就去呗。"但孙树朋还是拒绝了。"诱惑还是有的，你说谁能不动心，都是人。但咱不能忘了，是首钢成就了咱，咱不能半道就走了不是。即便给的工资高出十倍、二十倍，我还选择在首钢干。"说此话时，孙树朋的目光坚定如铁。

"问渠那得清如许，为有源头活水来"。人的内心深处一旦有了源源流淌的"活水"，便有了创业创造、建功立业的不竭源泉，这个源泉就是爱岗敬业精神。正是这种情怀，让孙树朋一直坚守在这里。

创新尖兵

随着学习型组织的创建及科技创新的发展，孙树朋总结自己在生产一线的实践经验，创造了许多的小窍门、小绝活，为尾矿系统的生产稳定、减轻职工的劳动强度、提高劳动效率做出了贡献。

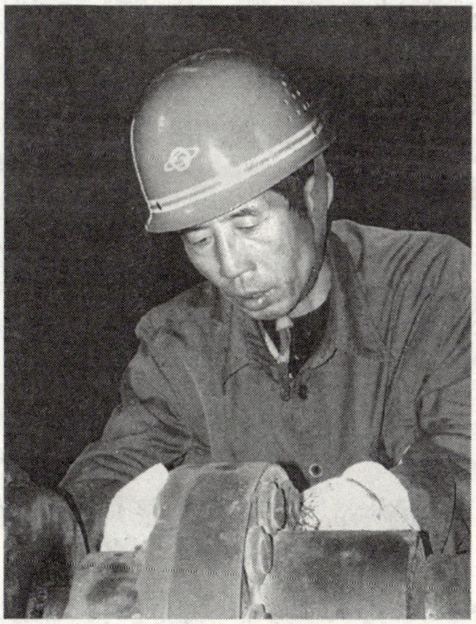

工作中的孙树朋

当时，水厂铁矿尾矿库尾矿坝筑坝用的是 ϕ700mm 管道，全长 2300 多米。随着尾矿坝的筑坝高程增高，每两年需要将管道向上移动一次，每次移动的垂直高程在十米左右。常规施工办法就是将管道断成十几米一根，靠三台推土机，一台固定当锚桩，两台拉钢丝绳卷动钢管上移。这需要近 200 米的钢丝绳，每卷动上移一根管，就需要 40 多人往返拉拽沉重的钢丝绳，费时，费力，施工工期长。而且，在卷动钢丝绳时，还对施工的工人造成安全威胁。如何解决这个问题？孙树朋打破常规思维，从节省人力、方便快捷出发进行思考。他想到，利用挖掘机灵活的长臂，旋转自由的机身，作为移管的工具，只需十几米的钢丝绳就可以将管移到位。后经采用新的移管方法，实际操作取消了三台推土机，减少了 30 多名施工工人，只需两个人摘挂钢丝绳，就将管道移到位，使移管速度快了近三倍，而且消除了不安全因素，极大地提高了劳动效率。

在尾矿输送系统生产中，矿浆泵是选厂尾矿输送的主体设备，除运行中正常的磨损外，泵的叶轮损坏和运行故障，原因基本都是来自矿浆中的各种硬杂物。除此以外，还因矿浆泵进杂物后泵的效率降低，造成管道堵塞，长时间还会导致浓缩机压耙子停机。工人们之前采取过各种措施，仍阻止不了浓缩池不可预见的各种杂物进入。因此，在运行中只能是发现泵的电流降低，就立即拆泵，将泵体内的杂物清除后，再重新装泵。这种原始消极的办法，大大增加了班组职工的劳动强度，也使班组的生产经常受到影响。孙树朋就开始琢磨，他从下水管的 U 形弯的丝堵得到启示，是否能将这个原理引用到矿浆泵的输送管上。于是，他开始做试验。他在泵进口处增加一段粗管，上面安装闷板，管内前端设置箅子，如有杂物进入就会自动沉淀到粗管的底部，将闷板的几个螺丝打开就可以清理了，既方便又快捷。经一个月的试验，效果非常理想，从根本上消除了威胁生产的隐患。后来，孙树朋的这个绝招、诀窍推广到尾矿所有的浓缩泵站，提高了矿浆泵稳定运行水平。

付出着，快乐着

工作多年来，孙树朋一头扎在岗位上，而妻子梁凤英却长期居住在昌黎老家，两人分居两地长达 15 年。由于工作忙，孙树朋往往是三四个月才回家一次，每次都是下班后顾不上吃饭，200 多里的路程，骑着自行车奔波 6 个小时才能到家。到家时已是夜深人静。第二天晚上，再骑车返回矿山。回一次家，在家里待的时间不超过 10 小时。即便这样，他也要帮家里劈好柴火、干干农活。

梁凤英是个识大体的女人，知道丈夫工作忙，心里对丈夫的工作是十分支持的。但作为一个女人，既要照顾老人孩子，又要操持家务，最主要的是累的时候连个解心宽的人都没有，时间久了，心里多少也会有些委屈。每当孙树朋回家时，心里是又喜又气，劈头盖脸就把无名火往孙树朋身上撒。孙树朋总是在一旁笑呵呵的，直到妻子把火撒完，他才细细地跟妻子讲述单位发生的事情。

有人问梁凤英："当劳模的妻子，有什么感受?"梁凤英似有千言万语，但话到嘴边却没有说出，长出一口气，说道："理解万岁吧!"

从 1994 年开始，孙树朋就时断时续地感到腰疼，一开始他却并没在意，由于工作忙也没时间去医院检查。直到 2000 年，在连续疼痛一周以至于无法入睡、抬起腿连楼梯也迈不上去的时候，工友们抬着他去医院做了检查。

经医院确诊，孙树朋患了很严重的腰椎间盘突出、椎管狭窄，四个骨节膨出压迫神经，如果不马上治疗有可能导致下肢瘫痪。公司送他到北京治疗。治疗期间，他听说北京某医院治疗腰椎间盘突出水平较高，为尽快结束治疗，尽早返回工作岗位，他自费花了 2000 多元前往治疗。回来后，这些钱他一分未报。矿山医院的领导得知这一情况后跟他说，这种情况可以报销。可是孙树朋却说，这不合适，咱不能再给公家添麻烦。

孙树朋关心他人胜过关心自己。徒弟赵玉忠入厂时只有一身工作服。当时正值盛夏，孙树朋每天下班后都把小赵的衣服洗干净并用电风扇吹干，让他第二天可以穿上干净的没有汗味的衣服上班。外出到尾矿坝干活，常常中午、晚上连轴转，孙树朋就经常自己掏钱请工友们吃饭……

2007 年，孙树朋退休，离开了工作岗位。但是，抢修现场却依然能够看到孙树朋的身影。往往检修现场出现疑难杂症时，职工们还会打电话请"老孙"出马。孙树朋也是从不推辞，依然保持着上班时的工作作风，第一时间赶到现场。

2016年11月份，大石河区域尾矿库回水管道破裂，出现三道裂口。正当大家一筹莫展之时，负责故障抢修的协力公司领导（曾在水厂铁矿工作）又想起了孙树朋……不多时，有人眼前一亮，高声喊道："老孙来啦!"在喊出这句话的同时，仿佛一切问题都迎刃而解了……

飞驰车轮上的燃情岁月

——记全国冶金战线百队竞赛小分队队长曹保平

沈　辉　刘　媛

匠人心语

翻开岁月的篇章，一幅幅老照片，一幕幕泛着时代特殊印记的场景映入脑海。没有先进的装备和技术，没有丰厚的奖金奖励，亦没有充足的物资供应，人们却可以创出一个又一个高产，完成一项又一项艰巨任务，甘之如饴地奉献自己的青春热血。“小分队队长”曹保平是他们中的一个典型代表，车轮飞驰，烟尘跳跃，难忘的燃情岁月里，首钢人向全国冶金系统频传喜报……

开山炮动地惊天，
别拉斯穿梭往返。
昨晚是险峰一座，
今晨已削下半边。

“曹保平小分队一举打出月产30万吨的好成绩，名列全国黑色冶金矿山‘一条龙’竞赛第三名。”这曾是一个时代的主旋律，置身其中怎能不让人心潮澎湃。

黑制服，红绸花，年仅25岁的曹保平参加了在人民大会堂举行的全国冶金战线群英大会，在矿山的历史上留下了浓墨重彩的一笔……

如愿成为矿车司机

1953年1月27日，曹保平出生在河北省唐山市林西煤矿东矿区的一个普通工人家庭。作为一名矿区子弟，曹保平从小耳濡目染，脑海中无数次想象，长大后投身到建设祖国的火热生产场景。

1970年2月，满腔热血的曹保平从开滦四中毕业，虽然被分配到了首钢矿山，却被安排在大石河铁矿福利科滨河村食堂，开启了自己的工作生涯。

“听从组织安排，让你干啥，就要一心干好啥。”当被问起毕业后到矿山干后勤工作的心情时，曹保平如是回答。

俗话说，干什么吆喝什么。“比方说这个和面啊，看着简单，想做好那也不容易。面肥放多少？发面时间多长？那一袋三四十斤的面你也得揉啊，没有力气你还揉不好，蒸出来的馒头就疙疙瘩瘩没个样子……”回忆起这段经历，曹保平依然熟练地讲起了和面蒸馒头的工艺要点。

花儿的盛开需要酝酿，静待时机，悄悄绽放。

1971年3月，一次改变曹保平命运的机会到来。为提高矿石产量，加强运输战线力量，大石河铁矿举办了一期矿车司机培训班。曹保平被单位推荐参加。对于这次机会，曹保平倍加珍惜，在他心底，还是希望能走到轰轰烈烈的矿山生产前线。从各项交通规则，到学车过程中老师讲的难点、易错点，他都非常认真地记录、总结。同时，他还认真观察同班学员在行车、启动等操作过程中的好方法和技巧，并运用到自己的驾车练习中去。勤奋的学习使得他在培训班中脱颖而出，成为最早一批拿到“车本”的学员。

1972 年 5 月，曹保平正式到大石河铁矿杨庄车间矿车司机岗位实习。“这是个难得的学习机会，跟车的这些师傅都是部队退下来的开了几十年车的老司机，经验特别丰富……”师傅郁林春的话语至今依然萦绕在他的耳边。“你装完矿走的时候，在拐弯的地方，一定要提前减速，靠右行”“在料台掉头准备卸矿的时候，倒车一定要稳，不要急”“在这个地方得提前换挡，注意车速”……

一次，在驾车上坡行驶时，矿车突然抛锚。郁师傅带着曹保平下车进行检查，曹保平按照师傅平时教的要点，通过对矿车熄火前的声音和车辆运行状况分析，觉得可能是油路有问题。他认真观察师傅的检查方式、动作、步骤。默默地记着，先打火试车，看电路；再检查油的管道、吸油管、油箱、喷油嘴等是否有问题。一步步下来，师傅最后确定果然是油路有问题——油箱吸油管滤网堵塞。

渐渐地，曹保平积累了丰富的行车、检车经验，得到了师傅的肯定，通过了车间班组的考核检验，成为同到车间的十余名新司机中独立盯车的第一人。

矿车出车时，司机需要对车况进行检查。曹保平根据自己的经验总结出了一套有效的出车检车方法。时至今日，他还能熟练的背出要点，“一看车容、车貌，车辆外表不能剐蹭、破损；二看车辆灯光是否齐全；三看油、水是否加足；四看矿车方向机螺丝、传动轴螺丝等是否松动……”凭着这套细致的检查方法，他缩短了检车时间。而且因为总是车队最早出车、最晚收车的人，曹保平的产量成为了车间最高、车辆故障率却是车间最低的。这样的业绩，让他成为了杨庄车间最年轻的班组长。

曹保平给“班长”下了这样一个定义：“班长是干什么的？班长就要带头

大干，保证大家安全，保证全班运行稳定，提高本班生产量。”

由于平常曹保平为人和善，干起活来又敢打敢拼，加之积累了较为全面的车辆修理技术和开车技巧，他很快得到了班组成员的认可。当车辆出现问题时，大家总会第一个想到他。

“班长，我这车踩刹车时反应慢。找了一圈儿，也没找着哪儿有啥毛病，你给我看看……”

曹保平按照习惯，先对车辆进行试车检验，发现当踩踏车辆的刹车踏板时反弹力顶脚触感有些减弱，他判断可能是气泵或者泵管有漏气点。重车在行驶过程中，刹车不灵敏是很危险的。曹保平二话不说，拿上工具就钻到了车底下。经过仔细检查，发现由于长期高强度的作业和颠簸，车辆的气泵阀门处出现了磨损漏气的现象，导致车辆储气罐气压不足，进而使得刹车分泵管压力匮乏，致使刹车不灵敏。

找到问题后，他轻轻嘘出一口气，刚从车底爬出来，又有人找上门来。

“班长，我那车传动好像出问题了，走的时候还‘咣当’‘咣当’老响，刹车也有点儿不太好使……”一个年轻的司机面带急色的找到了曹保平。

“走，看看去……”曹保平用油污稍少的手背擦了擦额头上的汗珠，匆忙奔向下一个目标。之后又是一骨碌钻进了车底。

一天工作下来，他满身都是油污，一副掉进油坑里的模样。因此，曹保平多了一个外号——“油耗子”。虽然大家经常拿“油耗子”调侃班长，但心里却装着满满的敬服。回忆起这个另类的昵称时，曹保平脸上洋溢着愉悦的笑容。在曹保平的带领下，他所在班组的产量稳稳的占据了车间第一。由于工作出色，曹保平又被任命为运输修理段副段长。

“小分队”战功赫赫

“文革”结束后，如何把职工的热情引导到整顿钢铁企业和发展生产建设上来，是当时冶金行业面临的难题。

1977 年 3 月 10 日，在全国冶金工业会议上，周冠五代表首钢公司提出

“明年变大庆，年底超历史”倡议，并向各大钢发出挑战。1977 年 12 月 15 日，冶金工业部发起了全国冶金系统专业对口赛。当时，全国冶金战线工业学大庆的一面旗帜是鞍钢弓长岭铁矿王君绍小分队。冶金工业部以（78）冶矿字第 929 号发文《关于应大力普及王君绍小分队的通知》，全国冶金矿山企业一时纷纷组建小分队，开展突击竞赛。与此同时，首钢公司也开始了“同行业同工种对口赛流动红旗单位”评比。一时间，公司上下涌现出许多以个人名字命名的小分队。

1978 年 4 月，首钢矿山公司向鞍钢矿山公司发出了应战书，表示要同鞍钢老大哥“赛一赛发展速度，总量、矿石和精矿粉要在 1977 年基础上提高 50%、40%、40%。”为鼓舞士气，矿山公司发出厂际间比武的倡议，各单位纷纷发出挑战、积极应战。大石河铁矿也响应了号召。由于曹保平在打产工作中的出色表现，率先在杨庄车间成立以曹保平名字命名的“一条龙”小分队。

曹保平所参加的全国一条龙小分队短训班合影

过去采矿穿孔机、电铲、汽车三大设备各归一家，工作起来“锣齐鼓不齐”，潜力发挥不出来。小分队成立后，把穿爆、采掘、运输和修理等各工种有机地组织到一块，统一指挥，联合作战，这是改革生产组织方面的一个重大突破。

曹保平小分队成立时平均年龄只有 24 岁，为了能够进一步带领大家干好工作，创出更大成果，队长曹保平拧紧了身上的发条。他每天上两个班时，白班布置完任务后，开车带着大家干。白班下班后他又接着上16点的班，凌晨12点收车，再到班组开班前会，安排晚上生产。

一次，车间开碰头会。从现场赶回来的曹保平，一坐到会议室挨着椅子就睡着了。参会的同事看到车间主任张全富注意到了曹保平的状况，就想伸手把他拍醒。张全富制止了那位同事，对大伙说道："让小曹睡会儿吧，会后跟他说一下今天会上的事儿。如果他还有什么疑问，让他单独去办公室找我……"

曹保平这种进取奉献的精神带动着小分队每名成员打产的积极性和主动性。谈起当时小分队的工作状态，曹保平说："全国冶金战线百队竞赛，当时铲效达不到台年240万吨是连参加评选的资格都没有的。我们小分队的生产组织是一条龙协作，车上车下、采矿运输协作关系更密切了，那是真正的'抢时间，让方便，互相帮，互相促'。三班作业，下夜班的同志中午起来换上白班的同志们吃午饭，'换班吃饭、人歇车不停'。"

指挥生产的曹保平（右一）

除了挤时间，曹保平还积极到现场观察研究一切能够提高产量的方法、技巧。当时的铲装设备为4.6立方米的电铲和别拉斯矿车。他发现，平均每辆别拉斯矿车需要装3斗才能装满，电铲在装矿时装车半径较大，影响装车效率，并且还会出现铲等车的现象。他结合在鞍钢弓长岭铁矿参观学习的经验和小分队实际状况，与同事们研讨后，提出了最佳装车法。即，通过调整矿车装矿时的装车角度（矿车停在矿堆旁边，使车身与电铲铲矿时夹角约成15~20度），减小电铲装车时的旋转半径，缩短电铲装车时间，提高工作效率。同时，在生产现场实现有满车运输、有料台卸矿、有空车返程、又有在电铲旁空车待装的生产运输闭环系统。

曹保平（二排右二）在鞍钢弓长岭铁矿学习时的合影

经过实践总结的工作方法和小分队众人齐心协力，曹保平小分队以月产23万吨的成绩，在全矿区当上了赶超鞍钢王君绍小分队的排头兵，以矿岩总量超过30万吨的纪录，超过了王君绍小分队当月产量，列为全国黑色冶金矿山“一条龙”竞赛第三名，达到全国冶金战线百队竞赛特级标准。

1978年5月12日，冶金工业部发来贺电：“杨庄小分队大战四月份，创造了月产30.6373万吨的好成绩，超过了王君绍小分队当月产量，夺取了四月份小分队竞赛全国第三名。为此，特向你们表示祝贺！这个好消息告诉人们，又在首钢矿山出现了一个过硬的王君绍式小分队。希望首钢各小分队‘远学王君绍，近学杨庄小分队’，传来更喜人的捷报！”

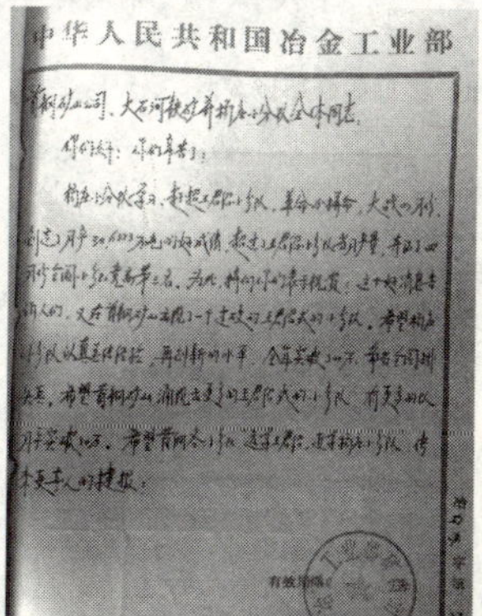

中华人民共和国冶金工业部

1978年5月冶金工业部给杨庄小分队的贺信

曹保平小分队也因此被奖励一台黑白电视机，这在当时是破天荒的首例。这不仅是小分队职工们汗水的见证，更代表着无尚的荣光。

打头阵的“将军”队长

荣誉的背后，是重重磨难的考验，亦有精神意志的不断升华。

一段时间，处于领先地位的车间甲班，出现明显亏吨现象。为了查找原因曹保平留在了山上。晚上，他蹲在牙轮钻机旁对采场仔细观察了一夜。发现大家干劲儿十足，设备一直都在运转。然而有的司机为了图进度，矿车装的不满，记录却依然如实记载。

“保持先进的荣誉靠什么?”下了班，曹保平把甲班留下，从怎样对待荣誉说起，一直讲到盲目自满的教训。“赶超王君绍小分队不能掺假，一星半点都不能有……”亏吨的同事默默低下了头，但是小分队严谨务实、精益求精的风气抬起了头。

将为兵之魂，兵是将之胆。小分队不断取得新高的成绩，离不开不辞劳苦的众人，也离不开敢于担当的队长曹保平。

冬季到来后，一场大雪覆盖了整个矿区。厚厚的白雪预示着来年的丰收，却也给小分队打产带来了困难。下雪后，采场积雪结冰，路面很滑。小分队用推土机在上山的路面上清扫、推铲了积雪，但一些队员依然心里打鼓，“这种天气还作业，谁敢啊!”

看着大家伙踟蹰不前的样子。曹保平站了出来，“我开车上去试试，给大家探探道。如果能上去，今天大家就继续作业……”

“队长，你要是能上去，我二话不说跟着上。”

“就是，队长敢上，我就敢上。”

“嗬，这天儿，你要真能上去，我就跟着你干!”

在队员们的纷纷议论下，曹保平登上了驾驶室。打火点车，缓缓启动，凭着多年的行车经验，他感受着车辆在运行时的状态，寻找着与地面摩擦力能够平衡的驱动力，慢慢地踩踏着油门儿。矿车徐徐地沿着蜿蜒的盘山道爬了上去。行驶时，他还不忘在心里琢磨过程中的难点和技巧。终于，曹保平开车满载着矿石从山上下来，将矿石卸到料台后，来到众人面前，“启动时不要急，缓缓踩油门……在料台卸矿时一定要注意倒车安全!”队员们对他越发敬服，纷纷上了车。

一年四季，采场生产免不了受恶劣天气影响。为了保证大家安全，尽可能减少产量损失，曹保平总会率先垂范，第一个上车试验，检查有无危险。如果能够作业，他会督促鼓励大家抢产。由于持续高强度作业，电铲不得不经常更换卷扬大绳。这时候，曹保平就带着矿车司机们主动找来提前预备好的大绳，帮忙更换。这样一来，更换时间就由原来的 3 个小时缩短为 1 个多小时，小分队就有更多的时间投入生产作业中。

人心齐，泰山移。当时小分队有个青年电铲司机因为下班时间卡的严，常常赶不上坐通勤车回家，不称心的他就开始抱怨起来。曹保平见这种情况，就发动了全队骨干都来找他谈心，苦口婆心讲小分队保持战绩和荣誉的不易。这名电铲司机也暗感羞愧，之后不再抱怨。这之后，曹保平为了鼓励他，在全队职工大会上表扬了他，为他回家可以方便点儿，还将全队唯一一张自行车票送到了他手里。这名电铲司机百感交集，拉着曹保平的手连连道谢。随着队伍凝聚力和战斗力不断攀升，小分队更是打出了月产 58.6 万吨的骄人成绩。

在曹保平小分队的影响下，矿区各小分队掀起赶学热潮，先后涌现出毛政、张柏林小分队。1978 年，矿山生产打出了历史最好水平。完成采剥总量 4065 万吨、铁矿石 1043 万吨、精矿粉 303 万吨，实现了首钢矿石全部自给的目标。特别是采剥总量，不仅提前 3 个月完成国家计划，而且还清了 800 万吨的欠账。当年的职代会报告中这样写道：“这是一个很大的成绩，是具有重大意义的转折。”

冶金工业部、首钢公司分别发来贺电：“希望矿山在打大仗、打硬仗中练出一个钢班子、铁队伍。”曹保平被评为当年冶金系统劳动模范，曹保平小分队与其他 3 个集体被命名为“冶金战线红旗单位”。

1979 年，曹保平作为小分队的代表参加了在人民大会堂召开的群英大会，受到了冶金工业部的表彰。矿山公司召开了庆功会，荣获先进的小分队成员和代表披红戴花，乘车绕矿区一周进行庆祝。

曹保平多次获得北京市
劳动模范光荣称号

全国冶金战线群英大会
首钢代表合影（二排右四为曹保平）

在激情燃烧的岁月里，曹保平实现了自己最初的梦想，也给自己小分队的故事画上了圆满的句号。此后，大石河铁矿扩大采矿生产规模，筹建柳河峪车间。由于表现突出，曹保平被任命为柳河峪车间副主任，后又担任车间主任，之后一直担任管理工作。回忆起那段充满汗水、激情、热血的日子，曹保平露出了悠然神往的表情，仿佛那青葱岁月里一张张线条分明的脸颊，一声声炙热钦服的“队长”，一阵阵愉悦欢乐的笑声依然萦绕在他的耳边。

历史的车轮滚滚向前。但驾驶这特殊车辆的勤劳、勇敢的人们，用汗水和努力，在那似水流年的青春岁月里沿途播下希望的种子，于不知不觉间改变生命的轨迹，向着幸福的终点前进，前进……

筑梦"铁人"张柏林

付学志 刘 媛

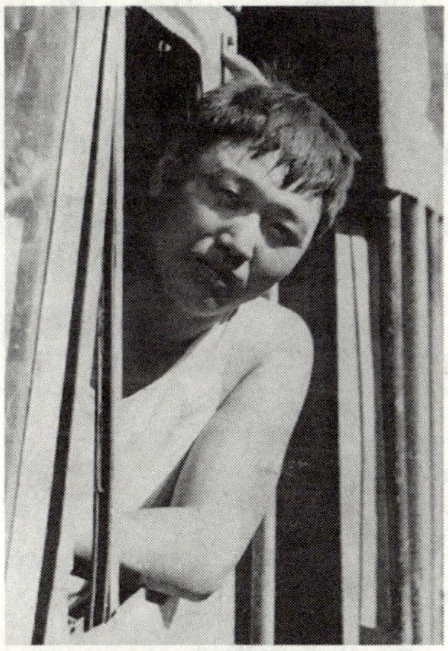

匠人心语

他这一辈子注定与"石头"有着深深浅浅的缘分，无论是巧用石头研究"电机车掉道最佳处理方法"，还是开上矿车全年拉矿石超一万车，勤思巧干，勇敢无畏，坚持不懈，成就了"铁人"张柏林的梦想。用他的话说："人活着总要有个奔头，有个目标，不然这日子过得多没意思。"

张柏林，1951年出生，1970年中学毕业后到首钢矿山工作。从业30年，曾获得“全国冶金工业劳动模范”、“首钢四化尖兵”等多项荣誉，多次被评为“北京市劳动模范”。曾作为首钢工人代表，参加了在北京人民大会堂举行的春节团拜会，亲耳聆听了胡耀邦总书记的讲话。1978年，以张柏林命名的电机车小分队在全国同行业劳动竞赛中名列榜首。

从平凡的机车调车员岗位干起，风雨无阻是他的坚守，总结“电机车掉道最佳处理法”是他智慧的闪光，大地震中急中生智抢救国家财产是他勇气的体现。转岗矿车司机后，成为一员打产“猛将”，创造出一年拉矿排岩一万车的纪录。这一个个故事，让笔者对这次寻访满怀期待……

勤思则得，巧用石头成“专家”

第一问：20世纪70年代，张柏林仅仅是一名普通的机车调车员，为什么会在不起眼的岗位被许多人知晓？

青年时期的张柏林

对此张柏林曾经的段长陆广善说：“张柏林脑袋瓜儿灵，一米八的大高个子，一身的力气，关键还有巧劲儿。”

张柏林是开滦矿工的后代。1970年，年仅19岁的他来到首钢矿山，在水厂运输车间当一名调车员。调车员属于铁路最一线的工作，不论刮风下雨，烈日酷暑，暴雪严寒，都必须露天作业，不仅是个“苦差事”，而且责任重大，许多人都不愿意干。当时有个说法：“好汉不爱干，懒汉干不了。”但张柏林却干的很起劲，用他自己话说：“站在机车上，用手语指挥，就像将军发号施令一样，很带劲！”年轻的张柏林将火一样的热情投入调车工作中，不仅出色完成任务，而且从未发生过一次责任事故，他所在的车被人们称为“虎车”。

张柏林当时工作的机车主要在采场内作业，并不是平路行驶，而且因负责拉运矿岩，铁轨和机车要跟随电铲作业点位的变换阶段性移动。这样一来，问题就出现了，随着线路频繁移动，新轨道的铺设因时间、环境等因素的制约，无法达到百分之百适应电机车行走，如果遇到底部不平、两轨不平行、雨季土地不实、偏载等问题，极易造成车厢掉道，尤其是机头在后方推着车厢前进的情况。处理电机车掉道，传统的方法是靠电机车头的拉力强硬拖拽车厢回到轨道上。但这样车厢轮子就会直接接触枕木，此时的枕木就像面条一样，被轮子一切就断，不仅会损坏铁轨，而且重新补铺枕木、铁轨也会耽误生产。

在机车上工作久了，张柏林自然也被这个问题一直困扰。看到大家都在挠头，不服输的他心想：环境改变不了，但快速处理的办法一定会有的。从那以后，他开始四处搜集资料，听说有位叫薛常发的老师傅处理电机车掉道很有经验，他就经常找薛师傅讨教，并且跟着薛师傅一起去处理事故。一老一少两人互相配合，倒真是把传统的方法改进了不少，耗费的时间也缩短了很多。薛师傅也因此常夸张柏林有悟性。

经过“取经”后，张柏林很想自己独立作业以检验学习效果。一次下夜班，他刚到宿舍，就听说有一辆电机车车厢又掉道了，情况紧急，张柏林赶紧赶到现场。更糟糕的是，这次电机车停在了铁路的交叉口，上面拉料的车下不去，下面的空车上不来，按照以往处理掉道的方法怎么也需要几个小时，过不久就得停产了。现场一片狼藉，里里外外围着二十几人，车厢在车头的牵引下，左动动，右挪挪，就是不上铁轨。张柏林绕着车厢转了一圈，突然看到了地上的石头，他灵光一闪，找到班长说：“你让我试试，但也不敢说肯定能行。”班长征求几位领导意见后同意了。

“哥几个帮我找点石头，要个儿大的，多找点儿。”张柏林和身边的同事大概比划下石头的大小和形状，一个人扛着180多斤重的车厢“回原器”（俗称“道爬”），在轨道边放置妥当，然后从同事们找来的石头中挑选合适的，从掉道车厢轮边平缓的铺设到“道爬”，最后在后轮转向架靠铁轨一边穿一根很长的钢丝绳。四个车轮的石头都铺设好后，张柏林又找来黄油，涂抹在石头和“道爬”上，然后开始指挥司机开车！说来也奇怪，这次的车厢听话了，一点一点地随着车辆前进，顺着张柏林铺设的“路”向轨道靠近，最后只听“咣当”一声响，车厢两个前轮稳稳地上了轨道。随后张柏林和几个同事赶紧抓住钢丝绳，调整后轮方向，随着另一声悦耳的震响，后轮也稳稳地上了轨道。霎时间，人群里响起欢呼声、叫好声，喜悦的情绪弥漫了整个路口。整个故障的处理前后仅用了不到一小时。

张柏林处理电机车掉道的方法看起来很简单，说起来无非是用石头铺设一条回轨路，按理说这个过程只要看过一遍就能记住，但随后的事实证明，大多时候处理这类事故，只有他能做到“药到病除”。其实，看似简单的方法，想要成功需要破除很多因素的干扰。比如，“道爬”放置前，车轮必须要偏向铁轨，如果此时大致平行于铁轨，就要调整车厢下面的转向架。“道爬”要放置在车轮行驶方向与轨道的交叉处。另外，在铺设石头时，要综合考虑土地的夯实度，如果石头太小完全陷进泥土起不到作用，石头太大又会起反作用，严重的话原本在轨道上的车轮也会因为动车而掉道。这些方法和技巧，是张柏林在工作中一点点摸索出来的，对处理电机车掉道事故至关重要。慢慢的，处理故障多了，张柏林“小专家”的称号也在同事之间悄然流传起来。

莫言砺小无处用，莫笑人微不成功，留心用心于妙处，事小亦能除大痛。

难忘的1976，危难造就英雄

第二问：在电机车上工作10年，有没有您最难忘的时刻？

对此，张柏林说：“我的工作一直都挺普通的，也就数那一天的活儿，是我做调车员最难忘的经历。”

张柏林所说的那一天，也令许多国人难忘。1976年7月28日，唐山发生大地震，前夜张柏林正好是夜班。地震发生时，张柏林突然感觉车厢在抖动，而且抖动的越来越厉害，他意识到事情不对，立即发出停车信号。看到信号后的司机也迅速反应，将电机车停下，当机车上的人员聚集到一起时，大地的震动已经非常剧烈了，大家突然明白并惊慌地喊着：“地震！跑啊！”张柏林也随着人流拼命的跑。可奔跑的过程中，他发现周围一辆辆满载的电机车摇摇欲坠，脑袋像是被铁锤砸了一下似的，他突然想到：车怎么办？这时，他做出了个异于常人的举动，立刻掉头往回跑，身边的同事一下拽住他的衣角喊："你疯啦，还往回跑！""机车必须打死，不然会翻车的。你快走，我自己回去！"张柏林一边喊，一边跑向机车。

从恐慌中强迫自己冷静，凭借着对电机车的了解，他知道这短短的几分钟，就能决定这列车厢在这场地震中是否平安。当时电机车十数节车厢都是满载，随着大地的震动电机车缓慢移动，只要几分钟，电机车就会具备非常大的动能，这样溜车很可能造成翻车，货物倾洒是小，破坏了线路和周围设施，后期修复、整改的费用巨大而且浪费时间。

张柏林想：电机车移动虽然缓慢，但此时也具备了一定的能量，如果首先制动前端车厢，那么动能冲力会把车厢挤出铁轨，制动尾端则会让前端拖拽。在车两端制动虽然安全，但是仅凭他一个人，单面制动效果肯定不好。他决定拼一把，制动中间偏后的车厢，而且是在轨道临近转弯时，虽然危险但有一定的把握。当车辆的前两节车厢经过弧度轨道时，张柏林在外侧用两个铁楔迅速将两个车轮楔死，车厢的撞击声此起彼伏，前面的车厢被拖拽，后面的车厢被顶住，单侧制动被转弯的离心力抵消，车辆停住。他没有就此收手，把剩下的几个铁楔以最快的速度将临近的两个车厢卡死，铁楔不够怎么办？他又想到了"石头"，虽然与"铁楔"的使用效果差距很大，但好过没有。就这样，张柏林一节车厢一节车厢的把车轮卡的死死的，看到电机车稳住，他这才放心的离开，此时的他已经浑身是汗。

地震发生不久，主管领导焦急地赶到现场，向张柏林询问情况，他一边擦去额头的汗水一边说："没事，车轮都卡死了，车没问题。"事情过后，领导说："生命重于泰山，逃命无可厚非，可在关键时刻，张柏林能想到抢救国家财产，他是矿山的英雄！"

从回忆中走出来，笔者问张师傅："当时真的不害怕吗？"他回答说："怕！怎么不怕？那也不能把车扔下不管哪，我有责任！"英雄不是无所畏惧，而是害怕却还能坚持做自己认为对的事。

忆少年，往事不可追；人有情，百里矿山留其名，风雨十载，不负重任真情怀。

勇挑重担，创造“一万车”纪录

第三问：张柏林所在的电机车曾被称为“虎车”。他走上矿车司机岗位后，更是曾提出一年拉一万车的奋斗目标，他是怎么做到的？

对此张柏林的同事说：“一年一万车，啥概念？更疯狂的是他完成了，还因此被胡耀邦总书记接见呢，咋能不让人羡慕！”

1978 年，在热火朝天的劳动竞赛中，张柏林向领导提出调整生产组织形式，把五台电铲和两台机车组织起来，搞采运“一条龙”协作赛，成立“张柏林小分队”，和全国矿山同类型电铲、机车比赛。在领导支持下，他自告奋勇当了“龙头”。

作为“135”机车的调车员，除了指挥好机车，张柏林想尽办法多拉矿、创高产。电机车装车主要由调度室安排，那时候超产也没有奖励，多拉少拉工资一样，于是有些年轻人想趁着排队的时间多歇会儿。张柏林看到有人耽搁，立刻主动提出先装他的车。有时候电铲需要更换铲牙，所有的电机车都停车等待，只要遇到这种情况，张柏林就下车帮忙。原本只能等吊车吊装的 200 多斤的铲牙，张柏林一下子就抱起来，三下两下就给装上了，甚至需要半天到一天的活，他半个小时就完成了。不管干完多脏、多累，之后他又不顾一身的油泥继续指挥装车。这一年，张柏林小分队前 3 个季度就完成产量 216 万吨，提前一个季度超额完成国家计划，名列电机车小分队全国第一名；这一年，“135”机车产量翻了一番，整整干了两年的活；这一年，他瘦了十多斤，出工整整 600 个，被评为全国冶金战线劳动模范。

有人说张柏林是一个闲不住的人，还有人说张柏林根本就不会享福，一辈子劳碌的命。1980 年国民经济调整，水厂区引进了 20 辆大型矿车。但因开大车需要整天围着山头转，是个艰苦岗位，所以谁都不愿意干。那些日子，张柏林回家怎么也睡不着，反复思考后他做了一个决定，当一名大车司机。

全国冶金战线群英大会首钢代表合影，二排右五为张柏林

张柏林全国冶金工业劳动模范证书

于是，做了近十年调车员的张柏林开始向领导请求开矿车。经过两个多月的努力学习，他很快就掌握了开车技术，成为一名正式的矿车司机。

1981 年初，矿山掀起为四化立功活动的热潮，此时张柏林刚刚走上矿车司机岗位 7 个月。在矿里召开的动员大会上，张柏林提出自己要“全年拉矿一万车”的目标。有人说：“你刚学开车，一年拉一万车可不是闹着玩的。咱们个人最高纪录也不过六七千车。”可张柏林说：“人活着，不能连个目标都没有，不然没意思。”

张柏林自己定下目标后，细细的算了一笔账，全年一万车，每月得完成833车，满打满算一天不落平均每天也得拿下27车，如果稍一放松，计划就会落空。可计划总是跟不上变化的脚步，他年初外出开会就浪费了四十五天，按照他算的账，已经少拉1200多车！到矿后，为了夺回损失、抢回丢掉的产量，张柏林拼了命的开着矿车在采场“奔跑”，吃饭、休息、上厕所的时间全被他算的清清楚楚，每班一干就连续十二三个小时，不知底细的人都不知道他究竟上的哪个班。有时夜班等铲装矿容易犯困，他就干脆下车检查车况，搬搬路面上的大石头，或清清电铲“道眼”，为顺利拉矿做好准备。平时，他不管在哪台电铲作业，只要电铲出了问题，凡能上手的，他从不袖手旁观。电铲倒电缆、换大绳、换牙尖这些活，只要让他遇上，每次都是抢着干。他胳膊粗，抱起250多斤重的铲牙，三下两下就安好了。因为异于常人的气力，大家伙儿还给他起了个外号叫“小天车”。

除了争分夺秒抢时间，张柏林总结了很多经验，比如说矿车的停车方位，什么样的位置装料最佳，怎样把车装平稳，车跑起来既安全速度又快。想要拉矿多，车况就要好。张柏林是个勤奋好学的有心人，每次修理工人处理汽车故障，他都注意留心观察，不懂就问，努力掌握修车技能。工友们看到他的衣服口袋里经常装着保险丝，遇到保险丝烧断时，就随时接好。他的车上也常备着各种小工具，出现小问题自行解决。一次，在行车换挡位时，突然，方向挡杆下部活节螺丝脱落下来。若等修理工就得很长时间。他把车停稳，拿起扳子一头钻到车底盘下就修起车来。车修好后，他的工作服也全是油，他随便擦了擦就又上山了。

辛劳的汗水换来了丰硕的果实。经过一年的艰苦奋战，张柏林跑赢了时间。到年底，他安全拉矿排岩10113车，完成了自己目标，同时也奇迹般地创造了生产的最高纪录。

1982年年初，张柏林作为首钢工人代表参加了在北京人民大会堂举行的春节团拜会，荣幸的见到了胡耀邦总书记，亲耳聆听了总书记的讲话。他说那是他一辈子最高的荣耀。从北京回来的张柏林浑身是劲，他提出了更高的目标："全年拉矿誓超去年!"到年底时，他完成了10200车，又创造了新纪录。

痴人用嘴说梦，铁人用汗筑梦，无需浮夸，事实说话。

严父良言，身正心自安

跨越了一个又一个困难，实现了一个又一个目标。张柏林仿佛停不下来，他还是保持着那种拼命的精神，产量班班第一、月月排头。此后因工作需要，张柏林转岗到公安分处，直至内退。

回忆整个青年时代，张柏林几乎把全部的激情和热血留在了采场，造就了"铁人"传说。他说："能有这样的勇气和成绩，半数要归功于我父亲的教诲。"父亲的每一句良言都像一双无形的大手，助推着他不断的向前，不懈怠，不放松。

父亲说："在外学习，就得学出成绩，别让人笑话!"所以他在干调车员期间，脚被钉子扎了，仍坚持完成了一天的工作。

父亲说："身正不怕影子斜，大事面前要有担当。"所以他在十年保卫工作期间，敢于同不法分子做斗争。

父亲说："做人要善良热情。"时至今日，他看到小区里有老人晕倒，在一众围观人群中走上前来把包放在老人头下，一个单元一个单元的帮老人找家人。

当所有往事一一浮现心头，张柏林仿佛又置身于火热的劳动场景中，那些青春里的困顿和艰辛已经随着时间的流逝逐渐模糊，但"铁人式"的奋进精神却怎么也抹不去、忘不掉。

高产矿车司机郭乃新

刘志成

匠人心语

人的生命是有限的，而用于创造价值的时间则仅仅是这有限时间里的一部分。在有限的时间里多拉一些矿，是矿车司机郭乃新最朴实的梦想。“慧者心辨而不繁说，多力而不伐功”。工作32年，如果把郭乃新拉的矿岩堆砌起来，就是一座大山。他是名副其实的高产矿车司机。

郭乃新，首钢矿业公司大石河铁矿二马车间退休职工。1953 年 7 月出生于北京市，1976 年来到首钢矿山工作。在 30 多年的工作经历中，他与矿车结下不解之缘。凭借着认真好学、勤奋努力的工作，他每年都以超出计划 30% 以上的产量成为矿车司机中的打产冠军。先后获得首钢总公司党内立功一等功两次，北京市爱国立功竞赛标兵三次，首钢总公司优秀共产党员五次，连续三年获得首钢四化尖兵荣誉称号，1999 年被评为北京市劳动模范。

时间是最好的工具

郭乃新 1953 年 7 月出生于北京市通州区西集镇后寨府村，由于家庭条件及社会大环境的原因，他小学没有读完就参加了劳动。穷人家的孩子早当家，经历了艰难困苦日子的郭乃新对以后的幸福生活倍加珍惜。1972 年 12 月，他光荣地成为中国人民解放军南海舰队的一员。回忆起当时胸前戴着大红花在火车站与父母亲属告别的那一刻，至今光荣与喜悦依旧洋溢在他的脸上。在部队这个大熔炉的 3 年生活，培养了郭乃新艰苦奋斗、主动奉献的优良作风。期间，他先后获得中队嘉奖 2 次、连队嘉奖 1 次。

郭乃新参军时留影

说起自己的入厂经历，郭乃新记忆犹新："1975 年 12 月我从部队退伍后，回到通州老家干了一段时间的农活儿，后来赶上首钢招工，我就报名了。到矿山后，我被分到了大石河铁矿的二马车间，岗位是电铲司机，干了挺长时间。"

随着矿山开采深度逐年增加，矿石运输由原来的机车运输逐渐改为矿车运输。当时的矿车司机是采矿生产中最艰苦的岗位，很多人都不愿意干。所以，"车多人少"成为当时大石河铁矿采矿生产所面临的一个窘境。为了缓解这种状况，大石河铁矿面向全矿招聘矿车司机，郭乃新就在这时报了名。

20世纪80年代大石河铁矿采矿生产现场

“当时矿车司机工作条件非常艰苦，夏天车里面没有空调，本来天气就热，再加上发动机散发的热量烘烤，司机基本上都是光着膀子披着毛巾开车，汗一下来赶紧拿毛巾擦把脸，生怕汗珠子流眼里去；冬天更受罪，驾驶室里没有暖风，一到夜班那就是大棉裤套二棉裤，大棉袄套二棉袄，下车的时候腿回弯儿都费劲。所以矿里面招聘矿车司机，很多人都不愿意去。”郭乃新回忆道，“没人愿意干，但总得有人干吧。车间领导找我谈话，动员我去矿车司机岗位。当时我就想，干电铲也好，干矿车也好，哪个不是为了咱矿山？在哪儿干都一样，苦点累点没啥大不了的，我就报名了。”

自此，郭乃新与矿车建立了难舍难离的亲密关系。招聘的矿车司机需要到矿山技校进行岗前培训。在这里，郭乃新接触到了他从来没有接触过的课程——计算机技术、机械制图、钳工、内燃修理、汽车构造、热处理……只有小学文化的郭乃新抱着书本“啃”知识比啃冬天里冻硬的馒头还费劲。他甚至连很多汉字都不认识，索性买了一本汉语词典，遇到不认识的字就赶紧拿出来查。一点一滴的积累，一字一句的理解。就这样，郭乃新不但逐渐掌握了矿车司机岗位所需要的基本知识，而且到实习的时候，他竟然还亲手组装了发动机，安装到贝拉斯矿车上，激动的他开着车在学校的操场上撒着欢儿地跑了一圈儿。“当时自己组装的发动机试车成功了，开着车在操场上跑的时候心里甭提多乐了。”谈及这段回忆时郭乃新说。

半年的理论操作学习后，郭乃新被分到二马车间实习。3 个月实习结束，他以优异的成绩交上了满意的答卷。此时已经是 1985 年 8 月份，郭乃新正式成为了一名矿车司机。

“采矿打产，矿车的运输效率是非常重要的环节。要想提高这个效率，除了我们矿车司机自己要好好跑外，还要想着怎么才能让电铲装车效率发挥出来，不能让电铲等着矿车。我以前干过电铲司机，现在又开矿车，所以比较了解电铲司机需要什么样的对车位置。在保证安全的前提下，电铲怎么装速度快，我就怎么给他对车。最后电铲的采装效率、矿车的运输效率就都提上来了。”凭借着自己的“秘诀”，郭乃新很快就适应并融入了矿车司机的岗位。1986 年，郭乃新全年累计完成矿岩运输量 10212 车，比年计划提高了 38.37%，提前 140 天完成了全年的工作任务。这一年，因工作表现出色，郭乃新被评为首钢“四化尖兵”。

1989 年，矿山公司对大石河铁矿提出了打高产的工作要求。当时的二马车间已经是个老采点了，矿坑深、运距长、坡度大，而且矿车的性能也越来越差，想要打高产难度很大。为了能够向时间要产量，郭乃新的心里装着一本精确的“小九九”。曾任二马车间主任的郭宗礼回忆说：“老郭的脑袋就是个‘钱串子’脑袋，他的账眼儿可清了。当时车间搞算账挖潜活动，他给我们算过一笔账：如果坚持每班自检自修节省 20 分钟，早出车 10 分钟、晚收车 10 分钟，在车上吃饭省 20 分钟，每班等于多干 60 分钟。按照拉 1 车矿岩用 15 分钟计算，每月可多拉矿岩 100 车。相反，如果不能保证设备正常运转，每天因故障影响作业以 16 分钟计算，每月就少拉矿 20 车，每年就要少拉 240 车。”

向时间要产量，郭乃新心里的账算得精确，行动上更是让人佩服。“要打高产就得管时间要产量。白班矿车正常作业是 8 个小时，你还得开班前会、吃饭、加油，这么一算最后实际工作时间就不到 7 个小时了。这里边班前会、加油的时间省不了，但吃饭的时间可以省，所以那时候一轮到白班，我就带饭上车，饿了就在等电铲装车时赶紧吃几口；为了上零点班时有充沛的精神和体力，白天我吃完饭就睡觉。有时候，为了休息好，只能狠心将孩子轰到街上，不让孩子在家里玩儿，这样夜班班中休息的时候我也可以挤时间多拉几车。工作这么些年，我几乎没有休过节假日和礼拜天，除了有极特殊情况休班外，几乎都是满勤。”郭乃新就是这样抢时间、挤时间打产的。

郭乃新准备出车

矿车司机最佳操作法

时间就像海绵里的水，挤一挤总会有的。多拉几车矿的时间挤出来了，怎么让自己的矿车“伙计”处于最佳状态，郭乃新也是很有一套的。“郭乃新是个特别勤快的人，那时候他经常在我的铲装车，车一入位他准定不在车里坐着等装车，下车就到路上清理尖石头，省得把大车轮胎扎坏了。”曾经与郭乃新在一起工作过的电铲司机周保江回忆说。

为了追产量、保车况，郭乃新练就了一身矿车自检自修、维护保养的好本领。1991 年 9 月份的一天晚上，淅沥沥的小雨穿梭在夜幕里，采场里只有来来往往的矿车闪着大灯划破了夜幕、发动机高低起伏的轰鸣声刺穿了宁静。郭乃新正驾驶着他的 20 号矿车从采场向料台行驶。走到一半路程时他听到车下面有细微的异响，就把车往路面平坦的道边靠，打开双闪，左手打着手电，右手拎着铁鞋下了车。雨点儿不大但着实的密，没过多久头发就已经紧紧的贴在了郭乃新的头皮上，雨水顺着脸颊流到下巴，再滴到地上。检查中他发现，传动轴与差速器连接螺栓只剩了两条，而且螺帽也已松动了，他迅速从车上找来工具和螺丝，侧卧在泥地里进行抢修处理，把缺的补上，松动的拧紧，等从车下出来时半边身子已经被浸湿了。

据当时的车间领导回忆："说到精心维护设备、向操作要效益，没有几个司机能比得上郭乃新的。我记得当时车间有一辆274号矿车，这辆车的车况特别差。又漏水、又漏油，别说打产了，正常出车都是问题。后来我们支部班子几个人一起研究了一下，决定让郭乃新上这台车。车况影响产量，产量又跟奖金挂钩，所以他当时不接手这台车，我们也能理解。但是，郭乃新没有一点儿怨言。他接手274号矿车后，拎着扳手、拿着锤子，从车上到车下认真查个遍，不放过任何一项故障。开车的同时，他也多留心车况和保养效果，出现问题及时处理。一个多月以后，这辆车的车况就好了起来。到年底的时候，这台'问题车'还成了'红旗车'，车间里那些矿车司机没有一个不佩服郭乃新的。"

当笔者问及郭老的矿车保养秘诀时，郭乃新没有立即回答，而是开玩笑地说："如果你拿疼媳妇儿的一半儿来关心矿车，那车况就肯定错不了！"

郭乃新进行矿车日常维护保养

爱是不计回报的付出与奉献。由于对矿车近乎狂热的爱，郭乃新投入了大部分精力在矿车上。为了最大限度地提高矿车的完好率，他结合工作中遇到的问题，逐步总结出车前、运行中、收车后这3个环节的矿车司机最佳操作方法：一是出车前认真参加班前会，全面了解本班的生产及作业现场状况。交接班时，严格按照标准对矿车各部件仔细检查、确认，特别是对行车中的保安装置情况做到心中有数，并有针对性地进行试车，确认完好才上山作业。二是在矿车运行中执行最佳操作，加强瞭望，控制车速，有问题及时检查，养成标准化操作的习惯。上夜班时，更要增加检查密度，通过眼看、手摸、耳听，及时发现车辆的故障进行检查、处理。三是收车后，给下个班司机创造好的工作条件。郭乃新的这套矿车操作法在二马车间推广使用后，对打产增效保设备起到了积极的作用。仅 1991 年 1~5 月，二马车间矿岩运输总量就完成了 435.8 万吨，比计划提高 5.8 万吨，矿石运输量完成 88.19 万吨，比计划提高了 25.7 万吨。

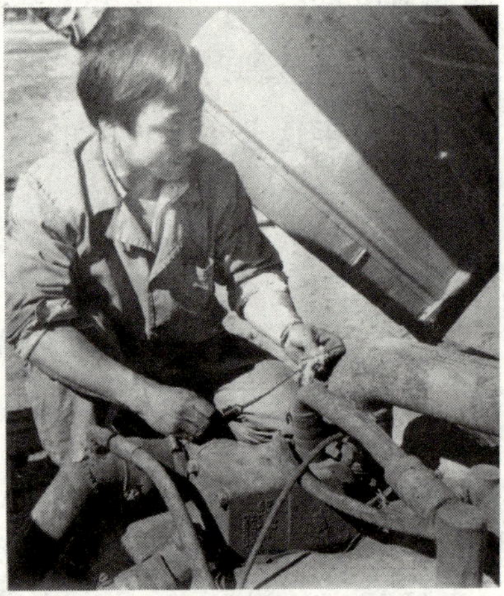

郭乃新进行出车前检查

一个人影响一群人

“病车到他手里也能出高产，这可真绝了。”同事们一句感叹的话，让我们记住了郭乃新的一身本事。

干一行爱一行，一心只干一件事。这就是郭乃新创造出超常产量的秘密所在，也是他勤奋务实、善于总结、精益求精的精神力量使然。在他的带动下，当时大石河铁矿一批又一批学标杆、争先进的青年人才不断涌现。

时任杏山车间运转乙班矿车司机的马立军回忆：“在 1991 年的‘学干创’活动中，我是以郭乃新为‘夺矿标杆’和他比着学、比着干、比着创的。那时候，郭乃新是全矿的‘夺矿标杆’，他开的矿车产量一直稳居首位，每月都要超出包保计划40%以上。虽然，当时我也是先进，但是不管怎么追、怎么赶，也没有超过他。他对我们的工作起到了很大的鼓动和激励作用，很多人都是在他的带动下逐步转变为先进的。”

30年矢志不渝坚守在矿车司机岗位，常年在山上颠簸，郭乃新落下了胃病和腰肌劳损的毛病。有时候他开车突犯胃病时，绞着心的难受，他说：“豆大的汗珠子从脑门上一个劲儿往外冒时也曾动摇过，但是想想自己朝夕相伴的矿车，又总是不舍得放下，还是坚持了下来。”郭乃新的妻子回忆说：“那时候他腰疼就贴止疼膏药，有时甚至下班回家一揭连肉皮都跟着撕下来了，让他在家待着养养，他就哎呀呼叫的说腰疼、胃疼，脸拉的比驴脸都长，埋怨着吃的药不管事儿，看哪儿都不顺眼。可是一上班开上矿车就不吵吵难受了。矿车就是他的药引子，没有这药引子吃什么药也不管事儿。”妻子的话语里夹杂着关心和无奈，更能看出郭乃新对工作的挚爱。

郭乃新这种兢兢业业的奉献精神同样也带动和影响着周围的同事。曾为大采车间的矿车司机田庆真回忆：“那时候有一阵子我连续几天偏头疼，一头疼就不想开车上山。正好赶上郭乃新做事迹报告，我听了他克服困难坚持夺矿保产为矿山做贡献的事迹后，从心里佩服他。我就想，我这脑袋疼就不想上班了，跟人家一比我也太矫情了，所以后来头疼了我就用手掐掐额头坚持工作，额头被我掐的红一块、紫一块，不过没几天也就好了，挺过来往回一看的时候发现也没什么大不了的。因为我在工作中表现突出，后来还获得了先进。现在想起来，还真是郭乃新给我当标杆了！”

2008年，郭乃新正式退休。当笔者到他家采访时，老人拄着拐杖走上前来。见了矿山来的后生，老夫妇两人仿佛看到了亲人，亲切、热络。采访结束，临行前笔者向郭老要了他工作时候的照片，郭老如数家珍的介绍起每一张照片，我们在他珍藏照片的柜子里发现了一大摞荣誉证书和奖章。郭老早已记不清他跟矿车相伴的这一辈子打破了多少个记录、拿了多少荣誉。当走出郭老的家门时，笔者回头看了看，郭老正左手持拐杖、右手扶着门框望着我们。

“郭老，有时间我们再来看您！”

郭乃新与他的荣誉奖章和证书

“不用来了，转告领导和组织我一切都好，不用为我操心。”

余晖下，老人瘦弱、佝偻的身影仿佛面向他曾经战斗过的矿山敬礼，目光里饱含着对青年一代的关爱，对矿山的眷恋……

修理“尖兵”张树俭

杨伟才

匠人心语

他曾是一名装甲兵，业精于勤13年，焊接技术过硬，受到军区师长的亲切慰问；他曾是一名维检工人，沿袭军队争当尖兵的作风。他常说：“干修理的，就得靠手艺吃饭，学技术，忙点累点也不吃亏。”奋力拼搏23年，连续3年被评为首钢劳动模范。36年如一日追求卓越的精神，在时代的淬炼中历久弥新。在矿山肥沃的土壤中，张树俭洒下了汗水，留下了青春，埋下了精神的种子，成为后辈学习的榜样。

说起张树俭，妻子湿润着眼眶笑着说的一句话让人难忘：“他这辈子什么苦都吃过了，付出的太多。让人欣慰的是，他获得了领导和同事的认可，也证明了自己。”

说起“吃苦”，张树俭笑着说：“在部队立志当一个好战士，在矿山立志当一名好工人，不吃苦哪来的进步？”

这就是张树俭最真实淳朴的想法。在他的眼中，人活一世，就得不断提升自我，创造价值。无论是在部队还是在企业，他都收获了很多沉甸甸的荣誉。在军队，他练就的焊接技术保证了坦克的装甲防护，曾多次获得营级嘉奖，那时候还没有荣誉证书，但是部队小黑板的“红旗榜”上张树俭经常榜上有名。来到矿山，他勤学修理技术，多次完成急难险重任务，连续两年被评为首钢总公司模范党员，连续三年被评为首钢劳模，先后 13 次被评为矿业公司级以上双文明先进个人和优秀共产党员。

张树俭获得的荣誉证书

师长慰问修理尖兵

张树俭，原首钢矿业协力公司一名普通的维检工人，1954 年出生于唐山市滦县茨榆坨镇的一个小山村。他 18 岁参军，部队是北京军区坦克乘员训练基地。入伍的时候是在董存瑞的故乡张家口，到部队接受的第一课就是到董存瑞家里听他老父亲讲儿子的故事。董存瑞 13 岁被誉为抗日小英雄，不到 19 岁立三次大功、四次小功，被授予三次勇敢奖章和一次毛泽东奖章。董存瑞的勇敢事迹、为革命事业献身的精神深深感动了张树俭。

虽然没有机会扛枪上战场，但也要做一名出色的装甲兵。除了日常艰苦训练，张树俭每周要从事四天的坦克修理工作。他一边提升自己的军事素养，一边学习修理技术。在部队，他主要负责车体部分修复，包括叶子板、发动机支架、减速机支架等部位开裂焊接、挖补等，大部分是焊接项目。张树俭修理的坦克曾经参加了抗美援朝战争，从战场上退下来用于军事训练。修理这些武器，张树俭内心是特别骄傲自豪的，学起技术来也特别有劲头，遇到难度较大的焊接任务，他就主动向老兵请教并加强练习。很快，张树俭练就了一身本领，能够脱离老兵的带领独立作业了。两年过后，同批参军的战友大部分复原回家，他因为焊接技术比较高被留了下来。

张树俭在部队时留影

1977 年，北京军区举办坦克车体焊接技术和射击比赛，在全军区 17 个单位中，张树俭被推荐参加了比赛，最终获得了焊接技术第五名和射击比赛第三名的好成绩。这让平日里不起眼的张树俭在部队一下子出了名，连军区首长也认识他了。得到了认可，张树俭干起工作来更加起劲，钻研技术更加刻苦。

回忆起部队的生活，张树俭对一件事格外印象深刻。那是1980年的大年三十儿，当时他正和战友在宿舍吃饺子，机关大院家属区的锅炉坏了。正值寒冬年夜，抢修刻不容缓。后勤部长给营长打电话，关键时期，营长怕别人没把握，第一个想到了张树俭，找到他说："小张啊，辛苦一下吧，回来再吃饺子。"张树俭放下手中的碗筷，急忙奔赴现场。室外很冷，但刚停下来的锅炉温度却很高。为尽快恢复供暖，他顾不得等到锅炉降温就开始了抢修工作。锅炉使用年限长，外表锈蚀严重，坑洼点位多，焊接点位低，给挖补工作带来很大难度。潦草焊接也能对付着让锅炉不漏，但是容易出现未焊透、未熔合、气孔、裂纹等问题，造成焊缝使用寿命低。

张树俭平时修理就特别认真，绝不会留下任何一点缺憾。他准确调整焊接电流，确保焊药充分熔合；稳住手臂，精细焊接。对于轻微变形的表面，他先用气焊矫正再焊接确保表面平滑，让每一条焊缝都充实。焊量较大，精细焊接耗费的时间长，他珍惜每一分钟抓紧焊接。身体僵硬了就站起来舒展一下继续干，这一焊就是一宿。那个锅炉直到张树俭退伍也再没漏过。大年初一早晨，张树俭刚要躺下睡会儿，门外就传来了拜年的声音。原来师长专门来慰问张树俭，询问了抢修的过程，一边给他竖起大拇指，一边大声笑着说："小张啊，辛苦了，过年好啊！"

张树俭妻子带着儿子来部队探亲时留影

张树俭非常感谢13年的部队生活。部队培养了他永争一流、坚强刚毅的精神品格，这对他退伍后更好地适应工作有很大的帮助。

干修理的，得靠手艺吃饭

张树俭是1978年结的婚。结婚后，妻子一人在家带孩子，下地劳作很辛苦。他当兵只能一年回一次家，为了更好的照顾家里，1985年张树俭选择了退伍。回到家乡后，他就近参加了首钢招工，成为了矿山公司原球团厂机修车间的一名工人。刚到新岗位，虽然同样从事焊工工种，但修过坦克的张树俭面对着回转窑、链箅机等球团生产设备，仿佛又回到了当初刚到部队时学习焊工技术的懵懂状态。相比于同批入厂的青工，张树俭有一些焊接工作基础，这是他的优势，也使其他老师傅更看重他，主动教他更精细的焊接技巧。老师傅累了的时候，他就主动分担，接过焊把独立作业。赶上生产任务紧张的时候，班长也会安排他从事一些难度较大的焊接作业。相比于部队上的坦克修理环境，球团设备维检现场环境恶劣、作业条件更差。但张树俭一心想要学技术，根本不在乎这些。他把每一次施工都当成技艺提升的训练场。他说："越是难度大的施工任务，越能提高技术。"

入厂的第二年冬天，有一次回转窑窑中托圈内侧产生了1米长的裂纹，张树俭顾不得200多度的高温钻进窑内，高温使安全帽变了形，帽檐碰在脖

回转窑检修现场

子和耳朵上火烧一样疼痛，再加上穿着棉衣、棉裤，又闷又热。在焊接时，他持焊把的手虽然戴着棉手套都被烤出了一个又一个大水泡。但为了尽快恢复生产，他咬牙坚持，实在挺不住了，就出来透透气，接着又钻了进去。就这样，他苦干 8 小时完成了抢修任务。张树俭经历这样的检修任务很多，为了尽快恢复生产必须快点干，每次不等设备降温就得投入施工，顶着一二百度的高温作业是常事儿。赶上最热的时候，脚下的胶皮劳保鞋鞋底都会着火。

有一年秋天，链箅机铲料板水冷梁发生漏水现象。铲料板水冷梁处于链箅机和回转窑的连接部位，作业位置处在 45 度的倾斜角度，让人无法站立，加上漏水严重，工作条件差、时间紧急。张树俭带水作业，连续奋战到凌晨两点多，将水冷梁焊接了四遍，保质保量完成了抢修任务。

就这样，张树俭的焊接技术在各种艰苦复杂施工点位中得到了很好的锻炼，水平与日俱增。多年对技术学习的注重，使他在实践中熟练掌握了横、平、立、仰的焊接方法，还全面掌握了铜件焊接、铸件焊接、不锈钢和各类钢材的焊接技术。手艺精了，他心里也踏实了，敢承担难活儿了。

当时，各厂矿工种类别区分的很清楚，焊工基本上只从事焊接作业，钳工只从事钳工作业。作为一名焊工，张树俭意识超前，开始自己学起了机修钳工技术。每次完成焊接工作后，他都主动给钳工师傅做辅助工作，除了给师傅递工具打下手外，还主动请教、询问设备的名称、功能和常见故障，记录师傅的操作过程。因为处处用心，他在维修技术上进步的很快，也慢慢的开始承担一些简单的钳工任务，这为他后来成为机修骨干、从事多工种作业打好了底子。

张树俭说：“干修理的，就得靠手艺吃饭。学技术，忙点累点也不吃亏。”原本想着退伍后能够让妻子轻松点，可到了矿山，张树俭又一心扑在了工作上。那时候矿山一周就放一天假，他每周五下午下班就坐上去往卑家店的小火车，下车后骑行 30 多里地，晚上十一二点到家。第二天干一天农活儿，第三天凌晨四点多出发去赶小火车回矿山上班。

“大概是 1990 年左右，我记得特别清楚，是大年初一，天下着大雪，老张没法骑自行车了，走了30多里去赶小火车……”说这话的时候，张树俭的妻子有些哽咽。平复了一下心情后，她继续说道：“那天雪太大，小火车没通，他又走了回来，到家的时候脚已经冻肿了，鞋在脚上脱都脱不下来……”

说起这点，张树俭说：“那时候也想回家帮帮忙，可自己技能水平不高，生产任务又紧张，年轻人得多学习实践啊。”

长时间的锻炼，让张树俭的技艺越来越纯熟，从最初的技能单一变成了多面手，不但比较全面地掌握了各种空间状态和材质的焊接技术，而且自学了金结工和钳工技术。不但能够独立承担各种型号料库的放样、划线、制作、安装，而且对造球机、给料机、减速机等设备修理技术有了更进一步的认识和理解。多技能集一身的他，用武之地更加广阔。

精益求精，诚信服务标兵

2003年，首钢矿业协力公司成立，张树俭随修理队伍一起划分到了原协力公司检修一公司。面对市场化的修理环境，协力公司大力推行“急业主之所急，想业主之所想”的诚信服务企业文化。此时的张树俭参加工作已经18年，在诚信服务理念的熏染下，张树俭下定决心要在生产经营中发挥更大的作用。他干劲更加足了，在日常生产中不断为业主解决实际问题。

在施工现场的张树俭

以往只承担厂内维检工程任务。市场化之后，协力公司开始拓展外部市场，施工质量效率有了更高的标准。2004 年初，检修一公司承担了迁钢迁焦配套工程 21 个电机和减速机基础座的制作任务。由于该项制作技术要求高，易产生应力变形，又是第一次干，业主只让他们先干 3 个样品试试。外部项目的重要性不言而喻。车间领导点将张树俭。张师傅立下军令状，承诺一定要干好这个项目，为公司打出品牌。拿到图纸后，施工材料还未到货。为了完成好这次任务，他提前研究图纸，划分出重点和难点，找来相同材质反复进行焊接试验。有一次，车间领导上夜班发现厂房外有个人在灯下进行焊接，走过去一看是张树俭，询问过后才知道他正在进行焊接试验，领导让他回家，他说："还有两天就要开工了，我在宿舍住，反正也没什么事儿，先做好试验确保质量，可以节省很多时间。"因为提前做好了准备，开工后张树俭带着其他焊工精细焊接，交工验收一次合格，受到了用户的好评，又追加了 18 个基础座的订单。

张树俭的责任心强是出了名的。2006 年 11 月份，球团一系列链箅机中修。张树俭班组的主要任务是拆装铲料板和主轴两侧蜗轮副减速机。按照业主计划开工日期是 11 月 18 日早晨 8 点，但由于外部单位上一道工序延时 8 小时，班组只能等到下午 5 点再进行拆除，夜间施工给拆装增加了难度。有的同事说："我们明天再干，白天光线好。"为不影响后续施工，作为摊长的张树俭说："本来这活儿时间就已经很紧张了，咱们必须连班干保证进度，光线不好有安全隐患，但我已经想到了应对的做法。"

说服了现场职工，他们夜间加班检修，找班长沟通增加了现场的照明。铲料板拆除时链床内链节已折断，只剩下上托轴，轴与轴之间距离仅有 800mm 宽，下面又是 5m 深的料斗，拆除难度大。张树俭提出在铲料板南侧安装检修平台、北侧搭建跳板的方法，以保证施工安全。工人们在平台上维修 10 多吨重的 10 组铲料板，吊到地面。蜗轮副两台 10 吨重的减速机拆装难度更大，链箅机东侧有多层平台无法使用天车，工人们都很发愁。张树俭组织大家在现有条件下使用多条倒链，多次变换方向才完成了倒运，最终整个项目提前 8 小时完成并一次试车成功，为整个检修施工争取了宝贵的时间。

多次解决燃眉之急，让车间领导对他的技术和工作能力非常认可。说起张树俭，原协力公司检修一公司领导邵文学这样评价他：“张师傅这个人特别正直淳朴，遇到难度大的活儿从不推脱，而且都能出色地完成，是个技术高、特别有担当的人。”

除了解决日常实际问题，技能逐渐提升的张树俭有了更高的追求。他开始致力于通过高质量的维修水平来提升设备运行寿命，通过向业主提好建议对设备进行改造。

有一段时间，球团回转窑一两天就得停机一次，最长不超过一周。张树俭看在眼里，急在心上。当时，大齿圈间隙调整水平不高，造成回转窑经常停机检修。张树俭意识到不能按常规方法调整了，必须改进工序。他查阅了资料，又和师傅们一起研讨，摸索最佳工序。在一次检修中，他按照之前研讨结果确定了“精细测量齿圈、回转窑同心度，在圆周增加40%测量和调整点位”的施工方案。大家觉得这次一定能改进设备运行状况，但张树俭总觉得还有可以优化的地方。他认真思考，认为设备长时间使用，穿钉螺丝有可能松动，临时增加了紧固穿钉螺丝的工序。经过反复调整，最终实现了间隙误差小于0.2mm、齿侧工作面积达到85%以上的突破性数据。正是以张树俭为首的修理团队不断探索，回转窑停机频率才逐渐降低。说起张树俭，当时的球团厂回转窑、成品仓段长韩杰师傅这样评价：“张师傅这人特别好，好到能影响周围的人干工作的态度。他做事儿特别认真，凡事儿都追求最好，检修技术一流，自己的工机具用完就清理干净，连工作服上的补丁都特别规整。”

在部队，张师傅修理技术和军事素养都过硬，是一名好兵；在企业，张师傅也是一名好工人。他说：“我是工人，上班来就是干活儿的，不干活儿，干不好活儿，都不是好工人。”久而久之，“张树俭”这个名字被业主、领导所熟知，变成了协力公司的“品牌”，人们认同他源自“漂亮活儿”和“放心活儿”。漂亮活儿的背后是质量，放心活儿的背后是诚信，质量和诚信的背后是干好活儿精益求精的品质。正因为这样突出的贡献，张树俭多次被协力公司评为诚信服务标兵。

他的徒弟是北京市焊接技术能手

虽然张树俭没有获得高级别的技术荣誉，但他把自己的技术倾囊相授，教出来的徒弟个个优秀。他的徒弟成志伟曾是协力公司最年轻的焊接技师，先后两次获得协力公司技能运动会冠军，2011 年获得首钢总公司技能比赛亚军，2012 年获得北京市技能比赛第七名，获得“北京市工业和信息化高级技术能手”称号，直接被授予焊工技师职业资格，2013 年更被公司推荐赴清华大学参加焊接高技能人才深造学习。取得这样的成绩和成志伟的个人努力是分不开的，但师傅张树俭的言传身教在他的学习态度转变和技能水平提升上起到了举足轻重的作用。

成志伟是 2008 年入厂的大学生，毕业于燕山大学焊接专业。上学时主要以理论学习为主，电焊把都没摸过几次，实际操作少。刚入厂时，成志伟认为日常工作太过简单，总想找一些具有挑战性的任务。有一次，在现场处理暖气管漏水时，他焊完一遍还没敲药皮，水就又滴滴答答漏了出来；再焊一遍，结果还是漏水，5 个小时下来，他前后焊了十几遍，焊肉堆得跟小馒头似的，可水还是渗了出来。张树俭看着徒弟急躁的情绪和满头的汗水，接过了焊把，仅用 50 分钟就完成补焊工作，滴水不漏。他对成志伟说：“好枪手都是用子弹‘喂’出来的，好焊工是用焊条‘堆’出来的。要提高技术，勤学苦练是唯一的方法。”

张树俭让这个有悟性的徒弟明白了一个道理：“年轻人切忌眼高手低，凡事看起来容易，做起来却没那么简单。”成志伟看到师傅的技术后意识到了自己的差距，开始从每一个操作要点学起，一有机会就抢着抓起焊把练习。焊接必须“眼手合一”，不仅眼要准，手稳更重要。刚开始练习的时候，成志伟拿起焊把来，心跳就加速，特别紧张，握焊把时整个胳膊都紧绷着，浑身用力，可越用力，手抖得越厉害，焊把就越拿不稳。张树俭对成志伟说：“拿着焊把时胳膊要放松，靠手腕来回摆动焊条。另外，平时要注重手臂力量的练习，多干点体力活，对你有好处。”随后他就给成志伟示范正确的动作，从最基础的操作开始，一边示范一边讲解。他告诉成志伟，最初练习一定要保持正确的姿势并形成习惯，否则纠正起来特别难。平日里，张树俭经常完成别的师傅难以完成的焊接任务，成志伟特别崇拜师傅，也就特别听他的话，练习起来也特别用心。正常焊接的时候容易紧张，他就在焊机没送电的情况下练习。看见成志伟在断电的情况下练习，虽然别人都不理解，但张树俭却知道他的用心，也从徒弟身上看到了自己年轻时候的影子。那时候的张树俭已经快要退休，他一心只想把自己几十年练成的技术留给年轻人。

为了帮助成志伟多加练习，张树俭经常利用一天的工余时间指导徒弟操作，短则半小时，长则两三个小时。加上平时施工时的教学时间，不到半年，成志伟的课时比其他青工多了百余小时。这让成志伟在各种复杂的施工环境中得到了锻炼。有一次，他在焊接时室外温度很低，在不锈钢水管焊接中，工件局部受热，焊缝周围易出现热裂纹。当时，他反复尝试也无法改进。师傅教他使用尽可能小的焊接电流反复焊接，防止焊接熔池过热，减小焊接接头的残余应力，防止了裂纹出现。

就这样，从怎样调节焊接电流，到如何分辨熔池和药皮；从简单的焊接手法到平焊、立焊、仰焊、气割等各种焊接动作，并进一步延伸到如何针对不同的结构件选择不同的焊接规范等，张树俭给成志伟的焊接技术打下了坚实的基础，让他少走了很多弯路。

焊接技术上的进步，让成志伟很快获得了参加协力公司技能运动会的机会。在比赛中，成志伟看到其他两个选手用双手打底焊接，背面成型比自己焊的好，他就试着也用双手焊，结果未能取得理想成绩。张树俭知道了这件事儿，启发他说："操作方法没有绝对的好与坏，关键要看适不适合自己，学技术切忌'邯郸学步'。"成志伟及时进行了调整，坚持采用了自己习惯的单手打底焊接方法。

为了帮助成志伟调整参加比赛时的心态，师傅经常告诫他："在日常工作中，要把每一次的焊接都当作比赛，养成良好的操作习惯。那么，比赛对你来说就是一次普通的施工，只有这样才能发挥出最好水平。"成志伟谨记师傅的话，寒暑易节，他在师傅的教导下认真对待每一次施工、加强练习，一年

张树俭的徒弟成志伟在进行技术比赛

时间完成大大小小的施工任务100多项。这样高强度的练习，使成志伟的技能水平突飞猛进，才有了之后一系列获奖和深造的机会。

从北京学习回来后，成志伟延续了师傅的工作作风，积极参加到技能培训工作中，将好技艺毫无保留地教授给青工。从最初骄傲的大学生，到后来踏实奋进的学徒工，再到获得焊接状元荣誉称号后的技艺传承，成志伟的成功很大程度上源于张树俭的思想启蒙和耳濡目染的教导。

回归田园，不停耕作的人生才快乐

2007年，协力公司评选劳模的时候，张树俭主动找到领导说："我都快退休了，把这个机会留给年轻人吧。"可最终经过逐层评选，大家还是一致推选了张师傅为劳模。

参加工作23年，张树俭从事最多的工作就是回转窑检修。用他的话来说："在回转窑旁边休息的时候，通过窑体转动的声音就能判断回转窑有没有问题、有什么问题。"把青春献给了企业，张树俭无悔；把心思和感情倾注在设备上，张树俭无愧于"修理尖兵"的称号！

2009年退休至今，张树俭也闲不住，他和爱人在农村老家承包了50多亩花生地，播种、施肥、打药、丰收，忙的不亦乐乎。这位干了一辈子修理工作的老工人总是会随处萌生“金点子”，比如打药，别人家一次打一垄，他自己琢磨改造了喷雾器，通过加装喷头，一次可以打两垄，效率提高一倍。

从部队到企业，再从企业到田间地头，这位脚踏实地的劳动者用他一生的心思践行着追求卓越、精雕细镂的匠人精神。

柔肩挑重担　智造“中国芯”

——记首钢矿业公司自动化技术专家刘新民

商鹤群

匠人心语

看似瘦小的臂膀上，挑起的却是责任与担当；恬静内敛的外表下，掩藏着内心的执着与坚韧。多少个不眠之夜，在海量的技术数据前苦思冥想；多少个寒暑昼夜，在采场的征尘滚滚中奔波求证。刘新民说：“对我来说，每一次挑战都是前进的原动力，成功道路无坦途，只有不惧险滩和暗礁，乘风破浪，才能看到别人未曾见过的风景。”

刘新民，现为首钢矿业公司计控检验中心工控软件开发员。连续四届被评为首钢矿业公司自动化专业技术专家。从管理软件编制到工控系统设计，她完成了一项项看似不可能的任务，带领团队攻下一个个难关，直至打破国际技术垄断，自主研制大型矿车电控系统。

她所带领的电动轮电控系统研发团队，曾荣获“北京市青年文明号”、“首钢青年创新团队”、首钢矿业公司“十佳学习创新团队”等荣誉称号。她本人曾荣获首都劳动奖章、首钢劳动模范、首钢“三创”标兵、首钢“三八”红旗手等荣誉。

刘新民获得首钢科学技术一等奖证书

刘新民获得首都劳动奖章

朝乾夕惕，练就硬本领

1991 年，刘新民从北京钢铁学院分院自动化专业毕业进入首钢。入厂伊始，她被分配到首钢矿业公司计算机站，成为一名软件开发员。当时，矿山引进了一批小型计算机，她的主要任务是编制财务、生产、计划等小型管理软件。

可以说，刘新民是较早一批矿业公司信息化建设探索队伍中的一员。1993 年，她被调到刚刚成立的数据处，负责开发公司主业厂矿的“生产日报系统”，该系统是基于原有 EXCEL 表基础上的第二代“生产日报”。在这之前，虽然大家可以通过上传的 EXCEL 表查找一些生产数据，但是存在内容少、上传不及时、数据缺乏代表性等诸多问题。

刘新民负责开发球团厂的生产日报，当时生产流程中有上千个数据，各层级人员关注的焦点不同，需求调研是软件开发最重要的阶段。为此，刘新民几乎每天都围在调度师傅们身边，向他们了解工艺、收集需求，分条梳理、精准开发。半年后，系统开发节点到来，各单位系统同时上线。不巧的是，刘新民所负责的球团厂正赶上检修停产。领导对她说：“其他厂的数据都上来了。新民，现在就看你的了！”年轻的刘新民心里也没谱，当看到其他单位数据上传几天后各种问题层出不穷，她更加担心自己开发的系统能否适用。庆幸的是，三天后，当球团厂新生产日报正式上线后，经过一周的验证，运行非常稳定。刘新民深刻认识到，只有基于强大、准确的数据支撑，才能为软件开发打下坚实的基础。

“生产日报系统”的成功开发，将各主业厂矿的数据做了一次精心梳理，构建了一个强大的数据库，成为矿业公司 2006 年 ERP 系统成功上线的主要数据支持。

1998 年，刘新民接到开发水厂尾矿监控系统的任务，这是她第一次尝试开发工控软件。这个系统是利用工控机内的板卡采集现场数据，从而监测水位，在超出标高后自动开启水泵排水。虽然这只是一个小项目，但看着设备能按自己设计的程序启动、停止，刘新民感到快乐和新奇。如今看来，一个小小的控制程序，更像是对她工作的启蒙。

伴随矿业公司自动化信息化建设的步伐，刘新民也在一次次实践积累中逐渐成长。2001 年，她顺利通过了计算机系统分析高级工程师职称考试。与此同时，一个更大的实践舞台正在她眼前铺展开来。

2002 年，矿业公司决定联合外部科研院校，在水厂铁矿开发矿车自动调度及管理系统。该系统主要采用无线数字通信与全球卫星定位系统相结合的方式，实时采集电铲、矿车的作业状态，减少人为操作，降低无功消耗，达到各种资源合理配置的目的，实现“科学调度”。

为加强开发力量，刘新民被安排参与矿车自动调度系统研发团队，主要负责系统分析、数据采集、用户界面开发等工作。在新的挑战面前，她的工作热情高涨。

“要说最难的，还是信息采集问题。”刘新民回忆当初接手此项工作时感慨道。在信息采集过程中，一个小小的数据错误，都会影响整个调车系统的准确性。比如采集装矿时间时，经常受信息发送提前、滞后等人为操作因素干扰，造成信息采集错误。为此，刘新民和团队成员改进了许多采集方式。比如，他们通过数据自动传输，以司机踩踏刹车动作为准，来判断启停情况，从而掌握装矿时间。

一边是艰难的信息采集工作，一边是对采场生产流程的加紧学习。那一时期，刘新民经常忙碌在采场和办公室，根据掌握的信息进行控制软件编辑、反复试验。有一次，邻居阿姨见了她说：“咦，小刘，最近很忙吧？好长时间不见你嘞！”她不禁莞尔一笑说：“我这也算‘晨兴理荒秽，带月荷锄归’了。”

项目攻坚期间，刘新民几乎每天连续工作十几个小时，在偌大的采场里，她显得那样渺小，却又有一种说不出的刚毅。连常年在采场工作的师傅们都感叹，“不说软件开发，就是在这种环境下摸爬滚打，对一个女人来说实属不易。”回忆起当初的状态，她笑道：“常年在采场工作、调研，看着一线职工兢兢业业、几十年如一日的工作，他们都没有抱怨，我工作的环境不就跟他们一样嘛，有什么困难是挺不过去的！”

“矿车自动调度系统是介于软件编制和工控系统开发之间的项目，通过这个项目的锻炼，使我找到了理论算法和实际操作的接口。在庞大的数据面前，我仿佛获得了一种能力，可以将它们转换成通俗易懂的语言，最终应用于生产实际，这个过程是很奇妙的，每一次挑战都令人兴奋。”最终，刘新民配合团队完成了第一代矿车自动调度系统的研发工作。

矿调系统在水厂铁矿投入运行后，最大限度地发挥了电铲、矿车和破碎站的生产能力，实现了装、运、卸生产过程的动态控制管理和生产资源的优化配置，每年可为水厂铁矿带来经济效益1000万元以上。2004年，该项目获得中国冶金矿山科学技术特等奖。

博采众长，进军工控领域

2004年9月，刘新民调入计控室，成为自动化技术研究所的一名工控软件开发员。用她自己的话说，真正实现了由“文科”到“工科”的转变。

隔行如隔山。刘新民回忆起最初接触工控软件时说道：“工控软件的编制，与计算机软件有所不同，必须熟悉现场工艺流程，而且需要胜任设计原理图、设备选型、跟进安装后调试等各项工作。当时真是发懵啊，对生产工艺流程概念比较模糊，对设备安装技术也是一知半解，只能干一项学一项，而且计算机知识更新很快，还要不断加强专业学习。”

“盈科而后进”。刘新民一步一个脚印，从工控“菜鸟”变成了“学霸”。逐渐进入角色后，她在新岗位上完成了大石河供料和球团一系列配料控制系统两个自动化项目。这两个系统分别采用美国AB和德国西门子的进口控制设备，这就要从头开始学习不同的编程软件，并达到熟练应用。连续两个项目接触下来，刘新民积累了宝贵的经验。

2007年，根据迁钢填平补齐项目建设需要，首钢决定新建360平烧结机，该项目从设计之初就致力于打造成为大型化、自动化、信息化的综合“名优工程”。计控室为此成立了自动控制系统项目组，其中主机、混料、成品系统等主要项目的自控程序编制任务落在了刘新民肩上。

刘新民在烧结360平工作现场

“工艺永远走在所有写法前面。”在软件设计前期，刘新民反复去烧结老厂研究工艺流程，与技术人员进行多次交流，按照实际需求，将信息采集工作锁定在63个自控设备的2500多个点位上。

设备安装与自动化软件设计同步进行，360平项目定于2008年5月正式投产。春节前一天，15面用于自动化控制的PLC柜全部到齐，每个柜子有100多个点位，刘新民开始和同事们模拟现场网络结构，将所有PLC柜进行柜内打点调试。在超负荷的工作中，要保证一个点不能落、精准无误，给团队带来了考验。调试工作就在新年的鞭炮声中紧张度过。

当时，困扰刘新民最大的问题是法国施耐德PLC（可编程控制器）的CPU兼容互联。整个控制系统包含多个厂家的多种设备，控制器与不同品牌之间需要良好沟通“对话”。她开始给各个生产厂家打电话，寻求解决方案。最终，通过新型的第三方模块充当“桥梁”，经过多次模拟现场试验，成功为各个CPU之间找到了“共同语言”。

此外，刘新民利用自己多年从事计算机软件编制工作的经验，在360平系统上实现了数据存储功能，成为工控软件应用的一项技术突破。

2008年5月31日，360平烧结机开始正式下料点火，一次性试车成功。应用在项目中的高智能化自动控制系统，得到了公司领导和用户的极大肯定，这也让刘新民成为当时矿山自动化领域小有名气的专家。

挑战面前，有人把它当困难，却也有人视它为机遇。2008年，矿业公司承揽了唐钢司家营铁矿的矿车自动调度系统项目（简称卡调系统）。此时，因一名团队技术骨干的突然离职，剩余的几名青年成员缺少开发经验，造成研发工作陷入停滞。紧要关头，单位把组织第二代卡调系统中自动调车部分软件升级的重任交到了刘新民手中。

接手唐钢卡调系统开发项目后，领导给予刘新民和团队最大的支持，在矿业宾馆专门开设一间办公室用于封闭研发。刘新民说：“这次参与卡调系统研发，感觉身上的责任又多了一层。因为当时团队里除了我参与过卡调项目，其他三个成员都是年轻人，对采场工艺、卡调系统缺少深入的了解。当时心里就想，一定要带着他们圆满地完成任务，让他们通过这个项目快速成长。”

跟随刘新民学习的团队成员、现已从事十年卡调系统开发工作的邓祖建回忆说："在这之前，我从未接触过卡调系统。刘姐是我师傅，当时主要跟她学习卡调系统中的调度管理系统模块。她从理论到实际都有非常丰富的经验，那时候感觉自己像个一无所知的孩子，而刘姐就像妈妈一样，一点一点带着我、扶着我，从蹒跚学步到砥砺前行，逐渐走进未知的世界并迅速成长。"

信誉和质量是做强品牌的基石。刘新民带领团队成员经过两个月的努力，完成了新一代卡调系统的研发工作。通过改进，提高了系统对不同采区状况的适应性，界面更直观，表述更清晰，自动化程度更高，操作更加方便、灵活，令用户非常满意。

经过不断优化，矿车自动调度系统产品先后入驻国内 10 多个矿山，并走出国门远销赞比亚。目前，第五代产品已投放市场，有 1000 余台（套）设备应用于国内外市场，市场占有率大幅提升。

矢志不渝，自主研制"中国芯"

2008 年，矿业公司确定了大力发展装备制造业的长期战略。为了调整产品结构，掌握核心技术，增强市场竞争力，实现首钢矿车完全自主知识产权，矿业公司决定研发自己的电动轮矿车，指定由计控室负责电控系统的研发任务。

电动轮矿车电控系统分为直流驱动和交流驱动。一般 190 吨以下矿车采用直流驱动，190 吨以上采用交流驱动。刘新民带着返聘到计控室的首钢电气专家窦振印和四名新入厂的高校毕业生，踏上了 170 吨电动轮电控系统的研发之路。

由深秋转入隆冬，飒飒寒风中，刘新民带领团队进入采场，进行第一阶段的调研学习工作。说是调研，其实更像是跟班作业。由于团队成员都没有接触过矿车，甚至没有涉及过矿车电气设计及维修等相关业务，面对纷乱复杂的十几门专业知识，怎样才能尽快掌握、走好第一步，大家心里都没底。刘新民说："当时真是见什么学什么，向司机师傅学操作技术，向现场技术人员学矿车工作原理，向电工师傅学维护技术，收集各种技术资料……”

刚成立的电动轮研发团队

“博观而约取”。3个月后，这个团队交出了一份学习答卷。收集参数90多项、故障案例20多个，同时对故障判断和处理方法进行深入细致的总结。最重要的是，随着学习和了解不断深入，他们收获了研发电控系统的信心。

团队决定首先研发直流电控系统，从最核心的问题，也就是中央处理器入手，自行设计制作软、硬件。1个月的时间，通过采集数据、分析需求，刘新民带领团队完成了全部图纸设计工作，委托专业厂家制作。

电动轮团队封闭式开发阶段（右三为刘新民）

接下来，又经过6个月的努力，刘新民带领团队研制了电阻柜、电气柜、驾驶室电控系统和行车电脑。

刘新民说："设备制作、安装完成后，调试工作是最磨人的。有时候经常发现实际操作未按照设计思路执行，原因有很多种，是自身电控系统故障？是发动机故障？还是其他机械故障？这就需要我们不断理清思路，查出原因。比如计算电阻值的定值，相差0.1，都可能造成刹车不灵敏甚至失灵。"

对此，刘新民的徒弟、团队成员张帅深有感触，他说："记得在水厂铁矿现场进行空载下坡试验时，矿车突然出现了电流过载报警、电制动失灵的情况。只见这个100多吨的'铁家伙'来了个'自由滑行'，尽管司机一脚踩死刹车，却由于车速较快无法停止。关键时刻，自动复位功能发挥了作用，电制动终于将车停了下来！整个过程虽然不过几秒，可大家却吓出一身冷汗。尽管司机师傅们很配合我们的研发工作，但一想到重载时300吨的庞然大物在采区内连续上坡和下坡道路上行驶，一旦发生故障后果不堪设想。所以每次出现这样的技术问题，我们团队成员的心理压力都很大。"

每当这时候，刘新民都会为大家加油鼓劲。一位团队成员在日记里写道："刘姐带着我们，一起享受成功的喜悦，一起承担失败的挫折。她告诉我们不要放弃，不要抱怨辛苦。我们互相尊重，互相爱护，互相帮助，目标只有一个，就是成功！"

公司领导看望刘新民研发团队成员

为了保证汽车安全问题，刘新民带领团队认真研究电控系统的每一个细节和数据。同时自行制作了一个试验平台，在实验室里模拟司机操作，从逻辑控制到励磁调节，一丝不苟地调试，观察控制是否符合车辆行走停止的要求。最后，将刹车失灵原因锁定在复位间隔时间过长上。经过认真修改程序和反复模拟试验，彻底根除了隐患。通过模拟试验，团队先后解决了多项技术难题。

功夫不负有心人。克服重重困难后，刘新民带领团队研发的电动轮电控系统，在水厂铁矿完成空、重载性能试验，进入生产性试验阶段，标志着矿业公司170吨电动轮矿车电控系统研发取得了阶段性进展。

当看到装有“中国芯”的大矿车奔跑在采场，大家欢呼、跳跃、击掌、拥抱！创新的激情、成功的喜悦伴随着众人的欢声笑语，在青山绿水之间飞扬，在蓝天白云之间飘荡……“大过年也没这么热闹过！”两眼眯成一条缝儿的老矿工如是说。

装有“中国芯”的170吨电动轮矿车投入生产

技攀高峰，赢得业界蜚声

自2010年年底开始，刘新民带领团队开始在190吨矿车上攻关电动轮交流电控系统。

作为团队负责人，她非常注重培养团队成员独立思考和处理问题的能力。在遇到关键性问题难以解决时，时常组织大家展开“头脑风暴”，发挥每个人的专业特长，鼓励大家各抒己见，互通有无，合力攻关。团队成员陈静思回忆说：“记得交流系统进行整车重载试验时，出现了运行不平稳的现象。大家逐项进行检查完善后却依旧‘找不到北’。刘姐抓住机会，组织我们一起讨论。当时我提出可能是交流变频系统中功率采集时间长，导致变频器输出电压波动，所以矿车在运行时不平稳的看法。刘姐听后认为很有道理，大家经过认真分析和试验后，验证了我的说法。那次讨论给了我很大的信心，促使我在后面的工作中不断思考、不断进步。”

刘新民（左二）现场指导青工

从设备制造、软件编制到调试完成，前后仅用了 8 个月，在刘新民团队的攻关下，我国首台装有自主研发“中国芯”的交流电传动矿车在水厂铁矿进行重载测试，获得成功。

190 吨交流电控系统矿用自卸车通过重载测试

2011 年 9 月 26 日，首钢水厂铁矿汽运作业区一下子涌进 20 余家新闻媒体，“首钢自主研发交流电传动矿用自卸车成功运行新闻发布会”在矿山召开。作为团队负责人的刘新民，向大家做了项目介绍。与会专家一致表示，首钢交流电控系统矿用自卸车的研制成功，实现了交流电控系统的完全国产化，打破了国外的技术封锁和垄断，填补了我国该技术领域的空白。它使首钢成为继美国卡特彼勒、GE 和德国西门子之后，全球第四家掌握大型矿车交流电控技术的企业。

发布会现场

说到装载“中国芯”电控系统的矿车运行情况与使用性能，时任水厂铁矿主管设备领导打开了话匣子：“矿车在采场显示出动力充沛、爬坡能力强、安全性能可靠等多项优势。节能效果也十分明显，柴油单耗指标降低 27.9 千克/万吨千米。重载整车设备完好率达到 94.78%。”

原冶金工业部政策研究室副主任董贻正深感震撼地说：“领头人刘新民之前虽然承担过诸如计算机管理软件、矿用车调度软件以及工厂自动化流程控制等开发工作，但从未涉足矿车电气设计及维修等相关业务。居然无所畏惧地挑起这副重担，历尽艰难，终于取得了成功。”

刘新民与董贻正交流

后来，刘新民带领团队又对电控系统进行完善升级，并对其他吨位的电动轮矿车电控系统进行研发，形成了150吨、170吨、190吨级系列产品，实现了批量生产。

目前，首钢矿业公司自主研发的240吨交流电传动矿用自卸车已经在首钢水厂铁矿投入试运行。

240吨交流电传动矿用自卸车研制成功

回首过往，刘新民感慨地说："我是幸运的，得到过许多人的帮助，不仅有同行的老师、同事，更有生产一线的师傅们。更要感激企业，搭建了良好的技术创新平台。相信年轻同志们在这样的环境中成长，将是他们人生中最宝贵的财富。"

20余载扎根矿山，俯首研发工控技术，刘新民常怀感恩之心，带出了一支作风和技术过硬的高科技专业团队。业绩非凡，固守平淡安然；柔肩瘦弱，偏能力扛重担。刘新民将一腔热血付诸矿山自动化事业，独孕匠心，智造出"中国芯"！

第六辑　志趣非凡

——痴迷热爱　心思纯净

同行方十载　赤心聚磁团

——记国家科技进步一等奖、北京市“五一”劳动奖章获得者孙芳柳

任淑娟

匠人心语

“男儿不展风云志，空负天生八尺躯”。因带学生到矿山实习的机缘，孙芳柳便做出从繁华都市的高校讲台来到偏居一隅的“百里矿区”搞技术的决定。在矿山的十年时间里，他潜心研究，留下了磁滑轮干选和磁团聚两项前沿选矿技术。他将生命的最后一刻献给了磁团聚，国家科技进步一等奖和北京市“五一”劳动奖章是对他无声的祭奠。他在有限的生命中奋力起舞，向世人证明了“一腔热血勤珍重，洒去犹能化碧涛”。

孙芳柳，1935年7月出生在山东省武城县，1959年考入沈阳东北工学院（现东北大学），1960年入党，1964年毕业后留校任教。1977年离开沈阳市，来到首钢矿山技术处试验室工作，曾任矿山公司技术处试验室副主任、选矿工艺工程师。多次被评为首钢公司双文明先进职工、优秀共产党员。北京市“五一”劳动奖章获得者。1987年4月不幸病逝。

寥寥几行字，就粗粗勾勒出孙芳柳一生的足迹。而在他和矿山这十年深深浅浅的缘分里，留下了他对矿山选矿技术的孜孜以求，留下了获得国家科技进步一等奖的磁团聚，留下了他对矿山深沉的爱……

他的心愿是来矿山

那一天，我不得已上路，为不安分的心，为自尊的生存，为自我的证明。在路上，是我生命的远行，只为温暖我的人……

——《在路上》

1976年初冬，刚下过一场小雪。

“我学的是选矿工程，我的事业在矿山，我要到那儿去工作。”

“你疯了？你教了12年的书，好端端的去那儿干啥？你都40多了，上有老下有小的，咋还想起一出是一出呢。人都往高处走，你呢？这里是沈阳，滨河村是哪儿，鸟不拉屎的地方，我听都没听说过……”

寂静的夜晚被这突如其来的争执声打破。为了做通爱人的工作，这样的争执已经不止一次了。推开家门，孙芳柳走了出来。

夜空在白茫茫的大地衬托下更加深邃幽蓝，显得宁静而孤独。路灯把身影拉长，矿山则像一个巨大的磁场，将孙芳柳深深的吸引。

思绪回到了1976年初夏。

彼时，首钢矿山公司拥有了大石河和水厂南北两个矿区，实现了首钢全部矿石自给。近两万名干部职工自己动手丰衣足食，建立了完善的生活配套体系。首钢矿山，是大家眼中“有山有树有平原，有草有木有良田，有沙有石有矿源，有吃有住有演员”的“桃花源”。

恰在此时，孙芳柳带着自己的一批学生到首钢矿山实习。无论是忙碌有序的、充斥着汗水与激情的生产现场，还是轻松生动的、充满神采与气息的文化生活，每一处空间、每一个时刻，都让孙芳柳这个常年活动在三尺讲台的“文化人”感受到矿山独特的魅力。那一刻，他的内心有个声音在呐喊，“我是属于这里的!”

见一落叶，知岁之将暮；睹瓶中之冰，知天下之寒。半年后，实习期结束，孙芳柳的内心已经十分笃定。“大打矿山之仗”的首钢矿山需要他。学以致用报效祖国的信念召唤着他。“我要到矿山去!”

从繁华的都市沈阳到偏居一隅的小山村，从颇有成绩的高校任课老师到从零开始，先不说孙芳柳自己做了多少心理建设，单单是说服妻子也不是一件易事。孙芳柳用了近半年的软磨硬泡才最终让妻子和对他充满期待的校领导同意他到矿山来。

梦想，是一场高烧，疯狂的燃烧，才不辜负心跳。孙芳柳终于如愿以偿了。1977 年 5 月，这位新中国培养的知识分子，怀着报效祖国、建设矿山的热切愿望，来到了这块他将要纵横驰骋的新天地。

当时，矿山正处于震后重建、恢复生产的阶段。孙芳柳一家四口挤住在一间没有门的 15 平方米的“防震”棚内。此时的他热血沸腾，准备撸起袖子大干一场，生活上的困难根本不放在心上。他找来一块草帘子挂上，权且当作门来挡风遮雨。到矿山的第二天，家还未安顿好，他就迫切要求上班了。

牛刀小试显身手

每一次不顾一切，我义无反顾地勇往直前，在这并不完美的世界，在最美的瞬间，让我尽情拥抱信念……

——《勇往直前》

1973 年 10 月，原冶金工业部矿山司在首钢矿山召开了冶金矿山精矿质量工作会。此后一段时期内，矿山公司成为冶金矿山选矿系统推广精料方针的领头雁。“6582”目标（精矿品位达到65%，金属回收率达到82%）成为公司技术攻关的重点。

“‘宁可台时压下去20%，也要把品位打上去’。先是改进磁选工艺流程，把三次脱水改成三次磁选，又改为双筒磁选，把精矿粉中分离的单体脉石选干净。再是大打‘细筛再磨工艺’仗，那时候，采场日趋采剥失调，我们利用这个时机，进一步缩小细筛筛孔，压缩台时走细磨的路。同时，为了解决提高精矿粉品位与提高产量、降低消耗之间的矛盾，推广全逆流磁选机和一次球磨磨矿自动控制。”时任矿山公司经理丁书慎发起了工艺上的变革。

作为一名选矿专业出身的“新员工”，公司很是看好孙芳柳的科班功底，他被安排到技术处从事选矿技术管理和科研两化工作。新的岗位，新的开始，孙芳柳意气风发，感觉到矿山选矿广阔天地，自己一定会大有作为。

他在一年的时间里，先后参与了细筛强化、磁选流程改造和推广全逆流磁选机三道技术难关，精矿品位最高达到67.71%，创造了全国最高纪录，超出了当时美国的先进矿山恩派尔矿66.5%的水平，精矿质量进入了世界先进行列。仅品位提高这一项，就可使炼铁高炉全年节焦11万吨。“细筛再磨工艺”被冶金工业部列为1978~1980年新技术推广项目。

1979年6月，孙芳柳开始独挑大梁，承担了矿山公司研制磁滑轮干选机、提高球磨机台时处理能力的科研任务。

当时，为提高磨矿品位，降低选矿成本，大石河铁矿提出将矿石开采过程中混入的部分岩石在进入球磨机之前去掉的思路。时任大石河铁矿地测科科长肖广生提出上一套甩尾设备、把磁性低的岩石和低质矿石甩出，以提高入磨质量的思路。公司决定进行试验。孙芳柳要在半年内拿出工业性试验的结果。

第一次独挑大梁的孙芳柳犯了难，手头上一无图纸、二无相关技术资料。在东北工学院时他带学生搞毕业设计、下厂矿实习，那毕竟要么是书本上的套路，要么是浅尝辄止，这回可要动真格的了！

来矿山两年，孙芳柳第一次感到了焦灼。“研制一套磁滑轮设备要十多万元资金呢，万一搞不成了，给单位造成这么大损失可不行。”孙芳柳多次回到东北工学院向老师们请教，并到一些相关的部门考察。

盛夏，整个矿山像烧透了的砖窑，让人喘不过气来。研制中，为测定各种不同块度、不同品位矿石的某些数据，孙芳柳顶着火辣辣的太阳，踏着灼人的山路，在采点的矿石堆里精心挑选，先后背回了五百多公斤矿石。一趟又一趟，汗水不知流了多少。

白天捡矿石、组织试验，晚上回到家，他又开始伏案搞设计、查资料。妻子一觉醒来，他桌上的灯还亮着。“快睡吧，都半夜了。”孙芳柳嘴里应着，却没动窝。妻子又一次醒来时，天已拂晓，他仍在伏案工作。他究竟工作了多长时间，只有那些成摞的图纸、数不清的数据可以作证。

对于孙芳柳来说，那段时间，白天、黑夜、星期天都只有一个概念——研制磁滑轮干选。就连吃饭的时候，他还在写着、画着、算着，一手拿个馒头，一手握着笔，专注到常常用手中的笔去夹菜。

当时，公司的试验条件很简陋，缺少试验仪器，凡是能做的，孙芳柳都自己动手做，解决了试验的急需。为确定磁滑轮设计的最佳参数，得到第一手资料，他常常钻进破碎皮带机下面实地测量，出来时一身土、满头灰。

1979 年底，孙芳柳和同事根据外单位的经验，结合矿山的矿石特点，全部完成了磁滑轮工艺从图纸设计到设备制造、半工业性试验和工业性的试验，新工艺在矿山获得成功。研制出的 ϕ800mm×1200mm 高磁场永磁滑轮，获得甩尾产率在 8%~11%，尾矿品位 7%~8%，提高原矿品位 1.5%~2%，磁性铁回收率在 97%~98%的理想指标。

1980 年，磁滑轮干选新工艺在大石河铁矿和水厂铁矿两个选矿厂全面推广，入磨原矿品位约提高 1.5%~2%，使得进入二次磨矿分级作业的一次磁选精矿量提高了 10%左右。矿山每年因此可收到经济效益 200 万元。

据当时参与设计安装的葛锡林（曾任大石河铁矿技术科科长）回忆：“为了保证资源不必要的浪费，甩一下，把不需要破碎的、不需要磨矿的那一部分拿掉，甩的标准不能高于选厂最后的尾矿含铁量 6.5%。原来鞍山院设计选矿时这一环节是没有的，这完全是公司自己设计添加的。即在皮带头安装一

技术人员正在进行磁滑轮试验

个磁滑轮，再对工艺流程进行一些改良，在这里回收再选一次，最后出来的入磨原矿品位从25%提升到了27%。”

孙芳柳的同事金岩（曾任矿山公司革委会副主任）回忆起这段时光，说道：“细筛、磁滑轮等技术改造都是走在国内前列的。当时外面对矿山有个提法，叫‘两个工程师换你们一个工人’。搞磁滑轮干选试验时，我们一无图纸，二无资料，大家都一筹莫展。多亏了芳柳一次次跑回东北工学院向老师请教。当时，他的家庭收入不高，出差给他家经济上带来一定困难，可他从不计较个人得失。”

时任水厂铁矿矿长助理杨敷尊（后任矿业公司总工室主任），在研制和推广应用磁滑轮干选新工艺时和孙芳柳有过合作。他说：“芳柳虽说是学选矿工艺的，主持磁滑轮的设计和研制仍然会遇到许多困难。但他以特有的认真和勤奋，努力钻研机械设计、磁学等有关专业知识，解决了磁系设计和磁系加工工艺上的道道难题。他亲自跑材料，联系解决铈钴铜磁块；又亲自动手黏结磁系，进行磁系性能测试，获得第一手材料。最后又亲自到现场参与磁滑轮的安装和调试。可以说，研制成功磁滑轮干选机，孙芳柳功居首位。”

伎工于习，事成于勉。从“三尺讲台”到“百里矿区”，从手执教鞭、书生意气，到走进工厂、挥斥方遒，孙芳柳用他的勤学苦练、专注坚持，出色地完成了磁滑轮干选试验，实现了职场转型后的第一次华丽亮相。

磁团聚一举成名

向着勇敢出发，青春是倔强的步伐，旅程的意义在于战胜自己，不咬紧牙关如何能坚持到底。向着光明出发，跌倒是奔跑的代价，无数次爬起泥泞中前行，用伤痛去超越这平凡的生命……

——《向黎明出发》

20世纪70年代末80年代初，围绕提高铁精矿品位、金属回收率、球磨机台时效率这3个关键问题，公司大搞技术革新。原矿品位、精矿品位、尾矿品位和金属回收率进入到国内先进的行列。特别是1979年9月8日，在全国第二次质量月电视广播大会上，李先念副总理还亲手将“矿山铁精矿”全国优质产品金质奖章颁发给矿山公司，这是首钢乃至冶金行业获得的第一块质量金牌，也是建矿以来国家授给矿山的最高荣誉。

光环的背后，是坚守梦想的打拼与奋斗！矿山公司持续发力，提出“确保精矿粉品位在68.5%以上，稳定率达到75%以上”的目标，从技术革新和技术改造入手，进一步挖掘潜力，提高经济效益。

“实施了磁滑轮干选后，生产量、特别是循环负荷的增加，使得二次球磨机生产能力紧张，生产中时常‘涨肚’跑矿，影响到一次球磨机台时产量下降。因此，如何使旋流器沉砂和细筛筛上物中已达到单体解离的矿粒不再大量地进入二次球磨机，提高系统的生产能力，就成为当时增产的首要问题。”当时参与过磁团聚设计的首钢设计院选矿工程师王新华回忆。

此时，一项技术创新进入大家的视线。

“当年我说过‘宁可台时压下去20%，也要把品位打上去’。我离开矿山了，总觉得对不起矿山，总不能欠账不还吧。就琢磨着怎么把选矿效率再打上去，经常召集一些了解矿山的人一起坐坐，让大家出出主意。一次，我们听说了地科院峨眉山矿物原料研究所做了一个磁力和重力联合原理的磁介质小型试验装置的信息，觉得很有可能用于磁铁矿的选矿工艺流程中。”丁书慎（曾任迁安铁矿工程师、矿山公司经理、首钢副总工程师）回忆。

张集广，当时是首钢设计院矿山工程设计总负责人，因建矿之初就参与了矿山的设计，对矿山十分了解，是丁书慎经常召集的人之一。据他回忆，“得知消息后，丁书慎带着我和两个工程师前往考察。该项目是一个直径约300mm左右塑料透明的小型实验装置，并未做过工业试验。而且这家研究所觉得此项试验没什么开发前景，早已停了，设备都拆了。丁老就做他们的工作，恳请让我们见识见识。所方答应用两天半的时间把小型试验装置恢复起来，为我们表演一下。”

在招待所等待所方恢复装置期间，丁书慎等人设想了在选矿工艺流程中可能应用的几种方案，趴在床上画图纸，边分析边讨论，直到深夜。观看了磁团聚装置的工作演示回京后，丁书慎又召集相关人员开了两三次讨论会，并决定在矿山开展半工业性试验，取得结果后再进行工业性试验。

磁团聚项目被列为公司1984年重点科研项目。此时，已经是技术处试验室副主任的孙芳柳再一次接受了磁团聚重选新工艺的工业性试验及推广的科研任务。

自此，孙芳柳卧室的灯光又开始彻夜不息。

这是一项在不增加选矿系列、保持精矿质量的前提下又要大幅度增产精矿粉的重大技术改造攻关项目，人们心里没底，信心不足，众说不一。孙芳柳与试验小组的技术人员顶着困难上，担着失败的风险，咬着牙关干下去。

多少个日夜，孙芳柳在水厂、在办公室、在家里，心无旁骛地做试验准备，设计着应用于生产的新工艺流程配置、改造的图纸。一组组工艺参数在他那盏不熄的台灯下流动着，一沓沓草图在他工作的案头一点点长高。

在孙芳柳和首钢设计院同志的共同努力下，《ϕ2500磁团聚重选机》设计完成，具有容积大、切线进矿、分矿管布矿、铁精矿粉桶内磁化后靠自重下沉，下沉到底部锥口排出的特点。另在磁精矿粉下沉过程中，不断受到桶内上升水流的冲洗，其中夹杂的非磁性脉石随水上升，在溢流沿排出桶外，满足了精选和流量的双要求。

有了图纸，很快机动厂的工人师傅们制作出了一台样机。

孙芳柳（左二）等人研究磁团聚

1985年4月，他们开始在水厂铁矿选矿的九系列进行第一台单机工业性试验。单机安装、调试、试验考察、流程配置、设计、改造，所有的可行性数据都要在试验中拿出来。

偏偏在这个时候，9岁的儿子病了，无法上学。孙芳柳爱人在北京不能回家照顾孩子。孩子需要照料，试验也正在节骨眼儿上，两头都需要他。

孙芳柳默默地承担起这一切。清晨5点，他送孩子去医院打针，再把孩子送回家。然后，急急忙忙奔向小火车站赶往水厂铁矿。到了试验现场，和工人们一块安装调试、测量数据……中午，他又搭车30多公里赶回家中，急急忙忙给病中的孩子生火做饭。把孩子收拾妥当后，他就拿饭盒装上自己的饭急忙上路了。在去水厂的小火车上三口两口吃完已经凉得差不多的午饭。就这样，孙芳柳整整坚持了两个月。一头是孩子，一头是工作，他一个都舍不得不管。

这是一场关系到矿山增产100万吨精矿粉的技术改造硬仗。水厂铁矿还专门成立了由时任副矿长谢友伍担任临时支部书记的42人磁团聚工程攻关队。水厂铁矿抽调了130多名安装工人进行改造任务。

“真是争分夺秒，时间就是精矿粉。那时候我们每天工作都在12小时以上。为了抢时间，大家饭都顾不得吃，送到现场的午饭能一直放到下午三四点去。实在饿不行了，大伙儿才三口并两口的吃完，转身继续投入战斗。”当时一位参战人员说。

安装现场如火如荼。试验也随即跟上。“效果怎样要经过测试，测也不是测一回就行了，要连续测。磁系怎么摆合适？水流给多大合适？能够控制多少合适？这每时每刻都需要进行取样化验，最后找出最佳值。”杨敷尊回忆。

磁团聚安装现场

可这时，试验倒班人手不够。孙芳柳就主动和工人一起倒班，白天照样在现场。操劳中，他开始吃不下饭，经常感到疲惫和发烧。他没放在心上，一个水杯，一包白糖成了随身必备，支持不住时就喝一杯糖水顶过去。同事看到他日渐消瘦，提出来替换他。但他说：“水厂的情况我都熟了，还是我跑的好。”

在孙芳柳和其他工程技术人员的呕心奋战下，9 系列单机工业性试验顺利完成。试验证明，磁团聚重选新工艺分选原理与原选别方法相比，具有分选精度高、精矿中机械夹杂物少的优点，可在放粗磨矿粒度的条件下，获得合格的精矿。特别是对不均匀嵌布的磁铁矿石，在保证精矿品位和金属回收率的前提下，可以大幅度提高精矿产量。采用磁团聚新工艺后，矿山公司两个选矿厂球磨机台时处理能力提高了 15%~17%。

矿山公司决定，采用 ϕ2500 磁团聚重选机作为公司选矿厂解决二次球磨机产品分级效率低、循环负荷量大的问题，并在设备利用的基础上，对整个选矿厂进行改造，使在保持精矿品位 68.5%的条件下，提高铁精矿产量。

时任首钢公司党委书记周冠五等领导一行到矿山现场办公时，曾详细查看了磁团聚单机试验的情况。他说："磁团聚重选能打多少？10%就能增利1600万，而投入花不了800万。退一步讲，一年肯定收回来了。这个东西是新的，上来后不会马上达到最高水平，高炉都多少年了，还在继续改造呢。总而言之，要抓住，下决心，要把磁聚机项目列为重中之重。"随后，首钢做出了"全面改造，迅速在生产上推广应用这一新工艺"的决策，要求矿山"跑步快上"。

周冠五（左二）到大石河主厂房生产线视察，时任
大石河铁矿矿长助理彭望通（左一）陪同

这之后，矿山公司提出"完善配套，加强管理，精心操作，稳步提高"的方针，从1985年6月开始，水厂和大石河全面推广磁团聚新工艺。到12月中旬，全公司22个选矿系列全部完成改造，实现了当年试验、当年改造、当年建成投产、当年见成效。在主要工艺设备（破碎机、球磨机）未增加、精矿品位与金属回收率持平的情况下，球磨机台时能力提高16%~20%，选矿能力提高18%~20%，年增产铁精矿粉70万~80万吨。此项技术工程共投资786.97万元，而1986年因推广磁团聚净增产铁精矿78.86万吨，折合2572万元。据测算，实施改造后每年的效益达到2000万元以上。

1985年，全公司精矿产量由1984年的400万吨提高到420万吨，精矿品位、球磨作业率等10项技术指标夺全国冠军，采选30项可比经济技术指标中27项超历史最好水平。

安装磁团聚重选工艺的大石河选矿主厂

安装在水厂铁矿的磁聚机

1986年10月，在第二届全国发明博览会上，“磁团聚重选法及其分选机”获中国发明协会金质奖牌和地质矿产部特设的奖杯，这是当时冶金企业中唯一的金牌。

冶金工业部、地质矿产部“磁团聚重选新工艺”专利技术推广会

涓流积至沧溟水，拳石崇成泰华岑。一枚小小的奖牌，凝结着一个普通选矿工程师700多个日日夜夜的付出与奋斗，凝结着一个知识分子渴望用知

识报效矿山的心愿。听到获得金牌的消息后，孙芳柳这个在困难面前从不低头的山东汉子哭了。

迟到的“五一”劳动奖章

我看到心中最初的向往，永远都一样那么的滚烫，面向远方微笑一切如常，继续走向那曾经我以为到不了的地方……

——《没有到不了的地方》

1986 年 9 月的一天，孙芳柳无意中摸到肝部有个硬块。同一个办公室的同事知道后劝他去医院，他不肯。他说：“磁团聚重选新工艺要总结鉴定，还要申请专利。没人比我更清楚了，都需要我来总结呢，哪有时间跑医院。没啥事儿!”有段时间，他连续几天发烧 39 度多，但还是没吭声，仍多次出差北京、四川等地为磁团聚鉴定会做准备。

1987 年春节前夕，孙芳柳早已瘦弱的身体，只剩下皮包骨头了。经大家一再催促，他才去了医院。化验结果显示——“肝癌晚期。”同事们都惊呆了，瞒着不让他知道，动员他到北京医治。他还跟同事们说，“等写完了申请专利的材料再去吧。”

农历大年初一早七点半，孙芳柳一如既往地来到班上，铺开纸张和材料，开始总结。写着写着，肝脏又开始疼了。一阵阵疼痛让他大汗淋漓，浸湿了衬衣，浸湿了稿纸，纸面上的文字也越来越扭曲。

意识到自己的病情之严重，中午回到家，孙芳柳把女儿、儿子叫到身边，嘱托他们：“以后要多为妈妈分担家务，别累着妈妈。”孩子们点头答应了，他们哪里知道爸爸的心思。

下午，孙芳柳竟然又去上班了。晚上八点，申请专利的材料终于成稿了。正月初六一上班，他把材料交给领导，才决定去北京看病。临行前，他笑着对同事们说：“我病好了就马上回来，还有好多工作没做完呢。”

住院期间，肝脏常常痛得他整夜睡不着觉。为了照顾他，同事们轮流到北京去陪他。为了不让大家看到难过，大多时候他和同事都有说有笑。公司领导看望他时，问他对组织上有什么要求。他摇摇头回答道："没有。都挺好的。"

在此期间，以磁团聚为理论基础的分选设备引起了我国磁铁矿分选领域一次大规模的工艺变革，很快在全国得到了推广应用。据资料记载，河北宽城县北大岭铁矿引入磁团聚后，使濒临倒闭的企业起死回生。承德市特地召开现场会，在全市推广矿山的磁团聚重选新工艺。时任承德市副市长高金生说："磁团聚工艺及设备在北大岭铁矿应用后，生产能力提高37.5%，每年可多创利200万元，年可降消耗400万元。如果在全市100多个铁矿都采用这一新工艺，经济效益和社会效益更加巨大。首钢矿山公司为承德办了一件大好事。"之后，磁团聚新工艺广泛应用于国内同行，推动了行业的技术进步。

1987年4月15~18日，冶金工业部在矿山公司召开矿山技术改造经验交流会。会议的主题就是加速选厂的技术改造，管好、用好、维护好露天矿大型设备的经验，促进矿山挖潜改造。时任冶金工业部副部长徐大铨做了"认真学习首钢矿山经验，搞好矿山技术改造"的报告。报告指出："首钢矿山采用新工艺、新技术、新设备对选矿以及采、运、修方面进行了一系列改造，水厂、大石河两个选厂采用了包括破碎、磨矿、磁滑轮抛废石、磁团聚重选等工艺改进，使两个厂的原矿处理能力提高18%，花钱少，速度快，效果好。"

冶金工业部矿山技术改造经验交流会会场

而此时，孙芳柳已是弥留之际。试验厂的工人杨风田借去密云铁矿帮助安装磁聚机的机会，到医院看望他。孙芳柳用微弱的声音断断续续地问："磁团聚……还有……啥问题……没有?"小杨心中一热，泪水止不住涌流出来。"病到这地步了，他的心思还在想着工作，想着磁团聚……"

1987年4月21日，孙芳柳生命的旅程走到了尽头。就在他病逝的第二天，一个北京市"五一"劳动奖章的证书送到了他的灵前。同年，他被北京市经委总工会和共青团市委联合评选为北京市技术革新积极分子。

1987年7月，磁团聚新工艺获国家科技进步一等奖，这是建矿史上获得的科技类表彰最高荣誉。同时，以磁团聚为理论基础的分选设备引起了我国磁铁矿分选领域一次大规模的工艺变革，很快在全国得到了推广应用。相信，这是对孙芳柳最好的告慰。

国家科技进步一等奖证书

由于进行了磁团聚重选新工艺的技术改造，再加上对厂房中的检修跨进行改造增加了球磨系列，到1988年，公司年选矿生产能力达到1826万吨，最高年精矿粉产量达到560万吨。矿山公司精矿粉品位、选矿全员劳动生产率、生产工效等多项指标继续居国内领先。

1989年8月，"磁团聚重选分选机"专利（ZL85103457.8）被评为"中国专利发明创造奖"。1989年12月，"磁团聚重选分选机"研究获联合国知识产权组织、中国专利局颁发的中国专利发明创造金奖。

中国发明创造专利金奖证书

曾任矿山公司总工程师的张其富回忆："作为选矿来说，有几个大的改造，功不可没——细筛、磁滑轮、大容量磁选机，再到后来的磁团聚。矿山才能够实现产量、品位、回收率三提高。"这几大功不可没的改造中，每一项都离不开孙芳柳。

时任磁选车间党支部书记的彭望通（曾任大石河铁矿矿长、党委书记，矿业公司党委书记）对于磁团聚改造也印象相当深刻，"80年代初，选矿上了细筛后，精矿品位就达到了68%以上。但是，为了再多给首钢做贡献，继续深挖潜力保持后续的品位稳定才开展的磁团聚，这对于选矿来说是一次革命性的技术改造。投入生产使用后，在质量不受影响的情况下，产量提升了15%~20%。"

他的同事这样评价他：

"芳柳是只知奉献，不知索取的人，生活上是克勤克俭的。他家境贫苦，工作后虽然经济条件有所转变，但他多年在生活上从没有过高的要求。十年来，在完成磁滑轮和磁团聚等重点科研项目上，他不顾带病虚弱的身体，顽强地战斗在生产科研第一线，披星戴月，不知疲倦……”

“他不怕苦，不怕累，一心为工作的精神是很令人钦佩的。肝病到了晚期仍坚持值班，并忍着病痛为冶金矿山会议写了最后一份技术材料……”

“在试验研究和大规模推广应用磁团聚重选新工艺长达一年多时间里，芳柳早出晚归，每天至少工作十多小时，实验需要他还‘打连班’。”

“芳柳踏踏实实不怕困难，一心讲奉献的精神，为人忠厚的品格，使人至今难以忘怀。”

……

一见钟情，十载衷心。孙芳柳用他短暂一生中的十载光阴，在矿山选矿技术创新的征途中写下浓墨重彩的一笔。他告诉我们，只要开始，永远都不晚；只要用心，就一定能走很远。

尘世浮华，历经世间万般形态，许多人都快忘了最初的最初。如果有一天，时钟上的分分秒秒倒着转，流去的河水倒着流，年轻的朋友们，就请我们快快背起学习和实干的行囊，脚踏实地、仰望星空，陪着光阴赶路，赶路……

矿石“相师”冯宗相

刘志成

匠人心语

四十寒暑苦磨剑，日积月累终成峰。“我20岁进矿山，跟矿石打了一辈子交道。”冯宗相的一手绝活就在于，肉眼识别矿石品位仅与化验值偏差百分之零点几。任何一项技能的提升都不是一朝一夕的功夫，走过了一山又一沟，采场的每一个角落都留下了他坚实的脚印，每一条道路都深深地刻在他的脑海中，对矿石属性、分布的熟知，使他成为大石河铁矿的“矿石活地图”。

冯宗相，原首钢矿业公司大石河铁矿生产科职工，1958 年参加工作到矿山。30 余载，他扎根一线，辗转大石河铁矿大采、二马、裴庄等多个采点，“精于矿石配比，严于人员管理，细于生产组织，实于计划执行”是人们对他职业生涯的总结。虽然只有小学文化，他却凭着执着的精神、认真的态度、扎实的工作，最终成为采矿工程师，并多次获得矿业公司先进职工、立功标兵等荣誉称号。

火眼金睛是这样炼成的

走进冯宗相的家，笔者特意拿了一块经过化验的原矿石请他鉴别。

“冯老，您看看这块矿石品位能到多少？”

冯宗相接过矿石在手里掂量了一下，又顺势举起来映在阳光下看了看说：“25”。

冯宗相辨别矿石的眼光果然如外人所传的那样又快又准，这块矿石化验品位为 25.3%，也就是说他的肉眼辨识度与化验偏差仅为 0.3%。

惊叹之余，笔者手拿相机定格下了这满怀深情的一幕：落日余晖下，这位历经沧桑的老人带着陪伴他多年的花镜，右手高擎矿石，仿佛鉴宝师一般细致入微地观察着他打了一辈子交道的矿石。

冯宗相的家乡在河北省唐山市滦南县宋道口镇苏各庄村。1958 年，石钢公司筹备滦县铁矿，冯宗相通过招工入厂。入厂后，他被安排到鞍钢东鞍山铁矿接受穿孔机工种培训学习。当时，矿山使用的穿孔机是仿苏联制造的，属于比较先进的设备。从接触穿孔机开始，冯宗相就对黑黑的矿石有了浓厚的兴趣。冯宗相回忆说：“我当时就是好奇，为啥只有这种石头能炼成铁，又成了钢？”基于这种好奇，冯宗相在学习穿孔机操作之余，开始留意、琢磨起矿石的门道来。

1960 年 9 月，迁滦铁矿的第一个采点——大石河采区投产，生产方式为穿孔爆破—电铲采掘—火车运输。每次穿孔、爆破结束后，冯宗相都会跑到现场，随手捡起一块矿石翻来覆去的端详。一碰到地质技术员，他就拿着手里的矿石凑过去问人家："这块矿石质量怎么样？看着颜色挺正啊！""颜色正不一定就是好矿石，有的岩石成分上是辉石类矿物，颜色和磁铁矿看起来几乎没有差别。"技术员的一番专业术语更激起了冯宗相对矿石的兴趣。

知识不够，勤奋来凑。自此之后，冯宗相的兜里总是装着两块石头，一块是高品位矿石，一块是颜色相近的岩石。一有时间他就把这两块石头拿出来进行对比，没过多久就悟出了其中的奥妙：矿石和岩石在成分结晶上有很大的区别，而且同体积下重量也不一样。再往后，由于采矿生产不断深入，冯宗相更多地接触到了矿石的一手资料，他也经常刻意训练自己对矿石质量的辨识能力。每次爆破后，他都会到现场去看看，心里对矿石品位做个估算并把矿石的分布情况整理到笔记本上，等取样结果出来再对比一下。起初他估计的误差也很大，但经过不断修正和知识积累，误差越来越小了，他辨别矿石的"火眼金睛"也就慢慢练成了。

曾任大石河铁矿总工程师的陈伯衡说："老冯是矿山 1958 年招工入厂的工人中较为出色的，他只有小学文化，但是特别勤学好问，干什么事儿都比平常人多留心、多留意，细心揣摩里面的窍门儿。我是地质专业出身，我们在一起工作时，他经常缠着我让我给他讲矿石性质、质量等。时间长了，他看矿石的眼光也就越来越准，最后没几个人能超过他。"

"现场清楚心里才踏实"

1966 年，冯宗相被调到大石河采矿车间联合办公组，主要负责生产组织工作。这让冯宗相有了从更高层面接触生产现场、学习生产组织的机会。专业基础虽然差，但磨灭不了一个人强烈的求知心。"那时候刚到联合办公组，我就憋着一股子劲，想好好的干点名堂出来。但是采矿生产里面，每个活儿技术性都挺强，不是凭着一身力气就能干好的，都需要认真去学。不光是矿石质量，其他的穿孔、爆破、采装工序都要接触，这样才能把活儿干好。"冯宗相如是说。

很快，凭借着认真、扎实、谦虚、好学的精神，冯宗相掌握了爆破、采装、运输等采矿生产组织的工作技巧，对电铲、推土机等相关设备的操作，也有了大致的了解。“他对采矿那可是精得很啊，不管是哪个环节，没有他不明白的。工作中要是有谁想在他面前蒙混过去，连门都没有！”曾任大石河铁矿地测科科长的王金山这样评价冯宗相。

由于工作中的出色表现，1972 年冯宗相被调到大石河铁矿二马车间担任生产副主任职务。职位越高，责任越大。为了搞好车间的生产工作，冯宗相颇有些“拼命三郎”的架势。

女儿回忆起工作时的父亲说：“小时候，我们几个孩子一天到晚根本见不到父亲，早起我们睡醒的时候父亲早就走了，晚上我们睡着的时候他还没有回来。”

每天早晨 5 点钟，冯宗相就会赶到车间，到山上看看夜班的生产计划落没落实，看看山上设备的运转情况。遇到生产紧张的时候，他在调度室一盯就是一宿，山上有什么情况，他都第一时间赶到现场协调解决。车间人手不够了，他就跑到料台去指挥大车翻卸。“那时候的工作虽然累，但是跟我们在建矿时候搞‘三通’比可差远了，开山修路我们都没问题，那点累更算不了啥！我虽然是车间领导，但是不上山在屋里坐着，老感觉心里不踏实，到山上转转对工人也是个督促和鼓励。”冯宗相这样回忆自己在二马车间工作的那段岁月。

大石河二马车间生产现场

心中藏着本矿石地图

1984年，冯宗相被调到大石河铁矿生产科担任生产计划员，主要负责全矿的供配矿管理工作。

看似简单的供配矿工作，实际上却直接关系到采矿的中长期开采计划，尤其是对于采点多、矿石性质良莠不齐的大石河铁矿，搞好供配矿工作尤为重要。冯宗相说：“采矿涉及到时间、空间、量间的平衡发展，大石河铁矿各个采区的矿石质量不均衡，裴庄矿石质量好，大采和二马要差一些。因此，在供矿过程中要保证矿石质量均衡、稳定，要不然选矿生产的矿粉质量就很难达标。在供矿过程中，也要注意做好平衡、协调，也不能光挑着好矿供。只供裴庄的好矿，质量差点的二马和大采一点不要，时间一长这两个采区的料台就满了，就会影响下一步的作业空间，这关系到采矿生产整体计划执行。所以，当时矿里和公司对供配矿工作都非常重视，纳入了日计划进行管理，目的就是为了保证采、选生产协调统一。”

冯宗相（前排左二）在大石河铁矿生产科工作期间留影

此时的冯宗相把心思全部放在他钟爱的矿石上，而且一干就干出了名堂。他的岁数虽然大了，但是工作作风依旧是干练如常，每天坐着三班车到采场，在各个点位取样整理矿石品位分布的相关资料。多年的采矿工作经历，让他积累了大量的矿石质量分布资料，手中用来记录矿石品位分布数据的小笔记本换了一个又一个。大石河几个采区，哪个地方有矿，哪个地方矿石品位好，储藏量有多少，已经在冯宗相的脑子里形成了一张全面立体的地图。

“矿石质量上不去找老冯”。这已经成为当时矿里的共识。一次，时任大石河铁矿矿长王鹤年找到冯宗相说：“老冯，矿石怎么回事儿，质量老上不去，想法解决解决啊！”冯宗相斩钉截铁地说：“好，我调调。”他思考了一会儿，直奔裴庄车间找到专业员说：“把料台铲往北开 15 个轨板位置再装车。”就这样，经过冯宗相调整过的供矿计划，矿石质量立即就提上来了。

曾任大石河铁矿生产副矿长的李善贵说：“冯宗相采矿生产管理经验非常丰富，甚至在当时已经做到了无可替代的程度。而且他的工作还具有很强的创造性，为日后的经营生产起到了相当重要的指导作用，也为当时大石河铁矿打产量、保质量做出了重要贡献。有他在，我们心里踏实。”

1997 年，冯宗相正式退休。退休后，大石河铁矿仍返聘他留在生产科继续工作。这一干又是两年。

离开冯宗相家时，他最后说了一句话：“我的这些事儿没啥了不起的，我们那个年代的很多人都是这样干的，我唯一擅长点儿的也就是看看矿石。”朴实无华的语言中透露着老一辈矿山人的质朴、谦逊。

当了一辈子矿石“相师”的冯宗相如今已远离工作岗位，夕阳下的藤椅上，我们看到了一位慈祥、安宁的老人手捧着黑亮的矿石。擦着时光的逆流，我们也仿佛看到了当年那个风风火火走在山间的年轻人的身影。功成不居，匠心独妙，只要一人一心做一事，都会完成属于自己的人生作品，透过这些或大或小的精美作品，我们成功地找到了属于每个时代、每个领域特有的匠人品质。

电工奇才葛新民

赵永强　刘　媛

匠人心语

“我对电机最熟悉，最亲切。我就像电动机一样，是直接输出动力干活的人，只要组织需要，只要生产需要，我就义无反顾地冲锋在前，这就是我的价值。”在矿山大石河、水厂南北两矿，葛新民曾有着“电工高手”的称号，更被以“葛圣人”相称。他的职业生涯有些电气“神医”的色彩，尤其是面对“疑难杂症”，“怪招”、“妙招”层出不穷。“对于那些高级设备，虽然咱们发明不了。但是，如果出现故障后咱们修理不了，那不就是废物吗？我就要争这口气，我就要跟自己较劲。”

葛新民，一个来自北京却在首钢矿山奋斗了一辈子的老中专生，一个少言寡语、憨厚好学、勤于钻研的普通矿山职工，却因骨子里生长的精进精神和凡事追求极致的不变匠心，使得他的事迹在退休离开岗位15年之后再度被提起。

葛新民先后在大石河铁矿、水厂铁矿、汽车大修厂、机械厂、马兰庄铁矿工作。30余年中，他专注于采矿设备电气维修工作，对工作中遇到的困难始终保持永不放弃的决心和信心，凭借自己的奇思妙想和勤奋钻研，解决了很多设备问题，靠着一手电机修理技艺，留下了许多至今仍让人称奇的修理故事。他曾多次获得首钢技术能手和先进职工荣誉称号，1989年被评为北京市爱国立功标兵。

天生一双巧手，发明矿山第一辆电动自行车

出生在电工之家的葛新民，父亲是北京无轨电车公司的一名电工。新中国成立初期，中国的技术还不先进，国外进口设备又非常昂贵。作为无轨电车修理工的父亲经过刻苦钻研，自己动手做了一台金属探伤仪，既为公司节省了外汇，也解决了车轴探伤的难题。

受父亲的熏陶，葛新民从小就好钻研，喜欢做一些新奇的东西。上小学时，他就做了一辆木制的小三轮车，带着妹妹出去玩，邻居们纷纷夸赞："这孩子真聪明！"一次，他对照着杂志上刊登的航空母舰图片，用家里准备做床的木料做了一艘航母模型，不但在少年宫展出，这事还登上了《北京晚报》。上中学时，他利用钟表的齿轮做定时器，动手做了照相机。为了做收音机，他花了母亲近半月的工资买了电子元件。当一群小伙伴围在路灯下听广播时，那种成功喜悦的心情至今让他记忆犹新。

中学时期，葛新民的理科功课很好，但因为只关注自己感兴趣的课程，语文、俄语等文科成绩不佳。1963年，他考上了北京钢铁学校（现北方工业大学）工企自动化专业，这也正是他自己喜欢的专业。在葛新民看来，既然

是自己的爱好，要学就学好。在北京钢校上学期间，国家进入“文革”时期，属于半工半读、红专结合，葛新民被分配在首钢外线电工下厂劳动。工作期间，为了解决电工上水泥高压电线杆需要两副脚扣的问题，他和师傅一起发明了可伸缩的脚扣，获得学校和单位的表扬。

参加工作以后，葛新民就自己动手将一辆普通自行车改造成电动自行车(那时候全国还没有电动自行车)。当他骑着这辆“改装车”上下班时，总能引来人们好奇而羡慕的目光，用现在的话说“回头率百分之百”。据资料显示，国内于20世纪80年代中期才真正诞生电动自行车，而葛新民的发明创造可以说提前了十几年，他也是矿山第一个骑上电动自行车的人。

葛新民改造的电动自行车

独创实用设备，参加全国电气设备展览

1968年，从北京钢校毕业以后，葛新民被分配到了首钢迁安铁矿（首钢矿业公司前身）采矿电工组，从北京来到了偏僻的矿山，干起外线电工。

葛新民高超的电工技能，得益于他仔细观察和一丝不苟的敬业精神。他说：“电工的工作态度必须是仔细而又谨慎，因为一个小小的操作往往关系到设备或人员的安全。实际上，我也有‘走麦城’的时候。”刚入厂时，葛新民有一次修理照明灯管，本来很简单的事情，但是因为工作不仔细，把线接反了烧毁了新灯管。当时，正值“文革”时期，他被说成是破坏生产，受到了批判。这件事对葛新民触动很大，从此他养成了细致的工作态度。

在工作之余，葛新民对电工技术非常痴迷。在他的世界里，似乎每天都要有新东西出现才算有进步。所以在学徒期间，他经常在学习师傅教导的技术的基础上，尝试着自己发明创造。

当时矿山物资匮乏，外线电工需要手工制作户外高压开关。一个开关需要十多个零件，葛新民和班组同事一起手工切割、加工铜板，准备电木，但是一个班也出不了多少活儿。面对加工零件费工费力、效率低的实际问题，头脑灵活的葛新民自行设计，利用车间旧的备件发明了无级变速万能车床，具有车、铣、刨三大功能。投入使用后，很轻松地就可以把零件加工好，然后再组装成高压开关产品，提高了劳动效率，也减轻了劳动强度。初试身手，让葛新民在班组赢得了“小工匠”的称号。

看到葛新民这么好钻研，车间又把改进户外跌落开关的任务交给了他。当时，班组制作的电铲户外高压跌落开关经安检部门检测为不合格。因为，在地面人员操作时，上端安装的跌落开关安全距离达不到要求。针对这一情况，葛新民改进设计并组织进行制作。定型后的跌落开关，作为冶金矿山采矿外线电气设备代表矿山参加了当时冶金工业部在广州举办的电气设备展览，获得国内矿山同行的高度认可，为首钢矿山赢得了荣誉。

葛新民（前排左一）与大石河采矿车间同事合影

渐渐表现出电气方面优秀才能的葛新民因为技术过硬，被矿业公司选派参与首钢技术研究所组织的轨道衡电子秤研制工作。当时，火车轨道衡技术在国内还是一项空白。在无资料、无信息的情况下，他们从零开始，不等不靠，仅用一个多月的时间就完成了图纸的设计，并制作出样品，完成了试验。但是，安装到生产现场后，数据传输滞后、误差较大的问题就暴露出来。课题组的同志们一起研究，始终找不到原因。从小研究半导体无线电的葛新民在一次收听广播时触发了他的灵感。他想，因为现场环境复杂，在现场采集信号的传输电缆由于存在线间电容，同时受外部电磁信号的影响，造成采集信号移相、杂波太多，影响了电子秤的正常计量。于是，他提出用电子元件做移相器矫正采集的信号。经试验证明完全适用，为轨道衡电子秤的成功研制解决了关键性的难题。

作为采矿电工组的核心骨干，葛新民时刻把保证电气设备安全作为首要工作。采矿电铲工作电压是 6 千伏高压，一旦漏电会造成严重的设备故障，危及人身安全。针对这一情况，葛新民和徒弟一起研究发明了电铲漏电保护开关，一旦电铲漏电便自动切断电源。经过现场测试，获得了成功，受到北京市供电局的表扬。

专注是葛新民最大的特点。他的专注是一种态度、一种习惯、一种能力，更是一种境界。

庞大的采矿场里，主体设备牙轮钻机、电铲、矿车轰鸣作响。由于频繁工作，电铲电机长期运行以后换向器（俗称铜头）磨损严重，周围就会形成很大的火花，严重时形成环火，造成换向器烧蚀严重，如果处理不及时，就会造成故障停机，影响生产。通常的维修方法是将故障电机拆下来，安装一台新电机，对旧电机修复再用。但更换电机就需要半天多的时间。对此，矿里专门成立了由葛新民等三人组成的“灭火小组”，攻克这一难题。受以前发明万能车床的启发，葛新民手工制作了一台微型车床，像手提电焊机一样大小。修理时，由于电铲必须停电，为解决动力问题，他自行制作了一套单独的控制调速系统，将电铲上的 4 个直流发电机中的一台变为电动机，在车床部分制作万能抓手，这样就可以车任何一台电机的换向器。采用这一方法后，因为不用拆卸电机，不仅保证了电机同心圆的精度，而且仅用一个小时就能解决问题，使电铲快速投入生产，大大提高了检修效率。这一独特的检修方法史无前例，是葛新民“灭火小组”的独创，这一发明在矿山得到了推广应用，水厂铁矿、矿建公司等单位都请他们去“灭火”。有时候，半夜叫醒他们去处理故障，都成了家常便饭了。

专注于工作的葛新民忽略外界的纷扰，把精力和智慧都用到采矿电气设备上，淡泊名利，不与他人争，只与自己比，一丝不苟地把自己的工作做好。每一个小发明，每一个小创造，都让他感到无比欣慰。

他解决问题的方法教科书上找不到

嗜之越笃，技巧越工。葛新民把自己对工作的热爱转化为竭其心智、穷其工力、不计得失、心甘情愿的激情。

1977 年夏季的一天，连续的几场大雨不期而至。大石河铁矿二马车间采矿场内，较高作业水平的生产还在紧张有序地进行着，较低水平的采坑内已经积了很深的雨水。有一台电铲已经停止了作业，因雨水淹没了电铲的履带板，行走电机浸水后不能送电，电铲趴窝了。如果不及时将电铲转移走，就有全部被淹的可能。车间紧急调来大功率排水泵不停地抽水，电铲的履带板也逐渐露出了水面。但是，电铲的行走电机由于雨水的浸泡，经检测绝缘电阻已经接近了零欧姆，这时如果送电必定是放炮，电机将彻底烧毁，同时还会带来人员的安全隐患。于是，车间调来两台推土机，用钢丝绳向外拉电铲。但是，因为电铲太重，钢丝绳被拉断了，电铲还是纹丝不动。

根据天气预报，当天晚间还有大雨。如果不将电铲移出，那将给公司财产和生产带来巨大的损失。这时候，时任二马车间主任马建国（后曾任矿业公司副总经理）想到了一个人：“马上叫老葛过来，看他有什么办法没有。”他口中的“老葛”就是当时在大石河铁矿机动科任电气设备员的葛新民。葛新民到达现场，经过精确计算，解开行走电机励磁绕组接线，重新改变接线方式，由串联改为并联，同时改用几组矿车电瓶为行走电机提供 48 伏励磁电

葛新民手绘的当时抢救二马车间电铲的场面

压，再将司机踏板垫了一个角度，使发电机输出低电压大电流，保持行走电机最大扭矩输出。准备就绪后，司机师傅启动电铲，电铲发出了久违的轰鸣声，喘着粗气缓慢地爬上了陡坡。这时，许多职工站在坡顶上高兴地欢呼，就像打了大胜仗似的。葛新民抢救被淹电铲的方法教科书上找不到。他凭借多年的实践和经验积累，加上对电铲已经了如指掌，对电铲故障总能快速判断，使出奇招“药到病除”。

“什么事情的发生总有它的道理，针对电气故障，有的人说‘邪门了！’实际上，根本没有什么邪门，而是没有找到问题的根源。”1978 年，大石河铁矿裴庄车间一台美国生产的牙轮钻出现故障，动力部分是由磁放大器控制的。葛新民到现场后，详细了解检修情况，初步判断可能是磁放大器故障。但是要确定故障点，必须使用低压交流电作为实验电源，但在野外作业的牙轮钻设备上，找不到合适的低压交流电。葛新民看到取暖用的电炉子，于是他灵机一动，用导线引出部分电炉丝的低压交流电，为磁放大器通电，最后找到了故障点，解决了问题。

只有想不到，没有做不到。大石河柳河峪车间的一台牙轮钻机刚刚经过大修，更换的旋转电机安装后转速异常，超出正常速度很多。修理工检查了很长时间也解决不了，为此找到了葛新民。葛新民根据经验判断可能是电机的绕组接线错误造成磁极对数有误。但是，电机是一个整体，绕组在电机内部，如何判断电机的磁极是多少呢？他想到了指南针，为此找来一块带指南针的手表，先给电机送上励磁电压，用指南针一试，发现本来应该四对磁极的电机接线成了两对磁极，速度自然提高一倍。根据自己熟练掌握的电机绕组构造，葛新民重新改变了绕组接线，牙轮钻恢复了正常工作。

大石河铁矿新引进的国产牙轮钻机，涡轮空压机压力不正常。厂家技术人员已经修了一个星期，也没有找到故障点，后来找到葛新民。他判断，因为是新设备，不可能是磨损方面的故障，可能是控制部分的毛病。经过反复查找，确认是压力表控制接点安装反了，恢复后排除了故障。

葛新民这些处理电气设备故障的奇招、怪招还有很多，许多真是让人意想不到，徒弟们无不佩服得五体投地。曾经与其共事过的领导对他的工作思路和工作方法非常赞赏。这也印证了他常说的那句话："最复杂的问题往往归于最简单的道理"。曾任大石河采矿厂党委书记的夏凤山说："葛新民是自学成才的典型，他这辈子主要与电机打交道，非常好钻研，采矿电铲设备的电气活儿很复杂，一般出现解决不了的问题都找他。"

高超的电工技能，简单质朴的解决方法，得益于葛新民善于钻研、仔细观察和一丝不苟的敬业精神。这时的葛新民就像古时的玉匠，切磋琢磨，用绳与砂浆，费数十载心力，终将浑然璞玉制成传世珍品，千年遗音在，犹见当年工匠心。

坚守大设备带来的无尽乐趣

"我就喜欢大设备，钻研它上瘾、有乐趣。只要感兴趣，就没有干不成的事。别人修不了的故障我能修，说起来虽然有点个人英雄主义，但是谁不想活出自己的品牌。"葛新民说道。

随着矿山的发展，矿山公司引进了许多先进的大型电铲、电动轮矿车等采矿设备。水厂铁矿是当时引进大型采矿设备最多的厂矿。当时，葛新民在矿山电气设备修理方面已经很有名气。为此，组织上将他调到水厂铁矿工作。能接触到先进的大设备，葛新民欣然答应。他先后在水厂铁矿机动科、车管科、电动轮矿车小分队（现水厂铁矿汽运车间）工作，曾在电动轮矿车小分队任副队长。

为了维护好这些先进设备，单位经常组织人员去外部有进口设备的企业学习。由于技术过硬，生产上离不开，葛新民因此并没有出去学习的机会。但他凭着一股钻研劲儿，成为了电动轮矿车电气设备维修能手，不论是进口设备还是国产设备都很拿手。当时，电动轮矿车行车电脑技术含量较高，外部维修费用也很高，经过他潜心研究，对行车电脑的故障修理也能熟练掌握。

初到水厂后，采场内一台电铲出现故障，频繁爆高压保险，维修电工已经查遍了各部分电路，没有找到毛病。葛新民到现场了解情况后，发现这台美国进口设备的技术非常先进，采取可控硅控制。经过认真检查后，他初步分析判断是控制信号相位问题。于是他在控制柜中查找到移相器控制板，拆下来逐一测量上面的电子元件，发现一支二极管坏了，更换后彻底排除了故障。这是葛新民在水厂立的头一功。

在一次巡检设备时，葛新民发现一台电动轮矿车电机冒环火。维修电工束手无策，反映是刚刚修过的电机。葛新民说："这种情况不是控制电路的问题，是电机有问题。正因为是刚修完的电机，车完铜头以后，没有用砂纸磨铜头，造成有毛刺才形成的环火"。他的判断非常准确。工人们用砂纸将电机铜头处理后，故障果然排除了。处理这样大大小小的故障多了，提起葛新民，电动轮小分队的司机师傅们无不竖起大拇指。他凭借自己过硬的技术，赢得了职工们的广泛赞誉。

1999年，因对技术的掌握程度和精度，葛新民又被从水厂铁矿调到大修厂汽修车间，专门从事矿车修理工作。到大修厂后，葛新民发现需要对修理好的矿车发动机进行测试。但当时购买内燃发动机测试台价格非常昂贵。于是，他自行设计，带领一名电工制作完成了一台内燃发动机测试台，不仅能够准确测量发动机的输出功率和其他参数，而且在实际工作中应用效果良好。因为他们制作的测试台有价格优势，不但满足了本单位使用，同时还将设备销售到外部单位。

大修厂划归到机械厂后，葛新民组织对大摇臂钻电控系统进行了改造。他自己制作电路板，电控部分采用镶嵌式，改为冗余双电路控制，当第一套控制电路发生故障时，使用切换开关能够马上启动第二套电路，不影响生产，提高了设备的可靠性。

心无旁骛享受宁静与平和

2002 年，葛新民正式离开了工作 30 余年的岗位。谈起过去的工作经历，葛新民仍然是笑逐颜开、如数家珍。时至现在，在矿山提起葛新民，仍会有许多人对他的技术啧啧称赞。“当时生产设备出现难题，领导首先想到的就是找老葛。他不仅技术过硬，而且平易近人，同事们谁家的家电出现故障都爱找他修，他很热心地给修好。老葛心灵手巧，爱钻研，也挺时尚，他是矿山最早一批买电脑、录像机、摄像机的人。”曾和葛新民一起在大石河铁矿采矿车间工作的绿春仁回忆说。

用现在的眼光看，葛新民修理设备的方法可能已经过时，但是在那个年代，矿山的设备还相对落后，正是有许多像他一样的矿山工人因地制宜，发挥自己的聪明才智，想方设法减少企业的投入，才能为企业生产保驾护航，这本身就是工匠精神的具体体现。而他们心无旁骛地做好自己的工作，穷尽一生磨炼自己的技能，这种精雕细琢、精益求精的精神永不过时，更值得年轻一代传承和弘扬。

2017 年孟夏，精神矍铄的葛师傅回忆起在首钢矿山工作的难忘时光，眼神放光，滔滔不绝。他曾是一名普通的电工，他曾拥有让外人羡慕的高超技艺，但用他自己的话说：“我最开心的事就是为矿山的发展做了点工作。”这种内心的坦然与平和，源于老一代矿山人坚守匠心、专注创新的优秀品质。

铲上的追梦人殷生光

李永明

匠人心语

“充满鲜花的世界到底在哪里，如果它真的存在那么我一定会去，我想在那里最高的山峰矗立，不在乎它是不是悬崖峭壁……”《追梦赤子心》是殷生光退休后骑行时必听的一首歌。他说：“干工作就是要有一颗赤子之心，不要被外界环境所干扰，你认为好就去干，认为有用就去做，不要太在意别人的看法。”庞大的电铲是机械的无生命集成，但却仿佛能听懂殷生光的“指令”。37 年的铲上人生，“缘自初心不改，故得始终不变”。

1952 年 9 月，殷生光出生于河北省石家庄市，9 岁的时候跟随大伯到唐山市东矿区赵各庄定居，毕业于唐山市第十七中学。1971 年到矿山工作后，致力于电铲维修工作，不仅在 20 世纪 80 年代矿山引进美国大电铲和“一铲四车”工作中大放异彩，而且几十年如一日，兢兢业业守护电铲设备，成为手艺精湛的电铲维修工人，并带出一批电铲修理能手。工作期间，连续多年被评为矿业公司先进个人。

来矿山工作是一种荣誉，一定要干出个名堂来

20 世纪 70 年代，得知自己被分配到首钢矿山工作，殷生光非常高兴，他兴冲冲的跑回家告诉大伯，又迫不及待的打电话给远在石家庄的父母。对于一个普通家庭来说，能到矿山工作是一种荣誉，也意味着家里多了一根顶梁柱。殷生光心里暗想，一定要在这块土地上闯出属于自己的一片天。

青年时期的殷生光

1971 年，殷生光来矿山报道，被分到采掘车间当实习电工。1972 年，他被派到北京钢校学习电子技术。殷生光回忆说：“刚入厂时老工人少，新工人多，所以我没有被分配到师傅，只能自己努力地学习。在去钢校学习之前，我的学习进度较慢，没有人指点，很多时候工作进入一个误区，既浪费时间，又看不到效果。当时矿山派我和杨福利一同前去学习，他学的是电工技术，我是单纯学习了 8 个月的电子技术。到了北京，高手云集，我作为矿山的新鲜血液，深知身上的担子重，因此非常珍惜这次学习机会。这次学习对我日后的帮助非常大，也为我打开了工作兴趣的大门。”

从北京学习结束后，殷生光又回到电铲维修工作岗位上。他开始结合所学，认真研究电铲的构造。作为校友兼工友的杨福利说：“殷生光的学习能力

殷生光（二排左二）在北京钢校学习期间留影

很强，他不仅对熟悉的故障处理得快，而且有的故障一次都没见过也能处理好。我印象最深的一次是，我和他一起处理4立方米铲的铲斗提升失效问题，当时这个故障我俩头一次见，但是殷生光日常对电铲的图纸和线路学得比较透彻，所以他很快就查到了原因，真挺佩服他的。”

一次，4立方米铲进行检修，工人们在更换大绳的过程中，大绳切断时把高压环打乱了，大大小小达上百根线，粗的类似大拇指，细的类似输液管，全部交织缠绕在一起，有的线绝缘皮还脱落了。现场的工人挠破了脑袋，大家议论纷纷，有人说：“这个工作没三五天干不完。”有人说：“这小破铲干脆废了得了，有这功夫可以组装一台新铲了。”这时候，殷生光主动请缨，参与到复杂的线路修复工作当中，他的记忆力很好，对于七八根线各自代表的功能过目不忘。经过万用表校线、摇表测绝缘等工作，以及恢复被大绳砸坏的柜子，一天一夜的时间就完成了这次复杂的线路修复工作。殷生光说：“当时这个工作是抢出来的，如果白天干不完放置一晚上，第二天可能还要重新捋线路，所以大家决定一鼓作气加班干完了。当时，领导给订了加班餐，但是直到第二天早晨大家也忙乎的没有人吃。现在我还记得电铲司机试车时的情景，他每按一次按钮，电铲随之动作一次，司机向我们连连点头，代表成功了。一种成就感油然而生，这是我永生难忘的场景。”

殷生光虽然没有师傅的引领，却培养了他独立工作的能力。这更促使他在平时工作中格外认真，细心留意每一次维修工作的要领，不仅养成了记笔记的好习惯，也在日积月累中提高了技艺水平。

接手进口16.8立方米电铲，我们要让它行走起来

“工欲善其事，必先利其器”。早在20世纪70年代末，首钢就有意迅速扩大水厂铁矿生产规模。因此，矿山在不失时机地开展勘察、测量、初步设计、预算、征地等准备工作的基础上，经过考察，1985年末，从美国核公司购买了二手矿山设备投放在水厂铁矿使用。其中，包括1台16.8立方米电铲和16台108吨电动轮汽车。这仅有的一台电铲刚到矿山，就引起了人们极大的关注，相较于4立方米电铲，这台铲不仅是庞然大物，而且技术先进，矿山为其取名“01号”铲。电铲是被拆解船运到中国的，殷生光跟同事一道被抽调上来负责这台铲的组装工作。据殷生光回忆：“‘01号’铲是美国设备，零件标识全都是英文的，连说明书我们都看不懂。当时就一个想法，老美能玩转的设备，我们中国人一样行！随后大家齐心协力盯准一个目标，就是让电铲行走起来，可以达到正常作业的条件。”

信心笃定，但过程中的艰辛只有亲身参与的人才能体会。组装“01号”铲时，维修工具十分匮乏，那个时候吊车设备还没有现在这么齐全，需要用“抱杆”代替大吨位的吊车（一种笨重但实用的老起重工具，和卷扬机、滑轮组、钢丝绳共同工作）安装大部件，一些小的油泵电机和大车抱闸或者电机轮全部靠人抬。殷生光和同事们工作一天，常常累的回到宿舍直不起腰来，磨的满手是茧，第二天早上又忍着疼痛去上班。扒电机轮时因没有扒轮器和压机，只能利用热胀冷缩的原理，两个人配合用火烤、用大锤“活生生”的把电机轮敲下来。

殷生光回忆说：“‘01号’铲组装时心情真是百感交集，既怕因为没接触

过这么先进的设备耽误事，又希望能从中学习到有用的东西。记得有一次处理‘01 号’铲主电机偷停故障，面对进口设备虽然心里没底，但还是照着平时排除故障时的方法进行查找，从开关到保护再到大线，当打开电机接线的保护罩时，发现是电机大线接地了。发现问题、处理完毕后我并没有多高兴，我认为工作上还是要有点压力的，就顺便又去看看提升电机和其他线路是否有接地的隐患。”俗话说“万事开头难”。自那以后，殷生光投入到电铲大大小小的组装难题中一点点学习，一点点进步。

想要组装成功美国生产的电铲，看懂说明书是最关键的步骤。殷生光的徒弟、现水厂铁矿采掘车间修理班班长戚志建说：“当时‘01 号’铲的组装工作纯属是盲人摸象、徒步登天，那个说明书简直可以称为‘有字天书’，足足有七八十页厚，错一点工作都进行不了。那时候我师傅的笔记记得密密麻麻，对一个初中毕业生来说，能搞明白说明书组装成功实属不易。”对此，曾任矿业公司机动处副处长、北京大学毕业的张克祥也深有同感地说：“当时和殷生光一起工作很愉快，平时在处理电铲故障的时候，就能看到他因知识匮乏而焦虑的样子，我英语比他好一点，也特别愿意帮他。有时候看到他对一些电器元件的中文翻译过目不忘，我很费解。后来我才知道，他在别人打牌、睡觉的时候，自己认真记笔记、捋线路、看说明书，记了厚厚的一本学习笔记。他在‘01 号’铲组装过程中学习到很多，这也是他日后对电铲设备熟悉精通的关键积累吧。”

殷生光（左）与张克祥（右）在“01 号”铲前留影

终于，经全体人员的共同努力，1986 年 6 月，“01 号”铲组装完毕。看着启动行走的大设备，殷生光心里乐开了花。伴随着“01 号”铲投入使用，殷生光的修理技术也逐渐成熟。

“一铲四车”试验重中之重，我见证了它的成功

20世纪80年代，实现采矿设备大型化，不仅是水厂扩建所需，也是国内大型露采矿山的发展趋势，更是振兴民族机械工业的必经之路。1985年韶山会议，国务院重大办决定：将太原重型机械厂生产的WK-10型10立方米电铲1台和湘潭电机厂生产的ST-3102型108吨电动轮汽车4台，移至水厂铁矿进行工业运行试验，简称“一铲四车”。这是我国自行研制的第一套千万吨级大型露天矿成套设备。

矿山将“一铲四车”中的WK-10型10立方米电铲命名为“02号”铲。此时已是电铲维修骨干的殷生光被公司委以重任，安排他去太原重型机械厂学习10立方米铲的电子技术，回来后负责“02号”铲的组装和维护工作。这对30岁出头的殷生光来说，是人生中一次严峻的挑战。殷生光回忆说：“当时听说‘一铲四车’项目是‘七五’期间国家大型设备国产化的大项目，成则皆大欢喜，但一些国内大型矿山都有怕失败的顾虑，所以重大办联系了许多单位都被委婉拒绝，我们接了这么大的‘单子’，感觉压力很大、责任很重，不把工作干好自己心里都说不过去。”

殷生光在电铲前留影

因为有组装“01号”铲的经验基础，“02号”铲的组装工作进展速度很快，于1986年8月底开始投入运行。“一铲四车”试验最终是否能获得成功，要通过电铲的年采装矿岩总量和矿车的年装运矿岩总量核定。而作为四台矿车所围绕的核心，维护好“02号”铲并充分发挥铲效是关键中的关键。

与“02号”铲一起奋斗的日子，殷生光永生难忘。电铲是露天作业设备，当时维修的工作环境很艰苦，有时

候故障来的匆忙，殷生光只能步行上山。冬天上山作业时，太冷了他就帮钳工抡两下大锤暖和暖和。夏天更是难受，电铲里如同大蒸箱，修理工人抱着四五十度的电机换“刷子”、“压簧”是常事。尤其是更换用于电铲电机和机组散热的增压风机，只要一停电，风机不转，铲内温度立刻达40多度，有时甚至热得人流鼻血。

有一次，“02号”铲的铲斗间歇性的提升功能失效，挖货的时候铲斗可能突然掉下来，有时候还会砸到矿车的斗子上面，不仅危险，而且制约着铲效发挥。当时车间迅速成立技术小组研究解决方法，大家查找了两天两夜，从司机室的控制箱按钮，再到经过机组的每一条线路，最后把相关的电器线路和元件都检查了个遍，就是无法解决这个问题。回忆起处理这次故障的经过，殷生光说：“当时铲斗还不是总失控，是间歇性的，大概作业20~30次就有1次失控。”一时间众人束手无策。无奈之下，公司技术处决定第二天请太原的生产厂家技术人员前来帮忙。当晚，殷生光躺在床上辗转反侧无法入睡，他心里憋着一股劲儿，突然想到大家在电器上排查了个遍，为什么没看看机械上有什么问题呢？因为电器指令既然发出去了，电磁阀也动作了，就说明电器这边是没有问题的。当时已经是晚上7点钟了，殷生光从宿舍骑上摩托车就来到车间找到主任说：“我再试一次！”殷生光到了铲上开始仔细查找机械问题，果不其然，大家的确是在查找问题上“南辕北辙”了。原来是电磁阀因安装不合适，在高强度的电铲振动下机构出现了问题，导致偶尔犯卡，一卡就不会吸合，从而导致铲斗提升上不来。更换了电磁阀之后，故障当即排除，大家纷纷竖起了大拇指，这也促使殷生光对电铲工作更加痴迷了。

殷生光说：“要想工作少操心，平时就得多用心。”为了能快速在电铲出现故障时找到合理的解决办法，他将几十页图纸反复翻看，这样一来就可以“对症下药”。时间长了，殷生光对于“02号”铲的熟悉程度和掌握程度超出了许多人。一次，当班司机反映“02号”铲全车慢、没劲，值班电工到铲上检查后没有发现问题，试车也正常，但司机还是反馈电铲没劲，挖不动货。值班电工因工作经验少，不知所措，赶紧打电话给殷生光询问解决办法。殷生光听了问题后，在电话中指挥这名电工到铲上检查有无异味，如果有异味应该是变压器匝间短路。按照殷生光的指点，这名电工一查，果然如此。殷生光解释说：“变压器匝间短路属于软故障，温度凉下来后检查不出来，后因连续出现，气味蔓延，故障点明显才被发现。”随后，这名电工赶紧汇报调度，变压器送到后对其进行更换，故障得以解决。

“02 号”铲身上的每个位置都倾注着殷生光的心血和汗水。经过殷生光和同事们的精心维护，“02 号”铲打出了令人满意的铲效。1987 年 9 月 26~28 日，“一铲四车”在水厂铁矿的试验通过国家验收，当时电铲采装总量实现了 504 万吨/(年·台)，达到了国际同类设备的先进水平。

太重厂和湘机厂的代表说：“‘一铲四车’试验‘嫁了’三个地方，最终到首钢水厂铁矿获得成功，这说明首钢矿山人好、地方好、水平高，非常感谢水厂铁矿的密切配合。”从事最普通的电铲维修工作，殷生光有幸参与其中，他深切体会到了作为国人的骄傲，也深深为国家感到自豪。

电铲维修高手，电话传音诊断故障

随着“一铲四车”试验的成功，首钢矿山和生产 10 立方米电铲的太原重型机械厂建立了良好的合作关系。之后，矿山又购置了 10 台 10 立方米铲。随着铲数增加，处理故障的量也随之增多，殷生光投入到更繁忙的维修工作中。

当时电铲上的“可控硅”频繁损坏。可控硅在电铲中起整流、逆变、变频、调压、无接触点开关等作用，因是空运来的进口备件，价格昂贵，更换成本很大。为此，殷师傅开始细心留意“可控硅”的使用过程。他把每个“可控硅”的安装位置、损坏时间、更换时间都做好详细的记录，还特意总结了安装技巧，因为“可控硅”有两条明显的对角螺丝，如果单方受力不均匀，就可能导致振动。但电铲作业时难免整个机组都发生强烈震动，因此殷生光建议安装时用公斤扳手去紧螺丝，让两边的螺丝受力均匀。这次安装方式的改变，使“可控硅”的损坏次数大大减少。

凭着几十年的经验积累，殷生光已经成为大家心中公认的电铲维修能手。一次，“05”号铲推压机构失效，电铲的铲杆往前推它就往回走，往后推它就往前走。一群人围着电铲查了 3 个多小时。当时，正赶上主管设备的矿长到现场检查，这位干修理出身并且引进美国二手大设备后参与组装的矿长也撸起袖子参与其中，但还是一无所获。4 个小时过去了，殷生光被领导叫过来和大家一起处理故障。殷生光仔细研究了一会儿，发现是励磁电动机的一根接线柱松动了，导致电机失磁，从而让铲杆总是反方向运动。从检查到修好，他仅仅用了半个小时。说起大家为什么没有发现故障的原因，殷生光说："这根接线柱先是用胶布包裹着，后来又涂上了红漆，才导致问题非常难发现，当时我是听见了嗞嗞的声音，就感觉这里不对劲，可能是虚接了，结果一检查真是这么回事儿。"处理完故障后，这位主管设备的矿长说："当时也有比殷生光年龄大的老师傅，但是人家殷生光就是能够脱颖而出，把故障快而准的排查完毕，有这个技术你不服都不行。"

原水厂铁矿采掘车间设备组点检张小岩说："殷生光为人忠厚平实，不会因为工作繁重而埋怨，更不会把工作干完之后而自吹自擂。作为摊长，他为人很大度，我工作 30 多年，像殷生光这样集技术和人品于一身的人少见，如果让我给他打分的话，我给 99.9 分吧。因为人无完人嘛!"

现水厂铁矿采掘车间电气点检张汉柏说："殷师傅因为技术好，我们有什么问题解决不了都爱找他。但是，咱也不能总让人家晚上来吧，所以有时候殷师傅就在电话里指挥我们。慢慢的，殷师傅可以通过电话听电铲发出的声音，就能排查出电气故障，这让我由衷地佩服。我觉得这与他平时熟读说明书和熟悉图纸是密不可分的。我一步一步的从小徒弟干到车间电气点检，就是他那种面对工作精益求精的精神影响了我，这种精神不能丢，一定要传承下去。"

2003 年，首钢矿业协力公司成立，殷生光随修理队伍一起划分到了协力公司。再过几年，殷生光就退休了，恰逢此时矿山又开始大批引进新工人。新老交替，许多知识和经验亟待接续，为此，车间开始安排殷生光开班讲课，传授电铲维修技术。他的学生说："当时殷师傅讲课时非常仔细，如果我们有不懂的，他就直接把我们拉到铲上实验。殷师傅的工作态度实在令我佩服。我们那时候在协力公司工作实行订单制，只要完成订单上的活儿就可以了。

但是，殷师傅在现场处理完订单上的活儿后，再从铲上寻找其他零活，直到值班车来接我们为止。”

殷生光跟电铲打了一辈子交道，对电铲工作也是“着魔”。当年与他同去北京学习的工人已经当上了主任，因为他工作上的突出表现，上级领导一直想让他担任工段长，但殷师傅却说：“干段长就不能每天这么自由的与电铲打交道了，既要开会，还要整理班组信息，我是个粗人，还是以干活为主。”或许，对于殷生光来说，最想做的就是把满身本事传给下一代年轻人，继续保证电铲的平稳运行。

追梦人的下一站

2007 年，殷生光正式退休了。虽然工作生涯已经结束，但他对待生活的热情不减。退休之后，他开始参加骑行活动，说起自己骑行的趣事，殷师傅又打开了话匣子：“当时进军拉萨的时候，因路途遥远且天气阴晴不定，许多人开始产生埋怨的情绪，但我心想下雨有雨衣，堵车就休息，埋怨起不了任何作用。马上到拉萨时，好多人开始疲惫，再加上道路崎岖，有的地方甚至没有道路，都是水坑和巨石，当地人就收费用马车拉客人，有些人意志不坚定就坐上了车。其实小小骑行路近似人生路，如果在哪里跌倒就在哪里趴下，轻易被困难所击败，很难成事。而途中诱人的马车，就像各种各样可以投机取巧的途径在诱惑着我们，正如西天取经的孙悟空可以一个跟斗就把经书取回来，可他们还是选择经历九九八十一难，终成正果。骑行如此，人生也是如此。”

我们采访时，殷师傅刚从拉萨骑行回来，黝黑的脸上露出健康自信的笑容。他说：“在法国 PBP 挑战赛中，有许多年轻小伙子被我甩在后面，那时候我感觉到最后还很有劲儿，当时就想着一定要坚持，能有这种韧劲和我在矿山工作是密不可分的，矿山的工作不仅磨炼了我，而且培养了我坚持、拼搏、进取、无畏的精神。”

岁月可以在人的脸庞上留下印记，但却阻止不了他们对生活的热烈追求。

殷生光也许只是个普通人，却因与电铲结伴，活得无比充实、自在。城砖不语，成就了宏伟的万里长城；星星不语，点缀了一片美丽的夜空；匠人不语，一路跋涉，一路追梦，一路收获人生。

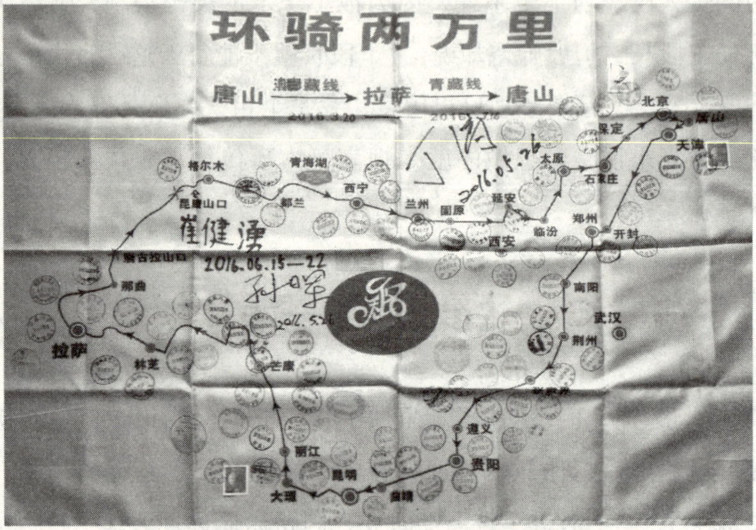

中华骑王丁涛给殷生光进藏地图的签名

退休后热衷于骑行的殷生光

守护机车的检修“达人”易广生

井春苓　孟　华

匠人心语

“对于机车而言，司机好比站在台前光鲜夺目的表演者，而检修人就像是幕后工作者，默默无闻又不可或缺。”说到机车检修，易广生感慨良多。光阴三十余载，将易广生从初出茅庐的愣头小子磨炼成技艺超群的技术领头人。他，虽然不是科研学者，但是凭着一股“学不会不罢休”的倔强，摸透了机车制动系统的每一个管路与阀门；他，虽然不是职业讲师，为了让机车检修技艺薪火相传而传道、授业、解惑。他用自己的努力践行了一个检修人的匠心。

易广生，1965 年 3 月出生于北京市丰台区，1984 年首钢技校毕业后进入首钢运输部工作，是名副其实的老运输人。1987 年，易广生进入为期两年的内燃机车修理大专班进修学习，毕业至今一直在运输部从事内燃机车检修工作。三十年磨一剑，易广生用多年的锤炼与沉淀见证和参与了运输部的历史与成长，同时也将自己的青春与梦想融入机车检修事业。

凭着对技艺的执着，对质量的坚守，对创新的突破，他先后获得了：首钢北钢公司“最佳操作手”、首钢“四小科技”二等奖、首钢劳动模范、首钢“三创”标兵、首钢青年标兵、矿业公司先进职工、“矿山之星”等荣誉。2015 年，运输部划归首钢矿业公司后，易广生被评为“矿业公司技术带头人”。

易广生（左四）在 2016 年矿业公司“矿山之星”表彰大会上接受表彰

制造惊喜，首次改造机车成为最佳操作手

1992 年，27 岁的内燃机车钳工易广生血气方刚，技艺青涩，但同时身上伴着一股不服输的倔强劲儿。

“易广生 30 多年都在干机车检修。年轻的时候他性格腼腆，只专注于工作和学习，要是有人跟他闲聊天，他连话都说不上来，但要是让他解决检修难题，他就是不吃不喝也给你琢磨出来。”现运输部机车修理段党支部书记刘鹤章在北京的时候就认识易广生，是易广生的直接领导，谈到青年时期的易广生他这样说道。

20 世纪 90 年代，计算机和网络还不普及，通信也没有那么发达，职工的技术学习大部分来自于师傅的经验传授与书籍。当时机车使用的关键部件大都是进口的，对于大多数人而言，将传统的检修技艺学会并熟练掌握已属不易，创新改造可以说不敢想，更不敢干。制动系统是关系机车安全运行的重要部位，那时候 V1003 机车所使用的 DA-KO 制动系统是捷克进口备件。当时正值东欧剧变后不久，原民主德国的机车制造工厂纷纷倒闭停产，不再提供备件。运输部在用的都是 80 年代的备件，已有十年之久，绝大多数制动机零部件出现老化、磨损超限情况。十余个待修理的超限闸交到易广生和同事手里，两个人研磨了 3 天，无论怎样研磨都漏风。看着因为没有制动系统备件而影响整车交付使用，易广生心里别提多着急了。他想不能再傻傻的做无用功了，一个大胆的想法浮上心头：“备件买不来那就自己做，照着旧备件依葫芦画瓢呗。”于是易广生开始了他第一次技术攻关改造的尝试。

自制备件还没开始他就遇到了难题，在对比旧备件测量各个部位尺寸绘图的时候，他发现所有尺寸都是磨损之后的，而自动制动阀（俗称“闸”）的内部构造极为精密，稍有误差就会漏风。他将手中所有故障备件统统测量一遍，记录数据后绘制分布图进行误差分析计算。据他爱人说，有些日子他天天和数据图表打交道，入了神连饭都顾不上吃。一个星期下来，终于在图纸上精确地还原了备件原型。图纸有了，接下来就是制作了，这时易广生转念一想：“自动制动阀中原装的尼龙阀硬度大，在研磨时不易操作，且研磨后有毛边。反正是自己做，为啥不能换个更好的材质呢?”于是他又开始查找书籍，对比各材质特性，发现聚四氟质地细腻，材质较软，研磨省力且磨后光滑。制作完成后，安装实验一次成功，大家惊喜之余对这个不爱说话的小伙子刮目相看。可是 3 个月过后，新问题又来了，刚过了一个轮修期，自制的尼龙阀就又漏风了。当时大伙认为，那就 3 个月换一回，反正自己能做了。倔强的易广生不甘心，非要找出问题的根源来，看看自己改制的闸到底差在哪里。他将漏风的闸拆下来分解，逐一检验了各个部件，核对了尺寸后发现都没有问题。想着想着手上一使劲，笔尖把演草纸戳破了，他一拍脑门站起来叫道："就是这么回事！"他找到领导解释说："尼龙阀安装时没事，说明尺寸没问题，但是机车运行起来，尼龙阀与阀体之间 0.4~0.5mm 的圆锥配合面就会在振动的外力作用下干扰其他部件，从而导致漏风，只要将配合面适当变窄应该就能解决问题。"想法有了，可是问题随之产生了，如果变的比较窄，可能造成闸的减压量不够，制动就不灵敏了。到底变窄多少，易广生心里也没底。他只能在保证制动灵敏的基础上一点一点进行调整实验，经过一个月的努力，最终确定了 0.1~0.2mm 的接触面宽度，从而解决了自制尼龙阀短时间漏风问题。

一个制动闸中包含自阀、中继阀等多种阀，自阀的改制只是 V1003 机车制动系统改造的开始，易广生凭着"不达目的不罢休"的倔强劲，用时三年，基本完成进口 DA-KO 制动机国产化的改造工作。其中，对自阀中的关键部件尼龙阀以及阀体的改造，使得研磨效率提高一倍。对三通阀、排气阀的燕尾槽部分的改造，提高了铸胶强度，延长了使用寿命。1995 年，易广生通过改造制动机，对 DA-KO 制动机的工作原理、排布走向摸得一清二楚，他在学习之余编写了《DA-KO 制动机检修最佳操作法》，获得首钢北京钢铁公司"最佳操作手"称号。

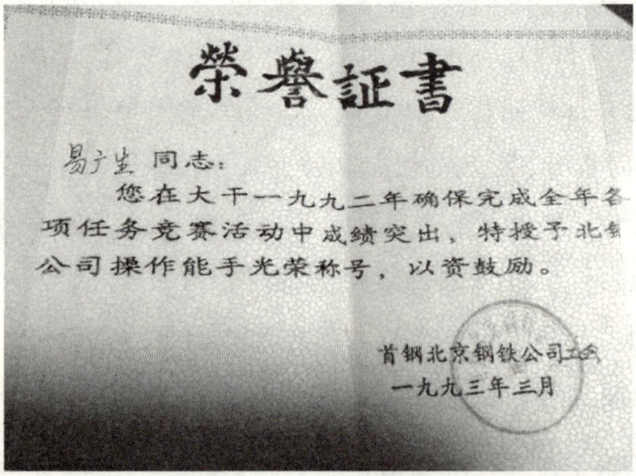

易广生 1993 年获得首钢北钢"最佳操作手"荣誉证书

不吝于行，兴趣是最好的老师

20世纪90年代，首钢运输部从资阳机车车辆厂采购了数台GK1型机车，这种车使用的是JZ-7型制动机，这种制动机能在1~2秒内完成机车制动与缓解。“到底是什么样的制动机能让这么大的机车在极短时间内完成充风与排风呢?”这让易广生觉得不可思议。也正是这份好奇引起了他的探索欲望与学习兴趣。“当时并没有奔着掌握技术去学习，仅仅是对这种制动机好奇，只想弄明白它是怎么做到的。”易广生说。由于是新车，所以相当长的时间内没有检修和处理故障的机会，即便如此，他还是一口气买了6本厚厚的专门介绍JZ-7制动机的书籍。那段时间里，用他同事的话说：“易广生好像走火入魔了一样，天天拿着本书看，只要有GK1机车进来，即使没有他的检修项目，他也要在车上，脑子想的，嘴上聊的，都离不开JZ-7。”提到这事，易广生笑着说：“当时就是特别感兴趣，它结构完美、动作迅速，就像一个宝箱时刻吸引着我。”

随着时间的流逝，新机车的制动机慢慢开始产生故障，闸开始漏风。但与之前接触过的闸不同的是，JZ-7漏风不需要研磨，只需要更换胶圈，处理起来简单方便。但核心困难在于如何准确判断故障类型。因为是首次接触，大家没有检修经验。就在这个时候，易广生之前那些努力有了用武之地。他汇总了6本书的理论知识，与初步故障现象逐一对比进行排查，处理一条、记录一条，不仅摸透了JZ-7的所有工作机理和闸体构造，还逐渐积累了实战经验。用了3年时间，编写了《JZ-7制动机常见故障判断法》，里面包含100多种方法。

易广生说：“很庆幸我没有因为当时不需要就放弃探索。事实证明，没有白费的努力，没有用不到的知识。我很感激那几年的积累，正是那时候的学习为我后来熟悉机车构造、探索制动机改造打下了基础。”

一次次探索-失败-成功的循环往复，让他认识到“世上无难事，只怕有心人”的道理。随着首钢的不断发展，公司产量也大幅上升，机车出动率更高了，同时也出现了V1003机车空压机与驱动电机之间的弹性联接胶圈磨损大幅度增多的问题，平均一周左右就要更换一次胶圈。爱琢磨事的易广生一心想要解决这个问题，经过反复研究，他发现主要是空压机与驱动电机同轴度不好，而且胶圈不耐磨。在更换胶圈过程中，同轴度调整误差大，加速了胶圈的磨损速度。为解决调整电机与空压机同轴度的问题，易广生向领导反映了情况，同时研究制作了一个在不拆除联接钻钉的情况下，快速检测同轴度误差的装置，它能快速检测出在任何一个方向上的同轴度误差，并可以做出相应的调整，且调整精度控制在0.1mm以内。使用此装置调整后的空压机与电机振动次数明显减少，再加上新到的胶圈在耐磨性上得到了提高，使得胶圈更换周期由一周时间延长到一年半左右，降低了故障率。在2003年首钢“四小科技”评选中，该项目也荣获“四小科技”二等奖。

没有谁的成功是一蹴而就的，成功的背后都是努力与汗水的积累。“台上一分钟，台下十年功”说的就是这个道理。机车就是易广生的舞台，年轻的时候，他没有吝啬自己的时间和精力，也没有计较付出是否有回报，他只是默默的潜心修炼，用知识与实践积淀技术素养、积攒内功，一路“勤思”、“勇战”。

破解难题，成就百吨电机车制动机改造“首例”

“双争当”优秀青年、“最佳操作手”、“四小科技”奖……入厂近30年，一个个奖项足以向人们证明，易广生是一个有经验、有实力、有后劲的潜力股。2011年，首钢运输部迁安地区成立维检中心。人到中年的易广生，在异地创业与原地留守间选择了他热爱的机车，坐上由北京石景山开往河北迁安的班车，开启了他的异地工作和生活。而后的这几年，他仍兢兢业业地坚守在自己的工作岗位上，也付出了比在北京工作时更多的努力。

2014年，运输部大力推进体制机制创新，整合检修资源，把位于水厂铁矿采矿场的电力机车检修业务整体南迁到负责内燃机车检修的机车修理段。这样一来，分散的机车制动钳工、机车电工等工种得以整合，减少了天车、起重、电气焊等重复岗位，增加了制动、电机、机加工等综合班组。此时已是高级技工、制动检修专家的易广生，拥有丰富的工作经验和扎实的理论基础，当仁不让成为制动班的领头人。制动班刚成立不久，他们就接到了一项重要任务——对100吨电力机车制动系统进行改造。

运输部在用的4台EL-2/16型100吨电力机车是德国于1972年生产的工矿电力机车，制动机系统采用的是直接排风式克诺尔型制动机，这种制动机一般只适用于连挂车辆数较少的牵引作业。随着运输生产的发展变化，100吨电力机车需要牵引长大列车才能满足运输要求。但此种型号制动机在牵引长大列车时排风慢、制动距离长、无紧急制动作用，使得电力机车就像一个捆住手脚无法发挥能力的大力士，有力量也不敢使。由于使用时间较长，随着设备的升级换代，备件早已停产无法采购，这给电力机车制动系统的检修与维护造成极大困难。针对这一情况，运输部经过认证，决定开展100吨电力机车制动机技术攻关改造。任务交到了以易广生为首的技术人员的手上，将百吨电力机车7218作为第一台进行试验。近30年的磨炼，易广生早已不是当年那个依靠“依葫芦画瓢”改造备件的青工了，现在的他面对任何制动技术改造与创新都底气十足。机车进入厂房后，易广生先不着急制定改造方案，而是一点点摸索，弄清现用制动的每条管路和每个阀的作用以及每条管路风量的分配，充分了解其技术缺陷后再对症下药。经过研究后他发现，原来的制动机结构简单，而要改造的目标JZ-7制动机有7个阀，比原来多出3个。机车空间就这么大，多出来的阀要安装在哪里才实用又美观呢？易广生围着机车转了一圈又一圈，最终在空电瓶柜、司机座椅下、司机室门后等位置安装分配阀、中继阀和紧急制动阀。阀的位置基本搞定，但工作至此却仅仅是开始，还有管路排布、风量分配等更多的问题等待着易广生解决。易广生说：“那段时间我晚上做梦都想着怎么解决这些问题。”在制动机改造中，易广生坚持“能够修复的备件绝不采购新品，能够自行解决的检修绝不外委”的原则。他作为改造的核心人物，不仅要不断调试完善系统部件排布，还要对配合加工、制作零件的车工进行沟通指导。有时为了能使接头完美配合，亲自研究机加工工艺，最后终于将全车管线以最优方案铺设完成。

易广生在制动机改造项目中调试改造阀

作为家在北京的异地职工，易广生每周末才能回家待两天，而百吨机车改造这一个月，他忙得一次也没回家。可偏偏就在这个时候，易广生家的房子漏水，家里的地板、家具都被泡了。妻子打来电话的时候，易广生说："我回去一天，机车就得等一天，家里的事你就多费心吧。"好在妻子一句抱怨的话都没有，反而还安慰他说："家里的事你不用担心，你就是回来了，也还想着班上的事，处理家里的事不见得有我处理的好呢。"虽然这样说，但易广生还是觉得特别对不住妻子。本想着下个周末回去陪陪妻子，可到了周末，一方面为了保证改造进度，一方面迫不及待的想看看自己几个月努力的结果，7218 机车进行试验运行的时候，他又留了下来。

试验如期进行，大闸、小闸作用正常，但在试验过程中发现有一部闸不起作用。易广生的心一下子跌到了谷底。机车又回到厂房。下班了，他没有跟着大伙儿回宿舍；吃饭了，他还在机车上一点点查找原因。终于，他发现原来下车系统的 DN20 风管无法满足机车在非常制动时的风量要求，于是决定将 DN20 改成粗一些的 DN32 型风管。由于百吨机车管线铺设非常紧凑，原来的空间不足以安装更粗的风管，易广生凭着日常工作的积累，他发现 DF4DD 机车的制动系统是双端操作，司机室内部管路走向有一定参照性，于是他决定参照 DF4DD 机车的下车管路走向对 7218 机车下车系统的管线进行重新铺设。但重新铺设管线需要的很多连接件无处购买，他就利用每天下班回宿舍的时间，绘制出 30 多张连接件的图纸，委托机械厂制造。一个月后，30 多种、近百个连接件，以及几十米的管线到位。易广生像孩子看到了生日礼物那样兴奋。他们马上组织安装，60天后顺利完成组装。

修改后，机车再一次拉出去试验了。全车制动系统正常，制动机性能完全符合国家行业部门JZ-7制动机验收要求，改造成功了！这是全国冶金行业百吨电机车制动机改造成功的首例。这项改造，使机车突破了区域作业的局限性，克服了牵引数量少、短距离运行的不利因素，目前可适用于任何站区作业。同时能够充分发挥牵引功率，在裴柳区间作业中，较当时在用的80吨机车很大程度上提高了运量。

改造成功后，易广生并没有因为成功带来的喜悦和称赞声而停止继续攻关创新的脚步，而是接着研究80吨机车的改造方案。虽然与100吨电力机车同属一类车型，但80吨机车内部风路、管路的排布都有所不同。为此，易广生带领几个青工在一没图纸、二没实物参考、三没外部技术支援的情况下，凭借自身技术及百吨机车升级改造经验，自行设计图纸、计算管路直径及长度。青工没有经验，易广生不仅要充当指挥官的角色，还得手把手给青工做示范。通过他们的不懈努力，在2015年成功完成了80吨机车制动系统的改造。

易广生为青工讲解技术要领

改造“达人”，机车已经成为他生活的一部分

近年来，易广生已经成为矿山运输系统的名人了，大家都亲切地称他为

“易老师”。之所以叫他老师，是出于对一位拥有多项小发明和技术改造成果的技术工人的尊重与崇拜。但是他说：“作为检修人，什么时候都不能丢弃一颗细腻心和两只勤劳手。”他依旧默默地在检修一线为了机车的行车安全与效率苦想点子，他开始探索制动系统之外的攻坚项目。

“愿意接受新鲜事物，敢于动手实践”这是易广生工作的秘诀。就拿修复空压机来说吧，GK1 内燃机车上的空气压缩机是通过把空气压缩后给机、列车制动系统提供动力的装置。GK1 内燃机车是由两台 3W1.6-9 型空压机组成的，由于设计上过分追求排风量而忽略了装置结构，从而导致故障率高，使用几个月就出现问题，而且备件已无法采购。就在大家讨论如何应对难题时，易广生站出来说：“实在不行就将空压机的内部构造全都更新换代，改成现有备件检修的型号。”一句话让参加讨论的人员“炸了锅”。

“咱也没改过，有些备件连修都没修过，哪是说改就改的!”

“什么思路都没有，最后改完万一不能用了怎么办?”

面对大家的质疑，易广生坚定地说：“万事开头难，不试就不会有结果。”为了确保空压机修复优化成功，易广生又一次开始“想、翻、找、查、学”。几个通宵下来，易广生眼睛布满血丝，嘴角长了火泡。功夫不负有心人，最终他制定了“将 2 个故障空压机优化成一个 NPT-5 型空压机”修复优化的方案，在车间的研讨会上一举通过。方案刚刚通过，易广生便埋头在资料中研究起来，他不断地修改图纸。为了最大限度节约成本，故障件能修就修，实在不能修又没有新备件的，就根据自己的需求制作。就这样，连续一个多月，在一点一滴的较真儿中，易广生重新制作了空压机底座，将内部管路走向重新排布优化并更换控制装置，成功完成了 NPT-5 型空压机修复项目，提高了机车性能和作业安全性，有效解决了备件采购难的问题，单台减少检修、备件等费用 8 万元。

改造后的空压机

他经常说："每个人都精打细算，才能积少成多。"为了在检修上最大限度的节约成本，易广生带领大家积极参加到运输部开展的"降本增效比贡献，转型发展争先锋"活动中，仅在2015年一季度，就通过修旧利废为车间节约资金近20万元。

遇到技术难题，加班加点已经成为易广生的习惯。当异地职工周五下午踏上回家的路途时，大家总能看到他的身影在厂房里忙忙碌碌搞修复，即便在工作日，他也总是最早一个出工、最晚一个收工。有时大家跟他开玩笑说："易老师，你这么干活给你算加班吗?"他依旧是一脸善意的笑容说："多修点就多省点。"这简简单单的一句话就是易老师所有的期望，看似简单的期望又岂是轻易可以做到的?易广生修的不仅仅是机车，更是人心。就是这份责任心让易广生从制动专业户变成了机车检修创新改造领域的"达人"。

易广生正在自制备件

培育"青年工匠"的导师

易广生不仅自身技术水平过硬，对徒弟传授技艺也是倾囊相授。他带的徒弟都是近几年入厂的青工，毫无修理经验。签师徒协议时，易广生对他们说："只要你们好好学，不出三年，一定让你们独当一面。"为了能让徒弟尽快成长，他结合现场有利条件，在确保工作进度和安全的情况下，让徒弟勇挑重担。修理现场是他传授知识和技能的培训地。2015年，两个徒弟跟着他参与完成了制动机改造、空压机改造等重点攻关项目，成为同批入厂青工中的佼佼者。2016年初，两个徒弟又自制GK1内燃机车侧百叶片，获得大家一致认可。他经常提醒徒弟："不会的多学一点、不懂的多问一点、检查完多看一点、判断后多想一点、处理中多干一点。"不管是不是他的徒弟，只要青工

易广生（右）和高鹏跃（左）
一起研究制作曲轴支撑架

向他请教，易广生都会知无不言、言无不尽，还会亲手示教。通过现场重点、难点讲解和实际操作，让青工在实践中迅速提高业务能力和技术水平。2016 年底，在首钢矿业公司青工技能精英赛中，易广生的徒弟高鹏跃更是以钳工组第一名的成绩被授予“青年工匠”称号。在接收受访时高鹏跃说道：“我师傅是一个特别腼腆的人，不爱跟我们说笑。但是只要涉及到技术知识的事，他都会耐心教授，总怕我听不懂，变换着方法跟我说好几遍，最后还得跟我确定一下他讲的是否清楚，不行就再来一遍。”

在运输部一体化创新工作室里，看着自己杰出的“作品”，“矿山之星”易广生动情地说：“每一个难题被破解，每一项故障被排除，我都有重负离身的轻松；每一项技术革新、每一个发明创造，都让我有种油然而生的自豪感。可以说，电力机车与我一同成长，对于接下来的电力机车检修工作，我更要鼓足劲头继续攻坚克难!”

“工匠精神”的精髓在于锲而不舍的坚持，而真正不断坚守的人也有一个共同的特点，就是对自己热衷事物的“爱”，易广生正是用这份“爱”诠释着一个机车检修工人的匠人之心。

易广生

首钢第一代矿用汽车设计师
魏立华

陈　彤

匠人心语

时间奔流向前，在有心人眼里，它代表着追逐梦想的无限可能。从儿时被“大轱辘”矿车所吸引，到十年矿用汽车设计生涯，“钻”和“悟”伴随魏立华一路执着坚守，清瘦的脸庞，内敛的性格，包裹着一颗不言放弃的心，“只有不敢想，没有不可能”或许是一次次自我挑战最好的注脚。如今他走出矿山，打拼出另外一片天地，只留下一段段朝着目标不断前进的故事……

故事，始于一个少年对矿山最初的印象和对汽车的兴趣，得益于时代和企业发展的契机，他与矿用汽车设计结缘十年。

魏立华，1969 年生人，祖籍河北迁安，毕业于北京科技大学矿业机械专业，1992 年成为首钢大石河铁矿的一员，后申请调入公司汽车部（重汽公司）。此后十年，逐步成长为一名优秀的矿用汽车设计师，先后参与设计 SGA3721、SGA3722 型矿用汽车，以及矿用洒水车、钢坯保温车等多个项目，是首钢汽车制造事业从零起步的参与者和见证者。2001 年 11 月离开矿山，现就职于北京福田戴姆勒汽车有限公司，任牵引车产品线经理、二级规划总监。

飞驰的少年梦

古老的滦河水静静流淌，敢想敢干的矿山人勤劳的双手建立了家园，结束了首钢有铁无矿的时代。

大石河铁矿采场

1985 年 8 月，正是炎热的季节。十几岁的少年眨着好奇的眼睛，被眼前繁忙的采矿场和一辆辆移动的庞然大物深深震撼。

“爸，那是什么车?”

“这叫别拉斯 7523 矿车，苏联产的，能装 42 吨矿石。”

“真棒，从来没见过这么大的车!”

17 岁的少年，在这个“大轱辘”车面前显得如此渺小。

他祖籍迁安，就生活在离矿山不远的农村，村里也有叔叔大爷在矿山工作，与他们聊家常的时候，经常听到有关矿山的事儿，也时常有机会到矿上去看那些轰隆隆运转的钢铁设备，对于矿山的大型设备有着植入脑海的深深印象。“那时候看到那些电铲、矿车等大型设备，感觉很威武!”回忆起当时对矿山的印象，魏立华这样说道。

对一个从小就喜欢汽车和机械的男孩子来说，眼前的“大家伙们”有着巨大的吸引力。

1988 年，魏立华凭借优异的成绩考入北京科技大学矿业机械专业，毕业后主动选择来到矿山公司，被分配到大石河铁矿从事设备管理。

然而他不知道的是，此时首钢总公司正酝酿着一个产业规划，这个规划与他今后的事业紧密相连。

20 世纪 80 年代末 90 年代初，首钢根据采矿运输生产的需要和国内市场需求，提出要利用首钢机械设计和制造的总体优势，开发重型汽车产业。1991 年 11 月，矿业公司根据首钢总公司的决定正式组建汽车部，负责重型汽车的研制开发工作。

时任汽车部部长的赵国田意识到开发研制汽车是一个技术密集、人才密集和资金密集的产业，迫切需要从事汽车设计与制造的专门人才，他们三手齐抓：一面网罗划归重汽的东北三厂中的技术骨干，其中还有总工程师；一面向全国招聘优秀大学生；一面从矿山内部寻找人才。

“首钢要造自己的大汽车，成立了个汽车部，这可是个新鲜事儿，听说现在招人呢!”这个新奇的消息像长着翅膀一样飞到了魏立华耳边。

时代的发展与个人的发展总是有着一种奇妙的联系。应该说魏立华是幸运的，如果不是恰逢其时，他对汽车的喜爱或许只停留在年少懵懂的印象里，他与汽车的接触也仅限于设备管理的行当。得知消息，一向内向的他毫不犹豫做出了决定，“我从小对车就比较感兴趣，毕竟是男孩子嘛，听说能亲手设计汽车，特别兴奋!”没错，就是兴奋。他主动跟单位提出申请，壮志满怀，誓要一展拳脚。

天赋初显，委以重任

风/它给我方向/我不再迷茫/崭新的世界已打开/我和你都起航/快乐的飞翔/只要握紧梦想就握住了希望

1992年，为推进首钢重型汽车产业发展，首钢总公司下发文件正式成立重型汽车公司。公司的重视既是动力也是压力，重汽人深感责任重大。为加快研制开发步伐，矿业公司以引进使用的别拉斯7523矿车（42吨）为样车雏形，通过整车解体、测绘（或技术引进）、消化、吸收进行试制，进而开发研制型号为SGA3721的矿车，“紧迫”是当时所有人的共同感觉。

魏立华在设计研究室先后从事描晒图、资料、情报翻译、底盘、车身覆盖件、驾驶室、整车的设计、计算和标准化等工作。作为一名矿用汽车设计领域的“新兵”，与团队里有丰富设计经验的成手相比，魏立华对设计的掌握还停留在学校阶段，他需要尽快解决两个问题：第一，从零开始了解并掌握矿用汽车的相关知识和设计原理；第二，独立承担一些简单的设计，努力提升个人能力。

30平方米左右的制图室里，铅笔划过洁白的A0号图纸，矿用机械内部的各种精细结构跃然纸上。在很长一段时间内，铅笔与图纸摩擦产生的沙沙声是停留在他脑海里的唯一旋律。钉在浅色木板上的图纸有一种令人心静的力量，远远望去弯成90度的年轻人似乎要黏在图板上，只见他画画停停，每每静静的思考一会儿，又开始谨慎落笔。设计上搞不懂的地方他就去问师傅、找教材，大修厂经验丰富的老师傅也成了他请教的对象，潜心积累中，魏立华只觉时间飞快。

“印象里，他特别能吃苦，关键是肯下功夫。总是能看见他在图板前画图，经常一画就是一天，第二天一大早，他又在画，不知道是来的早还是干脆没走。”与他一起工作多年的董翠艳回忆道。

“这小子是块干设计的料，耐得住寂寞，也能琢磨。”师傅周献才这样评价他。

怀揣着对汽车制造的向往，魏立华全心投入。他发现只要肯用心，肯钻研，时间会给予他丰厚的回报。

慢慢的，他已具备独立设计的能力。第一个任务是对使用超过20年的工装进行转化设计，面对这一较大的难题，他足足花了几天几夜一口气做了出来。一般来讲，设计师画好图纸后要交给管图纸标准化的师傅改后，才能拿到描图员那去描图，到这整个设计才算完成。过程中，师傅修改的多少往往是衡量设计师水平的标志，改得越少，说明设计越完善。魏立华设计的那套图纸不仅基本上没有修改，更是得到了领导“不错，领悟得挺快!”的高度评价。

第一次独立设计的成就感冲淡了连日来的辛苦，不服输、能吃苦的个性令他很快在同批入厂的大学生中脱颖而出。

首钢人总是有着惊人的速度和毅力。1992 年 6 月 20 日，首批两辆SGA3721 样车试制成功，从整车解体到生产出样车，仅仅用了 7 个月的时间。随着矿车正式投入生产运行，首钢重型汽车公司在国内重型汽车行业占有一席之地。

在汽修厂组装成功的SGA3721 矿车样车

一个梦寐以求的机会悄然来临。

研制重型汽车是一项技术密集加资金密集型产业，开发产品初期需要有一定的科研投入，如调研、技术咨询、测绘、试制、试验、鉴定和购置必要的测试仪器等。

时任汽车部部长的赵国田提出引进矿业公司第一台平板绘图仪，实现电脑自动绘图。他打听到清华大学有个为期3个月的短训班，培训汽车设计和机械制图。究竟派谁去合适呢？赵国田在心里细细筛选，考虑再三，“魏立华”的名字冒了出来。他一拍大腿，“对，这小伙子行！”

回忆起当时为何选中小魏，赵国田道出了三点原因：“一是工作态度非常认真；二是对各种事物喜欢研究琢磨；三是外语基础比较好。除了符合条件，更重要的一点考虑是组织上想有意识的培养他，让他尽快成长为设计的主力。”

得知这个消息，魏立华血液沸腾，“特别意外，能够被选中感觉很荣幸，同时压力也很大，领导给我这么好的机会，去国内最高学府学习，机会很是难得！是对我的信任！”

3个月的时间里，魏立华身负使命和希望，同来自全国各地的汽车厂核心技术人员们一起，坐在国内最高学府的课堂上对新知识孜孜以求。讲课的都是国内汽车专业顶尖的老教授，平易近人，深入浅出。遇到不懂的地方他就与同班同学一起探讨，没事总是拉着老师请教，这份虚心和认真给大家留下了深刻印象。

这段经历对魏立华影响很大，对个人而言，不仅学习了汽车设计方面的专业知识，而且提高了专业能力，多么令人激动！对重汽公司而言，国内计算机辅助设计刚刚兴起，这项技能的学习掌握，为后期的工作提供了很大的帮助，也开创了整个矿业公司的先河！

接手运用矿山第一台计算机制图仪

前方/是璀璨的星光/我充满了力量/就不再惧怕伤痛和大风大浪/因为梦想/一切不可阻挡

魏立华一直记得，1993年，价值20多万元的制图仪和配套设施被拉进了设计室，大伙儿“呼啦啦”围了上来左看右看，研究着它的神奇之处。

计算机制图，在那个普遍用丁字尺和铅笔画图的时代刚刚兴起，对制图效率的提升非常明显，这样的高档设备，别说会用，大伙连见都没见过。

当时的平板电脑绘图仪样式

“这套设备在当时别说是矿山了，在国内都是顶尖的。公司也非常重视，专门为这套宝贝配置了空调和地板，让我负责计算机制图的学习和研究，每天我都把设备和屋里打扫得一尘不染。”作为当时第一个也是唯一一个操作者，魏立华深深体会到这是组织对他莫大的信任和期许。

然而，当时他面临的情况是这样的：

清华短训期间学到的是与机械制图相关的软件操作方法，可以说是理论上的知识。但这个只附带一本英文说明书的绘图仪是实物，面对高档设备他一筹莫展。“当时计算机刚刚兴起，普遍用的是286，我们用的是更高级的486。我不是计算机专业的，懂得不多，而且绘图仪与计算机的协同匹配也是个难点。”

设备的说明书都是英文的，魏立华依靠大学里面的英语基础，一点点翻译。看不懂的地方就翻字典，白天做设计，晚上大家都下班了他还在办公室里研究，愣是把厚厚的说明书吃透了。随后，他又开始琢磨具体操作。3个月的短训学到的多是理论和几个简单的操作，但在具体设计中，各种矿用机械的结构和零件千差万别，现有的知识明显不够使。那段时间，他有空就往北京跑，西单一片的图书馆几乎被他找遍了，凭着这股死磕的劲头，他逐渐摸索出了操作规律，背下了几百上千条语言命令，实现了电脑自动绘图。真是说来简单，做来不易。“那段时间真像着魔了一样。”他自己这样形容。

可以熟练操作后，魏立华不负众望，他开始独立设计 SGA3880 型矿车等多个项目，设计水平跨越式增长。

1993 年，根据重点工程项目冷轧改造的需要，首钢决定开发研制 10 辆 SGA9480 热钢坯保温运输车，总公司将任务下达给了重汽公司。由于这种车国内谁都没做过，设计难度很大，重汽公司专门成立了攻关组，魏立华参与其中。

设计过程非常艰辛，大家坐在一起不停的组织讨论交流，多次到北京和外地有关厂家进行现场调研搞设计、拿方案，并租用唐山汽车制造厂的场地搞制造。保温厢车是一种半挂车，装的时候厢盖需要打开，装好以后盖子盖上用于钢坯保温，为了节约能源，对温降的要求非常严格。大家决定用太拖拉作为牵引头，最难突破的难点集中在保温车的厢盖开闭机构上，大伙熬了几个通宵，提出各种设想，方案拿了十几个，总是达不到厢盖开启后低于厢体的要求。

此时，魏立华和他的计算机辅助设计派上了大用场。每当提出一个设想，他马上用计算机对不同的厢盖开闭机构的运动轨迹进行模拟，看是否能满足装卸货和保温的需要。最终，团队提出使用液压马达开闭机构并经过计算机多次模拟解决了问题。

SGA9480 热钢坯保温运输车，自制率达 75.8%，国产化率 100%，不仅是“首钢独创”，更是填补了国内项目的空白。

重汽公司生产的 SGA9480 热钢坯保温运输车

"车做出来后我们连夜送到了北京，受到公司领导的表扬，创造产值700多万元。从那时起，重汽公司真正实现了自己养活自己。"赵国田回忆起设计研发过程感慨万千。

徜徉汽车设计的愉快海洋

前方/是无限的星光/把明天的辉煌/照耀在肩上/要相信自己汗水流淌/就会有荣光/从今后我们勇往直前/大干一场

说到汽车设计带给他的快乐，魏立华一口气讲了好几件事。

印象特别深的是做散装罐车的罐体。该车是球团厂和烧结厂的车队用来拉散装石灰的，因罐体用的时间长了需要更换，但外购太贵，所以就委托重汽公司自行设计。

面对这个项目，设计经验丰富的魏立华一时间不知道从哪着手开展设计。他仔细理了理原因：设计首先基于了解，而他对这一行业十分陌生，对散装物料的卸灰原理、压力容器的设计等一无所知。对于一个设计师来说，一无所知代表无从下手。为了搞清这些东西，他晚上从设计手册里面找有用的信息，白天到改装厂去了解技术，终于找出设计的关键点在于出灰口和硫化床之间的间隙。间隙大了灰进去出不来，出来的速度特别慢；间隙小了也会卡灰，因为里面是压力容器，如果灰出不来，只有人工一筐一筐往外掏，风险比较大。为了设计合理，他大夏天钻到罐体里去看、测量，出来时衣服湿透了贴在身上。

然而即使如此依然有些问题解决不了，他想出了新办法，带着另外两个设计师跑到唐山专用汽车改造厂，冒充采购员，一板一眼的去谈设备，实际目的则是"偷技术"。"因为不知道怎么搞，比较难，人家不会告诉你，只能自己去摸索。"

第一台成品试车的时候，"站在一旁心里非常非常紧张。"描述当时的心情，他一连用了两个非常！使用方看他紧张，打趣说，如果不成功，就让他进去拿筐往外掏灰！最后设计一次成功，出灰效果非常好，比预计的时间还要提前，矿山全部的老旧罐体依据此设计进行了更换，巨大的成就感将他包围。

痴迷其中，自得其乐。

后来，魏立华接手设计 SGA5650 矿用洒水车项目，又是一个难啃的硬骨头。设计要求喷洒宽度必须大于 30 米、具有喷雾降尘和消防功能，上面有一个水炮，射程不能低于 48 米，射高不能低于 30 米，还要具备自吸自排功能，如矿山哪里缺水，没有水源到河里吸出来，再快速卸掉，他负责整套水路系统的设计。

“当时水路系统设计的水泵是比较头疼的。最早没有设计经验，用农业灌溉的水泵直接带的，装上后压力不够，结果水炮的射程只有 10 米，压力非常小。”

他经过多方打听，了解到山东临沂有一家做消防设备的企业，水泵或许能满足条件，便连夜出差奔赴山东。到了才发现，这是一家监狱系统的企业，管理很严，找负责人的过程如同电影一样戏剧化。

据同事董翠艳介绍：“在去北京做水车水泵测试途中，因为急于赶路，魏立华发生交通意外左腿粉碎性骨折，住了 6 个月的院，躺在病床上，他还关心水车试制情况。”

崭新的 SGA5650 矿用洒水车

每做一个新项目，对他来说都是一个全新的领域，都是一次全新的尝试。工作几年了，他依然保持着最初的兴奋和激情，恰恰是在遇到各种难题时，他更乐意在攻克它们的过程中汲取快乐、收获成长。

参与重汽拳头产品 SGA3722 型汽车试制

看吧/最美的青春在流淌/才能不辜负梦想

1998 年乍暖还寒，矿业公司职代会明确指出，世纪之交的矿业公司要抓住当前矿用重型汽车市场看好、价格回升的市场机遇，利用矿山现有汽车生产许可证、科研机构、制造体系和技术装备等有利条件，经过 3 年时间的努力，形成矿用汽车生产和特种车辆的新兴产业。

春风吹进了重组后的重型汽车公司。在矿业公司的支持下，重汽公司重新走上了开发研制矿用汽车的道路，确立开发 SGA3722 车型的发展思路和具体目标。

重汽人激动万分。SGA3722 是首钢重汽在 3721 车型基础上研制的第二代车。开发研制 3721 时，魏立华的设计能力还有差距，只参与了部分设计工作。如今他羽翼渐丰，誓要在 3722 车型设计中一展拳脚。

设计汽车是一项系统性工程，千头万绪。魏立华的任务主要是做驾驶室的设计以及和同事一起负责总布置，他一刻也不想停止，以一天一张 A0 图纸设计的效率飞速前进（A0 折合 A4 大概是 16 张）。

时任重汽公司经理张庆志（右一）与技术人员
刘肇飞（右二）、魏立华（右三）研究 CAD 图纸

驾驶室是整个矿车机械系统的大脑，仪表、电器、转向、制动、油门等

等，所有的机构全在其中，是一个单独的系统。矿山的作业环境比较恶劣，需要隔音、隔尘、隔噪、保暖、空调系统、暖风系统等诸多功能，他找来SGA3721的图纸细细研究，当然有经验可借鉴，难就难在创新上。他不满足于按部就班，多次找到驾驶矿车的司机了解需求，得知驾驶员对隔音和保暖有着更高的需求，他开始不断进行尝试。

SGA3722 的电脑设计模型

SGA3721 矿车是单层铁板结构，里侧是用保温棉材料贴敷上去的，时间长了内层的保温材料老化脱落，就失去了隔音隔热效果，司机在里面夏天热、冬天冷，非常辛苦。魏立华多方查找资料，找大学时期的老师咨询，过程辛苦自不用说，最后在SGA3722的驾驶室内开创性的用了双层的钢板结构，夹层填充保温棉，不仅内侧的保温性得到加强，强度也提高了。一旦发生其他的事故如翻车或着火，里侧无法燃烧，安全系数大幅提升。

“当时设计比较辛苦，我总是看见他晚上在绘图室工作。他说，晚上清净，效率高。”老工程师王学生回忆道。

最终驾驶室的全套图纸全部由魏立华一个人出图，包括车身附带件等都由他一手设计。由于矿山自己的制造厂无法做驾驶室，他到委托的山东制造厂全程跟踪制作过程。在工厂里跟工艺人员一起修改图纸、做工艺设计，直到第一台驾驶室的样件成功试制，领导评审认为没问题了，才松了一口气。

灵感和创新处处体现。“其实不止是双层钢板设计，包括驾驶室的整个骨架、龙体，前风挡的角度都有所创新，比如前风挡的角度，怎么才能在会车的时候减少光直射到司机的脸上，当时也是想了很多的办法。”说到此，魏立华已然回到了曾经的时光。

庞然大物，实际也是由细节逐渐搭砌。对于一个设计师来说，设计和心思无处不在。

1998 年 3 月 16 日，随着马达的轰鸣和现场职工的热烈掌声，一台 3722 型 42 吨矿用汽车驶出了生产厂房。这台设备的成功试制仿佛将人们拉回了曾经为之奋斗的日日夜夜，它是新一代重汽人坚持梦想所得的硕果，也给老一辈重汽人带来了无限的欣慰和满足。3722 型矿车在 3721 型车的基础上进行了五大方面的改进，整车性能进一步优化。于当年 5 月顺利通过权威部门的各项设计性能指标的检测，并于当年 6 月通过北京市鉴定。

时任矿业公司总经理郝树华（左七）与重汽公司人员在
SGA3722 矿车前合影留念，左二为魏立华

1998 年，SGA3722 矿车通过部级鉴定，右三为魏立华

这其中还有一个细节，被曾任重汽公司经理的赵国田娓娓道出："做SGA3721时还有一段小故事。当全部图纸测绘并审查完以后，因当时矿业公司不具备画总装图的能力，我们专门请重庆汽车研究所的两个高工来画总装图。总装图是设计的最后一个环节，把所有设计出的零件和结构，按照一定的要求汇总到一张图上，最是考验设计师的功力。当时，大家一边看一边学，魏立华尤其认真。到画SGA3722的总装图时，咱们已经不用再外请工程师啦！都是小魏一个人做的！"

3722型矿车，仿佛一匹黑马横空出世，其优越的性能使重汽产品第一次走向首钢以外的社会市场。21世纪初，重汽生产的42吨矿车靠技术创新打开市场大门，仅2002年此车型就生产了65台，社会销售近50台，遍布全国13家大型矿山企业。

SGA3722造车人员合影留念，上排左十为魏立华

流过汗水的人，往往更能体会成长。"这种实践特别宝贵，当时的经历对我以后的成长非常非常有帮助！"魏立华感慨道。

我曾是首钢人

2001年11月，魏立华因个人原因离开矿业公司，入职北汽福田北京欧曼重型汽车厂技术中心（北京福田戴姆勒汽车有限公司前身），从设计做起，开始了新领域的开拓。

他先后负责发动机、发动机附件、所有的附件系统如进气、冷气、排油等设计工作，从负责整个底盘室，到负责整车所，从设计部门到产品管理部门，一直到如今作为产品线经理负责整个牵引车的规划，一路过关斩将，愈战愈勇。

北汽福田汽车有限公司从2000年开始做出决策进入重型卡车市场。15年的时间里，作为行业黑马，从默默无闻到在行业里排名第三。命运如此相似，他再一次经历了从无到有、从小到大的过程，再次一展抱负，毫不畏难。

起步始于钻研，成长始于领悟，发展始于创新。无论身在何处，他一次次起跑，一次次拼尽全力。

谈到心得感悟，魏立华顿了顿，这样说道："工作中第一是要自己努力，第二要有平台，不论企业还是社会都有平台，没有平台再大的本事也做不出成绩。矿业公司重型汽车的设计制造，实际上给我提供了个人发展的平台，我曾是首钢矿山人，把最美好的时光都留了在矿山，伴随重汽汽车制造的发展，和企业一起成长，受益颇多，很多设计上的创新、灵感、实践都在这里完成。感谢首钢矿山！"

到这里，关于魏立华与矿山、与重汽公司的故事已告一段落。

屈指算来，魏立华在矿山和重汽公司只工作了十年。但，这是重汽公司匍匐起步的十年，是重汽公司咬牙闯关的十年。十年间，重汽公司造出了自己的大汽车；十年间，拳头产品销往全国各地。同时，这也是一个年轻人奋斗的十年、奉献的十年，一个优秀的汽车设计师为了梦想大干一场的十年！应该说，重汽公司为魏立华提供了展示的平台，而他作为参与者与企业共同成长。

魏立华留给人的，始终是内向温和的印象。然而很少有人知道，他胸中有一团火焰，熊熊燃烧，这团火焰照亮探索梦想的道路，托起严谨、执着、精益求精的精神理念和工作态度……

角逐蓝领人生的电工状元刘建军

杨伟才　齐刚刚

匠人心语

在竞技赛场上，他学以致用、力拔头筹，曾获得北京市工业职业技能竞赛冠军；在设备维检上，他勤于钻研、妙手回春，是技术高超的“设备医生”；在技艺传承上，他倾囊相授、示范引领，在协力公司电气施工现场桃李满园。一颗匠心翱翔在技术的天空中，一身工装穿梭于轰鸣的设备旁，对技术的不懈追求，成就了电工状元刘建军璀璨的蓝领人生。

刘建军，现为首钢矿业协力公司烧结维检项目部的一名电工。工作 27 年，他独立解决重大技术难题 80 多个，参与大中型检修达 300 余场次，参与大型技术改造工程 50 多个，其中独立带摊完成近 40 个。他本人 2000 年被评为“北京市工人高级技术能手”，2011 年被评为“全国钢铁行业技术能手”；多次被评为两级公司先进职工和模范共产党员；4 次被评为首钢总公司劳动模范；2011 年被授予“首都劳动奖章”；2015 年获得“北京市政府特殊岗位津贴技师”荣誉。以刘建军名字命名的电气工作室被评为“北京市首席技师工作室”。

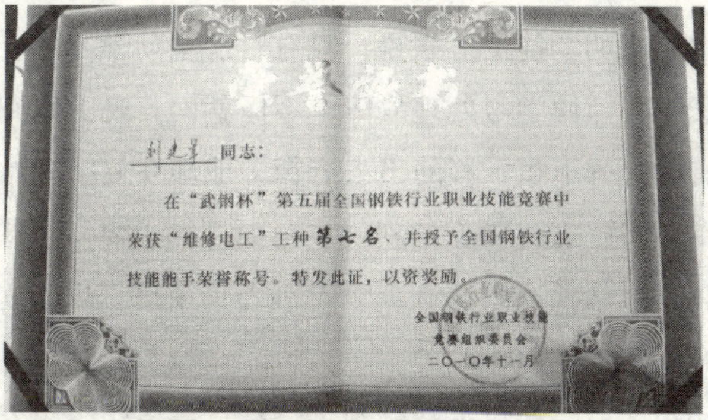

刘建军被授予“全国钢铁行业技术能手”荣誉称号

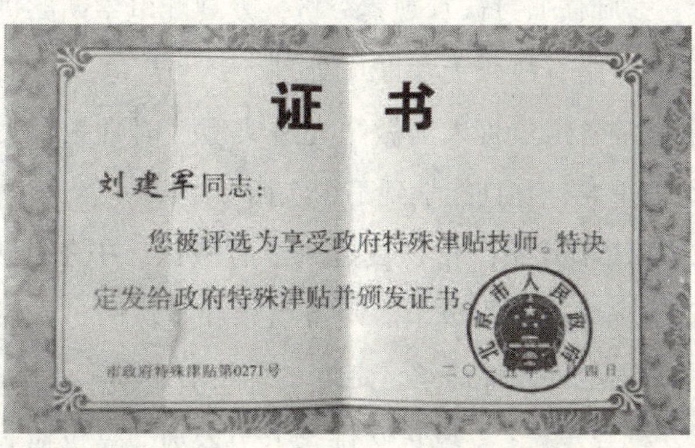

刘建军被评为“北京市政府特殊岗位津贴技师”

主动学习，让他变得“不一样”

1990年8月，19岁的刘建军毕业于北京钢铁学院工业电气自动化专业，被分配到首钢矿业公司计控室工作，在仪表工岗位见习，班组主要负责维护大石河选矿电子秤。他勤学好钻、诚实肯干，加上有一定的理论基础，很快掌握了电子秤的电路识图、电器元件原理分析、电路板焊接和布局等实操工艺。

机会总是留给有准备的人。恰逢1991年下半年矿业公司筹建球团二厂（后改名为烧结厂），刘建军被选派到首钢总公司烧结厂实习。面对从未接触过的设备和图纸，他没有畏难，紧紧抓住难得的学习机会。因为实习期只有半年，对一个“外来的学徒工”来说，只有自己主动学习才会收获更多的知识。白天，他紧跟着师傅学习处理故障，不懂就问；晚上回到宿舍，其他同事有的喝酒、有的打牌下棋、有的出去逛街，他却在灯下开始总结一天的学习内容，翻看专业书籍……21岁的刘建军全面接触了之后将要打几十年交道的烧结电气设备，对从配料到两次混合，再到烧结机、成品、筛分、输送等全流程的设备有了初步认知。

从总公司回来之后，刘建军被分到了烧结厂筹备组，跟着老师傅对厂家人员进行监装。最初干监装工作时，他觉得图纸都设计好了，监装就是“走形式”。有一次，老师傅通过认真观察分析，发现配电室两路进线电源和联络电源设计不合理，一路有故障无法断电处理。经与厂家人员确认后改造消除了弊端。这件事被筹备组负责人当做“先进典型”时常教育大家，刘建军这才意识到监装也很重要，并且能学到不少东西。

从那以后，刘建军开始严格认真起来。有一次，中午快要下班的时候，其他同事都回班组洗手准备吃饭了。筹备组领导下班路过安装现场时，发现有一个工人正在紧固电气元件螺丝，走近一看是刘建军，便说：“小刘，怎么不快点去吃饭?”刘建军说：“班长安排我下午去别的点位监装，剩余一部分元件螺丝紧固验收工作还没有完成，我怕新来接班的同事不好区分，全都检查完了再去吃吧。”半个小时后，刘建军赶到食堂时已经没有饭了。除了在日常监装工作中认真负责，刘建军还深入学习了所接触的设备安装标准及控制原理，和老师傅一起钻研图纸，这让他更加熟悉了烧结全流程电气设备。

考虑设备投产后，大部分监装电工即将承担起烧结厂电气设备维检重任，为了提升综合技能水平，筹备组开展了电工技能竞赛。比赛内容是星三角启动的控制回路设计，参赛的20多名电工中，有近半数老师傅，最终刘建军获得了第二名，是十几名参赛青工中的第一名。

显现出较强的责任心和进取心。刘建军在同时入厂的青工中崭露头角，在筹备组中表现优异。1992年6月，刘建军和另一位老师傅被推荐加入中国共产党，当时筹备小组有一百多人，获得这个机会非常不容易。

不言放弃，四次“进京赶考”终拔头筹

1992年底，烧结厂投产，刘建军正式成为一名从事设备维检工作的电工。最初投产时，设备运行并不稳顺，刘建军和师傅们经常穿梭于检修现场处理问题。好记性不如烂笔头。也就是从那时开始，日常接触的新鲜知识越来越多，刘建军养成了记笔记的习惯。他每天下班回宿舍都把一天的问题记录下来，对故障原因、排查过程、处理方法等反复熟悉。好习惯产生了好效果，随着处理的问题越来越多，他的电气技术水平也越来越高。

刘建军在现场维护设备

1994年，刘建军被推荐参加了矿业公司电气技术比赛，赛前组织方不给题目，考验的是选手对于知识的积累和临场应变能力。他至今难忘比赛的三个题目：一是电动机3个绕组判断首尾端；二是用凸轮控制器控制绕线电机接线；三是三台皮带电机顺序控制接线。刘建军在参赛选手中显得颇为淡定，因为这3个题目只是他笔记本中数百个案例最为普通的3个。毫无疑问，他以最快的速度接线，一次试车成功。而另外的十几名选手中，只有一位成功试车。

连续在矿业公司技术比赛中获得冠军，让只有20多岁的刘建军成了矿业公司电气技术比赛界的“小名人”。从1996年到2008年，刘建军多次获得矿业和协力公司的技能竞赛冠军，2005年更是获得了首钢总公司技能竞赛冠军。在所有的技术比赛中，刘建军对参加北京市工业系统工人技术比赛记忆尤为深刻，可以说他是“卧薪尝胆”十余年，才终于问鼎这项比赛的冠军宝座。

1996年，刘建军第一次被推荐参加北京市工业系统工人技术比赛。赛前没有任何培训，考试大纲几乎覆盖了所有电气技术知识，准备起来难度很大。没有大赛经验，刘建军只能自己摸索，他利用工余时间把上学时的书籍全部找出来，前前后后、仔仔细细看了两遍。

在北京参加比赛的几天，他经历了一件对他影响很深的事。因为比赛之前不给题目，只让准备参赛所需电气元件，所以“根据元件猜测题目”就成了很多选手赛前准备的重要工作。那次电气比赛分为内外线电工和维修电工两部分，刘建军参加的是维修电工比赛。比赛之前，一位叫张兴汉的参赛领队正在给本厂三名即将参加内外线电工比赛的队员讲解“根据元件猜测题目”的技巧。刘建军注意到了，虽然参赛内容不同，但他觉得应该听听，就特意留下来听张师傅的讲解。对于这次所学的“猜题技巧”，虽然缺乏深入的研究，当次比赛来不及应用，但刘建军却如获至宝，这为他参加之后的比赛奠定了基础。由于赛前的充分学习，刘建军获得了北京市第五名，奖金是1000元。他给自己买了一台电话台灯，剩下的钱孝敬了父母，心里美滋滋的。

第二次参加北京市比赛是2000年。那时候电脑还未普及，而PLC编程控制又要使用电脑练习，刘建军从一个朋友那里借了一台笔记本电脑进行练习，并从技校借了PLC系统。时间紧迫，他白天上班，晚上就在宿舍疯狂练习，即使放假回老家也带着电脑在家里一遍又一遍的练习。这一次比赛，他获得了北京市第二名的好成绩，并成了矿业公司第一个高级工。赛后回来，刘建军专门买了一台笔记本电脑，花费了4000多元，这是他当时3个多月的工资，当时家里条件并不富裕，妻子最初不理解，可看到他练习时投入的状态，也就开始支持他了。

第三次参加北京市的比赛是2006年，刘建军获得了第三名。

2008年，刘建军迎来了第四次“进京赶考”的机会，这时他已接近40岁。当时有人劝他说：“你已经是首钢冠军了，这么大岁数就别去比赛了。”对于多年在比赛中的坚持不放弃，刘建军是这样说的：“当时没想太多，就想拿个冠军给比赛生涯画上圆满句号。”

比赛前，主办方列出了比赛所用电气元件，包括3个接触器、3个限位开关、3个电气按钮、PLC以及其他附件。结合往年比赛经验和自身掌握的电气知识，刘建军根据当年张兴汉师傅介绍的方法猜测了5套实操题目。这也成了他赛前准备的重点，他首次接触并深入学习了更为高效PLC“步进指令”。为了在比赛中熟练运用这种高效指令，他经历了一番深入细致的研究学习。另一方面，他根据多本专业书籍整理了十几本笔记。在赛前那段时间，他跟妻子“请了假”，每天就在宿舍从早到晚的研究，甚至打乱了生物钟，有时候早晨吃一顿饭，中午学习忘记了时间，一直到下午两三点才吃午饭，半夜学习的时候饿了才想起来吃晚饭。

这次比赛共有来自北京市47个企业和职业技术学校的3789人报名参加，最终有45名选手进入电工组的决赛。走入比赛现场的瞬间，刘建军在心里默念：“一定要夺得冠军！”。拿到比赛题目后，他发现实操题目正是他赛前准备的“小车三点卸料自动化控制设计与实施”。但他并没有放松，在编程过程中聚精会神，精细排布线路。最终，经过理论和实操的激烈角逐，时隔12年，刘建军终于拿到了北京市冠军！

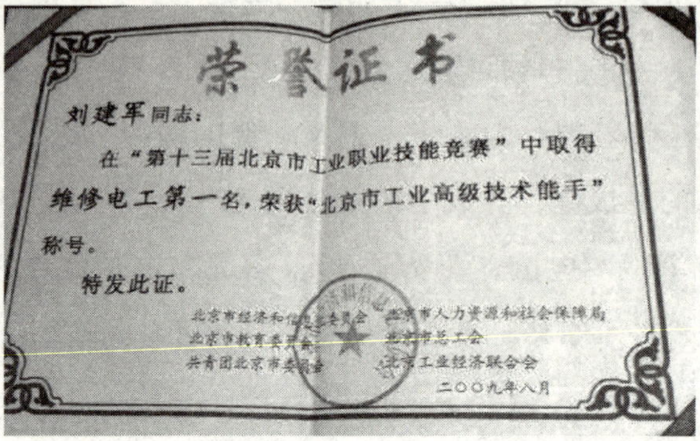

刘建军获得北京市技能比赛第一名

他是人人信任的"设备医生"

提起刘建军，和电工运行班打了二十几年交道的烧结厂点检员冯邦勤十分佩服地说："许多技术难题，只要刘建军来处理我们就放心，这么多年他从没让我们失望过。他的技术水平非常高，厂房里的天车从驾驶室操作台控制改成了地面遥控器控制，厂家改造两种回路未能彻底分离，出现的故障很难排查，刘建军每次都能很快找到故障，让天车恢复正常使用。"

2003年，协力公司成立，刘建军随修理队伍划转到协力公司，成为检修一公司电工运行班的一员，但班组仍主要负责烧结厂电气设备日常运行维护工作。干检修工作，避免不了与总在更新换代的设备接触。刘建军喜欢接触新事物，有些施工项目即使不是自己承担的，也会特别留心学习。

有一次，刘建军和同事处理完电气故障回班组的路上，发现链板机旁有很多外部厂家来的技术工人。一看到这样的技术工人，刘建军就特别注意，他让同事帮忙把工具拿回班组，而自己就守在旁边观察了起来。原来，由于链板机采用的滑差电机经常烧毁，厂家派人过来将其改造成变频器控制。当时，刘建军只在书上看过变频器，他特别好奇的向厂家询问为什么会出现这种故障的原因，对方耐心地向他讲解了原理。

观察的多了，学习的多了，处理电气故障的时候，刘建军的眼界也就宽了。2005 年，有一段时间，业主反映锅炉房炉排电机常有灰尘堵塞犯卡现象，造成滑差调速器、电机烧损。刘建军一下就回想起了之前厂家人员改造链板机变频器的场景，向业主提出了改用变频器控制技术的方案。有了之前的经验，业主批准了这个方案，选用了东芝 A5 型号 3 千瓦容量变频器。到货后，大家开箱一看顿时傻了眼，说明书是全英文资料。这对于中专毕业的刘建军来说，如同"天书"。可他并没有放弃，找来一本英汉词典和烧结厂当时仅有的一本东芝 A7 说明书译文资料，一点一点的翻译，再对 A5 型变频器进行调试，终于使改造取得了成功。

刘建军（左）在现场处理问题

一个故障，就是一道命令。设备抢修救急如救火，每当这时，刘建军总是以最快速度赶到现场。与电打了二十多年交道，他骨子里不自觉地都被传导了电的特性，查找故障眼光犀利，判断故障思维凌厉，处理故障手脚麻利。

一次深夜，天空电闪雷鸣，大雨滂沱，红泥料场堆取料机出现故障。当时迁钢投产不久，正值打产增效的关键时期，矿业公司是其唯一的烧结矿供应基地，而红泥又是生产烧结矿的重要原料，如果不能及时恢复转车供料，将严重影响整个生产流程。刘建军所在的车间负责维护这个区域。当时现场灰尘较大，电气线路的标识走向已很难辨认，且控制线路交错纵横，处理难度很大。刘建军得到消息后立即赶到现场。电气故障诊断处理最能反映电工的技术，处理的效果和诊断的速度是最主要的评判因素。对于有些电气设备故障排查，技术水平较差的电工需要检测几十个甚至几百个点位，而技术较高的电工往往检测得很少。向岗位人员了解情况后，刘建军得知是大臂不工作，他习惯性地对照图纸理顺线路，将诊断范围缩小了10倍。手拿着万用表和摇表，并不时在本子上画图勾勒，经过3个多小时的“望闻问切”，终于找到了故障点，最终在几分钟内更换了端子，接线后试车一次成功。皮带机“轰隆隆”的响了起来，而此时的刘建军已经变成了“泥人”。

说起刘建军，他以前的车间领导张文峰说：“比赛现场他是冠军，设备维护现场他也是冠军。几十年如一日研究、解决烧结电气技术难题，积累了非常丰富的实战经验。”

班组青工张润桓这样说道：“很多问题，别人解决不了或者无从下手，刘师傅到现场基本上能很快的解决。小部分难度较大的问题，到最后也能被他攻克。”

刘建军老家距离矿山来回70多公里的路程。1997年结婚后，他从最开始骑自行车，到后来骑摩托车、与人“拼车”，直到现在自驾车，奔波了27个年头。对于他的工作，妻子说：“我知道他工作忙，家里有什么事，我都尽量自己办了，能做的就不让他操心。记得有几次，他回家连饭都顾不上吃就躺到床上睡着了。”刘建军真的很忙，一方面要努力学习准备比赛，另一方面要参加日常维护检修和技术改造。正是因为有这些繁忙的维检工人，才有了设备的稳顺运行。

团队辐射，桃李满园

随着在日常工作中不断解决问题和比赛不断取得的优异成绩，刘建军的影响力逐渐增大。

2008年，他被评为“全国钢铁行业技术能手”；2009年5月，以刘建军为主人公的先进事迹专题片《沸腾的蓝领人生》在协力公司首映；2009年9月，刘建军被授予协力公司“技能专家”；2009年10月，在矿业公司“三创”典型事迹报告会上，刘建军作了题为“扎根一线勤磨砺，超越自我写人生”的报告。同年，刘建军电气技术攻关团队正式授牌成立。从此，刘建军踏上了技艺传承的道路。

协力公司《沸腾的蓝领人生》纪录片首映现场

刘建军电气技术攻关团队授牌仪式

刘建军电气技术攻关团队刚刚成立一个月，便迎来一场硬仗，承接了水厂铁矿东部排岩系统破碎站下移工程的电气项目。东排破碎站是“洋设备”，技术先进，且电气控制技术与机械、液压、内燃技术紧密融合，是一套高度自动控制系统。厂家安装用时 180 天，而东排下移的工期只有 30 多天。面对巨大的压力和挑战，刘建军带领团队成员吃住在现场，从关键环节入手，大家一起研究讨论。距离开工一个月的时候，大部分图纸还没有研究。“这么干不行，必须改变打法。”经过缜密思考，刘建军决定充分发挥团队成员专长，快速做出分工。由他主要负责检修信号精定位，其他骨干负责控制系统恢复、冷缩电缆头制作、高低压电缆铺设、高压控制系统与皮带对接研究。

说起刘建军在现场发挥的作用，青工杨奕这样评价："入厂以后刘师傅一直是我的偶像，不仅仅因为他是北京市技能比赛冠军，更因为他在很多大型施工中能够带着大家处理很多技术难题。"这场硬仗，在刘建军的带领下、团队成员的密切配合下，提前完成任务。

为了提升团队综合实力，刘建军加强岗位练兵。只要有技术改造项目，他就会主动带着团队成员干，现场进行讲解、教授。除此以外，他还把"发挥团队辐射作用，引导更多职工学技术"作为团队重点工作，结合现场实际案例分析、电气知识理论基础、改造现场和高端技术进行重点培训。据统计，团队成立至今，大大小小的集中培训超过 200 场次，为提升协力公司电气施工综合实力做出了重要贡献。

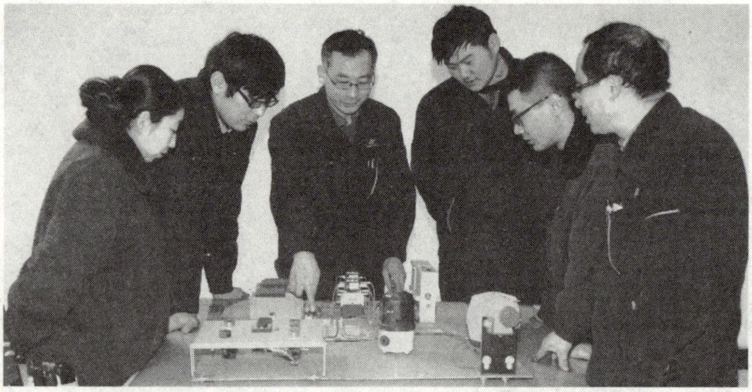

刘建军开展电气技术培训

刘建军传承的不仅仅是技艺，更是对待工作的态度。青工李东义入厂后就拜刘建军门下，谈起跟着师傅学艺的时光，他说："我最佩服的就是师傅的工作态度。记得烧结 360 平投产后，我们班组负责电气维护，每天我和师父都要整理图纸，先后整理了 500 多张。说明书是英文的，师父就带着我用词典全部翻译。成品自动化改造时，他经常中午不休息，有时甚至赶不上吃饭。他总说，辛苦点儿没事，不辛苦哪能学到东西。"

榜样的力量是无穷的。在刘建军的带领下，团队几十名大学生技能提升很快。在 2008 年矿业公司举行的电工技能大赛中，刘建军所在班组青工包揽了前三名；2009 年协力公司职工技能运动会，刘建军的徒弟李东义获得第一名；青工杨奕更是连续 3 年获得矿业公司电工比赛第一名，并于 2014 年获得首钢总公司第二名；2016 年，团队三名青工参加了矿业公司青工技能精英赛，获得团体第一名。

团队里的青工参加各级比赛，拥有多次大赛经验的刘建军非常支持。在赛前的辅导上，他倾囊传授知识、介绍经验。他经常说："扎实的练习才有自信的发挥。其实我们团队中几个年轻人都很出类拔萃，赛场不允许失误，只有把功夫下在平时，才能在比赛中有足够的底气，发挥出自己正常的水平。"

2014 年首钢总公司技能比赛之前，参赛青工杨奕找到刘建军说："刘师傅，我有个困惑，我对电气回路中防跳继电器的使用方法不是很熟悉，主要是思维理不清，我研究过很多次防跳继电器的电气元件图，但太复杂了，就是不能将两种线圈清楚的分开。"听了杨奕的困惑，刘建军在纸上将二者分开，分别绘制了清晰的图形，使"复杂问题简单化"，帮助杨奕彻底理清思路。同时刘建军还告诉青工："不能把比赛单纯的当成比赛，赛中遇到的问题赛后一定要弄清楚，否则就失去比赛本身的意义了。"也因此，每次青工们参加完比赛回到单位后，刘建军总是主动询问他们比赛的难点问题，并逐一给他们讲解，让青工们有所收获。

在刘建军的示范引领下，团队整体素质得到了较大幅度的提升，技师所占比例 30%，高级工比例 95%，助理工程师比例 40%。2015 年，刘建军被授予"北京市政府特殊岗位津贴技师"；刘建军电气攻关团队被北京市人力资源保障局命名为"北京市首席技师工作室"。

参加工作 27 年，荣誉纷至沓来，刘建军仍坚守在协力公司烧结维检项目部现场，不浮不躁，踏踏实实地在生产一线维护着电气设备。在道路两旁结下的辉煌硕果，照耀着他的一颗初心，继续角逐在蓝领人生路上。

结尾篇："6+1"诠释矿山工匠精神

当您翻开这本书时，不仅可以看到几十位匠人的精彩故事，或许还可以从中收获思考和启迪。通过整理和归纳，我们发现了"矿山工匠"身上一脉相通的六种特质，即"惟精惟一、至善智学、勤思善悟、苛求极致、勇挑重担、志趣非凡"。同时深切体会到，工匠的培育和个人成长还需要一个平台，即企业提供的适宜环境。本书亦是按每个匠人最为突显的特质成辑。现将其归集附于书后，与读者共勉。不妥之处，请予以批评指正。

一、六种特质

惟精惟一——久久为功、厚积薄发

一生只做一件事并完全沉浸其中，在万千诱惑中甘守寂寞不为所动，忠于一艺几近于道，这是老一辈"矿山工匠"身上最鲜明的特质。本书中，为首钢找矿的地勘人卢浩钊、蒸汽机车锅炉铆工戚东生、矿山爆破专家赵纯朴、选矿球磨工人吴清存、机加工金相热处理高级工程师李树生、列车电站汽轮机组护航人刘宝臣、教出矿山第一届初、高中毕业生的教师李敏华、矿山历史上著名的脑外科专家王志坚，他们皆在一个岗位、一项技艺上潜心研修二三十年甚至更长时间。执着一生，坚守一生，在千万次的实践中将技艺反复磨炼，心无旁骛，最终将事业与生命合二为一，达到极致的境界。这种立足本职的深耕细作是成为工匠的首要条件。

至善智学——学有所精、学有所通

专攻一艺，就要不断更新知识以求追随技艺的发展乃至有所超越。在重复的实践锻炼中，博采众长，学为己用，是指导实际操作、掌握前沿技术、激发创新灵感的本源。本书中，"八级半"汽修工李士奇被誉为"书痴"，未上过一天学，却为学习修理技艺曾读过上万本书；车工秦涛，夺得北京市技能大赛冠军后，仍耿耿于怀赛中做错的一道题，第二天赶赴现场亲身求解；从矿车修理工到重型矿车研发人，孙立周为掌握国外先进技术，自学日、英、俄等多种语言，达到可与外方自由交流、翻译文献的水平；矿业公司电气专家窦振印、自动控制专家马著、计算机专家冯景艳，皆从一名普通的电工做起，通过不断地学习和提升，最终获得行业甚至全国的科技奖项；中专毕业的语文教师冯雪平，边工作边学习，成为目前矿山小学学段唯一一名高级语文职称教师；矿山街委政工科司法员张春江，干过电器仪表工和门卫工作，凭着学习的韧劲，攻读法律专科、本科后，最终通过号称"天下第一考"的国家司法考试，走上社区法律服务岗位。不学深、研透，就无法深刻理解实践之间的内在联系，形成系统的思考，这是工匠开阔眼界、提升综合素养的关键。

勤思善悟——乐于总结、着眼创新

荀子《劝学》中有言："君子生非异也，善假于物也。"思考使人进步，对过往经验及时总结归纳，可以得到更大的提高。勤于思考，灵感可能在千百次的冥想后到来。本书中，牙轮钻司机王守政、火车司机王世德，融合工作笔记和个人理解，编写图文并茂的讲义和17万字的教科书，为后人留下了宝贵的财富；库工冯旭，在80年代接触润滑油管理时，发现控油可以回收创造价值，五年间回收润滑油60余吨，累计创效27万余元；铁路信号工孙景全，根据多年实践经验总结的故障排除法成为首钢最佳操作法；研制自动取样机的修理工人王月，磨面时收获灵感，成功研制螺旋取样机获得国家专利；语文教师韩丽燕，不断研习教学教法，不仅培养了多名高材生，撰写的多篇教学研究成果亦在北京市获奖；钳工出身的安祯祥，通过对设备不断思考，跻身工人设计师行列，并在退休后仍获得两项国家专利；年仅31岁的地采工人于连有，细致揣摩台车操作方法，一举获得全国技能大赛冠军。灵感来自思想的碰撞，只有勤于思考、善于总结、勇于创新，才能得到通常人们难以企及的匠人的“灵性”和“悟性”。

苛求极致——坚守标准、追求完美

精益求精的态度和对技艺的极致追求，可以创造出精致无双、巧妙绝伦的作品。匠人的“倔脾气”和“较真”是不断精进、追求完美的外在表现。本书中，钢筋工人王元新对绑扎钢筋的间距以及弯钩角度要求极为严格，职业生涯坚守“三点一线”的标准；备件管理员刘敏，心中装满成千上万个备件数据，甚至上百种螺丝、螺母的数据也丝毫不差；绿化工程师王宝续，以记号购苗木，上千棵苗木的选购和收货，均一一核对；工程勘察专家李强，始怀一颗对待大地的敬畏之心，严格筑牢生命的基础；金结工起云俊，经手的工程达500余项，制作金属重量达十余万吨，件件力求精品；矿车修理工赵新民，凭借认真细致的修理技艺，成功修复被外国专家“判了死刑”的矿车；子弟学校高三年级组长张立芬，对学生管理工作严谨细致，带领年级组高考成绩连续3年名列北京市石景山区第一。“差之毫厘，谬以千里”，对待错误不姑息、不懈怠，持以科学严谨的态度，才能打造出完美的匠品。

勇挑重担——抓住机会、大胆实践

陆游云：“天下之事，闻者不如见者知之为详，见者不如居者知之为尽”。勇敢面对工作中的困难和挫折，关键时刻承担重任，才能铸炼技艺和胆识。本书中，内科医生丛曰勉，20世纪80年代处理危重症患者时，大胆采用当时在迁安地区未引进的电转复和电除颤技术，挽救生命于旦夕之间；管道维修焊工孙树朋，以不到百斤的体重堵住8个压强的漏点进行补焊，地震受伤后钻进600mm直径的管道焊接近1个小时，练就了一身带水带压焊绝活儿；矿车司机曹保平，在70年代全国冶金系统专业对口赛中勇担小分队队长职务，以矿岩总量超过30万吨的纪录排名全国第三；电机车司机张柏林，在唐山大地震发生时，凭借对电机车的了解，不顾个人安危，抢救十数节满载货物的机车；矿车司机郭乃新，用铁人精神投入到80年代打产工作中，成为当之无愧的“夺矿标杆”;修理“尖兵”张树俭,多次承担急难险重检修任务,在锤炼技艺的同时塑造了个人“品牌”;巾帼女将刘新民,从一名软件开发员做起,勇敢接下公司多项重点科研项目,打破国际技术垄断,成功研发“中国芯”电动轮矿车。正如日本最著名的宫殿木匠西冈常一所言:“好的木匠一定要承担大工程,才有学习和锻炼的机会。”心中有宏愿,敢于迈出第一步,不畏肩上重担,这是作为匠人应有的气魄。

志趣非凡——痴迷热爱、心思纯净

《论语》曰:“知之者不如好之者,好之者不如乐之者”,许多工匠几十年如一日坚守一个岗位或一项技能,很多时候来源于浓厚的个人兴趣爱好,随之从中获得不凡的志趣,并为之努力和奋斗。本书中,东北大学教师孙芳柳,为了喜爱的选矿事业,毅然放弃职位和待遇来到矿山,最终成就了国家科技进步一等奖的磁团聚工艺;酷爱矿石的冯宗相,练就了肉眼识别矿石品位仅与化验值偏差百分之零点几的绝活儿;痴迷电气世界的电工葛新民,早在20世纪70年代就自己研制了电动自行车,比国内此技术引进早了十几年;电铲修理工人殷生光,因喜欢从事一线修理工作,拒绝了岗位提升的机会;内燃机车钳工易广生,在首钢搬迁中告别生活了46年的北京,跟随喜爱的机车转战矿山工作,成为技术领头人;参与首钢重型汽车研发的魏立华,从小对各种汽车极为感兴趣,成就了“首钢品牌”、“中国制造”;电工刘建军,凭着对电气技术的热爱,12年间坚持参加北京市技能竞赛,终于在第四次“进京赶考”中力拔头筹。兴趣引人入胜,热爱使人忘我,当兴趣爱好与工作高度统一,便可以在功利的天平上做到泰然自若、宠辱不惊,坚守一颗匠心。

二、一个平台

45位工匠用生动的故事诠释了为匠之道。除此之外,企业为工匠提供的孕育与成长环境也至关重要。首先,企业有重视人才、发现人才、培养人才的良好制度。例如,现年72岁的孙景全,正是45年前有幸参加首钢培训班,从而走上铁路信号岗位，并最终成为2000年以前矿山唯一的铁道信号技师。也正如矿山“金牌车工”秦涛在获得北京市冠军后所言：“是单位给我创造了很多出去学习的机会，我才有今天这样的成绩。”其次，企业发展为工匠提供源源不断施展才能的舞台。例如东北大学教师孙芳柳，正是被首钢磁团聚工艺研究吸引来到矿山，才有幸参加这一获得国家科技最高奖的科研项目。再如，矿山自动控制专家马著，有幸参与到首钢第一家地采矿山建设工作中，带领团队成功开发地采自动化项目，获得国家科技进步二等奖，并被评为“首都市民学习之星”。最后，良好的企业文化是培养工匠的“肥沃土壤”。“赵新民创新工作室”、“秦涛创新工作室”、“刘建军创新工作室”等北京市级创新工作室，正是在首钢学习型企业建设氛围中蓬勃而出。因此，可以说，制度提供的保障、发展提供的机会、文化孕育的精神，融合共生为工匠精神的摇篮。

以上是对矿山工匠精神的解读，希望通过研究矿山工匠的成长历史和文化，能够为工匠之路上困惑的人们，在发现内在工匠思维或者某些工匠行为方面，提供案例支持。

当笔尖邂逅工匠精神

——编者后记

交付给光阴与岁月的专注，总会在不经意间带给人们惊喜和感动。即便是周而复始的年轮，看似站在同一起跑线上，也会被更大的直径所超越。煌煌几十载人生缀于笔下，寥寥几千字，浓缩成匠艺匠心，是一场精神上的邂逅与领悟。

《矿山工匠》，遴选首钢矿业公司建矿近60年来45位匠人代表，讲述故事，留住匠艺，传承匠心。文中涉及到采矿、选矿、运输、机加工、电气修理、工程建设、自动化、医疗、教育等多个领域从业者，岗位多达几十种，主人公以一线职工居多，也有科研技术人员。他们演绎的故事，既有国家重工业发展的大时代背景，亦有首钢矿山独特鲜活的生产和生活视角，于细微之处探究技艺的传承与创新，体现匠人们倾注的才华、心血、珍视和热爱。书中的一个个人物、一幕幕场景、一种种技艺，是许许多多首钢矿山人的匠艺人生淬炼而成的精华。

历史带给人们的，往往超出人们的想象。畅读矿山所走过的从无到有、从小到大、从弱到强的创新实践史，不禁感叹，站在历史背后的人民群众的伟大，也深感许多不为人知的故事有待可撰。恰逢此时，中央大力提倡“坚定文化自信、弘扬工匠精神”，一时间“工匠精神”引起全社会共鸣。2017年初，首钢矿业公司党委决定将弘扬工匠精神与矿山历史文化传承教育工作充分融合，深度挖掘隐藏于恢弘历史云雾中的工匠气质，撰写《矿山工匠》一书。

这是一次超越时空的对话。在笔墨流转间，我们记录下了几十年的匠心坚守、千万次的匠艺磨炼、不计其数的匠品更迭。有些匠人已辞世，在亲人朋友湿润的眼眶中我们追忆着往事；有些匠人已暮年，叮嘱后来人莫在青春的流年里粗浅走过；有些匠人穿梭忙碌于现场，在高度紧张的时间内接受了采访；有些匠人驻守在西南边陲，视频里高原红下朴实的笑脸遥望北国的家乡。他们叙述着，我们倾听着，笔尖传递着，在时空隧道的入口，能量得到最大释放。感谢这45位匠人代表，用自身生动的实践为我们诠释了工匠精神的内涵；感谢积极、热心提供资料、照片、线索的朋友，没有你们的热情支持，就没有精彩故事的呈现。

《矿山工匠》的创作是集体智慧的结晶。能在一年内完成这本书的集成，首钢矿业公司党委提出了明确的要求并给予了大力支持，各基层单位党委（总支）倾力帮助，让编辑部始终充满力量前行。过程中，少不了矿山前辈们的耐心指引，在促膝长谈间找到了属于矿山工匠精神的灯塔；少不了师长们的谆谆教导，每一次悉心传授和严谨叮嘱都是匠人精神的体现；少不了编辑部成员的艰辛付出，在纷乱的工作和生活事务中忘情书写；少不了读者的关注和支持，无论是鼓励的话语还是字斟句酌的批评指正我们都翘首以盼……这一切都使我们充满动力，唯有用最精彩的故事、最诚挚的书写、最动人的精神，才能回馈于大家！

限于资料的掌握和编者的水平，本书在史实背景、人物故事的详略等方面难免有疏漏和不妥之处，恳请读者批评指正。

以笔为媒，以媒为介，通过寻找身边一个个鲜活的榜样，从而折射出人性的光芒，看到平凡岗位上缔造出的伟大力量。其实，我们无论身处什么岗位，只要努力，人人皆可成为工匠。也许，若干时间的积淀后，还有更多、更精彩……

《矿山工匠》编辑部

2017年9月